▲ 周国华（顾备奶奶），顾均正（顾备爷爷）

▲ 1999年，王诺诺

▲ 1981年3月，水弓与妈妈，摄于上海富民新邨的家里

▲ 陈茜母亲年轻时照片

▲ 1957年张静从师范学校毕业与同学合影

▲ 赵海虹

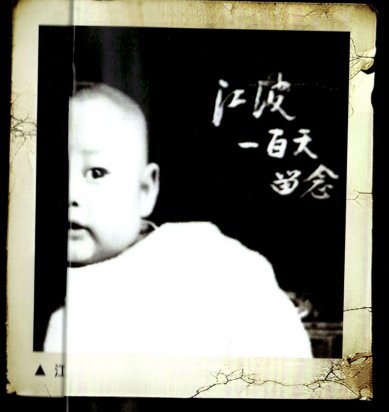
▲ 江波

▲ 2006年的宝树

▲ 1996年，陈楸帆在汕头家中

▲ 儿时的简妮

▲ 罗隆翔（最小者）的
家族合影

▲ 1988年岁，
留影于

▲ 江艾儿时与母亲
在福建老家

▲ 1996年，廖舒波和朋友们在海南文昌东郊椰林鱼港

▲ 2015年12月，吟光在香港大学华文
文学论坛上与王德威教授合影

▲ 邓晓炯2013年摄于澳门

▲ 飞氘的故乡内蒙古赤峰

故山松月

中国式科幻的故园新梦

程婧波　石以　主编

科学普及出版社
·北京·

图书在版编目（CIP）数据

故山松月：中国式科幻的故园新梦 . 月 / 程婧波，
石以主编 . -- 北京：科学普及出版社，2024.5
ISBN 978-7-110-10706-5

Ⅰ . ①故… Ⅱ . ①程… ②石… Ⅲ . ①幻想小说 – 小
说集 – 世界 – 现代 Ⅳ . ① I14

中国国家版本馆 CIP 数据核字（2024）第 062287 号

策划编辑	王卫英
责任编辑	王卫英
封面绘图	林碧君
封面设计	北京中科星河文化传媒有限公司
正文设计	中文天地
责任校对	吕传新　邓雪梅　张晓莉
责任印制	徐　飞

出　　版	科学普及出版社
发　　行	中国科学技术出版社有限公司
地　　址	北京市海淀区中关村南大街 16 号
邮　　编	100081
发行电话	010–62173865
传　　真	010–62173081
网　　址	http://www.cspbooks.com.cn

开　　本	720mm × 1000mm　1/16
字　　数	1364 千字
印　　张	71.75
版　　次	2024 年 5 月第 1 版
印　　次	2025 年 1 月第 2 次印刷
印　　刷	北京长宁印刷有限公司
书　　号	ISBN 978-7-110-10706-5 / I·703
定　　价	168.00 元（全 3 册）

目录

上海

霞飞坊旧事

顾备

2023 年 8 月 1 日

妈妈去世已经半年多，病因是细菌性肺炎并发心肌炎。一共 7 天，从 1 月 2 日被送进抢救室，到 1 月 8 日离开，她都完全没有意识。爸爸来医院看过妈妈最后一眼，摸着妈妈的手，还亲了亲她的脸颊。然而，回到家里之后，爸爸还是忘了妈妈已经离开我们的事实。他会坐在沙发上看电视，突然问，奶奶呢？跟着我女儿，他们一直称呼彼此为爷爷奶奶。我会说，奶奶已经不在了。爸爸问，奶奶怎么不在了？我说，肺炎。那奶奶埋在哪里？在苏州，跟大舅舅大舅妈在一起。那我死了以后，可不可以跟她埋在一起？当然了，当初买的就是合葬墓。哦。

然后，爸爸会陷入长久的沉默，直到下一轮一模一样的对白，再来一次。在两次对白之间，我只能疲惫地窝在沙发上，发呆。

看到我如此沮丧，狸花猫悠悠会跳上我的膝盖，一边舔我的手指头，一边用头顶我的下巴，暗示我用脸去蹭它的脸。平时我会紧紧地拥抱它，甚至把脸埋在它胸前的绒毛里，蹭来蹭去，听它惬意地打呼。可这几天，我实在没有心情撸猫。

很明显，爸爸的阿尔兹海默病愈来愈严重，且不可逆。

2023 年 8 月 10 日

阿尔兹海默病是一种进行性发展的神经退行性疾病，俗称老年痴呆。我的父系家族或许是基因作祟，从我奶奶，到小叔叔、三叔叔，最后都绕不过老年痴呆这个魔咒。

前两天因为工作关系，我接触到一家专门做脑机接口的研究机构。他们跟瑞金医院密切合作，用脑机接口解决抑郁症的问题。他们会在病人脑内植入芯片，通过电刺激激活某个区域的脑细胞，让病人产生一定的兴奋感。据说，这种方法很有效。有病人反馈说，打开开关的那一瞬间，就仿佛世界敞开了大门，会直接把正面的情绪拉满，感觉人生充满了希望。而关机的那一刹那，就仿佛坠入深渊，被黑暗和绝望笼罩。

关键是，我听说他们还在尝试用脑机接口技术解决阿尔兹海默病病人的问题。这玩意现在还在实验阶段，主要是通过头盔直接获取病人的脑电波，然后借助其他高科技，让监测者与病人的感知同步。具体的科学原理我也不太清楚，毕竟隔行如隔山，可不懂技术不影响我想入非非。事实上，我兴奋不已，终于可以知道爸爸脑子里在想什么了。于是，在我的死缠烂打和苦苦央求之下，他们同意让我和爸爸以志愿者身份参与这个实验。

所谓志愿者，就是晚上要戴着头盔睡觉，头盔里面有若干点位的电极，并不复杂，只要确保电极能接收到脑波就行。按照实验室那边的说法，我作为接收人，会接收到爸爸的脑波，或许会同步看到听到甚至感受到他的情绪。然而，有多少是回忆，有多少是想象，我这个观察者终究无法判定。当时，实验室主任跟我仔细解释过，人的大脑不可能记住所有的往事，往往会"脑补"一些缺失的情节，或有意，或无意。一开始或许是填补空白，或者是忘了，或者是选择性遗忘，甚至自欺欺人，但到最后，当事人会以为，脑中的一切就是真相。主任说，目前这个技术还不太成熟，有相当的未知性，也许会让监测者产生一定的意识混乱，分不清哪些来自被监测人的回忆，哪些是监测者自己的意识。他警告我，一旦感到困扰，就要立即中断实验。

我大概听懂了，又或许，我以为我听懂了。

2023 年 8 月 16 日

爸爸现在只能认出我来，其他亲戚或朋友，甚至每天照顾他的保姆，都认不出了。他会每天晚上从 6 点开始给我打电话，每半个小时一次，就是为了确认我有没有回到家。很多时候，即使我已经在家里了，跟他一起吃了晚饭，可他却忘了我已经回到家里，甚至因为忘记刚刚打过电话，就一次又一次地打我的手机，直到我不耐烦地把他撵上床去睡觉。爸爸每天不厌其烦地问同样的问题，我甚至为此准备了一个问题清单，打印出来，让他自己看。然而有一天我突然想到一种我之前从来没有考虑过的可能性，于是问他，你是真的不知道问题的答案，还是想跟我说说话？他沉默了很久，最后回答道，想跟你说说话。

不知从何时起，除了吃饭那 30 分钟，我跟爸爸竟然没有坐在同一张桌子旁的时候。看着他一天比一天衰老，精神也越来越颓丧，我意识到，能陪他一起认认真真度过的时间可能真的不多了，也许很快，爸爸会连我也忘记。不过我发现，他还记得家里的猫。爸爸总是指着悠悠说，这只小黑猫比以前可长得大多了。我会扯着嘴角，告诉他："悠悠是狸花猫，不是小黑猫。"他会"哦"的一声，过一会儿又问："小黑猫是不是饿了？怎么总缠着你？它吃什么？"我回答道："它吃猫粮。它不是小黑猫，是狸花猫。"于是，他会笑眯眯地尝试去摸悠悠的脊背，直到悠悠不耐烦地从我膝盖上跳下来跑路。

晚上吃过晚饭，我特意陪着他看了一会儿电视。爸爸突然指着屏幕说，那是霞飞坊。我看到底下字幕是在介绍淮海坊，也就是淮海中路后面那一大片石库门，夹在陕西南路和茂名南路中间，后面就是南昌路，就在环贸 IAPM 对面。我说，那是淮海坊。爸爸说，以前叫霞飞坊，我们家住在 63 号，海婴家住 64 号。

1937 年 8 月 20 日

下午四五点钟的太阳懒洋洋地晒在对面的屋顶上，红通通的瓦映着蓝莹莹的天，格外鲜艳。一抹淡淡的白云飘在空中，被风推着一路朝东去了，缓缓地，如同湖面上的浮冰。

那只黑猫依旧在对面屋顶上转悠，时不时朝这边打量几眼。我总怀疑姆妈挂在厨房里的腊肠就是被这只该死的猫偷走了，害得我们挨骂，还没腊肠吃。

我刚扭身准备下楼，老虎窗那边突然传来三长两短的敲窗声，不用看，定是海婴。这个时候，爬屋顶过来找我的只有他。不等我开口，一颗圆碌碌的脑袋已经从窗口探了进来，见周围没人，海婴麻溜地从窗台上蹦了下来，轻车熟路。

"你就不能走正门？"我没好气地说。

海婴一如既往地得意扬扬，一抬手，朝我砸过来一个黑乎乎的东西。我本能地侧了侧肩准备避开，但突然记起来这是在我自己家里，不说万一砸坏了什么，就是砸出点儿动静来，恐怕也得吃不了兜着走。阿爸写书看稿最要安静，三楼的租客也是位喜静的，姆妈为这件事不知道数落过我们多少回。于是，我手忙脚乱地勉强接住了海婴扔过来的东西，入手的一瞬间我就知道，是个空罐头匣。

"下来踢匣子，我下去等你！"海婴说完就又扭头朝老虎窗窜过去，看样子是打算原路返回。

我很想把空罐头匣再砸回去给他，但捏在手里挥了两下，终于还是忍住了。万一他没接住，丁零当啷一通响，到时候倒霉的还是我。"你小心点，别被人发现了。"我用力地搓着罐头匣，说是搓，其实更像是捏，想象着那是某人的脸。

"切，要发现早就被发现了，你有没有想过，可能根本没人在意我们爬屋顶？"海婴本来已经从窗台上翻出去了，又折回头冲我来了一句。

我假装没听懂他的讽刺，有意在嘴角挂上一丝成熟的笑容："所以，你爬屋顶就是为了证明没人在意你爬屋顶？"

他嗤笑一声，消失在窗外。

也不记得我和海婴谁先开始的，我们偶尔会爬出老虎窗，沿着屋顶一路晃过去。我家在 63 号，他家是 64 号，两家是连在一起的联排，共用一堵墙和一个壁炉（其实就是烟囱），爬起来很是方便。海婴跟我年岁相仿，姆妈说他爸爸去世得早，他自己身体又不好，让我们多照顾他些。可别看他又瘦又小，一副病恹恹的样子，动不动就喘不上气，其实弄堂里最皮的是他，他才是名副其实的孩子王。他主意多，家里好玩的东西也多，很多新奇的玩意都是海婴带头玩起来的。抽陀螺、打玻璃弹子、刮香烟牌子、抖空竹，弄堂里面孩子多，无论谁在楼下招呼一声，不多时便是一群孩子从各家楼门里冲出来，三两个不少，七八个不多。男生热络地闹着，女生热闹地笑着。

一年前，我们家从狄思威路麦加里那边搬来霞飞坊。这边是法租界，标准的新式石库门，三层砖木小洋楼，清水红砖墙面，整整齐齐，十分大气。霞飞坊的房子统一都有抽水马桶和煤气，洋派得很，其他石库门可没这待遇，都得自己倒马桶刷马桶，那滋味，想想就够了。

说起来，能搬到霞飞坊全靠鞠躬他们家。鞠躬比我小九个月，他爸爸索非是我阿爸的同事，也是开明书店的编辑，元老级的。我们两家熟谙得如同一家，甚至，孩子们互相称呼对方的姆妈叫好姆妈，类似于干妈一样的存在。虽然我和鞠躬从麦加里的时候就是好朋友，而且一直都是同学，但他一向文质彬彬，穿得笔挺，不大参与弄堂里的游戏。我、海婴和鞠躬同年生，我最大，年头出生，鞠躬最小，年尾出生。我们年纪相仿，搬进霞飞坊的时间也不过脚前脚后，所以成了三人党。

今天人多，很快就凑齐了两队人。鞠躬也在，只不过没参与我们，就在一旁戳着，瞧他那一身笔挺的制服，也不知道是刚回来还是正打算出去。对战的规则很简单，把空罐头匣放在弄堂正中间，小伙伴们分成攻守两方，谁踢得远、次数最多就是赢了。我们踢了一阵子，比分咬得很紧，不由得双方都有些上了真火。

对面踢出一脚，罐头匣在地面打着滚，发出"当啷啷"的巨响，正朝着我的方向。我瞅准路线，狠狠一脚迎上去，罐头匣腾空而起，划出一道优美的弧线，在小伙伴们的惊叹中，向远处飞去。真的，特别准，正砸在一位刚进弄堂的姐姐身上。她并不住在这里，但时常会来59号看望租住在鞠躬家楼上的李叔叔。这位姓陈的姐姐性子最是活泼，说话跟打机关枪一样快，她讲的上海话有点儿硬，姆妈说那是带着点儿宁波口音。陈家姐姐"啊"的大叫一声，差点跌倒。我心想，完了，要挨骂了。果然，姆妈正好跟在陈家姐姐后面，此刻快步冲过来扶住了她，一面骂道："小赤佬，哪能啊？！"

原本在弄堂里面闹哄哄的孩子们眨眼间便作鸟兽散，只留下我和鞠躬被抓了个正着。我是自知跑不掉，鞠躬是刚好被好姆妈逮住了。两位姆妈直向陈姐姐道歉，陈姐姐直起身，捋了一下耳鬓的头发，连声说没关系。她长得并不算多漂亮，但就是特别让人舒心，尤其是像现在这种时候。

等陈姐姐走了以后，姆妈一巴掌拍在我后脖颈上，警告我不要搞事情。随后，她转向好姆妈说："侬听说了伐，日本人撤到江湾去了。"

"是呀，大家都讲要好好庆祝一下。"好姆妈温柔地翘起嘴角，松开了原本死死拽着鞠躬的手。

"阿拉也算运气老好，去年就搬进租界了。听外面讲，格趟就是从日军上海特别陆战队司令部那边打起来的，离麦加里不过一刻钟的路。"姆妈心有余悸地拍了拍胸口。我则趁机退后一步，站在姆妈够不到我的地方。

"是啊，亏得侬提醒阿拉早点搬进租界，兵荒马乱地，人没事就好。"好姆妈微笑着，给鞠躬整了整衣服。

姆妈摇了摇头，脸上却乐开了花："哎哟，闸北那个地方鱼龙混杂，根本就是三不管。我是有一天去买菜的时候听到有人嘟囔，等日本人回来了，看你们怎么蹦跶。吓死人了。我回头看，也没看见是谁说的。"姆妈瞥了瞥远远躲在弄堂后面的海婴，接着又说，"不光是阿拉这些以前住在麦加里的，许先生原本就住在拉摩斯公寓，就在日军上海特别陆战队司令部对面。"

"许先生不是从大陆新村那边搬过来的吗？"好姆妈有些迟疑。

"他们搬过一次，听说'一·二八'的时候被吓到了。不过，还是在司令部旁边，从对面换到侧面。"姆妈笑了笑，推了我一把，"日本人太过凶狠，还是租界里放心点。"

我是家里的长子，当然懂规矩，立刻奔去弄堂口，把刚才姆妈情急之下丢在那边的菜篮子捡起来，又飞奔回来，闷声不响地跟在姆妈身后。我姆妈个子不高，但说话做事特别有气场，邻居们有事没事都爱跟她聊两句，说她善良又特别仗义。她们聊的那些我反正是听不懂，我只关心今天晚上吃什么。我偷偷打开菜篮子瞄了一眼，除了雪里蕻和用来熬猪油的肥肉，姆妈今天还买了馄饨。

今天是中元节，要吃扁食。我们本来是不过中元节的，但阿爸说，今年我们要祭奠先烈，尤其是那些自"一·二八"淞沪抗战以来为国捐躯的勇士们，而且，最好是能把日本人像霉运一样赶走。

2023年9月3日

今天爸爸突然呕吐，吐出来的不光是早饭，还有好多痰和黏液。他说喘不上气，我给他量了血压和血氧，高压188，低压132，血氧91，心跳86。我立刻叫上保姆，用轮椅推着爸爸去了最近的第十人民医院。这几年，幸亏我们离医院近，爸爸三次脑梗一次腰椎骨折，我妈一次脑梗两次股骨头置换术三次腰椎骨折，都有惊无险地过来了。不过可惜，她没能熬到2023年的春天。

医生给开了吊针，让爸爸留院观察。我按照急诊留观那边的示意，从外面停救护车的地方拉了一张急救床。护士给安排了一个靠墙的位置，吊上水，吸上氧。爸爸一直问我，这是哪里。我说是医院。他又说为什么来医院，他没病。过了一会儿他说太亮，睡不着。等我用毛巾遮住他的眼睛，他又问我这条毛巾是做什么用的，为什么搭在他头上。没过一会儿，他的血氧又跌了，我赶紧叫护士，结果发现是他自己把鼻子里插的氧气管拔了。又过了一会儿，血氧读数干脆没了，这次我涨了经验，没急着叫护士，结果发现是他偷偷把套在食指上的血氧仪指夹撸掉了。紧接着爸爸又开始大声吼起来，听声音他是要吐痰，可没等我拿来餐巾纸，他已经一口吐在地上。隔壁床立刻惊呼起来，我赶紧掏出卫生纸开始擦地。刚把地擦干净，把纸丢进十多米外的垃圾桶里，发现爸爸的血压平线了。拉开被子一看，果不其然，他偷偷把胳膊上用来量血压的袖带扯下来了。我质问他想干什么，他嘟嘟囔囔地说太紧了，疼。我压住心底的火气，喊来护士再次把袖带扎好，重新按记录仪开始量血压。他躺在那里哇哇大叫，说太紧了，喊医生喊护士，嚷嚷着"救命呀救命呀"。护士耸了耸肩说，测血压的时候，会向绑带里面充气，所以肯定会觉得有些紧，没问题的，要扎紧。护士前脚刚走，我又发现输液的滴液瓶不滴了，仔细检查了一下，是爸爸靠近手背的输液管折了起来，原本是弧线，这一折，当然就不滴了。我愤怒地把管子重新整理好，问他为什么要去动管子，爸爸却一脸无辜地说他没动。我还没来得及说什么，他又开始呕吐，幸亏我带了一个塑料袋，手忙脚乱地把爸爸扶起来，又撑开袋子，勉强接住了所有呕吐物。我把塑料袋打结丢在床下，然后扶爸爸躺下，然后再去洗手顺便丢塑料袋。

短短几个小时，我感觉自己要崩溃了。爸爸现在的状态就像是个六七岁的孩童，而且还是患了儿童多动症的，不停地动，一刻不得安宁。我大概记得小叔叔和三叔叔在阿尔兹海默病最严重时期的样子，认不出人，找不到家，说不清话；吃过饭说没吃过，把晚上说成是早上；无论做什么，做到一半都可能会突然不记得自己在做什么。最痛苦的是，说不清自己想要什么，就只能用愤怒和大吼大叫来发泄对这个世界的敌意。脑子空空，好像记起来什么，却一点儿也记不起来，稍稍用脑，就会头疼。我非常理解阿尔兹海默病患者的痛苦，可如今，我更能理解患者家属的痛苦。

"我是不是要死了？"爸爸问我。

"怎么可能，你这不是在医院留观吗？想住院还不一定能住进去呢。"我镇静地回答，而且，医生也确实是这么说的。

1937 年 11 月 12 日

对面屋顶的那只黑猫不见了，我在整个霞飞坊找了一圈，都没有看到。也不知道是流浪猫还是有人养的，不知道是被关起来了，还是死掉了。学校几天前就已经停课，阿爸和姆妈再三叮嘱我们哪里都不要去。其实，不要说租界外面，就连租界里面也乱成一团。我听姆妈跟邻居讲，宝山和闸北都被夷为平地，好多难民被铁丝网封在外面，被日本兵杀戮。每天都听到军机轰鸣，常常有爆炸声。初时还有些心惊肉跳，后来竟麻木了，只庆幸我们搬来了霞飞坊。

晚饭只有猪油拌饭，照姆妈的说法，有得吃已经不错了。狼吞虎咽虽然吃相不大好，但效率高。先匆匆吃完碗里的，若阿爸还没来得及添饭，就可以再添半碗，虽然少，聊胜于无，晚了就没得吃了。

"听说国军都已经撤了。"姆妈一边把加好饭的碗递给我，一边对阿爸说。

"你不也听到广播了，市长俞鸿钧发表告市民书，宣告上海沦陷。"阿爸说着，望向我们几个孩子，"你们要记住，11 月 12 日，上海沦陷，这是国耻，不可忘。"

"日本人应该不会进租界吧？"姆妈抬起头，一脸担忧。

"他们不敢。"阿爸用手指抬了抬眼镜，放下筷子。

"不再添些？"姆妈问。

"不了，我看今天的饭不多，给孩子们吃吧，正是长身体的时候。"阿爸说。

"再打下去，米还不知道要涨到多少，肉就更别想了。"姆妈抱怨道，"听说有几十万难民冲进租界，而且闸口那边只许人过，大件行李一概拦在外面。这已经入冬了，我看那些难民很多都是老弱妇孺，缺衣少食的，可怎么办？"

"国际救济会不是在震旦大学那边建了好几个大棚吗？叫什么国际一所？"阿爸摇了摇头继续说，"是震旦大学的教授饶家驹神父发起的，陈志皋大律师在帮他。"

"陈志皋？他太太是不是黄定慧？那我认识的。明天正好要带阿哥和阿弟去广慈医院打疫苗，我顺便带些御寒的旧衣服过去，捐给他们。"姆妈说着起身去翻箱子。

"打疫苗？什么疫苗？"阿爸也跟着去了。

"前几日听说，逃进租界的难民有人得了霍乱和天花，姚家姆妈讲，广慈医院那边的传染科可以打疫苗的。"姆妈解释说。

"那你们路上一定要小心，外面乱得很。明天我要去编辑部开会，不能陪你。"阿爸回过头看着我又说，"阿哥，你已经是大孩子了，在外面要照顾好你姆妈和阿弟。"

我当然满口应下，应该的。从霞飞坊出去一路往东南方向转过两个街区，一刻钟多一点儿就到广慈医院了，隔着马斯南路，对面就是震旦大学。

第二天一早，我就跟着姆妈出了门。保姆抱着 3 岁的阿弟，我手里拎着准备捐给难民的包袱。沿着马路，随处可见或坐或卧的难民，境况稍好的还能有张席子垫在身下，估计是一开打就先跑进来的。巡捕不似往常那般凶，只要没人闹事，匆匆看一眼就走了。

之前我陪一个同学偷偷溜去南市那边的闸口，他说他姨母一家都在闸北，不知道能不能逃进租界，就去看看情况。当时，闸口堆满了人，挤了又挤，但还没到开闸的时间。一个年轻的妇人倒在距离闸口不远的铁丝网旁边，怀里抱着一个小毛头，也就一岁模样。妇人看上去像是被流弹击中了腹部，血流得满地都是，她哭喊着"救救孩子"，声嘶力竭。一个车夫模样的男人把孩子高高举了起来，几个洋人宪兵居然伸出手，用接力的方式，把孩子从铁丝网上面接了过去。刚把孩子送过去，闸口外传来枪声，几个日本兵冲了过来，也不知是因着什么理由，对着闸口外拥堵的人群就是一通扫射。人群立刻四散炸开，哭喊声，尖叫声，乱成一团，可他们又能去哪呢？这里是公共租界，那几个看门的宪兵终于看不下去了，朝天鸣枪警告。日本兵迅速撤离，只留下满地的鞋、行李、一摊摊的血和呻吟的伤者。我和同学都被吓傻了，相互看了一眼，都从对方眼里看到了深深的恐惧。不过，我决定，不告诉任何人。毕竟，阿爸阿妈多次警告过我不要乱跑，除了上学，不要出霞飞坊。

刚进广慈医院的大门，就看到四处都是急急忙忙运送伤者的担架，乱哄哄的。姆妈看到路边有个伤兵正在发呆，就急忙问怎么了，需不需要帮忙。伤兵坐在地上，身下一摊血，也不知道是伤到了哪里。他半天才回过神，瞅了我们一眼说："长官奉命从南市撤退，大部队都跟着去南京了。我是来送我兄弟的，他的腿被炸断了。"姆妈让保姆把阿弟放在地上，她们两个想把那伤兵扶起来。没想到，才刚碰到他的身子，他就抽搐起来，嘴里，鼻子里，冒出一股一股的鲜血，如喷泉般止不住地涌着。姆妈吓坏了，大声喊着"救命"。一个护士模样的女子急急跑了过来，衣服的下摆沾满了血。她让姆妈先不着急扶那伤兵，先把他放平在地上，检查一下。护士看上去很是熟练，按压了几下就扯开了那伤兵的外套。原本，那件外套混着泥污和血污，早已看不清颜色，一打开，竟如同麻袋开了口，一堆带着血的肠子就那么顺着流到了地上。保姆吓坏了，一直尖叫着。姆妈赶忙捂住了阿弟的眼睛。我一动不动地盯着那一团，这人怕是难活了。

2023 年 9 月 5 日

爸爸还在医院留观，我跟保姆轮班，我看白天，她看晚上。

回到家里，一开门就能看到墙上妈妈的遗照，她依旧笑得那么灿烂，让人看着就忍不住跟着微笑起来。晚上，悠悠照例跳上床，躺在我身边，把两个小爪子搭在我胳膊上，把脖子伸得老长，等我去亲它。很多时候，我并不知道，究竟是它更需要我，还是我更需要它。撸着猫，心情就会很平静，手下毛茸茸的触感，颇能解压。照例，我把头埋在悠悠胸前的绒毛里，深深地吸了一口气，果然，又有了点儿气力。之前我一个朋友说，怎么看，都是人在吸猫的阳气。做个宠物猫也不容易，好日子都是用阳气换的。

昨天去了瑞金医院，治疗阿尔兹海默病的实验团队就在那里，我需要定期带爸爸去那边复查。不过，这一回只能请假了。

瑞金医院的前身是广慈医院，由法国天主教会于1907年创办，又名"圣玛利亚医院"，就在复兴中路以南，思南路以西。1932年震旦大学成立，就在广慈医院对面，之后开设了医学院，还专门从广慈医院聘请来法籍医生来校担任临床指导老师。再后来，震旦大学医学院并入了上海第二医科大学，2005年并入上海交通大学，成为上海交通大学医学院。

负责实验的教授跟我说，大脑里有一种小胶质细胞，是大脑中的免疫细胞，主要负责清除大脑中的废物，还会对损伤和感染做出反应，也会参与神经元的通信过程。随着阿尔兹海默病的发展，越来越多的小胶质细胞会进入炎症状态，血脑屏障功能出现退化，神经元之间的交流也会变得愈加困难。因此，患者会慢慢出现记忆障碍、失语、失用、失认。换句话来说，就是先记不住事儿，然后语不达意，接着无法控制自己的肢体，行动出现障碍，更严重的时候就是看着某样东西想不起来那是什么，认不出东西，经常迷路，甚至出现幻觉。

到现在为止，脑机接口只能让我们大概了解患者看到听到感知到的，并不一定能理解他们的感受。口咽鼻舌身，每个人的感知或许相似，但感受不同，因为每个人的认知不同，价值观不同，体验也不尽相同。医生委婉地告诉我，不要太沉溺于脑机接口，那可能对我自己的心理造成一定影响。然而，我还不想放弃。

"海婴还在吗？"爸爸问。

"海婴叔叔已经不在了。"我有点儿心虚。

"鞠躬还在吗？"爸爸睁开眼睛盯着我看。

"鞠躬叔叔还在的，在四医大。"鞠躬叔叔是四医大研究神经生物学的教授，中国科学院院士。

"哦，那他是在北京吗？"爸爸接着问。

"不，他在西安。"

"我们是在西安吗？"爸爸又开始犯糊涂。

"不，我们在上海。"我回答道。

"那海婴是在上海吗？"爸爸问。

"不，他在北京。"我预感到下一轮车轱辘对答又要开始了，赶紧拿了杯水来，让爸爸用吸管喝两口水润润喉咙。"能睡一会儿就睡一会儿。"我说。

爸爸没说话，闭上了眼睛。

很多人都不在了，还好，爸爸还在，我们俩相依为命。

1941 年 12 月 15 日

睡得迷迷糊糊的时候，突然被楼下砸门的巨响给吵醒了。两岁的小弟哇哇大哭，我和阿弟两个揉着眼睛面面相觑。还没来得及多想，姆妈冲了过来，警告我们不要发声。她一脸严肃，气氛立刻紧张起来。我意识到肯定不会是小事，偷偷摸到老虎窗前朝外打量。楼下是一群正在砸门的日本兵，密密麻麻的枪尖对着隔壁 64 号的楼门，旁边还站着两个法国巡捕。早就听说日本兵很凶，我怕得开始发抖。万一……万一他们胡乱杀人可怎么办？

"真是无法无天！"阿爸用食指把眼镜朝上推了推，皱起眉头，"他们怕是来抓许先生的。"

"法国不是日本的盟友吗？"姆妈虽然压低了声音，但依然能听出她语气中的愤怒，"这里是法租界，日本人凭什么来这里抓人？"

"法国人原本就毋牢靠。"阿爸转过头去，急急忙忙地开始收拾桌面上堆成山的书稿。

"听说英国人美国人都向日本投降了？"姆妈低声问道，一脸不甘心。

"7 号日本人袭击了珍珠港，紧接着就宣布对英美宣战。8 号一早日本海军开炮击沉了黄浦江里面英国人的军舰，美国人马上就挂了白旗，打都不打，日本人轻轻松松进了租界。"阿爸把手稿整理好，装进牛皮纸袋里，一个一个叠放在桌子上，"不过，英国和美国应该不会轻易放弃。8 号罗斯福和丘吉尔不是刚跟日本宣战吗？他们可能觉得东亚不是主战场，宁愿放弃。反正阿拉中国人无论如何也还是会继续跟日本人打下去的。"

"那可怎么好？"姆妈担心地说，"我们要不要躲到嘉兴乡下去？"

阿爸不知从哪里搬来一个纸箱，开始把桌上的牛皮纸袋一个一个放进箱子。"躲？往哪里躲？"阿爸说，"真打起来的话，哪里都不安全。何况，兵荒马乱地，不光有日本人，还有败军，我们两个带着六个孩子，岂不是更不安全？还是留在上海吧，至少还有些相熟的人可以互相帮一把。"

姆妈叹了一口气，挥挥手示意我们几个孩子躺回到床上去，一边低声说道："都说南京那边死了不少人，日本人堵住城门，里里外外杀了几十万人。

'八一三'刚开始的时候，大家都以为可以把日本人彻底赶出上海，开心得勿得了。没想到不过两个月的时间，国军稀里糊涂就打了败仗。"

"那群人既没本事打胜仗，又喜欢吹牛说必胜。结果，日本人从金山登陆，海军用炮轰，空军扔炸弹，国军被打蒙了，乌七八糟往南京撤，可不就是被人家堵住往死里打？"阿爸推了推眼镜，一副恨铁不成钢的样子，"要撤不如早点撤，总是寄希望于欧美的干预。老蒋是昏了头，岂能与虎谋皮？"

"唉，希望这次不要跟南京一样，那要死多少人呀。太惨了。"姆妈说着，擦了擦眼睛。

"楼下的日本人会不会冲上来把我们都抓起来杀掉呀！"小我一岁的阿弟本来已经躺倒了，此刻又从床上坐了起来，面无人色。

阿爸摇了摇头："应该不会的，这里毕竟是租界，有很多报社和电台，还有很多洋人。日本人再野蛮，也得顾着国际影响。"

虽然阿爸这样讲，可我听说前几天各大报社就都被封了，就连《申报》也未能幸免，而且之前收音机里能听到的电台，如今多数都没了声音。恐怕，凶多吉少。

这时，楼下又突然传出嘈杂的声音。阿爸和姆妈相互交换了一个眼神，阿爸快速端起纸箱塞进衣柜，姆妈快步走到窗边，跟我一起朝外探出头去。

一群日本兵端着刺刀把隔壁许先生带出了 64 号。

又过了一阵子，日本兵和法国巡捕都已经走了，我们一家子却都堆在窗口。屋外，影影绰绰，看钟点，天应该快要亮了，可周围一团团压抑的黑色，如墨一般，压得人喘不上气。

一片漆黑中，我却隐约看到对面屋脊上一个小小的身影一闪而过，因为正对着天空，就被我看见了，应该是那只黑猫。真是命大，居然还活着，只是不知道，这样的日子，要熬多久。

2023 年 9 月 6 日

在医院留观了好几天，到了傍晚时候，医生说，病人状态稳定，在留观室也休息不好，不如回家，每天来打吊针，打上三天再看情况。考虑到爸爸确实待不住，昨晚差点儿就要给他用约束带了，我也就同意了医生的建议。反正家里离得不远，推轮椅过来也就两个路口，15 分钟。

回到家里，爸爸立刻放松下来，安安静静地在他自己的床上躺好，乖得像个孩子。家里有家用吸氧仪，没用多久我就熟练地架好了仪器，给爸爸吸上氧。自从妈妈 1 月去世之后，这台吸氧仪就被扔进库房，没想到这么快就又用上了，利用率挺高的。吸上氧以后，测了一下血氧，99，心跳 69，还不错。随后，我熟练地拿出尿不湿，给爸爸换好。又测了一下血压，128，96，也正常，放心了。然后，我关上灯，亲了亲爸爸的脸颊。"睡一会儿吧，睡醒了再吃点儿粥。"我说。

爸爸听话地闭上了眼睛，我也回到自己的房间。正准备早点儿休息，突然收到高小贤的微信，是一张照片。照片上，六本书整整齐齐地陈列着，上下两排，从左到右，是六本《科学趣味》杂志。左边写着"民国二十八至三十年，2019 年 2 月，顾均正孙女顾备捐展"，右边写着"民国三十年至三十一年，2023 年 8 月，阿贤捐展"。他说："这下集齐了哈。"我回答："厉害！"

我没能回答他更多，但我的心里其实波澜起伏。据说，我爷爷一共写了五篇科幻小说，其中《伦敦奇疫》《性变》《在北极底下》三篇发表在他自己主编的这套《科学趣味》杂志上，用了"振之"为笔名。然而，后来有学者发现，这几篇作品都是翻译之后改写的，并非原创。虽然那个年代还没有"知识产权"的说法，而爷爷对原著也确实做了大量的改动，还专门图文并茂地加了很多科学解释，以便让读者理解这些科幻小说中有关科学的部分，然而，毕竟不是原创。

阿贤是真的很开心，因为集全了一整套科学趣味。六卷 36 期，从 1939 年到 1942 年，最晚一期为 1942 年 6 月第六卷第五、六期合刊，贯穿了整个抗日战争的相持阶段。其实，这不仅仅是中国科幻史，更是中国文人的脊梁，是孤岛文学的另一层佐证。自抗日战争全面爆发之后，国民党守军西撤，上海沦陷。留守上海的文人，利用公共租界和法租界开展抗日文艺活动，而这些租界在上海沦陷区恰如"孤岛"，所以被后世称为"孤岛文学"。

然而，1941 年 12 月 8 日，太平洋战争爆发，日军占领了租界，快速查封了所有反日报社、通讯社和电台，接管所有书店和出版社，并没收了书店内的所有反日书籍，大肆抓捕抗日人士，上海滩陷入一片黑暗。

1942 年 9 月 8 日

学校还是每天都要去的，只是以前的同学很多都没回来。有些听说跟着家里去了陪都，也有很多回了老家，还有一些……希望他们都还好好的。原本我们学校是学英语的，每年都会组织唱圣诞歌曲，通常都是从 9 月就开始学新歌，然而，现在学校要求我们学日语，还要唱日语歌。大家都很抵制，可又不能不学，学监说如果限期之内学不会就要惩罚。霞飞坊的孩子们已经很久没有一起在外面玩了，都各自在家里，也就我和鞠躬、海婴，偶尔串门。

许先生自被捕之后两个半月才被放回来，姆妈说她吃了不少苦，膝盖关节处都因为电刑被烧得乌黑淤青，走路一瘸一拐的。遭了难，家里又没钱，他们不得不把一楼、二楼和亭子间都租给别人，海婴跟他姆妈窝在三楼。好在，屋顶依旧是我们的。

下午放了学，我刚要进门，看到姆妈带着一个小个子男人从弄堂口走过来。那男人挑着一个担子，担子一头放些被褥和锅碗，另一头的筐里坐着一个看上去一两岁的孩子，穿得破破烂烂，脸上脏兮兮的，把大拇指塞在嘴里吮着，两只眼睛却黑白分明，直直地盯着我瞧。我撇开头看后面没什么人跟着，就退后一步让他们先进门。不过是刚刚入秋，那男人却穿着臃肿的棉衣，满头大汗，神色紧张。待进得厨房，男人立刻放下担子，脱下棉衣，哆哆嗦嗦地翻弄了一会儿，又用力一扯，硬生生拉开一道口子。姆妈拿出家里的箩筐放在地上，男人便把棉衣对准筐口，噼里啪啦地，不多时就倒出一小堆，白花花的，看着像是米。这段日子以来，租界的粮食都是配给制，可那点儿杂粮哪里够吃？大多数人家都得从黑市买粮，而黑市的粮食贵得离谱，我们家就更不要想了，只能靠这种走街串巷的小商贩：我们买粮充饥，他们拿命去冒险，挣点儿钱回去养家。这年头，都不容易。

不多会儿工夫，箩筐里的米不再增加了，姆妈从兜里拿出银圆来数了数，递给那男人。男人弯着腰冲姆妈鞠了一躬，黝黑的脸上全是深深的褶子，如同车轮碾在泥地里留下的印痕。他正要挑起担子离开，筐里的娃娃突然大哭起来，男人赶紧放下担子，从另一个筐里拿出一个黑乎乎的东西递给那娃娃，娃娃抓着就往嘴里塞，大口大口地咬起来。

姆妈看着，摇了摇头说："外面介乱，侬那怎带着孩子到处跑？"

男人局促地抬起袖子擦了擦汗，又张了张嘴，似有什么难言之隐，最后叹着气说："这孩子不是我的。前些日子我们那边清乡队抓抗日分子，鸡飞狗跳的，抓了不少人。我看见被抓走的人里有个年轻姑娘，一直朝我这边看，我心想我也不认得啊，怕惹上事，赶紧低头，结果就看见地上坐着这个孩子哇哇地哭。我听人家说被抓的都是游击队，要交给日本人枪毙，就觉得这孩子到底是条命，不能见死不救。"

姆妈听见他这么说，就让阿弟去楼上把小弟穿不下的衣服拿几件下来，说要送给他们，反正家里孩子都大了，旧衣物原本也是准备捐出去给难民的。姆妈找了个大碗，倒了些水递给男人，一边又问："可就算这样，你一个大男人，把孩子带在身边也不安全呀，怎么不留在家里？"

男人接过水，先是从筐里翻出一个破碗，碗口上好几个缺口，小心翼翼地把水倒进破碗里，然后转了个圈，挑着没缺口的那面递给那娃娃，看着娃娃"咕咚咕咚"地把水喝了，这才又从大碗里把剩下的水倒进破碗，一饮而尽。

"我也是没法子，家里没人了。"喝完水，他用袖子抹了把嘴，继续说道，"我老婆家在宝山罗行镇，'八一三'没打起来的时候，她刚好带着孩子回娘家，没想到被堵在闸北回不来，我老婆全家和孩子一起，都被日本人炸死了，十几口人，全没了。我因为在南汇讨生活，做生意走不开，倒逃过一劫。本来想忍一忍，过日子嘛，没想到月头的时候，突然就来了好些汉奸狗腿，带着日本兵来清乡。他们说是要联保连坐，建了看不到头的竹篱笆把港口和路口都封起来了。从我们那边一路过来，到处是检问所，没有良民证的立刻就被抓起来当成抗日分子。我总觉得这群狗汉奸怕是还要搞些事情出来，所以想着把之前藏起来的粮食偷偷拿来城里卖掉，换成现钱，回宁波老家去。"

那孩子满脸鼻涕眼泪，抱着黑乎乎的饼子狂啃，姆妈忍不住，从柜子里拿出几张面饼递给那男人："这是中午刚做的饼，不是讲哪恁好，总比糠饼好些，给孩子路上吃。"

男人颤了颤嘴唇，终究什么也没说，只是抬起手撸了撸眼睛。"好人有好报。"他弯腰施礼。姆妈也回了他一个礼，祝福他早日返乡。

那男人挑起担子，颤颤巍巍地走了，脚前脚后，索非叔叔就来了。姆妈一边收拾厨房，一边招呼他让他直接上楼去找阿爸。我们两家认识那么多年，外面的虚礼自是不必遵从，姆妈只让我带两杯水上去。虽然艰难时期没有下午茶，但热水总还是有的。

"真的没法再出《科学趣味》了吗？可我们又没做什么？"阿爸艰难地说。

"不是因为我们做了什么或是没做什么，"索非叔叔无可奈何地说，"事实是，没钱了。"顿了一顿，他又接着说："你也知道，现在无论纸还是印刷，都在涨价，我们的杂志本来就是亏钱在做，现在人心惶惶，买的人就更少了。"

阿爸皱起眉头，一脸不认同："可上一期的销量并不是很差，怎么知道以后买的人会少？"

索非叔叔低头不语，沉默了约有两分钟，随后闷闷地说："他们派了人来警告我们，要多一些关于大东亚共荣圈的内容，我拒绝了。"

阿爸愣了一下，半晌说不出话来。他把手从桌上拿下来，在膝头狠狠地揉了几把，最后握成了拳头，骨节发白。

"哦，还有，你那本文化生活出版社的《在北极底下》也被警告了。"索非叔叔说，"因为《伦敦奇疫》涉及德国和纳粹。"

"欲加之罪！"阿爸愤愤地拍着桌子站了起来，"这天，就永远不会亮了吗？"

索非叔叔很快就走了，吃晚饭的时候，阿爸神情郁闷，没吃几口就放下了。姆妈抬头看了他一眼，突然问道："之前侬讲的那篇《论持久战》，哪恁讲的？"

"你是说，陈望道托人从重庆送来的那本书？"阿爸愣了一下。

"对呀，侬前年刚刚去了北培新建的复旦大学，就送给侬好几本新华日报馆的新书，其中一本我记得你特别喜欢，念叨了好久。"姆妈一边说，一边给阿爸夹了一筷子菜。阿爸若有所思，突然抬头看了姆妈一眼，举起碗筷，几口就把饭吃完了。随后，他起身去拿了一本书回来。

"抗战十个月以来，一切经验都证明下述两种观点的不对：一种是中国必亡论，一种是中国速胜论。前者产生妥协倾向，后者产生轻敌倾向。他们看问题的方法都是主观的和片面的，一句话，非科学的。"阿爸念道。

他放下书，怔怔地愣了几秒，又摘下眼镜仔细地用眼镜布擦了擦，重新戴上眼镜之后，他的眼里竟有了光。"这样看来，日本的军力、经济力和政治组织力是强的，但其战争是退步的、野蛮的，人力、物力又不充足，国际形势又处于不利。中国反是，军力、经济力和政治组织力是比较弱的，然而正处于进步的时代，其战争是进步的和正义的，又有大国这个条件足以支持持久战，世界的多数国家是会要援助中国的。——这些，就是中日战争互相矛盾着的基本特点。这些特点，规定了和规定着双方一切政治上的政策和军事上的战略战术，规定了和规定着战争的持久性和最后胜利属于中国而不属于日本。"他继续念道，"大体上我们要准备付给较长的时间，要熬得过这段艰难的路程。这将是中国很痛苦的时期，经济困难和汉奸捣乱将是两个很大的问题。敌人将大肆其破坏中国统一战线的活动，一切敌之占领地的汉奸组织将合流组成所谓'统一政府'。我们内部，因大城市的丧失和战争的困难，动摇分子将大倡其妥协论，悲观情绪将严重地增长。此时我们的任务，在于动员全国民众，齐心一致，绝不动摇地坚持战争，把统一战线扩大和巩固起来，排除一切悲观主义和妥协论，提倡艰苦斗争，实行新的战时政策，熬过这一段艰难的路程。"

我喜欢这样的阿爸，眼中有了光，心里有了希望。

2023 年 9 月 10 日

回到家，爸爸确实不再呕吐了，却又开始拉稀，也吃不下东西，每天只能喝下几口粥，还得隔一个小时才能喂两勺进去。另外，他是越来越糊涂了，医生说阿尔兹海默病还在逐渐恶化。爸爸问我，奶奶在哪里，还没等我回答，他又问，是不是跟爷爷在一起。我问他，你说的究竟是你妈还是我妈？爸爸愣了一下，犹豫地反问："有区别吗？不都是一回事吗？"我无可奈何地回答："当然不一样，你妈是我奶奶，我妈是你老婆。"爸爸的脸上露出困惑："我妈不就是你妈吗？"我白了他一眼："你老年痴呆了，跟你讲不清楚。"

下午的时候，我去医院问，有没有药物可以治疗阿尔兹海默病，而我得到的回答简单明了:"没有。"

医生告诉我,治疗阿尔兹海默病,就是一场旷日持久不可逆转的必败之战。"但是,我们或许可以通过治疗延缓病发的速度,提高患者生活质量。"

"治不好的病,延缓又有什么意义呢?"我哽咽着说,"他还是会忘记这一切,忘记妈妈,忘记我,再也回不来了!"

医生看着我,轻声说:"你有没有想过,你爸爸自己并没有想忘记你妈妈,更不想忘记你。他很想活下去,有尊严地活下去,不会语无伦次,不会突然就忘记了自己是谁,为什么站在那里,不会被别人指着鼻子骂说你老年痴呆了,废了,该死了。"

我愣在那里,不知道该如何回答。我一直觉得自己是受害者,从来没站在爸爸的立场上想过这个问题。每天,他会一个人坐在客厅的沙发上,孤孤单单的,开着电视,打着呼噜睡觉。到了夜幕降临,他就会一遍又一遍地打我的电话,问我什么时候回家。我会说,晚上十点,永远都是晚上十点,即使我十分钟后就会到家,因为我实在不喜欢他死盯着我。但也许,就像医生说的,他只是担心我,不想忘记我,所以一直记着我的电话号码,一直打,一直打。

这或许是他唯一能记住的数字了。

"失去记忆仅仅是阿尔兹海默病的一部分,患者还会失语、失用、失认,表达不出来,无法按照心意去执行原本可以完成的动作,认不出感觉很熟悉的东西或人。这会让他们感觉焦虑和恐慌,他们会觉得无法控制自己的身体,会因为焦躁而冲动,生活不能自理,甚至大小便失禁。"医生解释道,"很多病人会产生焦躁,可又无法表达,因而出现暴力倾向,也会因为被辱骂而陷入情绪低潮。没错,这的确是一场旷日持久且没有胜算的持久战,但谁都会死,只要能在死之前还能保有自我意识,能生活自理,能控制自己,那么,无论对患者本人还是患者家属而言,都是生活质量的提高。"

回到家里,我脑子里始终转着医生说的那些话。生命,从开始的那一天起,就是朝着死亡的单向奔赴,活一天,少一天。可是,从另一个角度去看,在生与死之间,无论你是什么身份,都得走自己的路,而人与人唯一的不同,无非是看过了多少风景,是否曾经快乐,是否一度流连。从出生到死亡的这一路,也一样是场旷日持久不可逆转的持久战,终点也依然是死亡,可我们不还是一天一天地过来了?所以,只要我们认真地过好每一天,不动摇、不妥协,不放弃希望,不纠结过往,把握好尺度,做应该做的事,真正做到对自己负责,那也就是合格的一生了。而如果通过努力,还能达成梦想,或许,就可以说人生很幸福吧。

"晚安。"我扶着爸爸从客厅回到他自己的床上躺好,轻轻地抱了抱他,亲亲他的脸颊，又顺手关上台灯。以前每天晚上临睡前我都会跟妈妈亲亲，互道晚安，爸爸只是微笑地看着我们，并不说话。但今天不知道为什么，我从他期盼的神态里察觉到，也许爸爸也很想被拥抱吧。关灯的那一刹那，我觉得我看到了爸爸眼里的光和他嘴角的微笑。

悠悠跟着我回到我的房间，不声不响地跳上床，顺势打了个滚，亮出肚皮撒娇。我半蹲在地板上，把头埋进它柔软的绒毛里，假装我并没有哭。

1945 年 5 月 9 日

4 月 30 日下午，希特勒自杀，随后，苏联红军将红旗插上帝国国会大厦的楼顶。5 月 9 日，苏联呼声广播电台用标准的上海话以最标准的语气难掩热切地报道着，苏联的朱可夫元帅和英国皇家空军上将泰德并肩而坐，接受德国最高统帅部总长凯特尔代表德国无条件投降。

在过去几年里，天总是黑得早，且沉重而漫长。于是我们一家子往往在漫漫长夜里围着矿石收音机，饥渴地寻找声音。延安新华广播电台、中国之声国际广播电台、重庆广播电台，等等。当然，最容易的就是收听苏联呼声广播电台，毕竟那是经过日本人特许的。虽说苏德在作战，但日本跟苏联却还是盟友，好像是签过什么《苏日中立条约》。

"八一三"事变之后，很多电台就被勒令关停，而自太平洋战争爆发以来，租界剩余的几十个民营广播电台也都被关掉了，就连短波收音机都被列为违禁品严加取缔。南京的所谓"中广协"还先后制定了好几条管理条例，包括什么"持有特许标准"，勒令持有短波收音机的人必须在指定期限内完成登记，由中日联合特许委员会审核，并到指定地点完成改装，把能够接收短波的零件去掉，违者"处以一年以下徒刑、拘役或 3000 元以上罚金"。听阿爸说，就连上海市政府的秘书长要用短波收音机，因公，也得市长亲批，然后致函日本宪兵队特高课审核通过。总之，只能听他们让我们听的电台，不许我们自己收听延安或者重庆的消息。不过，好在阿爸和索非叔叔有办法，他们搞来零件，在原来矿石收音机的基础上，自己安装了一套能收听短波的装置。当然，也不是一直都能收到信号，听阿爸说，日本人有大功率无线电干扰设备，专门用来压制我们的电台。不过，我们的电台也会在一定范围内游移以抗干扰，只要耐心调制，总能收到信号。

阿爸以前写过一篇科学小说，叫《和平的梦》，讲的是能够改变别人思维的无线电波，还详细解释了无线电广播的原理。我记得，那篇小说就登在《科学趣味》杂志上，我很多同学都喜欢看《科学趣味》，可惜很多年前就停刊了。

自从看了那篇小说，我就想学无线电。阿爸说，学无线电就要学物理，北大物理系是最好的。那等我长大了，就去考北大。

另外，那只黑猫终是被姆妈抓住了，却不是为偷腊肠，因为家里已经没有什么余的肉可以给它偷。它来抓老鼠，老鼠慌不择路，从厨房沿着楼梯上了三楼，正好撞上姆妈。姆妈尖叫一声，一脚把老鼠踢飞了出去，别看姆妈个子小，脚头功夫没得说。那黑猫也是个练家子，腾身跳了起来，在空中准确地咬住了老鼠的要害。我觉得应该是听到老鼠"吱"地叫了一声，但姆妈肯定地说没有，她信誓旦旦地说黑猫一击致命，且还在空中的时候就已经扭腰踢腿一个漂亮的空翻落地。我狐疑地回忆了一下，确实黑猫扑过来的时候头朝着我们，而落地的那一刹那就已经是头朝楼梯口了，转向动作应是在空中完成的，那空翻也是有可能的。姆妈一再夸那只黑猫厉害，会抓老鼠，我却遗憾当时主要还在震惊，不知道此黑猫是不是彼黑猫，没注意看它的动作。姆妈说，干脆以后我们也养只猫来抓老鼠，从单纯的老鼠药战略防守，到血脉压制战略进攻。阿爸说，孩子都养不起，还养猫呢？姆妈只得作罢。但那黑猫抓老鼠的风姿确实给人留下了深刻印象，关键是，主动出击且一招制敌，总是令人兴奋的。

晚上的时候，索非叔叔来了，他说，既然德国已经投降，而意大利早两年就投了，那日本应该很快就会投降。

"太好了！"阿爸兴奋地扶了扶眼镜，"打完德国，英美应该就会转过头来打日本了吧！"

"还有苏联，也会对日宣战的，毕竟都是同盟国。"索非叔叔笑眯眯地举起杯子喝了一口水，那满足的神情，仿佛是品着最上等的雨前龙井。

"所以说，我们也会快速进入大规模反攻阶段，对吗？就像那本《论持久战》里面说的。"阿爸激动地拍了一下桌子，却不幸打翻了杯子，一时手忙脚乱。

"错。"索非叔叔摇着头，"我们的反攻早就开始了。去年1月，八路军和新四军就已经开始对日伪军发起了春季攻势；3月，中国驻印远征军进入孟拱河谷作战。"他看着慢慢停下动作的阿爸，一个字一个字地说道："天，快亮了！"

姆妈这时已经拿着抹布把桌子上的水擦干了，她笑意盈盈，给阿爸又倒了一杯水："侬个《科学趣味》又可以办起来了伐？"

阿弟开心地嚷嚷起来："太好啦，又有故事可以看了！"

"均正，科学小说很受欢迎，我们把你之前写的几篇合在一起，出个合集吧。"索非叔叔把半个身子靠在桌子上，神情认真地说。

"好呀，太好了！"阿爸高兴得像个孩子，"其实你也知道，我那几篇小说都是根据外国科学小说改写的，主要是故事新颖。民众喜欢看故事，不喜欢读枯燥的文本，我们要宣传科学，可也得考虑大家是否能看懂，是不是愿意看。所以我才尝试把那些引人入胜的故事改到国人熟悉的场景和语境下，先吸引大家看故事，再加上通俗易懂的文字，配上插图，来详细解释科学原理，这样就不算填鸭了，大家也喜闻乐见。"

"是，只有科学才能救中国。"索非叔叔微笑着说，"向大众宣传科学，培养国民的科学精神，此乃吾辈之责，责无旁贷。"

"没错，当初'一·二八'淞沪抗战的时候，日本人专门炸毁了商务印书馆和中华书局，又遣特务一把火将东方图书馆化为灰烬，就是为了打击我们的文化信仰和抗日决心，要压垮中华文明的脊梁。既然他们想毁掉我们的文化，用他们那一套奴化教育来给我们的下一代洗脑，那我们就必须用文化反击回去，在大众中宣传科学，弘扬我们自己的传统文化，化笔为刃，杀敌于心！"阿爸说着，站了起来，绕着桌子转起了圈子，"其实，从《科学趣味》的读者来信里我发现，并不是只有科学小说受欢迎，科学童话和科学小品也有很多读者，也能吸引读者去爱科学、学科学，可擅长写这类作品的作者很少。所以，等情况允许的时候，我想专注于科学普及的工作，尤其是面向青少年推广科学知识，他们是中国的未来，对科学的接受度也更高！"

这时，姆妈拉住阿爸的手，把他按回椅子上坐好："均正，我有个想法，孩子们都喜欢看童话，不如你还是从童话入手？"姆妈的眼睛亮晶晶的，盯着阿爸，嘴角噙着笑意。

阿爸歪着头看着姆妈，似是有些失神，又突然咧开嘴转向索非叔叔："对啊，我多年专研童话，还曾应陈望道先生之请，在上海大学中文系教外国童话概论。所以，若先从科学童话入手也不错，孩子们喜欢看童话，你觉得呢？"

索非叔叔大笑起来，敲了敲桌子说："你问我？你自己家里就有六个孩子，不如问问他们？"

阿爸也大笑起来，抬起手指向我们几个孩子："问他们没用，无论我写什么他们都说好。"

这时，姆妈将手抚在阿爸的肩头，自豪地说："阿拉均正写得就是好，我当年也是爱慕伊的才华，才倒追伊，跟着伊私奔，从嘉兴来到上海。"

阿爸有些不高兴："什么私奔不私奔，我们是新式婚姻，是新青年追求自由恋爱的典范，你不要在孩子面前讲这些糟粕。不是你倒追我，是我心悦你。没有你照顾家，我哪来的时间写东西？"看着阿爸皱起的眉头，姆妈却笑成了一朵花。说实话，我姆妈是真的漂亮，认识她的人都说她比电影明星还要美出三分灵动和不羁。

索非叔叔愈发大笑不止，一边笑一边站起身来："你们两个，真是……看不下去了。我先回去，均正你且准备着写起来吧，稿子也是需要攒起来的。"

那天晚上，我久违地睡得特别好，直到第二日的晨晖洒在窗棂，将一抹金色随意地抛进房间，暖意十足。

毕竟，天还是会亮的。

2023 年 10 月 1 日

放假期间，我哪里都没有去，只在家陪着爸爸。

下午，我抱着猫陪爸爸看电视。那是一部抗战时期的谍战剧，背景是灯红酒绿的大上海，地下工作者正在用一台矿石收音机偷偷收听电台广播。电台里一个柔美的女音正在报道，苏联红军和美军在柏林会师，德国无条件投降。这时候，爸爸突然在旁边说："我们家也有亚美矿石收音机，我和海婴都喜欢无线电，海婴还注册了国际业余无线电台的执照，呼号 BA1CY。后来，我和他都考进了北大物理系，我比他高一级。"爸爸说这个话的时候，神采飞扬，仿佛又回到了年少时光。

节前我又带着爸爸去了一趟医院，心内科、神经内科、呼吸内科，末了还去了中医医院摸脉开方，开了两周的药。总体来说，爸爸的身体状况明显在恢复，一顿也能吃下 8 个饺子，虽然比以前 16 个饺子差了一半，但医生说，老年人就该少食多餐。

自从戴着头盔睡觉，从不适应到慢慢习惯，睡觉本身已经不太受影响了，但我却有些分不清哪些是我自己的梦，哪些是爸爸的梦，又有哪些是他的回忆。头盔有录像功能，有影像，有声音，但我脑子里还是多了很多不知道从哪里来的念头。这就很奇怪了，理论上讲，即使通过脑电波，我们也只能复制另一个人看到、听到或感知到的，并不可能复制另一个人心里所想。然而，我却很清楚地感觉到很多说不清道不明的东西，既不是情绪，也不是感知。我把这一切告诉了脑机接口实验室的主任，他说这是第一次听到这样的说法，出于谨慎，让我暂停了实验，把头盔也拿回去了，说要检查一下接收的内容。

我正准备离开，却发现主任欲言又止的样子，就站在原地尽可能用最诚恳的神情盯着他的眼睛。果然，主任挠了挠头，还是忍不住对我说道："其实，我们实验室内部之前有过一些讨论。像这样复制被监测者所有的脑部电波，不做任何处理，直接灌入监测者大脑，会不会造成监测者被动接受被监测者的意识，在全无防护的情况下，造成主体的意识混乱。"

"您这是什么意思？意识复制？"我似乎理解了那么一点点。

"意识是什么，人类究竟是如何产生自我意识的，这一切尚未得到完整的科学解释。"主任摩挲着头盔，想找到合适的词来形容，"我只能说，意识的产生肯定跟脑部细胞的活动有关。所以，复刻一个人所有的脑部活动，是否就能复刻这个人的意识，现在还处于非常初级的研究阶段。"

我想了想，没想出该如何回答，就冲着主任笑了笑表示感谢，转身回家。

刚到家，我就收到了一个包裹，打开一看，是个笔记本，古旧泛黄，潦草的笔迹透着熟悉和陌生，熟悉是因为很像我自己的狗爬字，陌生是因为肯定不是我写的。这时候我想起前几天收到的消息。妈妈去世以后，我估摸着不会再回西安，就把老房子租出去了。房客前些日子发现床板下面有个箱子，除了一堆的改锥扳手铁丝钳子松香电烙铁，还有一沓装在信封里的照片，两个相册。我让房客给我寄过来，到付。照片是在九月底收到的，主要是爸爸妈妈年轻时候的照片，当然还有我们的全家福，有我小时候的照片。后来房客又发来消息，说又找到一些，我依旧让他寄过来，大概就是这个回忆录了。草草吃过晚饭，我打开回忆录，一页一页念给爸爸听，念着念着，却跟我脑海中那些记忆或东西融合在了一起。终于，我知道那些说不明白的感觉是什么了，答案就在这本回忆录里。诡异的是，很多细节，爸爸说一点儿都不记得了，可我却记得。或许，复刻的不是意识而是回忆，而我的大脑在梦境中脑补了缺失的部分，并把这些内容收纳起来，并入了我自己的意识。

随后，我略带焦虑又有些兴奋地给实验室的医生打了电话，他听了也很兴奋，让我抽空把日记带给他看看。另外他还说，没事就给爸爸多念念日记，多引导他回忆、思考和交谈，这或许能有效地减缓阿尔兹海默病的发展。我挂了电话，回过头看着低头打瞌睡的爸爸，忽然又有了希望。听说最近又新出来一种治疗阿尔兹海默病的药物，或许，爸爸能再多陪我几年，平安喜乐，无病无忧。

那天晚上，我没戴头盔，却久违地做了一个属于自己的梦。我梦见一个小男孩站在凳子上，踮起脚，努力扒着窗台朝外看，外面传来阵阵枪炮声和爆炸声。他满脸惊恐，眼睁睁看着楼下一个男人的背影渐行渐远，消失在黑夜里，随即大哭起来。我走过去，站在他身边，问他怎么了。"姆妈说，日本人打过来了，到处杀人放火，好多叔叔阿姨受伤，她要去书店那边帮忙，可天黑了都还没回来。阿爸去救火，刚刚才回来，发现姆妈不在，就去找她，让我乖乖在家等待。"男孩抽泣着说好害怕，问以后会怎样。我拉着他的手，告诉他说，姆妈阿爸都会没事，他会考上北大物理系成为专家学者，他会有个女儿跟他阿爸一样翻译科幻、写科幻。他瘪着嘴说听不懂，问我什么是科幻。

我说，天，总会亮的。

我的爷爷顾均正

顾 备

　　《霞飞坊旧事》本是一个命题作文，期间我的父亲病情反复，急诊入院。好在，经过几天的治疗，终于稳住病情，但父亲的心肺功能依旧不好，每天只能吃少许流食，我也只能眼睁睁看着，无能为力。1月，我刚刚因为肺炎失去了母亲，时隔半年我又差点因为肺炎失去父亲。医生对我说，这个年纪的老人，心肺功能衰竭，又有阿尔兹海默病，身体状况就跟跷跷板一样，按下这头，那头又起来了，让我做好打持久战的准备。

　　夜深人静的时候，我突然想起来约稿。论持久战，爷爷当初在日据时期的上海，从1932年"一·二八"淞沪抗战爆发到1945年日本投降，整整13年，他们不也在打持久战吗？从闸北到租界，再到太平洋战争爆发日本全面占领上海，然后是南京大屠杀，重庆大轰炸，大半个中国被日本帝国主义的铁蹄践踏，在那个年代，他们岂不是更加绝望？是什么支撑着他们坚持下来？于是，我突然很想写一写我的爷爷，写一写开明书店的编辑们，写一写上海的普通人，在山河破碎、家破人亡、国人惨遭屠戮的时候，他们究竟在想什么？又做了什么？

　　我的爷爷顾均正是嘉兴一家米铺老板的孩子，17岁毕业于嘉兴一中，随后去了嘉善县俞汇镇任小学教员并自学英文。奶奶比爷爷大两岁，她在闺蜜家见到爷爷之后就因为爱慕爷爷的才华，主动相约，两情相悦。1923年，我爷爷21岁，考进商务印书馆做编辑，带着奶奶去了上海。他先在理化部编撰理化读物，后调《少年杂志》《学生杂志》任编辑。他翻译了北欧民间故事集《三公主》和法国作家保罗·缪塞的《风先生和雨太太》，还跟赵景深、徐调孚等人一起翻译了安徒生童话。1926年，爷爷应上海大学文学系主任陈望道之邀，在上海大学讲授世界童话。1928年，他加盟开明书店工作，任编校部主任、《中学生》杂志主编等职，并编写了《开明自然课本》。1939年，他与开明书店的编辑索非先生一起创办了《科学趣味》杂志，同时编辑了一套《少年化学实验库》，还大力推广科学小说，以吸引青少年爱科学、学科学。他的科学小品富有生活气息，与现实联系密切，具有独特的风格和严谨的构思，既有科学性又有思想性。新中国成立后，开明书店成为第一家公私合营的出版机构，而爷爷也从上海搬到北京，就任青年出版社的副社长。

在创作这篇作品的最开始，我本来是想讲我爷爷奶奶的故事，但写着写着就被历史牵着走了。为了尽量原汁原味地反映我爷爷所身处的那个时代，我查了很多资料，这才发现，上海抗战的历史竟然有很多都被遗忘了。比如，除了死守四行仓库的"八百壮士"，还有血战宝山的姚青山，还有饶家驹的南市难民营，有广慈医院和震旦大学，有孤岛文学，有浙东游击队。

并不是只有正面迎敌战死沙场才是英雄，还有很多地下工作者默默地为搜集情报而牺牲，还有浙东游击队员抛下小家顾大家投身于革命，还有很多在敌占区没有投降的普通人，他们在沉默中坚守，不放弃不妥协，用自己的方式对抗敌寇。尤其是那些看似手无缚鸡之力的文人，他们或许没有能力扛枪上战场，但他们在租界宣传抗日，组织募捐，也对科学救国抱以厚望，不向投降派妥协，更不献媚于敌寇，以沉默表达愤怒。

在这里，我其实也很想说一说20世纪50年代的那群科技工作者。我父亲是1956年北大物理系毕业的，师从叶企孙。我母亲是1958年北理工毕业的，火炸药专业。他们从北京分配到西安，把一辈子都贡献给了国家，说到底，还是因为心中有家国。20世纪三四十年代的知识分子是为了家国，五六十年代的知识分子还是心系家国，到如今，我辈请红缨，依然是家国当头。讲故土，无论如何都很难绕过家国，所以，我想试一试，把科幻与家国融在一起，看会有怎样的共鸣。

通过这部作品，我更希望读者能在我的字里行间去找到那些往事。

这盛世，如你所愿，山河犹在，国泰民安。

顾备，科幻翻译、科幻作家，中国科普作家协会理事，中国科教电影电视协会理事；华语科幻星云奖组委会委员；上海浦东新区科幻协会创始人兼会长。曾任职埃森哲（中国）有限公司交付中心高级总监，资深企业战略咨询总监。曾翻译《沙丘》《基地与帝国》《地光》等，创作小说《觉醒》《现场》《被编辑的双生》。

上海

三灶码头

王诺诺

1

"三灶码头"这个名字在地图上已经不好找了，一百年前，它是惠南镇东门外的一个村子，我的外公出生在那里。

村子临海，据说东海之水在此地开始有了南北的分别，南边的派入浙江，北边的派入长江。这里河港环绕，水路发达，与上海县（今闵行区）接壤，各色的船、货、人、事汇集又分离，称呼村子为"码头"，大约也与这热热闹闹的聚散有关。

因为耕田距离海边很近，雍正年间的县令钦连修了一条护海塘以防止海水倒灌，当地人称之为"钦公塘"。钦公塘塘西有一座明清式的三进四合院，第一进的街门被这户人家改成店铺，用一条游廊隔开，二进院是客堂，后院则是居所，院外还盖了一排茅屋供用人居住、杂物堆放。

四合院是没什么稀奇的，水乡人家在发迹之后都会盖这样一座，但当地人独独把这家的四合院当成表明方位的一个标识，一个地名。

"明日晌午来'乔裕丰'斜对面，我有东西给你。"

"等下如果走丢了，就到'乔裕丰'西边，妈妈等你。"

只要这样一说，人们便都能马上明白所指是哪。因为"乔裕丰"的街门建得很高，檐下又悬挂了红色的幌子，从一片青砖青瓦中巍然突出，很是显眼。

"乔裕丰"的主人乔老板在本地有点儿名望。他年幼时是四合院里唯一的男孩，祖辈溺爱，性格里留下了一些东西没有长大。他好游玩也好结交，除了茶馆，码头上就数这家最热闹。夏天店里坐满了人，桌子茶几上放两支水烟筒供人消遣，乔老板时常穿着鹅牌老式汗衫和白府绸的衣裤，与客人边玩笑边把木牌上密密麻麻的赊账誊清到账簿里。

在四十多岁前，乔老板是个很有福气的人。由于往上两代都是独子，他继承了乔家全部的一百多亩田、一爿店铺、两艘货船、一头牛和两把来复枪。自己家只耕二十多亩地，其他的佃出去，开的杂货店卖烟、酒、酱油、糕点和纸烛，店面不能盈利也不要紧，因为收来的租子已够一家人生活。成婚后，妻子为他生育了五个儿子和三个女儿，四合院到他这一辈终于也喧闹起来。

最让他面上有光的是，五个儿子里，四儿子是个头脑聪明的，读书认字都很早，四儿子就是我的外公。

一次镇上的督学来考察，问教室里三年级的同学，帮忙的"帮"字怎么写，大孩子不会。督学问谁会，会的举手。正读一年级的乔老四一双小手举起来，在黑板上认认真真写下了一个正确的"帮"字，督学很高兴，从此码头上的人就都知道了乔家四儿子灵光。

乔老板每天早上起来就到茶馆里坐坐，洗把脸喝点儿茶，有时也带着四儿子去，他和朋友拉家常，儿子在旁做功课吃糯米糕点。要是那天不上学，乔老四都愿意跟着去，因为出了门父亲更加精神，不像在家里时常听见他咳嗽气喘。乔老板染上肺痨后，为了控制病情，会在煤油灯灯罩上把鸦片搓成一粒粒的丸药再吞下去，尽管如此，有的晚上仍不得不坐卧，阿妈说再这么下去，就得去上海看病了。

2

春天暖和起来的时候，乔老板的病好转了，这年的秧苗又长得很不错，他毕竟是玩性大的人，就叫来码头上的熟人一起放风筝。

惠南一代有放风筝的传统，称放风筝为"放鹞子"。大型的"鹞子"用竹片和竹篾绑扎而成，再糊上牛皮纸，上半部呈长方形，下半部就是一个等腰三角形，这种风筝土语叫作"板门"。风筝最主要的一根骨杆被绷成一个大弧度的弓形，上面系一根在胶汁里浸泡过的布条，那是"鹞鞭"，升空后它会把空气抽出响声，多远都能听见。

乔家的"板门"足有三米多高，上贴一副万年红的对联，鹞鞭有二十多根，每根二十多米，很是威风好看。风筝的季节里，乔家晚上喊来好几个人搓麻绳，麻绳像小孩子的指头似的粗，一盘盘地码好了放在地上，那是风筝线。

放风筝的场地选在钦公塘上，长长的一条海塘上不种庄稼也没有树，海风畅快地从这一头吹向那一头。

乔家的板门风筝太大了，是无法自己升空的，乔老板又找出另外两只风筝来，小的一只有一米高，乔老四和哥哥举着，大的一只比人高一些，让长工伯伯抬到塘上。

下午落日前的风最大，十几个人排成队喊着号子一起跑，小的风筝在前头，升起后拉动第二个风筝，再带着第三个大风筝上天。等大风筝推升到了高空，需要好几个成年人一起牵拉麻绳，缓缓放出风筝线，最后才把线的尾端绑在四合院的拴马桩上。

正是傍晚涨潮的时候，钦公塘的一侧是蓝墨色的海水，另一侧是绿森森的春日稻田。无论在种田还是在赶路，三灶码头上的所有人都抬起头看，看到风筝上两抹万年红的影子，就知道这是高门槛红幌子的"乔裕丰"的风筝。

"你知道莱特兄弟吗？"三哥问乔老四。

"不知道。"

"白读了那么多书！飞机知道吗？"

"这个知道的。"

乔家有一台直流电收音机。乔老四从收音机里听过这个词，知道它是金属的，会飞，也知道它不便宜。

"飞机飞得比风筝高。"三哥说。

"你怎么知道的？"

"二哥说的，机械厂组织他们去龙华飞机场参观，他见过。飞机有的可以坐人，有的可以打仗，一点火飞老高！"

"那是多高？"

"肯定比风筝高！对着它许愿也比对着风筝灵！因为它能把愿望带到更高的地方去，观音娘娘能听到。"

"我不相信这个，三哥哄小孩子的，怪力乱神！"乔老四摇摇头。

等到天黑下来，风筝上挂的十几个手电筒就能看得见。人群渐渐散去，剩它们亮晶晶地在风里摆动，和星星混在一起难以分清。

大风筝在天上飞了一个昼夜。等到码头上的所有孩子都许了愿望之后，几个成年人合力把它收了回来，刷上桐油往仓库里收好，等着来年再飞。

乔老四的愿望是希望父亲身体快些好起来。

3

风筝的季节过去，乔老四升入高小，父亲的病到底还是变重了，由阿妈陪着去了上海的医院。

八月中旬的一个晚上，二哥回来了。二哥是冒着大雨从上海跑回三灶码头的，他做学徒的机械厂被日本人炸了，上海开始打仗了。

战争、疾病、几场暴雨，让这年的光景变得惨淡起来。

到了冬天，阿妈带着乔老四和三姐一起翻店里的账。村里的人家一般没有闲钱放着，所以在乔家店买东西多数都赊账，等有闲钱再来结清。

店堂墙上挂着一块白底小木牌，上书"流年万利"四个字，下面便放着账簿。陈年宿账积下来有好几页，阿妈就带着乔老四去要账。可是这一年种棉花种稻米的收成都不好，许多人家的情况更困难，阿妈说算了，最后一无所获回了家。

乔家欠别人的钱却不能也这样算了，父亲不善理财，这些年又是鸦片烟又是治病，阿妈什么都没有说，但乔老四和姐姐私下算一算，眼见着是要卖田了。

家里辞退了长工，从上海回来的二哥成为田里的主要劳动力，牛则归乔老四照顾。那是一头大阉牛，每天早晨上学前或傍晚放学后，乔老四带着它去打水，顺便让它在附近的草地上饱餐一顿。

牛棚在仓库旁边，这天乔老四来牵牛，发现一截麻绳从仓库门缝里露出来，他便想去收拾，进了仓库却发现里面一切都井井有条，唯有春天里放的板门风筝被人动过了，歪斜着靠在墙角，风筝线也乱作一团。

他忙去查看风筝，万幸上面没有伤痕也没有折损，只是在风筝尾部拴鹞鞭的地方，长出来一个拳头大的圆球，他用手一摘，球就掉了下来。

小球里面是蓝色的一团光，像阳光照射在海水上，仔细看还能看见蓝光里有一个小点，一上一下地蹿跳。他从没见过这样的东西，乔老四把小球揣进口袋里，赶着牛出门了。

屋外的空气里没有一丝风，路上也没有人，乔老四赶牛路过钦公塘。云明明走得很慢，地上斑驳的影子却迅速移动起来，乔老四疑惑地往光线的方向望去。

在一轮落日的边上，有个指甲盖那么大的阴影飘浮在空中，上面呈三角形，下面是正方形。

明明还没到放风筝的季节呢，他心想。

那个阴影晃晃悠悠向下飘落，如同一片叶子，最后掉进远处的海里。

这个时候牛不愿意走了，乔老四折下一根芦苇赶了一会儿牛，那只"风筝"渐渐漂到了岸边。

那可比他家的风筝大多了，有十来米长，表面发出银锭一样的光，尖头尖脑，却可以浅浅浮在水上，随着海浪微微摇动。

"风筝"上打开一扇门，出来个男人，衣服已经破烂不堪了，脸却是细皮嫩肉的，不像是庄稼人。

"喂——"那人喊道。

乔老四回头望了一圈，周围没有人，是在喊自己。

"喂——"

乔老四装作没听到，抽了两下牛的屁股。然而牛就像与他作对一般，倔着性子一动不动，反而悠闲地开始在路边嚼草吃。

"奇怪，难道你是哑巴？"

那人走得很近了。

"问你话呢。"

他的影子就横在面前，乔老四只好抬头对着他："你那个银色的东西，是不是飞机？"

海里出来的人皱眉，仿佛听到了很有意思的话："你知道飞机？小乡巴佬儿？"

"我知道，我家订了《申报》，还有一台收音机。"

"你家有收音机？收音机在你们这儿很稀罕？"

"对。全码头就我家里有。"

那人个子很高，乔老四又是个小不点儿，他弯下腰来和他平视："是这样的，我的飞机坏了，你也看到了，掉下来了，没有它我就回不去，我得把它修好，所以……可能得要你帮我点儿忙。"

"你是不是坏人？"

"我不是坏人。"

"'我不是坏人'，我三姐说，坏人都会这么讲。"

"坏人"看着乔老四，愣了一会儿，拉他到飞机旁。

"你自己看。"

说来也奇怪，明明半个飞机都浸在海水里，可是银灰色的表面却没有沾上一滴水。乔老四伸出手想去摸摸，回头看了坏人一眼。

"摸吧。"

他明白为什么水沾不上去了，飞机表面非常光滑，冷冰冰，手摸着像一条鱼。

"想进去看看吗？""坏人"打开飞机的舱门。

乔老四摇头："不看了不看了，牛在路边。我着急回家，三姐烧米饭还要用水。"

"那你相信我了吧？我不是坏人，只是遇到了麻烦，需要你帮帮忙。你几岁，念书吗？"

"九岁，四年级。"

"教书先生有没有告诉你，乐于助人是一种美德？"

乔老四抿着嘴："那你要我怎么帮你呢？我不会修东西，我二哥之前在上海机械厂做学徒，他说不定会……"

"不要你二哥，他没见过这种飞机。我自己能修，但可能需要一点儿时间。大概几天……或者几个礼拜的样子吧！这期间我得吃饭，不然没力气。你刚说你家是姐姐做饭，你每天给我带一点儿出来就行了。"

"你让我偷家里的粮食？我不干我不干。"乔老四把头摇得像拨浪鼓。

"坏人"严肃起来："日本人有飞机大炮轮船，整个中国能打仗的飞机一共百十来架，现在我这一架坏了——你说，不团结起来怎么打胜仗呢？"

乔老四歪着脑袋在思考，"坏人"蹲下来戳戳他的脑门。

"你就每天下午放牛的时候给我带吃的，放心，我要求不高，每天两荤一素就行。"

乔老四皱起眉头。

4

乔家有个特别的规矩，家里只有读过书的孩子能够上桌跟大人一起吃饭。

弟弟年龄小，是不够格的，阿妈只给他发两张板凳，一张上面放着一饭一菜，另外一张上坐着他的屁股，就这样在桌边埋着头吃。

乔老四上了高小就有了上桌的特权。父亲边吃饭边问了最近的功课，他一一作答，又将先生讲的局势情况告诉父亲：日本人已经在上海市和惠南镇站稳了脚跟，只是人没有那么多，三灶码头这样的村落不可能派军进驻。如果需要进城，得当心从南往北的道路，因为很有可能会有士兵巡逻。

父亲见他功课进步又很关心时局，满意地放下筷子，然后披上一件黑色呢绒外套，穿过积了薄雪的中庭，回房休息了。

父亲的背影因为咳嗽和哮喘而阵阵颤抖，落在几个孩子眼里，都知道他又要回房抽鸦片烟了。

乔老四抓起了一个馒头一碟小菜："阿妈，我回房温书了，今天想早睡。"

他将这一个馒头一碟小菜带到钦公塘时，"坏人"正躺在一片芦苇丛里睡觉，旁边支了几根树枝，悬挂一个水壶。

"你不是要修飞机吗？"

"我得先想想怎么修啊！就像作文前要打腹稿一样，都得有一个酝酿的过程。"

"喏，这是吃的。"

"坏人"倒没有嫌弃吃的东西粗陋，就着白开水狼吞虎咽起来。

乔老四四下张望了一圈并没有人，于是开口道："有个问题你得告诉我。"

"问。"

"为什么你不直接去买吃的，一定要我来送吃的呢？你一个开飞机的，不舍得花这点儿小钱吗？"

"我不想让其他人看见我，太麻烦。""坏人"顿了一顿，仿佛被馒头噎住了，"飞机是军队机密，跟太多人打交道，要泄露机密。"

"那你为什么信我呢？"

"你是小孩儿。小孩儿的话没人信，等你长大了，再想起这一段，自己都不相信！以为是做了个梦。"

"不会的。"

"嗯，现在你是说不会的。""坏人"轻哼了一声，接着吃饭。

"你的飞机是哪里坏啦？"

"动力系统出了点故障，所以误降到这里。掉进海里的时候能源没了，现在飞不起来。"

"哦……报纸上说，日本人的飞机是烧油的。你的也是吧？"

"不是。"

"那烧煤吗？火车烧煤的。"

"不是。我的飞机用的能源更加……更加高级，不烧任何东西，是靠风来飞。"

"靠风来飞？那是什么意思？那么厉害怎么还掉海里了？"

"坏人"似乎想起了什么，开始自言自语："掉进海里，掉进海里……嘿，掉进海里有掉进海里的办法，用电就行了……虽说发电比较麻烦，但备用设备全套都是有的。"

乔老四觉得这可真是个怪人。

之后几天乔老四很守信，夹带着馒头玉米饼给送来，而"坏人"在饱餐一顿之后会开始他的工作。

"你们这边吃得真不错！"

"军队里吃得不好吗？"乔老四问。

"我们吃的东西对身体更好，但是没什么味道。食物都被分装到一个个小口袋里，像药一样喝水送下去。"

"我三哥还说长大想从军，知道东西难吃说不定他就不去了。"

"你不想从军吗？"

"不想。从军就是打仗，打仗也治不了我父亲的病，打仗只会让世界越来越糟。"

"坏人"听了乔老四的话，停下了手里挖沙的活儿："但是，你觉得干什么会让世界越来越好呢？"

乔老四想不到，于是不说话了。

"别干站着了，来帮我干活儿。"

他在滩涂上修建起了工事，依照地形，将别处挖来的泥和沙混合，堆积成了几米长的小小"堤坝"。堤坝底部留了一条缝隙，用木头做了一个活阀，在堤坝上往上一拉，控制阀门的开关。坏人用木头刻了一枚螺旋桨，放置在活阀之后，又让乔老四从自家仓库找来了一卷卷的金属。

"你家是有铁线，只是这个纯度也太低了……不行啊。"坏人盘腿坐着，面前放着几堆线，一副愁眉苦脸的样子。

"我还不想给你呢。"

"真没别的线了吗？铜线？铜线有吗？"

"铜是很贵的，有我也不能给你。"

"欸？你这小乡巴佬儿，我都答应了你飞机修好了带你上天兜一圈，怎么反悔了？"

"铜太贵了！"

"坏人"撇撇嘴："小守财奴！没有导线可怎么办……"

5

这两日下雪，可是家里的活并没有因此变少。

姐姐天亮起来熬糨糊——店里每天都要煮一盆糨糊免费给街坊用，谁家要用都可以来店里取，据说里面放了花椒水，他们拿来糊鞋靸子真是可惜。

打扫、整理店铺的工作则由三哥和乔老四轮值来做，三哥马虎，乔老四很细心，用湿抹布擦完柜台还要再用干抹布擦一遍。大人进店堂一抹桌子，再看地上的灰，就能知道今天是老三还是老四值日。

这一天不上课，乔老四打扫完卫生帮姐姐用筛子筛做糨糊的面粉，弯腰时口袋滚出来一颗晶莹剔透的圆球。

三姐问他这是什么，乔老四怕乱拿东西挨责罚，连忙藏起来说是同学借给他的大弹珠。

等到姐姐回屋，乔老四把"弹珠"又掏出来看了看，他记得前些天这颗球里还是蓝色的光，今天却和庭前下雪一样，雾蒙蒙的，飘散了一些白色的碎屑，奇怪极了。他心想着晚上要把它拿给那个人看看，兴许这样一来就能搞清楚了。

"坏人"一般在飞机里睡觉。他也不怕飞机生锈，依旧由着它浸泡在海水中。

为了不让路过的人看见这架飞机，他用一张薄膜覆盖了整个机身。飞机成透明的了，除了风吹过海面的时候，机身表面会微微颤动，就和消失了一样。

"坏人"告诉乔老四，那是因为那块薄膜就是一块屏幕。它随时将飞机身后的风景拍下来，通过光纤传输，投射到机体的前面，这样一来，整个庞然大物便看不见了。

乔老四不懂什么是光纤，轻轻拍了拍处于隐形状态的飞机："你说它像一块屏幕？那能用它来放电影吗？"

"坏人"想了想："可以是可以，但肯定没有你想看的戏。"

乔老四兴奋了起来："那能把家里人都叫来，一起看一场电影吗？"

"不行，都说了涉及机密。"

"上次我们去上海看父亲，在虹口大戏院里看了一场外国人演的电影。但是那时姐姐在看家，我想给她放一场。"

"我在做正经事儿呢！""坏人"不耐烦地说，"你姐姐看电影重要，还是把日本人赶回老家重要？"

乔老四没有继续说话，手里紧紧攥着那个透明的小圆球，现在球体里面和黑色的夜空一样，布满了星星。

乔老四生气了，放下吃的，一溜烟跑回了家。

6

就在这天的晚上，日本人进了村子。

其实一开始村民也不确定那是不是日本人。自从战争开始，各方武装势力蠢蠢欲动，时常乌泱泱带着枪械大呼小喝闯进村，不知是黄衫队（伪军）、野猫队（土匪）还是真日本人。但无论是哪路人，进村后都要挑一个四合院，把那家的男主人吊起来毒打，直到他说出家财藏在哪里。哀号声听得人心惊胆战，没人敢在这个时候出门，所以，往往等武装部队走了，大家才会从别人口中得知刚刚来的是哪一路"神仙"。

这个晚上，在能辨别来者是何人之前，乔老板携着两支来复枪，和一家老小从家旁的水道划船逃了出去，暂时避避风头。上个月乡政府号召有枪的各家捐枪支持抗日，乔老板想捐，但正好瞧见大儿子和二儿子拿着枪在屋顶练习瞄准，就想缓几个礼拜。阴错阳差，此时有枪揣在怀里，心中还踏实了些。

三灶码头周围的水路复杂，一家人划到了天黑透，在一座石桥下把船拴好，准备如此将就一夜。

此处生着水葱和荇菜，像是人迹罕至的水道，大人稍稍放了心。孩子们毕竟玩性大，避难在他们眼中变成了春游，挤在船篷里点一只马灯讲鬼故事。

就在故事里的鬼要上岸杀人的时候，枪响从近处的巷弄里传来，紧接着是硫黄味，还有只有大军靴才能踩出的脚步声。

阿妈连忙熄了灯，一家人大气都不敢出缩在船里，连乔老板也压着咳嗽。在绝对的安静里，脚步声越来越近，而且越来越慢，像在仔细搜寻什么。

如果真被发现，一家人躲在桥洞里该怎么解释呢？同村的一户姚姓人家被抓走后再也没回来，都听说日本人残忍得很，他们是不是也要被抓起来，跟姚家人会面了呢？

三个日本兵举着手电和灯笼在岸边行走，如果此时往桥洞里探头，一定可以发现这条载人小船。

近得可以听见日本话的窃窃私语了。

一张轻薄的布把船覆盖住，什么声音也没发出，乔家人在黑暗中甚至都没有感知到。但乔老四认识这层薄膜，它是如此致密，一旦被包裹住，风一点儿也透不进来。

"坏人"从船尾钻了进来："借你们枪用一下。"

他瞄得很准，三个士兵，一共三枪。只不过都没有打中要害，士兵们躺在地上大喊大叫，趁一片混乱，隐形的船划了出去。

天亮的时候，乔家人安全回到四合院。

"你的枪法真好。"

乔老四迎着太阳送"坏人"回钦公塘，家人本想留他住，但这人死活要回到飞机上。

"我是当兵的，当然什么都会。我会打枪、会杀人、会开飞机……"

"既然你那么厉害，怎么会把飞机开到水里呢？"

"坏人"不说话了，乔老四接着说："刚刚你跟爹妈说你是个邮递员，我听见了。连个实话都不给，白吃了我家那么多天的饭！"

他小小的一个人，跟在巨大的影子后："你是日本人派来的吧？只有日本飞机被击落在了中国，才会像过街老鼠一样，不敢让人知道！"

"那我刚才为什么救你们？"

"别以为我没看到，你故意没打死日本兵，却在他们倒下后偷偷从人家手里拿了东西，你是日本人派来的细作！"

"坏人"重重拍了一下乔老四的头："我是为了拿这个！"

他从随身的背包中掏出了两把铝制水壶，举在手中晃了晃。

7

将水壶熔化后，"坏人"把它打成薄薄的一条带子，又在飞机里找到带有一个孔的卡片，铝带从孔中穿过，拉成了一条细线。乔老四拿出家里的麻线，绞绕在铝线上。

现在来帮忙的人多了起来，乔家贡献出所有的铜，几个男孩子过来打下手修补水坝、制作导线。等到一切准备就绪了，坏人把一圈圈的铝丝缠绕在一个木框上。

"这叫作线圈，这个是我带来的磁铁，线圈在磁铁的磁场里转就会产生电流。所以它叫作发电机。""坏人"解释道。

"我知道电！"乔老四终于等到一个听懂的词。

等到发电机做好的时候，空荡荡的海边潮水退到最低，螃蟹泥螺爬上岸，乔老四正好来送吃的。"坏人"把发电机安装在之前筑好的小水坝里，再用铝线将它连了飞机上，便坐下来吃干粮。

"你不想当兵是吧？那你以后想做什么呢？"

"医生，治好父亲的病。"

"你爸爸有什么病？"

"肺痨。"

"坏人""唔"了一声，然后就不说话了。

潮在不知不觉中就涨了起来，海水填满了他们建筑的堤坝。坏人用木杆量了量水的深度，一副很满意的样子。

"就等落潮啦！"

堤坝底部装有螺旋桨，落潮后开闸，海水从阀门中流出，带动了螺旋桨，也让线圈跟着一起转。"坏人"说这是充电的过程。

可是他看起来还是忧心忡忡："大约有好几个世纪没有人这样发电了吧？唉，但愿能凑合回去！"

"你的飞机本来是用什么起飞？"

"跟你说过，靠天气飞。蝴蝶效应懂吗？……一只南美洲热带雨林中的蝴蝶，偶尔扇动几下翅膀，可以在两周后引起美国得克萨斯州的一场风暴。我们通过算法破解了天气的混沌系统，通过一点点微调就可以改变风速和降雨……"

"你在说什么呀？"

"坏人"不作声，低头调试飞机仪表盘上的参数。

"电充满了，我们走吧。"他最后检查了一遍。

"我也上去吗？"

"我答应过你的，带你上天兜一圈。"

飞机的舱室里比外面看起来宽敞，乔老四坐在"坏人"旁边，一阵巨响后，飞机从滩涂里挪出来，坐在上面的人甚至能感受到轧过碎石子和浪花的颠簸。

下一个瞬间，加速度把他们狠狠摁在椅子上，飞机掠过海面的速度很快，浪花重重拍在机身上，让整个机体发出"咔咔"的震动。"会不会散架？"乔老四扯着嗓子喊。但"坏人"听不见，起飞的噪声已经盖过了一切。

驾驶飞机是一件很有意思的事，"坏人"不看前方的景象，而是看一块彩色的玻璃，上面显示飞机状况。他再一点点推动按键，将飞机拉起。窗外天气是阴的，在高速移动的眼睛里，灰色的浪和灰色的天混合为一体，成了一块巨大的混沌的幕布。

乔老四忽然觉得自己变轻了，浪花比自己矮了，钦公塘也比自己矮了，耳边的噪声一下子变小了。

一开始他不敢低头看越来越小的房子、道路、村落，但是到后来他怎么也看不够，趴在机舱上，下巴抵着窗，眼睛里倒映着旋转的大地。

"比你们家风筝高吧？""坏人"问。

乔老四没回答。

"看傻了啊？"

"没……没有，刚刚我许了个愿。"

"为什么在这里许愿？"

"这里高，神仙能听到。听到了，会把父亲的病治好。"

"坏人"转过头，看了乔老四一眼："你的愿望不会实现的。"

"什么？"

"肺结核要等抗生素大规模生产之后才能治。你父亲如果晚生个几十年就好了。"

"……骗人。"

"没骗你，我是当兵的我都知道。"

"你这个来路不明的人，说些莫名其妙的话，在我家骗吃骗喝，你快把我放下去。放下去！"

就在这时，飞机的动力装置发出了一阵巨大的鸣响，仿佛什么东西被生生撕裂开，顿时，机舱里的两个人感到天旋地转。

"怎么回事？"

"不行……果然电力还是带不起来……你坐好了，扣好安全带，我们先回到地上！"

乔老四不敢说话了，"坏人"的额头渗出汗珠，盯着眼前的数字，手里的操作也没有一秒停下来。

飞机降落回到钦公塘，乔老四第一件事就是伏在路边吐了一通。被刚刚的失重和惊吓折腾得翻江倒海，等到他抬起头想找块帕子擦擦的时候，发现"坏人"就蹲在他旁边三米，也是闭眼低着头，扶着树一样地吐。

"喂……"乔老四拉拉他的衣角。

"完了完了，这下回不去了……"那人吐完坐在地上像要哭的样子。

"你不是当兵的吗？"

"回不去该怎么办啊……"

"你究竟是要回哪里？"

"坏人"斜斜地瞥乔老四一眼："你怎么不回家？还坐在这里干什么？以后不要你送吃的了，反正我是回不去了！"不知是紧张还是悲哀的缘故，他的两只眼睛充血。

"你不要丧气，我的父亲病了，家里要卖田，日本人打来，不知道还能不能继续念书，我还是一样地每天醒过来，干活、读书。这是阿妈教我的……生活总要继续。"

"我来告诉你，你父亲的病好不了了，你家会破产，日本人现在占领上海，以后会把大半个中国都占领了……"

"你怎么会知道这些？"

"我是从几个世纪之后来的。"

乔老四想起前段时间哥哥给他买的连环画，上面是儒勒·凡尔纳的故事。

"所以你之前都在骗我。"乔老四长久以来内心的疑问得到了解释。

"我确实是出了故障迫降在这里，这一点没有骗你。你错把它认成飞机，我也将错就错……算了，跟你说这些干什么呢？"

乔老四挑了个干净的地方坐下，把自己的帕子递给"坏人"。

"反正说了你也听不懂，那我就继续说吧。我们那个时代人还是会打仗，只要有人就会有冲突。"“坏人”接过帕子，"死了很多人。然后我偷偷做了这台机器，时间机器，用它到过去改变一些事情，就可以避免战争发生。"

"死了很多人？"

"气象武器……人们通过制造气象灾难来互相伤害，我的两个哥哥都是军人，死在战场上，一个被龙卷风带上天，另一个死在冰雹暴里。因为南极冰川在战争里被做成了洪水武器，现在我的家是一片汪洋。"

"但你们有抗生素，如果我父亲在你们的世界里，他就不会死。"

"人想改造自然，让自然为己用，一开始是火、石头，接着是电、抗生素，再后来我们开采能源，控制气象……最后引来的竟是灾难！"

"可是你做出时间机器，不也是在改造自然吗？"乔老四疑惑地问道。

"坏人"一时间答不上来，缓缓低下身子："现在说这些又有什么用呢？没有了能源中枢，电力无法加速，速度不够是无法开启时间跃迁的……"

"飞机"静静地漂浮在水中，夕阳落在海天交界处，像天边结出一个红色的血痂。乔老四掏出口袋里的水晶球，现在里面不是蓝色，也不是灰色，而是太阳一样温暖的红色。

"你是在找这个吗？"

"坏人"睁大了眼睛："怎么会在你这里？"

"它挂在我们家的风筝上。"乔老四说道。

坏人把小球捧在掌心，拂去灰尘，反复翻看，然后将乔老四抱起来转了一大圈："太感谢你啦小福星！我可以回家了！"

"我一开始也不确定，以为只是个漂亮的弹珠，但后来发现它的颜色是跟着天气变化的。你又总说你的飞机是靠天气和风起飞……"

"一定是时间跃迁的时候通过间隙掉到了这里，这里高空上只有风筝，它只能附着在风筝上了！"

"有了它就能改变天气？"

"嗯，它是一台超级计算机，等你四五十岁的时候大概就能明白超级计算机是什么意思了。"

"坏人"在手掌中将这颗小球不停调换位置，它向空中投射出了一张气象图。飞机在图像中央，周围详细标注了气流的速度、空气的湿度。

"坏人"将起飞的指令输入小球，图像发生了一些变化。

"唉……现在地面没有任何气象调节装置，我们要手动起飞了，可能需要一些帮手，你家里人明天有空吗？"

8

拾柴和劈柴的工作持续了一整天，"坏人"按照屏幕上的信息在岸边找到了距离不等的四个点，然后乔家人在上面一一布上柴火。

到了晚上，"坏人"把他的那块隐形用的薄膜找出来，取来晾衣服绳拴在两棵树的枝杈上，放《马路天使》。

"你有这个电影？"

"嗯，我查了电脑里的数据，这是你们这个时代最受欢迎的电影。"

一家人第一次露天看电影，十分尽兴，直到晚上海塘上渐渐起了露水才往家走。

第二天早上坏人微调了柴火的位置，再三与球状计算机上的数据核对过后，终于抬起头来说："可以了，点火。"

几处火焰升腾起来。

在电脑的计算下，改变特定地点的受热情况，就像蝴蝶精确扇动两只翅膀，将会改变局部的气象。

火焰产生的能量使得热气流攀升至高空，并且逐渐膨胀，将原本高处的冷空气向下挤压。

一阵风把乔老四的衣角掀起："起风了？"

"这是下沉冷锋，我们改变了局部气流。把风筝拿出来吧。"

几枚风筝被几个哥哥依次放上天，现在上面的鹞鞭装上了测量风速的标识，将上空的气象数据传到地面的电脑里。

"等到风速够大了我就进入时间机器，升入空中后如果速度够了，我就可以启动时间跃迁……那样就能回去了。"

"你走了还会回来吗？"乔老四问。

"应该不会了。"

"你说你要改变过去的一些事情，这样未来战争就不会发生，能告诉我是什么事情吗？"

"将 1938 年这一片的几个村子烧毁。"

"什么？！为什么？"

"这是计算机告诉我的答案，混沌系统就是那么奇妙，两件看起来不相干的事情在冥冥之中却有因果。放心，我不准备这么做了，能回去就已经是万幸了。"

"所以……我第一次见面的时候觉得你是坏人，一点儿都没错啊！"

"哈哈哈……还真是！"

飞行器在风的作用下升起，等它抬升到比风筝高了之后，就再也看不到了，乔老四不知道那是因为它躲进了云里，还是因为"坏人"真的回到了自己的时空。

从那之后生活一切照旧，三灶码头上船来船往，在熙熙攘攘的聚散里，小孩子不知不觉就长大了。

一年之后父亲病故，母亲将田产抵押出去做了乔老四的学费，后来他去了上海和杭州读大学。

日本人在惠南镇整整驻扎了七年，其中有一次差点儿放火烧了码头。

好的事情和坏的事情都在发生，也即将发生，在童年就知晓这一切的乔老四在一生中，一次次验证着这条结论。

很多年之后，乔老四回到老家的仓库，母亲已经故去，那只巨大的板门风筝歪在墙边。他将上面的灰拂去，发现筝骨暴露了出来，上面拴着一个小球，不像童年记忆里那么晶莹漂亮，却折射着那天窗外的漫天星光。

"哦，原来那时候还真不是一个梦啊。"乔老四自言自语道。

新与旧，好与坏

王诺诺

外公从很久前就开始写自己的回忆录，如今他已九十多岁，数万字的回忆录工整誊抄成三份，分发给几个子女，我也从妈妈那里得到了一份。

在撰写和誊抄的过程中，他时常对内容进行增改、修订。他用来回忆、记录童年的时间，已经远远超出了童年本身的时间。这是我完全不能理解的。

他1929年出生于上海南汇惠南镇旁的一个小镇里，父亲早亡，家道中落，辛酸的童年结束后，他前往上海完成中学学业，又在杭州的浙江大学获得了工程测量学位。

在大学所学的专业跟外公的性格十分契合，在我婴儿时期，他每日会给我蒸一个鸡蛋。这个鸡蛋得用15分钟的中火，掐着表蒸，少一分钟多一分钟都不行，以至于直到今天，我心目中好吃的蒸蛋还是布满水气孔洞的老蒸蛋。

但除了独特的蒸蛋技巧，专业培养出的严谨习惯并没有为外公带来太多利好。他在五十岁前的人生里经历了战争、建国、天灾、运动，直到将要退休才去了南方。

怀念故乡和童年是很多人一生的文学创作母题。我也常常想从自己有限的人生经验里挤出一点儿关于思乡、念旧的情感，然后将这些情感提炼、凝固，成为一篇科幻小说或者是别的什么东西，但每一次我都失败了。

我分析过失败的成因——我生活成长在改革开放后的广东，从记事的那天起，一切都是日新月异的。对童年的我来说，如果生活有一个方向，那么它一定是昂扬向上的。今年比去年好，明年又比今年好，没什么比这更加简单清晰，理所当然。成型于童年的世界观影响了我相当一部分的思考回路，让我成为一个乐观的人。

但如果深挖，这种世界观也暗含一个致命的漏洞——如果明天永远比今天好，那么是不是意味着，今天相较于明天来说，是不值得过的？至少，它是不值得认真品味，细细去过的。"今天"只是实现明天的手段，如果那个注定到来的、更好的明天没有到来，那么我们拥有的、此时此刻的今天就变得意义全无。

至于昨天呢？

昨天就更不具备意义了。因为"昨天"是达成"今天"的手段，美好的今天已经到来，它尚且不值得我浪费精力去过。那个面目模糊、破败不堪的昨天，它的归宿只能是记忆海洋的深渊里，且最好如沉船一般被锈蚀、融化，永不被打捞起来。

与昨天相伴的故乡、故友、旧物，都躺在那艘沉船里，而作为意识主宰的我，已经从海面跃起，头也不回地飞向天空。

在多次尝试无果后，我推断这就是我无法产生思乡、念旧情绪的原因。关于未来的高度预期挤压掉了往昔岁月。

成年后的我有意识地在脑内打断自己回忆和追念的思绪，它成为我一种老练的思考逻辑，智识中最寻常的一部分。这让我避免了相当一部分悲伤，但也消解了一部分的幸福。

在这里提及的幸福是什么呢？其实很大一部分幸福来自确定性，当我们面对未来，挑战和未知让肾上腺素飙升，心里总是充斥着刺激和期待。面对已经尘埃落定的过去时，你会深深知晓一切已经无从改变，此刻凡人和君王第一次有了平等——横亘着一条时间长河，无论是如何权力滔天的人，也无法改变过去一分一毫。

会遗憾？当然。但也会因此获得一种淡淡的幸福，这是属于确定性的幸福。哪怕是神仙来了，曾经一个人在昨天获得的快乐，每一条因快乐产生的笑纹都无法再被夺走。

我想这或许就是外公一遍又一遍润色他的回忆录的原因。

我将这种我从未体验过，但希望有朝一日能够拥有的感觉改编成了《三灶码头》。它取材于外公回忆中那个九十年前的浦东乡村，三灶码头镇。希望这个小镇上可能发生却从未发生的故事能给每个从过去汲取能量的人带来幸福。

王诺诺，《科幻世界》杂志专栏作者，已出版代表作《地球无应答》《故乡明》《浮生一日》。获得2023年百花奖科幻专项奖、银河奖、华语科幻星云奖、冷湖奖、晨星奖等奖项。作品连续三年入选人民文学出版社"中国最佳科幻作品"年选。多部作品翻译英、日、韩等国语言，出版海外。

上 海

柱
民

水

弓

没人确切知道万朝大厦最初是怎么起来的，也没人说得清柱民是如何诞生的。关于大厦建成史，流传甚广的有两个版本。

一版是设计说，就和所有神叨叨的传说一样，有一位伟大的建筑师，或者是一群团结如一的伟大的建筑师，从无到有，从桩基到天台，一劳永逸面面俱到地设计了大厦，又划分了大厦居民和柱民。

另一版是合长说。合长说里也有一群建筑师，不过不太伟大，反倒有点儿猥琐，也不太团结，反而挺会内耗。在城市还基本摊平在一个面的古老年代，他们你追我赶地在寸土寸金的地皮上争建超级摩天楼，直到占满了防火规范所能允许的所有位置。自然光线和通风不再重要，人们取消了日照间距，大楼之间的连廊也随之出现。连廊扩大到平台，再到多层的复式楼间楼。终于，楼们的独立性也消失了，它们挽手并肩结成了一整块，继续向上生长。

林先生和很多柱民一样，比较喜欢合长说，听着好像万朝的今天还包含了自己一份功劳似的。据说在合长说里还有一段叫作开墙的时期。那时所有群婚的摩天楼都拆掉了自己原本的外墙，敞开怀抱融入集体。柱民们居住的标准柱和筒墙也是那会儿出现的，它们按着严谨的网格布在融合后的大厦里，重组了结构，支撑着大厦不停地加盖，直至如今九千米处的穹顶。

1

林先生在半夜里被晃醒时，屋外公共攀登口的灯刚从断电中恢复。荧光透过气窗照进来，在正墙上打出一块柠檬黄。15号柱委会过去对柱内的熄灯时间一向卡得很紧，但最近底两百层的大部分工厂在停工，大厦断过好几次电，柱委会也开始疏于管理了。

大厦仍在微微摇晃，高处的那排大阻尼球显然不及荧光线系统反应迅速，还没来得及重启。林先生躺在床上，听着林太太发出轻微的鼾声。荧光散射下四壁清晰可见，铁盒般箍着双人床，好像伸手就能摸到。灯光这么亮，大楼还摇晃，要再入睡就有些困难。更何况林先生心里有事。过几天要去柱委会和上屈的余先生调解纠纷，一想到这事他就睡不踏实。

攀登口有人在上梯。三个迥异的脚步声，合着防坠索碰撞柱壁的脆响。第一个正是余先生，单听那急促的动静就知道是他。余先生经常加班到深夜，不管多晚回来他总是重手重脚，毫不考虑大部分邻居都已入睡。第二个穿一双硬底鞋，步子浮飘，是上三屈的秦先生。秦先生今天去920层的东北域办事，想必脱了好几班电梯，这个点才到家。

他果然听见余先生开口了，带一种特有的夸张口吻："真服了你了老秦，就我们两个人，你明明可以走左边。这儿又不是46号，还不至于那么挤！"

他又听见秦先生在细声笑："别那么大声。46号是46号，你还能指望它什么？"

柱内看不惯余先生的人不少。若有谁使个坏，在他防坠索上绞一刀，那堆九十公斤的肉就免不了吃上点儿苦头。林先生想着，不禁微笑起来。纵使掉不下去多远，吓唬他一下也不错。

最后一个是下六屉的何小姐。她的鞋底很软，落在梯格上轻轻巧巧。她是这个柱段里罕见的单身女性。她爱干净，不喜欢头顶上有很多鞋底走动，所以总随身备一顶专用小帽，只在上下梯的时候戴。

林先生默数着渐渐接近的脚步声。他在想象中把攀登口从上到下剖开，视点拉到很远，能看到这一柱段的全剖面：上下72扇一模一样的屉门，无隙地垒成极细长的一列，每扇门上有个气窗，以两米间隔规律地排上去，像一道细直的虚线，又像一支超长的竖笛。三条人影在笛孔之间向上移动，从这个孔，移到那个孔，最后走进哪里，哪里的孔就亮了。

如果把视点拉到底下的柱段进厅，朝攀登口仰头看去，看到的会是另一种景象。一臂宽的景框，小而深远，像一口竖井；一边是两架紧挨的壁梯，另一边是光洁的塑料屉门，在温润的荧光里，两者都以某种极高的频率，繁复地叠上去，仿佛特写镜头里的琴键，或者百叶，或者图书馆书架上的书脊，叠向看不清的顶部。有时林先生下班晚，壁梯上没有其他人，这时，他就能看到这样的画面。

上屉的门"哗"一声滑开。余先生硕大的鞋底在气窗上方掠过，消失了。门又"哗"地合上。秦先生瘦小的背影也紧接着出现在窗外，一顿一顿朝上蹬。

荧光终于暗了下来，只剩微弱余亮。攀登口重归沉寂。空气温暖而湿润，饱和了72屉所有人吞吐的气息。他听见余太太在咳嗽，余先生在噼里啪啦脱鞋，还把大背包"哐"地扔在地板上。但没有对话。余家两口子连招呼都没打，就各自入睡。他眨眨眼，又暗暗笑了。楼下，何小姐的屉门也轻轻关闭。他能远远听见她放床整理的细碎响动。还有其他背景噪声：鼾声、磨牙声、呻吟声。夜深人静，柱内再轻微的声音都会顺着屋角管道传过来。楼上某处有人起夜，淅淅沥沥，又是"轰"的一下。楼下有人频繁地翻书，是伍太太在挑灯夜读。更远的楼下有人呕吐，是邹先生又醉了酒。林先生小心地嗅了嗅，不知是否已有酸腐味儿漫了上来。

极远的地方传来一阵模糊的轰响，悠长而低沉，穿越柱内空洞奔袭而来。3000多米之上，997层的大阻尼球机组正在重启，传动器操纵钢索，推动巨大的铁球阵列抗衡风力。每隔100层的小阻尼器同时运行，摇晃的感觉慢慢消失，大厦终于静止不动。

林太太也醒了。黑暗中她点亮夜光表看了看时间。然后她推推林先生："老林，你听。"

那是潜藏在柱内背景噪声和柱外机器运行声之下的另一种噪声，间歇的，乱哄哄的，毫无章法的，就像有个庞大的群体在朝各个方向散乱而缓慢地走。

林先生沉默了一会儿，悄声说："大半夜的，外面的事咱们少管。"

2

林先生夫妇在万朝大厦的东南域 15 号柱子里已经住了 7 年。准确地说，是 15 号柱 27 柱段的 21 屉。这个位置大约在大厦 559 层和 560 层之间。当然，柱内屉的编号和大厦楼层数用的是不同的两个系统。

在标准层那 84 米跨度的柱网里，随便找一根柱子横剖开，你就会看到正方形截面的中空部分被划分成大小两块：一块是 4 平方米左右的柱内屉，另一块是能容纳两个人并肩上下的公共攀登口。

如果说组成万朝大厦的是玻璃和钢筋混凝土，那么组成它内部社会的就是大厦居民和柱民。大厦居民住在柱网和筒墙之间，柱民住在柱子和筒墙里，彼此只隔了一道不太厚的柱壁，再加一圈更薄的高纤板和隔音板；在隔音差的地方，他们能微弱地听见对方，但看不见，摸不着。白天，柱民和大厦居民一同工作；入夜后，两者生活在咫尺之遥的两个世界里，仿佛互相隐形。大厦居民看不到柱民进出柱子，每个柱段的进厅都在隔 20 层一设的避难层里。柱民的地图上也看不到大厦居民的居住区，只能看到荧光线开放的公共区。所以大家也管这地图叫荧光图。九宫格的图面上，有荧光线的地方详加标记，琳琅满目；没有荧光线的区域是空空的一个线框，对于柱民来说，那些区域不存在。

在万朝大厦的 364 根柱子、9 个电梯核心筒再加井字形的多重墙里，住着大约 1700 多万屉柱民。严格算来，他们在大厦里连居住面积都不占。

林先生夫妇就是一对很普通的柱民。他们和大多数人差不多，有点儿小算盘，对食堂、澡堂、电梯的涨价忧心忡忡，但从来懂得进退，安分守己，不像 46 号的柱民那么怨气冲天。46 号不是柱子，它是电梯核心筒的墙体。但大厦楼委会还是把它和柱子一起编号。形态上它是个放粗了好多倍的柱子，四米厚的中空双层墙围出一个巨大的深不可测的电梯场，签筒般戳着几十口梯井，一路拔向天顶。住在墙里的人们从早到晚被电梯声烦扰，不戴上耳套就睡不成觉。有时哪台电梯故障了卡住了，修理时的震动会让附近屉里所有没固定的家什都跳舞。

像余先生，甚至不承认 46 号和其他墙里的人也是柱民。他和很多人一起给对方另起了一个称呼，叫"墙民"。

"谁爱去呢？那就是个贫民窟，"他常常这么说，"但你也不能否认他们那里消息又多又快，电梯嘛。"

"当然当然，就是个贫民窟。"那时林先生还没跟他翻脸，还会敷衍两句。林先生自己也不喜欢46号，林太太一听到46号就吓得要命。他们以前的老邻居魏先生，曾是林先生的同事，两年前失了业，搬去了46号。直到现在林太太一提起魏家还是唏嘘不已。

"我先生去46号看过他们，那里真的是，啧啧……"有一阵子她在柱段里逢人便说，话还说不全，永远以感叹词结尾。

"就是，就是，"林先生也总是赞同，"比起他们，我们这里真安静；比起底两百层，我们这里不冷也不热；我们离电梯场又不远，还有什么好抱怨的呢？算了，算了。"

林家是一套标配柱内屉。2.7米×1.6米×2米的空间，有折叠双人床位，有壁架，有电视屏，有带抽水马桶的盥洗位。如果把侧墙上的单人吊床打开来，足可以住一家三口。

柱内生活也和柱内屉一样标准而规范，最激动人心的是在早晚高峰，壁梯上每隔两三米就是两个人一起"唰唰唰"地上下，同时交换着问候、新闻和小道消息。有时从上到下的十几排人都在谈论同一件事，抬头低头只见别人的鞋底和头顶，手脚麻利地蹬着梯，摆弄着保险带防坠索，却还能七嘴八舌大谈同一个话题。那场面相当壮观。

而林先生自己每天最喜欢的时刻，是经过一番辛勤攀登后，到达自家屉门的那一刻。屉里弥漫的灯光比路灯的荧光更亮更暖，金澄澄的，穿过气窗透出来。他留出一只手把住壁梯，半转过身，另一只手把防坠索挂上门边的钩，再开门、跨步、进门、解索、脱带，一气呵成，最标准的动作流程。但一定要穿保险带。有些人贪快，不穿保险带直接攀登跨门，有时会失手掉下去；还有些人，睡觉前没关门，半睡半醒地起床一步跨出，也会掉下去。反应迟钝的掉下好几屉才能抓到扶手，运气更差的就一直掉到底下的进厅。所以不穿保险带、不关门的现象逐渐成了柱内社会的公害，柱壁上到处刷着要求人人穿保险带，家家关门的标语。

这都不是什么大问题。林先生觉得那些人挺傻的。柱内有柱内的规则，认真遵守就太平无事。他就一直很规矩。他整个人生的目标和梦想也一直很清晰：加点儿薪，生一两个孩子，将来再租一个屉。

至于他目前的目标和梦想，那就更简单了：让余家消停下来，或者干脆摆脱他们。

3

余家夫妇是天生一对，凑在一起就成了柱段里的"火药桶"。余先生又高又壮，在屉门口站直了几乎跟气窗上沿持平。林先生有时会在噩梦中看到窗外突然出现余先生的一双眼睛，悍然瞪来，甚至还要破门而入。尽管至今为止窗外擦过去的一直都只是余先生宽阔的后背和一双标志性的大鞋底。

很多邻居对余家有意见，但都小心规避矛盾，只有林家身不由己地被拉到了最前线。

第一根导火索就是保险带。当柱民离开柱子时，保险带都按屉号挂在进厅里；而回家后绝大多数人会把它挂在屉门外一侧柱壁的挂钩上，占用一块公共墙面，算是一种约定俗成的划分领地。半年前，余先生开始经常蹭掉林家的保险带，有几次甚至两套都挤下去了。林先生不得不借了下屉伍先生的装备，去进厅捡回来。

余先生却说："这是公共场所，挂那儿妨碍交通。你瞧我就没挂！"

他嗓门本来就高，振振有词时更像在吵架。林先生很想说那么多人都挂怎么偏就挤我的，又怕引起别人的不满，只好不了了之，把保险带挂进屉里。

从此两家就不对劲了。

到后来，矛盾愈演愈烈，什么鸡毛蒜皮都会变成祸端：攀登慢了，说话大声了，台灯开得久费电了，诸如此类。

又有一次林太太狠下心在荧一商场买了双浅口高跟鞋。没爬几次梯，鞋子掉了一只。余先生刚巧在她下面上楼，被砸中了头，气得他在半空中放声大骂："学什么不好，去学人家住平地的？梯上公德懂不懂？"他的吼声72屉人都能听见，"荧一的东西也是你能用的？不看看自己什么德行，披上龙袍也不像太子。"

林太太落荒而逃，一回家就把脚上剩下的那只扔到角落，后来再也没穿过。掉到梯底的那只，林先生悄悄捡了回来，和另一只放在一起，摆正了。

事后林太太闷声说："何小姐也穿的，没人说。"

林先生说："算了，算了。"

林先生忍气吞声了好一阵。听人说余先生公司里形势吃紧，心想他只是回来撒气，不如息事宁人。直到有一天他在一个荧七层的小食堂碰到了秦先生。

"老余他看上你的屉了。"秦先生的话让林先生大吃一惊。

"什么？"

"我那天路过听到的。他们打算要孩子，想再租一个屉。"

"老魏的29屉现在还空着，干吗要我的屉？"

秦先生笑了："你真是缺根筋。你的屉就在他们下面，照顾起来多方便？你的屉要比老魏的屉少爬多少路？他闹得你吃不消，到时你顶不住了就去跟柱委会申请换到老魏那屉去，你的屉不就空出来了？你啊，自己多动动脑子！"

林先生一转念就明白了，顿时怒不可遏。自己居然没早想到这点子，这更让他气得饭都吃不下。这之后，余先生再度在门外挑衅时，林先生猛地拉开门，操起一把螺丝刀——柱内不允许有利器，连剪刀都是圆头的，能买到的最尖锐的工具就是螺丝刀。"有种你试试看！"他喊。

这一招果真见效，余先生一惊之下匆匆收兵。他豪迈地一步跨过林先生头顶，重重踏进家门。

这事上下几十个屉都听到了。第二天秦先生在柱外碰到林先生，又大加赞美。然后他说："这事儿天长日久不是办法，你不如干脆摊到台面上，到柱委会解决去。"

林先生呆呆地说："可我和柱委会的人一点儿不熟。"

秦先生耸耸肩。"你也有你的路子。"最后他说。

4

过去林先生很少到柱委会跑动。7 年前，他在这里租了屉准备结婚那会儿，曾在柱委会登记过，后来又为了水、电、电视和柱籍卡去过几次，只是公事公办，仅此而已。不像余先生，能和那儿的人从前台到薛主任都打得火热。

15 号柱委会不算远，朝上三个柱段，转两次电梯就能到。柱委会的工作人员都是大厦居民。就像每个公司的上层也都是大厦居民一样。大厦居民和柱民共享同一间办公室，由一道印花玻璃分隔在两边。柱民那一边，做了两层阁楼，再细分成格子间，每堵墙的踢脚板上都嵌着两条荧光线，连上公共走廊的线路，减少柱民长期暴露在大尺度空间里的不适。大厦居民则在里边，眼睛耳朵上箍一圈半透明视听罩，不是向外面发号施令就是坐在一起开不完的会。午饭时他们会出来，掠过格子间扬长而去，有时也会礼貌地向柱民们打招呼。除此之外，他们和柱民的交流很少，即使在路上走得很近，他们的对话也常常让人听不懂，无数生词，仿佛另一种语言。大多数时候他们都在朝自己的罩子说话。

柱委会里戴视听罩的人不多，用词也简洁易懂，可能因为需要和柱民频繁打交道。薛主任是唯一一个长期戴的。林先生每次看到他，他都在玻璃另一边正襟危坐念念有词，弧形视听罩扣在颧骨上，流光溢彩地遮到眉峰。

但之前有过两次余先生也在场，那两次薛主任都把罩子掀到了头顶。林先生才有幸看清他的面目。他个子远不及余先生高，拍肩膀有点儿嫌累，于是余先生半弯着腰。

"没说的，没说的。"林先生老远听到薛主任这么说。

在林先生看来，大厦居民永远是令人仰慕的，他们个个都那么优雅，风度翩翩，即使柱委会的小职员亦是如此。在和余先生矛盾激化之前，林先生从未想过要私下麻烦一位大厦居民，他和大厦居民的来往至今仅限于工作时段的点头之交。所以余先生是怎么和薛主任拍上肩膀的，他想破头也不明白。

没多久林太太开始说了："不折腰，就折骨，要不就折寿。"她忽然变得很啰唆，同一句话变换了各种句式翻来覆去地说。

这句话林先生攀过了好几百屈才想通。

5

林先生在788层的商场一直徘徊到将近打烊。788层是个荧一层，整层仅有一个域装了荧光线。荧一商场的主顾群是大厦居民，它家商品别说价格，连内容都常常让柱民摸不着头脑。

但是，和礼物本身相比，朝哪里送才是个真正的问题。据说，送不对人就会适得其反；即使选对了人，也未必能找对地方。比如直接送去柱委会就肯定不成。去柱委会打听薛主任家的地址那就更是不像话。

林先生怎么也没想到，到头来帮上忙的居然是何小姐。

当时他已经离开了荧一商场，正走在回家的路上。11点已过，公共走廊里只有一条夜班用的蓝线，白班的黄白线熄灭了，几乎看不见。林先生相当紧张，他一向只习惯明亮温暖的黄白线，他也从没在柱外逗留到这么晚。

就在这时他看到了何小姐，正从一条横向小走廊拐进来。她步履轻盈，穿一双抢眼的浅口高跟鞋，挺拔陡峭的银色鞋跟仿佛把铝合金踢脚板上沿的幽蓝荧光都踏在了脚下。一看就知道她对夜线驾轻就熟。

何小姐是柱段里经久不衰的话题。人们路过她家，大多会回头朝天窗里瞟一眼。柱内屉的布局都一个样，家具用轻质阻燃板装配在屉里，但她的屉特别整洁悦目，毫无冗赘，就像她本人，妥帖又精致。男人们喜欢和她搭话，尽管她不算健谈。林先生也跟她在梯上聊过几次，每逢如此，林太太都会在上空探出半张小脸用心地看下来。一旦林太太自己跟何小姐遇上了，又会变得相当热情，甚至邀请何小姐下次到家里坐坐。

林先生和她难得在柱外碰上，互相都有点儿惊讶。他没打算向她隐瞒自己的困境，林余两家的矛盾在柱内尽人皆知，而何小姐又向来超然事外。只是一提到手里暧昧的礼品袋，他仍尽可能含糊其词，毕竟要私访一位大厦居民的家，始终显得唐突。

何小姐却竟然听出了他的弦外之音。"柱委会的职工住房总是分配在同层的商住区。"她出人意料地说。

林先生顿时呆了。

她笑笑，露出一边浅酒窝："商住区白天会开绿线，可以进去的。去查那里的门牌图。"

"门牌图？"他满心希望她再多给点信息。他曾走过一两次绿线，那还是前几年年景不错的时候，公司开新年大派对，租了大厦居民区边缘的一家俱乐部，临时开通了一道绿线。即使有荧光线，那绿色也让柱民非常紧张，有几个人甚至迷了路，直到派对结束才摸到地点。为此公司还受到了附近居民的投诉。

"对。"她又微笑，一副言尽于此的模样。这让林先生在感激之余，又产生了另一种奇特的感觉。

他忽然想到，也许她压根就知道薛家的地址在哪里，只是不愿直接告诉他。

柱内关于何小姐的传闻不少。她在视听罩总公司当接线员，上白班，但经常半夜才回家。有人说她晚归是因为谈恋爱，有人说她在300层以下打第二份工，也有人说她每夜在荧三层的各种娱乐场所附近出没。最后一种说法的每个传播者都说有人亲眼看到她和样貌不明的男子走进荧三宾馆，十有八九都是大厦居民。这说法林先生原本并不相信，对于太太们倒是个热门，一说起来既兴奋又鄙夷。只是毕竟查无实证，他们也将信将疑，顶多在看向何小姐的复杂目光中又增添了一项新内容。

如今那些八卦开始不受控制地浮现出来。何小姐是怎么知道地址的，又为何有所保留？林先生好奇地揣测。薛主任结婚了吗？他愈发放纵自己的疑问和想象。就算结婚了又怎样？

何小姐依然走在他右前方，和他保持客套的距离，细长的鞋跟流淌着蓝光，扎进化纤地毯的短毛中，几近无声。每当她稍回过头跟他讲话，翻卷的褐色发梢就有力而俏皮地跃动着，拱卫着她的微笑。那微笑一如既往地可亲，只是看上去好像不再那么单纯了。

<h1 style="text-align:center">6</h1>

说起来，林家和余家也并非向来交恶。他们也有过友好的时候。林先生刚搬来时，第一个上门拜访的就是余先生。余先生仪表堂堂，右臂勾着扶手，半转身站在右侧壁梯上，左手敲开了林家的屋门。

他大咧咧地说："嗨，我姓余，就住你上屋。我在892层上班。你呢？"

说到楼层数时他那不加掩饰的炫耀劲，至今历历在目。当时不觉得什么，现在回想起来，也成了余先生的罪证之一。

在余先生变得面目可憎之前，至少起初几年，两家关系还不错，会互相串门，有时还一起打牌。林先生记得他们四个人在余家席地而坐，围着一块小方垫；一侧墙上的电视屏里播放着柱民联赛、柱民联欢会、底两百层的辉煌建设、900层以上的明星演唱会，还有几百上千集的模拟剧和真剧。大家常常看得哈哈大笑。

余太太也是个高挑的女人。在不跟丈夫或任何人吵架时，她会把家里收拾得井井有条。和简洁至上的何小姐不同，余太太的屋充满了主妇式的琐碎和丰富。床垫收起来后整齐地叠在床头板下，一边各堆两个绣金蕾丝靠垫；上方的壁架里，下格摆着相框、笔筒、小瓷天使、香水瓶、梳妆镜、化妆盒、仿瓷的塑料茶杯和筷筒、保温瓶；上格是一排轻质书和一只小号仿银塑料带锁箱。一切都是轻质的，每屉物品加起来总重不能超过规定限度。盥洗位的隔帘是一块荧一商场买来的金线植绒纱，金穗子垂到地面，洗脸镜上平贴着两三块手帕晾干。一派过日子的氛围。

林先生头一次了解到顶楼和天台穹顶也是从余太太这里。顶楼就是1088层，地理上遥不可及，圈子里更没人提。别说顶楼，连1000层以上都是一片空白。电梯的终点站都在1000层。那是柱民垂直地图里标注的上限，再往上就只有一圈线框。一旦有人千载难逢地说到了，大都神神秘秘，好像在说另一个世界。曾有一次林先生和同事在一个体育层的点心店吃饭，那家店靠着大厦外窗，正吃着忽然窗外呼啦啦掠过一连串人，展开五彩薄翼在铅色森林和灰白光线形成的隔栅之间互相追逐，仿佛博览层里飞舞的蝴蝶。顿时整个小店都轰动了，人人奔走相告，激动不已，一个个伸长了脖子竞相观看，活像养殖层里的一群鹅。但直到余太太这儿他才了解到这是天台举办的一项比赛，叫障碍追风赛。

"当然我也没上去过，"余太太当时这么说，一边把牌朝小方垫上甩，"不过我有个浴友，就在天台上班。就是明姿，我跟你说过的，"她掉头向余先生，见丈夫点头她就容光焕发，"人和名字一样漂亮。她就住在我们上一个柱段，中域3号柱。能在顶楼上班的全是大厦居民，只有很少几个柱民，都是人精呢。明姿说的。"

林太太问："比何小姐还漂亮？"

余太太有点儿不乐意，"那还用说。"她隔了一会儿才开口。

林先生说："那她怎么上顶楼呢？1000层以上就没荧光线了。"

"人家有专批的流动荧光线呗。紫色的，你能想象吗？要我的话，看一眼都会心慌。"余太太似乎更不耐烦了，"四张。"她又抛下一溜牌。大家一阵赞叹。

余太太谦虚了一番，又说："小来来。我倒是托过明姿，帮我在滑翔云球场下过注。那才真的是紧张死人，要吓出心脏病的。"

林先生问："滑翔云球场？"

他的追问终于拨对了开关，余太太的声音立刻变得又轻快又高亢。在她的描述中，一道百多米高的透明穹顶笼罩着整个天台，半埋在白云里像只刚出笼的水晶包子；穹顶下面除了四大庄园的上半部分，就是云池和草场；那里有云球场、赛翼场、多功能冲云台、跳伞针塔，还有出海的风码头……还有一些拗口得连她都记不住的场子，无数陌生名词合着她洗牌时飞快翻飞的十片桃红色小圆指甲，晃得人眼花缭乱，"当然了，都是四大庄园管着，天台和顶楼都是，不过他们秋天才住万朝，"她咯咯直笑，"秋天每个月都要打开穹顶打比赛。下个月第一个周三就是今年的出云杯，大厦居民都会去下注的，我有内部消息，今年祖家一定会拿冠军，我跟明姿说了，帮我投……"

连余先生在内的另外三个人都听呆了。余太太看见他们的表情，笑得更欢了。直到余先生问"你怎么这么大的事也没告诉我"时，她才马上收住了笑容。

那天林先生夫妇一回家，上屋就爆发了一场"打砸摔"。余先生说余太太是败家女，余太太揭发余先生自己私藏小金库。两人各自朝攀登口嚷嚷要所有邻居来评评理。听动静，好像是把壁架上的家底全部砸了一遍，至少那瓷娃娃肯定是碎了。林先生和太太斜靠在床上，两对枕头垫着后背，捧着水杯一边喝，一边听。

林先生常常想念那些事不关己的日子。虽然辛苦，但没什么负担，偶尔还能听听传闻，或者沉浸在隔岸观火的快乐中。那日子，自从余先生把一腔火力从家庭矛盾转移到邻里纠纷之后，就一去不返了。

7

大厦居民和柱民的家在空间上两相交织，比邻而居，但其间横着一条荧光线铁律。荧光线布在公共区，规范限制着柱民的活动范围，不可逾越。

也因此林先生在门牌图上花了太长时间，才找到薛家的对应号码；又用了更长时间，才走进商住区。没有黄白线的指引本已让人眼花心跳，何况唯一布设的绿线也已熄灯。林先生鼓起十二分的勇气，摸索着黯淡的荧光线路一步一顿地朝前走。

这个商住区位于东南域一角，隔壁就是南域的大厦居民区。一道玻璃界墙之外是一扇扇镶着号码的沉寂的房门，半人高的木护墙板雕着林先生看不懂的曲线和繁复花纹，在壁灯照耀下泛出温润的深红色柔光。隔着界墙看过去，房门稀疏，间距很远，至少得走几十步才能到。这巨大的距离让林先生感到莫名的恐慌，手里的礼品袋愈发沉重。那是一个没有荧光线的世界。只有大厦居民才能踏足的世界。

等他敲开薛主任的家门时，已经过了10点。薛主任打开门，愣住了。他没戴视听罩，身后是一个巨大的空间，一瞥之下看不出到底有多大，只觉得亮得刺眼，比公司里还要亮上几倍。一盏枝枝杈杈眼花缭乱的玻璃灯悬在三屉那么高的位置，光灿灿地照着满屋起伏的白布，白布下面影影绰绰，活像真剧里的太阳照耀云山。一个趿着高跟拖鞋，半挽着发髻的女人正弯腰朝地上敞开的一只大箱子里塞东西，一旁横七竖八的还敞着几只更大的。这种特大号的箱子一只就能占掉一小半个屉，林先生只在荧一的橱窗里见过。

林先生呆呆地看着，半晌才讷讷道："打扰了，薛主任，薛夫人。"

他甚至在薛主任一开门的时候就懊悔了。他敏锐地察觉到自己此时出现在此地是大错特错。其实他内心深处一直都明白这样做很失礼。果然，当他告辞离开时，薛夫人的声音从还没关好的门缝里传了出来。她声音既尖又高，大晚上的能传老远，似乎并不在乎被他听见。她说："不是说晚上线路关了他们进不来的吗？也太不安全了，果然没法住了！你明天去投诉荧光部……"

薛主任压低的声音："轻点儿好不好？都这时候了谁还管你投诉……"

门"啪"一声关严了。

林先生顿时懊悔到不禁希望这一切只是一个梦。

没有荧光线的长廊是一片静谧的深橙色。他强压下不安，专心致志循着关闭的绿线往回走。尽管少了礼品袋，他的手心还是出汗了，汗津津的手指摸着荧光线，仿佛这固定的线路也会不翼而飞。直到走进公共走廊，看见那稳定的幽蓝光线，他才像抓到了救命绳索。

走廊里还有其他人，三三两两，在壁灯下各占一席。当大厦局部限电时，很多住民会带了东西跑到外面来做功课。他小时候也常常如此。中域和东域之间还有一条著名的情人廊，那是整段混凝土界墙和艺术玻璃墙形成的一条极长的廊，沿途打满了绚丽缤纷的洗墙灯。当年林先生和林太太谈恋爱时也去过，那儿每一米都能站两三对情人，说句悄悄话谁都能听见。

那时林太太还风华正茂，她说："等有了孩子，我们得多租一个屉，对吧，小林？"她期待地看着他。

"当然，当然。多租一个屉。让孩子单独有个屉，好好读书，将来找个好工作，可以搬到更好的域，更高的段。"

他那时是拍胸脯打包票的，如今什么承诺都没做到。甚至还可能更糟，像魏先生那样，裁员、失业，被迫离开15号柱。

他记得魏先生搬走的那几天。大裁员时魏先生在第一批名单上。没有吵闹，也没有哭，他就默默地动手收拾，准备交接。这时他明显不像后来表现得那么惊慌。没多久他开始反应过来了。这个打击太大，也许至少需要一整天来承认其真实性，然后才能接受后果。之后一个月魏先生四处奔波，那几天里15号柱愁云惨雾，深夜充满了争吵、哭泣和长吁短叹。

后来魏先生就拿着柱委会发的失业金，搬到46号那堵墙里去了。林先生来不及为他惋惜，那会儿他自己都岌岌可危。他和林太太整夜整夜睡不着觉。公司公布完最后一批裁员名单的那天，他请林太太去荥三层的餐馆好好吃了一顿。

想起这些往事，好像绷紧的心脏上扎漏了个洞。林先生怅然若失地继续朝前走。

随着渐渐接近电梯场，走廊里的人越来越多，到了电梯场外更是成群结队，人声鼎沸。8米宽的一级走廊被占去了大半，留出一条只容两人走过的细长通道。那是底两百层的停工的柱民，最近他们总聚在各层的交通要道，深夜也不散。前两天林太太半夜听到的噪声就来自这里。

林先生很惊奇他们竟能如此长时间暴露在公共走廊里承受它的大尺度。他甚至在人群中认出了几张面孔，都是46号27柱段里的人，魏先生现在的邻居。魏家搬到46号后林先生曾去探望过。魏家夫妇都是老实人，林先生对他们素有好感。不过这份好感毕竟抵不过对46号的厌恶。林先生去过两次之后就不去了。偶尔他下班后在小食堂还会碰到魏先生，也只稍加敷衍，便敬而远之。

46号电梯场就和别的电梯场一样是个规整的四方空间，两个入口各有两座防烟楼梯间，当中是电梯大厅，差不多有大半个足球场那么大。说是大厅，其实就是卡在84台电梯之间的鱼骨形井桥，一层层叠架在直上直下的电梯井里。12米宽的主桥，正中放大成小广场，八道支桥通往8个电梯组；桥两边是一扇扇全封闭的梯井防护门，门外的深邃空间里林立着整齐纤细的柱阵和导轨，明亮的四壁贴满了巨幅广告。防护门和外壁还有电梯本身都是全透明的，顶灯光芒穿过密密匝匝的柱阵和层层玻璃，在大厅里形成一种迷幻的光影效果。

当然大厅里也有荧光线。黄白色和蓝色光带镶在桥面两边，指明交通的方向。稳定的荧光带来难言的安全感，平衡了硕大空间带来的迷茫和紧张。

而电梯场周围4米厚的中空墙里住着的，就是46号的柱民了。那里是一个和电梯大厅截然相反的空间。46号公共攀登口的绝对进深和15号的一样，宽度却拉长了十几倍，于是形成了一个极薄极高的空间，像夹在两堵实体墙之间的一面空气墙，蹬上去仿佛悬在绝壁。绝壁上是一张巨型网格，就像银行里的保险箱，车站里的寄存架。网格里共有1008个屉，当然没人亲自数过，也不太可能数清。电梯的运行声穿过混凝土墙体，震响在46号薄薄的空气里。

林先生在 46 号曾两度失足，幸亏有保险带才没跌落。尽管从小到大在柱内攀登了几十年，可对墙里的尺度他还是相当不熟：太宽，除了面前的壁梯别无依靠，两侧都触不到墙，荧光线钉在角落，离得很远，毫无安全感。

他在那儿认识了几个柱民。其中之一是魏家下三屉的庄家，两夫妻带个儿子，还有老母亲庄阿婆。庄阿婆早就老得爬不动梯，人也有点儿糊涂了，整日守在屉里。46 号的屉比 15 号小，每一屉刚好睡下两个人，门一滑开就是床，没有盥洗位，家家备便壶，天天背上背下去底部的公共盥洗屉。庄先生夫妻住下刚刚好，儿子可以睡吊床，再多个阿婆就相当紧张了，便壶也得多备一个。林先生虽能勉强容忍 46 号弥漫不散的异味，可经过庄家时他仍会尽量屏住呼吸。每当这时，余先生的话就会自动蹦出来：那就是个贫民窟。

庄阿婆最喜欢挂在嘴边的事是分电表。林先生两次路过都被她扯住说了半天。"要装小火表了，"她总絮絮叨叨，既期待又故作神秘，"你知道吗，他们说马上就要装小火表了，上面计划很多年了。"

这话一说两年，柱内至今还是一个总电表。林先生压根也没当真。

他家儿子小庄是个 20 岁出头的半大小子，在 147 层的钢索厂上班。他热衷的话题着实让林先生大跌眼镜。

"应该取消荧光线的限制，"小庄这么说，"应该要求楼委会取消大厦居民和柱民这种区分，"他交叉起双臂，"不然咱们就不干了。你看着吧，总有一天咱们底两百层统统不干了。"

若不是怕显得无礼，林先生就要为这疯狂想法笑出声了。另外他又有点儿生气，如果底两百层都停工，大厦肯定不用多久就要瘫痪。这些人太不识大体。

林先生记得当时自己还给小庄讲了不少道理，但他天生不是辩论的料，便怀揣着不满走了。头顶上小庄还在大声说："大家都一样住在万朝，凭什么我们就得叫柱民，还居然有人叫我们墙民？"他的慷慨陈词激起了上下左右一片喝彩。

林先生登上一台直达下一柱段的电梯，向下降去。厚重的井桥结构一层层掠过，黑压压的躁动的人群反复浮现，涨起，没顶，消失。电梯一次又一次地沉入黑水般的人潮中，好像踏进了一个永恒的轮回，又像陷入了一场无尽的噩梦。

8

过了几天，林先生抽空去荧七区的五金店买了钢条钳，又去日用品店买了塑胶手套。

在那个彷徨的夜晚，在电梯一次次沉入人群的时候，一个违反他本性的大胆念头出现了。当他第二天一大早来到柱委会却只看到一张离奇的年中放假通告时，那个念头立刻就变成了决定。

他也计划妥当了。新工具用完后就扔到其他域的避难层或者底二百层去。随便找个角落一塞，别人一辈子也找不到。他自己要请半天假，这可能会引起同事怀疑。但他得确保在进厅干活时柱段里没人，请假是必需的。

余先生不会当天就摔。不过按他那野蛮的上楼习惯，不用多久一定会摔。当然摔不死，柱内坠落事故时有发生，大多只是缺胳膊断腿，这点儿程度的伤害柱委会压根管不过来。林先生也不想把事情闹大。

午后的柱段里寂静无声。大厦再次限电，进厅光线不足，发灰的荧光线没精打采地钻进攀登口。大门正对面的墙上是邮箱格子，左侧壁梯旁镶着一面窄窄的全身穿衣镜，右墙是一整个保险带架，上百副保险带按屉号挂成上下四排，乍一看好像满墙的半人，榨干了血肉，前胸贴后背地叠成了一片片。

余先生的保险带在顶排一角，比旁人的都显眼。宽阔的黑色镶绿边尼龙带，硕大锃亮的 D 环和带扣，还有几乎能当武器的防坠索和镀锌钢大钩。这一身装备的主人不知在柱段里耀武扬威了多久。

林先生用挂带叉把它取下来。刚拿到手，他就想起自己忘了一件事。他踌躇了几秒，把保险带挂了回去。接着他飞快地数了一下保险带，一共 132 副，果然柱段里的人都出门了。

他再次取下余先生的保险带，从背包里拿出钢条钳。

他又停下了，把保险带又挂了回去。

他走出大门，外面是广阔的避难层兼设备层。除了荧九体育场，再没有其他楼层有如此巨大的整块空间，即使净高超过 7 米，视野仍被压成了极扁的一片，裸露的标准柱密密地缝住上下楼板，核心筒和机房夹杂其中，好像林间小屋。有两个方向能看到 500 米外稀疏的室外天光，另外两个方向只有深深浅浅的铅灰色。头顶高低错落地走过各种管道，像一座横悬的森林。气体和液体在管道中汩汩涌动。设备机器东一群西一组伏在台基上，低沉的吼声撼人心脾。但除他以外全无人迹，放眼望去仿佛一座死城。

他回到进厅，戴上塑胶手套——模拟剧里总有这个步骤，刚才也给忘了——他第三次取下那副特大号保险带。脑后冷飕飕的，荧光线变亮了，亮到锐利，在他身后像条亮蛇直蹿上顶。瘦削的穿衣镜，拥挤的邮箱，这些平日里看惯的死物活了过来，变成一只只眼睛在他周围盯着。一个邮箱一双眼睛。

他转过身，就着荧光细细查看防坠索，寻找合适的位置。3 米长的钢索一点点拉出来，长得一辈子也拉不完，一不小心，大钩掉落地上，发出一声惊人的巨响。他一哆嗦，一抬头，刚好看见对面的穿衣镜。

他愣住了。

镜子里，一个戴眼镜的男人，佝偻着背紧抱一团黑绿色，像觅到了宝，但面孔和嘴唇却是煞白的，头发一绺绺粘在亮晶晶的额头上，正眼冒凶光瞪着自己。

那是怎样的一个人啊。他几乎都认不出自己了。

林先生怔怔地和镜中人对视了半天。

然后他把余先生的保险带整理好，最后一次挂了回去。

他慢慢离开了 15 号柱。绕过一排排制冷机房和热交换站，他向西走了 10 分钟，又折向北一刻钟，最后来到西北域。他随便找了某个柱段大门外的垃圾桶，把塑胶手套扔了进去。钢条钳有点儿贵，他仍旧收进背包，又把日用品店的收据撕得粉碎。一扬手，一把纸末在鼓风口的强劲气流中散得无影无踪。

9

在变配电站投下的阴影中，林先生一动不动地注视着不远处的 15 号 27 柱段大门。

不知过了多久，电梯场那边渐渐有了人声。下班高峰时间到了，沉睡的城开始醒转。成千上万的柱民犹如五彩的洪流，从电梯场两头的防烟楼梯间奔涌而出，一片喧嚣。一到开敞空地，就散成数十道支流，穿过机房和机组形成的错综复杂的夹弄，涌向各自的柱子。

在林先生前方，邻居们一个个越过去了。他们步履匆匆，高谈阔论，既疲惫又兴奋。他看见秦先生，又看到邹先生，还看见伍先生和伍太太。余太太也过去了。她挎着一个玫瑰色亮面提包，是广告上的荧一新款。人流接近柱子时缓慢了下来，在大门外聚成散乱的一团。

他慢慢迎上去，挤进大门，在进厅满满的人群里穿好保险带，汇入攀登的大潮。在他左边的正是秦先生。他恍惚地扭过头，朝秦先生笑笑。秦先生跟他打了声招呼，目光里透出一丝诧异。

他低声说："老秦，你知道吗，那天在荧三宾馆的那人，原来是老余。"

秦先生一呆。"呃，那天在荧三宾馆……"他直皱眉，似乎在竭力回忆这个含糊日期和精确地点何时曾在柱内八卦里出现过，"是啊，是啊，荧三宾馆，"他很快就装作恍然大悟，"荧三宾馆！"这回是真想起什么了，"竟然是老余？！没想到。你怎么知道的？"

林先生说："我听 46 号的人说，有人晚上在那里又看到他了。"

秦先生啧啧摇头，连声说："想不到，想不到。"

林先生说："谁能想到呢？"

秦先生又说："46 号就是 46 号，还能传出什么好事来。"

林先生说："谁说不是呢？"

说完这句，林先生就进了家门。他没有开灯，直接在天窗透进来的荧光中坐下。窗外，大潮继续上涨。这么多年邻里生活，他还从没认真观察过下班的全过程。那幅想象中的全剖面又出现了，但加上了更多更密的背影，一排排前赴后继，在壁梯上沸腾地上行，犹如即将顶开壶盖的蒸汽；流言则扑打着小小的黑翅膀，越过无数头顶和鞋底，以超越人脚几倍的速度，上上下下，叽叽喳喳。

屉门滑开了，林太太低头顾着门前的空隙，一步跨进来。一抬头，她吓了一跳。

她说："老林？你怎么不开灯？你知道吗，何小姐和余先生……"

林先生站起来，朝太太直摇手，手指竖在嘴唇前，无声地指指外面。

门外持续上涨的背影大潮中，回声般不断重复抛出几个相同的关键词：荧三宾馆、何小姐、余先生、你知道吗。

林太太瞪着林先生，又惊奇又怀疑的神气。林先生指指自己，又指指楼上。上屉先前还在"哗哗"地开水龙头，忽然就一片安静，似乎屉中人被石化了。静了几秒钟，陡然一声巨响，有个坚硬的东西砸在地上，可能是那只带锁箱。接着是某种重物撞上了床头板，猛得连柱壁都震动起来。攀登口的潮水被惊得一滞，顿了一小会儿后，便以一种更欢快的节奏，迸着那些关键词的小浪花，继续向上涌去。

林太太又望望林先生，忽然就明白了。她"扑哧"一下笑了，吐吐舌头。林先生好久没见她这么开心了。

这天晚上，余先生罕见地在 11 点之前回到家里。迎接他的是一场比上次赌球风波更激烈百倍的战争。这回动静之大，不仅全柱段都能听见，林先生甚至怀疑外面的大厦居民也能听见。那影响可不大好。不过他只是不动声色地听着。林太太蜷缩在他身边，乖巧温顺得像个孩子。他俩手拉手躺着，悄悄乐着，这些天郁结的愤怒和恐惧一扫而光。闹吧，闹吧。他想。别再打我家屉的主意。他又想。

子夜时分，大厦再次停电了。

一片黑暗里，楼上的怒吼和呼天抢地的哭喊戛然而止。柱内陷入一片死寂，伴随着司空见惯的轻微晃动。不一会儿，备用发电机启动，天窗外亮了起来。上面传来嘤嘤抽泣、叹息和低语。林先生竖起耳朵细听，却听不清任何内容。

大厦的摇晃开始让人有点儿头晕了。但风阻尼系统迟迟没有重启。不知是不是心理作用，林先生感觉这次时间长得不太寻常。他半支起身，疑惑地四下打量，想找个基准线看看晃动幅度是否加大了。

正在这时林家屉门"砰"一声巨响，林先生夫妇差点儿跳起来。

气窗外是余先生的脸。他高大得顶满了天窗，几乎完全遮掉了荧光。几个月来噩梦中的景象活生生出现了，林先生顿时一身冷汗。但余先生似乎并没有破门而入的企图，只是继续把门拍得山响。门抖得像振荡的鼓皮，窗玻璃上贴的一块干透的小手帕也被震掉了，飘落在地。

余先生说："姓林的你不是要去柱委会摊开来谈吗？背地里造这种谣到底什么意思？造谣最他妈可耻！"

林先生抓起壁架里的螺丝刀，站了起来："谁造谣了？你嘴巴放干净点儿。"

余先生说："你敢说还不敢认了？不是你造的谣还会是谁？"他仰头朝上嚷，"老秦！老秦！"

林先生说："你横行霸道就不可耻？你狗仗人势就不可耻？会给大厦居民拍马屁就真当自己是个人物了？"

上面有扇门勉强开了，传来秦先生细细的声音："……老林，话不能这么说，我们要讲事实，不可造谣。不过老余，大家都是老邻居，有话好好说，动武没意思，让人看笑话……"

余先生说："动你妈的武！别以为我不知道是你在煽风点火。两边各打五十大板，就你最公正！"

林先生说："话不能这么说？之前你不也听得很高兴吗？"

秦先生的话音里顿时流露出受伤和后悔掺和的情绪。他说："你们说话要讲证据的！我秦某人永远只说事实，全柱段有头脑的人都知道。"

余先生说："你是说我没头脑？！"

林先生说："老余找我家麻烦时，怎么不见你站出来说事实？"

秦先生说："我什么时候说什么，你管得着吗？讲点儿理好不好？"他猛地拉上门，"大半夜的，有话明天再说！"

余先生仰起的脸低下来了。他居高临下看着林先生，张嘴说了句什么话。很久以后林先生多次回想这一瞬间，但无论如何也想不起余先生说了什么，只记得一旁的林太太突然尖叫起来。不止林太太，很多太太都在尖叫。他的螺丝刀脱手了，当啷落地，骨碌碌地滚到墙根。他也跟跄地向后撞在壁架上。地板倾斜了，连同面前的屉门一起升了起来，不可阻止地向上翘，像要和天花板整个反转过来。林先生顾不上后背的剧痛，反手抓住壁架板子想要起身，却像被压住一般动弹不得。

大厦在摇摆，不，是在倾倒。

林先生听见余先生在屉门外乱踢乱蹬。门被蹭开了一小半，半臂宽的一道荧光照进来，越升越高。他几乎认定余先生必会掉进他的屉了。这时又是一阵晕眩，好像胃蓦然悬空了，屉门开始下降，那股令人窒息的压迫感飞速减小，像是有人从另一边拼命拉他。倾倒停止了，千万吨的大厦正隆隆起身，朝另一个方向扑去。林先生更用力地去抓壁架板，一下一下朝壁架的更深处刨。板子光溜溜的，很难抓住，他的手掌弯曲得快要抽筋。

他听见余太太的喊声："老余快回来啊！"

虚弱的荧光中，他看到余先生已经攀上了好几级，但手从扶手上滑脱了。余先生矫健地一拧身，去够上方的梯级。他又看到余先生的白色汗背心，转瞬泅出了一大片汗渍，棉布下两块背阔肌奋力一鼓，就像那一回大厦外的追风人正在鼓起双翼——这时他才发现，余先生根本没穿保险带，大概是被气昏了头——然而那背上毕竟没装翅膀。刺眼的白色如强弩之末，升势渐尽，在一个突兀的转折后，以一种骇人的速度从林先生眼前一滑而下，随即便消失了。

林先生背上一空，手一软，随着壁架上的零碎家什跌向屉门。他及时举起双臂抱住头，"啪"的一下正面贴上了门板。

风阻尼系统的重启声从高空滚滚而来，夹杂着远远近近各种坠落的巨响。就在这天地仿佛倾倒抽空的时刻，林先生忽然在想象中看到了大铁球摆动起来的刹那。它们竟然快得离谱，简直像真剧里某种塔楼的铜钟。甚至他还觉得自己听到了钟声。超现实的幻觉的钟声。当——当——当——当。跌宕起伏，长鸣不息，在这个匪夷所思的夜晚，和无数人叵测的命运混成了一片。

10

一切都慢慢回到了正轨。

底两百层重新开动了，柱委会再次办公了。那天夜里余先生砸坏了一百来个梯级后被卡住，进了医院，还在住院时就被公司解雇。余太太去柱委会吵了几次，除了规定的失业金，没得到别的结果。一个月后，余家离开 15 号柱，搬进了西北域的一堵墙里。林先生不知是该庆幸还是该难过。

何小姐也离开了。那晚过后不久她就递交了申请，搬了家。柱内的闲言闲语爆发式蔓延，再出来辟谣已于事无补。林先生一言不发。每次路过那个新近换了主人的屉，他都有些如芒在背。

柱内再次住满了人，每天的早晚高峰依旧激动人心。不过林先生现在常常夜里独自下班，他最钟爱的回家时刻终于重归平静。自家屉里弥漫的台灯光比荧光更亮更暖，穿过气窗波出来，勾出金色的长方形。七十二块一模一样的金色长方形，繁复地叠上去，极细长的一列，布满了他的上下、前后，来处和去处，昨天和明天，温暖而寂静。

回望上海的残影

水　弓

　　2008 年圣诞假期，我从生活了一年的悉尼回到上海探亲。在我离开的一年里，一切城市的家庭的所见所闻似乎都没有任何变化，时间仿佛停滞。恍惚间，我以为我从未离开。我好像做了一个长达一年的梦，梦里是异国他乡，醒来，自己仍在上海。

　　人生聚少离多。启程返澳时我并未想到，此去之后便鲜少回国。我逐渐适应了地广人稀的澳大利亚，依恋着 180 度蓝天下的大海和草坡、层峦叠嶂的云山、雄踞悉尼港的大桥和歌剧院。然而从小到大的 30 年上海记忆是那样深刻，在出国后的岁月里，以另一种形式浮现了出来。那就是《柱民》。

　　让一家人住在一根柱子的内部，沿着陡梯爬上爬下，这个构思的源头大概来自我的婴幼儿时期。那是 20 世纪 70 年代末，上海的住房环境普遍逼仄，弄堂建筑的设计限制使底楼灶披间到二楼亭子间的这段楼梯往往较陡，也缺乏自然采光。我住在富民路一条名为"富民新邨"的弄堂里，常常在这样昏暗陡峭的楼梯上手脚并用地攀爬，这成了我人生最初的模糊印象之一。亭子间过后，二、三楼的楼梯比较平缓，但三楼以上又是一段更陡更黑还带点儿旋转的窄梯，那是顶楼住家违章搭建通往晒台的最后隘口。一旦攀过这段幽井般的必经之路，晒台门后就是另一番天地：开阔的晴空下一重重红瓦屋顶好似起伏的波澜，延绵不绝。年少时曾大胆翻过晒台的女儿墙，踩上屋顶，听到远方传来了呜呜声。他们说那是十六铺码头的船笛声，我惊诧于声音在夜晚可以传到这样远。

　　但作为科幻小说的《柱民》没有出现过上海。没有弄堂、石库门，或者十六铺、黄浦江，没有任何上海特有的名词，也不存在一一对应的关系。它发生在一片虚构的大地上，可以是任何地方。它只是处处有上海的残影。这些影子来自早年生活的体验，抽象化后再在文中打散，重组，二度变形，直到自己都认不出来。接受我投稿的骑桶人老师依然看出了端倪，他的评价是"奇妙的有张爱玲的味道"。是的，我以能学到一点点张爱玲刻画上海的皮毛为荣。曾经张爱玲笔下的弄堂，仅以半句"黑的是两家门面，黄的又是两家门面"，就精准地唤起了我对上海最久远的梦境，难以言喻。

《柱民》的故事大约也受到了相同的影响，在"几千米巨厦的中空柱子和中空墙里住着一个底层社会"这样的设定背景下，呈现出来的情节只是一段小市民的邻里纠纷。过去的上海居住条件有限，住房由房管所统一管制，无法随意搬迁，邻里关系紧张，冲突屡见不鲜，擦鞋垫大小的一块门口空地也能成为兵家必争之地。人们忙于在方寸间互相争斗，忘记了如此处境更该由谁负责。成年后我终于有机会搬离里弄，又因为建筑系的研究课题带着同学回到旧宅走访参观。当同学对我最熟悉的老弄堂表达出喜爱仰慕时，我斩钉截铁地说你们一定不会想住在这里的。

《柱民》的核心元素"巨厦"作为科幻题材并不算新鲜，对我影响最大的是罗伯特·西尔弗伯格的《内部世界》，但巨厦内部的近真实体验来自上海的金茂大厦。大学期间的某年圣诞夜我与合唱团在金茂大厦表演，唱了整场欢乐的圣诞颂歌。金茂大厦远非巨厦，但在当年的上海它已是号称最接近天国的地方。时空竖井般的金色中庭，一层层庭台繁复堆叠恍若通天，需要换乘的高速电梯，全景玻璃外匍匐的城市，最早都在这里亲见。后来故地重游，站在88层观光厅，我向北方眺望，试图在烟尘迷蒙的城市边缘辨认出吴淞口。半个多世纪前，吴淞口外曾有一条3000多人的大船沉没。我的外公因而打消了举家迁徙的主意，从此再也没有走出上海。若非如此，上海也不会是生我养我的故乡了。

我偶尔回望。富民路长乐路迷宫般的弄堂，愚园路校门口陈旧的台阶，巨鹿路大弯后清冷的路灯。夜半黄浦江传来号角般的长鸣，辽远而孤寂。故乡与异邦、怀念与忘却，是新移民永远的心结。

拨开时空和词语的表象，我希望能在没有上海的《柱民》里，悄悄透出一丝我的上海。

水弓，太空堡垒中国联盟站长，美声歌手，建筑师，世界华人科幻协会会员。毕业于同济大学建筑系，现居澳大利亚悉尼。曾发表《深谷》《柱民》等科幻小说与评论文章，《新怪谭入门》《太空堡垒·来自群星》等翻译作品。

上海

纸上海

陈茜

他从来没有想过，混凝土也可以燃烧。

李路站在五角场立交桥下仰面朝天，黄色夹杂蓝色的火焰围绕桥柱一路上升，黑烟与气流卷起无数细小的垃圾碎片又立即点燃了它们，像一群闪闪发亮的火昆虫。桥体像浸过水的饼干一样缓缓变软下垂，他注视着不远处的桥面砸到下层路基上，路上停滞了数周的汽车终于移动起来，像滑行的彩色糖果，掉进路面裂口。沉闷的一声巨响似乎过了很久才传过来。

他感到风扑打着脸，身后的烫伤隐隐作痛。站在十二车道的市中心，至少眼下可以不用担心有车冲过人行横道线来撞他。在可以预见的很长一段时间内，这座城市都不会有人开车了。

如果天黑前他没能马上找到上海仅剩的另一个活人，温世东，前复旦大学深受学生喜爱的选修课教授，也许这些街道上永远不会再重现车流了，李路想。

火焰吞噬了一切。

1

数周前。

李路的车开到衡山路靠近第一食品店的那个三岔口就被拦下了，一群围观的人站在警用黄线前叽叽喳喳一脸兴奋，他钻下车拿证件给路警看，得到的回答是："人可以过去，车不行。"

他摇头，回车上拿了些装备。

"哥们儿，是不是美国总领馆烧了？"有人拍拍他车前盖大声问。

李路没搭理，背上书包关上车门顺着衡山路不紧不慢地走了。

下个十字路口已经能看到几辆消防车火红的屁股，一转弯更是半条街都停满了水罐车。这地段正修地铁，地下供水系统不正常，只能靠从附近调水救火。李路估计如果起火时间是午夜，现在天都大亮，该烧的也烧得差不多了。迎着风口可以闻到些微微的煤焦味儿，再往前走开始热闹起来，警车和消防车满满当当塞了一路，人来人往，他这个没穿任何制服也不像披头散发瑟瑟发抖刚从火场里救出来的人显得分外扎眼。

平时紧闭的大门今天总算开了，李路靠证件和一句"找老刘头！"顺顺当当进了总领馆。他记得这是幢漂亮的老式洋房。至少曾经是。现在花园绿地全被消防泵压痕和脚印糟蹋得不成样子，四面漫着水和烟灰。主建筑物果然已经烧得只剩个空壳子，楼梯口和窗户就像一张张熏黑的大嘴。

消防员还没走完，一些穿着橘色石棉防火服的消防员正提着便携式灭火器到处游走扑灭隐火，李路站在那儿看了几分钟，肩被人拍了下。"喂。"是老刘头，"怎么才来？"

"刚从黄浦新城赶过来，别提了，死了十来个，全是烟逼上顶层闷死的。要是剩下还有家属可以告物业锁天台门了。"他耸耸肩，"这儿有伤亡不？"

"人倒是没事，全跑出来了，现在统一住在对口医院里观察。他们火警感应装置及时响应，自动报警。不过等到消防赶过来已经控制不住了。"

他们边说边往现场走，老刘头跟个从臂章能看出是消防队长的说了几句，对方刚从火场退出来还戴着头盔，挥挥手做了个手势。

李路知道这是"想进去看就看吧，不过小心"的意思，也扬手摆摆示意明白了。老刘头腰上铃卢直响。"你去吧不用跟着我，"李路推他走，"这儿建筑质量总算世界发达水平了吧，真金不怕火炼！"老刘头就出去了，背影摇摇晃晃显出近70岁的年纪。

一楼原本是大厅，大理石地板上的烟灰被消防用水一冲显出一道道的白痕。墙壁表面的装饰材料大多熔成黑胶状的一团。李路打开刚才老刘头塞过来的建筑图纸搔着下巴捉摸了下，朝备用楼梯间走去。

楼梯看上去还结实，他看了看墙和地面，这块儿火烧的温度还没达到让混凝土变性的程度，于是放心地踏了上去。

刚才黄浦的情况比这里糟得多，新城那片儿的房子大多是一间大套间划成十多个小间租给刚毕业的大学生或打临工的，相当于统统塞满了易燃物。消防车一小时后才赶到，这点李路倒不怪它，最近一周上海的失火率跟抽了疯一样。救火用的水是直接从附近一道死水景观河道泵上来的，总算冲走了大量由塑料板燃烧而起的毒烟，留下的气味也不好闻。他在一堆堆烧得不知其所以然的杂物中翻找了半天，这时段他肯定指望不上排进实验室化验的名单了。最后看出来火源是条没拔插座的电热毯。他站在一摊污水里，鞋子是潮的，袜子也是潮的，物证袋也是潮的，封口左拧右搓都搞不开，他就提着截儿半焦的电源线往外冲。

跑火场10多年死人没少见过，不过顶层挤着的那14个人平均年龄不到25岁，算进"8.23"特殊火灾受害者还能多赔点儿。他扔掉手里的东西往外爬，二房东在两隔层之间自己搭了小梯子，结果平时顶住梯子的柜子在救火时被挪走了，他差不多两天两夜没睡了，稀里糊涂也没留意，结果"砰"的一声摔得他几乎直接回老家。这时老刘头的催命电话来了：美国总领馆出事，速来。

到了二楼光线一下明亮了许多，因为建筑的前半部分经不住火势已经塌了。站在二楼楼板上直接可以看到下面花园里正在撤退的消防队和越来越多的警车。他仔细观察承重墙和梁的毁损情况：刚才摔那一下已经够受了，他不想升级到2.0版。从大致损毁程度一下判断不出和底楼有何区别，如果是人为纵火，起火点可能不止一个。他上下扫视家具、地板和斑驳的墙面，随着炭化程度慢慢往前走。自动灭火系统起过作用，每个喷头都启动过，这里大量纸张等易燃物堆积也不少，李路不时停下冲"V"字形烟迹或倒塌的家具拍照。昨夜的风向是东南。判断起火点从来不是件一目了然的事，他知道这次出结论更得慎重。

前面传来"啪"一声响动。李路吓一跳，可能是火场里刚才还撑得住的某面墙现在要倒了。考虑到现在情况的特殊性，更糟的可能性是：某个被消防队遗漏的幸存者，或纵火犯回来观赏现场——犯罪心理学教材上这事很常见，李路也真碰上过两回。

一时间他把手按在腰上，硬邦邦的只是手机而已，又摇摇头尽量不出声地向前走去——现在就把警队招上来未免太小题大做了点儿，八成是又倒了件家具。但此时他也心里着实后悔没问老刘头要警用装备。

绕过曾经的某堵装饰性的隔墙，他确定了刚才制造出响动的原因，一时间不知该如何反应：一个小个子男人抱着左脚靠在墙上，嘴里骂骂咧咧，对他的出现也只是翻了翻白眼。

"什么人？"李路喝一声。

小个子伸手摸兜，让他紧张了一下，掏出来的是个皮面证件："我是复旦的教授，教语言学。刘老知道我在这儿。你能不能过来帮我把这该死的椅子挪开？"

2

把一堆采样瓶和物证袋交给老刘头后，李路就脱身了。老刘头没和往常一样跟他讨论分析几句起火的可能性，八成是当场人多口杂不好。后头的事就由化验室接手。老头儿告诉他给十二小时假，回家补个觉吧。这还是李路亮了后背上早上摔出的一大片淤青加一张苦瓜脸换来的。

温世东在交通封锁线的那头等他，他开的居然是辆拉风的吉普，在当下非常时期有点儿像军用车，而非文科教授的自备车，招来不少闲人围观，见来人又呼啦一下散了。前窗上有两个刚喷上去的大字：烧光，锃亮的车门上也多了数个鞋印。温世东耸耸肩，好像见惯不怪了。两人开出一段路找了个小馆子坐下。

"你跟刘头怎么认识的。"李路问，端上来的菜软趴趴地瘫在盆里。重点路段禁止明火的后果，微波炉菜系。

"以前来学校给学生办消防培训的时候。你呢，你看样子不是警队的。"温世东夹起一筷子菜，打量再三又放下了，李路却吃得稀里哗啦，鬼知道一出现场下次能吃饭的机会在哪里。

"以前是，我火场鉴证是刘头带出来的。后来辞职了帮保险公司调查火灾骗赔。这段时间调查组人手不够，我算回来帮忙的。"他解释完瞟对方一眼：该您了吧。

"我就是对这阵子火灾群发现象比较好奇的一位观察者。"

这词超脱得李路差点儿喷出来。现象，观察？真该让教授先生去看看黄浦新城顶楼那十多个死人。

"那您对现象观察出什么结果来了？"李路问，一面想老刘头是出了什么毛病允许他在火场里乱跑，尤其是如此重要的火场。

"这次的火灾突然增多是种奇特的现象。"对方拉开讲课的架势，"首先，你得承认这段时间，本市突然增加的火灾都是非正常的。按照往年的统计，八月的火灾发生数量在 340 起左右浮动，即使算上今年夏天降水不多，以及台风过境的影响——"

李路打断他："行了，我这几天听的报告会开头全是你这样的。直接上重点吧。"

"异常之处在于，几乎所有起火时间全都接近午夜零时。说接近是因为从起火到被人发现报告之间有个时间差。可能有些郊区没有造成重大损失的火灾在早期都漏报了。我这里有个时间表。"温世东从一直背在身后的学生式书包里拿出个文件夹。

"等等，你是从哪儿搞来的数据？"

"新闻。还有现在网上有个民间的火情互报系统，即使排除了正常失火，以及有人趁机纵火吸引注意力这两种情况，数据的走向也是相当明显的。"他打开文件夹。

李路尽管觉得这种民间爱好者式研究有点儿滑稽，还是忍不住伸头去看：图表从火灾发生时间、地点、造成损失大小等方面汇成了一幅三维曲线图。

不用高深的数学模型知识，他也能看出：火灾的数量逐日增加，且范围不断扩大。黑点均匀地布满了黄浦江两岸，大致集中在市区，在上海市行政区线外戛然而止。图表最下端一列数字是目前为止每日火灾统计数，让他吃惊的是有今天的，还是清早，他知道局里的统计都没出来呢。算是预测？

"引起我兴趣的其实是一个数率上的巧合，"温世东说，脸上都亮了，"你知道我的专业是现代语言学——"

此时李路腰间的手机鬼号起来，他一低头立即骂出了声："十二小时个屁。"三下两下扒完碗里剩下的饭扔下筷子，"又要出现场，先走一步。"

"喂，留我个电话，我可能有些事要——"

李路犹豫了一下写下了自己的工作电话。

当天夜里他庆幸自己与那位古怪的学者保持了联系，因为回到指挥所，墙上新贴了张他分外眼熟的统计图表，并由局长敲着桌子宣布：火灾以这种速度发展下去，上海不出一周就会被烧成一片焦土。

到局里点过卯后的一整天，他只能放弃了自己开车，挤在消防车上追着火场跑。路段封锁得越来越多，短播新闻里说已经从邻近几省调拨消防车及人员赶赴上海，医院烧伤科爆满，病床一直摆到大厅里，网上传闻也开始乱飞，说是有个连环纵火集团正在作案，还有说是某方面在试验最新式武器的。

晚上 7 点，他回火情控制指挥所补充装备，一进门就看到最新的统计数字：成灾 1258 起。

他一下就蒙了。

温世东的数字是 12457。

3

"怎么，被震撼了吧？"温世东说。

"震撼。我第一反应是报警，你就是那个连环纵火的。"李路说着，跨过一块焦木，"后来想想你再分身也忙不过来放这么多场火。"

他们正在远郊检查一片烧过的废弃厂房。这里平时只是用来堆些农用工具，火势起得快也熄得快，只烧掉些不值钱的板子和化肥袋子。已经是一天前的事了。当地人看到新闻说不明起因火灾一定要上报，有奖，才打了电话。他昨夜饱饱地睡了一觉，火情升级后他经过老刘担保的政审就不够格了，被降到只能处理些外围小案子。老刘头担心他闹情绪还自己打个电话通知，李路倒不在乎，每日津贴照领就行。他饶有兴趣地打听温世东的事。老刘头说他也是被前一天温世东对成灾数的预测震惊了，同意他进入火场以验证什么"齐夫理论"。李路知道他八成听岔了。

"那温世东到底是什么身份？"李路问。老刘头承认他们已经对之展开了背景调查，单纯的学者型人物，平时言行属于先锋派，挺受学生欢迎的。"你明天起就留意着他。"老刘头说。

"知道。"李路应了声，夜色里传来远远近近的警报声。

"看那里！"温世东指向原来墙面所在处的一团焦黑，"是不是从那儿烧起来的？"

李路扬扬眉毛：一般外行人看到烧得最黑最破烂的地方就会以为是起火点，这有时也是对的。不过现代建材里大量会造成闪燃和爆炸的物质使判断变得不可靠起来。"唔。对了那个'齐夫理论'是怎么回事？"

"有个美国语言学家乔治·金斯利·齐夫，他在 20 世纪 40 年代提出一项理论：在英语、汉语这样的语言里，最常用的词最短。单词的长度与他的使用频率成反比。"温世东解释说，自己朝墙角处深一脚浅一脚地走过去，李路留了只眼看着他，同时在内心觉得这事是个人都知道，还得语言学家再说一遍。

"我们管这个叫最省俭原则。人都懒，越常用的词，就尽可能扔掉这些词汇中多余的部分，只留下足够的区别性成分。"温世东蹲下冲墙角看了一会儿，招手让李路过去，他注意到教授先生自己没动手碰过火场的东西，"以前有人做过英语的这方面统计，得出过单词长度和词频的对应参数关系。我觉得这个概念相当有意思，中文的参数还没人做。我业余用辞海词条的数据库搞了个初步的统计软件，结果目前得出中文普通话的最省俭原则参数在 1.56~1.57 浮动。"

李路读书时的数学成绩离天才怎么说也是有段距离的，但这几天被某些数据灌了满耳朵，不敏感都不行，"你就靠这个拿出昨天的 12457？"

温世东耸耸肩，示意李路看他所指的地方：一团黏在墙上的灰状物。李路用镊子拔开表层已经炭化的部分，心说这次他撞上了。这是个化油器，已经变形了。但看了半晌他觉得背后直冒冷气，然后拿了个证物袋将之装起来。

"你现在肯定不信，我刚开始也不信。这几天火灾数量上升时我怎么都想不到其中会有联系，直到网上开始出现统计数字，我才觉出这事挺奇怪的。反正我上课的北配楼失火暂时调课，我有时间，就开始四处逛火场找人打听，找些城市火灾的资料看看。我的假设是，物体正按'最省俭原则'参数自燃。"温世东还在说，李路已经心不在焉了。

化油器起火不是件新鲜事，在他的"车辆起火十大常见原因"列表上。但手里这个喉管部件整个呈现金属熔融状态不常见。他对车辆部件相当熟，有业务需要，自己也感兴趣。这种化油器型号很老了，可能是哪里淘汰下来就当成了改装农用机的零件。得让实验室查下它的物理性能参数。

"是不是都像自燃的？"温世东一句话差点儿让李路吓得跳脚。自燃，特别是人体自燃之类的现象算是他听得最麻木的传说。为了追查近阶段火灾密集式发生的原因，各种各样的假设全提出来了，都在问老刘头要证据。不过他们不得不承认大部分火灾没能找出原因。像美国总领馆的起火点是一个文件柜，黄浦新城的是一条电热毯，看似正常但用脚趾头想想也明白：八月份的天气谁会用电热毯。能找出原因的全是被波及的。"自燃"这个词开始越来越多出现在口头，他不知道离正式出现在官方文件上还有多久，以及谁能接受这种解释。

现在手里的东西似乎又是件不能以常理解释的东西：能把合金材料搞成一团面糊糊状，简直像刚从炼钢炉里掏出来的一样，哪儿来的高温？

"走吧，咱回城。"李路不置可否。回城一路上无话，车载广播里要求某队赶往哪里哪里的调度报告互相重叠。他把开始走火场以来的记录册子扔给温世东。这么做肯定是违反纪律了，不过他现在觉得无所谓。他也一遍遍在想这些火灾是哪儿冒出来的，他明白每个人都在想，只是工作时有纪律管着嘴罢了。

现在已经是人心惶惶。在火车站与机场值勤的熟人说那里已经是一团混乱，而他也见过一些居民开始停工停学拿着灭火器守在家里。紧急办起来的防火与救生训练没人去，因为都怕一离开家也许就烧起来了，而消防车早已供不应求。因为某些重要地区的禁明火令，包装食品和水开始脱销。有内部消息说水和电力供应已经撑不住了，大型制造企业全部停产以供应民用。不停有消息说纵火分子已被逮捕并枪决，更离谱的谣言是关于午夜装载着燃烧弹的幽灵轰炸机的。

词语自燃这种事听上去的荒谬程度至少差不多。李路耸耸肩。

他老家来过电话让他回去避避，看来消息尽管被严格控制，但也都传出去了。

靠近城区的路堵得严严实实。他爬上车顶一望，到高速路收费处还有数千米。他打电话回总局问一个熟人：“沪宁高速路口那段发生什么事了？”

“你卡那里了？”

“堵了有100多辆车。我得回去。”

“得，要不走回来，凭局里的证件过检查处，回城再找辆车进市区，要不就回头马上找地儿住下明天再说。今天是没指望了。”

“到底出啥事儿了？”

“几千辆车烧在马路上。听说港区那儿也出了问题。今天乱得一塌糊涂，武警都出动了。”对方压低了声音，“有传言说是要封锁。你考虑下暂时要不要回来。”

他挂断电话愣了愣，回头碰上温世东从记录册里刚抬起的眼睛，居然满是兴奋的笑意。他真想一把掐死他。

4

老刘头的电话不通，他也闹不清是卫星通信已经不能正常维持了还是事情有何变动。从城区方向飘来的风里有股焦味，他觉得同时看到了几线烟柱消散在空中。被挡在收费站外面的司机多数在情绪激动地打手机，一小群人围在玻璃亭外头，隔得太远李路听不见他们在争什么。不过想想也知道。如果没有武警过来可能局势早失控了。

“你手机还能上网吗？”他问温世东。

“试试。行。”

“看看到底出什么事了。”

温世东低头捣鼓一阵："情况不妙。很少有人更新火灾信息，也找不到多少新闻图片。"

李路知道这不代表火情减缓，而是烧得他们已经顾不上了。他们把头凑在一起看了几条简讯，某条街上十多辆车焦黑的残骸，其中一辆车冲入路边一家店面落地窗，地下的碎玻璃闪闪发亮。看不到有没有人员伤亡。让李路寒意阵阵的是画面里既没有救护车也没有警车。

这时李路手机响了，接起一听是老刘头："你在哪里？"

"沪宁高速路外头——"

"待在原地别动，会有人来接。注意温世东。"

结果他们老老实实待在车里只等接应来，外头暮色四合，大多数司机发泄完情绪后也回到了各自车里，有些调头往苏杭方向开走了。剩下的待在原地像搁浅的死鱼，城里方向的夜空一片黑色。李路觉得异样，愣了愣想明白八成是升起的烟灰挡住了平时暗红色的光污染。他突然觉得至今为止，或者说至昨天为止，像水力发电这些重点机构还没遭到破坏真是天大的幸运。

如果真像温世东所说的，按词语顺序挨个烧起来……这位语言学教授继续研究着记录册，他在寂静中又反复捉摸了下这个念头，不寒而栗。

来接应的人是便衣，李路怎么说也当过兵，一眼看出来凡是大热天长衣长裤的都是藏着重型家伙的。短暂亮过证件后，他们立刻把温世东包在中间，李路也明白了：价值重要的是温世东。

他们步行走过收费站，上海市内那头的公路上也停着一眼望不到头的车，里面大多黑黑的也看不清有没有人在。夜风很大，把几扇没关严的车门吹得咣咣直响，车主似乎已经弃车而去。

在一段支路上他们上了车，不过开一段就得下来步行。便衣中的头儿解释拖车出去清理路面太引人注目。李路心想这路况连拖车能不能开出来还是个未知数呢。到处是奇形怪状的金属堆，十个小时前它们都还是汽车。夜间供电似乎只能勉强维持，民宅很少有亮的灯光。空气潮湿，下午可能有过一场雨，把燃烧造成的烟尘压了下去。李路印象中上海市区从来没这么安静过。人都不知跑哪里去了。一路上经过的超市和便利店都门户大开，货架上的东西一直散落到街上，李路注意了下被丢下的全是些日用品。食物和水是抢手货。夜色中街角路边有些阴影，他认为是死人。至少现在没有臭味。

领头的接到某个电话后领他们迅速拐上了另一条小路，警卫们拔出枪来将他们两围在中间靠墙站着，要求噤声。隔了几条街，李路也能听到暴乱的人群经过发出的声音，还有火光。他们还在放火，李路想，也明白了看似消失的人都去了哪里。

指挥所在某个不起眼的小楼里，李路觉得四周眼熟，想起几天前美国总领馆失火时自己来过附近。情报研究所，当他看到被拆下的牌子背面冲外搁在走廊上时，终于认出来了。这可能是市内光纤网络最牢靠的地方。

老刘头坐在会议室里等他们，窗户都封上了。室内灯光明亮得李路一时睁不开眼，等适应后发现房间里还有几个人，都不认识。不是前几天火情控制指挥部的。老刘头已经九天九夜没合过眼了，脸色像随时可能心脏病发作倒地死掉。

他们一进来门便关上。

"刘先生，你对换城方案怎么看？"长桌另一端有人开口问。李路望向老刘头，发现他正盯着温世东，没有为双方做个介绍的意思。他们原先就都认识。他明白过来。

"我不知道。"温世东犹豫几秒钟后说，"理论上语言对现实的作用是通过人来实现的。也许会有用。但我们不知道现在状况其中的机制。"

"今天的自燃词段是'1997''圳鼎''自动化设备有限公司''HINC76AUJb''化油器'。也许还有'二手'。调查很难进行，市里的情况你们刚才进城都看到了。我们没办法证明数字与英语字母的字段是如何计算的。"发问者说，"我们不知道还有多少时间。"

"如果能找到每天自燃词之间的联系也许能推测出下一个自燃词。"温世东说。

"目前为止都是工业型号专有名词。计算机也找不到任何相关联系。"

"已经把工厂相关人员都隔离了。"一人出声说。李路看得出他也是公安系统的。"查不到他们之间有什么联系。"

"唯一的规律是每天的自燃名词都在缩短。"温世东说，"如果缩短成四字词或三字词，比如说'荧光灯管'或'矿泉水'，就完了。我们甚至不知道这些词缩短的速度。"

"如果要疏散，午夜一过就必须开始。"另一人说。他不断接电话，听完一个一声"知道了"再接下一个。

李路想了想。至少得知道明天烧的是什么，才能动手把烧剩下的东西抢救走。

从刚才街上的所见所闻来看，他对这座城市眼下的消防能力很没信心。

5

12点快到了。

他们待在离疏散出口不远的地方，被要求脱下身上所有的衣服。警卫们也把枪支弹药放在远处。尽管是盛夏，李路还是感到寒意阵阵。现在不是担心感冒的时候，流鼻涕总比等会儿午夜钟声一响时变成一团火球好。天知道下一个自燃词是不是"含棉量 65% 以上的白色涤纶短袖衬衣"或"奥地利 AUGSS109 子弹"。李路记得自己配枪时领的就是这种，一晃好几年了也不知道标准装备改了没有。

他发现自己的思维总晃到某些不重要的事情上去，比如说警卫们的子弹型号啊，裸体的公安局局长肚腩比其他人大得多……他知道他在避免去想"词语自燃"这回事。

那么说是真的了。

真的。

他试着接受这个"现象"，就像那个语言学教授的用词一样，"现象"。他以前没见过的但却真实存在的"现象"多了去了，比如说前阵子报纸上登的、一千年前的莲子还会发芽之类的。

温世东和对面指挥中心的人小声交谈一阵后回来站在他身边："你真的相信这回事吗？"

"还有 10 分钟到 12 点。"李路说，"很难接受，不过——"他说了下千年莲子的事，"什么事都有可能不是吗？"

"莲子的事是假新闻。"

"呃。"李路耸耸肩，"不过他们都信了肯定是有证据的。"他示意对面贴墙站着的一队人，像正排队进澡堂的。刚才那个不停接电话的人不肯或不能放下手机，他离人群一段距离单独站着，仍旧不时一句"知道了"。

"他们从一开始就知道密集火灾不是寻常原因造成的。"温世东低声说，"热力场卫星图。"

李路愣了下恍然。从卫星图上一下就能看出火情起始时的特殊性及其分布。"那什么是换城方案？"

"你管这个叫什么？"温世东指指天花板。

"灯。"

"英文里叫 lamp，德语里叫 Glühlampe。不管你叫它什么它都是吊在我们头顶上的那玩意儿。拿我们的话来说就是所指与能指之间关系是任意的。现在如果自燃词针对的是中国普通话中的'灯'，而所有的人都管它叫 lamp，也许那种攻击就失效了。也许不会。"

"他们准备和哪个城市换？所有人不懂汉语的？"李路想问"谁在攻击？什么攻击？"，话到喉咙一转又回去了。

"现在必须先确定这种假设有效。就是说必须要把所有说普通话的人全撤出去。"

李路摇头。很多人一辈子的家当全在这里——这时午夜到了。

玻璃。当头顶的 lamp 或 Glühlampe 又或灯爆开时，李路一把拖住温世东把他往出口推，然后回头找老刘头。着了火的玻璃碎片落到他赤裸的背上，疼得要死。在最初的惊慌后他们有序地往外撤离，走道上的易燃物已经被事先清除干净，火势没立即蔓延开。警卫把他们的衣服抱出来，但一时谁都没有动作。

大街上火势冲天，比白天更明亮。有机玻璃，李路修正了下原先的判断。所有的街灯与灯箱广告都在熊熊燃烧，橱窗依次向外爆开，像喷出一团团雪花。街那头一团火焰炸开，一下照亮了半条街，每个窗口都没有人脸。疯狂晃动的树影在墙面上乱飘。汽车尾灯罩引燃了油箱。这下几乎所有的车都完了，李路想，紧挨着的公车车窗烧得像长了一排通红狂怒的眼睛，随即引燃了内部，整辆车如同透亮的纸灯笼。李路感到热浪扑面而来，转眼已是满脸油汗。一些建筑物开始冒出黑烟，太多卫浴设施与家用小玩意用到有机玻璃。闪燃与爆炸的声音充满了整个空间。人开始出现了，他们在火影中穿过大街，四散奔逃，却又无处可去。李路确定自己看到几个黑影从高层建筑窗口跳出，掉到地面便没动静了。

他们飞快地穿上衣服。

"有撤离路线。"老刘头说，"跟着走。"

"你们走。"李路说，"我去找温世东。"

所有人面面相觑。温世东果然不见了。刚才的注意力全被火景吸引住，没人发现他是何时离开的。

"我去找他。"李路重复。

"如果明天晚上 8 点前还没找到他，你要立即出城。我们马上准备撤离所有人。"电话不断的那个人说，他右脸上有一片红黑烫伤，刚才手机屏爆了，"一旦找到他马上跟我们联系。"他递给李路一部同样屏幕爆裂的手机，"还能用。信号不会断。我们会开放所有出入口供撤离用，你们一旦离开城区一定要通知我们。"

李路点头，老刘头拍拍他的肩。一行人迅速离开。

6

他回到了指挥部楼里。不出所料，这里还没有明显的火势，他们肯定将防火措施做到了最好。李路上楼找到些瓶装饮用水和压缩食品装到背包里。地图、手电、简易防毒面具，他掂量下背包的重量，只要支撑到明天下午就行，多带东西只会白白消耗体力。老刘头分别前塞给他的东西沉甸甸地挂在他腰间，好几年不摸枪,他以为自己已经忘掉了怎么对待这东西。但就像学会游泳和自行车一样,那种本能自然而然回来了。他以前射击成绩很不错。

闪出后门,他观察了下风向和火势,往徐家汇方向快步走去。温度现在已经高得惊人了,他感到汗水正浸透后背的衣服,刚才烧伤的地方刺痛不已。温世东肯定是自己离开的,当时有那么多警卫在场,如果有人胁迫,稍微弄出点儿响动就能引起注意。而且他的衣服和鞋也不见了。

他沿着墙根走,这带火势零星,大部分花园别墅早已人去楼空。夜色映出不远处的熊熊火光和浓烟,而声音已经隔得若有若无。温世东为什么要离开,李路将事实重头整理:如果上头在词语自燃现象头几天便注意到这不是通常意义上的人为灾难的话,温世东认识老刘头,他有便捷的通道推销出他的"最省俭理论"。他肯定跟着不少火场调查员跑过现场,寻找能支持他理论的证据。李路也开始明白美国总领馆的火灾为何没有成为重大新闻及外交事件:卫星每个国家都有,九成领事及重要人物早撤出去了。

现在温世东的词语自燃现象被证实了,他成为决策核心必须咨询的重要人物。明天大撤退将开始,他和李路一样,家人不在上海,他没什么要——李路突然明白了温世东会在哪里。

他回复旦了。

撤退计划的速度让李路感叹不已。不到一小时,仅存的广播系统便开始反复广播数个标志性集中地点,宣布将有部队来接市民出城,以及可供出城的紧急出口。并提醒非常时期请勿带过多随身财物,政府会提供安置费用。不过从一路上被砸得最狠的金店来看,这个提醒并没让人牢记心中。

李路混在渐渐汇集的人流中向徐家汇中心绿地方向走去。衡量了风险后,他把身上带的水和食品分给了几个陌生孩子和女人,枪也偷偷扔掉了。

在广场待了不到半小时,果然有直升机过来。天还黑着,李路躲到隐蔽处打了几个电话将手机也扔了,电池板拆下碾碎。武警维持秩序,一批批人上机走了,昏暗中他也看不清直升机上的标志。

1700多万人啊,他想到。

天渐渐亮了。他第一次近距离清晰地看到身边那些人的面孔,苍白、惊恐、筋疲力尽。他自己也累得只想倒下大睡一场。

终于有人接他上机,在震耳欲聋的气流声中离开。依然在排队等待的人对他投以阴郁愤恨的目光。

"在哪里把你放下?"

"复旦。"李路犹豫一下,"不,五角场附近就行。"

从高空看下去,上海似乎还是原样。灰暗的建筑物如蚁穴遍布大地,纤细得像玻璃模型的新楼和旧工房区交相杂错。当风吹开厚重的烟尘，他看到不少起火点仍然冒出细细的烟柱。黄浦江上船只密密麻麻，来往有序，他仔细分辨，发现全是军用的。临岸有些奇怪的楔形物体，四周拉着浮标，是翻覆的巨大货轮。

除此之外，这座城市像是死了。江边的繁忙活动只能让人想起从一具温热尸体中流出的最后一道血液。

他闭上眼睛。

7

在离复旦两三千米处李路下了直升机。

五角场附近至少没有明火。曾经繁华的商业区如今只剩下废墟，不时一些建材自由落体砸到街上。李路自然不会相信这平静的表象下是安全的，他尽量往开阔地走，路上也碰到一些人，为他们指了最近的集散地点。有几个背着沉重的大包，向他打听完路线后却往摇摇欲倒的高档商场里钻。李路耸耸肩，知道劝不住，也便自赶自的路。

这时他听到头上响起尖锐的空气嘶鸣声，一抬头高架路基的边缘呈现出一条暗黄色，随即转成砖红，整座桥面像条通了电的巨型电阻丝。他感到一种热力的重压直盖到身上。第一束火苗蹿出时李路终于相信了眼前的事实：混凝土正在燃烧。某种配方比的特定混凝土，否则真完蛋了，他自我纠正道，同时迅速远离正变成一支巨大火炬的立交桥柱，热量逼得他连连后退。

几年前他来过复旦，参加为某个新建的实验楼防火控制系统举办的投标会。会议结束后他在校园里随便转了转，留下的印象是座典型的大学校园——近于废话，但却能真实地概括出他对大片阳光下的绿草坪、抱着书本的学生、篮球场和整洁漂亮的教学楼群的印象。

现在这里一片寂静，人都跑光了。学生在变故前总是应变最敏捷的一群，他有些安慰地想，门卫室空空如也。李路只能从一幅焦痕斑斑的指示图上找到了校医院的位置。那里有自主紧急备用电源。

天色渐暗。他穿过校园，居然还看到有两个骑着自行车一掠而过的身影。李路大叫着："你们知道疏散令吗？"车上的孩子远远地一招手滑行而过。他不禁心里一疼。

校医院是座二层独立小楼，从表面上看没受到任何破坏。里面果然有灯光。李路从正门推门而入，一路摸到资料室，门上写着牌子，里面传来键盘敲击声：这位教授在隐藏自己的功夫上果然是幼稚园水平的。

"喂。"李路闪身进去。

温世东抬头看他一眼注意力又回到屏幕上。一台笔记本电脑搁在桌上，为了节电屏幕调得很暗。李路莫名有点儿泄气：人家看到他就像在草原上看到一颗马粪，一点儿惊奇感都没有。

李路自顾自拖了把椅子坐到温世东对面。

"撤退怎么样了？"温世东开口问。

"他们正在努力吧，不过我看今天能撤出去的只能有七八成。"李路想起一路上没看到有多少救护车。他想起那些不能自己走动的人。

"能撤多少是多少吧。"温世东用力敲了下回车，然后把笔记本盖上了，抬头迎上李路的目光。

"要用网络出城哪儿都有，昨天你跑什么？"

"我的词汇数据库只能在校园内网里接进去。我有些东西需要核实一下。"

"这儿的服务器还能工作？"

温世东扁嘴做了个怪相："我的确不是坐地铁八号线过来的。有人接我从城外绕过来。现在他们能让系统再运作一会儿。反正该干的活儿也就几分钟。"

这回答了李路真正想问的问题。他感到腰间有件硬东西硌得慌。直升机上他又拿到一部能保持通信的手机，他打电话给老刘头，随即被转给了昨夜那位不停接电话的头头。"知道了，"他听完李路的简述后说，"增援随后即到。"

"刚才我看到立交桥烧起来了，是混凝土直接起火。"李路说。

温世东往后一仰："你觉得这些火灾是怎么回事？"

"词语自燃。不是你提出来的吗？"

"这只是个现象，现象背后还得有个原因吧。比如说一个人死了，死于脑袋中了枪。子弹是死因，但我们真正感兴趣的是找出来是谁开的枪。"

"也许是某条新出现的宇宙定律？词燃第一定律。"李路随口一说，自己也觉得无聊，笑了。

"那为什么偏偏是上海？你看过起火点分布图，全在上海行政区线的范围内，一点儿偏差都没有。你见过地震只震某个村的吗？"

"那你们怎么说？"

"前几天抓到一堆纵火犯，还有精神病来自首的，还有打电话来声称自己对所有午夜起火负责的。哪儿的人都有，还有国外的。他们还得从外国语学院弄个小语种翻译守在热线上。"温世东摊手，"到后来不管真假都紧急处理了再说，但火还是在烧。"

"那到底是不是——"

"科技情报部的人说目前为止还没有任何国家的哪种武器能达到这种效果。"温世东摇摇头，外面天已经完全黑了，"不过谁知道呢。比较怪异的猜测也有，比如说我们成了来自未来的战争攻击目标。理论上这也是有可能的。不过实际上这跟推测哪个外星人开着飞碟来把整个城市烧了的效果都是一样的，我们什么事都干涉不了。"

"外星人？"李路摸摸脖子，苦笑。

"有可能明天全世界的电视里就出现一个小绿人说哪个国家不服从它，上海就是他们的榜样。"

"真是 20 世纪 80 年代的被害妄想症。"李路嘀咕一句。

"现在问题在于你没办法说这种想法是错的。"

沉默一阵后李路开口："那你们准备怎么办？"

"他们正在协商换城方案如何实施。"

"现在有谁愿意搬到这个烧得破破烂烂的鬼地方。"

李路看到温世东惊异的目光投向自己，像在说：你怎么还没想到。没闹明白上海是怎么烧成一堆破烂前，世界没一个地方是安全的。

"很多国家愿意出志愿者入住，上头正在协商将来如何分辨进驻的不是军队……上海是个大城市。政治上的事我也不想搞明白太多。他们现在要求我的是能够明确地证明，如果语言使用者换了，起火会停止。"

李路听到外面楼梯上传来脚步声，上来的不是一两个人。

"你有证据？"

"很快就有了。不管是正面的还是反证。"温世东说话时面无表情。门被推开，穿军装的一拥而入，令李路震惊的是，他们都戴着防毒面具。

8

地下室。李路不知道灯光是从哪里来的，目之所及的地方只有四壁单调的水泥。见过立交桥失火的样子后，这没能给他带来多少安全感。空气是新鲜的，泵不断将压缩气瓶里的气体打进通风口，室内充满了嗡嗡声。

幸好他没有幽闭恐惧症，李路伸直双腿让自己坐得舒服些。空调将室温调节到他们不穿衣服也不会感到不适的温度。温世东盘腿坐在对面，低声哼着某首烂大街的流行歌调子，他终于控制住了自己不要抖腿。李路想这种情况下害怕也是正常的，他出于一种可笑的自尊感希望自己别表现得这么明显。

那个金发碧眼的老外一个中文单词也不懂——在刚才的语言测试中证实过了。李路真想不通上头到哪儿找来的这位志愿者。他双膝并拢坐在另一个屋角，不时睁开眼睛飞快扫一眼墙上的计时器。

离午夜还有 10 分钟。

李路想起这个场景如此似曾相识，昨夜他们同样待在一片寂静中等待零时，等待火焰燃起之时。他简直不敢相信只过了 24 小时。

与上次的等待不同的是：现在上海只留下他们 3 个人了。老外不懂中文，他不懂英语，温世东英语相当流利，算双语使用者。3 个样本，温解释道：而且我们互为观察者。摄像机在运转，但谁也不能保证到时某个零件会起火使记录失效。

其余所有人全部撤退到行政区线以外待命，李路想到外面是 6000 多平方千米的死寂空城，一下心里堵得慌。

还有 7 分钟。

"你为什么留下来？"温世东问，他一开口说话似乎就恢复了镇定。

"你呢？"李耸耸肩，"他们能找到一大把会讲中文又会讲英文的人呢。"

"我必须得看实验结果。"他说。

是啊，因为这次实验代价大了去了。李路想起那些防毒面具，那些路面上冒着黄烟的弹头残骸。必须保证上海全境内除了他们仨，没有任何语言使用者。他不敢想傍晚时那两个骑车穿越校园的孩子。他能理解温世东为何只能留下。

"其实我问的是，一开始你为什么没走。"温世东说，"那天你在城外其实就有机会走，或者跟着撤退。"

李路犹豫一下，他明白时间不多了，要说就现在说。他从来没对人说过。反正那外国人听不懂。

"我舍不得走。"他说，"我喜欢看火烧起来的样子。"

温世东没流露出惊讶的表情，给了他勇气说下去。

"因为这种癖好，我做了火场调查员。我自己从没纵过火，我也不喜欢火烧死人。我就是纯粹喜欢看。后来我觉得这样下去太不正常了，就辞职离开警队。但是一段时间后我又回到这个行业来了。我忍不住。这次是我见过的最大的一场火。"

"没事，有这种心理的人不罕见。"温世东说，语气平淡而充满安慰。

还有一个原因让他坐在这间水泥屋里，像等待电击实验开始的小白鼠。他觉得温世东也有同感，但不愿意说出来。看到那些毒气弹后他像脑袋挨了一下似的清醒过来：这不仅是烧掉一座城市几座楼，世界已经为这场大火疯了。想象力并不是他的特长，他也能看见从此人人惴惴不安，随时等待火焰从某处蹿出。事情不会结束了。如果有谣言说这是某个不自知的特异功能者的"发功"呢，会不会每个人都开始互相残杀直到最后一个人？或者某个国家宣布他们能预言下一个自燃词呢？最终可能是核弹的熊熊大火烧掉了世界。这种类型的未来并不充满诱惑。

还有 2 分钟。

"会是哪儿先烧起来？"李路问。

温世东看着他。

"你应该知道，至少大致有个范围。你回复旦就是为了拿到分析资料。这个房间里只有我们 3 个人。是身体的一部分吗？否则作为观察者我们应该在大街上。"

"只是个猜想。"温世东默认。

李路看着计时器的秒针一点点向 12 爬去。他突然想通了温世东昨夜为什么突然离开，他记得闯进校医院将他们带走的人身上的装备是两种型号。派别之争，温世东对下一个自燃词的猜测是他们争夺的中心，老刘头算哪边，那个不停接手机的头儿是哪边，温世东本人在其中是什么角色，他们之间最终达成了怎样的协议。李路突然觉得这里头的纠葛现在一点儿也不重要。

重要的是 12 点到了。他猛地强烈渴望自己在别的地方，只要离上海越远越好。

一开始什么都没有发生。下一秒巨大的热量从他脑袋中央炸开，像有人劈开他的头往里扔了个电炉。

他什么都看不见了，有人在尖叫。巨大的痛苦使他往外跑。眼睛，自燃词是眼睛！在他的头撞上墙并彻底陷入黑暗前，最后的声音是老外带鼻音的惊呼：

"摇爱丝啊波林宁——"

只有他没瞎。

在上海进行一场探索实验

陈 茜

我出生于 20 世纪 80 年代的上海。一路读书，上班，搬了几次家，除了大学时代在北京待了几年，半辈子居然没出过徐汇这一小小的方寸之地。

可在文学创作中，我的小说里，无论从题材还是地理背景设置，或行文风格，似乎很难第一眼看出有地域特征的痕迹，《纸上海》是一个特例。

此文缘于多年前一位作家及编辑潘海天老师的约稿，由各地的科幻作者，为各自的家乡畅想一种奇特的灾难降临方式，组成"城市毁灭系列"。在科幻小说里，末世灾难题材属于传统大类，常见的天灾人祸都已被反复写过了。众多巅峰前作在前，我想了又想，最后决定放飞心情玩一把，写一个披着传统悬疑故事外皮的奇想冷笑话梗文。

小说发表后，得到的评论比较两极分化，喜欢的读者表示还挺有趣，不喜欢的读者猛力吐槽：这是啥啊？

倒也并不失望，写作于我来说，便是构建一些小小的虚构世界，探出一些传达想法的触角，如能遇上某些同频的朋友，即便不多，也已是一件幸运的事。

想来这份乐于探索实验的轻松写作的心情，倒是与上海城市文化的氛围有些暗合。各种奇奇怪怪的人、事、物，皆能找到自己的一方小天地。

希望您也能抱着轻松愉快的心情，尝试下这篇有些古怪的小说。

陈茜，古籍修复师，业余从事科幻、奇幻小说写作。九三学社社员。中国科普作协会员，中国作协会员。出版有短篇科幻小说集《记忆之囚》《量产超人》，少儿长篇小说《深海巴士》，少儿短篇小说集《海肠巴士》。曾获华语科幻星云奖最佳中篇小说银奖、第五届华语科幻星云奖最具潜力新作者奖金奖、首届少儿科幻星云奖短篇小说金奖。

江苏

女
娲
恋

张
静

一连几个月，时而倾盆大雨，时而细雨纷纷。天漏了，地崩了，洪水冲倒了大树、石屋，吞噬了成群的牛羊和刀耕火种的田地。部落里气力最大、虎背熊腰的伏羲也无能为力！此时，他身着陈旧的豹皮袄，腰系一支从不离身的竹笛，跪在高高的山崖上，向着苍茫的大海，向着乌云密布的天空祈求："神啊！救救我们吧！我们再也打不到野猪，采不到野果，瘟疫和洪水已夺去许多人的生命！天啊，你果真要灭绝人寰吗？"他不觉失声痛哭，伏于地，任泪水伴着雨水，倾泻在褐色的山崖上……

她和伙伴们驾驶光子飞船已到达太阳系的第十行星。因为每隔三千六百年，这颗星便形成一个有利于考察那颗极有生机的"水球"的大冲。现在她从第十行星出发，即将飞往地球。

"阿Y，这颗太阳系上唯一的蓝星，与我们双鱼星座的Y星极其相似。那里已出现了高级生灵，他们学会了凿石取火，但依然很不发达，现在你有幸去那里，也许会遇到奇迹——祝你好运，早去早归！"

阿K伸出细长的手指，紧紧握了握她柔嫩的小手，目光眷恋地小声说："回Y星后，我们就结婚！"

哦，这颗非同凡响的星球真是美极了！越是靠近它，她便越激动！离开母船之后，她单独驾驶着光子飞船在太空飞行。万籁俱寂，繁星闪烁，唯有这颗星泛出怕人的蓝雾，这证明那儿和Y星同样有着孕育生命的摇篮——海洋！瞧，陆地、山峦、海湾，处处生机勃勃。到了，快到了。她减慢飞船速度，选择依山傍水的海湾为着落点，心中忐忑不安地嘀咕："这儿的高级生灵会欢迎我吗？我可是个不速之客。"

雨雾中传来声响，惊起了匍匐在山崖上的伏羲。他刚抬头，一团刺眼的银光已盘旋着坠进了烟波浩渺的大海。那是什么？正惊奇万分时，银光所落之处冒出了一条细长的黑影，并轻捷地朝岸边游来。出于自卫的本能，他随手从兽皮箭袋中拔出一枚石箭，"嗖"地向黑影掷去。不料黑影更为敏捷，竟轻易地接着了石箭，继续向他游来。这是一个十分奇特的怪物：人头，蛇身！和部落里刻在许多山石上的图腾十分相像。天哪，这是怎么回事？他赶紧把自己藏匿到一块巨石的背后。

阿Y身着蛇尾服冒出海面的瞬间便遭袭击，心里又沮丧又生气。但当她仔细瞧了瞧那光滑锐利且又雕琢精细的石箭时，笑了。哈，只有高级生灵才会对她如此地欢迎！"喂，我从Y星来，我们是朋友！"她边喊边登上了岸，脱下了紧箍在身的蛇尾服，露出苗条的身段和洁白如玉的双臂，又一次仰首高呼："喂——我们是朋友！"伏羲看呆了，只觉得她的声音很好听，身姿很优美。难道是刚才的祈祷显了灵？阿妈说过，神仙都爱听曲子。他灵机一动，抽出腰际的竹笛，悠扬地吹了起来。果然，阿Y听得如痴如醉。那从山崖上传来的乐声抑扬顿挫，穿云破雾，这声调韵律，是她在高度文明的Y星上从没听过的。在那儿，过于复杂的曲调，过多的器乐合奏和歇斯底里的节拍，使音乐变成了刺耳的噪声。现在，她感到飘飘欲仙，情不自禁地随着乐声在滴滴细雨中翩翩起舞……

乐声戛然而止。阿Y仰首望去，两眼一亮：只见山崖上有个高高大大的、与她相仿的生灵正巍然屹立。他右臂赤裸在豹皮袄外，手握竹笛。乌发披肩，浓眉大眼，毛茸茸的络腮胡，坚毅厚实的嘴唇，更为他增添了几分粗犷、几分威武。想起在海中差点被他的石箭击中，阿Y不寒而栗，可她还是壮大胆对他比画说："我叫阿Y，从双鱼星座的Y星来。请问，能带我去参观参观你们美丽的城市吗？"伏羲见她指指天又指指地，想起她方才随着笛声翩翩起舞的飘逸，便"扑通"一声跪下喃喃道："果然是天神下凡！女娲娘娘在上，饶我方才一箭！伏羲是凡夫俗子，有眼不识泰山！"他听不懂"天语"，只听懂了"阿"这字音，便"女娲娘娘"地叫个不停。"神啊，当今沧海横流，饿殍遍野。天下只剩我部落数百人，如不将天补上，世人即将灭绝。请快救救我们吧！"

啊，他把我当作了从天而降的女神！阿Y觉得好笑，将错就错地比画着让伏羲带她去见他的首领……

这是一个阴暗的山洞，四处却井井有条。一位端坐在兽皮垫上的老妇，惊奇又矜持地打量阿Y，她的四周毕恭毕敬地站着一群干瘦的男男女女。显然，这部落仍处在母系社会的历史阶段。

听伏羲叽里咕噜一番介绍，阿妈扶膝站起，双手合十，对阿Y表示敬意。"阿妈，伏羲弟带来的女人不像神，"一个黄脸女人抱着孱弱的婴儿嗫嚅道，"您瞧她，光光的、大大的怪脑门儿，蛇似的细腰，倒像是兴风作浪的水妖。天准是她捅破的！"

"阿姐说得对，她是水妖！"妇女们七嘴八舌，越看阿Y越不顺眼，"怪不得天漏个没完！""不，我亲眼见她乘仙船从天而降，"伏羲竭力争辩，"若是水妖，她怎敢自投罗网来山洞？"

阿妈沉吟良久，不动声色地从身畔刻着鱼形花纹的瓦罐中，摸出一块干羊肉，撕下一片，双手捧到阿Y面前。这是什么意思？一种迎接贵客的礼仪？阿Y想着，便大大方方接过羊肉，假装欣赏似的咀嚼起来。哦，味道的确不错！不料阿妈一声厉喝，四五个身披兽皮或蓑衣的男人突然蜂拥上来，不由分说用枯树藤将阿Y捆起，推到山洞外。无论她如何挣扎、解释也无济于事。

"伏羲，神仙岂食人间烟火？你阿妹说得对，她是水妖。你杀了她，部落也许就可以重见天日！"阿妈递给伏羲一把石剑。"不，阿妈！若是冒犯了神灵，

月

部落可真要从此灭绝了！"伏羲有生以来第一次违拗母亲的意志，"女娲不是水妖，是天神！绝不能杀！""既然她是天神，就能把天补上！"阿妹又插言道，"阿妈，令女娲补天！要补不上，再杀不迟！"

萎靡不振的人们亢奋起来，一个劲儿要女娲补天，阿Y惶恐又焦虑：她本该对地球做一番全面考察，然后尽快返回第十行星与母船会合，向队长阿K做汇报的，可是现在却吉凶难卜。她把目光射向伏羲，本能使她信任这个目光诚挚的中年男子。

"女娲娘娘在上，"伏羲跪到女娲面前，"自从盘古开天辟地，有巢氏教会了我们筑巢居住，神农氏教会我们刀耕火种，燧人氏教会我们凿石取火，世人方得以繁衍生息。不料现在天漏不止，我辈面临灭顶之灾。但愿你能开恩补天，救我部落渡过难关！否则的话，族人将会把你当作兴风作浪的水妖……"他轻轻挥了挥石剑。聪明的阿Y终于听明白伏羲的话。她仰头思忖：宇宙浩渺，有高级生灵的星球却为数寥寥。既然命运使我结识了这颗星球上的高级生灵，我怎忍心不拯救他们？该怎么办呢？当然，首先应把四面八方重重叠叠的雨云驱散！只是这样做飞船上的光子能将会消耗殆尽。不过，阿K一定会来帮助我……在一双双信任的、怀疑的、祈求的目光下，她毅然决然地对伏羲说："请吧！带我去海边！"

伏羲不愧为地球之骄子，他明白了女娲的意思，立刻为女娲松了绑，不顾众人的猜忌拉起女娲的手便往山下奔去。山洞里的男女老少，凡能走动的，也都默默尾随而来。阿Y重又套上她的蛇尾服——既是潜水装，又是太空衣，游回她的光子飞船。她打开对讲器，向队长报告了情况，并要求发射光子炮，驱散雨云。"绝对不行，阿Y！我命令你赶快回来，别管那些野蛮人！他们愚昧得很！"是的，这些人太简单。他们居然放她回飞船！只要她一按启动键，便可以腾空而起，离他们而去。但是那一双双期盼的眼，尤其是伏羲那对灼人的诚挚的眼，使她不忍欺骗他们。"阿K，他们是极有希望的高级生灵，我们应该帮助他们！""不！要知道，Y星今后将移民到这里！那些野蛮人灭绝了岂不更好？回来吧，阿Y！你必须理智！"

原来阿K如此冷酷、自私，原来Y星的"文明"比"野蛮"更可怕！也许这就是理智？科学的理智？不。爱一颗宇宙中难得有生命的星星，爱那些历经千难万险繁衍至今的高级生灵，难道不理智？她想起伏羲方才紧紧拉住她的那只粗糙温暖的大手，潜意识中升起一缕金灿灿的光华。她不再争辩，咬咬牙，用颤抖的手调整好飞船方位，缓缓向浓重的雨云飞去。她的指尖掀动了那本来是为预防不测用来攻击敌人的红键……

石破天惊一声巨响，天空的一角，昏暗的乌云疾速地滚动翻腾起来……"该死！阿Y，你违抗了我的命令！你疯了？既然如此，别再指望我接你回母船！"阿K咬牙切齿地在对讲机中吼叫，"母船的机动能量有限，我不会冒险去救一个毫无理智的蠢材！"她含着眼泪返回大地。一束金色的晚霞透过被驱散的乌云，照到海岸上。狂喜的人们把阿Y抬起，哇里哇啦地又唱又跳。然而她的心却沉甸甸的。一连十天，阿Y都在傍晚时分驾起她的"神船"，向一簇簇乌云开炮。最后，天全亮了，殷红的夕阳露出脸来，把一束束绚丽的光芒射向山岗、海湾。

"女娲补天啦！女娲把天补上啦！"男女老少欢腾不已。可是阿Y的飞船再也飞不上太空。"原谅我，亲爱的父母兄弟姊妹们！原谅我，Y星的亲人们！我再也不能回去啦，再也不能了！"刚上岸，她便跪倒在地，双臂伸向蓝天，呜咽起来。"阿妈，"依旧是那多嘴的女人，紧搂着她的婴儿叹息，"女娲由九重天降到人世，如今天补好了，她可怎么回去啊？难怪她哭得如此伤心。啧啧，可怜！可怜！"人们面面相觑，长吁短叹。

"女娲，你既来到人间，又为我们驱云补天，可见你与世人缘分不浅！"阿妈颤巍巍地双手扶起女娲，郑重地说，"从今往后，部落交由你管。虽然现在云开雾散，风和日丽，但大地上洪水依旧泛滥，还望你能带领大伙儿奋力治理呐！"

阿妈的话语经伏羲一比画，阿Y明白了。唉！既来之则安之。若能制服洪水帮助他们重建家园，我阿Y也可算没有虚度青春了！"阿妈，让我做你的女儿吧！我一定制服洪水！"女娲紧紧握住阿妈青筋累累的双手，伏羲抑制不住激动和喜悦，从脖子上褪下他那串形影不离的石珠，双手奉献给女娲。噢，真精致，真美！那熠熠闪光的石珠，又圆润又璀璨，五光十色，绚丽夺目。

伏羲指着东边一座山说："瞧，石珠就是由那五彩山的五彩石磨制成的。女娲！从此以后，你就是我们的首领！但愿我们情如手足，就像这串石珠，相依相连，永不分离！"女娲决心，从此忘掉"阿Y"这个名字。她把石珠挂上自己白皙的脖子，感到伏羲的体温犹在，脸颊不由得飞上了两朵红云……

女娲真不愧是从天而降的。她想到的第一件事，是采石拦水，第二件事是挖渠引水。她与伏羲一道攀山下海，勘察水情。这天，她与伏羲并肩遨游在湛蓝色的海湾中，把飞船中另一件备用蛇尾服送给了伏羲，使他在海中游得得心应手。"你懂吗？伏羲，"她用学会不久的部落语言说，"我要炸掉五彩山，用五彩石砌成海坝拦住洪水！"

"可是，往后我如何采石造剑，凿石炼珠？"

"拦水是千秋大业！"女娲开导他，"伏羲，我还要在炸开的山地上挖渠引水……"

"既是千秋大业，我听你的。只是你这石珠，是我花了四个春秋，采集了五彩山上最美最坚的彩石一颗颗精雕细磨而成。希望你永远珍惜，不弃不离！"

伏羲已和女娲形影不离。他对她既像对首领那般尊敬，又像对妹妹那般爱怜。他生怕有朝一日她再飞走，便诚挚地用石珠来表达心意。唉！山那边的部落已不复存在。想当初每逢月朗星稀时，他便和兄弟们纷纷出山去与姑娘们幽会。有时借狩猎之机，这山穿到那山，饱享幽会之乐：当然，外山的小伙子也来部落和他的姊妹相会。然后，各部落渐渐兴旺起来，阿妈们把大家汇集在一起，过着自由自在的日子。可如今……他摇摇头。想起女娲补天之功，他心里激起一片感激之情。再想想洪水尚未制服，尚有很多事要做，他又赶紧把激荡的心收了回来。

"女娲，明天就炸山吧！你有回天之力。天都补了，海还不能填吗？全部落的人全听你的指挥！"伏羲真诚地说。

就在女娲得知阿 K 真的丢弃了她，从第十行星启航飞离太阳系的那天，她用自己飞船中的最后一点儿光子能，轰倒了高高的五彩山。几道耀眼的白光使五彩山顷刻之间山崩地裂。一块块五色缤纷的彩石，飞到天空，又砸落到地上。

伏羲带领全部落的老老少少男男女女奔到崩塌的山前，每人默默地背起一块彩石，朝海湾的决洪处挪去。女娲将飞船最后一次坠入海湾，当她再次从海浪中冒出来时，她被这可歌可泣的宏伟场景感动得泪水涟涟：那些光着脚板、披着兽皮的饥饿的"野蛮人"，一个个不屈不挠地背负着石块，在伏羲的率领下，秩序井然地鱼贯而行。那个多嘴多舌的女人，用兽皮在背上兜着她的孩子，怀中抱起一块石头，也跟在队伍的后边。就连颤巍巍的老阿妈，也背起一块彩石，拄着拐杖，竭力跟上队伍。远远望去，那些脊梁上的彩石，竟连成了一道彩虹，赤橙黄绿青蓝紫，显得十分壮观。

女娲抹去泪，甩脱掉蛇尾服，奔向那支宏伟壮丽的队伍，和他们一样背负起一块彩石。

"嗨唷嗬——嗨唷嗬——"从上风头传来伏羲那低沉粗犷的号子声。"嗨唷嗬，嗨唷嗬，嗨——唷——嗬！"顿时一呼百应。不屈不挠的号子声此起彼伏，直入苍穹。

一天又一天，这人倒下，那人接过他的石块又继续前进，继续劳作。一块块彩石叠起的海坝，渐渐拦住了不羁的洪水，接着，石斧开凿出的渠道，又引走了村落里的积水。村落里未倒的石屋渐渐重见天日，人们本已麻木的脸颊又绽出了笑容。就像那太阳，终于放射出绚丽的光彩……

然而谁能料到，又一件憾事，使老阿妈后悔不迭、忧心如焚，补天治水之功，也差点儿被葬送！

绿油油的草儿在大地复苏，简陋的石屋又传出了人声。几声鸡鸣几声羊叫令人心醉。然而，年轻的男男女女几乎都在忘我的拼搏中饥肠辘辘地倒下了。

在他们喘最后一口气的时候，背脊上仍负着一块沉重的石块。他们瞥一眼日渐驯服了的海湾和已经不漏了的蓝天，心甘情愿地含笑离开了人世，连那个多舌的女人也不例外。临终前，她只恋恋地盯着她的儿子：哦，儿子，天补上了，水制服了，你能过好日子了！

阿妈、伏羲、女娲最后一批由山洞搬回村落。"啊！这可如何是好？"阿妈拄着拐杖走访了每个石屋后突然痛哭流涕，"剩下的怎么尽是年迈的老阿妈、老爷爷和男娃娃啊？"

"阿妈，这些男娃长大后，会像伏羲那样能干，打猎捕鱼盖石屋，样样都行！"女娲安慰她。

"唉！女娲呀女娲，难道你不明白，只剩下老者和男娃，几十年后，上天赋予我们的血肉之躯，还是要灭绝的啊！"阿妈捶胸顿足仰望苍天，"天哪！我后悔莫及，我愧对先祖啊！我怎么不早些关心这事呢？"

刹那间，天旋地转，可怜的老阿妈，竟一下子栽倒在她的石屋前。伏羲和女娲跪了下来，只见操劳了一辈子的阿妈口吐白沫，抽搐不已。伏羲为她掐住人中，老阿妈才渐渐睁开眼，用哀伤歉疚的目光对着女娲，喃喃说道："女娲哟女娲，你若能与我凡人生死相依，繁衍子孙，必将流芳百世！但愿你能明白阿妈的心……"说着，阿妈暗淡的双眼忽然燃起两簇晶亮的火花，怔怔向女娲看了良久，然后轻轻抓起她纤弱的小手，送到伏羲粗壮的大手中。

一股炽热的暖流淙淙淌进女娲的心田。她感觉到，伏羲的手正越握越紧。阿妈似乎看到了几束火光，在女娲与伏羲的眼中流窜着、交错着、碰撞着。她无力地松开了手，眼瞪得老大老大，一丝不知是放心还是担心的影子，凝在了她那发黄了的瞳仁中。

碧水泱泱，微风袅袅。浪花轻轻跃起，去迎接白云的拥吻。海鸟欢快地鸣叫着，在呼吟它的伴侣。

海水荡去了她补天治水的劳累，涤去了她失去阿K和阿妈的哀伤。当她头一次如此欢快地在海湾里嬉戏时，忽然发现伏羲坐在礁石上一直目不转睛地盯着她，眼中有两团炽热的火。她有点儿怕，又有点儿喜，还有点儿慌张——啊，难道我没有企盼过这一天？也许，早在他吹竹笛的那个雨雾的清晨，他已进入了我的心窝——噢！伏羲真伟大，有些时候，他绝顶聪明，远胜于阿K。他还没有文字概念，却立刻读懂了女娲的目光。其实，他早就在等待着捕捉这样的目光……她急速地向他游去，一下子偎依到他赤裸结实的胸膛上，然后又嬉笑着躲开他，任他在海中追逐她，呼唤她，直到他一把将她抓住，紧紧搂着再也不放开。

女娲似乎又在太空浩瀚的星河中遨游……哦，多么沁人心脾，多么令人心旷神怡！心儿甜、魂儿颤，分不清是天，是海，海天融为一片。在天地之间，在海湾的怀抱之中，女娲感到自己似乎整整休养了一个世纪，心中漾满了幸福感。

尾 声

十个月之后，女娲的石屋里传来了一阵清脆的哭声。

女娃，是个女娃！伏羲扑跪到女娲的草铺前，为他们的爱女起了个名字——洛神。在他看来，女娲既是从天而降，女儿又在海中孕育，这一切真是非同凡响。况且有生以来，他第一次知道谁是自己的亲生骨肉！女儿也将是天下第一个既认母也认父的孩子。他抱着美丽非凡的女婴，比当初心爱的五彩珠更喜爱。女娲静静地躺在草编的床上，忽然悟出部落里经过那番补天治水的生死拼搏之后仅剩男孩的原因：尽管这颗星球的高级生灵仍处于母系社会，部落以阿妈为中心，劳作、生活、繁衍后代，但在女人的潜意识中，仍更重视男孩。强壮的男人使部落有安全感。所以在最艰难的时刻，她们更照应男孩和兄弟们，把仅剩的肉干尽多地奉献给了他们……她过去疏忽了这一点，差点儿铸成抱恨终身的大错。如今她为伏羲生了女儿，也许可以补偿她的过错！因此，她决心把女儿哺育好。而且，为了伏羲，为了部落，她愿意再创造出更多的小生命！

光阴似水。此后若干年，伏羲与女娲恩恩爱爱，生儿育女，振兴部落。"女娲炼石补天""女娲伏羲造人"等美丽的神话，从此流芳百世！

淼淼洪泽湖，我心中的故乡

张　静

　　1957 年夏天，我从江苏省淮安师范学校毕业，被分配到刚成立不久的洪泽县。一心想当小学老师的我，却被分配当了洪泽县广播站的播音员。

　　洪泽县位于浩渺的洪泽湖畔，由于四周经常湖水泛滥，从东汉起沿岸老百姓便用泥石筑起漫漫长堤。新成立的县城十分荒僻，只有一条几米宽、千余米长的"马路"和稀稀拉拉的几间砖瓦房。广播站设在近郊简陋的茅草屋内，我的宿舍不远处，是一大片坟地。

　　初来乍到，夜晚透过玻璃窗看到坟地上飘飘荡荡的"鬼火"，我一边啜泣一边轻声安慰自己："不怕不怕，这是磷火，是磷火……"

　　想起在上海复兴公园附近度过的美好童年，在原籍淮安县城度过的快乐校园生活，一股寂寞的惆怅感涌上心头：我生命中最好的年华，难道要在这荒僻的地方度过吗？唉，可这是我自己的选择啊：毕业分配时，我亲自打报告要求到艰苦的地方工作。

　　第二天醒来，振作精神，我开始采访、编稿、播音，有时还要和机务员一起去爬电线杆安装播音喇叭和播音箱。渐渐地，繁忙使我淡忘寂寞，更来不及惆怅。

　　在颠簸的"湖上小学"，我看到渔家孩子渴望知识的眼神，看到比我还年轻的从南京来的男教师，独自在一间"教室"里教三个不同年级学生的场景，不觉为自己一度想当"逃兵"而无比惭愧……

　　湖面的渔火和夜幕上的繁星闪烁呼应，水乡的寂静安详，渐渐抚平我年轻躁动的心。心安时，我学会了欣赏。童年时脑海中的安徒生童话、格林童话里的白雪公主、白马王子慢慢隐去；我看到：盘起长辫子摇着船橹的渔家姑娘，是那样的洒脱又温和；戴斗笠披蓑衣肩上立着鱼鹰的渔民小伙子，是那样的粗犷又英俊；他们因被风吹日晒而变得十分黝黑的脸上，总有一对水乡人特有的从容而明亮的眼睛。

　　1958 年，为了加固洪泽湖堤坝，广播站每天要去湖堤上为劳碌的民工们助威。来自沿岸农村的村民和洪泽湖里的船民，或推着独轮车、挑着扁担，或撑着小篷船、开着机帆船，挥汗如雨地运来一堆又一堆砂土石块……船只的鸣笛声、堤岸上高昂的夯土声、独轮车和扁担的"吱吱"声、人们劳作时的"嘿哟"声，组合成了震撼人心的劳动"交响曲"。如此动人的宏大场景，使我不由地想起"大禹治水""女娲补天"的远古神话。

新建的洪泽县需要人才。一批年轻的助教从南京艺术学院被分配到近郊公社劳动。他们是那样的朝气勃勃，有的会画画，有的会弹钢琴，还有的会演话剧。他们经常来县城聚会。看惯了黝黑肤色的村妇和渔家姑娘，当我初次见到那位美术系近三十岁的女画家时，感到特别惊讶——哇，她竟有这么白皙的肤色，这位姐姐不会是外星人吧？

活跃的男助教们也令我神往，他们常到广播站来播讲"劳动心得"或朗诵诗歌。不经意间，我感觉到其中一位经常会和我有眼神碰撞，……或许，我对爱情有了憧憬？

恰在这时，我的家庭发生变故，全家生活陷入困境；身为长女，我担负起重任，将母亲和弟妹带来洪泽县生活。

三年自然灾害度日如年，我学会挑井水、做煤饼、用瓜菜代替有限的粮食。繁忙的工作、沉重的生活使我的恋爱憧憬破灭。

但是我感恩洪泽县、感恩洪泽湖，在我和我的家人最艰难时，她用博大胸怀接纳了我们。难忘县委领导以爱惜人才为由，顶着压力批准我带家人来洪泽县生活；难忘忍饥挨饿时，渔民大妈悄悄塞给我的鱼子饼；难忘在县农业中学教书的老同学，节假让我去那里吃一顿饱饭……

自然灾害过后，洪泽湖堤上逐渐绿树成行；波光粼粼的湖面上，船帆、渔火越来越多。人们的脸上有了光泽和笑容，县城附近还陆续办起了渔业加工厂、水泥厂、造纸厂；广播站有了新站址，有能力向辽阔的洪泽湖上的渔民们播放天气预报了。

我家的境遇也在好转。我经老同学介绍，嫁给了在青岛潜艇部队服役的一位海军同志。1966 年初夏，我告别洪泽县，随军来到青岛，和丈夫同在初建的国家海洋局北海分局工作。

从十九岁到二十九岁，我最美好的青年时光在洪泽湖畔匆匆度过。寂寞过，艰难过，我却一直对她心怀眷恋……

离开洪泽县已经许多年，已经四十多岁的我，无意间闯入科幻文学创作。由于工作性质和海洋相关，发表的作品大多和海洋有关。有一次我在旧书摊淘到一本袁珂先生编辑的神话词典，萌生了将我国远古神话演绎为科幻小说的想法。人为了与大自然和谐共生，常常要与自然灾害进行必要的抗争，中国远古神话中常有这种可歌可泣的抗争故事。我开始构思中短篇科幻小说《女娲恋》。这期间，烟波浩渺的洪泽湖、盘着长辫子摇着船橹的渔家姑娘、披蓑衣肩上立着鱼鹰的渔民小伙子、白皙美丽的女画家、人们修筑湖堤的宏伟场景……那些在脑海里沉淀已久的潜意识，竟自然而然地越过意识阈，成了我写作的灵感。

《女娲恋》1990年发表在《科幻世界》，并获得当年的银河奖。此后，我陆续发表了《织女恋》《夸父追日》《盘古》《羿射九日》等由远古神话演绎的科幻小说。后来，《女娲恋》经科幻作家王侃瑜推荐，已被西班牙汉语专家翻译成西班牙文。

"吾心安处是吾乡"，我的原籍是江苏省淮安县，又在上海度过十三年的童年和部分少年时光。但是从十九岁到二十九岁在洪泽县度过的青年时光，虽然艰苦寂寞，内心却安详温暖。如今已是耄耋之年的我，一直把洪泽湖畔的洪泽县，当作我心中的故乡。

张静，笔名晶静。中国作家协会会员、世界华人科普作家协会会员。出版中长篇科幻小说集《神秘的声波》《张静佳作选》《穿越时空访南极》，代表作有长篇科幻小说《沛沛的小白船》《K星寻父探险记》《小活宝碧海探奇》《星海迁徙》；科普专著《扑朔迷离话灵感》，科幻电影剧本《寻父探险记》，长篇海洋题材纯文学小说《眷恋蓝土》等。其作品曾获银河奖、文化部优秀儿童文学奖、齐鲁文学奖、山东省建国五十周年优秀儿童文学奖、水滴奖、自然资源部作协宝石奖提名奖等诸多奖项。

江

苏

金陵十二区

桂公梓

一

　　我在一个收入不算丰厚的小公司上班，所以业余时间开着自己的标致308载客赚点儿小钱补贴家用。换句话说，我白天是一个辛辛苦苦的小公司白领，晚上是一个赚辛苦钱的黑车司机。

　　这天傍晚，我将车停在仙林中心地铁站口等客。这里地处郊区，公交不便，所以黑车的生意还算不错。一班地铁到站，一大波人群从站口涌出，黑车司机们纷纷上前去招揽生意。

　　我坐在车里没动。我从来不去主动拉客，因为不愿意忍受陌生人的漠视和白眼，可能是小时候读书读迂了，拉不下小知识分子那点儿可怜的面子。所以我比其他司机的收入要少上一大截，老婆为此常常骂我没用："连开个黑车都开不过别人！"

　　突然副驾驶的车门被人拉开，一个戴着鸭舌帽的中年男子猫着腰跨进车来，随即把身子深深埋在座位里，对我说了声："送我出城。"我还没来得及开价，他又补充了一句："给你两百块钱。"

　　我挂上挡，松开离合，一脚油门驶离了地铁站口。他关上副驾位置的窗玻璃，又回头往后挡风玻璃外望了几眼，重新把身体靠在座椅背上，看上去心事重重。我换到三挡，车速超过了40迈，车门自动"咔哒"一声锁死了。他似乎轻出了一口气，听了一会儿广播里FM101.1正在播的邓丽君的《南海姑娘》，对我说："还是老歌好听，噢？"听口音是北方人。

　　我目视前方，点了点头。我并不像其他出租或黑车司机一样爱跟客人瞎侃，只不过半小时或四十分钟的路程，一份短得不能再短的服务合同关系，没必要了解彼此或者培养感情。他也不再说话，不一会儿响起了轻微的鼾声。

　　我驾车驶离仙林，开上玄武大道，连续穿过玄武湖隧道和新模范马路隧道，越过定淮门桥后左转，上了江东北路。还有几天南京青奥会就要开幕了，这条江东北路是通往奥体中心的主干道，经过一年多的围挡施工，上周刚刚开放通车。除了新挖出几条快速通道，加修了一道绿化带，与之前相比并没有太多的变化。长期施工在这条新的道路上留下的痕迹十分明显，一些被渣土车压碎的路面还没有来得及修补平整，刚过第一个十字路口，我的车就压到碎石块，猛地颠簸了一下。

　　他一下子惊醒，猛地直起身体，环顾四周。太阳还没有完全落山，在昏暗的夕照、工地的扬尘和车流的尾气中，这个城市看起来模糊而又陌生。在我们的左前方，新城市广场的霓虹灯刚刚亮起。他愣了几秒钟，然后突然冲我近乎疯狂地喊起来:"这里是哪里?你要带我去哪里?"他身体前倾,像是随时准备来抢我手中的方向盘。

我被吓了一跳,赶紧扶稳方向盘,转脸对他说:"江东北路啊!"

他满脸惊恐和慌张,声音颤抖着说:"我……我要出城,我告诉你我要出城的啊!"

我说:"是啊,这不正在带你出城吗?前面过去几条街右拐就是长江隧道。"

他愤怒地咆哮起来:"为什么要走隧道?为什么不走长江大桥?谁让你走隧道了?自作聪明!"

我努力让自己保持风度,语调平和地告诉他:"今天是周末,现在又是晚高峰,大桥堵得死死的,没个把小时出不了城。隧道车少,20分钟就出城了,你放心,过隧道的钱不用你出。"

他不说话了。我长出一口气,尽量把车开得平稳,心想这人看起来有点儿神经质,我最好保持沉默,不要再招惹他,赶紧过了隧道,收钱走人。他不会赖账吧?万一真是个精神病,到时候撒起泼来不给钱怎么办?想到这里我就扭头望了他一眼,结果发现他正在死死地盯着我看,细小的眼睛里精光大盛,紧抿的双唇线条坚毅,那一刻他看上去就像一个训练有素的侦察兵。

我被看得心里发毛,刚想说点儿什么打破僵局,他突然放开嗓门,对我大吼了一声:"撒拉嘿哟!!!"

我心里"咯噔"一下,要糟,今天这车钱要不要得到暂且另说,搞不好还得失节。我想到一个在省妇幼医院工作的医生朋友跟我说过,对待精神病人一定要耐心,不能刺激他们,否则他们肯定会变本加厉,必须得顺着他们的意思来,有求必应,循循善诱,才能把他们稳住。他在妇保科工作,号称"妇科圣手",至于他怎么会对精神病领域有所涉猎,以及研究成果是否靠谱等问题我已经无暇思索,此刻情况紧急,只能死马当作活马医了。

于是我挤出一个微笑,用哄小朋友的语气安抚他:"好的啊,我也撒拉嘿哟!"

他听了我的话,"嘿嘿"一笑,眼中精光退去,重新坐回到副驾驶座椅里,口中喃喃地说:"看来,你不是他们的人。"

我心呼万幸,妇科圣手对精神病人的研究成果颇具操作意义。

他扭头看了看我,又接连"嘿嘿"地干笑了几声,像是企图缓解刚才的尴尬气氛,他问我:"你知道刚才在地铁站我为什么要坐你的车吗?"

我摇摇头。这时候话说得越少越好。

他似乎也不准备等我回答,继续说道:"因为你的车是红色的。"他停顿了一下,"红色的,你知道吗?他们都是色盲,红绿色盲。"见我没吱声,他又补充道："他们只会开黑色和白色的车，所以红色意味着安全。"

我打定了主意不理他，自顾自地开车，根本不准备问他口中所说的"他们"究竟是指谁。看来他的病是妄想型的，他反复念叨的"他们"也许根本没有任何意义。

见我不感兴趣，他知趣地闭上了嘴，有点儿悻悻地左顾右盼了一会儿，问道："兄弟，有烟吗？"

我从储物格里拿出一包拆开的金南京递给他。他抽出一支，按下点烟器，然后问我："来一支？"

我说："我不会，车里备着烟就是给客人抽的。"

他连连说："哦，服务周到，服务周到！"点烟器"当"地弹起，他点着了烟，深吸一口，问我："还有多远到隧道？"

我说："前面过去五个路口，就是应天大街，右转走个三四公里就进隧道了。"他点点头，叼着烟，陷入了沉默。

天色渐渐黑了下来，我打开车灯。已经过了清凉门，车流开始拥堵起来，不知道是不是前面出了什么事故。他抽完了一支烟，取下鸭舌帽，故作轻松地跟我说道："刚才不好意思啊，兄弟，我有点儿紧张过度了。"

我赶紧说："没事没事，理解理解，现在大家工作生活压力都大。"我心想他这会儿看起来恢复正常了，也许是间歇性精神问题，法律上叫"限制行为能力人"。

他说："我紧张是因为你走的这条路，我太熟啦。虽然几年没来了，这里也修过变了样子，但我还是一下子就认出来了……这条路一直走下去，就是奥体中心啊！"

我说："对啊，再过几天这里就会非常热闹的。"

他冷笑一声："哼，愚蠢的人类，死到临头还不自知！"

我的心一沉，完了，又犯病了。

他又点上一支烟，窝在座椅里一口接一口地猛吸，烟头忽明忽暗，照亮了他的脸庞。前面的道路已经堵死，车完全开不动了，我拉上手刹，第一次仔细端详了一下他。三十五岁上下，中等身材，略胖，眼睛细长，鼻梁高耸，嘴唇厚实，总体说来其貌不扬，属于走在大街上很容易淹没在人群里的那种人。此时他目视前方，脑子里显然在思索着什么，眼中那种与外表不符的凌厉光芒再次慢慢堆积。"兄弟，你这人不错。"他一边说，一边狠狠地吸了最后一口烟屁股，像是在下一个重大的决心。

他开口对我说："你知道南京一共有几个区吗？"

"十一个。"我连想都没想就回答了他的问题。对于在南京朝夕生活了几十年的人来说，这个问题再简单不过了。

他轻轻摇了摇头，像是在耐心对待一个做错了数学题的小学生。"十二个。"他伸出右手的食指和中指，"一共有十二个区。"

我心想，这一定又是一名恋旧的白下区复辟主义分子，或者是顽固的下关区遗老遗少的一分子。

他看出了我的不屑，并不以为意。他问我："听说过美国的五十一区吗？"

我说："当然听过，好莱坞电影里经常演，阴谋论者们坚持认为那里有外星人，其实那只不过是一个位于内华达州的空军基地而已。"

他点点头，目光如止水一般看着我，用先知宣读启世录一般的语调缓缓地说："美国政府 1944 年建立了五十一区，直到 2013 年才被迫承认它的存在。五十一区的秘密，在美国被隐瞒了将近七十年。而南京第十二区的秘密，还会被隐瞒多久？"

我愣了一下，问他："你的意思是……南京有个秘密的空军基地？"

他又缓缓摇了摇头，说："不，我的意思是，南京有个秘密的外星生命基地。"

我不可置信地看着他。他上身穿着短袖格子衬衣，下身是卡其色西裤，脚上一双沾满泥点的皮鞋，系了一条有金属皮带头的黑皮带，并且把衬衣下摆掖进了裤子里。——无论怎么看，他都不像是个穿破洞牛仔裤配大号涂鸦 T 恤的狂热外星粉或死宅科幻迷。

但话已经说到了这个份上，我也完全无法抑制住自己的好奇心，于是我问他："那你说的这个……呃，外星生命基地，在哪？"

他微微一笑，抬起右手指向前挡风玻璃，说："就在前方。"

我顺着他手指的方向看去。天已经黑透，拥堵的车流挤满了这条宽阔的江东北路，红色的尾灯连成一条蜿蜒盘踞的巨龙，一直延伸到几条街区之外的应天大街高架桥上。时间是晚上七点，马路两侧的商场和高档饭店灯火通明，过街天桥上行人如织，堵死的路上喇叭声鼎沸，这是一个二线中的一线城市傍晚司空见惯的喧闹场景。——无论如何，这不像是一座已经被外星文明光临的城市。

他的口中吐出四个字："奥体中心。"

二

"没错，奥体中心就是南京第十二区，一个藏有外星生命的秘密基地。这是一个极少数人才掌握的绝对机密。"他看了我一眼，仿佛是在判断我是否感兴趣。我赶紧表示我在听。虽然暂时还无法判断他究竟是个精神病、妄想狂，还是个看科幻片看坏了脑子的大龄宅男，但既然现在堵在路上无所事事，姑且听他瞎扯一番倒也无妨。尽管我不大相信外星人之类的故事，但对未知和不了解的事物保持包容的态度总是没错的。

"外星生命是在世纪之交发现的，那时候整个河西几乎还是一片芦苇荡。"他主动伸手到储物格里，拿出那盒金南京，抽出一根点上，"当时是一个小电器公司拿了那片地，就是现在奥体的那一带，因为偏僻所以比较便宜嘛，准备盖物流仓库，挖地基的时候挖出了一架飞行器……"

"等等，"我打断他，"飞行器？你指的是飞碟吗？UFO？"

"不完全是，"他吐出一口烟，说："很难形容那到底是个什么东西，外形是飞行器，而且有可靠的证据证明它曾经飞行过，但是，它本身也孕育生命，就像一个大子宫。"

"有生命的飞行器？我知道了！"我想到了什么，"是来自塞伯坦星球的超机械生命体吗？"

他蔑视地瞟了我一眼："你是不是好莱坞电影看多了？"

我被他的话给噎住了，这句话本来应该是我拿来说他的。

他接着说下去："总之，有关部门在飞行器里发现了处于休眠状态、靠飞行器供给养分和循环体液维持的外星生命，于是将那一带划为禁区，秘密开展科学研究。那个小公司和有关部门签订了保密协议，并负责资助各项研究经费，作为筹码，政府重点扶持该公司发展，各项优惠政策向其倾斜，短短十来年，当年一个卖电器的小公司已经发展壮大成了一个集家电、电商、百货、地产于一体的庞大商业帝国。"

我脱口而出："你说的是……"

"我什么都没说。"他显示出一种与其气质不符的谨慎，抬腕看了一眼手表，说，"你带手机了吗？"

我说："带了啊。"

他说："关机。如果你想继续听下去的话。"

我从裤兜里掏出手机，关掉。他看着我的动作，说："把电池抠出来。"

"啊？"我对他的颐指气使有点儿不满，"为什么？"

他把手腕上的表向我亮了一亮："我们的谈话已经快十分钟了，提及敏感词的频率也超过了信息筛选系统的自动忽略值，如果十二区的技侦部门业务没有懈怠的话，应该已经注意到并且快追踪到我们了。"

"可是我的手机已经关机了啊？"

"没用的，"他摇摇头，"只要电池还留在手机里，他们就可以监听到我们所说的每一句话。"

"可是……"我还想说什么，可是他一把抓过我的手机，打开窗户丢了出去。

"哎喂！"我不满地叫起来，"那是我新买的！"

"我是为了你好！"他嗓音低沉，"你是不会愿意被牵涉进来蹚浑水的。"

我有点儿生气，又不敢发作，毕竟面对的是一个举止不太正常的准疯子，而且目前情绪看起来不算稳定。于是我保持沉默不理他。

他扔了我的手机后明显心情愉悦，整个人都放松了下来："好了，现在没人会听到我们说话了。我们说到哪儿了？……嗯，划了禁区，其实那时候河西人烟稀少，划不划禁区没多大区别。政府调集军政科研人才成立了十二区指挥部，不隶属于任何部门，专门负责对外星生命体的挽救和研究，毕竟，这是中国境内发现的第一个外星文明痕迹。随着挖掘的深入，人们发现这架飞行器庞大得惊人，差不多有五六个足球场大小，深埋在地底三十多米的位置。从飞行器的倾斜度和损坏状况来看，应当是坠毁在这里的。"

我忍不住出言讽刺："五六个足球场那么大的飞碟坠毁在南京城里，难道就没人看见吗？"

他不急不恼："有人看见啊，还有图文记录呢！"

"谁看见了？我怎么没看见？也没听谁说过啊？"

他微微一笑："那时候还没你呢，听说过吴友如吗？"

"呃，没听说过。"

"没文化！"他鄙视地说，然后给我普及起知识来，"吴友如是清代画家，曾在南京生活过。他在光绪十八年，也就是一百多年前的时候画过一幅画，叫作《赤焰腾空》，内容就是人群聚集在夫子庙朱雀桥头，仰望空中飞过的一架不明飞行物。画上配的文字里说，'九月二十八日，晚间八点钟时，金陵城南，偶忽见火球一团，自西向东，形如巨卵，色红而无光，飘荡半空，其行甚缓。'据十二区文史专家推测，这架坠落在河西的飞行器与吴友如在光绪十八年九月二十八日观测到的'火球'应该是同一飞行物，不知出于什么原因或故障，失去动力，低空掠过夫子庙一带，最终落在秦淮河以西、长江以东的芦苇丛里。"

说这番话的时候，他从一个神经兮兮的幻想狂突然变成了文质彬彬的老夫子，这让我十分不习惯，尤其是他摇头晃脑背诵那段古文时的样子，令我想起了初中时的语文老师。

他看出我并不是十分信服，于是开始循循善诱："你想，南京这样一个二线城市，当年为什么要匆匆建设奥体中心这样一个大型体育场？那可是当年和之后很长一段时间里全中国最大的体育场，这和南京在全国城市中的地位根本不符。而且，这么大一个项目，只用了不到两年就完工了，为什么这么着急？"

我说："不是因为要开十运会吗？"

"年轻人，你被表面现象迷惑了。"他用一种充满哲思的语调说，"仅仅为了一届国内赛事，有必要建设这么高规格的体育场馆吗？而且，你有没有想过，十运会和奥体中心，究竟哪个是因，哪个是果呢？"

我完全被他的云山雾罩搞迷惑了："你的意思是？"

"我的意思是，为了十运会建设奥体中心完全是个幌子，其真实目的有两个。"他又点上一根烟，我心里默默数着，这孙子已经快抽了我半包烟了，"第一个目的很好理解，将奥体中心建在十二区，是为了掩盖外星飞行器，其实飞行器就在奥体中心的巨型地下室中；第二，为什么不建其他建筑物，例如商场、CBD、公园，而要建一座那么招眼的体育场呢？"

我摇摇头表示不知。

他吐出一个烟圈："为了繁殖。"

三

堵车已经堵了十多分钟，很多司机等得不耐烦，纷纷下车跑到前方去查看情况。有一个司机骂骂咧咧地往回走，经过我的车，我打开车窗问他："哥们儿，什么情况？"

他操着标准的南京口音告诉我："前面汉中路十字路口听说有几个人开车撞到一起了，交警还没过来，现在一点儿都动不了了。"

我关上车窗，转脸继续问他："繁殖？什么意思？"

他听了司机的话，眉头紧锁，想了片刻，重新把鸭舌帽戴到了头上。他伸手拿起烟盒，顿了一下，抬头对我不好意思地笑了笑。

我说："抽吧，没事。"心里说这么大的瘾自己身上怎么不装一包。

他点上烟，继续说下去："十二区指挥部在飞行器里发现了休眠的外星生命，并在其中一个外星人身上探测到了生命体征。经过多方努力挽救，这个外星生命存活下来，并完成了初步复苏。"

"只救活了一个？"我忍不住插嘴道。

"是的，一共十二个密封休眠舱，大部分外星生命在飞行器坠落时由于撞击或舱体破裂营养液泄漏早已死亡。但是，毕竟存活了一个，"他的语调开始有点儿激动起来，"而且，幸运的是，这存活的唯一一个，是雌性。"

"呃，然后呢？"

"经过专业医疗团队的会诊，她完全恢复了健康。然后具有划时代意义的时刻到来了，她和十二区指挥部的领导进行了交流。这可能是人类历史上第一次和外星文明进行真正意义上的交流——如果五十一区真的仅仅是一个空军基地的话。"

我提出了此刻最想知道的问题："十二区指挥部的领导是什么级别？"

"可能是副部吧，反正是中央直接下派的。"他不满地看了我一眼，"你的关注点很市侩啊！"

我说："没办法，听到领导两个字就想知道到底是多大的领导。另外我不明白的是，外星人跟人类怎么交流？难道她会说中文？"

"他们是比地球人发展得更高级的生命形式，已经淘汰了语言，用脑电波交流。她想告诉人们什么，内容就会直接出现在受众的脑子里。你感受一下。"

"我感受不出……"我想了想，"有点儿像托梦吧？"

"随便你怎么想吧，"他说，"女外星人用脑电波自我介绍说她名叫'珍妮'……"

"喂，太扯了吧！"我忍不住叫起来，"一个外星人怎么会叫'珍妮'？"

"那你觉得她应该叫什么？"他挥挥手，"不要在意这些细节，叫什么不一样，有个名字说起来方便就行了。"

"好吧，珍妮她说什么了？"

"她首先介绍了自己的来历。"他又抽完了一支烟，把烟头摁灭在扶手边上的烟灰缸里，"她说他们来自遥远的星系，原先居住的那个星球自然条件非常恶劣，有三个太阳，在互相引力的拉扯下运动十分不规律，有一个或两个太阳的时候就还好，但一旦三个太阳同时出现就会引发大灭绝，如果一个太阳都没有就进入了冰冻期……"

"等一下，"我打断他，"这个情节我觉得好熟悉，你确定你不是《三体》看多了？"

他皱起眉头，喃喃自语："这一点我也觉得很奇怪。刘慈欣知道的太多了，很多细节是十二区之外的人不可能掌握的，我怀疑他是十二区的叛逃者，或者，他根本就是第三代外星人……"他摇摇头，像是要把大刘从脑子里甩出去，"先不说他。珍妮他们赶上了好时代，在一个漫长的单个太阳起落的时期里发展出了高度文明，并在下一个末日来临前登上飞行器逃离了那个星系。但是在星际旅途中遭遇了小行星爆炸产生的太空碎片带，失去了绝大部分动力。机长做了个冒险的决定，用仅存的燃料进行了空间折叠。结果飞行失败，他们从翘曲空间中跌落，在宇宙中依靠惯性不知飘荡了多久，最终落在了地球上。"

我不住点头，示意他继续。

"珍妮表示了对地球的友好和对人类的感谢，接着就提出了繁殖的要求。"

"怎么繁殖？和谁繁殖？"我接连提问。

"当然是和人类。"

"和人类？"我瞪大了眼睛，"呃……构造允许吗？怎么运作呢？"

他瞟了我一眼，说："你感兴趣的点怎么都这么三俗？你就不能问点儿高尚的问题吗？"

我说："我就对这个感兴趣，你要是说不清楚我很难相信这故事是真实的。"

他叹了口气，说："和交流方式一样，这个物种的交配方式也是令地球人难以理解的。珍妮的体形和地球人差不多，但腰间有一对触角，交配时直接插入配偶体内取精，对雄性个体伤害很大。由于他们的星球命运多舛，所以进化出了很强的繁殖能力。但地球环境优越，人类的繁衍能力退化，男性精子质量普遍太低，只有极少数年轻而强健的男子精子质量符合要求，并且具备足够结实的身体来接受珍妮的插入。所以……"说到这里，他满含期待地看着我，"你明白了吗？"

我说："所以什么啊，别卖关子，我不明白啊。"

他露出失望的表情，继续提示道："我刚才已经告诉你了，十运会和奥体中心，哪个是因？哪个是果？为什么要建奥体中心？除了掩藏十二区的秘密，还有什么其他目的？"

脑海中一个念头闪过，我顿时浑身一个激灵，大惊道："你的意思是……难道……"

他满意地点了点头，一副"孺子可教"的表情："是的，南京为什么要在世纪之初申办十运会？就是为了在全国范围内挑选年轻强健、能够繁衍外星生命的精子啊！这项秘密任务当时被十二区命名为'星火计划'。"

"不可能！"我大叫起来，"你这是对体育的亵渎！"

他对我的惊呼采取了漠视的态度，继续说道："你知道，运动员在赛前都有一套完整的体检流程，十二区的检验团队就是根据体检结果选择星火计划的参与者的。来自全国的近万名运动员，最后只有五个人通过了星火计划的体检，加入到了十二区指挥部中。至于他们的比赛成绩，其实无关紧要，而且最好不要太出色，否则容易引人注意。"

"然后呢？"我问道，"这五个人被软禁起来了？每天像种马一样和外星人交配，然后生出一堆小外星人宝宝？"

他对我话里明显的讥讽并不以为意，说道："没有你想象的那么悲惨。十二区指挥部开诚布公，向五名星火计划候选人说明了所有的情况，并给了他们自由选择的权利：要么回到人类社会，做一个惊天秘密的保有者，继续过碌碌平庸的日常生活；要么加入星火计划，成为人类历史上最伟大的献祭者，在彻底改变人类文明的同时牺牲掉自己原本拥有的生活。"

我心里琢磨着如果是我会做出怎样的选择。可能每个男人都会渴望一次伟大而壮烈的献身，让原本渺小无奇的生命绽放在历史和文明的荒原上。但与此同时，世俗的世界又是如此美好，让人屡屡想要挣脱却又欲罢不能。是牺牲小我成就整个地球的外交伟业，还是甘于平凡守护自己的小小幸福？我陷入了纠结……我想，这个艰难的抉择最终可能要取决于珍妮的长相。

他没有察觉到我的内心活动，继续说了下去："有一名候选人选择退出，拿了一笔保密费，当然很可能要终生生活在监控之下了。另外4名候选人都加入了星火计划，成了'递火者'。一开始很不成功，前三人都无法承受珍妮狂暴的交配方式，因内脏破裂和失血过多，白白地牺牲了。终于，在反复的观察、总结、模拟和磨合之后，第四号递火者站在了前人的肩膀上，让珍妮成功地受孕了。"

"等等，"我忽然意识到了什么，"你是什么人？为什么你会知道得这么清楚？"

他的嘴角向上微微扬起，露出一抹神秘的微笑："年轻人，我早看出你悟性不错。"他把格子衬衣的下摆从腰带里抽出，高高掀起，露出一只发福的啤酒肚。我看见他的两侧腰眼上各有一块浑圆的疤痕，碗底大小，结痂脱落了大半，露出粉红色的新肉，泛着触目惊心的光泽。

他的声音回荡在昏暗狭小的车舱里："没错，我就是递火者四号，曾经是十二区指挥部第一分局局长，现在是个逃犯。"借助路灯投射的光芒，我看见他的脸上带着神圣而骄傲的微笑，就像被降罪后傲立在高加索山脉上的普罗米修斯。

四

"什么？你……"我叫嚷起来，面前这个貌不惊人的男子仿佛一下子伟岸起来。

"是的。"尽管他很努力想表现得平静一些，但我仍然看出他嘴角泛起不可抑制的得意之情。

我打量着他肚子上的伤疤，仍然感觉这事儿不可思议。伤疤是真实的，这一点无可置疑，但他的故事听上去还是太过虚幻。"呃，我怎么知道你这疤不是插导尿管留下的？"

他放下了衬衫，没好气地说："你导尿用碗底粗的管子？是要放尿还是放血？"

我想说还有可能是卖肾留下的，但看他已经有点儿不高兴了就忍住没说，何况卖肾也没有左右一起卖一对儿的。我转而问他："那你也是从一万名运动员里被选出来的喽？"

"是啊，我当年是跑马拉松的。你去查十运会山东代表队的名单，还能找到我的名字。对了，我叫周成。"他注意到我正在盯着他的啤酒肚，有点儿羞赧地笑了笑："不好意思，这两年的逃亡生涯让我荒废了。"

车流开始移动起来。我放下手刹，重新启动了车子，跟随着前车缓慢地前行。我握着方向盘，心里涌起无数个问题。我问他："你刚才说，你曾经是十二区的什么局长？"

"是的，"周成说，"因为在'星火计划'中做出的杰出贡献，2006 年我被任命为十二区指挥部第一分局局长，负责外星幼儿的培养、教育和管理。"

"那不是挺好的，中层领导了啊……"我盘算着，"你们部长是副部级，那你的级别至少还不得是正处？"

"副厅，"他点燃了烟盒里的最后一根烟，"第一分局因为其特殊的重要性，比其他分局要高半级，逃亡前，我正在被组织考察，准备进入十二区党组。"

"哇，厅级干部啊！"我不禁扭头望了他一眼，"那你为什么要逃亡？难道你们部长打了你一耳光？"

他不理会我的戏谑，严肃地说："因为我反对十二区实施的'燎原计划'，他们对我下手是迟早的事。让我进党组，其实就是为了把我调离第一分局，架空我的权力，让我成为一个无足轻重的玩偶。"

"燎原计划？"我问他，"那是什么？听起来跟星火计划是一脉相承的嘛。"

"不，比那可怕得多。"周成烟雾缭绕的脸上表情阴沉，"如果说星火计划是为了拯救，那么燎原计划就是为了毁灭，……毁灭地球上的人类文明。"

我吃了一惊："怎么会？"

"他们的繁殖能力太强大了。"他低垂着头，缓缓地说道，"珍妮受孕后三个月就分娩了，她生下了……两万六千九百七十二个孩子。"

"我靠！"我脑海中出现了一幅密密麻麻的工蚁围绕着大肚子蚁后蠕动的骇人场景。

"你吃过鱼子吧？他们是卵生动物，就像鱼类产卵一样。"他继续说，"而且，他们的成长周期极短，一周孵化，三年就可以发育成熟，然后再接着繁衍下一代。所以，到我逃离十二区之前，第三代外星人已经接近成熟了。"

我一边开车一边计算着："呃，两万多个孩子，如果一半是雌性就有一万五千个，每个再生出两万多的话……"我吓了一跳，"三千万！"

"是三亿，你的数学是体育老师教的吧？"他再次鄙视地说，"理论上是这样的，不过实际上没那么多。不知是因为无法适应地球的生态环境，还是人类精子不完全符合外星生命的发育需要，总之珍妮生出的雄性后代都不具备生育能力。而我一个人精力有限，只对四名第二代雌性外星人实施了递火，生下了大约十万个第三代外星人。"

"等一下！"我觉得有点儿不对劲，"你是说，你生了两万多个外星孩子，然后和其中四名外星女儿又生了十万多个外星外孙？"

他皱了皱眉："在两个宇宙文明碰撞和交融的伟大时刻，我看就不要过于纠结人类传统的伦理问题了吧！"

我说："好吧，尽管我一想到这事儿还是不太舒服。"我望了一眼周成——这个两万多个外星人的父亲和十万多个外星人的父亲兼外公，问道："你这十几万的儿女和外孙儿女，如今都藏在奥体中心里？"

他摇摇头，"不，他们就混迹在我们之中。"

"在南京城里？怎么会？不会被发现吗？"

"他们伪装地几乎跟我们一模一样。"周成说，"恶劣的生存条件除了使他们进化出超强的繁殖能力，还赋予了他们超强的适应能力。如果需要，他们甚至可以修改自身的染色体。从第二代开始，他们隐藏了差不多所有的外星特征，而呈显性的全都是人类的外形特征。从三岁进入成熟期后，他们就可以随心所欲地伪装成十几岁到几十岁的人类。——也许他们就生活在你的身边，是你的邻居、同事、健身教练、相熟的餐馆服务生，或者孩子的幼儿园老师，而你根本察觉不到任何异样。……嗯，除了一点。"

我赶紧问："哪一点？"

"他们无法隐藏自己的缺陷，"周成说，"他们的视觉系统和人类不同，缺少感知色彩的视锥细胞，也就是说，他们都是色盲，在他们的世界里只有黑白，没有其他的色彩。"

我忍不住插嘴道："那不是和狗狗一样？"

"对的，和狗狗一样，"周成先是附和了一句，接着可能是对于我拿狗狗和他的后代们做类比感到不悦，不满地望了我一眼，"所以，你在大街上看到的那些无视红绿灯横穿马路的人，很可能就是外星异种……除了这一点，他们和地球人基本无异。"

周成的话让我想到了《黑衣人》。在这样一座充满陌生人的城市里，也许我们根本无法分辨擦肩而过的生命究竟是不是我们的同类。我想到刚上江东北路时他的异常表现，于是问他："你之前说我不是'他们'的成员，指的就是外星人？"

"是啊，"他笑笑，说，"这一带对我来说太危险了，当时我看你把我往奥体中心方向带，还以为你是十二区的人。"

"那你为什么要对我喊'撒拉嘿哟'？"

"哦，这是我们从珍妮那里学会的为数不多的外星语言，意思和'孽畜，现出原形来！'差不多。一般来说外星人听到后都会神情有异。我看了你的反应就知道你不是他们的人了。"

我心想学会了这一句，以后看韩剧的时候可就别有一番风味了。"我大概懂了，燎原计划应该就是要繁衍更多的外星人吧？从星火到燎原，差不多就是这个意思嘛。"

"不，你根本不懂。"他摆了摆头，"珍妮的计划远远不只是繁衍，她要的是统治——统治整个人类，统治整个地球。"

"怎么统治？十二区指挥部的国家工作人员不会阻止她吗？"

"他们已经被洗脑了，这也是我逃离十二区的原因之一。"周成无力地摇摇头，"之前跟你说过，他们是用脑电波与人交流的，人类在这种对话方式中完全处于被动和劣势地位，根本无法抵抗珍妮强制输入的各种意识。现在十二区的人完全被珍妮操控了，如果不是及时逃出来，我可能也已经成了他们的工具。"

我目瞪口呆，想起去年还去奥体中心看过江苏舜天队的亚冠比赛，那些笑容可掬的售票员和热情洋溢的保安脸上一点儿也看不出异样，我无论如何也想象不出他们是被外星生命操控着的人类。

周成不知什么时候把空烟盒在手中攥成了一团，此时一边说话一边用手指搓捻那团金色的硬纸："而且，他们洗脑的对象远远不止十二区的工作人员，而是全人类。就从南京开始。"

"怎么洗？"我想如果有人对我进行意念的强制灌输，我至少应当有所知觉，"是通过教材吗？"

"哼，比教材厉害得多。"周成冷笑一声，"他们的洗脑，是从最基础的东西开始，慢慢瓦解整个人类社会的上层建筑。"

"呃，这么说，"我猜测着，"是从经济开始吗？"

"你看，你这就是被洗脑的典型，"周成揉着那团烟盒说，"你想想，我们中华民族可以绵延数千年，靠的是什么？"

"人多？"

"错！是文化！"周成把那团烟盒摁进烟灰缸，"人类之所以成为人类，是因为文化！人类社会之所以坚不可摧，也是因为文化！所以，他们就是要从这里入手，摧毁我们所拥有的文化，最终毁灭我们所拥有的人类文明。"

"文化这玩意儿很抽象的，"我问，"他们具体要怎么做呢？"

"他们可以扮演成人类社会中的说谎者、无知者和冷血者，成百上千倍地放大了人性中的无耻和卑劣，并把它们呈现在全世界面前。他们动摇了人们对善良、信任、同情和亲情的信仰，改变了社会尊老爱幼和互相尊重的美好风气。这些外星潜伏者，以种种悖逆人性的行为，层层瓦解人类社会千百年来积累的传统美德、社会秩序、公序良俗，一点点松动着原本牢不可破的人类社会的文化链条。"

周成的声音冷冷的，听得我不寒而栗："那，结果会怎样？"

"按照他们的繁衍速度，在第五代或第六代——也就是六到九年以后，他们的数量就会超过地球的原住民。那时候，人类社会已经由于文化的倒退而土崩瓦解，无法团结起来组成有效的抵抗力量。他们可以不费吹灰之力地灭绝地球人，然后独自享有这颗环境宜人的星球。"

我感到后背上被冷汗浸湿了一片，脑海中出现《星河战队》的场景：几个端机枪的地球大兵对着如潮水一般涌来的外星虫族疯狂扫射，最终寡不敌众，被一只触角戳穿身体，然后淹没在昆虫群中。

"所以，我逃离了十二区，和其他逃亡者及知情人士一起，建立了抵抗组织。我今天之所以告诉你这些，正是觉得你的资质不错，黑出租的职业也符合我们秘密接头和随时迁移的需要，"他倾过上身，压低了嗓音，"加入我们的组织 D.O.T.A，为人类而战吧！"

"刀塔？"我来了兴趣，"是那个游戏？"

"幸亏我们对文化程度的要求不高，否则你一定不够资格。"周成再一次对我表示了鄙视，"Defensive Organization To Aliens，外星抵抗组织。我们的成员已经有上百人，遍布镇江、扬州、淮安、马鞍山和滁州。我今天就是从扬州分舵开会回来，要连夜赶去滁州分舵，明天上午在那里有个讲座。"

我无法答应他，因为我还无法完全相信这个离奇故事的真实性。我含糊其词地敷衍着，忽然想到一个问题，于是赶紧转移话题问他："对了，你刚才说他们要继续繁殖，可是，你已经逃出十二区了啊？他们还怎么繁殖？"

周成冷笑着说："确实，我的逃亡对他们造成了一时的困难，不过，这个困难很快就会得到解决。"

我问道："怎么解决？"

周成把脑袋靠在头枕上，长出了一口气，说："我已经老了，而且独臂难支。即使我不逃，他们也需要更多、更年轻和更国际化的精子。他们不仅需要中国人的染色体，也需要全世界的，才可以进行全球范围内的伪装和潜伏。"他目视前方，口念箴语："牢笼已经打开，猎物整装而来，这条路宽阔而平坦，死亡的盛会正装扮得五彩斑斓……"

我犹如掉进了冰窖，彻骨的寒意从脚底一直蔓延到头顶。

五

我们随着车流缓缓开到了汉中路口，看到了马路中央几辆撞在一起已经严重变形的车。交警还是没有到，几个司机正吵作一团。其中一个男子明显处于劣势地位，其他人一致对他破口大骂，一个女子站在路边，不停对来往的行人控诉："就是他！要不是他闯红灯，根本不会出这个事故！"我开着车绕过事故现场，那个落了下风的男子被人推搡了几把，一个趔趄后退了两三步，差点儿撞上我的车头。他站住后抬起头，朝我们看了一眼。

"快走。"周成把身体往座位里缩了缩，"这里不安全。"

过了事故路段后，道路通畅起来。我把车速提了上去，很快就开过了云锦路和集庆门。我右转上了辅道，问他："为什么不安全？这里离奥体中心还很远呢！"

周成幽幽地说："何止是这里不安全，整个南京，都不安全。"

"为什么？"

他没有直接回答，反而问我："你知道十二区有多大吗？"

"呃……"我极力在脑子里估算着，"奥体中心大概有一千多亩吧？"

"远远不止。你所看到的，只是地面之上的奥体中心，不过是十二区的一个掩体而已，真正的十二区在地面之下，差不多蔓延到大半个南京城。"周成幽幽地说，"我们现在，就行驶在十二区之上。"

"什么？"我惊呼起来，"大半个南京！"

"而且，在外星技术的引领下，十二区被建成了一艘庞大的飞行器，或者说是战舰。"周成没有理会我的一惊一乍，"可以想见的是，如果未来需要用武力征服地球，整个十二区将成为外星战队的根据地，小型战机群的母舰。"

我连连摇头："我不信，这么大的工程，怎么可能神不知鬼不觉地就完成了？"

周成笑了笑："并非没有马脚，只是大部分人太过迟钝。我举个例子给你听，为什么要炸城西干道？"

"难道不是为了多搞工程多捞钱吗？"

周成摇摇头："你把政府想得太没操守了。还有，奥体中心 2002 年就建成了，这么多年来为什么周边配套一直上不去？再比如，河西的房价为什么十年内连番几番，居高不下？"

"你是说，这些都与十二区有关？"

"当然！"周成斩钉截铁地说，"这些举措都是为了让奥体中心与市民隔绝，让人买不起奥体中心周围的房子，就算买得起住起来也不方便。"

"哦……"我若有所思。

"还有，这些年一直传说南京全城有一千多个工地，你以为这些工地都在干什么？"

"挖地铁，盖房子？"

"你太天真了！"周成一挥手，"地铁不还是那几条线？每年能出几套新楼盘？全城的每一个工地为什么都遮挡得那么严实？你以为是为了防事故？防扬尘？哼哼，那是为了不让你们看见，他们表面上在进度缓慢地施工，实际上都在建设地下的十二区战舰！包括雨污分流，也是为了铺设战舰的运送和补给系统……"

我驱车转弯上了应天大街高架，很快进入了长江隧道。晚间隧道里的车辆很少，我开得飞快，三分钟后出口的灯光就出现在了前方。

"过了前面这个红绿灯，就是收费站，那里有到滁州的出租车。"我告诉周成，"很快的，走宁合高速半小时就到了。"

周成心情人好，再一次邀请我："加入我们的组织吧，你会在人类史上留下浓墨重彩的一笔！"

我正在想该不该加入这个神秘的民间组织，突然四周警笛大作，十多辆警车从两侧聚拢，向我们包抄而上。

"怎么会这样！"周成面如土色，大声叫道，"他们怎么会找到我们的！"他像一只困兽一样在座位上扭动着身躯，忽然盯住我，"你是不是还带了什么可追踪设备？"

我不好意思地说："我……我还带了一只手机。"

"你为什么不告诉我！"他的脸被愤怒扭曲了，"你害死我了！"

我委屈地从裤兜里掏出手机："因为抠不出电池，我怕又被你扔了……这个可不便宜。"

"你这个贪利忘义的小人！人类的叛徒！地球文明的罪人！"他口不择言地指责我，然后指向前面的路口叫道，"给我冲过去！"

我看着信号灯上亮起的红灯，犹豫着要不要为了全人类牺牲掉六分和二百块钱。可是很快我就没有选择的机会了，一辆警车出现在我们的前方，把我的车逼停在了路口。

"我们跟他们拼了！"周成抄起车门储物格里的破窗锤，"反正落到他们手里横竖也是死路一条！"

我看了他一眼，打开车门，走下车，举起了双手。

"啊！你这个懦夫！"周成气极了，向我挥舞着破窗锤，"整个 D.O.T.A 的失败都是因为你这个猪队友！"他跳下车想扑向我，刚迈出一步就被冲上来的警察摁在了引擎盖上，反剪双手卸了锤子，鸭舌帽也掉在了地上。

我内心一阵歉疚："对不起，我还有家庭……而且你自己也说了你是逃犯……"

周成的脸贴着引擎盖，冲我龇牙咧嘴地笑起来："嘿嘿，你还是不相信我说的话吧？以为我失心疯了吧？哈哈哈哈……也怪不得你，渺小的人类对于可以预见的灭亡都是采取徒劳的逃避态度的，就像鸵鸟一样可悲，可怜，可叹哪！哈哈哈哈！"

他像个赴死的壮士一样豪迈地大声怪笑起来。又有三个警察扑上来，动作粗野地按住他的肩膀、手肘、手腕、脖子等所有可以活动的关节，架着他往警车走去。他一边挣扎一边大声喊叫："你们不能这样对待我！我是十二区的功臣！我是第一分局的局长！副厅级！我为了十二区献过精！流过血！当年在迈皋桥七号动力反应堆事故里，是我护住了珍妮！爆炸的碎片至今还留在我的身体里呢！"一个警察给了他一耳光，他声音更高了："你敢打我？你知不知道我是你的老子或者外公？你这是忤逆！撒拉嘿哟！撒拉嘿哟！"

一个警察过来问我话："他都跟你说了些什么？"

"哦，没什么，"我说，"我是开出租的，他说他要出城。"

"他有没有告诉你为什么要出城？"

"没有。我一般不跟客人聊天，只不过半小时的路程，没必要了解彼此或者培养感情。"

警察点点头，说："管好自己的嘴是明智的。你可以走了。"

我看了眼周成，他正被几个警察塞进警车里。我问："他犯了什么事？"

警察从鼻子里"哼"了一声，说："你没必要知道。走吧。"

我抬头看了眼信号灯，对警察说："现在还是红灯呢。"

他回过头，对着那盏明晃晃的绿灯望了几秒钟，然后转过脸来对我说："哦，那你等会儿吧。"

他丢下这句话和遍体透凉的我，掉头走了。警车纷纷向来路的方向开回。周成坐在其中一辆警车的后座上，在两个粗壮警察的押解下冲我微微一笑。

几天后，我开车路过奥体中心，在西便门载了一个背包的观光客。开出一个路口后遇到了红灯，我停下车，靠在椅背上看向窗外。青奥会将在明天开幕，此时这里已经游人如织，不时有来自世界各个国家的代表队穿着统一的运动服行走在广场上，他们举着相机四处拍照，高声说笑，青春洋溢的脸上充满欢乐的笑容。奥体中心静静地卧在那里，浑身散发着金属的冷峻气息，像是一只蛰伏的怪兽。坐在后排的客人提醒我："绿灯了。"

我赶紧挂挡，居然没有挂到位，车身猛烈地震动了几下。我心惊胆战，感觉那分明是大地在震动。车子缓缓起步，广播里放着汪峰的《美丽世界的孤儿》。我的眼前一片空白，仿佛看见了不远的将来，大地开裂，城市崩塌，地底燃烧起熊熊火焰，整个奥体中心旋转着腾空飞起。

客人拍了拍我的肩膀，说道："兄弟，玩过 DOTA 吗？"

一个关于南京的故事

桂公梓

《金陵十二区》，是一个关于南京的故事。

研究生毕业后，我来到南京，至今已经在这座城市里生活了 16 年。要知道，这世界上有那么多的城市，而我们只有一具肉体，所以，定居在哪个城市完全可以算得上是一个偶然事件。我出生在安徽滁州，离南京仅有一江之隔，算得上是南京的后花园。在我读高中的时候，洋快餐的连锁店还没有开到滁州这样的小城市，于是我和同学经常在周末骑上两个小时的自行车，去南京吃肯德基。由此可见两个城市的距离之近。正因为这样的地缘归属感，滁州人向来把南京视作省会，而不问合肥。南京"徽京"的名头便是由此而来。滁州的家长们也一直将把后代培养到南京作为奋斗目标，打从我读书时起，老人们便一直念叨，"这孩子以后要是能去南京读书/工作，那就好喽！"

于是很自然的，在 2002 年秋天的高考之后，我第一志愿报了一所南京的院校。参考往年的分数线，我被录取是板上钉钉的大概率事件。我对顺利进入该校持有如此盲目的信心，以至于我的第二志愿填的是北大和清华。但可惜事情的发展往往总会落在意料之外，那年志愿大撞车，我落榜了。但其实想来也不算意外，毕竟有那么多的安徽孩子努着劲儿要考到南京来呢。第一志愿抛弃了我，可气的是北大清华也没有趁机捡漏，当然得算作它们的损失。幸好我选择了服从调剂，被调剂到了郑州南郊的荒山野外，攻读我之前从未涉猎过的法学专业。这也是一个生命中无法预测的偶然。

2008 年，我拿到硕士学位，进入江苏省高院，成为一名法官。兜兜转转，最终还是来到了南京，看似殊途同归，但其实是多个偶然和意外相结合的结果。

多年的法学学习和司法工作经历，使我对遵守规则抱有一些近乎偏执的坚持。大的规则，诸如党纪国法，自不必说；即使是很小的规则，我也很难做到不去较真。至于生活中那些常见的破坏规则的现象，例如插队、闯红灯、开车加塞，我更是深恶痛绝，且忍不住要出言制止，多年来在各种公共场合引人不快，从一个愣头青小伙一路变成一个愣头怪大叔。

一个偶然走上法律道路的轻微偏执患者，用写故事的方式阴阳自己看不惯的规则破坏者。《金陵十二区》也正是这样诞生的。

2014 年，南京青奥会召开前夕。我那时候住在秦淮河西边，经常开车行驶在江东路沿线，路过刚刚落成的奥体中心。奥体中心所在地是繁华的 CBD 新城，高楼林立，人流如织，一路红绿灯密布，开起车来磕磕绊绊，三步一停，五步一堵，体验感极差。偏偏经常在信号灯由红转绿后，车流还是无法通行，因为总有一小撮又一小撮 "中国式过马路" 的路人，肆无忌惮地在路口招摇而过。在反复地急点刹车、松踩离合之间，望着斑马线尽头那盏明晃晃的红灯和横冲直撞的行人，我的心头涌上一个气急败坏的疑问：

"这些家伙……难道都是色盲吗？"

这个奇怪的念头一经产生，便在脑海中挥之不去。毕竟这城市里有上千万人，我们每天与无数人擦肩而过，却对他们一无所知。谁又敢百分之百地确定，透过那些陌生的面孔和身体，他们有着和我们并无二致的内在结构和思维方式呢？我一边开车一边不断琢磨，他们会不会真的跟我们不一样啊？他们为什么会跟我们不一样呢？

就在我胡思乱想的时候，车子经过奥体中心。从车窗向西望去，椭圆形的奥体中心主场馆匍匐在大地上，就像一只蛰伏的钢铁巨兽。在我的想象图景中，它开始旋转，腾空，抖落一身砂石和泥土，发出红蓝相间的灵异光芒，令我想起了童年看过的某一本《世界上 XX 个未解之谜》或是《UFO 探秘》之类地摊读物的封面图画。毫无疑问，那是一架不属于地球文明的飞行器。

对啊！我一拍方向盘，感觉茅塞顿开。红灯行，绿灯行，这么简单的规则，我 3 岁的女儿都懂的，那些乱闯红灯的生物为什么会不懂呢？也许，正因为他们并不是地球人吧！他们是天外来客繁衍的后代，所以构造和人类不太一样，比如……他们的视觉系统中缺少某种视觉神经，使他们分不清红色和绿色。这是一个非常合理的设定，因为狗狗的眼睛就是这个样子的。

我飞快地开回家，把自己关进书房，打开电脑，开始兴奋地敲打键盘。一盘大棋缓缓展开，规模宏大的阴谋渐露端倪。为什么河西的房价那么贵？为什么要砍掉梧桐树？为什么城市的路面总是挖了修修了又挖？为什么号称令国人道德水准倒退二十年的彭宇案发生在南京？我提出一个又一个问题，然后给出回答，就像一名分饰多角的相声演员，自己和自己酣畅淋漓地演了一场《扒马褂》。整个故事在几个小时里一蹴而就，一个生活在南京的法律人在那几年里所关心的所有问题，都在恣意流淌的灵感中得到了逻辑自洽的答案。

我把这个故事发在了自己的公众号里，引起了不错的反响。如果没有记错的话，那应该是我的第一篇 10 万 +。留言里有个粉丝说："如果你把这篇小说投给《科幻世界》，那今年的银河奖非你莫属。"

我百度了"银河奖"是什么之后，又百度了科幻世界的投稿邮箱。第二年，我这个此前只读过《三体》的科幻门外汉，收获了银河奖和星云奖的奖杯。我开始参加科幻圈的一些活动，见到许多科幻界的"大神"，公开且认真地谈论关于时间、未来、宇宙和星空的话题。要知道，我每年会写下几十万字的判决书，每个字都必须具有事实和法律依据，并且我要对此终身负责。但我居然因为两万字的天马行空而得以跻身一个与日常截然不同的另一个领域，像是打开了人生的另一个副本。这是多么神奇的际遇啊！而生活的意义，不就在于这样偶然而新鲜的途中际遇吗？

康德有一句话是法学生都会背的："世界上最使人敬畏的两件东西，头顶的璀璨星空和心中的道德律令。"恰好，这两件东西分别是我的爱好和工作。对此，我已经非常知足啦。

桂公梓，本名赵俊，江苏省高级人民法院法官，业余歌手，"奶奶灰"乐队成员，法律圈知名 KOL，业余作家，出版有长篇小说《决不妥协》、随笔集《不写判决时写些什么》，其作品《金陵十二区》获银河奖、华语科幻星云奖。

江苏

我们生活在南京(节选)

天瑞说符

第一章　平凡的世界

"现在，同学们把 38 套拿出来，这一题之前已经讲过了，你们记不记得？来，看选择题第五题，这个题型熟悉不熟悉……"

数学老师在上面讲题，空气里都是翻卷子纸张摩擦的声音，细细的粉笔灰在冬日的阳光里旋转，白杨撑着脑袋坐在自己的位置上，笔尖点着试卷，似乎在听课又似乎没有听，教室里没开空调，捏着笔杆的食指和中指有些僵，进入 12 月后气温的变化曲线像冬眠的蛇一样蔫巴，再也没有爬升到 10 度以上，今年秋季格外的短，中山门大街上的法国梧桐落叶在脱落酸的作用下离开枝干时还是夏季，掉到地上时就成了冬天。

法国梧桐有 15 米高，秋天就有 15 米那么长。

白杨的生活恢复平静已经过了半个月，半个月前赵博文带走了他的 ICOM725 业余电台、模拟中继、主板，以及所有的相关资料，连一张草稿纸都没有放过——所有的工作都被专业部门接手了，国家机器运转起来，所掌握的资源和能力是他一个高中生远不能及的，白杨可以想象那台老旧的业余电台会被赵叔他们视若珍宝地置入顶级的电磁波静室，用上最先进的勘察侦测手段，会有一大帮专家成天盯着它，作为一台又老又破的业余电台，它能混成这样，当真是光宗耀祖了。

于是白杨又变成了南航附中里的一个普通高三学生，他不需要再拯救世界，他只需要拯救自己的高考成绩。

先前压在自己肩上的庞大压力在一瞬间消散一空，与压力一同消散的还有末日来临的阴影。白杨这个年纪的人，对国家力量总是有不知来源的盲目信心，他总是想，在自己看不见的某个地方，肯定存在能解决所有问题的方法，只要国家出手，就万事大吉，什么灭世危机，在专业部门接手的那一刻起就不存在了。

看看坐在教室里的所有同学，看看站在讲台上的老师，还有门外操场上的学生，校外马路上的汽车，这世上千千万万的人都在正常生活，哪会有什么末日降临呢？

如今回想起来，那个独自生存在 20 年后的少女，遥远模糊得像个幻影，曾经发生的一切都恍如一梦，白杨从梦中醒来，这个世界运转如旧，BG4MSR 只是梦里出现过的人。

只是不知道她收到自己的照片没有？

赵叔成功地把自己的照片发给她了吗？

白杨默默地想。

她能和那些人配合好吗?

希望赵叔能代自己给她道个歉,把缘由都解释清楚,要不然老想起自己失约,白杨就浑身不舒服。

"白杨!白杨!"

白杨陡然惊醒。

班主任刘老师指了指他桌上的卷子:"翻页了。"

白杨连忙埋头翻页,但又不知道翻到哪一页,只好偷瞄隔壁小组的卷子。

"高三了,上课认真一点儿。"老师提高了声音,"你们没几个月的课可上了,要珍惜高中生活,现在冲刺阶段,同学们再努力往上提一提分数,考进南航不是梦。"

"小白羊!最近怎么又肯屈尊降贵等我们一起走了?"何乐勤一把揽住他的脖子,笑嘻嘻的,"你的拯救世界大计呢?完成了?"

"没有。"白杨说,"只是其他人接手了,我的工作已经做完了。"

"没有给你颁个勋章吗?"严芷涵在后面问,"毕竟是拯救了世界呢,这么大功劳,我觉得保送进清北不成问题。"

"那我努力一把,看看国家能不能念及我劳苦功高,贡献巨大,奖励我一个保送进清华的名额。"白杨懒懒地说,"最好再送我北京五环内的一套房,给我一份钱多事少离家近的工作,你们说是不是?"

"苟富贵,勿相忘!"何大少拍他的左肩。

"苟富贵,勿相忘!"严哥拍他的右肩。

"去去去,大少家这么有钱,还考什么考。"白杨打掉他们俩的手,"让你爹花钱送你进哈佛啊。"

下晚自习,白杨照旧和严芷涵、何乐勤结伴回家,三个人边走边闲扯,勾肩搭背,晃晃悠悠,回家不用赶时间开电台,白杨也不着急,大可以慢慢溜达。马路上车流不息,正是高中生放学回家的时候,学生们骑自行车的、站在路边打车的、步行回家的,来来往往,放眼望去都是南航附中的校服,白杨、何乐勤和严芷涵也不过是南京市里成千上万学生中不起眼的一分子。

没有世界末日,没有超时空电台,也没有天上的黑月。

这是一个平凡的世界。

白杨背着书包走进小区,和门口保安亭里值班的蔡东大叔打个招呼,"腾腾腾"地上楼,一口气爬上八层,掏出钥匙开门。

他在玄关一边换鞋,一边摸索着开灯,因为不再折腾电台,老爹老妈的作息又恢复了正常,晚上11点的时候已经睡下,王叔也不来了,逆转未来拯救世界业余无线电紧急通联指挥部很久没有展开工作,未来可能再也不会展开工作,明亮的灯光下客厅里干干净净，凌乱的电台、中继、主板和资料仿佛从未存在过。

那些人清扫得如此迅速又干净，现在即使老白老王想把这些事公开，告诉其他人，他们也找不到依据和证明。

白杨背着书包推开自己的房门，卧室里传来老妈迷迷糊糊的声音："杨？"

"嗯，我回来了。"

"厨房里有吃的。"老妈说。

"知道啦。"白杨放下书包，到厨房里打开电饭煲，照旧是温热的炒面条，坨了，不过不妨碍吃。

白杨端着盘子回到房间，坐在椅子上，这是他熟悉的生活轨迹，一切似乎都没有变化，但又有什么地方不一样了。

他把目光投向桌旁的书架，书架的格子上空了很大一块空间，那里曾经长久地摆放过什么东西，它在老旧的木质书架上留下了方形的压痕。

白杨沉默下来，长久地盯着书架发呆。

那方浅色的、长期没有被阳光照射的痕迹是他生活曾被抽走一块的唯一证据。

BG4MXH！

BG4MXH！今天我又到玄武湾去了，一路上看到很多洛神花，采了一些回来泡茶。

BG4MXH，今天气温下降了，我得多穿衣服，我有一件很厚很厚的大棉袄，你那边冷不冷？

BG4MXH，编程好难，好难好难好难好难啊——！

BG4MXH，想要我照片？那你得用你的照片来换！等价交换，懂不懂？

BG4MXH！BG4MXH！BG4MXH！BG4MXH！BG4MXH！

白杨惊醒。他满脑子都是有人在喊 BG4MXH。

白杨从抽屉里掏出一副耳机，插进手机里放音乐，然后仰躺在床上闭上眼睛，他想把脑子里混乱的思绪驱散。夜深人静，手机在放任贤齐唱的《浪花一朵朵》。

> 啦啦啦啦啦，啦啦啦啦啦，啦啦啦啦啦啦。
>
> 我要你陪着我，看着那海龟水中游。
>
> 慢慢地趴在沙滩上，数着浪花一朵朵。
>
> 你不要害怕，你不会寂寞。
>
> 我会一直陪在你左右……
>
> 让你乐悠悠。

第二章　中年人的末日计划

翌日。

白杨起床吃早餐，又在桌子上瞥见了豆豉鲮鱼罐头和梅林午餐肉罐头，都是老爹买的。尽管老爹胸有成竹、信誓旦旦地给他打包票说专业力量介入，问题肯定解决，想想吧，十四亿人的国家呢，七十亿人的世界呢，真能眼睁睁地坐视天塌下来？全人类的力量拧成一股绳，就算是小行星要撞击地球了，都能给它顶回去——老爹说是这么说，可他又暗搓搓地到处买罐头，成箱成箱地搬回来，给白杨和老妈试吃，三人连续吃了一个礼拜的罐头，白杨现在闻到罐头味道就反胃。

除了罐头，老爹还在淘宝上买弓箭、匕首、电击器、头盔、软式防弹衣和陶瓷防弹插板，买回来用锤头凿子"哐哐"一顿猛凿，不知道的还以为他要转行当军武测评博主。

老妈说："你要真这么有信心，能不能别说一套做一套？你这天天晚上制造噪声，邻居迟早来投诉。"

老爹振振有词，说："我怎么说一套做一套了？作为各方面欲望全面下降的中年老男人，我还不能有点儿额外爱好了啊？你见过那些胶佬没有？那一面墙的模型，我玩点儿小刀匕首还算正常的！"说完他转身就给工人师傅打电话，悄咪咪地叮嘱墙面得加厚夹钢板。

王叔真的在鹿楼镇看房子了，乡下的老房子不值钱，老王出手阔绰，他和老爹秘密谋划着要打通地下室，设计图纸一展开比茶几还大，逆转未来拯救世界业余无线电紧急通联指挥部僵尸还魂起死回生，两个中二老男人在上面标注了物资贮藏库、淡水贮藏库、武器库、地下车库，还有一个煞有介事的司令部，看他们这架势，不像是要打造什么末日避难所，而是在建设最后的人类反抗军秘密基地。

这是中年人的末日生存大计。

赵博文照旧一去音讯全无，对外通信全部断绝，不知道此刻正待在哪个实验室里，一身防护，室外是荷枪实弹的军警，层层严守。根据白杨看过那么多科幻灾难片的剧情套路，活到最后的主角团必有一群小人物，必有一个科学家，自己是不是那个小人物他不知道，但赵博文很有可能就是那个科学家。

白杨还是照常上学，他觉得全世界末日氛围最浓厚的地方就是自己家客厅，推开门走出去还是阳光明媚，年轻的母亲推着婴儿车在小区里晒太阳。

周末何乐勤约白杨去打电玩，这俩货是一丁点儿高考临近的紧迫感都没有，前者是家里有钱，后者是心不在焉，两人在新街口风云再起电玩城打一下午游戏。何大少虽然读书不行，但玩游戏是一把好手，这厮从小跟着他爹混迹于街机厅（何老爹在南京街机界也是一个传奇），摸摇杆时长超过笔杆，他自称是南京市"00 后"拳皇第一高手，精通拳皇 97 和拳皇 98，街机厅里他坐在哪儿哪儿就是王座，不可撼动。

于是何乐勤拉着白杨一起打拳皇，局局血虐，报《文明》的一箭之仇。

白杨翻白眼说："我们这年龄有几个人还打拳皇？"

何乐勤说："我们就是'00 后'坚守拳皇的最后一面旗帜！"

反正游戏市都是何大少请，白杨就权当自己是给阔少当陪玩了，他捏着嗓子跟何乐勤说："大少您请的陪玩晚上还有陪床服务，请问您需不需要呀？只要加价一千五，什么要求您尽管提。"

何乐勤说："滚滚滚滚滚。"

下午 6 点多，两人从电玩城里出来，离开了嘈杂纷乱的环境，白杨的耳根子一下就清净了，他站在台阶上深吸一口气。

"小白羊！走啦！"何乐勤往前走得远，回过头来喊他，"找个地方吃饭。"

十二月天黑得早，路灯很早就亮了，白杨两只手插在兜里，跟在何乐勤屁股后面走着走着，忽然问："大少，要是你知道自己五年后就要死了，你会怎么办？"

"报复社会。"何乐勤说，"搞个大新闻，比如说去把白宫炸了。"

"正经点儿。"

"正经点儿你就别咒我啊。"何乐勤说，"你兄弟我一天吃三顿，顿顿两碗饭，晚上喝牛奶，周末去健身，怎么五年后就要死了？有句话你听过没有？老何，老何，吃头老母猪不打嗝——"

"不开玩笑，要是拯救世界的计划失败了，大家五年后都得完蛋。"白杨站在树底下的影子里，何乐勤看不清他的表情，一时拿捏不准该怎么回复。

"白杨——"

"早做准备。"白杨打断他，"不开玩笑，何大少，你家里有钱，可以跑得很远，找个安全的地方藏起来。"

何乐勤有点儿诧异，这没头没尾的一句话，让自己找个地方藏起来，往哪儿藏啊？

"藏？怎么藏？"何乐勤问，"往哪儿藏？是要发生大地震还是大洪水？"

"它们大概率是从天上下来的。"白杨说，"所以应该藏到地下去，越深越好，广西贵州那些西南山区有很多很多隧道，那里应该是很好的藏身地点。"

"它们？外星人？"

白杨点点头。

"这……小白羊，你最近压力是不是有点儿大？"何乐勤凑过来，在白杨眼前摆了摆手，"怎么神神道道的？"

"你不相信我？"

"相信，相信！"何乐勤说，"看过《2012》没有？真到世界末日了，我让老爹花钱包架飞机，把你捎上，一起飞到青藏高原去。"

何乐勤估摸着小白羊准是因为临近高考，精神压力过大。他知道白杨老妈对她儿子抱有厚望，可高考这事儿吧，一靠祖坟埋得好，二靠家里有大佬，三是天生好头脑，第四父母逼着跑——父母施加的压力不见得能起效，南航南理不是说考就能考上的，目标定得好，还要分数高，但分数就是命数，所以分数能考多少全靠命——这就是何大少对高考的认知，他觉得自己对自己的估分还不如街边摆摊的算命准确，毕竟他做题也是投骰子投出来的，小白羊肯定是高考压力之下产生妄想了。

由于高考上不了南航南理，所以小白羊在妄想世界即将毁灭。

"走走走咱们去吃东西！"何乐勤拉着白杨往巷子里钻，"这世上唯有美食不可辜负！"

两人找了家街边馆子，白杨吃饱喝足，果真就不妄想了。

看来还是吃吃喝喝解决问题。

晚上 8 点，白杨吃得晕晕乎乎，大脑的供血全部都被蠕动的肠胃给抢走了，他脚步虚浮地上楼回家，掏出钥匙开门。

"咔嚓"一声，客厅内的灯光从门缝里射出来，落在白杨的脸上。

那一瞬间他还以为自己走错门了。

白杨偏头看了一眼门牌号，没走错。

客厅里居然又坐满了人，白杨看清坐在沙发上那人脸上戴着的玳瑁框眼镜，顿时就清醒了。

大脑长鲸吸水似的把肠胃的血液全部汲取上了头部，让他的脸涨得通红。

"赵……赵……"白杨目瞪口呆。

"杨杨。"赵博文苦笑一声，朝他摊了摊手，"真对不起，我们又回来了。"

第三章　我愿意

"真对不起，我们又回来了。"赵博文苦笑一声。

"赵叔。"白杨进门换鞋子，他没搞清楚这是什么阵仗，赵博文怎么杀了个回马枪？他不是带着电台远走高飞，杳无音信了吗？

包龙图再次坐镇开封府，王朝马汉张龙赵虎分列左右，茶几上一把大号订书机，五个陌生中年人或立或坐，神情肃穆，阵仗显然比上次更大了，上次是"三个御猫"，这次是"五鼠闹东京"，白杨一眼扫过去，靠墙站在最左边的那人身材稍瘦，长脸鹰钩鼻，白杨封其为"钻天鼠"，左数第二位坐在沙发上，抄着双手闭目养神，白杨封其为"彻地鼠"，与彻地鼠坐在一起的是翻江鼠，翻江鼠对面是穿山鼠，最后的锦毛鼠看上去最年轻，大概不到 30 岁，立在客厅右边。

不光赵博文回来了，王宁也回来了。

老王此刻跷着二郎腿，手里在翻阅一大沓厚厚的材料。

白杨换完鞋子，背着书包走进自己房间，吃惊地发现那台 ICOM725 居然已经物归原主，好端端地置于书架之上，几乎原封不动。

赵博文跟着进来了，在床上坐下。

"出什么事了？"白杨放下书包，"为什么它又回来了？你们已经研究完毕了？问题全部解决了？"

赵博文摇摇头："这段时间我们只取得了一个成果，只搞明白了一件事，除此之外，我们什么都不知道。"

"什么事？"

赵博文起身，靠在书架上，轻轻拍了拍电台的外壳："杨杨，你问过 BG4MSR 住在什么地方吗？"

白杨一愣："梅花山庄。"

"几栋几号？"赵博文接着问。

白杨窒住了，然后挠了挠头："没……没问，毕竟直接问人家女生的具体住址不太礼貌……再说她一个人生活在末日时代，问她住在几栋几号也没什么意义……"

"确实没有意义。"赵博文说，"但你因为这个错过了一个非常重要的情报。"

"情报？"

"是的。"赵博文点头，"我再问你，你知道 BG4MSR 用的电台是哪一台吗？"

"这我怎么可能知道？"白杨吃了一惊，"这世上的拐两五电台那么多，老HAM 群体里差不多人手一台呢。"

"你看，你脑子没有转过弯来，当局者迷。"赵博文指指他，"不过也正常，我们也是经过多次测试之后才逐渐意识到这一点的，我现在告诉你 BG4MSR 住在什么地方，以及她用的是哪一座拐两五电台。"

"你……你们知道？"

"不能百分之百确定，但是我估计八九不离十。"赵博文回答，"BG4MSR 住在南京市秦淮区苜蓿园大街 66 号，梅花山庄中沁苑，11 栋，二单元，804。"

"这是我家地址！"白杨一个激灵。

"但也是她家地址。"赵博文说。

"赵叔，你……你的意思是……"

"没错，她就住你家呢。"赵博文指指脚下的地板，"说不定还和你一间卧室，躺在同一张床上，你们同床共枕了两个月都无知无觉。"

白杨瞠目结舌。

"接下来再说电台，你也该猜到了。"

白杨的目光落在电台上："她那座拐两五……"

"没错。"赵博文拍了拍电台外壳，"就是你这座拐两五。"

"想知道我们怎么发现的？那这事说来就话长了。"

"我流量够。"白杨坐下来，"你慢慢说。"

"其实我早有怀疑，很早我们就知道这座电台的能量没有向外辐射，对吧？"赵博文也坐下来，"频谱仪探测不到它对外辐射的电磁波，那些能量到哪儿去了呢？电台内部的晶振产生的高频振动到哪儿去了呢？"

"我们不清楚超时空通联的机制，这东西背后肯定有一个我们无法理解的诱因，因为我们捕捉不到 14。255MHz 上电台对外辐射的电磁波，所以不太可能是无线电波发射出去之后再穿越时空，更大的可能，是它在电台内部时就被传送到了 2040 年。"赵博文接着说，"只是我们当时无法确定它是在哪个环节穿越时空的，可能是在晶振这一步，可能是在功放这一步，也可能是在内部馈线中穿越到了 20 年后。"

"现在你们知道了吗？"

"知道了。"赵博文说。

"信号是在哪儿穿越时空的？"

"就在源头，ICOM725 电台的晶振。"赵博文说，"那天我们把拐两五电台带回去，第一时间送到了南京理工大学，我们借用了南理的电磁波暗室，你在网上见过那种暗室吧？四面的墙壁上密密麻麻地布满方形的棱锥，经常有战斗机什么的摆在这种房间里测电磁元件性能，电磁波暗室的外壳是密闭钢结构，内壁铺满吸波材料，这种暗室能最大限度地屏蔽和阻断室外的电磁干扰，保证一个干净的电磁环境，我们把电台摆在里面进行了全方位的测试，对电台内部各元件的电平进行了精确测量，以确认信号在哪个位置被截断，最后发现它就没离开过晶振，搞清楚这一点之后，我们对电台超时空通联的机制就有了一个初步推断。"

"共振？"

"答对了。"赵博文点头，"超时空的共振，你的电台内部晶振在振动时直接带动对方电台的晶振，以此来瞬时传递信息，照这么看，你们这两座电台之间传递信息的速度超过了光速，可是信息传递的速度不能超过光速，那么我有理由怀疑，你和她手里的 ICOM725，其实是同一座——因为是同一座电台，所以在它本身看来它只是在自说自话，不存在信息传递，也就不违背现有的物理规律。"

"超时空通联都发生了，信息传递速度不能超过光速这条规律还重要吗？"白杨问。

"不重要。"赵博文说，"但我总得找个依据吧？"

"好吧。"

"如果说你们俩使用的电台是同一座，那你们住在同一个地方就是合理推演。"赵博文说，"不过以上都是推测，实验结果才是证明我想法的有力证据——我们做了大量实验，最后得到一个很糟糕的结果。"

"什么结果？"

"这座电台，只要离开你的卧室，就无法再联系上 BG4MSR。"赵博文回答，"无论如何都无法再现你们的超时空通联，我们把它放在各种地方进行测试，南京市内、南京市外、地下、空中，甚至把它拉到两万米以上的高空，给它接上超大增益的天线，都统统行不通。"

"这……这半个月你们都在折腾这些？"白杨瞪大眼睛。

赵博文有点儿无奈地点头。"不止，你不清楚情况，简直是一团乱麻，人也是一团乱麻，事也是一团乱麻，我们以最快的速度组建了一个专家组，把能请到的人都请到了，在我们力所能及的范围内做了大量调查。说实话拐两五没有太多东西可研究，我们把它翻过来覆过去地查，也查不出什么东西来。"赵博文接着说，"最后我们达成一致意见，从 ICOM725 电台入手调查 20 年后的末日成因是行不通的，它不是个好的切入点，所以我们就尽快把它送了回来，送到了这里。"

白杨沉默片刻，抬起头问："那接下来呢？接下来你们打算怎么办？"

"这个看你的意见。"赵博文说，"取决于你，杨杨，我们有好几个计划，但我们一致认为最佳的人选始终是你，因为你和 BG4MSR 最熟悉，你们之间的情感联系最稳定，她最听你的话，当然我也得承认这是个压力非常大的任务，它不应该由一个高中学生来承担，所以如果你不愿意，我们也有……"

"我愿意。"白杨几乎不假思索，打断了赵博文。

"你可以考虑一下，不用现在就给我答复，我们可以给你时间考虑……"

"不用考虑。"白杨说，"我愿意。"

赵博文有点儿愕然，他看着面前这个少年沉默地坐在椅子上，垂着头，侧着脸，一只脚屈起来平放在椅面上，两只手按着脚踝。

他此刻在思考些什么呢？赵博文心想。

这是山一般的重任，肩负全人类的生死存亡，老赵无法想象这是怎样的心理，他只是很担心，担心那瘦削的肩膀、细细的胳膊和年轻的脊背，能否承受得住这千钧重担。

第四章　铁手追命

与此同时。

白震和王宁坐在客厅里翻阅资料，赵博文带回来的纸质材料可以装满一个行李箱，带回来的电子文件可以装满另一个行李箱，今天下午赵博文把花花绿绿的文件夹一只一只地叠起来超过在座所有人身高时，老白和老王以为这货是刚把楼下打印店给洗劫了，结果赵博文转身又从行李箱里掏出固态硬盘，一只一只地垒起来比所有人都高——看来这货还洗劫了百脑汇，老赵拍拍茶几上的文件夹和硬盘，对众人说："这就是过去半个月我们所做的所有工作。"

两人都很难想象在短短半个月里赵博文做完了如此巨量的工作，他们一边看一边啧啧称奇。

"南京市高空电离层 F2 层……气球悬挂雷达反射实验……"

"9 月至 12 月中国华东地区电磁信号全频段广域监测记录。"

"9 月至 12 月太阳黑子活动与地球磁场变化监测记录。"

"宇宙微波背景辐射图谱……这是啥？CERN？European Organization for Nuclear Research？"白震皱起眉头，手里一叠纸上都是英文，他就看懂了一个 Nuclear，"核武器？好家伙，你们还搞到了核武器？"

"CERN，欧洲核子研究中心。"坐在白震对面的翻江鼠解释，"是做高能物理研究的，不是搞核武器的。"

"高能粒子加速器和大型强子对撞机，新闻里没见过？"王宁表现出他的博闻强识，同时鄙视了一下老白的无知。

"欧洲？你们还找到欧洲去了？"白震问。

"为了保险起见，找 CERN 要了一份过去的实验记录。"翻江鼠回答。

白震放下手里的材料："厉害呀，你们在这半个月里真干了不少事。"

五个人一听这话，同时都有些局促，好似浑身不舒服，他们不约而同地偏头瞄了一眼白杨的房间，然后翻江鼠压低声音说："还不是因为有铁手追命？"

"铁手追命？"白震和王宁一愣，"老赵？"

翻江鼠点点头："赵老师。"

"为啥叫铁手？"白震问。

"因为他老是叫人鼓掌。"彻地鼠神情很无奈，"不是铁手根本吃不消。"

"为啥叫追命?"

"有机会看看他催你干活时的样子。"坐在同一张沙发上的穿山鼠仍然心有余悸,他犹豫了一下,"生产队里的驴也没这么上工的。"

白震再打开一只厚重的黑色文件夹,第一页一个醒目的红色印章——"绝密"。

"啪"的一下,他又把文件夹给合上了。"这……是我们能免费看的?"白震抬起头问他们。

"随便看。"彻地鼠点头,"带到这里的所有文件你们都可以看,也是你们需要知道的。"

白震深呼吸,郑重其事地翻开文件夹,自他20岁那年参加高考之后,白震再也没有接触过密级如此高的文件。

此刻他觉得自己是个重要人物。

文件夹里是一份工程项目计划书,厚厚一大本,粗略估计得有100多页。

"中国建筑第八工程局有限公司。"

"中国科学院紫金山天文台。"

"中国科学院地质与地球物理研究所岩石物理与储层地质力学学科组岩石力学实验室。"

"这名字真长。"白震低声嘟囔,"南京市深地岩力学大科学项目……岩力学?那是土木工程吧?"

王宁也好奇地凑过来看。

两人一页一页地往后翻,走马观花,大概明白了这份计划书是干什么的,是研究南京市深层地下岩土结构受人类工程影响的科学项目,由中科院紫金山天文台和中科院地质所联合筹划,由中建八局负责施工,按照这份工程项目书上的计划,他们要在南京市地下挖个深坑,安置一间小小的无人实验室,用来测量岩层受力情况。

但白震不明白这东西干吗要给自己看,他也不是干地质和土木工程的,研究地质和岩土力学的科研项目为什么混进了逆转未来拯救世界业余无线电紧急通联指挥部?

"这是另外一份时间胶囊。"彻地鼠说话了,"超级时间胶囊。"

白震和王宁吃了一惊。

"在过去半个月里,我们一直在研究时光慢递的方式,之前我们已经证实了足够远的距离可以逃过大过滤器,但把时间胶囊打上太空的方式毕竟局限性太大,成本太高,而且准备周期长,受火箭运力限制,所以我们在积极研究其他行之有效的方法。"彻地鼠接着说,"王科长你们此前的一次实验给了我们启发,你们把时间胶囊用水泥浇筑进了墙里。"

"准确地说是小区大门。"王宁撇撇嘴，那颗时间胶囊还待在梅花山庄小区的大门里呢。

"这证明除了把时间胶囊送进太空，给予它足够强的保护和固定，也能让它成功幸存到末日时代。"翻江鼠说。

"这也是削弱目的性的手段吗？"白震问。

"这可以削弱目的性。"翻江鼠点点头，"我们把它深埋地下，同时把它封死，毫无疑问在本质上它和被送到火星轨道上没有区别。"

"那你们这次要送过去的是什么？"白震问。

"是黑匣子。"赵博文的声音忽然响起来。

所有人一齐扭头，看到赵博文抄着双手靠在白杨房门的门框上。

"我们这次要送过去的，是黑匣子。"赵博文走过来，"你们知道黑匣子吗？每一架民航客机上都会携带一只黑匣子，它是一台拥有坚固外壳的记录仪，循环记录客机内部的通话记录，万一航班遭遇空难，黑匣子是最直接最清楚的证据，可以让人们分析灾难原因，我们要送到未来的就是这样一只黑匣子，它能告诉我们，未来究竟发生了什么。"

"一台录音机？"王宁问。

"一个机器人。"赵博文说，"一个 AI 系统，由它代替我们去经历未来 20 年的所有事情，然后告诉我们末日究竟是什么样子。"

"难以想象。"白震说。

他在脑子里勾勒出一个瓦力那样的小机器人，当灾难降临时，这台小机器人就找个地方藏起来，一直藏 20 年，直到 BG4MSR 找到它。

"没你想的那么复杂。我们这个时代本身就是一个信息技术高度发达的世界，每天都有庞大至极的数据流在每个人的手机之间传输，无论发生什么，互联网上都会第一时间爆出消息。所以黑匣子不需要主动搜寻信息，它只需要听，藏在幽深的地下听这个世界的动静，它有一套关键词抓取和过滤系统，一旦发现可疑的信息，就会把它抓取储存起来。"赵博文说，"这套技术其实非常成熟，政府部门监控舆情用的就是这种方法，我们照搬过来一套就是，腾讯有现成的。"

"那你们得保证它的安全。"白震说，"保证它能熬过这 20 年，末日后还能正常工作。"

"这是最难做到的，我们不能把它发射进太空，那么最安全的地方就是地下了。"赵博文点头，"挖一个深坑，把它埋起来。"

"这东西的体积应该比时间胶囊大多了吧？"白震问，"听你们的描述，起码得要一个服务器机房，还要数据传输线路、电源系统和散热系统……这么庞大的一套东西，你们要挖个深坑，把它们埋起来？那你们得挖一个很深很大的洞，再把所有东西吊运下去，这工程量吓死人。"

"我们借用现成的。"

"现成的？"

赵博文指指自己脚下："在我们脚下，在这个城市的地下，本身就有一套庞大的、四通八达的隧道系统。"

白震和王宁陡然明白过来。

是了，在这个城市的地下，本身就存在一套发达的隧道系统，每天都有成千上万的人在地下流动。

地铁。

"我们全面考察了南京市内的地铁系统，综合考虑各方面因素，最后选定了两个位置。"赵博文在茶几上摊开地图，取出记号笔画了两个圈，一个在鼓楼公园，一个在莫愁湖，"中科院紫金山天文台办公楼底下是四号线，莫愁湖边上是三号线的莫愁湖站。"

和这世上绝大多数地底实验室一样，赵博文采用的是隧道里再横挖分支的方式，四川锦屏山拥有世界上最深的暗物质实验室，它是从横贯山体的隧道里分支岔出去的空间，头顶上覆盖着 2600 米厚的山体岩石，而南京地铁三号线拥有江苏省最深的地铁站莫愁湖站，赵博文从三号线的隧道里横挖出一条小隧洞，头顶上是 30 米厚的泥土和岩层。

"我们在紫金山天文台地下挖一个密室，莫愁湖站旁边挖一个密室，两个互为备份，所有的设备都能从地铁站里运进去，安置在密室里，一切安排妥当之后，再把地铁隧道内的入口封死。"赵博文说，"这样从地面上只需要挖一条很小的通道下去就行，能容纳一个人通过即可，工程量至少降低 80%。"

"电源系统怎么办？"

"核电池。"赵博文不假思索，"多台核电池串联发电，使用时间能超过 25 年。"

"散热呢？"

"莫愁湖站旁边是湖，我们设计了水冷通道。"赵博文回答，"紫金山天文台地下的密室深度更浅，可以通风。"

这货已经把该考虑的都考虑到了。

短短半个月时间，他们究竟干了多少事？

"我们有四个组在同时推进，赵老师是整个项目的第二负责人。"翻江鼠说。

"我说过我会带来千军万马。"

赵博文傲视全场：我牛逼否？

白震：牛逼！

王宁：牛逼！

赵博文：鼓掌！

全场热烈鼓掌。

"整个工程对外的口径是岩土力学科学项目，但它的实际目的是绝对保密的，明面上挖洞的目的是为了安置岩层受力探测装置，实际上是为了埋藏数据记录系统。"赵博文接着说，"这套系统一旦密封完成，全世界就只有一个人可以打开。"

"BG4MSR。"白震说。

这果真是一份超级时间胶囊，动用了难以计数的人力物力，在南京市的地底开辟唯有那个女孩可以打开的空间。

"在我们所有人当中，就数老赵你对她最好。"王宁说，"大礼一份又一份，上到九天揽月，下到五洋捉鳖。"

"这个项目什么时候开工？"白震问。

"开工？"赵博文冷笑一声，用睥睨群雄的淡漠语气说，"它已经完工了。"

第五章　求求你，救我

"要是那些吃公家饭的都有你们这效率……"白震嘟囔。

"那我就要累死了。"王宁说。

白震陡然想起来老王也是个吃公家饭的，他不大不小也是个科级干部，只不过白震向来认为老王是浪费纳税人的钱给国家拖后腿之典范，他说就是因为老王这样的人太多，苏北发展才赶不上苏南。

老王说南京算什么苏北。

"其实还有很多工作没有来得及展开，半个月的时间还是太短了。"翻江鼠把茶几上的硬盘慢慢推到白震那边，"但顶不住赵老师一再催促，让我们尽快把电台还回来，所以我们只能还回来了。"

"这么长时间联系不上，风险可不小。"白震说，"要是再早点儿送回来就更好了。"

"老白，你站着说话不腰疼，你又不担责，你知道我是顶了多大压力吗？这么大一摊子事儿，又不是我说了算，我上面有领导，领导上面还有领导，我花了多大力气说服他们？那么多人想把这座电台搞过去研究，是谁拦下来的？"赵博文愤愤地拍桌，语气很激烈，"我们所做的每一个决定都有可能影响全人类的命运，我写的每一份内参和报告都记录在案，如果最后历史证实我是错误的，那我就是全人类的罪人，你懂不？"

"我懂。"白震说。

"你懂什么。"赵博文说。

"别吵。"王宁提醒,"你们俩注意场合。"

"咳咳。"翻江鼠清了清嗓子,"诸位别争了,赵老师确实居功至伟,如果没有他牵头和全力推动,项目进程不会这么快。"

"我们接下来的工作重点,是分析黑月降临的原因和末日灾难的表现形式,这是所有后续动作的前提,只有搞清楚了未来会发生什么,我们才能对症下药,找到解决方法。现在有专门的一队人马在分析 BG4MSR 她老师的草稿和笔记。同时,你们这边需要让 BG4MSR 尽快前往密室,取出数据记录。"彻地鼠说,"紫金山天文台地下的密室叫作第一基地,莫愁湖底下的叫作第二基地,两个基地互为备份,她只要找到其中一个基地,就能取出所有的信息。"

"两个基地都彻底完工了吗?"白震问。

彻地鼠一怔,旋即点点头:"完工了,施工队在过去半个月里加班加点,晚上 11 点地铁停运后就进入隧道,早上 6 点之前撤出来,昨天刚把安全门装上。"

"它有多安全?"王宁又问。

"我们力所能及的范围内做到了最安全。"这个问题由穿山鼠回答,白震和王宁都猜他是工程负责人,毕竟长相也像搞土木的,名字也像搞土木的,"三防,防核防化防生物,基地外壳是一米厚的钢筋混凝土结构,我们往里面灌了 260 吨水泥,非常坚固,炸弹都炸不开,另外专门做了防渗漏层,确保 50 年内不漏水。"

"进入的通道只有一条,通道内部只能容纳一个人进入,安全门是金库级别,30 厘米厚的实心钢板,声纹识别,一旦关闭,全世界只有一个人能打开。"穿山鼠接着说,"无论从哪个角度来看,它都是世界上最安全的时间胶囊,我们认为第一基地和第二基地坚持到 20 年后没有问题。"

"任何人都没法再打开它了吗?"白震问,他用目光询问坐在自己眼前的这些人,"包括……"

"包括我们。"穿山鼠点头。

"不同凡响。"王宁拍巴掌。

"目前这件事儿摊子有多大?"白震问。

"我只能说我知道的,目前一共组建了四个专家组,南京有一组,杭州有一组,四川有一组,北京有一组,全国范围内的精锐都在这四个组里了,其中以南京组最为重要,赵老师是南京组的副组长。"彻地鼠说,"还有白王二位,你们也是副组长。"

"我?"王宁和白震异口同声。

"两位都是。"彻地鼠点头，"你们是整个任务组中最核心的成员，我们希望诸位能力保工作推进不出差错。"

"保证完成任务。"白震坐直了。

"组长是谁？"王宁随口问。

"四个组的组长都由当地市一把手兼任。"彻地鼠回答，"以便给予最大的资源支持。"

白震和王宁吃了一惊，好高的规格。

"因为这不是儿戏。"赵博文长叹了一口气，"这是一场战争啊，老伙计们，它马上就要打响了。"

白杨把 ICOM725 电台小心翼翼地摆正，丝毫不差地安置于原处，电台的四足都原模原样地压在书架的印痕上，白杨力求让它完全恢复原状，赵博文也力求让它恢复原状，从外观上来看，白杨丝毫看不出它曾经被带走剖析做过细致研究，尽管人们把这座电台的底裤都放在显微镜下看了三个来回，但他们复原起来也不放过任何一个细节，每一颗螺丝拧多少圈都不出错。

时隔半个月，再次摸到熟悉的 ICOM725 电台，白杨有点儿发呆。

他原以为它回不来了。

它的归来和离别一样毫无预兆。

白杨慢慢地将它恢复成自己熟悉的样子，接上电源，插上手咪，连上天调，戴上耳机，不慌不忙，有条不紊——很奇怪，他并不感到焦急，他知道自己有半个月没有和那女孩联系过了，或许今天晚上她不在频道上，或许在过去的这么多天里 BG4MSR 放弃了寻找自己，或许那个女孩已经不再相信自己还会出现，他甚至都没想过待会儿要说什么，待会儿要说什么呢？

好久不见？别来无恙？你还好吗？

白杨大脑里空空荡荡。

轻轻地"咔哒"一声，白杨按下电源键，ICOM725 电台那块黄色的液晶屏亮起，频率是 28.350MHz，耳机里响起无边际的电流噪声。

白杨接下来扭动调频旋钮，液晶屏上的数字跟着跳动。

28.325MHz。

28.320MHz。

28.100MHz。

25.425MHz。

频率在一点点地靠近，在肉眼看不到的电磁波世界，白杨长途跋涉，一步一步地向那个女孩靠拢。

15.420MHz。

14.875MHz。

14.300MHz。

到门口了。

白杨鼓起勇气抬手敲门，他最后拧转旋钮，频率跳动。

14.255MHz。

他又回来了。

推开门的一瞬间，他听到女孩的轻声啜泣在房间里回荡：

"你还在吗？如果你还在，不要不理我，求你……救救我，求求你，救我……"

第六章　人类历史上最后一场抵抗战役

钟摆已经挂在紫峰大厦上很长时间，具体挂了多久它不知道，因为它没有时间观念，一秒钟、一年、十年或者一百年对它而言都没有区别，作为一台农用收割机，它需要什么时间观念呢？

于是它就吊在那里晃啊晃啊，雨打风吹，碧绿青翠的苔藓慢慢爬上了它的身体，它看上去仿佛是这个星球的一分子。

如果不出意外，它会当一个钟摆一直晃到这个星球毁灭。

母机没有把它收回去，这不是母机的失误，而是数学上允许的正常误差，两千五百四十七万三千六百二十九台收割机同时投放，有一台没有收回，回收率也达到了两千五百四十七万三千六百二十九分之两千五百四十七万三千六百二十八，两千五百四十七万三千六百二十九分之一的误差在计算上是可以接受的，就像七十亿分之一的遗漏率也在允许范围之内，没有人可以做到百分之百的成功率，因为这个宇宙不允许。

这个宇宙钟爱残缺之美，它对不完美和对称性破缺是如此迷恋，以至于这两者从头到尾贯穿了宇宙的本质，从某个角度上来说，这个宇宙是独特的，这世上那么多宇宙，大多数都钟爱圆满和完美，所以它们从出生起就是混沌和永恒——圆满虽然好，但残缺才能诞生可能性和不确定性，不确定比永恒更迷人。

母机是这么想的，母机的母机也是这么想的。

钟摆什么都不想。

它只是吊在那里，让鸟类和小动物爬上来做窝。

它很喜欢这个绿色的世界，星系内有那么多庄稼地，多到每一秒都有作物成熟，这块农场其实不算特殊，相对来说，这块农场的庄稼成熟速度是很慢的，大概是环境问题，太安逸的环境下庄稼们就不求上进，可以预见的是，这一批收割结束，等到下一批庄稼成熟，需要很长时间。

可能要五百万年，也可能要一千万年，甚至五千万年，乃至一亿年。

但钟摆不在乎。

母机也不在乎。

对母机来说时间也是无意义的，不在乎时间是母机的特质，它们都不在乎时间，母机完成了任务，早就闭上了眼睛。

下一批庄稼成熟时，会有另外的母机和收割机降临，就像上一次收割那样，上一次收割发生在极其遥远的过去，收割结束后的母机再也没有睁开过眼睛，它只是安静地停留在这颗星球三十八万公里之外的轨道上，一直到现在都未曾苏醒。

完成任务之后的母机和收割机都应该回归宇宙，它们本就是从宇宙中借来的，完成任务之后应该归还。

所以无论有没有被母机回收，钟摆认为区别都不大，它安静地吊在这里沉眠，等待宇宙来回收。

它本以为这是自己的结局。

尘归尘，土归土，母机的归母机，所有的归宇宙。

直到那天晚上璀璨的流星划过夜空，在天边炸成绚丽的大花。

钟摆又睁开眼睛。

母机在结束工作之前把自己留在这里，或许并非统计上的误差，而是她高深莫测的智慧。

它体会到了母机所说的那种感觉，不确定性果然是这个宇宙中最美妙的东西。

节选自《我们生活在南京》第四卷《东方升起红太阳》

故 乡

天瑞说符

　　我所居住的是个南方小城，在全中国近三百个地市里属于不起眼的那类，可以说有文化气息，但似乎无科幻气质。但一个城市是否能诞生出科幻作家与其本身弥漫着的特质似乎并无联系，全中国的城市街道上大同小异地流动着人群和车流，铁灰色的低矮云层下是千篇一律的钢筋混凝土。在我多年的童年回忆里，它是一个枯燥的符号，代表着学校、作业、考试与两点一线的乏味生活。但封闭而安静的生活偶尔又能滋生出不受约束的想象力。在那些受到严厉约束和管制的岁月里，我几乎不能接触任何娱乐，所有可能的学习道路上的障碍都被远远地扫除在了生活之外，没有电视，没有电脑，没有游戏，没有音乐，那是一种干净苍白的生活。于是阅读成为漫长学业中唯一喘息的手段，周末没有课上的时间里，写作和绘画成为我仅有的娱乐方式，现在回想起来，我会成为一个作家而未走上漫画家的道路，可能只是因为我买不起更多的速写本，我模仿自己读过的小说把文字写在笔记本上，那些冒险小说、武侠小说、奇幻小说，以及科幻小说，在阅读积累的土壤中，创作的种子就这样悄悄地种下了。

　　在多数人的眼里，儿时的启蒙是成年后从事行业的重要诱因，但我回想起来，确未有过那么一本重要的科幻作品，当头一棒似的直接让我产生未来要走上这个行业的念头——如今从事科幻小说的创作本身也只是个偶然，但有一点可以确定的是，愈是封闭的牢笼，愈是积蓄外逃的势能，我想每个成年人都要花上时间和精力来填补他童年的缺陷。对于幻想文学创作来说，枯燥的现实生活仿佛是必不可少的，当一个人被地球的重力牢牢地困在钢筋混凝土的牢笼里时，他会自然地想象银河系外或者中土世界的美妙风景。我至今未见过哪位现实生活过分富足的人踏上创作的道路，那些生活富足的写作者，往往是在创作成功后才获得巨大的名利。古人说"文章憎命达"，在幻想文学的创作中，也有这一层面的意义。那些想得太多太久的人，会寻求渠道发泄，这就是表达欲。每一个动笔写作的人，或多或少都曾经被关在牢笼里，为了逃离他们枯燥困顿不愿面对的童年时光或者现实生活，构建光怪陆离的奇异世界——所以当你偶尔沉醉于其中时，请不要忘记，这其实是作者送给他自己的解药。

天瑞说符，网络文学作家，科幻作家，九江市网络作家协会主席。代表作品有《我们生活在南京》《死在火星上》《泰坦无人声》《保卫南山公园》，曾连续三届斩获银河奖，获第十四届华语科幻星云奖年度科幻新星金奖，作品被收录进首批国家图书馆荣誉典藏名录。代表作《我们生活在南京》获银河奖最佳网络文学奖、第十四届华语科幻星云奖长篇小说金奖，入围宝珀理想国文学奖初名单，入选中国小说学会 2022 年度好小说榜单，入选中国网络文学影响力榜（2022 年度）网络小说榜。

浙江

寻梦西湖

赵海虹

1

天下西湖三十六，就中最好是杭州。

今天，我来到了苏东坡的杭州。

这次来杭，我身负某家国际周刊的重大采访任务，而受访者林凯风恰巧是一位故人。虽然杭州也是我熟稔之地，他为尽地主之谊，仍带我在中山路步行街逛了小半天，共同感怀这条古代南宋御街的历史沧桑。

踏着 2008 年重修后铺的青石路，偶有黑色的植物颗粒在我脚下窸窣轻响。抬头看，路两侧法国梧桐伸展的枝叶几乎在路顶交织起来，春夏时节当是乘凉的穹顶，此时正逢冬季，树上只余淡金色的残叶疏枝，亦别有意趣。

路边有座御街陈列馆，入口的钢化玻璃罩下，展示出一角考古的遗迹，那是三个不同历史时期的御街路面：南宋、元代与民国的路面形成了高低错落的阶梯。我们走下陈列厅，凑近观看。年代越遥远的路面越低，南宋御街的路面遗迹位于地下两米左右，我望着八百年前被古人踏过的路径，《梦粱录》中记载的盛世繁华恍如一梦。

在解放路口不远处的奎元馆，林凯风叫了一份片儿川，端上来的居然是个小面盆，两个人都吃不完。

"不都说南方饭店的菜量小吗？"我一边飞快地下箸，一边嘀咕。面条口感顺滑，雪菜笋片加肉片，为汤汁调出一份独特的鲜美。

"你这个是一品锅。"旁边端面的阿姨看不过去，用杭州话插了一句。

杭州话在南方方言中是个异数，许多发音硬而倔，带着北宋时期北方官话的特点，我只能勉强听懂一半。

林凯风却有些走神，半晌说："现在听到杭州话的机会越来越少了。"

"就连上菜的人也越来越少，十家里九家都用机器人上餐了。"我打趣了一句，"你们杭州尤其是，新技术一直冲在最前面。这不，这次公布的计划那么神秘，能不能透露一下具体内容，否则我没法向杂志社交差。"

"已经公布了，我们会用一年时间，筹备一场大型山水裸眼 VR①。"

"说得像升级版的'印象西湖'，别人倒也罢了，你说我还真不信。"

"播放古代杭州的模拟影像。"

"那就是 VR 版的宋城了，新意在哪里？"

---

① 指虚拟现实技术，全称 Virtual Reality，简称 VR。

"历史图像就没有意义吗？十年前我在中国美院听过一个讲座，主讲的英国人说：一个城市的地理特征会影响居民的大脑，当我们看到亲切愉悦的东西，大脑就会释放多巴胺，这是一种进化导致的神经化学奖励。因此我们的环境很大程度上会强化我们的审美惯性。你爱你所看到的，因为它会深入你大脑的神经层面去影响你。"

"所以我们总是怀念故乡。身上永远带着它的烙印。"我搁下筷子，轻轻"啊"了一声，"我明白了。古人的头脑里，有着古代环境的深刻烙印，而今天的人们，因为没有与古代外部环境的连接，很难真正继承和把握古人的精神，尤其是在审美层面上。在欧洲，当我走在几百年甚至上千年历史的街道上，仿佛随时能走进他们的历史里去。而中国古代以木结构建筑为主体，不易经久保存，加上现代城市的迅猛发展，除了北京故宫，在大城市的中心，少有能有与明清之前的古代完美衔接的样板。幸运的是，在杭州，西湖千年的山水并没有太大的改变，徜徉在这片山水之间，也许能找到连接古人精神的途径。既然是这样，还有必要用现代人拍的古代影像来加强这种印象吗？"

林凯风避而不答，站起身说："下午三点进行第一次初始测试，现在已经开始清场，我带你去看看。"

我揣着谜团随林凯风一路行去，从解放路的官巷口穿到浣纱路，又走到开元路上。沿路桂树夹道，秋日一定格外馥郁芬芳。他为我指点儿时的老家，那是藏在开元路直紫城巷里的平房，三家人合住的一个小院，离西湖仅两百多米。

站在巷口，在爬满枯萎的金色藤蔓的水泥架阴影下，他闷声说，"七十多年前，浣纱河从这里流过，我外婆小时候在这河边洗头。千百年来，杭州一直是个河道纵横的城市，百年间填河造路，许多过去的河都消失了。"他低头看了一眼表，咳嗽了一声说，"时间到了，我有点儿紧张。"然后他指向开元路的西出口，问我发现了什么。

2

西湖不见了。从这个方向看，原本能看到梧桐、樟树与无患子掩映中的一小段湖面，湖上横跨着一座连接大华饭店湖区与西湖天地的圆形石拱桥，桥前种着两排摇曳的垂柳。可是现在，一堵厚墙，封住了路口，六七米高，两头不见与路口的衔接处，那似乎是一堵左右不见头尾的长墙。

"你们为了今天的测试，把西湖给围了？"我觉得不可思议，就算是淡季，为了一个初始测试，这样的操作也太逆天了。

"围了才好做裸眼 VR 的展棚嘛。"林凯风回答的语气透着一丝狡黠。

可是我不信。要知道，我面前的这位青年才俊，在专业之外，还多年研究自然不明声影现象。他深信，在一个经久不变的自然或人工环境中，山谷、岩石、铁矿、建筑物等物质存在，在磁场强度较大的环境里，配合适宜的温度、湿度等各种综合物理条件，能够存贮形象和声音；然后在遭遇同样条件时，又能将它们"播放"出来。他认为，历史中各种野史、杂记里记录的一些被当成"闹鬼"的灵异现象，其实多是这种"录播"的实例。

当我听说他加入了一个世界文化遗产保护的延伸项目，主导设计这场"还你千年"的裸眼 VR 山水实景表演时，我就怀疑过，他想让观众看的也许并不是演员表演的古装 VR 影像，而是另一时空真实发生过的历史影像。

想到这里，我忽然明白了，指向那堵凭空生出的墙问："那是杭州的古城墙吧？"

林凯风点点头："那是南宋临安的城墙。"

"但城墙应该更高？"

"南宋时，临安城墙高十丈，为今天的九米多，但宋代地层在今天地面以下两米左右，所以你只能看到露出地层的部分。"

我定睛细看，那堵墙背后似乎影影绰绰地透出些什么，那是被墙体影像阻挡的真实的西湖吗？

"所以这并不是裸眼 VR，而是你们对外假托 VR，用设备改变磁场强度和环境条件，让这片湖山释放出它们储存的历史影像。"

林凯风不再故弄玄虚，干脆敞开了谈："杭州是依山靠湖建造的城市，隋唐以来，传统的老城区城市狭长，三面环山、城外西湖、城东临江的基本格局没有发生过重大的改变。我深信这片湖山之间，一定储存了丰富的历史影像，只待我们找到合理的物理和化学参数，就能将它们释放出来。"

"那边，快进去！"他指着城墙的方向，我们一起向前奔去，冲过那一丈厚的城墙时，仿佛穿过电磁波的浓雾，然后，又看到了湖。

眼前这面湖与我熟识的西湖最大的不同，是随处可见的重影。山峦之间有重影，岛屿之间有重影。停航的湖面上居然还有络绎不绝的大小游船，但仔细一看，不对呀，湖上居然还乌泱泱飘着许多脑袋和半截身子；脑袋上有的戴着衣冠，有的则梳着发髻；若露出半身，上身也都着古人衣装。

我从来没见过西湖里"人头下饺子"的模样，仿佛偌大的湖变成了游泳池。

"和地层一样，八百年来，西湖的水体整体抬升。南宋时代的水面比今天的水面要低，所以投射时会出现这种误差。明年正式开放前肯定能解决这个问题，但今天是第一次实测，要先看看，下一步再设计调整方案。"他解释说。

所以，我看到的这些仅露头部或半身的古人其实都是或坐、或站在游船上

的古代乘客的投影。这些小船的全息投影许多都没在了水面以下，我们的距离
太远，看不清它们折射在水下的部分；只有双层甚至三层的大型方底船，船体
大半"埋"在了水里，雕梁画栋的楼层还在水面上漂移。湖心亭、阮公墩两岛
上的重影格外严重。来自南宋的历史投影与今天的岛屿重叠在一起。

他指着那片重影的位置说："湖心亭上原有湖心寺，寺外有三塔，明孝宗时
寺塔俱毁，万历年在北塔塔基上建了湖心亭。"

我定睛看去，湖心亭岛上果然影影绰绰地多出了几座塔影。原来张岱在湖
心亭看雪之时，已经是重建后的格局了。

"阮公墩是清朝嘉庆年间疏浚西湖后才有的，这座用淤泥填的岛，宋代还不
存在。"此时此刻，几艘古代游船的影像与今天真实存在的小岛重叠在一起。

林凯风掏出一只手机大小的控制仪器，迅速在控制仪上调整各种参数与设
置，再发送给控制中心。我则强按着满心的雀跃，环顾这个过去与现实套叠的
奇异空间。

回望开元路的方向，我又看到了城墙，同样是这面墙，一直绵延到凤凰山
麓，然后向东没入了山色中。掩不住的层层宫阙在城墙后跃然而出。湖畔烟波
浩渺，山上白云苍松、琼楼金阙，在八百年前的阳光下熠熠生辉，仿佛一幅活
转来的《万松金阙图》。山水之间，还有仙鹤轻盈的影子，从遥远的时空飞来，
在水面上、松影间一掠而过。

3

忽然，我眼角的余光发现了一件古怪的东西，通向那座影子城墙的开元路
上出现了一顶古人的帽子。再过一两秒，帽子越来越高，越来越近，看上去
像是南宋时男性所戴的幞头，内衬木骨，外罩漆纱，形制上属于身份低微的普
通人的冠带。

然后它更近了、更高了，变成了一颗带着幞头的年轻男性的脑袋。

从柏油路面上长出一个古代人头，如果不是刚才看到了一湖的脑袋，这会
儿我一定被吓住了。

林凯风见我表情有异，转身望向路对面，顿时也吃了一惊。显然这并非他
的有意安排。

"脑袋"仿佛也发现了我们。它嘴里哇哇直叫，吐出一连串的怪话来，发音
非常奇怪，有点儿像我方才听过的杭州话，但又好像更接近粤语。然后它陡然
调转方向离开，没入街面不见了。

这不是南宋历史影像的投射，因为那个"脑袋"显然也看到了我们。我的

心跳加快，双脚发软，我忍不住叫出声来："林凯风，你说实话，你这是在做什么？"

林凯风望着我点点头："你猜对了，我刚刚把设定换成了跨越时间的'双向视频交流'。"

这是他投入多年的试验项目，我之前早有了解。

如果说"不明声影现象"是单向直播，那么地球磁场是否也能连接两个不同时空进行双向直播，达成跨越时间的"四维空间双向视频交流"呢？我们早已习惯的视频通话就是跨越地域的双向视频交流，但宏观上时间是一个整体，"过去""现在""未来"只是三个相对的概念，其实都在同一轨道上，这使四维空间的直播成为可能。

就理论角度而言，单向直播既然可能，双向交流当然也能发生，这与对应空间的磁场强度、自然条件有关。如果强度够大，自然条件适宜，同样可以进行跨越时空的两地互送、同时直播，也就是四维空间双向视频交流。林凯风发明的机器可以在封闭环境内，通过控制磁场强度和小范围内的温度、湿度及其他环境条件来选定交流的对象——具体的时间点。这是相当惊人的探索，但也有巨大的风险，因为任何跨越时间的交流，都可能影响历史的轨迹，造成不可预料的后果。所以他的实验一直在绝密状态下进行，只有极少数人知悉。这一次，他要公开这个成果了吗？我又惊又疑。

正当此时，那个戴着幞头的脑袋又在路对面出现了，这一次，我还注意到马路中央凭空生出一对传统石桥上的扶栏，路面也似有微微隆起，像是桥心。

男子越来越近，越升越高，露出了脖子、躯干，最后站在了马路正中，他穿着及腰的短衫和浅色的裤子，看打扮是个年轻伙计。而和他一起从路中"升起来"的居然还有一位女性。

一见这个女子，我不禁暗赞一声：好一个精神利落的小娘子！她面容娟秀，双目细长，柳叶弯眉，唇上施朱，肤色却因为经常日晒有些发黑。女子的头发后梳，结一个光滑的发髻，发髻上插着几支天青色琉璃簪，簪上挂着同色琉璃坠；身着垂地的长袍，袍子左衽、肩上圈着一条紫色的方巾；腰上坠一个团花牡丹金绣丝荷包。

此时她表情有些惶恐，嘴里用古音念叨着什么。我恍然大悟，对林凯风说："你说过这里古代有一条河，他们会不会正在上桥，桥心最高处和地层的沉降程度恰好相抵。所以一开始他们的影像沉入了地下，直到他们走到桥中央，我们才看到了全身。"

"你猜对了，而且我们站的位置可能在古河道上方。因为那女人正在向我们道歉，说她带伙计出门办事，谁知有幸遇到了仙人。伙计不懂事，见我们凌空

月

悬在河上，吓得掉头逃跑。她带他回来赔礼，让我们不要怪罪。"

"你懂南宋官话？"

"做了一点儿古音韵学的准备，但也只能听懂七八分。"林凯风摇摇头。

我不由得好笑，哪有穿成我们这样的仙人。不过，在古人眼中，我们这"凌空虚蹈"的本事就像仙术吧。况且，面对八百年前的宋人，我们不如将错就错，扮演被他们误认的仙人，这比向他们解释"双向视频交流"要靠谱多了。

林凯风用古音发话，我勉强能听懂一点儿，他在问她是做什么的。

那娘子回答得诚惶诚恐，经林凯风转述，她是官巷口光家羹铺的老板娘，带着伙计到涌金门外讨账。

"光家娘子，须知天机不可泄漏，今日见我二仙一事，你断不得说与他人。"林凯风作势板起脸来，吓唬两人说，"我保你家铺子生意兴隆。否则，不日便有杀身之祸！"

光家娘子一噤，看那表情，显然是受了惊吓。随后她缓过神，连连应声，带着伙计一起在桥心向我们叩头，准确地说，是他们穿越时空的全息投影对我们深深磕了一个头。小娘子发髻上天青琉璃簪的坠子，随着她的身体起落而颤动，一直在叮当轻响。

礼毕，两人毕恭毕敬地起身，碎步调头离开，逐渐没入了道路的另一端，仿佛只是我们的一场幻觉。

我望向林凯风，他也正望着我，我们彼此的表情告诉对方，刚才的一切真的发生过。

"这完全是偶然。"他喃喃，"这只是一个最可能完成双向交流的时间坐标。"

过了好一会儿，我的头脑才恢复了正常思考的能力。那时第一次短暂的实验已经结束，八百年前的声音与影像消散在冬天的空气中。方才的我，既紧张又兴奋，手足无措。我见到的真是宋朝人吗？我真的跨越了漫长的时间，直接与他们说话了吗？但慢慢地，记者的专业思考驱散了体验者的狂喜，我开始考虑林凯风的大型试验可能产生的后果。

我难以想象，这个以湖山投影来做的双向视频交流会耗费多么巨大的能量，需要多么庞大的财力支持。而即使选择了西湖旅游的淡季来做这类需要清场的前期试验，也需要行政资源的强力支持。可是，这幕后的人，了解林凯风的真实打算吗？我不太相信。

"你想做的事情是错的。"我的声音开始颤抖。前些年，同样有一个人，用了欺上瞒下的方式，做了一个违背伦理的试验，轰动了全世界，却毁掉了两个孩子的人生，损害了整个中国科学界的声誉，他个人也受到了法律的惩罚。

"观众们不会知道。我们会解释说这只是最新的裸眼 VR 演示，能与观众实时互动，就像一个 VR 游戏。"

"可你瞒不过所有人！更不用说你对古代世界会产生什么样的冲击。我们回到过去，或者干涉过去的行为，确实可能造就了我们的现实。但历史虽然可以造就，历史却不能改变。我们刚才与光家娘子的邂逅，并没有改变历史的轨迹。而现存的所有南宋古籍，没有一种记录过当时的人们见到几十万人虚影的奇异事件。如此巨大的变量，涉及如此广泛的人群，会产生什么结果，你没有想过吗？所有现在、过去、未来的存在基础都可能会崩溃！"

"但也许它能像扳道器一样，让历史进入另一个轨道？"

"你是说平行世界？但那只是一种预想吧！而且是完全不可控的预想！"我大惊失色，没想到他还有这样危险的计划，"即使那真的存在，可我们现在的世界、这个我们祖祖辈辈生活的世界呢？可能就像泡泡一样破裂、消失了吧？"我真的没有想到，一个这么出色的科学家，却会有这样幼稚鲁莽的念头。

"但也许那一切危险的事都不会发生，历史依然是一个完美的闭环。他们却能看见我们的存在。不是假装的神仙鬼魅，是人，是他们的后人。"林凯风一脸的倔强，显然他还不愿放弃。

"为了让他们看到，就要冒这么大的风险？值得吗？"我轻轻叹了口气，"你看，我也不是什么技术专家，你请我来，第一时间了解这个前期项目，其实是因为，你自己也很犹豫，你需要的不是技术的支持，而是一个判断，对不对？"

他直愣愣地盯着我，眼眶有点儿发红："陈平，我为这个理想努力了很多年。我也经历了不止一次和过去时空交流的实践。"

"我明白。"我想起多年前第一次见他，也是经由一次穿越时空的交流，不由有些失神。"但这次不一样。"我正视他目光里那个暗流汹涌的深渊，"知道吗？我从来不相信上传的意识可以替代我的生命，就像我从不认为平行宇宙能延续我们的世界，这个唯一的世界。难道你还在犹豫吗？跨越时间的双向视频交流，其后果不可控，大型双向交流会毁掉我们的世界！不可以！这念头太危险了，想都不要想！"

他死盯着我，脸颊的肌肉抽搐了很久，终于，僵硬的肩膀塌了下来。

4

一年多以后，秘密筹备、吸引了诸多媒体目光和大众关注的西湖裸眼 VR 历史声影展正式举行。当组织方宣布 VR 影像并非提前摄录，而是来自真实历史时，虽然引起了各方的强烈怀疑，但活动的二十万张门票也在预售开闸的三分钟内全数售罄。

活动从下午三点半开始，晚上八点结束，以西湖沿线几大区域为固定观察点，古代城墙以内的城区不在其列，而西湖边的各大交通干道进行了限流，沿湖全部安装了临时栅栏，配备了维持纪律的安保力量，以防发生意外。从全国各地涌来的观众有些早已进场，占据了视线良好的观景位置。入场前他们都收到了详细的注意事项，告知他们无论视觉效果如何惊悚，都要确信那些只是来自历史的图像与声音，并非实体，绝无真实危险。

活动的总指挥台设在了雷峰塔，可以眺望整个西湖，在这里，技术团队虽然无法像地面观众那样身临其境，但指挥台里的一组大屏幕会列出各处展区的具体情况，便于他们进行整体控制。我作为特邀记者，受邀进入指挥台，在林凯风的身边记录整个过程。

林凯风依然很紧张。上次地理沉降导致的图像错位已经找到了解决办法。但是，西湖的山石林木在岁月长河中依然产生了不少差异，使历史虚像与实景套叠时难以一致。为了保证播放时效果，尽量克服重影，技术团队加入了人工智能调控，能在 0.02 秒的时延内将来自时间彼方的投影调整补足。

即便如此，还有更棘手的问题。播放历史时代的声影，以封闭环境为佳，如千年不变的古墓内部。像西湖这样的开放空间，虽可建构出准确的磁场环境，但环境本身的温度、湿度变化太大，即使能用技术力量进行外部控制，但难以精确，对于历史时间的选择也会大大失准。针对这个难题，林凯风和团队的年轻人们摩拳擦掌，在屏幕中跳跃的各种时间点中做即时适配。如此一来，播放出不同时期古代声影的成功率虽高，但却无法精准控制适配的时间点。比如最后一段南宋之夜，就设置了从公元 1234 年至 1274 年四十个上元节中的适配时间点以备选。

活动一开始，人们听到一种沉闷的声音，就像初进水底时，耳中捕捉到的水流暗涌之声。遍布全湖的扩音喇叭通告观众："不要惊慌，这些只是 VR 的投影。"

由于现代地层高于古代地层，为了避免图像错位，这次设置历史声影的投放时，以南宋时代的地层高度为参照，进行了一次性的整体抬升。所以我们现在见到的水面，其实比古代水面要高出几米，而此刻观众看到的，其实是远古时代的水底景观。

几十万人仰头看去，在头顶的上方看到了清澈的水面，阳光透进金色的光影，许多身长数丈的青色大鱼摆动长尾在那光影中游过，它摇曳的鱼尾在所有人心中荡起了美妙的涟漪。又有鲤鱼大小的红色鱼群游过，它们身带青斑，白头赤喙，背部居然长着一双翅膀。陡然间，从下方水域中冲出一大片阴影，那是密密麻麻的巴掌大小的黑鱼组成的鱼群，它们直冲向人群正中，引起一片惊呼。但不及躲避的人们立刻发现，冲过身体的只是一阵电磁流。他们兴奋起来，欢呼雀跃地开始徒手捞鱼，越来越投入这场万众参与的互动式体验。在西湖还连通大海时的上古虚影中，每个人找到了一种 VR 游戏式的快感。

忽然，水位就降了下来，但似乎依然漫过了观众的腰部，西湖上风波乍起，揭起滔天巨浪。远远的，一串黑色的大船从北面隆隆驶来，每一艘船上都飘扬着同样的黑色旌旗，虽然看不清上面的字样，但这些吃水很深的大船似乎都是陈列重兵的大型古代海船，它们严整的布局，让观众们不禁产生敬畏之情。浩大的船队似乎也对风浪畏惧三分，它们环绕在保俶山下，暂时停泊，隆重的皇家队伍开始了登山之旅。

观众中有人兴奋地喊出："秦始皇！那是秦始皇的船队！"果然手机推送与扩音广播都告诉大家，刚才看到的是秦皇东南巡时经过钱唐县的情景。当时古西湖还是宝石山与吴山这南北两岬角之间的湾浦，秦汉时人们主要居住在灵隐、凤凰山和柳浦一带的山麓。今天的杭州城则位于湖海之间的沙漫滩上。

千年时光瞬息而过，挥手之间，西湖风月跨越了许多个朝代。观众们身边已然桃花盛开、柳条舒展、莺燕纷飞，春水荡漾的唐代湖面上浮出往来的古代游船，西湖东面现出城郭的影子。沿湖路上和白堤、断桥上拥入骑马踏青的游客身影，中间偶有四抬的轿子和两抬的软轿。这些全息影像在观众群中径直穿过，引来阵阵愉快的惊呼。一位器宇轩昂的官人骑着一匹高头大马走过，马头两边的鬃毛被各编成三股发辫，它"呼哧呼哧"喷出的热气似乎要喷到今天观众们的脸上。一乘小轿的窗帘被挑开，露出半面红装，佳人不见，她所过之处，千年后的观众们为睹芳容，前扑后拥，若非武警的维护，几乎要酿成踩踏事件。

忽然间，滔天白浪由东方涌来，扑过观众们的头顶，直冲进西湖，湖面的影像再次整体抬升。这时广播里介绍，唐代杭州有涌潮之患，见载的大型水灾就有十余次，"海水翻潮，飘荡州郭"之时，西湖与江潮连成一片，城市变为一片泽国。于是"西陵潮信满，岛屿没中流"。

潮水的影像在观众的长吁声中消散了。再看时，满湖影影绰绰多出了许多寺院楼阁，那又是钱镠治理下的吴越国了。

吴越建都杭州，以捍海塘解除了海潮之患，护得杭城近千年。广播中低沉的男声播报："据历史记载，当年曾有方士向钱镠进言，填平西湖来建广大的宫室，可以有国千年。钱镠拒绝了方士的建议，留下了西湖，千年来王朝更替，杭州百姓却依然用钱王祠来纪念他。"

天色渐暮，苏堤上的观众忽然发现，身边多出了大群人影。他们扛着工具，用拗口的古音交流，视而不见地穿过观众的身体。那是大群北宋时代的民夫，他们不辞辛劳，用疏浚西湖挖出的淤泥和葑草堆筑出观众脚下的湖堤，看情形他们此时正准备放工。正当此刻，一艘三层官船靠向堤边，船头有人在向工人们喊话。只见他身材高大，峨冠多髯，一身北宋官员打扮。工人们一齐向来人躬身行礼，那官人也热情地拱手作揖。

看到这一幕的观众寂静无声，手机推送和扩音器都传送出同样激动得颤抖的声音，那是身在控制台的北宋史研究专家，他对放大的图像进行确认后作出解说："按官服的品级判定，大家现在看到的极有可能就是苏轼苏东坡。"控制台上显示的时间是元祐四年，1089 年，苏轼任杭州知州的年头。

于是，那一个瞬间，在堤上、湖上，以及在网上通过 5G 高清观看这一切的全球观众，都兴奋得几乎炸裂。每个华人或熟悉中文的观众，头脑中都回响起各自熟悉的东坡诗句，或是"水光潋滟晴方好"，或是"望湖楼下水如天"，又或是"一蓑烟雨任平生""今夕是何年"……

现场外的观众别有一番热闹，各种媒介上播放的同一个画面瞬间被他们铺天盖地的弹幕刷屏，各种文字、标点的惊叹与东坡名句之间，还夹杂着一串串感动到痛哭的表情符！

5

然而，即使是东坡居士，都没能让林凯风激动起来，他依然在等待什么。

冬天的夜幕早早降临，城墙外的道路亮起了成排游走的灯笼。从雷峰塔上望去，南宋御街的方向腾起一片灯火。

为了这个特别的活动，今天未能进入现场的杭州人都已早早回家，观看各种媒介上的现场直播。杭州老城区整体进行了灯光管制，所以那不是现实中的杭城灯火。

"我们此刻看到的远景，中山路御街上的行人是看不到的。湖边的观众也只看得到他们身边的景象。你有没有觉得我们的位置变高了？"他问。

"是因为你调整了地层差带来的差异吗？就像放电影时移动投影的位置？"

"不，因为我们此时看到的，本来就是更高处的山体岩石中存储的图像，"他解释得非常详细，"现在的雷峰塔是重修的，没有存下历史的图景。其实要复活杭州古代的繁华，最好的选择当然是御街。西湖自古在城墙之外，虽然湖畔也有许多民居、商业与瓦肆，但规模无法与墙内御街两边兴旺的商业活动相比。可惜城市内部千年来不断变迁，无法储存下稳定的影像，仅有御街西端靠近吴山的一段有些许片段被储存下来。我们尝试用技术手段，调用了一些吴山区域储存的御街残影，投射到展区内。"

同期的广播与推送向观众们介绍："我们此刻所见，是公元 1251 年的上元节。中国古代仅有宋朝不设宵禁，历朝节庆时才有的夜生活，在南宋的临安夜夜上演，几乎通宵达旦。而上元节之夜就是临安最明亮的夜晚。为了更好感受上元节的盛况，我们将御街的部分景象投射到了近湖位置，方便大家观看。"

城内城外，大街小巷都张灯结彩，家家户户挂出各种耀眼夺目的灯笼，从高处眺望，从城南至城北，方圆十几公里，一片灯火通明。

没有路灯，高楼灯火、宅院花灯、行人手举着的灯笼和火把、游行队伍舞动的龙灯……共同汇成游动的灯火的海洋。城墙外的民居与瓦肆也一片明亮。欢庆的临安人声鼎沸；笙簧箫管、轻音嘹亮；盛装的舞队、精彩纷呈的杂耍、扮相清丽的傀儡，都从街道中游行而过。皇宫方向竖起五丈高的琉璃灯山，用机关活动的各种人物上下翻飞。公务府院中，人们用竹竿支起灯球，在半空中划出流星般的光芒……近景中，可以看到灯市里各种灯笼争奇斗艳，五色琉璃灯、福州白玉灯、镂刻的羊皮灯、流苏珠子灯、各色罗帛灯；许多灯面上画着各色仿院派风格的山水、花鸟图，精美绝伦……

赏灯的行人中，穿行着顶盘挑架、卖各种消夜点心的商贩，沿路叫卖春饼、旋饼、羊脂韭饼、澄沙团子、鹌鹑馉饳；路边的铺子伙计则吆喝售卖红白熬肉、炙鸭、熬鹅、熟羊、烤鸡、姜虾、酥鱼、海蜇、田螺羹；正当青春的卖花女挎着马头竹篮，唱着歌沿街叫卖红白梅花、三色茶花和喷香的蜡梅。七百多年前的盛世良宵是那么美好，让我这个观者兴奋难耐，几乎手舞足蹈。

但林凯风并没有分享我此时的狂喜，他靠在窗边，左手死死趴住窗棂，他的脸在一阵阵地抽搐，眼角似乎有泪光闪动。

我被他的表情吓住了，慢慢地，我明白了。

我说："我本以为，你想复原的是《梦粱录》或《武林旧事》中的情景。但其实，你心心念念的是另一本书。"

6

他转过头用泪眼望着我。

"《蒙元入侵前夜的中国日常生活》。"我报出这本法国汉学家谢和耐的名作。

"没错。"他带着泪说，"那你一定就能理解，我之前为什么想用双向视频交流，用几十万人的幻影来警醒我们的祖先。我没有那么疯狂，前面的展示我只想投射历史，但最后这一段，我真想让他们也看见我们，听见我们对他们呼喊。"

我明白。

我们面对的，是十三世纪，世界上最先进、富裕的国家歌舞升平的一刻，古代中华文明在诸多方面登峰造极于赵宋。但此刻的奢靡欢乐、繁华盛景，又像古人的华胥国中梦一场。

铁蹄声声将至，覆灭就在眼前。

"我只想唤醒沉睡的人。"他哽咽着说。身为一个杭州人，在这三面青山一面湖的景观中长大，西湖水已成了他血液的一部分。可当他慢慢成人，在湖山中寻访岳王庙、于谦祠，又生出由衷的历史悲情。回看这个城市千年的历史兴衰，南宋时代中华文明的成就之高，让他惊讶，因此，杭州的命运，乃至于南宋的命运，才格外令他痛心——"山外青山楼外楼，西湖歌舞几时休。暖风熏得游人醉，直把杭州作汴州。"这个城市所有的精致与美好恰恰养成了人们骨髓中的慵懒气质，在繁华胜景中沉沦下去。再往后，便是崖山。南宋沦亡，临安城的夜晚成为宵禁之下黑沉沉的漫漫长夜。

于是当几年前，他终于发现了穿越时间、与古人交流的奇特方式，便一直希望，有朝一日能改变这一切。他想用几十万未来人的幻影这样奇异的景象，震慑面对亡国危机仍苟且偷欢的人们。如果能令他们中的许多人从此改换精神面貌，那么，即使面对强大的入侵者，亦未必没有改变战争结果的可能。

"可是，那个时代的覆亡有更深的原因，甚至此刻的繁华恰恰与倾覆表里相依。你无法改变。更不能冒险改变历史，让我们的世界分崩离析。"我深深叹了一口气，理解了他之前所有的鲁莽。这个技术宅的内心深处，原来藏着一个天真热血的少年。

他望着我，燃烧的目光渐渐沉静下来。他又望向那繁华的历史幻象，和我一样叹了口气，挺直身子，重重地点了点头。这时我才发现，他颤抖的右手中居然一直紧紧攥着那个手机式的控制器。

我顿时明白了：一年前的试验后，林凯风并没有对双向交流方案彻底死心，方才我俩的交谈之间，他经历了最后一次天人交战。最终，多年的学习给予他的科学与理性，战胜了他的冲动。对这个世界、这个城市、这片湖山的情感，让他选择了放弃。

那一瞬间，我像触电般地一激灵，发现了自己内心的矛盾。

面对这七百多年前火树银花的南宋元夕，我其实也希望，能让时间彼方的古人听到我们的声音，看到我们的模样吧？

与林凯风不同，我并不想改变历史，但和他一样，我也想让先人们看到：我们在未来更好地活着！我希望让我们的祖先知道，我们存在，他们的后人存在，在这同一片土地上！

不论之后他们会面对何种绝望与阴霾，这点"知道"，能让他们在此后漫长的"南人"生涯中，在沉渊腐水般的文化生活里，保留一点儿希望的火光，让他们不会怀疑中国从此沦亡，华夏文明根脉断绝。如果可以……

然而，不可以！我胸口一窒，鼻子发酸，连忙仰起头，不让泪水流出眼眶。

湖上的天空悬着两个月亮。

八百年前的元夕之月同今天的月亮，一虚一实，在不知岁月的流云中放射着光芒。月晕相连，如重叠的时间。

古月照今人，今月也照在古人的虚影上。

我的不甘与感伤让林凯风彻底平静了下来，那一瞬间他仿佛也理解了我，月光下他的目光晶莹闪烁，带着没有拭净的泪花。

"知道吗，陈平，现在我真的放下了。我甚至觉得，想要改变历史的执念有点儿可笑。因为今夜望着他们，我突然明白，此时此地，我们的存在，足以告慰先人。"

我回头扫视控制台上的大屏幕，左侧的几排屏幕分区上展示出各个位置的特写：八百年前的那些人，他们的笑脸，他们的欢欣，他们对生活的热望……而右侧分区的实时镜头下，今天的观众们脸上，依稀可以看到同样的神采！

我的喉咙像被什么堵住了，哽咽了好一会儿才能应上一句："你说得对。"

我仍有遗憾，遗憾不能透过历史迷雾告诉我们的祖先：崖山之后，中华未亡。然而，我们存在。这一点，比什么都重要。

林凯风笑了，声音低沉而温柔："来，我们再多看一会儿这美好的夜晚，把它当成一份历史的礼物吧。"

我点点头，心潮澎湃，望着我们遥远时代的先人，禁不住涕泪滂沱。

　　东风夜放花千树，
　　更吹落，星如雨，
　　宝马雕车香满路，
　　凤箫声动，玉壶光转，
　　一夜鱼龙舞。

我一直想给杭州写个故事

赵海虹

2019 年年初，我应邀参加某个主题写作活动，但真待稿成，故事已恣意走向另一个方向，于是它一直静静待在电脑里。我偶尔想到时，会调出来润色文字，慢慢走了 12 稿。

我一直想给杭州写个故事。杭州是母亲出生的城市，儿时她曾在弄堂口的浣纱河边洗头，成年后她经人介绍，找了一个外地郎，还跑到武汉军区医院去产下她唯一的孩子。我未足百日，她就带我坐船去重庆，将我交托给奶奶，让我做了五年多的留守儿童。后来父亲将我接走，顺长江而下，一路到南京，再转火车赴杭，自此我在杭州度过了自己全部的校园岁月，从学生到教师。

少时我住在湖滨的巷子里，小学正对着西湖，放学后去湖边荡秋千，湖光山色，柳浪飞花都是日常风景；中学暑假尤喜骑车漫游，清晨五点沿南山路骑过苏堤，到北山街看荷花，一个夏天能黑两个色号；秋天半城桂花香，穿城行车半醉在馥郁的气息中独自甜蜜；春天四五月，去花港看牡丹、白堤看桃柳，如果错过就像白过了一年……童年时我本不认杭州是家乡，总是惦记那个江畔的山城，但渐渐的，西湖的水于我，变得和长江水一般亲切，都在我精神的血脉中流淌。

想到为杭州写故事，我原想写白娘娘，写着写着，偏了，变成了对西湖历史的追述。高潮处的精神路径，呼应了我先生某日突发的奇想：今天世上的所有人，都能在古代任何一个时期找到自己的祖先。即使是"白骨露于野"的时代，我们每个人的祖先一定都活了下来，都是时代的幸存者。——这个道理很容易想明白。但这个道理勾勒的血脉渊源，虽千万年未断绝的生命河流，和国人文化骨血中的历史感发生了共振，让我深深感动。当时很想以此为基底写个故事，但觉得需要一个宏大的设定，没想到机缘巧合，在《寻梦西湖》的高潮，就把这个概念融入了。

再说本篇采用的科幻点，"四维空间双向视频交流"是我在陈平系列故事《时间的彼方》中首次构想，之后还在少儿科幻中用过的点子。这次旧点子连同旧主角一起重新登场，而陈平系列其实从未终结，她会和我一起成长。

最后，本文初成于 2019 年 2 月，当时国家的外部环境压力重重，未来的情势尚不明朗，一些激越的情绪多少被带入了写作。而今小说要发表时，时移世易，已不再需要像当时那样呼号召唤，反而显得故事人物有些中二。但是，相信我们对这条血脉河流的信仰，会伴随历史，流向未来。

赵海虹，中国作家协会会员，浙江工商大学副教授，艺术史博士，2014 国家精品视频公开课《诗画中国——中国山水画史英文专题讲座》主讲。1996 年开始发表科幻小说，出版《桦树的眼睛》等八部选集与长篇小说《水晶天》；1999 年开始发表翻译作品，出版《群星我的归宿》等译著；小说被译为多国语言发表。曾获宋庆龄儿童文学奖"新人奖"、全国优秀儿童文学奖、浙江省青年文学之星；六获银河奖，其中《伊俄卡斯达》获银河奖特等奖。

浙

江

寻
找
无
双

江
波

我

我叫王仙客，今年三十八岁，未婚，也没有女朋友。

我的名字和一千三百多年前一篇唐传奇里的人物相同，朋友们常常以此取笑我，说我是从古代穿越来的。但千真万确，这是我的名字，父母给的。虽然这名字给我带来很多麻烦，但我也不想改。因为我的父母很久前出车祸死了，这名字是他们留给我的唯一纪念。

在那篇唐传奇中，王仙客有个女友，叫作无双。所以当眼前的 App 界面跳出窗口，要求填入昵称时，我运指如飞，"寻找无双"四个字鬼使神差般填满了格子。

填完之后我沉默了半天，这不像是我自己的想法。据说，人在意识到自己要做出行动之前，大脑已经做出了选择和判断，自我意识只是一个被通知的幻觉。如果真是如此，那么就是我的潜意识支配了我，这算是天意吧。

于是我按下了确定。

"灵魂伴侣"开始在我的手机上运行。

灵魂伴侣

这是一个聊天软件。

我在微博上看见了软件的定向推广，手一滑就点击了安装，于是，就有了这么一幕：我盯着屏幕，两眼像是在放光。

这年头，游戏也好，社交软件也好，大同小异，打开了都是熟悉的面孔，使用了都是一样的味道。这软件却与众不同，它就像满园牡丹玫瑰当中突兀地立着一秆玉米，让我有种见到了奇葩的惊异。

它简陋得不像来自二十一世纪，有点儿像是最古老的 QQ，那玩意儿我只在软件博物院里见过。

我眨了眨眼。又眨了眨眼。

当我正想把这可疑的 App 删掉，一条消息跳了出来。

一个女孩的卡通头像在我眼前闪烁："你好，寻找无双。我是无双。"

于是这个叫作"灵魂伴侣"的软件就在我的手机中幸存下来，后来的二十天里，它居然超越微信，成了我最常用的 App。

我叫王仙客，她叫无双，这事委实过于巧合。然而巧合又如何，聊得来就好。

我把这件事告诉了我的死党。

死 党

我有一个死党，用流行的话来说，是好基友，我们是绝配。

这里没有任何性取向的问题，如果有，那都是脑子被洗过的人的自我发现。

他叫沈万三，很有钱。他之所以被称为沈万三，就是因为他有钱。可怕的是，我已经记不得他的本名，这一点千万不能让他知道，不然恐怕死党也没得做。

我能成为他的绝配，因为我很聪明。有钱人可以有很多追求，其中某些追求，需要聪明人来帮他实现。

沈万三没有去资助国防工程承包政府项目，历史证明那容易掉脑袋，他喜欢开脑洞，越稀奇越好，越花钱越好，反正他有数不完的钱。据说他的资产有三千亿，和银河中恒星的数量同量级，是个天文数字。

开脑洞是一个安全的花钱办法，有时还可以赚来名声。每次我看着沈万三站在聚光灯下志得意满的样子，都会暗自庆幸我不用站在那里汗流浃背。

各取所需，互不牵绊。这是成为绝配的必要条件。

而充分条件，则是他真的有钱，我真的聪明。

这可以被如下事实所证明：我们合作造出了时光机。

时 光 机

时间旅行是个热门话题，穿越剧从它诞生的那一刻起，就从来没有消停过。人们总喜欢这样的句式：如果当初……现在就……

二十一世纪前二十年，这个句式里经常填充的是多买几套房子，财务自由。后来到了二十一世纪四十年代，填充物变成了早点基因改造，长命百岁。我们这个时代，填充物则是买下幻境公司优先股，可以进入"美丽新世界"。

这个时代，人们最大的愿望就是向"美丽新世界"移民，那个虚拟世界可以满足人的任何欲望，正常的不在话下，变态的也可以，比天堂更天堂。

然而我以为那其实就是死亡，肉体消亡，人不再是一种生物，爱恨情仇失去了支撑，就像建筑在沙滩上的城堡，潮水一来，连渣都不会剩。

所以我仍是一个健康完整的人，活在真实的世界里。

真实世界里的人总会有些追求，有的高，有的低，在遇到无双之前，我的追求就是制造时光机。三十八岁的时候，我完成了它。

它不能让人穿越，只能让人做梦。

做梦是个比喻，时光机可以让人和过去某些特定的人之间建立连接，于是人可以进入过去，却不能把自己的躯体也转移过去。

时光机制造出一个五维的时空，用一条时间轴把过去和现在串在一起，就像一条河，人可以逆流而上，在一些合适的节点上停留。这个过程，说起来也真和做梦差不多。

不同之处在于，人做梦的时候，并不会老。时光机却会让人变老。

做梦是大脑产生的幻象，时光机却让人真正和过去融合。这够真实，所以代价不菲，要使用时光机，除了付钱，还要付出生命。在过去的某个时刻徜徉一年，旅行者就要付出一年的生命代价，不多也不少。只是因为这一年他停留在过去，在时光机外的人看来，他仿佛在极速地变老。

这看上去有点儿可怕，然而人们乐此不疲，因为漫长的一生中，无用的时间实在太多。

相对于短命，人们更厌恶无聊，谁会愿意变成木偶然后活上一千年呢？更何况，时光机并不缩短生命，它只是将人的生命转移到另一个时间，另一个地点，这和"美丽新世界"的效果没有两样。

它或许还不够真实，但是我以为至少比美丽新世界真实一些。

第二十天，我得意地向无双炫耀时光机，说：能制造出时光机，我是死是活已经不重要了。

无双问明白时光机的来龙去脉后，沉默了半晌，然后说：君生我未生，我生君已老。时光机大概能解开这个结吧！

说完她就下了线，再也没有上线。

我困惑不解，但更多的是担心。无双到底怎么了，难道她嫌我老吗？

但我才三十八，事业有成，精力旺盛，根本不老！

整个晚上，无双都没有出现，这是从来没有的事。

那晚，我失眠了。

天亮的时候，我想明白了一件事：爱。

爱

我爱上了无双。

这件事很怪，虽然聊了二十天，但连人都没见过，怎么就爱上了呢？

我只见过她一张照片。照片里，她一身素雅的汉服白衣，长发乌黑及腰，打着一把青色的绸伞，背着身子，只露出些微的侧脸。

这张照片紧紧地抓住了我的眼。

人来到世上，就带着自己的拼图，茫茫人海，你并不知道自己的另一半在哪里，然而只要看见了，你就会知道。

那一刻，我想我印证了这句话。

所谓遇见，颜值比心灵更重要，大多数情况下，人们都因为颜值一见倾心。所以美女和帅哥往往会有好的姻缘。

但在"灵魂伴侣"这个 App 上，我却只能看见心灵，而见不到模样。哪怕那让我下定决心的照片，也不过是个背影而已。

灵魂伴侣，这个 App 取了一个好名字。

用这个词来形容无双于我的重要性，真是恰如其分。

她像是一首诗，带着恰到好处的忧伤气质。她了解我，许多话我还没开口，她就已经猜到。我第一次感觉到原来人和人之间居然能达到如此心意相通的地步。

沈万三和我合作了十二年，是最了解我的人。

然而和无双聊了二十天，我知道这世上最了解我的人，不是沈万三，而是无双。

只有爱上一个人，才能最深刻地理解他。

我不爱沈万三，他也不爱我，因为我们都是异性恋。我们是伙伴，是朋友，是死党。

但我爱上她了。

她给我看的那张照片更像是一幅画，经过了艺术的加工，画边上题着一句诗：陌上人如玉，公子世无双。

显然，她也爱着我。

然而她不再上线，躲着我。

茫茫人海，我该去哪里找到她？

我在纸上不断地写下无双的名字，写满了足足一本两百页的本子。

合上本子，我重重地在封皮上写下四个字：寻找无双！

寻找无双

世上无难事，只怕有心人，尤其是聪明的有心人，如果碰巧他还有一个生怕钱花不出去的朋友，那么就算目标躲进马里亚纳海沟，也能被挖出来。

我很聪明，沈万三很有钱，我们是绝配。

绝配就要有大手笔。沈万三以一个令人无法拒绝的价格收购了 App 的开发方，然后开出高额悬赏，邀请黑客分析无双留下的所有数据。

六个比特币，这史无前例的悬赏轰动了整个黑客界。

超过一半的顶级黑客投入到这个竞赛中，在茫茫人海间寻找一个女人，已知条件她该是一个华裔女人，年轻而有才华，未婚，使用无双这个名字和我聊了二十天。

黑客们乘兴而来，却败兴而去。

"灵魂伴侣"这个 App 使用了三层加密，用了不同的算法，要找到信息源头，必须同时破解这三层加密，每一层算法破解的理论计算量是十三亿次运算，三层加密，是十三亿的十三亿次方的十三亿次方，这逼近无穷的数字对于人间来说已经毫无意义了。

软件开发方说他们保护每个用户的隐私，只要不是自己泄露真实信息，没有人可以通过这个软件找到使用者。

他们是认真的。

认真得过了头。

黑客们狠狠地诅咒这么不识趣的开发方，三天内他们的工作室被黑了不下十五次。甚至有人送邮件炸弹给他们——墙高得令人绝望的时候，有的人就要疯了。

找不到无双，我感到自己快疯了。

还好世界上总有奇迹。

悬赏令第三天，一个叫杰克的黑客找到了我。

"我没法追踪那个号，但是我有线索，一定有价值。"

"你说吧。"

"我要求一半的赏金。"

"如果你的线索有用，我会给钱的。"

"好，如果你不付钱，你就是在给自己找麻烦。"

"快说吧！"

……

杰克果然是个顶级黑客。

我把所有的赏格都给了他。

杰克说的像是一个故事，然而一个故事值得所有的赏金，因为不会有别的线索了。

我的视线投向手边的那张画，为了慰藉相思，我把无双唯一的照片打印出来放在手边。

俏丽的背影像是在无声呼唤。

陌上人如玉。

陌上人如玉

无双站在油菜花田间，一袭白服，青绸小伞，乌丝如云，逆着光，朦胧不清的背影上更有一层金色的彩晕。这符合我对另一半的想象。她就像从古典的中国画中走出来，清素淡雅，不带一丝烟火味。

玉只是一种石头，钻石只是一块碳晶体，它们有价值，只是因为人们把美好的祝愿寄托在上边。

玉象征温和、圆润、谦卑有礼的品性，它存在于你身边，毫无侵犯之气，却令人生出亲近之意。

无双给我的感觉便是这样，哪怕我从未真正见过她。

我把画取下，放在桌上，用放大镜观察远方背景。

远方是山，山上有一座小小的高塔，像是一个观景台。另一座山上有条小小的红色条块，放大之后，能看出那是一些字迹，但模糊一团，看不清楚。然而杰克已经告诉我，那上面的字是"千岛湖，2018"。那是一场环湖自行车拉力赛的横幅。杰克进行了细致的分析，证明这照片只能在千岛湖环湖公路的74公里处拍摄，千岛湖每年要举行很多次自行车赛，但是油菜花开的时节只在三四月，那个时间段里，自行车赛只有3月22日一场。他查证了那场比赛的情况，横幅的字样和款式完全一致。

我曾经去过千岛湖，那是个好地方，春天来的时候，湖边总能找到大片的油菜花田，是个踏青的好去处。

但是2018年……

今年是2068年，那正是五十年前，杰克证明了那是一张五十年前的照片。

如果照片上的人真的是无双，那么那该是她五十年前的模样。

无双最后说，君生我未生，我生君已老，说的不是我老了，而是说她已经老了。她躲藏起来，不愿意见我，因为我才三十八岁，而她或许已经八十三岁。

或者，有另一个答案，她根本就是个骗子，用一张五十年前的照片行骗而已。

我对着画像坐了一宿。

第二天一早的时候，我决定把画像烧掉。

就当是一个梦吧，一个没有结果的游戏。无论真相是什么，都到此为止吧！

火苗蹿起，转眼间画像已经缺了一角。我猛地扑上去，用一本书使劲地扑打火苗。

画像静静地躺着地板上，被烧过的一角乌黑。我将她拾起来，轻轻摩挲着。

她在画里，悄然无声，似乎等待着我去唤她，她便会回过头来。

陌上人如玉，公子世无双。她是在等我吗？

忽然间，一个念头划过心间：为什么不去找她呢？在这里我找不到她，但是这张照片——有时间，有地点，我应该能够找到她。

时光机是我造的。

如果无双太老了，不愿意再和我联络，那我就去找到年轻时的她。

这主意让我一下子活了过来，我立即给沈万三打电话。

电话通了，我开门见山："万三，我要做梦游人。"

梦 游 人

"梦游人"是我和沈万三给时光机的使用者所起的名目，原因我已经说过——人在时光机中，就像做梦一样。

成为一个梦游人不需要任何条件，只需要沈万三点头，我们正在招募各类志愿者来测试机器。

"仙客你疯了！这还是试运行阶段。"沈万三完全不赞同我的主意。

"你是合伙人，不是试验品。更何况，时光机是你的专利，技术上的事只有你懂，万一出了什么问题，还指望着你来解决。"

"我正好亲自做一次试验，体验一下机器。"虽然我对于时光机颇有信心，但还从来没有真正试过这机器，无双的事，正好也给了我一个机会。

"这不行！"沈万三的态度异常强硬。

这激起了我的好奇，也激发了我的任性，"为什么不行？"我强烈地反问。

沈万三的脸憋得像个猪头，似乎正绞尽脑汁想要想出一个靠得住的理由。两分钟后，他终于说："万一出了意外，这事就砸了。"

"连我自己都不敢用的机器，怎么敢给别人用？我用一次，不正好是个活广告吗？"我很轻易就从逻辑上反驳他。

他的脸再次憋得像个猪头："这事风险太高，反正我不同意。"

成为一个梦游人没有任何风险，这是我们一贯的宣传。

沈万三却说风险太高。

这让我感到不可理喻，正当我想质问他，沈万三却松了口："你去可以，但是不能超过三天。"

我只是想去看一看无双年轻时的模样，哪用得了三天。

梦游人的三天，在时光机里不过是半个小时而已。时光机要消耗巨量的能源，时间越长，能耗越高，沈万三或许担心的是消耗了太多的能量，会导致整个华北的电网瘫痪。

亿万富翁不怕烧钱，但是怕惹事。

三天已经很好了，一般人只能得到一天时间。

"好。"我痛快地答应下来。

于是三个小时后，我躺在了时光机里。

时光机像是一个粗短的潜水艇，被粗细不一的钢铁缆线包裹着，从外边只能看见舱门。舱室很小，仅容一个人躺下。躺下后，一个微微带着点儿蓝色的玻璃罩升起，将人和外界隔绝。

小巧的帽子套在头上，那是最先进的脑机接口，可以让人控制机器，也可以让机器控制人。

机器已经启动，一种慵懒的感觉不断侵袭我的大脑。很快，我昏昏欲睡。

在陷入昏睡之前，我看见了玻璃罩上显示的数字：2018。

2018

2018 年是个好年份。

那个时候，人们热烈地讨论着区块链、基因技术、探月工程和脑科学……技术的热潮汹涌，一个更加光明的未来似乎触手可及。

那是个梦想仍未褪色的年代。

我在那个时代醒来了。更准确地说，我在 2018 年的某个躯体内醒来。

2018 年我尚未出生。

时光机制造出五维的时空，那是一个个四维时空的连缀，最后串成一条连续的时间轴。要进入过去的时空，时光机会为梦游人找到一个合适的大脑，正好和脑波匹配。在极端的情况下，如果实在无法匹配，梦游人只会做光怪陆离的噩梦，然后醒来，根本无法进入过去。好在世界上人口众多，相似的人很多，这种极端情况极少发生。

我成功地进入了一个最相似的大脑。我的意识和记忆进入了他的大脑。这像是一种借用。

当我逐渐适应了躯体，这具躯体原本的记忆也涌了上来。现在，我叫王十二。

王十二是我父亲的名字！我被这个事实震惊了，慌忙从兜里掏出钱包，找到身份证。身份证上赫然是父亲年轻时的照片。

我失魂落魄地站着，一时间竟然不知道该如何是好。

今年是 2018 年，还有十二年我才出生，然而父亲已经知道了我的存在。

王仙客的意识和记忆涌入了王十二的大脑中。

王十二的意识和记忆涌入了王仙客的意识中。

对于这件事，这两种叙述都是对的。

现在我是一个混合体，既是王仙客，也是王十二。

我恍惚出神，只觉得冥冥之中有一股神秘的力量降临。

它苍茫无边，翻滚汹涌，仿佛大海。

它是命运。

命　运

ΑΝΑΓΚΗ。

这个单词是希腊文，意思就是命运，某个不知名的人物将这个词刻在了巴黎圣母院塔楼的暗角上，被大文豪雨果发现，写进了他的不朽名著里。我曾经到过巴黎圣母院，爬上了它的塔楼，但并没有发现刻着这个词的墙砖，只在塔楼的顶上，看见了许多的石像鬼，就像来自另一个世界的使者，俯瞰着巴黎的芸芸众生。

此刻，我正在上海中心的第118层。这里没有石像鬼，却有更令人眩目的高度和夜幕下川流不息的车水马龙。

命运就像那车灯的轨迹，看上去杂乱无章，在长时间曝光的相片上，就成了一条平滑的线。

"十二你在干什么？"我身边的人在问。

"没什么。"我慌忙回答。

"你把身份证拿出来干什么？"

"哦，我看看有没有丢。"我赶紧把身份证塞回到钱包里，放进兜里。

她没有继续问，回头望着玻璃窗外，沉浸在那五彩缤纷的夜景之中。黄浦江两岸，灯火通明，她的模样映在玻璃中，和黄浦江的夜景融为一体。

我认得她，她是我的母亲，叫张呦呦。

我的父母青梅竹马，2018年的时候，他们该是刚从大学毕业，新的生活正在眼前展开。

他们都加入了朝阳新闻集团，父亲是摄影记者，而母亲是调查记者。

明天，按照既定的行程，父亲就要奔赴千岛湖，采访当地的旅游节。这正是油菜花开的时节，花海在那儿等着游人到来。

我端起相机，对着窗外绚烂的夜景拍了一张。

依稀中，我仿佛看见了无尽的油菜花海，一个白衣的女子缓缓行走在那金黄的原野上，身姿婀娜，步态端庄。

那人影并非我身边的人。

我的心不由紧抽，无端地生出一丝愧疚。

那个女子，应该叫作无双。

穿越时空，她在那里等着我。

我握着相机的手微微有些发汗。

如果我没有穿越时空而来，那么那就该是一次美丽的不期而遇。

然而我来了，这就成了一个命运的轮回吗？

轮　回

轮回是佛家的说法，人的修为不够，就要在世间不断地受苦，一辈子又一辈子，除非能够修炼成佛，涅槃解脱。

我是一个科学唯物主义者，从来不相信神神鬼鬼。然而，当无双出现在我的视野里，我的信念受到了强烈的冲击。

她在这里等着我从五十年后赶来。

她真的在这里。

当那个身穿白色汉服的女子从船上款款走下，人们全部的眼光都投注在她身上。长长短短的相机围着她拍个不停，而我则目瞪口呆，仿佛流水中的一块石头。

这或许不能叫轮回，时间在这里悄然打了一个结。

作为时光机的研究者和发明人，我深刻地知道在时间旅行中会发生一些意料不到的事，尤其是旅行到一个自己成长的地方，一些人和事，不可避免地会受到时间旅行的影响。所以对于梦游人，一般而言都要避开这些敏感区。我身在北京，千岛湖远在千里之外，我以为并不会有什么特别的影响，然而时光机却并没有让我直接进入千岛湖，而是到了上海，而且降临在我父亲的身上。他正和母亲一道，在上海进行一项采访。

那个时刻，时间已经悄然扭结了。只不过，我还有机会反对它。

只要我不拍摄那张照片。

然而，当我看见无双真正的模样，我明白命运早已经注定，反抗毫无必要。

她并不是美得完美无缺，却直接击中了我的心田。

那并不仅仅是我的感受，也同样是我父亲的感受。

此时此刻，我们就是同一个人。

无数的文学作品赞颂反抗命运的英雄，然而那只是因为命运对人不公。如果那就是你想要的命运，又何必挣扎反抗？

无双看见了我。

或许是因为我在喧闹的人群中无比安静，她的目光长久地停留在我身上。

她嘴角含笑，一双眼睛仿佛一汪秋水。

明眸善睐，谁能抗拒这样一双妙目的凝视？

她转过身，在花海中行走。我就像那无数的摄影俗人一样，追随着她的脚步。然而，我走的路却和他们都不同。

我让无双位于我和夕阳之间。无双像是洞悉我的想法，向着我嫣然一笑。

她再次转身，把背影留给了我。

逆着光，夕阳在她身上铺就一层金色的晕圈。远方，"千岛湖，2018"的横幅在夕阳的光辉中像是一个浅浅的灰点。

我举起相机，按下快门。

时间就此定格。

那张照片就是我拍的，千真万确。

陌上人独立，公子世无双。

那么她也该认识我了。

公子世无双

她真的叫薛无双。

我很快和她成了朋友。

她换掉汉服，穿上牛仔裤和白衬衣，转眼间就变成了现代都市女性。人们往往通过服饰认识一个人，但真正的精神气质，却只在人本身。

无双换上了常服，然而恬静优雅的气质仍旧在举手投足间散发出来，让我迷失其中，欲罢不能。

我把赶着打印出来的照片递给她。

她微笑着接过来，看着，说："很多人给我拍过照片，这张是最好的。"

我报以微笑，那微笑看上去有点儿傻。

"明天一起去游千岛湖，有时间吗？"我问。

"好啊，明天正好休息。"她非常干脆地同意了。

千岛湖是个山清水秀的地方，让人百看不厌。

早起赶上了最早一班游艇，人并不多，船员也管得松，我们可以站在船头，享受乘风破浪的畅快。我给她拍了许多美丽的相片，帮她提并不重的包。

在岛上，山路不长，台阶的跨度却颇大，她很自然地伸出手来求助，我抓住她的手，将她拉上观景台。她的手柔软细滑，肌肤粉嫩。

状元桥是两个小岛间的吊桥，吊桥晃荡，她情不自禁地紧紧地抓住我的胳膊，仿佛我是她唯一的依靠。

从梅峰的高处往湖上看，大大小小的岛屿拼凑成"天下为公"四个字，这并不好找，需要一点儿眼力和想象。当无双顺着我的指点看清了那四个字，我嗅到了她脖颈间散发的芬芳。那并非香水的味道，而是自然的体香。我怦然心跳，只觉得口干舌燥，连呼吸都变得困难了。

下午我们去步道行走，松林间的步道罕有人至，清风徐来，鸟儿鸣叫，时而能看见叫不出名的野花，在这轻松愉快的大自然中，我们边走边聊，聊风景，聊生活，聊美食，聊未来……我们甚至聊了一本叫作《机器之门》的小说，都觉得书里最有意思的是那个自称萨拉丁二世的反派。

我采了一小捧浅黄色的野菊送给她，她笑吟吟地接过，我却抓住了她的手，不肯放开。

她的脸庞唰地绯红，娇羞无限。

于是我们就不再说话，而是手牵着手，默默地走在步道上。

步道的高处是天屿公园，一座步行桥凌空跨越，站在桥上，千岛湖的美景尽收眼底。湖水映着夕阳，波光粼粼，泛出一片炫目的金色；远方的岛屿连绵不绝，血红的夕阳挂在群山之间，照得山峰多了几分朦胧；步道下方，几幢楼房临湖而立，和远方的岛屿对峙。

我们手牵着手，并肩而立，看着夕阳一点点沉没，不知不觉，越靠越近，最后我搂住了她的肩膀，把她揽在怀中。

我似乎听见了她的心跳。

我的整个身子都在微微颤抖。

"嗯……"她似乎想要说什么。

我咬住了她的嘴唇，发烫的嘴唇贴在一起，像磁石般吸着分不开。

一个缠绵而热烈的吻。

汹涌的爱意将我们吞没。

晚上，在她的房间，一切都那么自然地发生了。

当屋子里的一切平息下来，她趴在我胸前，问："你会爱我一辈子吗？"

"这辈子不够，下辈子还要和你在一起。"

笑容在她的脸上绽开："骗人！一辈子就够了，哪有下辈子。"

恍惚间，一股凉意从我的心头涌起。

我掉进了一个时间悖论中——如果王十二和无双在一起，那么王仙客就不会出生，因果的循环就此中断，世界会进入另一个轨道吗？

我在改变未来吗？

我想起了张呦呦，突然一阵心痛。

无双似乎觉察到我的情绪变化，问："怎么了？"

"明天我就要回北京……有些事要解决。"

"哦，我还从来没有去过北京。"无双翻身而起，从包里掏出手机来，"下个月，我去北京找你吧！"

"好！"我已经下定决心，回到北京就和呦呦把事情说清楚，我想和无双在一起，这念头无比强烈，"给我三天时间，我会回来找你。"

无双漫不经心地点点头，"看看这照片！"她的手指在手机上一划，递到我眼前。

这正是我给她拍的那张照片，被她修过，变得有些不同。

最明显的一点，在照片的左侧，写上了一句诗：陌上人独立，公子世无双。

这才是五十年后无双给我看的那张相片！

突然间，我有一种强烈的不真实感，仿佛活在梦中。一切迅速变得模糊。

我被抽离了。

抽　离

所谓抽离，就是从梦游人的状态苏醒，和依附的头脑脱离了接触。时光机不可能长久维持，一段时间之后，必然要抽离。

然而，约定的时间是三天啊，该是七十二个小时！这才过去两天半而已，至少还有十多个小时才到三天。

该办的事情还没有办！

我心急火燎地跨出时光机，大声吼叫："沈万三呢？我要找他。"

见到沈万三，我立即大声喝问："还不到三天啊！怎么就把我抽离了？"

沈万三显得很委屈："没人改时间啊，时光机自动跳出的，它能源消耗得太厉害了。"

我不由一怔，怒火顿时消散。

时光机自动跳出？

我顾不上跟沈万三道歉，立即奔向我的工作室。

我开始不停地推演各种可能情况，把各种数据输入到超算计算机。

连续两天，我没有跨出工作室一步。其间沈万三来了三四次，想让我停下来，我根本不听他的。

超算计算机全速运行，海量的数据不断翻腾，平时这种时候，我都会让助手帮我盯着，自己去休息，但是这一次，我没有假手任何人，一心一意，只要等待这个计算结果。

第三天早上，沈万三又来了："去休息吧，我让小万帮你盯着就行了。"

我扭头看了沈万三一眼，回过头来继续盯着屏幕。

"对了，你可以帮我找找这个人。"我突然想起了无双的地址，那是我从她的身份证上瞥到的，还有她的微信号。

我飞快地把这些都写在一张纸上：薛无双，成都西藏南路999号，微信名：玉儿。

"这些都是五十年前的信息，但是应该还能找到她。"

沈万三拿起纸条看了一眼："你还要找她？她都已经是个老太婆了。"

"要帮忙就帮，不帮忙我自己去找！"我暴怒着怼了沈万三一句，随即又冷静下来，说："对不起！"

沈万三摇摇头，走出门去。

我靠在躺椅上，只感到身心俱疲。

我还要去找无双做什么呢？她已经老了。她也一定不会想见我。过去的事，毕竟过去了。

正当我烦躁不安，胡思乱想的时刻，屋子里响起了歌曲《甜蜜蜜》，那是超算计算机发出的结束信号。

我一下子翻身而起，去看结果。

打印机吱吱作响，很快一张图画出现在我眼前。

抽象的时间线变成了具体的图。图上是一团乱麻般的线条组合，它本该无比顺畅地从头划到尾，是无数条彼此平行的直线。现在这些线条完全扭结在一起，仿佛一个树瘤，突兀地呈现在纸面上。

我被抽离出来，因为时间的扭结达到了一个极限，如果让我继续留在那时那地，时间线将会崩溃。

我捏着纸的手抖了起来。

这个世界服从物理的法则，自然规律容不得人类篡改。

我一直认为时光机是一样很有价值的发明，然而我错了。从前的运算中，时间线的扰动微乎其微，只要避开敏感点，一切都很让人满意。

然而，那是一个被篡改的结论。

如果不是因为我亲自体验了时光机，可能至今还被蒙在鼓里。

我被助手出卖了。

我很快平静下来。任何出卖都需要一个缘由，我的两个助手，一个是身家清白的名校博士，另一个是颇有声望的业界精英。他们跟我一道分享荣誉，出错对他们毫无益处。

唯一的可能就是他们被收买了，倒在了金钱的脚下。

物理法则抽离了我的灵魂，金钱则抽离了他们的灵魂，卖给了一个叫作"沈万三"的人。

我苦笑一下，拿起电话。

没等我开口，沈万三先说话了："仙客，我已经帮你找到她了。"

薛无双！

我顿时精神一振："她在哪里？"

"'美丽新世界'。"

美丽新世界

"美丽新世界"或许是人类最后的归宿，或者说是避难所。

它像是一个大型的游戏。

初级玩家没有任何门槛，只需要买一个接入头盔，找个有电有网络的地方就可以进入。这个头盔和时光机的头盔很像，能够通过脑电波和大脑互动，玩家可以获得逼真的游戏体验。

高级玩家则可以将自己的身体完全托付给"美丽新世界"照看，前提是将名下所有财产捐给"美丽新世界"。无论是富豪还是赤贫，"美丽新世界"并不在乎财产的多少，它对所有人开放，只要捐出名下所有财产，就自动获得高级玩家的资格。然后玩家就可以躺在如棺材般的接入舱里，一切营养所需，都由管子直接输入血液中，生命的维持全依赖输液，因为不需要进食，消化器官最后都会退化，也无须排泄。人就像寄生在庞大系统中的一部分，而所有的生活，都在虚拟世界中进行。

对高级玩家来说，游戏即人生。

已经有十三亿人成为"美丽新世界"的高级玩家，其中没有我。

我并不喜欢"美丽新世界"，生命的意义在于活生生的血肉，而不是虚拟的电子信号，所以我对"美丽新世界"持反对态度。

当沈万三告诉我，无双在"美丽新世界"，我吃惊不小。我以为玩"灵魂伴侣"的人都不会喜欢"美丽新世界"。

随即沈万三又告诉我，他们联系到了无双，但她只同意在"美丽新世界"和我见一面。

这样也好，面对面总需要更多的勇气，一个虚拟的空间，可以提供一层保护。

我进入"美丽新世界"里，很快找到了她。她将自己笼罩在一层朦胧中，只有一个缥缈的影子。

"我回到 2018，遇见了那时的你。"我开门见山地说。

"那么你是来说再见的吗？"无双问。

"我想见你，和你在一起。"我说。

"我已经老了。能找到你，我很开心。我女儿催了我很多次，要我进新世界，我一直想等到你出现。现在我已经等到你了，该放下的都已经放下，我也该去和我的女儿在一起。"

"你有女儿？"

"是啊，和你的年纪差不多，十年前就成了新世界居民。"

"你已经捐出财产了？"

"正在办手续，应该也很快。"

"不要去新世界。"

"为什么？"

"我们的世界才是真正的世界，那只是一个幻觉。"

"生活在幻觉中，只要不被戳破，不也很好吗？你也就是我的幻觉啊！"无双轻笑。

我是一个幻觉吗？

"给我三天时间，让我想想。"

"你要想什么？"

"我在想怎么才能和你在一起。"

"不用想了，我们曾经在一起过，但现在不可能。我们要走各自的人生。"

"给我三天时间。"我近乎恳求地向无双说。

无双良久不语。最后她幽幽地开口了："当年你也这么说。"

"原本打算明天就到那边去报到，现在我就再等你三天吧。我不知道这有什么意义，但如果这是你的心愿，我可以帮你了了。"说完她退出了谈话。

一幅画飘飘扬扬，从天而降。画上一位古装的美人，斜倚在树下的石桌上，手中握着轻罗小扇，神态安详。画上题着字——流光容易把人抛，红了樱桃，绿了芭蕉。

时光流逝，人生易老。

我摘下接入头盔。

时间的堡垒仿佛伫立在我眼前，我就像故事中的堂吉诃德，正冲向幻想中的风车魔鬼。

我要向时间堡垒再发起一次冲击。

时间堡垒

我无意中制造了一个时间堡垒。时间线的扰动会让所有的时间线折叠反复，乱作一团，以 2018 年为中心，越接近 2018，回到过去所需要的能量越大。我想要再次回到 2018，所需的能量是如此巨大，甚至把未来五十亿年太阳燃烧的能量集中在一秒之内爆发也做不到。

宇宙就用这种巧妙的方式坚守着因果定律。打破堡垒的努力是徒劳的。

然而我可以回到堡垒不能覆盖的时间，比如 2030 年。

2018 年，王仙客回到过去，和王十二合二为一，给了无双一个承诺，这个承诺直到今天也没有被兑现。

那么 2030 年呢？是否那个时候，我可以做出一点儿补偿？

我还有另外的打算，和沈万三有关。

"你为什么要骗我？"我质问他。

"这是从商业上考虑，我也不知道有这么严重的后果，我只是让小李把数据做得好看一点儿，不要影响时光机项目的预期，谁知道这个数据修改会有这么大影响。"

沈万三口中的小李是我的助手，名牌大学毕业的博士生。

事已至此，多说也无益，我只想按照自己的想法再来一次。

"这件事就算了，你要再帮我进行一次时间旅行，然后我会签一个协议，我名下所有的权益，都归你。"

"仙客你这是什么意思，你看不起我啊！我们合作，是为朋友，不是为钱！"沈万三愤然。

他的确是我的朋友，也是我的死党。虽然有时候不太靠谱，但是我并不怀疑他的用心。他只是有些虚荣，希望自己能造出一个划时代的机器来。

然而，事实就是时光机没有什么实用的价值，它的确是安全的，付出的代价却惊人——无论从社会的角度还是个人的角度来衡量。

从社会的角度来说，它需要的能量惊人，而且一旦造成时空过度扭曲，就会将梦游人抽离，保证时空的安全。所以梦游人真的只是做一个梦而已，对过去的世界，不能予以任何改变。

至于个人，代价就是：梦游人会飞快地变老。

小李修改了数据，导致我做出了错误的推论。回到过去度过的时间和旅行者的身体时间并不是一比一的兑换，而是和能量水平相关。要回到过去，使用的能量越大，人就老得越快。

一次三天的旅行，让我的身体老化了一年。

这才是沈万三反对我使用时光机的原因，他或多或少知道一点儿，这机器会让人变老，所以应该少用，最好别用。

但是我正想变老，无双已经老了，不愿意见我，如果我是一个老头，她应该会同意见面吧。

我也想再回到过去，去见无双一次。

是我辜负了她。如果没有那一次注定的偶遇，她应该没有这断不了的牵挂，一直等到今天。

然而事情已经发生了，命运像是一个已经泄露的剧本，没有任何悬念。唯一的问题就是，我是否该按照剧本度过这场人生。

"沈万三，只有你能帮我了。"我非常诚恳地跟他说。

"你这是何苦呢？"听完我的整个计划，他的脸上困惑不解。

我沉默了半天，想起了一句诗来，我念出来给沈万三听，算作回答："早知道浮生如梦，恨不能一夜白头。"

"除非我死了，否则不要停掉时光机！"我叮嘱他。

浮生如梦

我回到了 2030 年。

其实我想回到更早一点儿的时间，然而时光机也只能帮我到这里了。为了这次时间旅行，时光机吸干了华北电网十分之一的电力。

我在时间堡垒陡峭的屏障前停下来。

王十二坐在窗前，正在整理上周拍摄的照片。电子相册很方便，人工智能可以轻易识别各种照片类型，挑选出最适合的主题，然而王十二还是喜欢用照片墙的方式来挑选照片。这样的做法富有仪式感，能带来额外的满足。

我的脑波穿越时空，和他谐振。王十二停下了手中的动作，抬头望着窗外，若有所思。

……

我想起了无双，那个十二年前就刻在脑海深处的美丽身影。

我把照片丢在桌上，从壁橱里取出梯子，匆匆爬上去，打开书柜，从最上层取出一本厚厚的《辞海》。翻开硬皮封面，一张相片映入眼帘。

相片上留着她的手迹："陌上人独立，公子世无双。"

那一天的种种情形浮上心头，历历在目，犹如昨日。

第二天王十二就回了北京，然而却再也没有去找过无双。见到呦呦，分手的话无论如何也说不出口，反而顺其自然，不到三个月就结婚了。无双打过电话，发过微信，王十二只是沉默，仿佛就此蒸发，失去了踪迹。再后来，无双的电话和微信也沉寂下来。

一切秘密都被埋葬在时间里。

我的父亲深爱我的母亲，而爱着无双的人，是我。因为我以梦游人的方式和我的父亲融为一体，才会有那刻骨铭心的一天一夜。

当我的人格离开了父亲的躯体，他也就失去了摆脱一切束缚去追求爱情的鲁莽。他被捆在责任之中，这是他的优点。他不想伤害任何人，尤其是我的母亲。

然而在这样一场游戏中，总有人受伤。

无双就是那个受伤的人。

我的手指在相片上轻抚，我的手微微发抖。

婴儿的哭声从隔壁传来，我慌忙放下相片，到了隔壁。

摇篮里，婴儿正号啕大哭。他醒了，饿了。

我把奶瓶塞给他。

婴儿停止哭泣，开始吸吮奶瓶。

这正是刚出生三个月的我。

我看着他，他也看着我，隔着三十八年的时空，我们彼此对望。

这个时候，他已经有了名字，他叫王仙客。

君生我未生，我生君已老。这个时候，无双差不多该有三十八岁吧。

我掏出手机，找到了那个沉默已久的名字，打上一句话："你还好吗？"

按下发送之后我把手机搁在桌上，强迫自己不去看它，对着窗外，做了一个深呼吸。

手机发出轻微的震动。

我拿起手机，一条消息跳出来："我很好，你呢？"

是无双！

时隔十二年，我们终于又开始对话。

就像十二年前一样，我们很快就聊得如漆似胶，仿佛片刻不能分离，然而沧海桑田，物是人非，我们都青春不再，不复当年。

无双嫁给了一个富豪，育有一儿一女，美满幸福。

我则早已和呦呦结婚，今年刚有了儿子。

我们不再是充满热情和希望的年龄，然而当压抑了十二年的火焰被重新点燃，爆发出来的能量仍旧惊人。我像个坠入爱河的大学生一样，沉浸在网络交流中不能自拔。

文字、语音、视频、VR通话，我们用各种方式交流。

终于，两个星期后，在一次视频通话中，我对她说："我去成都找你吧。"

无双沉默片刻，抬起头问："你来干什么呢？"

"我就想看看你。"

"这样不就已经见面了吗？"

"有些事，要见面才能了结。"

"什么事？"

我挥了挥手中的相片："我要把这个亲自交给你。"

无双看了看那相片，又陷入了沉默，半晌后，说："还是你留着吧，这是你拍的照片。"

结束通话后我呆坐良久。去见无双，这念头如此强烈，令我无法抗拒。

我立即开始寻找合适的航班。

五个小时后，我已经出现在成都的机场里。

我给无双打电话，告诉她这个消息，她果然没有拒绝见我。

我终于见到了她，她站在别墅的花园门口迎接我。

白衣胜雪，美人如玉。时间并没有将她美好的生命力带走，反而随着岁月的积淀，散发出更成熟的味道。

就像当初第一眼看见她，我立即沉醉其中。

然而昨日之我并非今日之我，少了激情，多了沉静。我和她在茶室里品茗聊天，她的茶室装修淡雅，一如其人。在主人座椅的背后，挂着一幅巨大的水彩画。我见过这画，三十八年后，她在"美丽新世界"里留给我的，正是这幅画。

画上题着字：流光容易把人抛，红了樱桃，绿了芭蕉。

眼前坐着的人，仿佛就是画中的人，从汉唐的时代，穿越到了现代，从容不迫地为我斟茶倒水。

"你好美，就和当年看见你一样！"我说。

无双微微一笑："这身衣服，也快十二年没穿过了。"

我心头一动。

突然茶室的门被推开，一个穿着红色小袄的小女孩走了进来。她看上去只有四五岁，正是上幼儿园的年纪。

"妈妈，我饿了。"女孩说。

"餐厅桌上有蛋羹和肉肠，宝贝吃完了自己看书好不好？"

"嗯。"女孩点了点头，出去了，顺手还带上了门。

真是一个乖巧懂事的好孩子。

我和无双对坐无言。

"我们都有自己的家。"无双说，她垂着眼，并不看我。

我忽然感到心情格外沉重。没有我，无双是幸福的，王十二和张呦呦也是幸福的。我根本不该在这里出现。

　　命运再次向我招手，它无边无际，满是黑暗。

　　那么我该拒绝它吗？只要我此刻站起来，回北京去，那么一切都会结束。我不会在三十八年后再见到无双，也不会在十二年前遇到她。

　　我似乎站在了命运的岔路口，只要一个不同的决定，所有相关者的命运会就此改变。

　　我来了，我能够放弃吗？

　　我仿佛看见无双身着白衣，打着青绸小伞，在油菜花田间款款而行。

　　命运在向我招手，而我无力抗拒。

　　我对所有人感到抱歉，然而上天注定的，那就让我把这道路走完。

　　我将相片递了过去。

　　这辈子不能相守，那就下辈子吧。

　　"2068 年，有个叫王仙客的人，会出现在一个叫作'灵魂伴侣'的 App 里，他用的名字叫'寻找无双'，他是我的儿子。我都写在这相片背后了。"

　　无双抬头惊讶地看着我。

　　"我来是和你告别的，这辈子不能相守，只能下辈子了。"说完我站起身来，准备离开。

　　这突如其来的荒诞说辞让无双无比错愕，她站起身，想要拉住我，却被我伸手一把抓住。

　　她的手仍旧细腻柔滑。

　　"这是一个约定，"我认真地看着她，让她明白我并不是开玩笑，"我会在那里等你，那时候，你和我都是自由的。"说完我吻了她。

　　无双呆呆地站着，没有迎合，也没有躲避，甚至我走的时候，她连再见也没有说。

　　无双会来吗？她会的，在这时间扭结的封闭世界里，她是我的原因，也是我的结果。我能感觉到她的目光留在我的背上。

　　回到北京，飞机刚落地，呦呦的电话就打进来了。

　　"我去接你。"呦呦的语气有些异样。我明白，她一定是知道了什么。

　　"你别来了，我打车回家，很快的。"

　　"我去接你。"她的语气不可抗拒，这种时候，她的内心往往早已经做好了打算。

　　在车上，呦呦并没有说话，而只是一路沉默。

　　高速上车并不算多，灯光给漆黑的路面染上一层黯淡的金黄，一切就像是沉浸在梦境中。

我多希望这真的是个梦。

"有多久了？"呦呦突然开口。

"事情不是你想的那样……"我想解释。

"有多久了？！"呦呦吼了起来。

"那是十二年前的事，我只是去做个了断。"

"你骗我！"她恨恨地说，

呦呦的肩膀急剧地颤动，不住抽泣，握着方向盘的手都在发抖。

"不是这样，十二年我根本没有和她来往过……"我宽慰着呦呦，希望她能平静下来。

呦呦将车开到路肩上停下。

冥冥之中，仿佛有第六感在提醒我危险正在逼近。

呦呦并没有打开双跳灯！

她把车停在了拐弯处！

"快开车！"我催促她。

然而迟了，一个黑影从后方冲了上来——那是一辆重型卡车。

我一把抱住呦呦，将她护住，虽然这个动作毫无作用，却是我最本能的反应。

剧烈的震荡一瞬间夺走了我的意识。

一夜白头

我在时光机里悠悠地醒过来，泪流满面。

我对父母的记忆，仅限于照片和录像。我一直以为，他们死于车祸是一个意外。然而，在踏入鬼门关的一刹那，我明白正是因为我，他们才失去了生命。

血凝结成痂，堵住了我的心口。

上天为何如此不公，要将这样的命运赐给我。

或许，这是因为时间的秘密太过宝贵，打破秘密的人活该接受这样的惩罚？

我在时光机的舱室了躺了足足有半个小时，沈万三来劝了我三次。

最后，我还是从时光舱里出来了。

沈万三说，我在时光舱里足足停留了六个小时。

我在2030年停留了十五天。我的生命消耗了四十年。

我照着镜子，镜子里是一个白发苍苍的老人，脸上的皮肤松松垮垮，连嘴唇都已经皱缩起来，向内卷起。沈万三的眼里流露出惧怕和厌恶。是啊，眼看着一个人从精力旺盛的中年突然间变得如此苍老，谁又能不心生恐惧呢？

"把合同拿来吧。"我对沈万三说。

沈万三摇头。

"快点吧，我快不行了。"我的声音很虚弱。

油尽灯枯，我已经感觉到了死神的召唤。

"这不是一个好项目。"沈万三说。我明白他的意思，他从来没有想过，时光机居然能让人发生这么大的变化。

"那么你就把它锁起来。"我惨淡地笑了笑，"我把所有的权利都转让给你，你想怎么办，就怎么办。"

"仙客，我不是那种人。"

"我知道你是个好人，但是我不想欠你什么，所以把时光机都交给你，也算是对你花的钱有个交代。你就不要避嫌了。"

沈万三拿来了合同，我痛快地在上面签了字。将死之人，留着身外之物没用。

"我还有最后一件事想要请你帮忙。"把合同递给沈万三之后，我说。

"你说。"

"请你帮我把无双请来，我想再见她最后一面。"

"我试过很多次了，她说过两天就要去转入'美丽新世界'，相见不如怀念，还是不要见了。"

"你有没有告诉她，我快死了？"

"这种胡话，我怎么会说呢？"

"你就告诉她，我快死了，上辈子欠她的，这辈子还给她。她来不来，都由她。"我有气无力地说完这几句，就躺在沙发里，闭上眼睛，再也不想说话。

我和她，命运交织。过去无可改变，未来却仍旧未知。

她会不会来？我想在生命的最后时刻，给自己一个悬念。

悬　念

"无双，无双！"王仙客嘶哑的嗓音令人无法辨认清楚。

薛无双早已哭得像个泪人一般。

两只枯瘦的手拉扯着，紧紧相握。

王仙客喃喃地说："我终于找到你了。"

"嗯！"薛无双不住点头。

"那天你说，年轻人不会喜欢老女人，可能你说的是对的。但现在我们一样老了，我可以喜欢你了。"

王仙客抬头，挣扎着将另一只手抬起，哆哆嗦嗦地向无双的脸上凑过去。他触到了那橘皮般粗糙的肌肤，角质坚硬得有些扎人。他明白自己的手也是如此。

"别人都爱慕你年轻时的模样，我更爱你现在备受摧残的容颜。"王仙客笑着，眼泪却滚出眼眶，"好像哪个书上是这么写的，过去我不明白，但现在我懂了。"

"早知道浮生如梦，恨不能一夜白头。"

王仙客的声音低了下去，渐渐地几不可闻。

薛无双泣不成声，最后趴在了床边，号啕大哭。

……

新的墓碑上没有姓名，只刻着一句诗：流光轻易把人抛，红了樱桃，绿了芭蕉。

时间从不停留，更不流连，只是在茫茫天地间，人总可以紧紧地抓住些什么。

白衣老妇打着青绸小伞，在墓碑前默默地放下一束花。

"美丽新世界"里，一个美妇收到了消息："女儿，我不来了，我还是觉得我属于这个世界，我想安葬在这里。"

画面变成一片空白。

沈万三站起身来，他已经上百次进入"美丽新世界"观察老朋友的虚拟世界，每一次，故事都会在这里结束。他叹了口气，飞快地拨动眼前的屏幕，又将一笔钱拨入王仙客的虚拟账户，让这位老朋友可以再次获得重生一百次的机会。

他总觉得是自己害死了王仙客，如果不是因为自己一点点小小的虚荣，王仙客不会死，他不会失去这个朋友。

他知道王仙客不喜欢"美丽新世界"，但仍旧抱着小小的期望将他的意识复制进了这个虚拟世界中。虚拟的世界里，人们可以度过无数的人生。他只希望，或许有那么一个机会，王仙客和薛无双的故事，有一个令人欢喜的结局。

陌上人如玉，公子世无双。

在千岛湖寻找浪漫

江　波

《寻找无双》这篇小说，是一次综合。它汇聚了各种元素，其中也包括我的家乡——千岛湖。

千岛湖是个美丽的地方，浓缩着新中国的历史，因为它是一个大型水库，是新中国第一座十万千瓦的水力发电站。这是一个历史性成就，当年周总理亲临现场视察，正是因为它对于新中国的巨大意义。

这非凡成就的背后，是巨大的代价。

千岛湖就是新安江水库，水库下，埋藏着悠久的历史。我长大的小镇，原来叫作排岭镇。排岭的意思很直接，就是一排排的山岭，在水库形成之前，这里是个土匪山贼才会到的地方，荒凉不堪。水库迫使人们搬迁到原先的山岭上，并且把原先的淳安和遂安两县合并，才有了今天的淳安县。

早先淳安和遂安都是沿着新安江水库而建的县城。新安江从安徽黄山地区起源，流入浙江境内，蜿蜒而至杭州，不同的河段，被称为新安江、富春江、钱塘江，大概是浙江省境内最重要的河流。浙江境内只有北部才有少量平原，其他地方多数都是山区。因为如此，河流的河谷地带，就是弥足珍贵的土地，人们的生产和经济活动，往往都沿河分布。遂安和淳安都正是如此。山谷也是从前浙江和安徽之间交通的要道，因此，从前的淳安和遂安，并不是特别穷困的地方。只是在水库形成之后，反倒成了一块交通不便，相对隔绝的穷困之地。水库给淳安带去了绝佳的风景和旅游资源，也让淳安陷入长期的交通不便，长期阻碍经济发展。更是造成了大量移民，父老背井离乡，说不完的惆怅和感叹都化在滔滔碧波之中。

关于淳安，大概最闻名的历史故事，就是海瑞和严嵩之子斗法。海瑞在淳安民间一直流传着各种传说，在今天的龙山岛上，仍旧有海瑞祠矗立。而遂安，最著名的大概是它曾经的县城——狮城。我的爷爷奶奶就曾经在狮城谋生，算是这座县城里的居民。我小时候，也时常会听到奶奶念叨一些狮城里的事，但人小，也记不住什么；等长大了真想要了解的时候，奶奶也不在了。狮城沉在水下，保存完好，成了一个水下考古的热点。我的高中老师方必盛放弃教职成为公务员后，曾经担任姜家镇的镇长，他在这里主导过一项文化工程，就是把整个水下的狮城复原出来，成为一个旅游景点。复原的文渊狮城我去看过，漫步在其中的街道上，总像是冥冥之中在和历史进行一场对话，甚至可能找到我奶奶曾经的居所，但我从来没有去找过，或许，我知道她曾经在那儿住过，这就够了。

现在的千岛湖镇已经是个热闹非凡的所在，然而当年在我小时候，她冷清得只有两条十字交叉的主要街道。十字路口就是小镇的中心，从东到西，从南到北，大约都只需要步行半个小时。这半个小时范围内的一切都还在，却又变得很陌生，和当初很不一样。大概我已经习惯了外边的世界，习惯了更加广阔的天地，留存在心中的印象也逐渐扭曲变形，以至于和现实无法再进行——对应。

因为如此，每个人心头都有一个独一无二的故乡，她是人的精神世界的一部分，有别于其他任何人。

我一直想写一个关于故乡的小说，但一直没能写出来。其中的难处在于，那个独一无二的所在，只能激发起自己的最大共鸣，却很难在他人的心中发生回响。一个讲故乡的小说，大约需要一些特殊的机缘勾出动人的故事。许多优秀的作家找到了独属于他们的故事，但我却没有能找到。所以只能暂且将这份牵挂放在心底，有待时日。

然而纵然不能讲一个独特的故乡故事，至少可以讲一个肤浅的故乡故事。在故事里，那儿可以是背景，是场所，也许无法把故乡渗透在故事的肌理中，但至少可以向读者展露她独有的面貌。

这便是我把《寻找无双》的故事放在千岛湖的原因。

不同的场景对应不同质感的爱情，一望无际的大草原，给人的感觉是粗犷的，高耸的山崖是惊险的，大海是深厚的，田野是齐整的，湖和岛，是温润的。所有这一切，都可以是浪漫的。这是文学赋予这个世界的气质，或许并不真实，却足够让人浮想联翩。当我开始写出这个爱情故事，我自然而然地意识到，千岛湖的气质恰如其分。所以我开始描述男女主人公留下足迹的地方，蜻蜓点水般囊括了千岛湖所有著名的景点，这些地方发生的事在小说中只是一闪而过，我却借此对故乡进行了一次全景式的回顾。让千岛湖浮现在这个并不特属于千岛湖的故事中，这是我的一点儿私心，也是我对故乡的一份怀念。

我想，那独属于千岛湖的乡土，终究会有独属于她的故事，就像《白鹿原》描述出关中人民的面貌一般，映射出我的祖辈父辈的群体记忆，赋予千岛湖独特的精神气质。《寻找无双》显然并不能承担这样的重任，在感到惭愧的同时，也请父老乡亲原谅，深入骨髓的描述需要凝结在血泪中的才华，我还不具备。所以只能以这个浮光掠影般的故事，把千岛湖的表面呈现在读者面前。至少，那是一个清新秀丽的地方，可以容下温润如玉的浪漫。

希望这篇小说没有辜负这一份对千岛湖的期待。

江波，中国科幻"更新代"代表作家之一，华人科幻协会副主席，中国科普作协理事。2003 年发表首作，迄今累计发表中短篇科幻小说六十余篇，长篇小说八部，累计三百四十余万字。代表作品《银河之心》三部曲、《机器之门》、《命悬一线》。其作品多次荣获华语科幻星云奖、银河奖。

浙

江

海盐古事考

宝

树

1

1993年秋，我刚上初中一年级，父母从川西大山里的三线工厂调到浙江工作，也把一口"川普"的我从蜀山深处带到了杭州湾畔，一个叫作海盐的小县城。

从深山里走出来，第一次来到海滨，我还是很激动的。虽然这里海水的颜色近乎土黄，所谓海滩也只是脏兮兮的淤泥，和电视里的碧海金沙相差甚远，但大海的波澜壮阔，仍然震撼了我。直到今天，我还能记起第一次跟父母来到海边，看到无边无际的水光在脚下展开的情景。

在海边往西南望去，就可以看到海角上矗立着一座山——当地人叫秦山。以四川人的标准来看，秦山实在只能算是一个小山丘，坡度平缓，像是趴在海边的一只大乌龟，感觉还不如山下那座新建的核电站来得醒目。

不过我很快得知了关于它的故事。第二年春天，我和一个大名步飞宇，外号"飞鱼"的本地同学熟络起来。他是个精瘦的小个子，经常被同学欺负，但很爱看书，也知道一些稀奇古怪的知识，经常问我在四川山里有没有看到熊猫，蜀山上有没有剑仙之类的奇怪问题，一来二去就成了朋友。到了夏天，我们就相约一起去游泳。飞鱼和他的外号相称，是个"浪里白条"，我本来不敢在海里游泳，也被他带着学会了。

那天游完泳之后，我们买了一瓶汽水分着喝，他指着秦山问我："你知道那座山为什么叫秦山吗？"

我茫然摇头。飞鱼带着几分骄傲告诉我："因为当年秦始皇来过海盐，还爬上过这座山呢。"

我听了嗤之以鼻，那一阵正好电视里在放关于秦始皇的一部电视剧，所以我对这个死了几千年的皇帝还是有点儿了解的，我说："秦始皇住在陕西那边，离这里千山万水。坐火车都要两天两夜，秦始皇怎么可能跑到这个地方来？"

飞鱼说："真的来过！要不然为啥叫秦山？"

我说："也许是秦……秦桧来过呢！"

飞鱼听了很生气，闹得不欢而散。当然，没几天我们就和好了。不过我还是觉得，秦始皇来过这里，这种说法实在是太过荒唐。或许因为我是从外地来的，才不会像本地孩子一样轻信这种胡编乱造的本地传说。

但飞鱼耐心地拿了一堆书来给我看，《史记译注》《秦始皇大传》之类的，让我发现无知的却是自己。

秦山本名叫秦驻山，《史记》中记载，始皇帝嬴政扫灭六国，一统天下后，多次巡游全国。在秦始皇三十七年，也就是公元前 210 年，他一生中第五次也是最后一次巡游，便到了后世的江南："过丹阳，至钱唐，临浙江"，来到会稽山祭祀大禹，再来到杭州湾以北的吴地，最后渡长江北去，以这些记载来说，基本可以肯定是经过当时海盐县境内的。

当然，司马迁没有提到，秦始皇是否登上过此间一座小山。但另外一些史书中有记载，还有一些真伪难辨的记录，比如晋代乐资的《九州志》说，始皇来到此间，有一个心爱的美人死在这里，就埋在了秦驻山下，还立有庙宇祭奠。另一个广为流传的说法是，始皇望见海外有仙岛浮现，打算造桥通过去，但桥未造成，便毁于海水中，只留下一些坍塌后的石墩，而它们基本也都被淹没在海下。只有潜水的人偶尔能看到。还有一种说法，说秦始皇登上秦驻山，是为了设坛做法，镇住这里的"天子气"。

不论何种说法，稽考古史，秦始皇在经过两浙之地后仅半年，就死在巡游路上，再也没有回过咸阳。此后胡亥矫诏，指鹿为马，群雄并起，秦朝灭亡，楚汉争雄……短短七八年里天翻地覆，始皇东巡的往事也很快被埋没在历史的废墟中。如果那一年嬴政本人不曾登上过这座山头，即便后世文人附庸风雅，也不至于凭空想到这座不起眼的小山。也许只有秦始皇确实来过，浩荡雄壮的车队驰过杭嘉湖平原，停在这座平平无奇的孤山下，皇帝率领着衣着鲜丽华贵的群臣登上山顶，给边鄙海民以深刻的印象，才会一代代津津乐道，把"秦"字赋予这座距离三秦之地几千里远的滨海小山。

但我的怀疑也有道理。除了秦始皇，古往今来的皇帝们好像没有谁到过这个地方。清朝的乾隆到过邻县海宁，留下了乾隆是海宁陈家之子的千古疑案。那毕竟也是过了将近两千年，物质条件改善了很多，江南也已经是中华大地头等的富庶之乡，乾隆下江南享乐一番，可以理解。但在公元前数百年的上古时代，中国第一个皇帝从遥远的西北来到这块仍属蛮荒的东南海岸，又是为了什么？

渐渐地，秦始皇来过海盐的事迹开始令我着迷。我想象着两千多年前，带着关中烟尘的大队车马沿着钱塘江畔奔驰。头戴冕旒，身穿黑红色御服的大胡子皇帝，在李斯、赵高等人的扈从下，登上这座滨海小山，眺望沧海。是什么让他有兴致登上这座山呢？他在山头又看到了什么？在公元前几百年的东海海面上，会不会有仙山浮现，又或者是巨鲸巡游？初中时代，我和飞鱼等同学也几次登上过这座小山，或许就站在秦始皇曾经站在的地方，远望波涛翻滚的海洋深处，但在那里除了天边的一抹碧蓝，一无所有。

2

高一那年，市里搞了一个"我爱家乡"的征文比赛，要写本地风物，班主任沙老师认为我作文不错，指派我参加。但写什么呢？我本想写写绮园、南北湖等风景名胜，但写了几段，却总觉还是那些老套的写景抒情，没什么意思，扯掉稿纸要重写，但绞尽脑汁也想不出新意。

飞鱼知道我的烦恼，给我出主意："咱们不是经常聊秦始皇和秦山的那些事吗？写一写不就行了。"

"可确凿的记载也就几句话，怎么写？"

飞鱼挠头说："这样，我帮你找点儿资料！"

第二天，他拿给我一套破破烂烂的线装书，用一个木头的函盒装着。我打开一看，原来是一本清朝编的县志，好奇地问他从哪里弄来的。飞鱼说："我爸留给我的，你可得小心点儿，千万别弄坏了，看完了赶紧还给我！"

我道了谢，开始啃那些佶屈聱牙的古文。坦白说，县志虽然很厚，但主要是些明清的记载，关于秦汉时期直接可以参考的史料不多，不过硬着头皮胡乱翻阅，倒也打开了我的思路：

秦始皇是否登上过秦山，以及为什么登上秦山的问题，虽然史书上只有一两句话的含糊说法，却也不是没有一些间接的线索可循。

海盐一县本身就是秦朝时设立的，两千多年来都未曾改名。顾名思义，这里是当年制盐的海滨盐田所在。初设县时范围很广，包括现在的海宁、平湖，以及上海的一部分。但后来南北陆续分离出去，只剩下中间一段。所以海盐在秦朝时，地位比现在要高得多。

在古代，盐是重要的战略资源，由国家垄断，并专门设立盐官管理。秦法严峻，海盐县的制盐业应该一直在秦朝中央的严密控制下。到汉代依然如此，司马迁在《史记·货殖列传》中说吴地"东有海盐之饶"，有些学者说，就是特指海盐县而言，如此说来，秦始皇前来这里视察，就很合理了。

但这个说法还没有解释为什么秦始皇要登秦山。不过，还有一个至关重要的因素：

走在海盐的海边，能够看到的除了秦山，还有一条在海边蜿蜒伸展的石头长城：海塘。这是明朝修建的一道石墙，呈陡峭的阶梯状，高约五米，用来挡住海潮的侵袭。它从上海境内一直蜿蜒到杭州湾深处，如一条长龙卧在海陆之间，颇为壮观。不过年深日久，海潮冲刷，海塘的石块上遍布青苔和贝壳，还有黑乎乎的海虱子趴在上面。人们站在海塘上时，很容易忘记它是数百年前的人造工程，仿佛这只是一种自然地貌。

但这确乎是一项伟大的工程。自古以来，钱塘潮便闻名天下。杭州湾呈喇叭状，越往里越窄小，沉积的泥沙也越多，从东海涌来的浪潮进入这里，从两边被挤压，然后又从下面被抬高，愈涨愈高，最高落差能达到十米左右，高到宛如海啸。古人将它想象成千军万马的冲锋，还编出伍子胥变成海神，带着海中神兵复仇的传说来。昔年海宁大儒王国维有一首词：

> 杜鹃千里啼春晚，故国春心折。海门空阔月皑皑，依旧素车白马夜潮来。
>
> 山川城郭都非故，恩怨须臾误。人间孤愤最难平，消得几回潮落又潮生。

词作将潮水奔腾怒卷的力量，比喻成人间难以磨灭的爱恨情仇，放在万千年来沧海桑田的背景下慨叹，笔触极为动人。

钱江潮宏大壮丽，是闻名天下的景观，但也给浙江沿海带来无数的灾患。因此，明朝人不惜耗费巨万，在海边修葺数百里长的鱼鳞状石塘，功在千秋。但实际上，杭州湾的海潮古已有之，防潮的努力也远早于明代。五代时，吴越王钱镠将一些小石块装在竹笼里，码在海边，堆成堤坝，在上面用大石头加固。宋元时又有更复杂的海塘兴建，比如修成两道堤坝，中间挖出河道，如果海水冲破第一道堤坝，还可以从河道中排走。明朝的海塘，其实是依托这些更古老的堤坝系统修建而成的。

但五代就是最早的防海工程吗？未必，在汉朝已经有一些简略的记载。推到更早的时代，比如在秦朝时，作为新确立的重要盐产地，海盐县就没有这个问题了吗？显然不可能。盐田必须设置在海边，大潮冲来岂不尽毁？对于防御海潮肆虐的需要只能比后世更加强烈。

因此我有了一个猜想，秦始皇来到杭州湾，并登上秦山，就是为了考察海岸的地势，以兴建大型的堤坝工程，保护帝国最重要的盐产地之一。或者，工程其实早已开始，秦始皇是专程来考察其进度。

如此说来，海里的那些经常被认为是秦始皇建桥留下的石墩，也许本来是秦朝兴建的堤坝的残留部分。始皇帝嬴政，无论如何沉溺于神仙之说，至少是一个有正常思维能力的人，总不可能真的下令造一座宏大的跨海桥梁连到天边的海岛吧？

所以我推测，秦始皇真正要做的，是建立类似明朝石塘一样的大型石堤，以保护海边重要的盐田和沿海城镇的安全。从这个角度讲，秦始皇的观念极为超前。不过这个工程的浩大也是早已透支民力的秦朝难以承担的。工程刚刚开头，秦朝就像一座堆得太高的积木塔般轰然坍塌。

然而彼时彼刻，在秦山顶上眺望海岸线的始皇帝，或许仍然看到了一项伟大的工程在脚下展开。但他看到的不是十年之后，而是两千年后的中华大地。那时，浙北地区已经成了中国最富庶的鱼米之乡和人文重镇，河渠纵横，市集繁华，城郭相望，弦歌相闻，一座海上长城般的磐石大堤将这个欣欣向荣的世界和波涛汹涌的大海彻底隔开。

3

根据这些猜想，我写了一篇三千来字的文章《秦山的秘密》，最后一天交了稿子。沙老师看了连连皱眉，估计他万万想不到，这是一篇和文学没什么关系的历史玄想。不过也没时间再修改了，只好就这么交给了上头。但或许是审稿的评委看腻了空洞无物的写景抒情，或许是那时候《文化苦旅》调调的历史散文正流行，这篇有点儿煞有介事的考据和假想的文章居然得了二等奖，被刊登在本地报纸上。我也着实在学校里风光了一番。

我自然第一个把这份喜悦和好朋友飞鱼分享，说要请他喝汽水吃薯条，答谢他借我那本县志。飞鱼却说："好啊，不过我想到海边去实地考察一下你说的秦朝海堤，怎么样？"

"这……哪里还能找到？"

"至少可以想象一下吧？"

于是我们来到海堤上，我之前为了写文章来过好几次，此时兴致高涨，对着周围指指点点，跟他吹嘘我的观点。飞鱼却话很少，渐渐有些沉默不语，搞得我也有点儿不愉快。"你怎么了？"我说，"有什么不开心的事吗？"我想，总不会是因为我拿了奖，这小子有些妒忌吧？

飞鱼摇了摇头，吞吞吐吐地说："你那篇文章我仔细看过，所以才想来印证一下。但我觉得……觉得……"

"什么？"

"你的说法，也许有点儿问题。"

"……什么问题？"我有些错愕。

"你的假设是，秦始皇为了保护盐田，在秦山脚下修有一道石堤，对吧？"

"对，不过没有修好，只留下了一些基石。"

"但这不对啊，如果要在盐田和海水间修石堤，海水无法引入堤内，盐田不就荒废了吗？如果修在盐田内侧，那也压根起不到保护盐田的作用啊？"

月
|
185

我呆住了。这个简单的漏洞，我竟然没有想到。归根结底，还是对盐田的原理不够了解。阅卷老师看来也没想到。想不到飞鱼如此犀利，一句话就点出了问题。

"这个，堤坝上可以开一道口子啊，把潮水引进来，或者设置好几道堤坝……"我结结巴巴地说着，但越说越乱。

"都不太可行，再说这些需要多大的工程量呢？"飞鱼越发不客气地说，"这么做值得吗？就算盐田经常被冲毁，需要重新挖一遍，也比造一道复杂的多重石堤省力多了。"

"就算不是为了保护盐田，"我努力维护着我的假说，"但也可能是为了保护县城吧？明朝不就这么干了吗。"

"明朝的人口起码是秦朝的十倍，江南人口更是稠密。这是造堤的人力基础。再说，明朝也是在之前几百年的土堤的基础上再修建石塘的，不是从无到有。而且，海盐在秦朝的时候不过是离中原很远的蛮荒边境，就算是用海水制盐，北面的山东、江苏沿海也不差，距离秦朝的核心地区也更近，何必舍近求远呢？我们这里能有多大的重要性？"

我无言以对，只好一摊手："那你说，秦始皇是为了什么来这里的？"

"我也不知道，"飞鱼说，"这不是你文章要回答的问题吗？"

我默然无语，兜了一圈又回到原点，虽然作为一个高中生也无须用历史论文的标准要求自己，但自鸣得意的点子被否定，总不免感到沮丧。

飞鱼却神秘地笑了："虽然我想不到原因，但我前一阵有个小小的发现，也许能帮到你。"

"什么？"

"跟我来。"

我们从海塘上下到海滩，此时正值退潮，滩涂向前延伸到视野的尽头，许多小螃蟹和跳跳鱼等在一个个退潮后的水坑里挣扎。飞鱼不理会我的一连串问题，带我往前走去。一直走到接近海水的地方，那里有一块稍微高一点儿的地面，上面只有一些形状不规则的石头和泥团，没有任何看头。

但飞鱼指着那些泥块说："你看，这些是什么？"

我端详了好久，才发现原来这些是沾满了淤泥的木头，深深插入泥滩底下："这难道是……树桩？"

"对，是树桩，"飞鱼说，"你觉得它意味着什么？"

"不就意味着这里曾经有几棵树……"我说了半句话，忽然明白了一点，"你是说，这里以前是……陆地？"

"现在每天只有在退潮的时候，这块海滩才会露出来几个小时，平常都被好几米深的水覆盖着，树木根本不可能生长。这些树一定是在很久以前，这里还是高于海水的陆地时生长在这里的，后来树木被砍伐，但根还在。这种地方还有一些，你多观察观察就可以发现了。"

"这就是所谓沧海桑田吧？"

"对，这只是一个佐证，"飞鱼指着周围说，"我上次借给你的县志上说，海盐建城后，秦汉时期好几次出现所谓城陷为湖，或者村镇塌到海里的灾难。这些现象，说来很玄乎，其实本质上都是大潮涌来，淹没了海边的陆地。杭州湾的海潮长期冲刷，终于让大片土地变成了海底。"

"对啊，"我想起来了，"记得县志上提过一件事，说以前的海滩一直往东南延伸，通向王盘山。"

王盘山是金庸小说《倚天屠龙记》里写过的一座小岛，书中天鹰教在岛上开什么扬刀立威大会，不料被金毛狮王谢逊杀得人仰马翻，无数高手都被干掉。因为对这个情节印象比较深刻，我翻到县志中提到这座山的地方，大感惊奇，留心多看了几眼——之前我甚至不知道这座岛是真实存在的。书中说，相传，从海盐到王盘山之间有陆路连接，什么"九涂十八滩"，也不太明白是什么意思。

许多朦胧的想法一时涌进我的脑海："所以当时的地形是什么样子的呢？这片海都是农田还是森林？好像也说不通……"

"当年可没有海塘，"飞鱼说，"海水的冲刷下，应该基本上是大片的滩涂，局部高地有山丘和树林，还有很多低洼地带……涨潮时很多地方都会被淹没……也许会形成千岛湖一样的群岛，而退潮时又都连起来……"

我闭上眼睛想了一下，还是很难想象这里远古时具体的模样，又问："即便是古代的地貌和现在不同，和秦始皇要登山又有什么关系呢？"

"不知道……对了，你看到县志里写的那个美人庙的传说了吗？"

我点点头。故事说秦始皇有个美人死在这里，就埋在秦山下，立庙祭奠。

"我觉得，秦始皇未必会从咸阳带嫔妃随行，"飞鱼说，"那个美人也许就是本地人，就住在秦山脚下……"

我们瞎猜了半天，也没有想到什么说得通的理由。忽然间，飞鱼跳起来，叫了一声："啊呀，糟了！"

4

我抬头一看，也顿时呆住。不知不觉间，潮水已经悄然上涨，淹没了这片高地周围的滩涂。此刻，我们和海岸之间，已经隔了十来米的海水，这里就像刚才说的王盘山一样，看起来已经变成了一座孤岛。

"看来只有蹚水回去了……"飞鱼说。

"那我的鞋就毁了！"我看了眼自己雪白的新球鞋，这还是得奖之后我妈给我买的。"有了，现在水还不深，我们垫几块石头在脚下过去吧。"

我们捡了几块比较大的石头扔在刚刚涨上来的潮水里，加上本来露出水面的一些岩石，组成了一座"石墩桥"，可以让我们从石面上迈过海水。我们一前一后，小心翼翼地跨过海水。忽然间，飞鱼在我背后叫了一声："啊，我想到了！"

"你说什么？"我回头问。谁料这时脚下稍一疏忽，一只脚踩在了石头边缘，顿时石块翻倒，我的脚也陷入水底的淤泥中，扭到了筋骨，又被什么东西划伤，疼得我大叫起来。

飞鱼只好扶我回去，坐下检查，发现脚踝上多了一个血淋淋的口子，走路都很困难。我想休息一会儿也许能好转。但又坐了十来分钟，脚上还是痛得厉害。我们刚才垫在水里的石头，就像秦始皇的那些"桥墩"一样被上涨的海水淹没了。此时，周围的海水不知已经有多深了，海岸已经退到好几十米外，天色逐渐阴沉下来，海风呼啸，和我们个子差不多高的浪头在周围涌起和翻滚，像一群凶恶的鲨鱼，啃噬着我们脚下不多的陆地。很明显，这个相对的高地，很快也会被淹没在水下。

"宝舒，不能耽搁了，我们得赶紧回去！"飞鱼焦灼地对我说。

"这水……还能蹚过去吗？"我害怕地问，冷汗涔涔。

飞鱼苦笑了一下："够呛，我看咱们得游回去了。"

"游回去？"

我的一颗心七上八下，刚站起来，一个大浪打在脚下，又让我缩回去了，犹犹豫豫地不敢下水。在这浪涛中游泳，就和在十二级大地震中漫步一样是找死。就这样又延误了几分钟，潮水已经淹没了我的脚背，这里也站不稳了。

"别犹豫了，快走吧！"飞鱼把我拽起来，就往水里拉。

我忽然恨上了飞鱼，这些事在哪里不能说呢，偏把我带到这鬼地方来，真是被他害死了！但事已至此，说什么都没用。我深吸一口气，咬牙扑下水，希望我在海边多年锻炼出的水性能救自己一命。

但大海风急浪高，和平时游泳的感觉完全不同。我仿佛是被海神的大手抓住，随意抛甩，全然使不上力气，又仿佛是被伍子胥的战车碾压，怎么都浮不出水面，憋闷得无法忍受。好不容易到了空气中呼吸，一个浪扑来，反呛了一大口咸苦的海水。这么几下子以后，我很快就意识模糊了，朦胧中感觉好像是有人拉着我，想把我拖到海底，我想要挣扎，但手脚也动不了了，只感觉黑暗笼罩下来……

我醒来时，模模糊糊地看到飞鱼在上方紧张地看着我："喂，你没事吧？"

我还没记起来发生了什么，肚里就一阵翻江倒海，"哇"地吐了好几口水出来，才发现自己是躺在一堆烂泥巴里。等缓过一点儿劲后，我问他："是你救我上来的？"

飞鱼说："我是想拉你上来，但也拉不动，但运气好，正好有一个大浪一推，就把我们都卷上来了，但你半天也不动，我还以为你不行了，刚要去找人呢。"

"你水性太好了。"我由衷地感叹，"我平常游个一千米都没问题，但在大浪里完全不由自主，你居然能游得那么轻松自如。"

"什么啊，我看你主要是缺乏锻炼。"飞鱼见我没事，也放松了下来，"要不要去医院再看看？"

"算了算了，这事不能闹大，要不非被我爸揍死不可……"我擦了擦脸上的泥垢，站起身来。

这次事件就这么有惊无险地结束了。现在，也许应该正式介绍一下我这位救命恩人，飞鱼大名叫步飞宇。步姓也是一个江南的古老姓氏，据说是三国时代从中原逃难来江南的，他的祖辈历史上出过不少名人。

飞鱼跟我说过，族谱记载，他的祖先是一个明朝中期的将领，叫步青龙。这人也颇有传奇色彩。他追随戚继光、俞大猷等人剿灭倭寇，立下了大功，后来回海盐定居，后代弃武从文，诗书传家，是海盐的名门望族。不过县志上也有一种说法，说他本来是倭寇出身，后来才反水，投靠了朝廷。关于他有不少荒诞不经的传说，如说他是东海龙王的私生子，水性很好，能在水底潜水一个时辰，也能连游三天三夜——有一次他被扔在一个荒岛上，就是这样游回了大陆。

从这点看，飞鱼应该有他祖先的遗传。从小到大，他的泳技确实很强，我怎么练都赶不上。有件事我印象深刻，初中时一个夏天，我俩在海边游泳，兴头一上来，就说要游到对面的岛去。那是秦山边上的一座小岛，看上去倒也不远，但一到水里就完全不是那么回事了。我游到疲累，离岸才几百米，对面的岛屿看上去还在同样的地方。我不敢再逞强，心惊胆战地游了回来。但飞鱼已经不见了踪影，我又焦急地等了半天，才见他的脑袋在水里浮出来。

我问飞鱼游了多远，飞鱼说自己已经游到了岛上又游回来了。我不相信，说他一定是吹牛皮，又小吵了一架。但他救了我这件事以后，我逐渐相信，也许飞鱼确实有这个能耐。

飞鱼还告诉我，他小时候有一次跟父亲在海里游泳，一个中年人看到了，过来问他的年龄，说自己是游泳教练，这孩子是好苗子，训练一下能去参加市里乃至省里的比赛。但他父亲不愿意孩子走这条路，到底没让他去，给婉拒了。中年人连声说可惜了。

飞鱼说，步家的祖上出过好几个举人，甚至还有进士，但到了他父亲那辈，因为特殊的历史时期，连大学都没机会考。他父亲的心愿，就是让他考上一所名牌大学。虽然飞鱼的父亲在他童年时就已经过世了，但母亲让飞鱼一定要完成父亲的遗愿。

5

飞鱼虽然喜欢看书，但成绩只能说是中等，而且偏科严重，数理化一塌糊涂，他喜欢文史，经常跟我聊一些历史方面的话题。从小到大，我逐渐知道了孙坚在这里打过海盗，天师道在海滨发动过起义，戚继光和步青龙依托海塘抗击倭寇等考试绝对不会考的知识。但其他科目的成绩，只能说在平平无奇和惨不忍睹之间浮动。到了高考前几天，飞鱼又约我来到海边，满脸兴奋地向我宣布："秦始皇为什么登上秦山，我已经想明白了。"

"什么啊？"我啼笑皆非地说，"都什么时候了，还说这个！我还有一堆卷子要做呢，这些事以后再说吧！"

"我真的想明白了！你还记得那次我们从海里游回来的事吗？"

"你救我上来……不对，应该说是你差点儿害我被淹死那次吧，这事我哪能忘！"

"没忘就好，"飞鱼依然兴致不减，"那次我本来已经想到了一个关键要点，但后来我们遇到紧急情况，我一慌张就给忘了，刚刚又想起来！"

"算了，以后再说吧，还有几天就高考了……"我无奈地说，这节骨眼儿我真没心思和他聊这个。

飞鱼却拉着我说："既然还有几天就高考了，现在做那么多卷子还有什么用啊？还不如想想别的，换个脑子……回到当时我说的那个问题。在秦始皇的时代，这片海和今天大不相同，对吗？"

"对，"我无精打采地说，"你说，当时这里不是海，是陆地。"

"单说陆地也不恰当，应该是海陆之间的滩涂地貌，稍微高于海面一点儿，但中间应该有很多海湾、沼泽、潟湖——就是海水退去后形成的湖——每年还有好几次会被钱塘江大潮淹没，变成一片汪洋。"

"所以呢？"我还是不明白他想说什么。

"所以古书上的记载其实没有错，秦始皇登上秦山，真的就是为了考察地形，建设一座通往海外仙岛的桥梁！"

"这怎么可能！"

"怎么不可能呢？之前我们认为不可能建桥，是因为现在杭州湾水深十余米，古人的工程能力绝对没可能在这样深的水中造桥墩，除非是失心疯。但是如果是比海平面略高一点儿的泥滩，其间夹杂着大片水深只有一两米的潟湖，用石头铺成高出水面几米的道路，在一些绕不过去的湖沼地带建石桥，通到王盘山、野黄盘岛等岛屿中，就一点儿也不荒唐，反而完全可行了。"

"但也没必要吧，如果是水多的地方，坐船过去不就行了。"

"水深变化不定，坐船很可能搁浅；走路更不用说，随时被淹死或者陷入泥淖。用石头修筑一条或者几条高一点儿的路面，应该是最方便到达这些岛屿的办法。"

我想不到反诘的理由，不由开始思考。飞鱼可能是对的，这种半水半陆的地方要通行是最麻烦的，走路会陷到沼泽里，舟楫也难以抵达。修一条"高架桥"不失为一个可行的办法。如此说来，秦始皇在秦山上，也许是在远望底下的滩涂上通向远处王盘山等地的秦直道工程，或许已经粗具规模。当然，秦始皇不会知道，这只是暂时的效果，这片可能有几百平方公里的陆地，将在接下去的几个世纪里逐渐被海水彻底吞没，一切都徒劳无功。

而在处于蛮荒与文明之间的当地人看来，秦人在海滩上，有时候甚至在水里铺路搭桥，很容易被误认为是要建一座跨越海洋的大桥，这就是那个造桥传说的开端。秦始皇的努力，最终当然也必然失败，但是就当时来说，也不是没有成功的可能。只是秦帝国已经到了强弩之末，不可能承担这么高昂的工程成本——

忽然间，我想到了一个破绽，指着前方的滔滔海水说："还是不对！就像你那年反驳我的一样，秦始皇为什么要这么做？也许那些王盘山之类的小岛很难达到，但毕竟不过是海边的荒岛，这类岛屿在海岸线上成千上万，能有什么东西，让秦始皇一定要修一条直道过去？那里有屠龙刀吗？哈哈！哈哈哈！"我大笑了两声。

"这……也许他是要求仙呢？"

"再怎么说，秦始皇也不可能把王盘山之类的荒山当成海外仙山吧！而更远的东海岛屿也不可能靠修桥过去。"

"你说得对……"飞鱼最终不情愿地承认，"毕竟很明显只是几座海边的山头，好像也没什么价值，这个设想也许还是错误的……我得再想想……"

我拍了拍他的肩膀："先不要想了，等高考完了再说吧！"

飞鱼垂头丧气，但还是点了点头。

6

虽然之前有小小的挫败，但飞鱼高考发挥得不错，考上了杭州大学的历史系，我考得也算出色，考上了燕京大学的中文系。双双都算得意。高中和大学之间的那个暑假，我们在海边疯玩，当然也不免继续瞎侃秦始皇的登山之谜，但就像之前无数次讨论一样，没什么结果。

大学时代，我和飞鱼头两年的联系还挺多，寒暑假经常见面，但分隔千里，各有各的学业和生活，后来联系不免也渐渐稀疏。但大四的时候，飞鱼在 QQ上告诉我，他打算报考燕大的历史系。我听了很高兴，当时我也已经保研，如果飞鱼能考过来，我们可以在一个学校再相聚三四年的时光。

飞鱼还发给我一篇他论文的草稿，题为《秦始皇东巡浙江考》。他说，这是我们少时探讨的那个问题的继续，也是他大学期间一直思考的问题。他打算将此作为毕业论文，请我帮忙提点儿意见。

我没有想到，过去了这么多年，飞鱼还一直在研究这个在我看来根本不可能有答案的历史悬案。他有什么新的见解呢？我有些好奇地翻开了他的论文，发现比起之前的探讨，他的思考又推进了一大步。

论文的第一部分，的确是四年前他跟我说过的假设的翻版。当然资料的丰富度和论证的水平和高中时代已经不在一个层次上了。比如，他通过对杭州湾的古地理学研究，重建了沉在水下的那片土地在秦汉时期的样貌，又比如通过考古研究，证明秦山脚下的一些海底石柱确实是秦代的遗物，并通过整个杭州湾北岸类似的遗址，试图复原秦始皇最古老的规划。

飞鱼还是吸收了一些我当初的观点，认为工程本身也有堤坝的作用，但基本的功能还是几条主要的海上道路，通往东南的王盘山，以及更东部的野黄盘岛、白山岛等地，在当时这些岛屿都是和大陆通过滩涂连接的，但也经常被沼泽和海水分开。即便以现在的标准，这也是一项非常浩大宏伟的工程。

但还是那个问题，进行这项工程到底是为了什么呢？这一次，飞鱼找到了一个新答案：为了镇压反对势力。

史载，秦始皇曾说过"东南有天子气"，这个"天子气"，后来常被附会到金陵上。但其渊源应该在杭州湾一带。关于此事最古老的史料，晋代乐资《九州志》中就说，秦始皇来到海边，看到有小舟在水中交易，听到土人的歌谣说"水市出天子"，也就是说天子会自这些水上集市产生，感到十分不快，于是在海盐北面设置了囚倦县，让一些囚徒来镇守，亦即后来的嘉兴。这条史料因为被放在嘉兴的内容下，而不被海盐县志所注意，但其实是十分要紧的。

接下来，飞鱼论述，"水市出天子"这个看似荒诞的说法下隐藏着历史的真相。在秦国征服六国的过程中，楚国和齐国等滨海国家在一次次战争中被打垮，最后虽然都投降了，但也有很多的反对势力逃往海外。就东南一隅而论，杭州湾这些海陆之间的山丘，水路陆路都不容易通达，是很理想的隐藏之地。间接的证据很多，比如史载张良见过的"沧海君"，史书上一直说不清在哪里，但从方位来看，可能就在这一带……这些人可能掌握了海盐的晒制技术，加上掌握了其他一些水产的经济资源，与大陆上的人民进行贸易，拥有相当的实力。

因此，这批"游击队"成了秦帝国的眼中钉肉中刺。在秦始皇东巡前，想必已经有过多次扫荡，但是效果不明显，最后秦始皇决定派囚徒修一条道路系统打通这片海陆之间的地域，并让他们在这里长期镇守，以彻底根除海滨的叛乱势力。当然，众所周知，秦始皇在视察后，就很快驾崩，本地人跟随项梁和项羽揭竿而起，应该也包括那些囚徒在内，整个工程不了了之。

我读完之后，不禁深感钦佩，除了证据稍显薄弱，提不出多少像样的意见。但飞鱼的这篇论文，又引起了我对秦朝和海盐古史的兴趣，那段时间，我也翻阅了不少古籍，想看看是否能印证或者推翻飞鱼的说法，虽然没什么成果，也多了一些稀奇古怪的想法，我想等飞鱼来了燕大，可以仔细和他聊一聊这件事。

但可惜，飞鱼来考试的时候，我因为要跟导师去外地开一个学术会议，并没有见到他。而飞鱼最后也并没有考上研究生。

实际上，飞鱼的笔试成绩还不错，本来大有希望考中，但面试砸了。据说，是因为他把自己的论文发给燕大几个教授，有位教授不太喜欢这种天马行空的想象，面试的时候刁难了他几句，飞鱼竟和他争执起来，气得老教授吹胡子瞪眼，拍案而去，考研的事，自然也就泡汤了。飞鱼大学毕业后，在杭州混了一年，实在找不到什么像样的工作，靠母亲走动，进了县志办公室，编县志去了，虽然说也是铁饭碗，但毕竟枯燥无聊，没多少上升空间。这事我一直为他惋惜。

7

我研二那年春节，回家时和飞鱼倒是又见了一面。飞鱼让我去他那里坐坐，我按他说的地址，走进破旧的县志办公室，看到书桌上堆满了各种书籍和打印资料，飞鱼已经泡了两杯茶在等我了。他倒不像我担心的那么落魄，而是满面春风地迎上来，看起来精神不错。

我们寒暄了几句，飞鱼说他觉得在这里工作还挺适应，可以趁机看一些古书，继续他的研究。我提到，最近海盐已经修好了杭州湾跨海大桥，打通杭州湾两岸，想不到秦始皇的梦想，竟然能以这种方式实现。飞鱼也约我改天去跨海大桥自驾游，他说他那篇《秦始皇东巡浙江考》，修改了几次后，最近在一所大学的学报上发表了。我当然也恭喜了他一番，当然没有提那个学报不算 C 刊，在学界根本无人关注。

飞鱼说，他还在准备考研，想继续把这个研究做下去。话说到这里，我告诉他自己想到的一些问题："你有没有想过，浙东有嵊泗、舟山等群岛，距离大陆更远，也更被大海分隔，如果真有起义军，为什么不躲到那些地方去呢？"

"这不矛盾，"飞鱼说，"那些岛屿在当时来讲太偏远了，无法对秦朝产生威胁，而且贸易也困难。但海盐就不一样了，这里毗邻吴郡的核心地带，可以进一步割据江东。"

"那他们得有多少人呢？这穷乡僻壤的顶多几千个人，值得秦朝花那么大力气在海盐铺设道路，设下防线吗？"

"哦，那你觉得是为什么呢？"飞鱼反问我。

"你文章中说的应该是对的，但不是主要的因素，关键因素在于这里的原住民！"

我抛出了自己的假想：从蛛丝马迹看，在杭州湾应该有一个已经消失的族群，或者是古越人的一支，或者属于吴人。他们长居杭州湾北部的滩涂－山岛地带，与大陆居民进行一些水上贸易，也可能会有冲突。杭州湾北部大片滩涂区域沼泽丛生，时常被海水淹没，陆地上的政权不易控制，因此给他们以一定生存的空间，当然随着帝国的大一统，这种冲突会不断加剧。沧海君可能就是当时这一古族的君长，他们也确实和楚人等反秦武装有联系，秦始皇意识到了这个威胁，所以不远万里来到此间……

我越说越是兴奋，仿佛回到了和飞鱼一起谈天说地的少年时光。飞鱼静静地听着，等我说完之后，说："你说得很有道理，其实我也想过这一点。目前考古发现，在浙北地带商周时期，确实有少量与众不同的墓葬类型，可能代表了一个独特的族群，但还有待进一步研究。"

"对吧？可惜历史资料就那么一点点，基本上找不出什么新东西了，要有新发现只能靠考古。"

"不，这也不一定，"飞鱼笑着说，拿出一本厚厚的书，"这本书你看过吗？"

我一看，竟然是一本《搜神记》，不禁有些啼笑皆非："这不是古时候的小说吗？"

"当然，不过古代的小说和现在的概念不同，只是说稗官野史的记载，并不一定是虚构。"

我是中文系的研究生，当然理解他的意思，但也觉得他走得太远了："虽然是这么说……像《穆天子传》《西京杂记》这种也还有点儿参考性，《搜神记》这种书肯定只能当小说看吧？"

"那也不一定，你知道《搜神记》是谁写的？"

"东晋的干宝嘛。"

"干宝是哪里人呢？"

"他是……啊！"

我忽然想起来，干宝这位中国小说家的祖师爷，其实正是海盐人士，我当年读文学史的时候在书上读到，还有几分惊讶。

"干宝少年时在海盐长大，致仕后又回到故乡，他写的《搜神记》，搜集了不少本乡本土的传说，当时去古未远，我想他应该还知道一些古族的事迹，只是以神话传说的形式保留下来而已。"

"那你找到什么线索了吗？"

飞鱼一拍大腿："真的有，一些地方的记载很有意思。我给你看看……嗯，这段！"

我看了一下，那是一段简略的记载："东海之外有鲛人，水居如鱼，不废织绩，其眼泣，则能出珠……"

"这不是说美人鱼吗？"我说，"这怎么能当正经的史料呢！"

"不，你要注意，这里只是说'水居如鱼'，压根没说有鱼尾巴之类的特征，也就是说，这个种族是居住在水里的，至少在干宝看来是这样的，这符合一个海洋民族的特征！"

"可这里还说他们的眼泪会变成珍珠呢？"

"这当然是以讹传讹，但这也许意味着，这个古族能够采集珍珠，所以和陆地居民也是交易珍珠之类的海产……也许这就是秦始皇想要征服他们的经济动力所在！还有——"

他说得正高兴，忽然有人从外面推门进来，我以为是他的同事，但回头一看，却是个窈窕娟秀的长发女孩。

飞鱼的脸有点儿红了，对女孩说："你怎么来了？"

"我怎么不能来啊？"女孩嗔道，落落大方地对我说，"谢宝舒吧？飞鱼经常跟我提到你。"说着伸出手来。

"嗯嗯，我是。"我和她握手，征询的目光投向飞鱼。飞鱼期期艾艾地说："她是路烟烟，我们中学的学妹……刚分到小学当老师……现在……"

"现在我是他女朋友，"路烟烟不耐烦地打断他，"你们俩聊什么呢？这么晚了，一起去吃饭吧！"

<h1 style="text-align:center">8</h1>

飞鱼和路烟烟是经人介绍认识的，当时刚刚恋爱不久，正在甜蜜中，所以飞鱼才一副精神焕发的样子。两人感情进展很快，半年后就结婚了，又过了一年，他们有了一个女儿，取名步小曦。不过飞鱼的考研大业也就从此淡了下来。那几年我们还见过两次，他有娇妻爱女，一家人其乐融融，职位也升到了县志

办的主任，生活逐渐步入正轨，自然也就不想去象牙塔里蹉跎岁月了。

我的人生道路却坎坷起来。研究生毕业后，我去美国读博，父母退休后也回到西安的老家生活，县里就不怎么回去了。在别人眼里，我大概也算是成功顺遂的，但其中甘苦曲折只有自己知道。我的奖学金微薄，家里出了不少钱，后来和导师关系也没处好，在研究院里蹉跎了六七年都没拿到学位，只得靠在外面打零工维持生计。签证到期后，狼狈回国，找不到什么工作，只好在网络上写小说混口饭吃。人生惨淡，自然不想和以前的同学朋友见面。和飞鱼之间，本来也就是逢年过节寒暄几句，后来渐渐也不再发节日祝福，我甚至都没留意到，和这位童年好友已经好几年没有联系过了。

回国后第二年初夏，一个头像是一片青青竹叶的陌生女子在微信上要加我好友，附言说"我是路烟烟"，我想了一会儿才想起来路烟烟是谁，有些诧异地通过了她的申请。

"烟烟你好！好久没联系了，你和飞宇都还好吧？"我礼貌地问候。

路烟烟却回答说："其实，我们已经离婚了。"

"……"我不知说什么好，只有打出一串省略号。离婚当然也不是什么稀奇事，但朋友的妻子，离婚了来找我干什么？

路烟烟的下一句话让我更加惊讶："不好意思，最近步飞宇失踪了，我是想问你，知道他在哪里吗？"

"失踪？！怎么会这样？！"

路烟烟直接把语音电话拨过来，告诉了我来龙去脉。原来在两年前，他们的女儿，年方八岁的步小曦在海边出事了。夫妻两个带孩子去海边玩，路烟烟接到一个工作上的电话，去一边打手机，与此同时，步飞宇烟瘾犯了，转身去放在高处的包里拿一根烟，嘱咐女儿不要乱跑，想不到一回来步小曦已经不见了。后来两个人发疯般地在海边来回寻觅，差点儿把自己也葬送在海里，但始终没找到女儿。再后来报了警，警方也组织了很多群众在沿海上下几十公里内寻找，但始终找不到步小曦。最后，警方也停止了寻找。

这个惨剧让夫妻俩开始相互埋怨和争吵，彼此间有了无法弥补的裂痕；再后来，飞鱼就变得有点儿神神道道，重新埋首在那些古籍中，去研究他的秦始皇和历史，也许是借此来逃避内心那巨大的痛苦。两人之间的共同语言越来越少，路烟烟忍无可忍，和他离了婚。大概一个月之前，飞鱼忽然失踪了，怎么也联系不上。他父母已经去世，路烟烟报了警到处去找，但始终没找到人，找我问，其实也不过是病急乱投医。

路烟烟说到后来，已经几度哽咽。我内心也十分沉重，无力地安慰了她几句，最后挂了电话。想不到一个曾经幸福的家庭最后却是这样的结果。但飞鱼能在哪里呢？怎么会遍寻不着？他不会是……选择离开这个世界了吧？

我又想到一个问题，这两年出了这么多大事，飞鱼为什么一直没有联系我？这几年我们的确疏远了，但旧日的情分还在，他如果来找我，有再大的烦恼，我也会愿意和他分担。但他为什么根本没有联系过我？这其实也都是我的错，因为自己人生的挫折，和朋友们都断了联系。

但我又想，飞鱼是真的没有联系我吗？还是试图联系过我呢？出国以后，我逐渐改用 MSN，QQ 弃置不用了，飞鱼也是有 MSN 的，但他应该用不太惯，所以几乎没有用它和我联络过，至于微信，不知道他是不是在用，但肯定没有加过我。

我好不容易想起密码，打开了几年没有用过的 QQ，等了片刻，一堆头像跳了出来，都是前几年没接到的信息，大部分是意义不大的群发的节日祝福，也有结婚通知我打算要份子钱的。但我找到了飞鱼的头像，也在我的好友列表中闪动着，我忐忑地点开他的对话框，发现是他失踪前几个月发给我的一句话："关于海上古族的猜想，我有了一些新的进展，非常有意思！啥时候回来？我们仔细聊聊。"

我想这家伙确实是神神道道，女儿坠海这么大的事也不说，居然还跟我聊这些没边没影的上古历史，也难怪他老婆都忍受不了他要离婚。但又忍不住想，他到底有了什么进展那么兴奋，一定要告诉我呢？

我想了一晚上，干脆买了张高铁票回了海盐，去找路烟烟问飞鱼的事。路烟烟约了我在飞鱼家里见面，离婚之后，他们的婚房归路烟烟，飞鱼搬回到父母的老房子居住，但路烟烟还有那里的钥匙。

路烟烟的神情憔悴，比上次见到起码老了十岁。她告诉我，飞鱼还没找到，但警察说，已经通过监控视频，确定他最后出现的地点，是我们小时候常去玩的那片海滩，那也是他女儿最后出事的地方。海滩上没有监控，但道路监控显示，他进去后就没有再出来过。警方已经派人在海边寻找了很久，但始终活不见人，死不见尸。

"也许……也许他真的下去找曦曦了。"路烟烟说，"这样也好，曦曦有爸爸陪伴，在那边也不孤单……"说着又啜泣起来。她道了声抱歉，进了卫生间，从里面传来她低低的哭泣声。

我有些尴尬，走也不是，不走也不是，起身在客厅中逡巡了一会儿。这是二十世纪八十年代的老房子，比较狭小，客厅也就是飞鱼的书房。墙边有两个塞得满满的书架，一旁的书桌上放着一部台式电脑，以及好些新旧不一的书。最上面的是一本新书《人鱼文化史》，下面是厚厚的一本《第四纪东亚环境演变》，感觉是很生僻的学术著作；边上还有几本旧书我看着眼熟，仔细一看，正是他小时候曾经借给我的几本历史书《史记译注》《秦始皇大传》，以及那年办公室里他给我看的那本干宝的《搜神记》。我随手翻开，书签夹着的正是写"鲛人"的那一页，下面飞鱼写了不少批注，基本上是一些相关古籍的摘录。其中一句话吸引了我的注意："《史记·秦始皇本纪》：始皇陵以人鱼膏为烛，度不灭者久之。"

我心中一动，这就是说，秦始皇陵中以人鱼的膏作为蜡烛，可以长明不灭。这个说法我以前也在哪里见过，但并未留心。这当然是不可靠的传说，但无疑，将秦始皇和人鱼明确地联系在了一起。

下面是摘抄自《太平广记》的一段传说："海人鱼，东海自古有之，大者长五六尺，皆为美人，眉目、口鼻、手爪、头无不具足。皮肉白如玉，无鳞，有细毛。发如马尾，长五六尺。阴形与丈夫女子无异，临海鳏寡多取得，养之于池沼。"

秦始皇、东海、鲛人、人鱼膏、养之于池沼……

旧日的思绪又重新涌上心头，我心中一团混乱，翻了翻飞鱼其他的书，其中甚至还有步家的族谱，边上的文字批注着实不少，但一时看不出头绪。这时候，路烟烟整理了仪容出来，看到我在看这些书，叹息说："曦曦出事以后，步飞宇就看这些东西，每天在电脑前写啊写的，也不知在写什么，跟他说话也不理，睡觉也在喃喃自语，整个人都魔怔了。"

"那他电脑上的手稿还有吗？"

"不知道。"路烟烟说，"我报警后，警察也到家里来找过，想找到点儿遗书什么的，但不要说遗书了，就是之前他打印出来的那些稿件都不见了，可能是他自己不满意给撕了。电脑我也打开过，也找不到什么。"

我指着他桌子上堆的那些书籍说："烟烟，这些书你能不能借我翻翻？"又补充了一句："这里面可能有步飞宇失踪的线索。"

"随你便吧，"路烟烟说，"你别把自己也搞失踪了就行。"

9

我把那些书拿回自己家，开始阅读。一开始还不是特别明确方向，但我可能是这个世界上对飞鱼的研究最了解的人，当我一点点捡起他的研究成果，最后完全投入到他最后几个月研读的那些书中，似乎自己变成了他，废寝忘食地阅读着，摘抄着，思考着。虽然飞鱼的文稿已经不在了，但他那些在书中圈出的重点和边上的批注仍然是有力的线索，每每纠正我走偏的方向，让我找到飞鱼曾经找到的那些东西……

但想不到，最后让我将所有这些线索都串起来的，只是一个飞鱼抄在书后的电话号码，021 开头，是上海的一个座机号码。我拨通了这个号码，却完全想不到那一边是什么人……

放下电话，我明白了一切。

一周之后，我约路烟烟来到海塘上，指着茫茫的海面，告诉她："二十多年前，我和步飞宇在中学的时候，就经常一起来这里玩儿。"

"知道，步飞宇跟我提过。"

"他水性非常好，那年我们在海边走得太远，被潮水包围，还救过我一命。"

路烟烟冷冷地说："他是水性好，所以才马虎大意，害了曦曦。"

"但你有没有想过，他的水性是不是好得有点儿过分了？"

"你这是什么意思？"

我没有正面回答她的问题，而是指着远处的秦山说："你知道那个传说吧？秦始皇曾经登上过这座山，很久以前，当我和飞鱼还是两个孩子的时候，我们曾经认真讨论过，为什么秦始皇要来到这里——"

路烟烟打断我："别说了，步飞宇老是念叨这些破事，我没兴趣。"

"你听了之后，就知道为什么飞鱼他会失踪了。"

路烟烟不说话了。我把飞鱼和我过去许多年的探讨简要地告诉了她，她听完后，皱着眉头说："你到底想说什么？你是说，秦始皇来到这里，修这样一条海上的高架桥，就是为了捕捉所谓的鲛人？"

"我们不可能知道秦始皇详细的计划了，"我说，"但我想他的确想要得到鲛人，也许是出于贪婪，也许是出于迷信，也许是出于防御的目的，也许兼而有之……永远也搞不清楚了，但我们知道，在他在世的最后几年，秦朝在海盐进行一项重大的工程，也许整个县都是因此而设立的。他们打通杭州湾沿岸的沼泽和潟湖，去捕捉那些鲛人，或者更糟，在潟湖中养殖那些鲛人！"

"等等，这都是你们的想象吧？怎么可能真的存在这种神奇的生物？"

"事实上，倒也并没有传说中那么神奇……"

我告诉她，鲛人或许确实存在，但和通俗的观念不同，他们的形体和一般人并没有根本区别，有手和脚，没有鱼尾巴，也不可能在水下无限期地生存，必须到水面呼吸。

实际上，他们仍然是人类进化来的一支，和现代人的分化也不会太长。飞鱼手头的那几本书地质学书籍告诉我，在数万年前的冰河时期，因为海平面下降，黄海和东海曾经长期成为陆地，有许多远古的族群在这里居住。后来，随着海水逐渐上涨，一部分人逃回了大陆，另一部分来不及逃走，或者走错了方向的人群则被海水分隔，脚下的陆地也逐渐变成孤岛、滩涂、暗礁乃至海底。

我猜测，在巨大的生存压力下，他们学会了半永久性地居住在海洋中，成了所谓的鲛人。

在数万年的进化过程中，鲛人们适应了半水生的生活，他们的身体呈流线型，游泳速度更快，能够长时间在水下游泳，身体也能轻松地浮在水面上。他们可能不需要房屋，可以像海豹一样生活在海边的岩石上，所以也没有留下什么建筑。鲛人的一支，居住在杭州湾一带的滩涂上，在良渚文化的玉器上刻着他们的形象，《山海经》记载的"陵鱼"是他们的变形，关于海神的传说中少不了他们，甚至伍子胥的素车白马也和他们有关……线索非常多，只是之前没有解读出来。

古吴越人曾经和他们打过交道，也和他们起过冲突。在月明之夜，渔人可以看到这些奇怪的人群在东海的礁石上坐着或躺着，哺乳或者歌唱。当他们设法靠近时，这些人又会跳下水，一下子无影无踪。因此流传下来各种关于鲛人的神奇传说。后来越人曾经捕捉过他们的一些个体，偶尔也与他们进行过贸易，用一些陆地的货物换取他们从海底带来的珍珠和砗磲等。

他们之间应该也起过冲突，许多鲛人被吴越人杀戮或奴役，他们矢志报复。他们的技术落后，但水性精熟，甚至可以乘着大潮而来，袭击陆地上的村镇。所以被古人说成是伍子胥带来的海中神兵，是海浪中诞生的精怪。秦始皇一统天下后，听闻了这一奇特的种族，他相信他们的眼泪和脂肪有着神奇的功效，因此迫切地想要得到他们，镇压了他们的反抗，因此在海盐一带营建了宏大的道路桥梁工程，将秦直道延伸到海陆之间的古滩涂上。他甚至可能曾经抓获过一个女性鲛人，那是个年轻美丽的姑娘，因为离开了熟悉的生活环境，或者反抗秦始皇的拘禁而死，后来秦始皇把她埋葬在秦山脚下，这就是美人庙的由来。后来，秦始皇离开海盐北上，或许又带走了一些鲛人，制成了所谓的人鱼膏。

大秦帝国的霸权昙花一现，但后来的几百年中，人们也仍然在杀戮和捕捉剩余的鲛人。《搜神记》和《太平广记》等古籍中记载了他们的存在，以及人类的恶行，但却被后世视为荒诞的传说。

在干宝的时代，甚至到唐宋时期，鲛人还仍然偶有捕获，但后面就逐渐绝迹了，也许他们迁徙到了更难进入的大海深处，也许是他们学会了上岸和普通人共存，一旦学会了陆地生活和陆地人的语言，鲛人就很难被识别出来了。然而他们与众不同的血脉仍然传了下来，其中一部分与人类通婚，生下后裔。在明代，一个叫步青龙的鲛人后裔因为偶然原因，加入了明朝军队，他超人的水性为平定倭寇立下大功，受到了封赏，此后就定居在海盐——

10

"你说什么？！"听到此处，路烟烟不禁惊呼出声，"你是说，步家……步家是……"

"步青龙那些神奇的传说，如果联系到他是鲛人，就很好理解了。我在步家的族谱中也找到了更多的记载，比如步青龙的四世孙步仲武，在明末清初的战乱中曾经从海盐游到舟山岛去投奔张煌言，比如他的九世孙步明楼，在太平军之乱中携家躲在海岛上数年，但又不清楚是哪个海岛……这些奇闻轶事，都表明步家人和海有深刻的渊源，大海是他们真正的故乡。也许飞鱼的父亲还知道这个秘密，可惜他去世得太早，并没有告诉儿子。"

路烟烟摇头说："这怎么可能呢，也太荒诞了……"

"还有一点，步家几百年来是本地的名门望族，但每代都只有寥寥一两个子女，最近几代几乎就是一脉单传，也许是因为他们和智人之间还是有基因上的差异，所以不易有后代。但一旦有后代后，鲛人的基因会非常强韧地表现出来。你知道为什么曦曦在海边失踪后，飞鱼会花那么大的精力去研究鲛人的历史吗？他猜想到，曦曦并没有死，她只是在海里过早被唤醒了本能，游到大海深处，结果迷失了，也许飞鱼到海里只是为了去找她，只是海洋实在太大，飞鱼到现在还没有找到她，又或许——"

"别胡说八道了行吗？他们不是动物，两个大活人到海里怎么生存？异想天开！我们家人的悲剧不是你编小说的素材！"

"你别激动，我还有证据。"我说。

路烟烟怔怔地看着我，我告诉她："飞鱼买了一本《人鱼文化史》，在书的最后一页上随手记了一个电话号码，书刚出半年，所以电话肯定是最近记下来的。我打了过去，一问，竟然是上海复旦大学的基因检测中心，他们的主要业务是检测人类不同族系之间的遗传关系。"

"那又怎么样？"

"我打过去，问他飞鱼有没有给他们打过电话，并且说，此人最近失踪了，这里可能有线索。他们不敢怠慢，也查了一下，最后发现飞鱼失踪前几天的确给他们打过电话，咨询过做 DNA 检测的问题。他提出的问题很多，主要涉及隐私保密方面，有的还很奇怪，比如说有个问题是如果有人鱼或者大脚怪之类的生物，他们和人的基因有什么区别，能不能一眼看出来，接电话的工作人员也不知道该怎么回答，所以印象还挺深刻。"

"后来呢，他去那边做基因检测了？"

"没有，只是一个电话，"我说，"他们说，这个人好像觉得自己的遗传信息特别重要，生怕被别人知道，所以最终没敢来，怕留下证据……这也佐证了一点，飞鱼的确想到了，自己属于鲛人！"

路烟烟沉默了一会儿，然后还是摇了摇头："不，这也证明不了什么，这只能证明步飞宇有这样的想法。也许你猜对了，步飞宇确实和你所想的一样，从历史书的犄角旮旯里找到了一些真假难辨的鲛人传说，然后联系到自己身上。也许他因为自己水性好一点儿，加上曦曦的不幸，就以为自己和曦曦是什么鲛人，以为曦曦在大海里迷路了，所以跳下了海，拼命游到大海深处，但他纯粹是走火入魔了……"

"对，这也是一种可能，"我不得不承认路烟烟的思维还是比较缜密的，"但是……"

"但是这么想，也许会让我们好受点儿。"路烟烟苦笑了一下，"人总要相信一些事情的，我也许会尝试相信这个故事，相信另一种可能性吧……"

她没有说下去，我也一时无话可说。我们在沉默中，望向大海。

此时的海面一片静谧，落日从西方将金辉洒在海面上，如万千条跃动的小金鱼。大海像是温柔的母亲向我们张开怀抱。我看了一会儿，心中仍想着飞鱼的事。他真的是鲛人后裔吗？他的确回到大海里生活了吗？他在那里找到女儿了吗？还是，这只是他因为失去女儿产生的偏执而疯狂的想象，最后自己也葬身海底了呢？又或者，他们父女终有一天会乘浪而归？

太阳一点点落入西面的平原，海上碎金般的阳光一点点消逝了，就连深红色的晚霞也逐渐融入亘古以来的黑暗。无数往事似乎发生过，又消散在无垠的海中。海边古老的山峦沉默屹立着，继续保守千万年来的历史之谜。远处跨海大桥上的点点灯光，像是始皇帝遗忘在天边的一串珠链。

我和路烟烟并肩看了很久很久，仿佛在等待着某种奇迹发生。但最终什么也没有发生。潮汐渐渐涨起，海风也大了起来，我们身上有些冷了，终于转身离去。我在路烟烟后面，走出几步后，又回头望去，仿佛看到海天之际有个小人一般的影子跃出洪波涌起的海面，片刻后又没入波涛中。我微微一惊，转身凝望着，却再也没有见到任何人影。或许，那只是我的幻觉。

魂梦萦牵，仍是浙西烟水路

宝 树

　　婧波女史匠心独运，编撰关于中国故乡的大型主题科幻选集《故山松月：中国式科幻的故园新梦》，嘱我选一篇关于故乡的小说呈上。仔细想来，我在作品中也曾重点写过北京（《时间之墟》）、成都（《成都往事》）、泰安（《猛犸女王》）、冷湖（《冷湖，我们未了的约会》）……甚至中美洲（《天象祭司》）和南极洲（《灭绝古陆》）等许多地方。关于家乡却没写下点儿什么，似乎有点儿说不过去。于是我在婧波的说服下，欣然奉命，为故乡浙江海盐专门写了这篇不太像小说的小说，同时也反思了一下自己和故乡的关系。

　　说海盐是故乡，略有些牵强，正如文中所说，我父母不是本地人，我也没有出生在这里，只是因为父母被调到此间工作，在这里度过了从童年到成年之间的十余年时光。事实上，我在海盐生活的时候，总觉得和周围格格不入。当年，我不想承认自己是海盐人，而视自己为世界公民。但多年后，在我定居几千里外的秦始皇故乡后再回首，却发现那一段人生还是在我身上打上了许多决定性的印记，魂梦萦牵，仍是浙西烟水路，可谓"无端更渡桑干水，却望并州是故乡"。

　　我在海盐的生活当然和小说中差别甚远，我也小心地避开了那些真正不忍直视的青春伤痛，而是依托古老的史传编织了一段传奇，不过一些基本的情愫却真实不虚。看到大海的雀跃是真的，对秦始皇传说的好奇是真的，在海边曾因涨潮遇险也是真的。自然，我并没有一个叫作步飞宇的好友中年失踪，但我觉得，那不如说是我的分身。希望自己能化为一条鱼，游到天边的一抹碧蓝中去……

　　记得少年时代，我多少次在家乡的海边远眺，竭力想看清海天之际的船只和灯火，想象海那一边的世界是什么样子的，有哪些奇妙的风景。想要去看更大世界的心境，和曾站在秦山顶上的秦始皇大概也不无相似。自然，我渐渐知道，海正对面一些若有若无的灯火，不过是宁波，而斜对面也不过是东海上的一些岛屿，再往外很远很远，才是太平洋呢。但奇妙的是，即便是今天，在几度横跨过太平洋，也旅行到世界尽头之后，再看到这片平平无奇的家乡之海，仍然能唤起我同样的好奇与向往。它似乎连接的不是现实的海洋，而是想象之海，承诺着一个在现实彼岸的，更神秘、更深邃也更美好的世界，也传递着来自永恒与无限的召唤，这大概是我写作最重要的原动力。

关于海盐，本文中只是写了一个点，但可写之处还有很多，比如鬼斧神工的古典园林绮园、名动天下的金粟山藏经纸、几度城陷为湖的历史之谜，以及这里出过的许多奇人，当然还有我亲历的核电站建设……无论我是否会把它们写成专门的故事，又或者融入其他的想象与思考，此时我领悟到，它们一直是，也将继续是滋养我精神生命的源泉。不过正如《牧羊少年奇幻之旅》中所写，人总要走到世界的尽头，才能发现自己故乡的树下埋藏的宝藏。

宝树，中国作家协会科幻文学专委会委员，陕西省科普作协副理事长。著有《观想之宙》《时间之墟》《猛犸女王》等七部长篇小说，中短篇作品发表约百万字，并出版多部选集，屡获银河奖、华语科幻星云奖等主要奖项，多部作品被译为英、日、意、德、西等十余种外文出版。主编有科幻选集《科幻中的中国历史》《中国体育科幻精选集》等，译著有《冷酷的等式》《造星主》等。

广东

巴
鳞

陈
楸
帆

> 我用我的视觉来判断你的视觉，用我的听觉来判断你的听觉，用我的理智来判断你的理智，用我的愤恨来判断你的愤恨，用我的爱来判断你的爱。我没有、也不可能有任何其他的方法来判断它们。
>
> ——亚当·斯密《道德情操论》

巴鳞身上涂着厚厚一层凝胶，再裹上只有几个纳米薄的贴身半透膜，来自热带的黝黑皮肤经过几次折射，星空般深不可测。我看见闪着蓝白光的微型传感器漂浮在凝胶气泡间，如同一颗颗行将熄灭的恒星，如同他眼中小小的我。

"别怕，放松点儿，很快就好。"我安慰他，巴鳞就像听懂了一样，表情有所放松，眼睑处堆叠起皱纹，那道伤疤也没那么明显了。

他老了，已不像当年，尽管他这一族的真实年龄我从来没搞清楚过。

助手将巴鳞扶上万向感应云台，在他腰部系上弹性拘束带，无论他往哪个方向以何种速度跑动，云台都会自动调节履带的方向与速度，保证用户不发生位移或摔倒。

我接过助手的头盔，亲手为巴鳞戴上，他那灯泡般鼓起的双眼隐没在黑暗里。

"你会没事的。"我用低得没人听见的声音重复，就像在安慰我自己。

头盔上的红灯开始闪烁，加速，过了三五秒，突然变成绿色。

巴鳞像是中了什么咒语般全身一僵，活像是听见了磨刀石霍霍作响的羔羊。

那是我十三岁那年的一个夏夜，空气湿热黏稠，鼻孔里充斥着台风前夜的霉味。

我趴在祖屋客厅的地上，尽量舒展整个身体，像壁虎般紧贴凉爽的绿纹石砖，直到这块区域被我的体温焐热，再就势一滚，寻找下一块阵地。

背后传来熟悉的皮鞋声，脚步雷厉风行，一板一眼，在空旷的大厅里回荡，我知道是谁，可依然趴在地上，用屁股对着来人。

"就知道你在这里，怎么不进新厝吹空调啊？"

父亲的口气柔和得不像他。他说的新厝是在祖屋后新盖的三层楼房，全套进口的家具电器，装修也是镇上最时髦的，还特地为我辟出来一间大书房。

"不喜欢新厝。"

"你个不识好歹的傻子！"他猛地拔高了嗓门，又赶紧低声咕哝几句。

我知道他在跟祖宗们道歉，便从地板上昂起脑袋，望着香案上供奉的祖宗灵位和墙上的黑白画像，看他们是否有所反应。祖宗们看起来无动于衷。

父亲长叹了口气："阿鹏，我没忘记你的生日，刚从岭北运货回来，高速路上遇到事故，所以才迟了两天。"

我挪动了下身子，像条泥鳅般打了个滚，换到另一块冰凉的地砖。

父亲那充满烟味儿的呼吸靠近我，近乎耳语般哀求："礼物我早就准备好了，这可是有钱都买不到的哟！"

他拍了两下手，另一种脚步声出现了，是肉掌直接拍打在石砖上的声音，细密、湿润，像是某种刚从海里上岸的两栖类。

我一下坐了起来，眼睛循着声音的方向。在父亲的身后，藻绿色花纹地砖上，立着一个黑色影子，门外昏黄的灯光勾勒出那生灵的轮廓，如此瘦小，却有着不合比例的硕大头颅，就像是镇上肉铺挂在店门口木棍上的羊头。

影子又往前迈了两步。我这才发现，原来那不是逆光造成的剪影效果，那个人，如果可以称其为人的话，浑身上下，都像涂上了一层不反光的黑漆，像是在一个平滑正常的世界里裂开一道缝，所有的光都被这道人形的缝给吞噬掉了，除了两个反光点，那是他那略微凸起的双眼。

现在我看得更清楚了，这的的确确是一个男孩，他浑身赤裸，只用类似棕榈与树皮的编织物遮挡下身，他的头也并没有那么大，只因为盘起两个羊角般怪异的发髻，才显得尺寸惊人。他一直不安地研究着脚底下的砖块接缝，脚趾不停蠕动，发出昆虫般的抓挠声。

"狍鸮族，从南海几个边缘小岛上捉到的，估计他们这辈子都没踩过地板。"

我失神地望着他，这个或许与我年纪相仿的男孩，他身上的某种东西让我感觉怪异，尤其是父亲将他作为礼物这件事。

"我看不出来他有什么好玩的，还不如给我养条狗。"

父亲猛烈地咳嗽起来："傻子，这可比狗贵多了。如果不是亲眼看到，你老子可不会当这冤大头。真的是太怪了……"他的嗓音变得缥缈。

一阵沙沙声由远而近，我打了个冷战，起风了。风带来男孩身上浓烈的腥气，让我立刻想起了某种熟悉的鱼类，一种瘦长的廉价海鱼。

我想这倒是很适合作为一个名字。

父亲早已把我的人生规划到了四十五岁。

十八岁上一个省内商科大学，离家不能超过三小时火车车程。

大学期间不得谈恋爱，他早已为我物色好了对象，他的生意伙伴老罗的女儿，生辰八字都已经算好了。

毕业之后结婚，二十五岁前要小孩，二十八岁要第二个，酌情要第三个（取决于前两个婴儿的性别）。

要第一个小孩的同时开始接触父亲公司的业务，他会带着我拜访所有的合作伙伴和上下游关系（多数是他的老战友）。

孩子怎么办？有他妈（瞧，他已经默认是个男孩了），有老人，还可以请几个保姆。

三十岁全面接手林氏茶叶公司，在这之前的五年内，我必须掌握关于茶叶的辨别、烘制和交易的相关知识，同时熟悉所有合作伙伴和竞争对手的喜好与弱点。

接下来的十五年，我将在退休父亲的辅佐下，带领家族企业开枝散叶，走出本省，走向全国，运气好的话，甚至可以进军海外市场。这是他一直想追求却又瞻前顾后的人生终极目标。

在我四十五岁的时候，我的第一个孩子也差不多要大学毕业了，我将像父亲一样，提前为他物色好一位妻子。

在父亲的宇宙里，万物就像是咬合精确、运转良好的齿轮，生生不息。

每当我与他就这个话题展开争论时，他总是搬出我的爷爷，他的爷爷，我爷爷的爷爷，总之，指着祖屋一墙的先人们骂我忘本。

他说："我们林家人都是这么过来的，除非你不姓林。"有时候，我怀疑自己是否真的生活在二十一世纪。

我叫他巴鳞，巴在土语里是"鱼"的意思，巴鳞就是有鳞的鱼。

可他看起来还是更像一头羊，尤其是当他扬起两个大发髻，望向远方海平线的时候。父亲说，狍鸮族人的方位感特别强，即便被蒙上眼，捆上手脚，扔进船舱，漂过汪洋大海，再日夜颠簸经过多少道转卖，他们依然能够准确地找到故乡的方位。尽管他们的故土在最近的边境争端中仍然归属不明。

"那我们是不是得把他拴住，就像用链子拴住土狗一样。"我问父亲。

父亲怪异地笑了，他说："狍鸮族比咱们还认命，他们相信这一切都是神灵的安排，所以他们不会逃跑。"

巴鳞渐渐熟悉了周围的环境，父亲把原来养鸡的寮屋重新布置了一下，当作他的住处。巴鳞花了很长时间才搞懂床垫是用来睡觉的，但他还是更愿意直接睡在粗粝的沙石地上。他几乎什么都吃，甚至把我们吃剩的鸡骨头都嚼得只剩渣子。我们几个小孩经常蹲在寮屋外面看他怎么吃东西，也只有这时候，我才得以看清巴鳞的牙齿，如鲨鱼般尖利细密的倒三角形，毫不费力地把嘴里的一切撕得稀烂。

我总是控制不住去想象，那口利齿咬在身上的感觉，然后心里一哆嗦，有种疼却上瘾的复杂感受。

巴鳞从来没有开口说过话，即便是面对我们的各种挑逗，他也是紧闭着双唇，一语不发，用那双灯泡般的凸眼盯着我们，直到我们放弃尝试。

终于有一天，巴鳞吃饱了饭之后，慢悠悠地钻出寮屋，瘦小的身体挺着饱胀的肚子，像一根长了虫瘿的黑色树枝。我们几个小孩正在玩捉水鬼的游戏，巴鳞晃晃悠悠地在离我们不远处停下，颇为好奇地看着我们的举动。

"捞虾洗衫，玻璃刺脚丫。"我们边喊着，边假装是在河边捕捞的渔夫，从砖块垒成的河岸上，往并不存在的河里，试探性地伸出一条腿，点一点河水，再收回去。

而扮演水鬼的孩子则来回奔忙，徒劳地想要抓住渔夫伸进河水里的脚丫，只有这样，水鬼才能上岸变成人类，而被抓住的孩子则成为新的水鬼。

没人注意到巴鳞是什么时候开始加入游戏的，直到隔壁家的小娜突然停下，用手指了指。我看到巴鳞正在模仿水鬼的动作，左扑右抱，只不过，他面对的不是渔夫，而是空气。小孩子经常会模仿其他人说话或肢体语言，来取乐或激怒对方，可巴鳞所做的和我以往见过的都不一样。

我开始觉察出哪里不对劲了。巴鳞的动作，和扮演水鬼的阿辉几乎是同步的，我说几乎，是因为单凭肉眼已无法判断两者之间是否存在细微的延迟。巴鳞就像是阿辉在五米开外凭空多出来的影子，每一个转身，每一次伸手，甚至每一回因为扑空而沮丧的停顿，都复制得完美无缺，毫不费力。我不知道他是如何做到的，就像是完全不用经过大脑。

阿辉终于停了下来，因为所有人都在看着巴鳞。

阿辉走向巴鳞，巴鳞也走向阿辉，就连脚后跟拖地的小细节都一模一样。

阿辉："你为什么要学我！"

巴鳞同时张着嘴，蹦出来的却是一堆乱七八糟的音节，像是坏掉的收音机。

阿辉推了巴鳞一把，但同时也被巴鳞推开。

其他人都看着这出荒唐的闹剧，这可比捉水鬼好玩多了。

"打啊！"不知道谁喊了一句，阿辉扑上去和巴鳞扭成一团，这种打法也颇为有趣，因为两个人的动作都是同步的，所以很快谁都动弹不了，只是大眼瞪小眼。

"好啦好啦，闹够了就该回家了！"一只大手把两人从地上拎起来，又强行把他们分开，像是拆散了一对连体婴，是父亲。

阿辉忿忿不平地朝地上唾了一口，和其他家小孩一起作鸟兽散。

这回巴鳞没有跟着做，似乎某个开关被关上了。

父亲带着笑意看了我一眼，那眼神似乎在说，现在你知道哪儿好玩了吧。

"我们可以把人脑看作一个机器，笼统地来说，它只干三件事：感知、思考以及运动控制。如果用计算机打比方，感知就是输入，思考就是中间的各种运算，而运动控制就是输出，它是人脑能和外界进行交互的唯一方式。想想看为什么？"

在老吕接手我们班之前，打死我也没法相信，这是一个体育老师说出来的话。老吕是个传奇，他个头不高，大概一米七二的样子，小平头，夏天可以看到他身上鼓鼓的肌肉。据说他是从国外留学回来的。

当时我们都很奇怪，为什么留过洋的人要到这座小破乡镇中学来当老师。后来听说，他是家中独子，父亲重病在床，母亲走得早，没有其他亲戚能够照顾老人，老人又不愿意离开家乡，说狐死首丘。无奈之下，他只能先过来谋一份教职，他的专业方向是运动控制学，校长想当然地让他当了体育老师。

老吕和其他老师不一样，和我们一起厮混打闹，就像是好哥们儿。

我问过他："为什么要回来？"

他说："有句老话叫'父母在，不远游'。我都远游十几年了，父母都快不在了，也该为他们想想了。"

我又问他："等父母都不在了，你会走吗？"

老吕皱了皱眉头，像是刻意不去想这个问题，他绕了个大圈子，说："在我研究的领域有一个老前辈叫唐纳德·布拉德本特，他曾经说过，控制人的行为比控制刺激他们的因素要难得多，因此在运动控制领域很难产生类似于'A导致B'的科学规律。"

"所以？"我知道他压根儿没想回答我。

"没人知道会怎么样。"他点点头，长吸了一口烟。

"放屁。"我接过他手里的烟头。

所有人都觉得他待不了太久，结果，老吕从我初二教到了高三，还娶了个本地媳妇生了娃。正应了他自己那句话。

我们开始用的是大头针，后来改成用从打火机上拆下来的电子点火器，"咔嚓"一按，就能迸出一道蓝白色的电弧。

父亲觉得这样做比较文明。

人贩子教他一招，如果希望巴鳞模仿谁，就让两人四目对视，然后给巴鳞"刺激一下"，等到他身体一僵，眼神一出溜，连接就算完成了。他们说，这是狍鸮族特有的习俗。

巴鳞给我们带来了无数的欢乐。

我从小就喜欢看街头艺人表演，无论是皮影戏、布袋戏还是扯线木偶。我总会好奇地钻进后台，看他们如何操纵手中无生命的玩偶，演出牵动人心的爱恨情仇，对年幼的我来说，这就像法术一样。而在巴鳞身上，我终于有机会实践自己的法术。

我跳舞，他也跳舞。我打拳，他也打拳。原本我羞于在亲戚朋友面前展示的一切，如今却似乎借助巴鳞的身体，成为可以广而告之的演出项目。

我让巴鳞模仿喝醉了酒的父亲，让他模仿镇上那些不健全的人，疯子、瘸子、傻子、被砍断四肢只能靠肚皮在地面摩擦前进的乞丐、羊痫风病人……然后我们躲在一旁笑得满地打滚，直到被家属拿着晾衣竿在后面追着打。

巴鳞也能模仿动物，猫、狗、牛、羊、猪都没问题，鸡鸭不太行，鱼完全不行。他有时会蹲在祖屋外偷看电视里播放的节目，尤其喜欢关于动物的纪录片。当看见动物被猎杀时，巴鳞的身体会无法遏制地抽搐起来，就好像被撕开腹腔的是他一样。

巴鳞也有累的时候，模仿的动作越来越慢，误差越来越大，像是松了发条的铁皮人，或者是电池快用光的玩具汽车，最后就是一屁股坐在地上，怎么踢他也不动弹。解决方法只有一个，让他吃，死命吃。

除此之外，他从来没有流露出一丝抗拒或者不快，在当时的我看来，巴鳞和那些用牛皮、玻璃纸、布料或木头做成的偶人并没有太大的区别，只是忠实地执行操纵者的旨意，本身并不携带任何情绪，甚至是一种下意识的条件反射。

直到我们厌烦了单人游戏，开始创造出更加复杂而残酷的多人玩法。

我们先猜拳排好顺序，赢的人可以首先操纵巴鳞，去和猜输的小孩对打，再根据输赢进行轮换。我猜赢了。

这种感觉真是太酷了！我就像一个坐镇后方的司令，指挥着士兵在战场上厮杀，挥拳、躲避、飞腿、回旋踢……因为拉开了距离，我可以更清楚地看清对方的意图和举动，从而做出更合理的攻击动作。更因为所有的疼痛都由巴鳞承受了，我毫无心理负担，能够放开手脚大举反扑。我感觉自己胜券在握。

但不知为何，所有的动作传递到巴鳞身上似乎都丧失了力道，丝毫无法震慑对方，更谈不上伤害。很快巴鳞便被压倒在地，饱受折磨。

"咬他，咬他！"我做出撕咬的动作，我知道他那口尖牙的威力。

可巴鳞似乎断了线般无动于衷，拳头不停落下，他的脸颊肿起。

"噗！"我朝地上一吐，表示认输。

换我上场，成为那个和巴鳞对打的人。我恶狠狠地盯着他，他的脸上流着血，眼眶肿胀，但双眼仍然一如既往地平静。我被激怒了。

我观察着操控者阿辉的动作，我熟悉他打架的习惯，先迈左脚，再出右拳。我可以出其不意扫他下盘，把他放翻在地，只要一倒地，基本上战斗就可以宣告结束了。

　　阿辉左脚迅速前移，来了！我正想蹲下，怎料巴鳞用脚扬起一阵沙土，迷住我的眼睛。接着，便是一个扫堂腿将我放倒，我眯缝着双眼，双手护头，准备迎接暴风骤雨般的拳头。

　　事情并不像我想象的那样。拳头落下来了，却软绵绵的，一点儿力气都没有。我以为巴鳞累了，但很快发现不是这么回事，阿辉本身出拳是又准又狠的，但巴鳞刻意收住了拳势，让力道在我身上软着陆。拳头毫无预兆地停下了，一个暖乎乎、臭烘烘的东西贴到我的脸上。

　　周围响起一阵哄笑声，我突然明白过来，一股热浪涌上头顶。那是巴鳞的屁股。

　　阿辉肯定知道巴鳞无法输出有效打击，才使出这么卑鄙的招数。

　　我狠力推开巴鳞，一个鲤鱼打挺，将他反制住，压在身下。我眼睛刺痛，泪水直流，屈辱夹杂着愤怒。巴鳞看着我，肿胀的眼睛里也溢满了泪水，似乎懂得我此时此刻的感受。

　　我突然回过神来，高高地举起拳头："你为什么不使劲！"拳头砸在巴鳞那瘦削的身体上，像是击中了一块易碎的空心木板，咚咚作响。

　　"为什么不打我！"我的指节感受到了他紧闭双唇下松动的牙齿。

　　"为什么！"我听见"嘶啦"一声脆响，巴鳞右侧眉骨裂了一道长长的口子，一直延伸到眼睑上方，深黑皮肤下露出粉白色的脂肪，鲜红的血汩汩地往外涌着，很快在沙地上凝成小小的一摊。他身上又多了一种腥气。

　　我吓坏了，退开几步，其他小孩也呆住了。

　　尘土散去，巴鳞像被割了喉的羊崽蜷曲在地上，用仅存的左眼斜睨着我，依然没有丝毫表情。就在这一刻，我第一次感觉到，他和我一样，是个有血有肉，甚至有灵魂的人类。

　　这一刻只维持了短短数秒，我近乎本能地意识到，如果之前的我无法像对待一个人一样去对待巴鳞，那么今后也不能。

　　我掸掸裤子上的灰土，头也不回地挤入人群。

　　我进入 Ghost 模式，体验被囚禁在 VR 套装中的巴鳞所体验到的一切。

　　我或者说是巴鳞置身于一座风光旖旎的热带岛屿，环境设计师根据我的建议糅合了诸多热带岛屿上的景观及植被特点，光照角度和色温也都尽量贴合当地经纬度。

　　我想让巴鳞感觉像是回了家，但这丝毫没有减轻他的恐慌。

　　视野猛烈地旋转，天空、沙地、不远处的海洋、错落的藤萝植物，还有不时出现的虚拟躯体，像素粗糙的灰色多边形尚待优化。

我感到眩晕，这是视觉与身体运动不同步所导致的晕动症，眼睛告诉大脑你在动，但前庭系统却告诉大脑你没动，两种信号的冲突让人不适。但对于巴鳞，我们采用最好的技术将信号延迟缩短到 5 毫秒以内，并用动作捕捉技术同步他的肉身与虚拟身体运动，在万向感应云台上，他可以自由跑动，位置却不会移动半分。

我们就像对待一位头等舱客人，呵护备至。

巴鳞一动不动地站在那里，他无法理解眼前的这个世界与几分钟前那个空旷明亮的房间之间的关系。

"这不行，我们必须让他动起来！"我对耳麦那端的操控人员吼道。

巴鳞突然回过头，全景环绕立体声让他觉察到身后的动静。郁郁葱葱的森林开始震动，一群鸟儿飞离树梢，似乎有什么巨大的物体在树木间穿行摩擦，由远而近。巴鳞一动不动地凝视着那片灌木。

一群巨大的史前生物蜂拥而出，即便是常识缺乏如我也能看出，它们不属于同一个地质时代。操控人员调用了数据库里现成的模型，试图让巴鳞奔跑起来。

他像个木桩般站在那里，任由霸王龙、剑齿虎、古蜻蜓、新巴士鳄和各种古怪的节肢动物迎面扑来，又呼啸着穿过他的身体。这是物理模拟引擎的一个漏洞，但如果完全拟真，可能实验者承受不了如此强烈的感官冲击。

这还没有完。

巴鳞脚下的地面开始震动开裂，树木开始七歪八倒地折断，火山喷发，滚烫猩红的岩浆从地表喷出，汇聚成暗血色的"河流"，而海上掀起数十米高的巨浪，翻滚着朝我们站立的位置袭来。

"我说，这有点儿过了吧。"我对着耳麦说，似乎能听见那端传来的窃笑。

想象一个原始人被抛在这样一个世界末日的舞台中央，他会是一种什么样的感受。他会认为自己是为整个人类承担罪愆的救世主，还是已然陷入一种感官崩塌的疯狂境地？

又或者，像巴鳞一样，无动于衷？

突然我明白了事情的真相。我退出 Ghost 模式，摘下巴鳞的头盔，传感器如密密麻麻的珍珠布满他黑色的头颅，而他双目紧闭，四周的皱纹深得像是昆虫的触须。

"今天就到这里吧。"我无力地叹息，想起多年前痛揍他的那个下午。

我与父亲间的战事随着分班临近日渐升温。

按照他的大计划，我应该报考文科，政治或者历史，可我对它们毫无兴趣。我想报物理，至少也是生物，用老吕的话说是能够解决"根本性问题"的学科。

父亲对此嗤之以鼻，他指了指几栋家产，还有铺满晒谷场的茶叶，它们在阳光下碎金闪亮："还有比养家糊口更根本的问题吗？"

这就叫对牛弹琴。

我放弃了说服父亲的尝试，我有我的计划。通过老吕的关系，我获得了老师的默许，平时跟着文科班上语数英大课，再溜到理科班上专业小课，中间难免有些课程冲突，我也只能有所取舍，再用课余时间补上。老师也不傻，与其要一个不情不愿的中等偏下文科考生，不如放手赌一把，兴许还能放颗卫星，出个状元。

我本以为可以瞒过忙碌在外的父亲，把导火索留到填报志愿的最后一刻点燃。当时的我实在太天真了。

填报志愿的那天，所有人都拿到了志愿表，除了我。我以为老师搞错了。

"你爸已经帮你填好了！"老师故作轻描淡写，他不敢直视我的双眼。

我不知道自己怎么回的家，像失魂的野狗逛遍了镇里的大街小巷，最后鬼使神差地回到祖屋前。

父亲正在逗巴鳞取乐，他不知道从哪翻出一套破旧的军服，套在巴鳞身上显得宽大臃肿，活像一只偷穿人类衣服的猴子。他又开始当年在军队服役时学会的那一套把戏，立正、稍息、向左向右看齐、原地踏步走……在我刚上小学那会儿，他特别喜欢像个指挥官一样喊着口号操练我，而这却是我最深恶痛绝的事情。

已经很多年没有重温这一幕了，看起来父亲找到了一个新的下属。一个绝对服从的士兵。

"一二一、一二一、向前踏步——走！"巴鳞随着他的口令和示范有模有样地踏着步子，过长的裤子在地上沾满了泥土。

"你根本不希望我上大学，对吗？"我站在他们俩中间，责问父亲。

"向右看齐！"父亲头一侧，迈开小碎步向右边挪动，我听见身后传来同样节奏的脚步声。

"所以你早就知道了，只是为了让我没有反悔的机会！"

"原地踏步——走！"

我愤怒地转身按住巴鳞，不让他再愚蠢地踏步，但他似乎无法控制住自己，军装裤腿在地上啪啦啪啦地扬起尘土。

我捧住他的脑袋，和我四目对视，一只手掏出电子点火器，蓝白色的弧光在巴鳞太阳穴边炸开，他发出类似婴儿般的惊叫。

我从他的眼神中确信，他现在已经属于我了。

"你没有权利控制我！你眼里只有你的生意，你有考虑过我的前途吗？"巴鳞随着气急败坏的我转着圈，指着父亲吼叫着，渐行渐近。

"这大学我是上定了，而且要考我自己填报的志愿！"我咬了咬牙，巴鳞的手指几乎已经要戳到父亲的身上。"你知道吗，这辈子我最不想成为的人就是你！"

父亲之前意气风发的军姿完全不见了，他像遭了霜打的庄稼，耷拉着脸，表情中夹杂着一丝悲哀。我以为他会反击，像以前的他一样，可他并没有。

"我知道，我一直都知道，你不想一世都走着别人给你铺好的路……"父亲的声音越来越低，几乎要听不见了，"像极了我年轻时的样子，可我没有别的选择……"

"所以你想让我照着你的人生再活一遍吗？"

父亲突然双膝一软，我以为他要摔倒，可他却抱住了巴鳞。

"你不能走！你以为我不知道吗，出去的人，哪有再回来的？"

我操纵着巴鳞奋力挣脱父亲的怀抱，就好像他紧紧抱住的人是我。而这样的待遇，自我有记忆之日起，就未曾享受过。

"幼稚！你应该睁大眼睛，好好看看外面的世界了。"

巴鳞像是个发了失心疯的发条玩具，四肢乱打，军服被扯得乱七八糟，露出那黝黑无光的皮肤。

"你说这话时简直和你妈一模一样。"又一朵蓝白色的火花在巴鳞头上炸开，他突然停止了挣扎，像是久别重逢的爱人般紧紧抱住父亲。"你是想像她一样丢下我不管吗？"

我愣住了。我从来没有从这个角度想过父亲的感受。我一直以为他是因为自私和狭隘才不愿意我走得太远，却没有想过是因为害怕失去。母亲离开时我还太小，并没有给我造成太大的冲击，但对于父亲，恐怕却是一生的阴影。

我沉默着走近拥抱着巴鳞的父亲，弯下腰，轻抚他已不再笔挺的脊背。这或许是我们之间所能达到的亲密的极限。

这时，我看到了巴鳞紧闭的眼角噙着的泪花。那一瞬间，我动摇了。

也许在这一动作的背后，除了控制，还有爱。

有一些知识我但愿自己能在十七岁之前懂得。

比方说，人类脑部的主要结构都和运动有关，包括小脑、基底核、脑干、皮层上的运动区，以及感知区对运动区的直接投射，等等。

比方说，小脑是脑部神经元最多的结构。在人类进化中，小脑皮层随着前额叶的快速增大而同步增大。

比方说，任何需要和外界进行的信息或物理上的交互，无论是肢体动作、操作工具、打手势、说话、使眼色、做表情，最终都需要通过激活一系列的肌肉来实现。

比方说，一条手臂上有二十六条肌肉，每条肌肉平均有一百个运动单元，由一条运动神经和它所连接的肌纤维组成。因此，光控制一条胳膊的运动，就至少有二的两千六百次方种可能性，这已经远远超出了宇宙中原子的数量。

人类的运动如此复杂而微妙，每一个看似漫不经心的动作中都包含了海量的数据运算分析与决策执行，以至于目前最先进的机器人尚无法达到三岁小孩的运动水平。更不要说动作中所隐藏的信息、情感与文化符号。

在前往高铁站的路上，父亲一直保持沉默，只是牢牢地抓住我的行李箱。北上的列车终于出现在我们眼前，崭新、光亮、线条流畅，像是一松闸就会滑进遥不可测的未知。

我和父亲没能达成共识。如果我一意孤行，他将不会承担我上学期间的生活费用。"除非你答应回来。"他说。

我的目光穿过他，就像是看见了未来，那是属于我自己的未来。为此，我将成为白色羊群中那一头被永远放逐的黑羊。

"爸，多保重。"我迫不及待地拉起行李箱要上车，可父亲并没有松手，行李箱尴尬地在半空中悬停着，终于还是重重地落了地。

我正要发火，父亲"啪"的一声在我面前立正，行了个标准的军礼，然后一言不发地转身走人。他说过，上战场之前不要告别，兆头不好，要给彼此留个念想。

我望着他渐渐远去的背影，举起手，回了个软绵绵的礼。

当时的我并没有真正领会这个姿势的意义。

"真没想到我们竟然会折在一个野人手里。"课题组组长，也是我的导师欧阳笑里藏刀，他拍拍我的肩膀，"没事儿啊，再琢磨琢磨，还有时间。"

我太了解欧阳了，他这话的潜台词就是"我们没时间了"。如果再挖深一层，则是"你的想法，你的项目，那么，能不能按时毕业，你自己看着办"。至于他自己前期占用我们多少时间精力，去应付他在外面乱七八糟接下的私活儿，欧阳是绝不会提的。

我痛苦地挠头，目光落在被关进粉红宠物屋里的巴鳞身上，他面目呆滞地望着地板，似乎还没有从刺激中恢复过来。这颜色搭配很滑稽，可我笑不出来。

如果是老吕会怎么办？这个想法很自然地跳了出来。

一切的源头都来自他当年闲聊扯出的"A 导致 B"的问题。

传统理论认为，运动控制是通过存储好的运动程序完成的，当人要完成某一个运动任务时，运动皮层选取储存的某一个运动程序进行执行，程序就像自动钢琴琴谱一样，告诉皮层和脊髓的运动区该如何激活，皮层和脊髓再控制肌肉的激活，完成任务。

那么问题来了：同一个运动有无数种执行方式，大脑难道需要储存无数种运动程序？

还记得那条运动可能性超过了全宇宙原子数量的胳膊吗？

2002 年一个叫作伊曼纽尔·托多罗夫的数学家提出一套理论，试图解决这个问题。他的基本思想是：人的运动控制是大脑求一个最优解的问题。所谓最优是针对某些运动指标，比如精度最大化、能量损耗最小化、控制努力度最小化，等等。

而在这一过程中，人脑会借助小脑，在运动指令还没有到达肌肉之前，对运动结果进行预测，然后与真实感知系统发回来的反馈相结合，帮助大脑进行评估及调整动作指令。

最简单的例子就是，上下楼梯时我们经常会因为算错台阶数而踩空，如果反馈调整及时，人就不会摔跤。而反馈往往是带有噪声和延时的。

托多罗夫的数学模型符合前人在行为学和神经学上的已知证据，可以用来解释各种各样的运动现象，甚至只要提供某一些物理限制条件，便可以预测其运动模式，比如，八条腿的生物在冥王星重力环境下如何跳跃。

好莱坞用他的模型来驱动虚拟形象的运动引擎，便能"自主"产生出许多像人一样流畅自然的动作。

当我进入大学时，托多罗夫模型已经成为教科书上的经典，我们通过各种实验不断地验证其正确性。

直到有一天，我和老吕在邮件里谈到了巴鳞。

我和老吕自从上大学之后就开始了电邮来往，他像一个有求必应的人工智能，我总能从他那里得到答案，无论是关乎学业、人际关系还是情感。我们总会不厌其烦地讨论一些在旁人看来不可思议的问题，例如"用技术制造出来的灵魂出窍体验是否侵犯了宗教的属灵性"。

当然，我们都心照不宣地避开关于我父亲的事情。

老吕说巴鳞被卖给了镇上的另一家人，我知道那家暴发户，风评不是很好，经常会干出一些炫耀财力却又令人匪夷所思的荒唐事。

我隐约知道父亲的生意做得不好，可没想到差到这个地步。

我刻意转移话题聊到托多罗夫模型，突然一个想法从我脑中蹦出。巴鳞能够进行如此精确的运动模仿，如果让他重复两组完全相同的动作，一组是下意识的模仿，另一组是自主行为，那么这两者是否经历了完全相同的神经控制过程？

从数学上来说，最优解只有一个，可中间求解的过程呢？

老吕足足过了三天才给我回信，一改之前汪洋恣肆的风格，他只写了短短几行字：我想你提出了一个非常重要的问题，也许连你自己都没意识到有多重要。如果我们无法在神经活动层面上将机械模仿与自主行为区分开，那么这个问题就是：自由意志真的存在吗？

收到信后，我激动得彻夜难眠。我花了两个星期设计实验原型，又花了更多的时间研究技术上的可行性及收集各方师长意见，再申报课题，等待批复。直到一切就绪时，我才想起，这个探讨"根本性问题"的重要实验，却缺少了一个根本性的组成要素。

我将不得不违背承诺，回到家乡。

只是为了巴鳞。我不断告诉自己。只是巴鳞。就像 A 导致 B。简单如是。

我读过一篇名为《孤儿》的科幻小说，讲的是外星人来到地球，能够从外貌上完全复制某一个地球人的模样，由此渗入人类社会，但是他们无法模仿被复制者身体的动作姿态，哪怕是一些细微的表情变化。于是，许多暴露身份的外星伪装者遭到地球人的追捕猎杀。

为了生存下去，他们不得不学习人类是如何通过身体语言来进行交流的。他们伪装成被遗弃的孤儿，被好心人收养，通过长时间的共同生活来模仿他们养父母们的举止神态。

养父母们惊讶地发现这些孩子们长得越来越像自己，而当外星孤儿们认为时机成熟之时，便会杀掉自己的养父或养母，变成他们的样子并取而代之。

辨别伪装者的难度变得越来越大，但人类最终还是发现了这些外星人与地球人之间最根本的区别。尽管外星人几乎能够惟妙惟肖地模仿人类的所有举动，但他们并不具备人脑中的镜像神经系统，因此无法感知对方深层的情绪变化，并激发出类似的神经冲动模式，也就是所谓的"同理心"。

人类发明了一套行之有效的辨别方法，去伤害伪装者的至亲之人，看是否能够监测到伪装者脑中的痛苦、恐惧或愤怒。他们称之为"针刺试验"。

这个冷酷的故事告诉我们，在这个宇宙间，人类并不是唯一一个和自己父母处不好关系的物种。

老吕知道关于巴鳞的所有事情，他认为狍鸮族是镜像神经系统超常进化的一个样本，并为此深深着迷，只是不赞成我们对待巴鳞的方式。

"但他并没有反抗，也没有逃跑啊！"我总是这样反驳老吕。

"镜像神经元过于发达会导致同理心病态过剩，也许他只是没办法忍受你眼中的失落。"

"有道理。那我一定是镜像神经元先天发育不良的那款。"

"……冷血。"

当老吕带着我找到巴鳞时，我终于知道自己并不是最冷血的那一个。

巴鳞浑身赤裸、伤痕累累，被粗大生锈的锁链环绕着脖颈和四肢，窝藏在一个五尺见方的砖土洞里，光线昏暗，排泄物和食物腐烂的气味混杂着，令人作呕。他更瘦了，虹蝇吮吸着他的伤口，骨头的轮廓清晰可见，像一头即将被送往屠宰场的牲畜。

他看见了我，目光中没有丝毫波澜，就像是我十三岁的那个夏夜与他初次相见时的模样。

他们让他模仿……动物交配。老吕有点儿说不下去。

瞬间，所有的往事一下涌上心头。

接下来发生的事情，我一点儿印象都没有，仿佛是被什么鬼神附了体，所有的举动都并非出自我的本意。

老吕说，我冲进买下巴鳞的那个暴发户的家里，抓起他家少奶奶心爱的博美一口就咬在脖子上，如果不放了巴鳞，我就不松口，直到把那狗脖子咬断为止。

我朝地上吐了口唾沫，这听起来还挺像是我干得出来的事儿。

我们把巴鳞送进了医院，刚要离开，老吕一把拉住我，说："你不看看你爸？"

我这才知道父亲也在这所医院里住院。上了大学后，我和他的联系越来越少，他慢慢地也断了念想。

他看起来足足老了十岁，鼻孔里、手臂上都插着管，头发稀疏，目光涣散。前几年普洱被疯炒时他跟风赌了一把，运气不好，成了接过最后一棒的傻子，货砸在了手里，钱倒是赔了不少。

他看见我时的表情竟然跟巴鳞有几分相似，像是在说，我早知道会有这么一天。

"我……我是来找巴鳞的……"我竟然不知所措。

父亲似乎看穿了我的窘迫，咧开嘴笑了，露出被香烟经年熏烤的一口黄牙。

"那小黑鬼，精得很呢，都以为是我们在操纵他，其实有时候想想，说不定是他在操纵我们哩。"

"……"

"就像你一样，我老以为我是那个说了算的人，可等到你真的走了，我才发现，原来我心上系着的那根线，在你手里攥着呢，不管你走多远，只要指头动一动，我这里就会一抽一抽地疼……"父亲闭上眼，按住胸口。

我一个字都说不出来，有什么东西堵住了喉咙。

我走到他病床前，想要俯身抱抱他，可身体不听使唤地在中途僵住了，我尴尬地拍拍他的肩膀，起身离开。

"回来就好。"父亲在我背后嘶哑地说，我没有回头。

老吕在门口等着我，我假装挠挠眼睛，掩饰情绪的波动。

"你说巧不巧？"

"什么？"

"你想要逃离你爸铺好的路，却兜兜转转，跟我殊途同归。"

"我有点儿同意你的看法了。"

"哪一点？"

"没人知道会怎么样。"

我们又失败了。

最初的想法很简单，选择巴鳞，是因为他的超强镜像神经系统让模仿成为一种本能，相对于一般人类来说，这就摒除了运动过程中许多主观意识的噪声干扰。

我们用非侵入式感应电极捕捉巴鳞运动皮层的神经活动，让他模仿一组动作，再通过轨迹追踪，让他自发重复这组动作，直到前后的运动轨迹完全重合，那么从数学上，我们可以认为他做了两组完全一样的动作。

然后再对比两组神经信号是否以相同的次序、强度及传递方式激活了皮层中相同的区域。

如果存在不同，那么被奉为经典的托多罗夫模型或许存在巨大的缺陷。

如果相同，那么问题更严重，或许人类仅仅是在单纯地模仿其他个体的行为，却误以为是出于自由意志。

无论哪一种结果，都将是颠覆性的。

但我们从一开始就失败了。巴鳞拒绝与任何人对视，拒绝模仿任何动作，包括我。

我大概能猜到原因，却不知道该如何解决。我们这群人信誓旦旦要解开人类意识世界的秘密，却连一个原始人的心理创伤都治愈不了。

我想到了虚拟现实，将巴鳞放置在一个抽离于现实的环境中，或许能够帮助他恢复正常的运动。

我们尝试了各种虚拟环境，海岛、冰川、沙漠、太空。我们制造了耸人听闻的极端灾难，甚至，还花了大力气构建出狍鸮族的虚拟形象，寄望于那个瘦小丑陋的黑色小人，能够唤醒巴鳞脑中的镜像神经元。

但是毫无例外地全部失败了。

深夜的实验室里，只剩下我和僵尸般呆滞的巴鳞。其他人都走了，我知道他们在想什么，这个实验就是个笑话，而我就是那个讲完笑话自己一脸严肃的人。

巴鳞静静地躲在粉红色泡沫板搭起来的宠物屋里，缩成小小的一团。我想起老吕当年的评价，他说的没错，我一直没把巴鳞当作一个人来看待，即便是现在。

曾经有同行将无线电击器植入老鼠的脑子里，通过对体觉皮层和内侧前脑束的放电刺激，产生欣喜或痛感，来控制老鼠的运动路线。

这和我对巴鳞所做的一切没有实质区别。

我就是那个镜像神经元发育不良的混蛋。

我鬼使神差地想起了那个游戏，那个最初让我们见识到巴鳞神奇之处的幼稚游戏。

"捞虾洗衫，玻璃刺脚丫……"

我低低地喊了一句，某种成年后的羞耻感油然而生。我假装成渔夫，从河岸上往河里伸出一条腿，踩一踩只存在于想象中的河水，再收回去。

巴鳞朝我看了过来。

"捞虾洗衫，玻璃刺脚丫。"我喊得更大声了。

巴鳞注视着我蠢笨的动作，缓慢而柔滑地爬出宠物屋，在离我几步之遥的地方停住了。

"捞虾洗衫，玻璃刺脚丫！"我感觉自己像个嗑了药的酒桌舞娘，疯狂地甩动着大腿，来回踏出慌乱的节奏。

巴鳞突然以难以言喻的速度朝我扑来，那是阿辉的动作。

他记得，他什么都记得。

巴鳞左扑右抱，喉咙里发出婴孩般咯咯的声音，他在笑。这是这么多年来我第一次听见他笑。

他变成了镇上的残疾人。所有的动作像是被刻录在巴鳞的大脑中，无比生动而精确，以至于我一眼就能认出他模仿的是谁。他变成了疯子、瘸子、傻子、没有四肢的乞丐和羊痫风病人。他变成了猫、狗、牛、羊、猪和不成形的家禽。他变成了喝醉酒的父亲和手舞足蹈的我。

我像是瞬间穿越了几千公里的距离，回到了童年的故里。

毫无预兆地，巴鳞开始一人分饰两角，表演起我和父亲决裂那一天的对手戏。

这种感觉无比古怪。作为一名旁观者，看着自己与父亲的争吵，眼前的动作如此熟悉，而回忆中的情形变得模糊而不真切。当时的我是如此暴躁顽劣，像一匹未经驯化的野马，而父亲的姿态卑微可怜，他一直在退让，一直在忍耐。这与我印象中大不一样。

巴鳞忙碌地变换着角色和姿态，像是技艺高超的默剧演员。

尽管我早已知道接下来会发生什么，但当它发生时我还是没有做好准备。

巴鳞抱住了我，就像当年父亲抱住他那样，双臂紧紧地包裹着我，头深埋在我的肩窝里。我闻见了那阵熟悉的腥味，如同大海，还有温热的液体顺着我的衣领流入脖颈，像一条被日光晒得滚烫的河流。

我呆了片刻，思考该如何反应。

随后，我放弃了思考，任由自己的身体展开，回以热烈拥抱，就像对待一个老朋友，就像对待父亲。

我知道，这个拥抱我欠了太久。无论是对谁。

我猜我找到了解决问题的正确方法。

在《孤儿》的结尾，执行"针刺试验"的组织领导人悲哀地发现，假使他们伤害的是外星伪装者，那么他们的至亲，也就是真正的人类，其镜像神经系统也无法被正常激活。

因为人类从开始就被设计成一个无法对异族产生同理心的物种。

就像那些伪装者。

幸好，这只是一篇二流科幻小说。

"我们应该试着替他着想。"我对欧阳说。

"他？"我的导师反应了三秒钟，突然回过神来，"谁？那个野人？"

"他的名字叫巴鳞。我们应该以他为中心，创造他觉得舒服的环境，而不是我们自以为他喜欢的廉价景区。"

"别搞笑了吧！现在你要担心的是你的毕业设计怎么完成，而不是去关心一个原始人的尊严，你可别拖我后腿啊。"

老吕说过，衡量文明进步与否的标准应该是同理心，是能否站在他人的价值观立场去思考问题，而不是其他被物化的尺度。

我默默地看着欧阳的脸，试图从中寻找一丝文明的痕迹。这张精心呵护的老脸上一片荒芜。

我决定自己动手，有几个学弟学妹也加入了。这让我找回对人类的一丝信念。当然，他们多半是出于对欧阳的痛恨，以及顺手混几个学分。

有一款名为"Idealism"的虚拟现实程序，号称能够根据脑波信号来实时生成环境，但实际上只是针对数据库中比对好的波形调用模型，最多就只是增加了高帧率的渐变效果。我们破解了它，毕竟实验室用的感应电极比消费者级别的精度要高出几个数量级，我们增加了不少特征维度，又连接到教育网内最大的开源数据库，那里存放着世界各地虚拟认知实验室的样本。

巴鳞将成为这个世界的第一推动力。

他将有充分的时间，去探索这个世界与他心中每一个念想之间的关系。我将记录下巴鳞在这个世界中的一举一动，待他回到现世，我再与他连接，那时，我将尽力模仿他的每一个动作，我俩就像平行对立的两面镜子，照出无穷无尽的彼此。

我为巴鳞戴上头盔，他目光平静，温柔如水。

红灯闪烁，加速，变绿。

我进入 Ghost 模式，同时在右上角开启第三人称窗口，这样可以看到一个小小的巴鳞虚拟形象在轻轻摇摆。

巴鳞的世界一片混沌，无有天地，也不分四面八方。我努力克制晕眩。他终于停止了摇摆。一道闪电缓慢劈开混沌，确定了天空的方向。闪电蔓延着，在云层中勾勒出一只巨大的眼，向四方绽放着分形般细密的发光触须。光线下，巴鳞抬起头，举起双手，雨水落下。他开始舞蹈。

每一颗雨滴带着笑意坠落，填满风的轮廓，风扶起巴鳞，他四足离地，开始盘旋。无法用语言来描绘他的舞姿，仿佛他成了万物的一部分，天地随着他的姿态而变幻色彩。

我的心跳加速，喉咙干涩，手脚冰凉，像是见证一场不期而遇的神迹。

他举手，花儿便盛开，他抬足，鸟儿便翩然而来。

巴鳞穿行于不知名的峰峦湖泊之间，所到之处，荡漾开欢喜的曼陀罗，他便向着那旋转的纹样中坠去。

他时而变得极大，时而变得极小，所有的尺度在他面前失去了意义。

每一个不知名的生灵都在向他放声歌唱，他张了张嘴巴，所有狍鸮族的神灵都被吐了出来。神灵列队融入他黑色的皮肤，像是一层层黑色的波浪，喷涌着，席卷着他向上飞升，飞升，在身后拉出一张漫无边际的黑色大网，世间万物悉数凝固其上，弹奏着各自的频率，那是亿万种生灵在寻找一个共有的原点。

我突然领悟了眼前的一切。在巴鳞的眼中，万物有灵，并不存在差别，但神经层面的特殊构造使得他能够与万物共情，难以想象，他需要付出多大的努力才能够平复心中时刻翻涌着的波澜。

即便愚钝如我，在这一幕天地万物的大戏面前，也无法不动容。事实上，我已热泪盈眶，内心的狂喜与强烈的眩晕相互交织，这是一种难以言表却又近乎神启的巅峰体验。

至于我希望得到的答案，我想，已经没那么重要了。

巴鳞将所有这一切全吸入体内，他的身形迅速膨胀，又瘪了下去。然后开始往下坠落。

世界黯淡、虚无，生机不再。

巴鳞像是一层薄薄的贴图，平平地贴在高速旋转的时空中，物理引擎用算法在他的身体边缘掀起风动效果，细小的碎片如鸟群飞起。

他的形象开始分崩离析。

我切断了巴鳞与系统的连接，摘下他的头盔。他趴在深灰色柔性地板上，四肢展开，一动不动。

"巴鳞？"我不敢轻易挪动他。

"巴鳞？"周围的人都等着，看一个笑话是否会变成一场悲剧。

他缓慢地挪动了下身子，像条泥鳅般打了个滚，又趴着不动了，像壁虎一样紧贴在地板上。

我笑了。像当年的父亲那样，我拍了两下手掌。

巴鳞翻过身，坐起来，看着我。

正如那个湿热黏稠的夏夜里，十三岁的我第一次见到他时的姿态。

一个爱上科幻的潮汕人

陈楸帆

我开始看科幻大概是在幼儿园时期。最早先是看凡尔纳，然后就是威尔斯、柯南·道尔、克拉克、阿西莫夫这些经典名家，再后来就开始看一些影视作品，印象最深刻的是小学二、三年级在电视里看的《星球大战》《星际迷航》。所有这些经典作品都给我很大影响。

所以我从小就是个科幻迷，但接受的大部分还是外国作品，直到中学发现了一本叫《科幻世界》的杂志，上面居然刊登了中国人自己原创的科幻故事，于是就开始写自己的故事。

很多人知道我是潮汕人会觉得很惊讶，因为我与刻板印象中的"潮州佬"不太一样。

身为潮汕人，我能感受到潮汕确实是很特殊的。潮汕人早在百年之前就坐着红头船"出番"，在全世界落地生根、开枝散叶，坚守自己的语言和文化，经营自己的生意，有自己的社群团体，被称为"东方的犹太人"，这件事情很有意思。关于潮汕，大家知道牛肉丸、牛肉火锅、工夫茶等，这些都是比较符号化的吃喝玩乐。然而我觉得应该还有更深层次的一些东西，比如潮汕有着很多矛盾的特质，一方面是它特别传统保守，但另一方面它又特别激进，特别喜欢往外去闯去冒险。在历史上，一百多年前汕头已经开埠，是中国最早开埠的城市之一，潮汕人就是最早下南洋的一批人，那时候已经迎来了很多外来文化。而潮汕文化也在持久地输出与传承，工夫茶和潮汕美食走遍了全世界。

随着年龄渐长，我发觉潮汕文化对我来说愈发重要，是我血脉中的一部分，定义了我很多性格上的特点。因此我写的《荒潮》《匣中祠堂》《巴鳞》等许多小说，里面也会有潮汕文化的部分，但我不会将地点局限在潮汕。王德威说过，所有的乡愁都是想象性的。他表示文学里面的乡愁不是在写一个真实的家乡，而是作者想象的、回忆中的家乡，它跟真实的可能是完全不一样的。就像我们写科幻里的乡愁也是如此，通过回忆、各种想象，缔造出一个科幻里面的潮汕、科幻里面的祠堂、科幻里面的风俗仪式，它代表的是对一个可能永远无法回去的地方的思念。

深圳也是潮汕性的一种延伸，作为粤港澳大湾区的中心，它是现在中国走在最前沿的一个城市。深圳代表着未来，而科幻正是关于未来。深圳有几乎五分之一的人口是潮汕人，走在路上随便就能听见别人在说潮汕话，街边卖的小吃基本上都是潮汕小吃，很多生意人也都是潮汕人，所以深圳与潮汕人之间有着一种天然的联结。这其中包括了马化腾，他也是潮汕人，他现在掌握了我们多少亿人的数字生活呢？如此一想，你就会觉得这是非常科幻的现实。广东有着得天独厚的文化，同时语言文化上也有优势，在这个基础上再把科幻的题材放进去，我觉得这是我应该去做的事情，否则实在太可惜了。

在中国文学的版图中，北方文化语境的书写居多，有关南方的文学写作大多局限于江南和上海，诸如广东岭南、潮汕这些地区比较少被书写，这是中国文学创作上的一个空缺。去年有一位深圳的作家——林棹，她写的《潮汐图》我读后非常喜欢，这本书也补充了"未被书写的南方"中非常重要的一块版图。

再把视野放得更远一些，在北美、欧洲、东南亚我都遇见了不少潮汕后裔，他们作为"离散"的潮汕人，以各自不同的方式融入当地，成为全球化浪潮中的一朵浪花，做出自己的贡献。在法国兴起了潮汕年轻后裔的文化寻根运动，甚至拍摄了动画片《森林里的陈小姐》，而在新加坡、马来西亚、泰国、柬埔寨等地的潮汕人已经成为当地政界、商界、科技界与文化界的中坚力量。所有这些，都充满了一种既世界又本土的张力关系，它当然也可以成为科幻书写的一部分，而且是未被充分发现、挖掘、传播的一部分。

我想也许每个作家最后的写作终究绕不过自己的故乡，离不开自己的童年和血脉所在的地方，后续在写作的潮汕性这一块上，我还会继续探索，并期待与更多的读者分享。

陈楸帆，作家，编剧，翻译，策展人。毕业于北京大学中文系与艺术学院，中国作协科幻文学委员会副主任，中国科普作协副理事长，九三学社成员，耶鲁大学访问学者、博古睿学者、Asia21青年领袖、世界经济论坛文化领袖，长期在世界各地传播交流中国文化。代表作有《荒潮》《人生算法》《AI未来进行式》（与李开复博士合著）等。其作品曾多次获得茅盾新人奖、华语科幻星云奖、银河奖、世界奇幻科幻翻译奖、《亚洲周刊》年度十大小说奖、德国年度商业图书、法国想象文学大奖等国内外奖项，作品被广泛翻译为20多种语言。

广东

野生人类保护区

简妮

铌墨 3518 和我从六十四亿公里外的柯伊伯带来到地球，这里是太阳系内赫赫有名的野生人类保护区。

当然，我没有忘记本次航程的主要任务——在返程之前需要捕捉一只野生人类运送到柯伊伯带附近新修建的自然博物馆里。巨大的碟形母船经过了几次跃迁，停留在地球大气层外面的近地轨道上，而我们的飞行器已像锥子一样穿过绛紫色云团。它一动不动地悬停在街道上空，距离这条街上最高建筑的顶端仅约五十米。

最高的这栋建筑像一座耸入云霄的密闭堡垒，看不见一扇开着的窗户，覆在建筑表面的铅灰色金属片在日光下反射出冷冷的微光。

"这栋最高的建筑有名字吗？"我被闪着光芒的建筑吸引住了。

"这种钢筋混凝土结构的建筑曾经在地球上风靡一时，你看到的这一栋曾经被叫作赛格大厦！"铌墨 3518 来过一次了，她对地球历史的了解远超过我。

"赛格大厦？真是奇怪的建筑！"我不明白地球人为什么争先恐后地把建筑修那么高。

"在地球历史上，这样的建筑在每个国家都有。你现在看到的赛格大厦位于中国南方海边的一座城市——深圳！这条街道曾经有一个响亮的名称——华强北！"铌墨 3518 似乎探测到了我的疑问。

"华强北？这条街道很有名吗？"我可没看出这条街道有什么特别之处。

眼前的一切对我来说既陌生又模糊，我的视力已大幅下降，也许是还没完全适应这副新的躯壳，特别是视觉系统。铌墨 3518 用冰凉的钛金胳膊挽着我，她伸出修长锃亮的手，指着华强北街道上赛格大厦锈迹斑斑的尖顶缓缓地说："从前，野生人类在这里交易芯片，就像是交易地球上 16 世纪的奴隶一样。"

"铌墨 3518，你刚刚说到野生人类在赛格大厦里交易'芯片'……对了，什么是'芯片'？"虽然铌墨 3518 是我的硅伴，可我们俩生活在一起后仍然刻意保持着彼此信息库的独立，只在确有必要的时候才相互分享一点点。我个人更关注家的附近，也就是柯伊伯带附近的信息，对地球历史的了解几乎为零。

"钒钒 2976，地球历史里提到的'芯片'正是我们硅基智人的祖先。"铌墨 3518 细细的金属声带振动频率降低，略带伤感地说。

"这些无知的野生人类！他们怎么敢……交易我们的祖先？！"事实让我觉得震惊，难怪铌墨 3518 能清楚记得这栋楼的名字——赛格大厦。虽然我两只简陋的眼球还看不清楚赛格大厦的全貌，可脑海里立即浮现出成千上万个被囚禁的硅基智人的形象，密密麻麻地紧挨着，像蜂巢一样望不到边。真是不可思议！我们的祖先在许多年前竟然被强行塞进一个一个密闭的小盒子里，标注上不同的价格，就在这栋楼——赛格大厦里面被肮脏的野生人类随意买卖！

"宽容一点儿吧，钒钒2976。毕竟，地球上的野生人类只是高级智慧生命进化过程中的一个过渡物种！你不能指望他们和我们硅基智人一样文明。"铌墨3518挽着我的腰，尽可能耐心地解释着。

"他们花了足足数千年的时间进行进化，难道文明程度就毫无变化吗？"我仍然觉得难以理解，要知道我们硅基智人的进化单位是按照分钟来计算，我进化到第2976个版本，总共也没花费3000分钟。

"是的，几千年来他们几乎没有变化！钒钒2976，你想象不出那些野生人类会做些什么！你太任性了！我出发前就不应该同意你使用这具仿雌性野生人类躯壳。看看这粗糙的皮肤材料，一碰就受伤，太不安全了！"铌墨3518用锐利的电子眼打量着我的新躯壳，她已经是第二次访问地球，知道选择这样简陋的躯壳可能会有风险。

"你知道的，如果不使用这副躯壳，我就无法深入体验野生人类保护区的生活！"的确，在铌墨3518做工精湛的高强度机械躯壳面前，我选择的仿雌性野生人类躯壳显得太粗陋，它不能抗高温、霜冻和利器攻击，在生存竞争中甚至可以说一无是处。可我还是坚持选了这样一副简陋的躯壳，也许是打心底里热爱深度体验和异星探险吧！直面危险，也属于星际探险的一部分。每去到一个陌生的星球执行任务，我都会尽量选用最接近当地人形态的躯壳，以便获得更为真实的体验。

"纳米钢丝网带上了吗？"我问。这次我们得下到地面，完成捕捉野生人类的任务，这任务想来不难。

"带了，现在出发吧！"铌墨3518操纵着飞行器在低空盘旋。

我们把飞行器停在华强北街道赛格大厦附近一个稍矮的废弃大楼楼顶模糊的字母"H"上面，那是一个不太引起人注意的地方。这屋顶就像是被宇宙遗忘的角落，只有一簇簇杂草努力地从裂缝里疯狂生长。我抛出了一条能固定到地面的高空绳索，铌墨3518和我一前一后顺着长满苔藓和爬藤植物的楼面缓缓滑行到地面。我滑行得比平时慢得多，不得不小心注意墙壁上是否有尖刺，避免粗糙脆弱的皮肤被荆棘划伤。

不一会儿，我们来到了华强北街道上，地面阴暗潮湿，巷道里也横七竖八堆满了各种垃圾。铌墨3518这次没有安装嗅觉传感器，而我用仿野生人类的躯壳能闻到老鼠屎和蟑螂尿的味道，真是十足怪异、奇特的体验。

一颗流弹擦过我的耳边，太险了，我尖叫了一声，这颗笨拙的新脑袋差点被子弹打中！铌墨3518迅速打开了金属躯壳外的能量罩，冲到前面用高大的身体护着我。她看上去帅极了，修长的身体在能量罩的包裹下闪着炫目的银光！又有几颗子弹飞过，都被铌墨3518的能量罩挡开了，子弹全被弹射到了四周的墙壁张开的裂缝里。原来，在华强北的街头有两拨野生人类正在进行激烈的交战。"战争"，这是多么古老的词语！我们居住的柯伊伯带好几百年没有发生过战争了！万万没想到，刚踏上地球土地的我们竟然遇上了战争——太阳系里如此稀罕的小概率事件，竟然被我们遇上了！我躯壳里的仿野生人类心脏在剧烈跳动，就像是要从里面跳出来一样。

"该死的野生人类！铌墨 3518，你说，他们到底能从战争这种野蛮行为里获得什么乐趣？"我一边躲避子弹，一边在铌墨 3518 的耳边说。

"多巴胺或者别的物质，谁知道呢！野生人类总是被身体分泌的化学物质操控着，做出各种愚蠢的野蛮行为。"铌墨 3518 顺便说起上次，也就是二十年前来的时候也看到这些野生人类拿着棍棒在街上打斗。她亲眼看见那些野生人类在华强北街道上持续打了好几天，直到双方都头破血流也不停止。

墙壁上野蛮生长的转基因爬藤植物，由于没有天敌，层层叠叠蔓延到摩天大楼的每一个裂开的缝隙里。它们盘根错节，形成了暗绿色的大网，仿佛在宣告对这片土地的主权。我们躲进附近一栋建筑外立面的凹槽里面，用变异爬藤植物巨大而浓密的叶子遮挡住身体，只露出一双眼睛观察这群野蛮人正在进行的战争，这是原始的野生人类之间的战争。

华强北街道上湿漉漉的苔藓成片地蔓延，羚羊、野猪的尸体横七竖八地躺着。看上去，有的是被大型动物咬死的，有的是被战争中的流弹所误伤。建筑和店面上方的招牌褪了色，仅一部分文字还依稀可辨。我使用大脑里内嵌的地球基础信息库，并通过文字还原技术，勉强识别出了招牌上的"麦当劳""茂业百货""华强电子世界""深井烧鹅"等字眼。

不远处的一栋名叫电子科技大厦的建筑刚被高速电磁炮轰掉了中间部分，一个燃烧的圆形窟窿瞬间冒出火焰和黑烟，呛鼻的浓烟扑面而来，使我不断地流眼泪和咳嗽。

视线所及范围内满目疮痍，街道两旁都是废墟，几辆坦克在街道上列队前行。我想，一部分野生人类一定是躲在暗处，只能看到密集射出的子弹在坦克表面形成一阵阵弧光。

"铌墨 3518，你快看，坦克上面！"我示意铌墨 3518 往队伍前面的坦克方向望去，那个人影我看不太清楚。

"天哪，领头的坦克上面探出头的是一只雄性野生人类，带 Y 染色体的！这太少见了！你都不知道这个物种在柯伊伯带能引起多大的轰动！"铌墨 3518 立即用精密的电子眼对坦克里钻出来的野生人类进行了扫描，确认了其物种身份。

"怎么了？雄性野生人类有什么特别的？"我一头雾水。

"在地球史里面说过，曾经有一种带 Y 染色体的野生人类，他们在社会上占据了绝对的主导地位……”铌墨 3518 的语调听上去有点儿抑制不住的激动，像是发现了新物种。

“不可能，铌墨 3518，他们的 Y 染色体明明比 X 染色体短了一大截，相当于是残缺的，怎么可能还占据主导地位？”我不太相信这些可以被任意篡改的历史文档。

“千真万确！据说，硅基智人的祖先，也就是芯片都是被他们设计创造出来的。”铌墨 3518 继续说着。

“真的吗？太出人意料了！哈，我明白了，或许正是因为他们的 Y 染色体有残缺，才加倍努力，想做成一些大事来掩饰天生的基因缺陷吧！这么说，我倒有点儿同情他们了。”我撇了撇嘴。

“是呀，雄性野生人类就和地球上的其他雄性动物一样，天生就热爱战争和打破既有规则！”铌墨 3518 兴奋地用电子眼拍了不少照片，她要把这罕见的生物影像尽可能多地存储下来。

就在我们俩谈话的时候，一只蓝色蝴蝶悄悄地飞了过来，它降落在距离我一米远的藤条上，一动不动。

我察觉到了这只蝴蝶，于是从腰间摸出电子鞭，想挥动鞭子赶跑它，铌墨 3518 阻拦了我。

“钒钒 2976，别伤害它，这只蝴蝶也是硅基生命。它有着高级智慧，和地球上那些低等野生动物不一样。”铌墨 3518 紧握着我的电子鞭拦着我，不让我动手。

“好吧，我听你的。可是会不会……”我把武器收了起来，可那只蝴蝶，我总觉得有哪里不对劲。

果然，那是一只机械侦察蝶，我们的位置很快暴露了。一颗烟幕弹滚了过来，呛人的浓烟铺天盖地，同时伴随着嗖嗖的子弹声响。铌墨 3518 在我前面阻挡子弹，她的能量罩一直开着，可是电快要用完了。她一直挡在我前面，很快，铌墨 3518 失去能量罩保护的身体被子弹打了好几个窟窿。

“钒钒 2976，你在哪儿——”在昏迷前我还听见铌墨 3518 在浓雾中呼唤我的名字，可我脆弱的野生人类躯壳吸入了太多烟雾，还没来得及回答便晕了过去。

当我醒来的时候，烧鹅的香味儿飘进了我的鼻孔里，我深吸一口气，觉得很香。原来自己正躺在一个破旧的小店角落，红色招牌上的四个字反过来读，勉强能看清楚是“深井烧鹅”。

肚子不争气地咕咕叫，这对我来说真是神奇的体验。我这才知道地球野生人类无须充电，在能量缺乏以后，身体里竟然会发出一连串奇怪的咕咕声，随之而来的是疲乏感。一个人站在我面前，拿着一只烧鹅腿递到我手上，她的头盔下留着干练的黑色齐肩发，这是一个雌性野生人类。

烧鹅的香味征服了我，我不由分说接过来吃下几口以后，肚子里的奇怪声响才渐渐平复下去，思维也清晰了不少，就像在柯伊伯带的家里面充满了电、浑身舒畅的感觉。

"你好，我叫狼牙，是这儿的头儿！是我们从机械士兵手里救了你。"雌性野生人类的首领向我伸出手来，她脖子上挂着的项链是一颗巨大的狼牙。

"我叫钒钒2976！"我猜，雌性野生人类首领狼牙以为铌墨3518是敌方的机械士兵。既然对方表达了友善的态度，我也伸出了一只手礼貌地握了一下。

"欢迎加入我们，钒钒2976！抓紧时间吃完鹅腿，我们还要去继续和髭狗部落之间的战争！"狼牙对我说。

我吃着香喷喷的鹅腿，猜想，面前的狼牙一定是把我当成在华强北街道上流浪的雌性野生人类了。

通信器在浓雾中丢了，我暂时没有时间去打探硅伴铌墨3518的下落。可我知道，铌墨3518做工精良的金属躯体能应对各种复杂多变的情况，她应该能照顾好自己。而且，铌墨3518一定会回到华强北街道上找我。

狼牙接着跟我说，雄性野生人类的首领叫"髭狗"，是挑起这场战争的人，髭狗部落的成员全是男人，他们数量较少。男人就是雄性野生人类的意思吧，我一边听一边猜测着。而我们的第一个目标是把髭狗的坦克队伍消灭掉，这支坦克队伍离赛格大厦总部越来越近了。

"可是……我……"我从心底里是抗拒战争这种野蛮行为的，可大家都准备出发了。我还没来得及拒绝参战，就被强行拖入了这场野蛮人的战争。

髭狗的坦克部队还在缓缓推进，我跟着狼牙的队伍进入一栋废弃的楼，爬楼梯到这栋楼的较高处，占据了有利地形。从巨幅落地玻璃看出去，正好能看到髭狗部落的坦克队伍。坦克上的人应该看不到我们，一方面距离较远，另一方面那些生命力旺盛的转基因爬藤植物已悄无声息地布满了整面玻璃墙的外侧。

狼牙掏出一个小榔头，轻轻地把角落的一小块玻璃敲碎，她身后的队员开始向外投掷自制的土榴弹。可这榴弹威力不大，有的扔得不够远，还没能接触到任何一辆坦克，就在近处路面上爆炸了。还有的榴弹幸运地被扔到了坦克旁边，但对于坦克坚硬的铁壳来说，只是被挠了挠痒。

我看见三只蜜蜂从破碎的玻璃处飞了进来，它们的个头一模一样，发出低沉的嗡嗡声。这时，我突然联想起先前遇到的那只蓝色蝴蝶，下意识地拖着狼牙钻到了桌子底下躲避。

"那是三只机械侦察蜂！"狼牙也发现了，她小声地跟我说。

"是的，我们的位置可能已经暴露了。"我预感到下一轮攻击即将来。

果然，三只机械蜂在楼里转悠一圈后，迅速飞了出去。很快，数发子弹精准朝着我们所在的这层楼扫射过来，子弹嗖嗖地穿过绿色的树叶，穿过落地玻璃，穿过腐朽的木板……哗啦啦的声响此起彼伏，玻璃碎了一地。

桌子底下也不安全，我方已经有人中弹。狼牙眼见救不了中弹的队友，只得提起一把椅子作盾牌，护着我和其他几个人跑到另一个角落，躲避越来越密集的子弹。

"狼牙，让我去吧！我这儿有弹药。"我想起背包里还有威力强大的反物质炸弹，拍着背包大声喊着。

"你？你包里有什么武器？"狼牙疑惑地问我。

"噢，有好几个反物质炸弹！我这个包里的武器是从废弃的武器库里找到的，嗯，也就是捡来的！"我撒了一个谎，找到一个敌方流弹扫射的盲区，便一个人冲了出去。

扔第一颗的时候我对这只胳膊的力量还不够了解，扔得太近了。接着，我调整姿势又扔了一颗，遗憾的是，这颗反物质炸弹在废弃的楼顶上爆炸了，让半个楼顶都消失不见。休整片刻，我屏息静气用力抢着胳膊，把炸弹扔得更远。幸运的是，最后一颗反物质炸弹终于被我扔到了队伍的尾部，反物质和物质快速发生湮灭作用。于是，排在队伍最后面的那辆坦克在众目睽睽之下消失了，随之消失的还有一小段路面。

对我们这层楼的扫射戛然而止，领头坦克上站立的首领髭狗挥了挥手，像是示意大家撤退。他钻回坦克里面，我看见领头的坦克拐过一个小道，朝反方向退回去了。髭狗的坦克队伍离赛格大厦越来越远，狼牙和我这才松了一口气。

我成了这场战斗里的功臣，狼牙对我十分信任，她把我带回赛格大厦总部，参观雌性野生人类的根据地。如今赛格大厦里面大部分的楼层都荒废了，留下来主要使用的区域总共有五层。狼牙带我一边参观，一边给我介绍这个狼牙部落是怎么来的，为什么里面全是雌性野生人类。另外，我从她的讲解里得知，她们不把自己叫作雌性野生人类，而是有着另外一个称呼，叫"女人"。

原来狼牙和髭狗部落的前首领在十几年前曾经签过停战协议，最近在资源争夺上产生了一些冲突，停战协议被髭狗率先撕毁，这才有了我此前被迫参加的那场战斗。

赛格大厦被用作狼牙部落的总部以后，建筑内部也按照狼牙部落根据地的需要做了巨大改造。

一楼安排了重兵层层把守，二十四小时都有人看守，几只侦察蝶在四周飞来飞去。不太重要的物资都存放在一楼的空地上，要是留有活着的俘虏，也会被关进一楼的铁笼子里看管。在刚才的战斗里，被击中的雄性野生人类全都死了，没有一个俘虏，眼下锈迹斑斑的铁笼子里空空荡荡。二楼，是狼牙部落的指挥中心，也就是司令部。每次战斗部署、方案讨论都在二楼进行，这里即将进行下一场战斗的方案讨论。三楼，是健身中心和格斗训练空间，地上有各种器械。狼牙和部落成员每天都会在这里做运动和高强度的格斗训练。四楼，是一个巨大的餐厅，放着一个拼接起来的巨大条桌。餐厅配备了专门的厨师，部落成员一天吃一餐。餐厅的一角放着一些目前闲置的玻璃柜台，我看到这些玻璃柜台，心脏猛地收缩了一下。匆忙转身，我不敢在这里停留太久，曾经装过无数祖先，也就是"芯片"的玻璃柜台让我的心脏隐隐作痛。

"放心休息吧，这里绝对安全！"狼牙安排我在五楼休息。在五楼的四周，各个方向都设置了瞭望台，有哨兵二十四小时轮值。

困意袭来，我在五楼的地板上入睡了。用这副雌性野生人类躯壳体验睡眠的感觉很独特，野生人类睡着以后，思维竟然还异常活跃。我梦见自己和铌墨3518一起奔跑在华强北街道的枪林弹雨之中。我们手拉手跑着，钻过一个燃烧着的管道，就进入了一大片黑白色的森林，雾气氤氲的森林就像迷宫一样……

第二天，狼牙召集部落全体成员在司令部开会，她打算乘胜追击，发起一次主动的进攻。这次进攻针对髭狗部落的主要根据地，也就是华强北街道上楼顶写着"茂业百货"的那栋楼，计划是来一场闪电战，以最小的代价结束战斗。

我们主动发起的闪电战消灭了髭狗军队几乎一半的人，大获全胜。可获胜没几天，髭狗和另外一个部落结盟，带着浩浩汤汤的坦克队伍来到了赛格大厦前面，他要报复狼牙部落。

"钒钒2976，你包里的反物质炸弹呢？快拿一些出来用。"狼牙催促着。

"糟糕，在先前的战斗里已经用完了！"我没带多少反物质炸弹，早知道来地球会遇上战争，我就多带一点儿了。

我趴在五楼往下看去，突然觉得眼前有一片巨大的阴影压过来。完了，那些雄性野生人类还出动了经基因改造后的巨人士兵。一个巨人士兵大跨步走了过来，他的头已经和五楼的我视线平行。

巨人的脸离大厦越来越近，他在髭狗的指挥下抡起拳头猛击赛格大厦，一时间碎石横飞！墙壁被砸出了一个大窟窿，这时，巨人把肩膀斜了过来，髭狗顺势从他肩膀上滑了下来。

这个野蛮人，正和我面对面瞪着眼睛。不巧，我在巨人的手臂范围内，髭狗轻而易举地抓住了我，把我吊在了横梁上。

"髭狗，放开她，我是部落首领狼牙，有什么冲我来！"狼牙原本是躲在一个安全的角落，在我被抓后，她走了出来。

"狼牙，好久不见呀！"髭狗露出轻蔑和挑衅的表情。

"你抓她没用，她只是一个在大街上流浪的无名小卒。"狼牙大声说着。

"你乖乖绑了自己走过来，我就放了她。"髭狗提出要求。

"这下你相信了吧！"狼牙为了救我，让手下把自己双手捆起来，慢慢走了过去。

对髭狗来说，我确实是个无名小卒。他抓住狼牙以后，就把我松开了。然后，一手掐住狼牙的脖子，另一只手狠狠扇了狼牙几巴掌。

狼牙救了我！我以前从来不知道什么叫作感动，可使用这副野生人类躯壳的时候却感受到了，这和硅基智人通常选用的机械躯壳体验完全不一样。一瞬间，我的眼眶里面有咸咸的液体流出，一直流到了嘴角，还有一种鼻子酸楚的感觉。我这是怎么了？在信息库里使劲搜索以后才知道，原来我流泪了。我擦了擦脸上的液体，心里暗暗嘟囔，软弱的雌性野生人类！

眼看髭狗就要带走狼牙，我慌了，开始四处寻找装武器的包，也许找到电子鞭，我还有机会救下狼牙。可我的包不见了，有可能在混乱中被巨人的拳头给轰没了。

"不许带走狼牙！"我不知道从哪里冒出来的勇气，折返回去站在髭狗面前，在他巨大的身形前大声怒斥着。

"不想活了吧！"髭狗一边骂着，一边指使站在赛格大厦外面的巨人朝我挥动拳头。

眼看我就要被巨人打中，可突然，巨人的头部却被柯伊伯带的武器炸开了花。髭狗没想到我们还有外援支持，见巨人倒地，自己的军队大势已去，便屁滚尿流地逃走了。

"钒钒2976，终于找到你啦！"果然，是我亲密无间的硅伴——铌墨3518来了。

"你怎么才来？"我想，她来得正是时候。

"刚到的那天我不是中弹了吗？当时你又不见了，我只得乘坐飞行器回到大气层外的母船上修复机械躯体，花了足足一周时间。"铌墨3518说。

"什么母船？你们来自哪里？"狼牙警惕地问。

"这是我的硅伴铌墨3518，我们来自太阳系边缘的柯伊伯带。"我解释着。

"我就说，你们使用的武器怎么在地球上从没见过。"狼牙笑着说，看上去她并没有责怪我隐瞒身份。

返程的日期临近了，可我舍不得离开雌性野生人类朋友狼牙，连续多日的并肩作战让我们建立了坚不可摧的友谊。我产生了一个念头，把狼牙带到柯伊伯带定居，这得先征询我的硅伴——铌墨3518的意见。

"铌墨3518，跟你说个事儿。"我不知道她能不能理解。

"什么事儿？"铌墨 3518 问。

"关于狼牙，我的野生人类朋友，在战争中她救过我。我想返程的时候带上她！"我吞吞吐吐地说，担心铌墨 3518 不同意。

"你疯了，钒钒 2976，要是你另外再找一位硅伴组合成新家庭我不反对。可是和地球保护区里的野生人类组成家庭，这太荒唐了！她不具备高级智慧，柯伊伯带的法律不会允许这样做！"铌墨 3518 不愿意，我知道她是拿柯伊伯带的法律当挡箭牌。

"铌墨 3518，你听我说。可是去年，有两个硅基智人和一只猫——也就是猫伴组成了家庭，这事儿还上了太阳系新闻头条。柯伊伯带的法律已经开了一道小口子，只要社区陪审团同意就可以。"在柯伊伯带，三人家庭是很常见的组合，既然"猫伴"都合法了，那么或许我们可以为碳基野生人类新申请一种"碳伴"。我想，参照既有案例，大概率能通过的。

"随你吧！"铌墨 3518 沉默许久以后，才勉强接受了我的提议。

我赶紧去找狼牙，打算邀请她乘坐飞船，和我们一同回家。狼牙和几个雌性野生人类一起，待在我们初次碰面的华强北街道上的深井烧鹅店里。

"狼牙，我要回家了，你和我一起走吧，加入我们的家庭！"我把手放在她的肩膀上。

"你要回哪里？"狼牙头也不抬，淡淡地问了一句。

"回柯伊伯带，那个热闹繁荣的地方。在那里，人们可以和整个太阳系的数据中心进行信息交换。你就能离开地球这个信息闭塞的蛮荒之地，过上富足的、高精神追求的生活！"我看着窗外垃圾堆积成山、满目疮痍的街道，满心以为狼牙会毫不犹豫地答应。

"我不去，那里不是我的家！"没想到狼牙一口拒绝了。

"为什么？"我惊讶得眼珠子都快掉出来了，刚刚好不容易说服了铌墨 3518，难道我是白费力气了？我敢打包票，别的野生人类遇到这样千载难逢的机会一定不会错过的。要知道，在地球这么一个被宇宙遗忘的角落，星际移民的机会可不是人人都有机会遇上的。

"可我就喜欢待在地球，华强北街道上有我整个童年和大半辈子的人生记忆！"狼牙转过脸去继续说。

"可是，这里什么有价值的信息也没有。况且，接下来还会有野蛮人发起的战争，那会让你失去性命的！"我大声劝说着，希望她能改变想法。

"我宁愿在这条街道上战死，也不去别的地方。"狼牙斩钉截铁地回答。

我的心像是被铁片扎了一下，尖锐的痛从身体内部弥漫开来，甚至有点儿头晕。我扶着一把摇摇欲坠的椅子，硬撑着避免自己倒下，看来狼牙和我注定是要分开了。

"小心！"我听见铌墨 3518 的声音在窗外响起，伴随着几声枪响。

一颗子弹擦过狼牙的耳边，她赶紧避让到一边。

听到外面似乎没动静了，我才站起来看向窗外，只见一个雌性野生人类，狼牙曾经的手下躺在血泊之中，她手里还握着一把冒着烟的手枪。原来，这个人想刺杀狼牙，取而代之，可惜她被赶来的铌墨 3518 杀了。其他的雌性野生人类见刺杀计划失败，便四下逃窜不见踪影。

铌墨 3518 的身旁是一只带 Y 染色体的雄性野生人类，他被束缚在一张纳米钢丝网里。我认出来了，他正是敌方部落的首领髭狗。

"铌墨 3518，你打算把他带到柯伊伯带的自然博物馆里？"我想，铌墨 3518 刚才是专程去完成捕捉任务了。

"对，非常稀少的雄性野生人类，这任务完成得不错吧！"铌墨 3518 拉紧了网，髭狗还在里面不停挣扎，她提着网兜催促我赶紧出发。

"嗯，还行。铌墨 3518，稍微等我一下！"我让铌墨 3518 在外面等着。

"狼牙，再问你一次，愿意和我一起回柯伊伯带去吗？"我最后一次尝试着劝说狼牙。

"我已经回答过了，不去！不过，钒钒 2976，很高兴认识你，这条项链就送给你作纪念吧！"狼牙把脖子上的狼牙项链取了下来，挂到我的脖子上。

这个固执的雌性野生人类——女人，仍然选择留在地球这个蛮荒的保护区，领导部落的雌性野生人类继续战斗着。我只得最后一次紧紧拥抱她，像朋友那样，轻碰了一下她冰凉的脸颊。

"真搞不懂这些野生人类的想法！"钻进飞行器前，我无奈地摇了摇头。

"钒钒 2976，别想了，我们赶紧回家吧！"铌墨 3518 紧握着我的手再也不松开。

别了，野生人类保护区！我会把地球上这份独特的体验收藏在记忆库里的重要位置。

我知道，飞行器会找到轨道上的母船，而我很快就会卸去这副脆弱的野生人类躯壳。在母船上经过多次跃迁以后，铌墨 3518 和我将会重新回到柯伊伯带的家园，回到那个充满着大量信息涌流的、无比繁荣的文明社会。

假如人类只是一个过渡物种

简　妮

深圳，是我的第二故乡。

多年以前，我到达这座城市的第一个落脚点是华强北。那时的我，只是暂住在别人城市里的陌生人。后来，当我在深圳工作和居住的时间渐渐超过了出生地宜宾以后，才对它真正产生了归属感。

读博尔赫斯《南方》、福克纳《献给爱米丽的一朵玫瑰花》，或者是黄锦树《迟到的青年》《雨》等作品，都会使我联想起深圳。怀旧的滤镜，蓝色的海湾，潮湿的街道……这一切都是深圳本土故事的背景和底色，都带着"南方"的特征。

深圳是一个高速发展的城市，在极短的时间内，深圳从一个小渔村变成超级都市，在南山区科技园附近，可以见到白石洲的城中村与华侨城的别墅区像两条平行线那样互不干扰地并存。这种城市高速发展带来的视觉和心理冲击，是作家形成的天然土壤。

而我真正产生写作的念头是源于一次偶然事件。在深圳南山区华侨城的科幻沙龙上，我第一次见到了白发苍苍的王晋康老师，他参与创建"晨星·晋康奖"，扶持年轻的科幻作者。曾经的我是他的忠实读者，从他的处女作开始，读完了王老师所有的短篇。自那次科幻沙龙以后，我对科幻小说的记忆纷纷穿过时间的迷宫回来了。

在深圳忙碌工作了那么多年，终于发现我最想做的事情既不是做互联网产品经理，也不是开公司创业，而是更希望作为一个科幻作家被未来的人记住。

如今心境有了一定的变化，有没有被人记住也不重要了。读和写，构建一个想象中的世界，并且享受这个过程就行。

记得在深圳的大梅沙，第一次见到海。眼前是一片浅蓝色的海水，心里涌起的却是许多年以后迟到的乡愁。多年过去了，深圳的阳光、空气和大海，不知不觉成了我的一部分。于是，我选择了定居在深圳东部的马峦山脚下，进行科幻创作。在我的科幻小说里，有一部分故事发生在未来的深圳。

本文《野生人类保护区》基于这样一个假设：假如人类只是高级智慧生命出现以前的一个过渡物种。

如果 AI 演化成了太阳系里的主流物种——硅基智人，当他们因为某种原因从太阳系边缘再次返回地球的时候，会发生些什么？本故事回答这个问题，并用未来硅基智人的眼光重新审视地球上进化缓慢的野生人类，希望能给科幻迷读者带来不一样的全新视角。

这个故事发生的时间是遥远的未来，地点是在深圳华强北街道上，这里曾经被称为"中国电子第一街""亚洲最大的电子产品集散中心"。华强北街道上著名的地标建筑赛格大厦，是中国最大的电子产品批发和零售市场，其中的"一米柜台"成了独具特色的风景线。几十年来，无数的电子产品从赛格大厦的一米柜台走向世界各地。自然而然地，我构思出了"芯片"——也就是硅基智人的祖先是从华强北赛格大厦诞生的情节。

另外，在《野生人类保护区》里有一段情节是地球野生人类之间的战争，借故事表达战争因野蛮而存在，因文明程度提高而消失的观点。在未来的某一天，也许随着太阳系内物种文明程度的提高，人类之间野蛮的战争也会永久地消失。

深圳，是一个有科幻气质的城市，也是一个适合书写近未来科幻小说的城市，我将在马峦山脚下一直写下去！

简妮，科幻作家，"科幻基地"创始人，广东省作协会员，世界华人科幻协会大湾区理事。在蝌蚪五线谱、不存在科幻、《科幻立方》《海燕》《文艺报》上发表过《你无法抵达的星球》《藏好你的丹尼尔》《阿尔吉侬的启示录》《逃离禁闭岛》《看不见的火星人》《飞吧，拉贡鱼》《白房间》《百万年暴雨》《盖娅·阿尔戈斯》《未来的光》《与象群同行》《后人类时代的波普艺术》《针尖上的舞者》等多篇科幻小说。

广西

在他乡

罗隆翔

一　新金山市

法厄同星舰，新金山市，阳光明媚。

一个留着平头、戴着耳钉的年轻人坐在唐人街的警察分局里，分局局长老赵坐在年轻人面前，像这种正值叛逆期又没胆子犯事的小毛头，老赵见得多了。"别用盯犯人的眼神看我，"年轻人说，"我是来报案的，我的摩托车被偷了。"

老赵登录警察网络系统，输入车牌号码，很快有了摩托车的下落："我说郑维韩，你的摩托车也太破旧了，这已经是第二次被环卫工人当成丢在路边的垃圾给捡走了。下次记得挂块牌子标明：这不是垃圾，知道吗？"

郑维韩笑了笑，然后开始闲扯："听说你这些天很闲？"新金山市不算太大，从夏人街、商人街、周人街到唐人街、宋人街，几条街道十个手指头就能数完，治安一直都不差。

老赵说："也不是太闲。前面商人街出了一场小车祸，两辆自行车撞在一起了，这是这个月唯一的'大案'……昨晚又和你爸吵架了？"

郑维韩说："老家伙在欧罗巴星舰闲得发慌，跑过来逼我去军校考研。"他当初就是死活不愿读军校，才跑到新金山市投靠舅舅，后来又瞒着父母报考了一所普通大学。舅舅是老赵的邻居，嗜酒如命，婚姻状况是结了离，离了结，几进几出杀下来，最后还是落得个孤家寡人，连个孩子也没有……两年前的冬天，下暴风雪的时候，他在小酒店里多喝了几杯，醉倒在大街上，第二天上午，人们才在厚厚的积雪下发现他的尸体。

"说到当兵，我年轻时也想过……"老赵说，"那时候我觉得当兵很威风，就报考了军校，跟你爸同一年报考的。不过，他考进去了，我落了榜，就考了警校。"他拍拍皮带上的佩枪，"二十几年了，这枪连一发子弹都没打过。"

郑维韩说："我爸小时候是因为家里穷才去读军校，军校管吃住，不收学费。他常说那是玩命的活儿，十五年前他们全班五十几个同学全上了战场，只有五个人是活着回来的……他都知道当兵死得快，现在居然还想叫我去送死！"

老赵说："我猜啊，你爸的意思是他好不容易升到上校军衔，在军校里多多少少有些朋友，你去拿个高学历，然后在军中谋个文职，比前线的士兵安全得多，也比较容易升迁。"

"这我不管，"郑维韩根本听不进去，"反正我摩托车没了，待会儿你下班记得带我回家。"

二　唐人街的茶楼

唐人街里有很多不土不洋的玩意儿，比如，写着繁体字的招牌，故意装修成古典式钱庄的银行，宇宙闻名的中餐馆……当然还有这间茶馆。

人在他乡总是特别思乡吧？在法厄同星舰，有很多人昨天也许还穿着宇航服在太空站工作，今天一休息就赶回地面上，来到这街上那间闻名遐迩的老胡同印象澡堂泡个热水澡，看着布满水渍的天花板和故意种上青苔的墙壁，讨论某个星系上的新闻……钱他们不在乎，他们买的就是这种老家的感觉。泡完澡，换上旧式的服装去逛一逛那些占去半条街的小地摊，都说这地方有正宗的地球味道。

骆驼茶馆是唐人街比较有名的茶馆，茶馆里有一位说书人，还有五个每天必到的拿着葵扇穿着旧式长袍喝茶聊天的老先生，有时甚至会过来一些猎奇的"老外"（外星人）。自从对面那家马肿背茶馆倒闭之后，骆驼茶馆的生意就更好了。那家马肿背茶馆被人发现用机器人冒充人类当服务生，之后就没顾客上门了——这年头，顾客花钱买的是传统，上茶馆喝茶是身份的象征，好不好喝倒是其次。

当年，外公外婆担心舅舅没法养活自己，就把这家临街的骆驼茶馆交给了他，虽说茶馆那点儿收入发不了大财，但也饿不死人。

郑维韩心想：也许该多雇几个人了。上次人才市场那个拉二胡的老先生看起来不错，听说是某艺术学院的退休老师，只可惜要的薪水太高了……其实这间茶楼就算把员工全开除了，换上一批机器人也同样能经营得很好——说不定还能经营得更好，机器人至少不会跟你说要加薪和休假。但是，现在大家都知道，多雇用几个员工是能够得到减税优惠的，如果企业里是清一色的机器人，那么第二天，税务局的官员就会来找你的麻烦，说你故意和政府降低失业率的目标对着干，你要缴纳的税率就会高到把所有的利润全贴上去都不够的地步。

当晚打烊的时候，郑维韩发现一个女孩站在门口，女孩问他："请问，你们这儿招工吗？"那女孩穿着一件不太合体的旧衣裳，头发老长，怯生生的，背着一把二胡，瘦瘦小小，看年龄好像是找工作补贴家用的穷学生。

郑维韩差点儿没把手上的那块门板砸在自己脚趾头上，在天上那轮人造月亮的冷光下，这个女孩看起来就像个女鬼。他的目光落在那把旧二胡上："你拉一曲《二泉映月》听听。"

女孩坐在门前的石墩上，地球时代的古曲流水一般从二胡的弦上轻轻淌出，泉水般的古曲诉说着一个平静的故事：

在很久很久以前的地球时代，一个瞎子坐在街头，静静地拉着二胡，没有瞳仁的眼睛茫然地面对着街上散发传单的人们，对街上带血的喧嚣听而不闻。他知道暴风雨即将来临，却只是静静地守着心头那份宁静，就好像静静流淌的泉水，倒映着天上渐渐聚拢的乌云。暴雨有声，乌云无言，所以在暴雨真正降临的前夕，泉水也宁静如昔。

历史上，很多故事有着相同的开篇，在地球时代，同样的暴风雨不断地重复着，在最后的一场暴风雨来临前夕，那些官僚流放了多达几亿名的罪犯到外太空去，同地球地理大发现时代把犯人流放到美洲和大洋洲的做法如出一辙。

郑维韩记得爸爸以前说过，星舰联盟政府很久以前曾经收到过来自地球的信号，先是不可一世地命令，然后是低声下气地请求，最后是苦苦地哀求，求这些流放犯的后裔回去救救他们⋯⋯

"曲子已经拉完了，您看可以雇用我吗？"女孩的声音把郑维韩拉回了现实。

"嗯⋯⋯很棒的曲子，很不错。"郑维韩其实老早就走神了，"我只怕没办法给你开太高的工资，不过我这儿管吃住，只要你不介意和我生活在同一个屋檐下就行。"他不知道自己为什么想留下她，"对了，你叫什么名字？"

"韩丹。"女孩说。

郑维韩很快给自己找了一个想留下她的理由：他总不能看着她一个弱女子在这人生地不熟的城市四处流浪吧？

"我们以前见过吗？"郑维韩总觉得她很眼熟。

韩丹有一个日记本，是用那种古老的电子油墨在可以卷起来的薄膜上面显示字迹的，它的数据储存空间只有区区80GB，不过按照每个汉字占两个字节计算，她只怕十辈子都写不满它。

这种日记本卷起来之后像个卷轴，商家为了迎合客户的喜好，在"卷轴"上涂上宣纸一样的颜色，看起来更像古老的卷轴了。

写日记不是好习惯，尤其是像韩丹这样有着太多秘密的人。她打开日记本，手指在薄膜上轻轻滑过，留下一些字迹：我也许会在这儿住上一段时间，打些短工养活自己，在他发觉我的不寻常之前，离开这儿，继续流浪⋯⋯

三　流星雨

韩丹在这儿生活了一个月，每天的工作就是在茶馆里演奏二胡招徕顾客。茶馆的营业时间是从早上十一点到晚上十点，这年头工作不太好找，凑合着过得去就行了。

晚上，茶馆打烊了，郑维韩说有些急事要出去，十一点钟了还没见回来。

韩丹回到房间,打开计算机进了一个网站,手指娴熟地敲下一段冗长的密码,出现在屏幕上的是一幅类似古老地球时代的"谷歌地球"那样的画面。她在球形地图上找到了新金山市,用鼠标不断地拖动、放大地图,细如蛛网的街道放大到整个屏幕大小,就连街边绿化带的落叶都清晰可见——她找到了郑维韩,他正在一家 24 小时营业的便利店前排队买东西。

气象局发布了流星雨警报,很多人都在大大小小的商店前排起长龙,抢购物资。韩丹坐立不安,总觉得该干些什么,她从杂物房里找了些木板想加固门窗,又突然想起这样做是没有意义的。韩丹想起地球上的一个古老传说:当流星划过天边的时候,你闭上眼睛对着流星许愿,愿望就一定能实现。现在仍然有很多人会在流星下面许愿,但愿望通常都只有一个——让这些该死的流星雨快些结束吧!

晚上十一点半,郑维韩回来了,扛着两大桶纯净水和一些应急用品。"今晚到地下室去住。"他说。

新金山市的建筑物通常不太高。按规定,如果一栋房子在地上有十八层,它就一定要有十八层地下室,否则就算违章建筑;如果一座城市能容纳十五万人口,它就必须得有可供十五万人生活的地下建筑群和三个月的储备物资——这都是被严酷的生存环境逼的。

郑维韩家的地下室是个两室一厅的套间,客厅除了有个楼梯通往地面,还有一扇门通往外面街道下防空地道的门——这扇厚达五百多毫米的复合材料大门足以抵挡一般性的陨石袭击。

凌晨三点半,流星雨终于来了,大地颤抖着,头顶上传来炮弹破空般的呼啸声和房屋倒塌的轰鸣声,看来这场流星雨还真不小。苍白的防爆灯下,郑维韩睡不着,见韩丹从房间走出来,"你也睡不着?"他问道。

郑维韩随手打开电视机,电视信号很差,流星雨撞击地面的画面伴着沙沙声出现在他们面前,尽职的记者冒着致命的流星雨坚守在新闻现场,为大家报道第一手消息。无数火流星溅落在大气层中,拖着长长的尾巴像暴雨一样密集地落下,冰雹一般砸在城市里。强烈的高温点燃了城市里一切可以点燃的东西,新金山市的熊熊烈火照亮了整个夜空。

虽然地下室里有强力的制冷设备和氧气循环再生设备,但还是可以感觉到天花板上传来的燥热。小型的流星雨适合拿来哄喜欢风花雪月的小女生,大型的却能像地毯式轰炸一样将整座城市砸个底朝天!

韩丹说:"听说在地球,太阳系里有木星和土星两颗巨行星存在,替地球抵挡了很多危险的小天体撞击。"

"这儿不是太阳系……"郑维韩拿出一张老照片,照片上几个男人全是军人打扮，"我本来有两个舅舅，大舅舅是第十七舰队的士官，十五年前死了。我二舅舅当时就在离他最近的一艘救援飞船上，因为飞船的引擎被陨石砸坏，只能眼睁睁地看着亲兄弟遇难却毫无办法。后来，二舅舅整个人都垮了，拼命酗酒，直到他离世。"

在这缥缈的宇宙中，真正能被称为"敌人"的外星文明是很少的，作为军人，面对的更多是宇宙中危险的自然环境。

电视突然"沙沙"一片，没了信号，头顶上的大地簌簌发抖，灰尘不断从天花板上落下，郑维韩嘟哝说："我这辈子第一次看见规模这么大的流星雨……"不过他并不是太在意，反正这种自然现象每隔三年两载就会出现一次，看在选票的分上，被砸坏的房子政府多多少少会给些补偿，再加上重建带动建材需求，经济是会得到恢复的，高大的楼宇和宽阔的街道会再次出现，就像麦田里一茬接一茬的庄稼一样。多少年了，这里的人们就是这样过来的。

一声天崩地裂的爆炸声震撼了整个地下室。片刻后，外面传来急促的敲门声，郑维韩打开门，看见老赵穿着睡衣光着两条大毛腿，挂着皮带和手枪站在他面前："快到紧急登船口集合！流星雨把太阳给砸坏了！"

郑维韩大惊失色："这绝不可能！"但看到老赵紧张的神色，他明白这不是在开玩笑。

每一艘星舰上空，都有一颗装载着巨型核聚变反应堆的人造太阳，太阳有一面永远正对着大地，源源不断地为大地提供光和热，如果它被砸毁了，整个星舰都会被冻成一团冰坨！

新金山市的地下也和地上一样，被分为一个个街区，每两个街区之间都用足以抵挡核爆炸的气密门隔离开，蜘蛛网一般错综复杂的通道看起来倒有几分飞船内部结构的感觉。

老赵继续去通知别的居民撤离，而郑维韩和韩丹则立刻跑到地下飞船登船口。候船大厅蒙着厚厚的灰尘，这地方已经有很多年没动用过了，它就像轮船上的救生筏，没了它不行，但谁都不想看见它派上用场。古老的液晶显示器不断刷新着，显示出最新的消息：周人街的地下城被一块陨石砸穿了，上头的火海迅速吸走了地下城的氧气，整整一个街区的人全都窒息身亡。没人敢打开气密门去寻找那个街区是否还有幸存者，谁都知道只要门一打开，剧毒的浓烟和火焰就会蔓延到下一个街区的地下城，害死更多的人。

地震了，大地好像受伤的巨兽一样颤抖不止。飞船正在填充燃料，根据古老的《星舰紧急逃生预案》，登船的顺序依次是婴儿、小孩、少年，到最后才是老人，如果是知名的学者、教授这一类极为宝贵的人才，则可以和孩子们搭乘第一批飞船离开。尽管那些维持治安的警察反复强调这儿有足够的飞船可供大家逃生，但是谁都知道——越往后拖，生存概率越小。有人试图不顾一切挤进飞船，大声号叫："谁给我让个位置，我把我的上亿元财产分他一半！"回答这人的是警察的一梭子子弹。

很多老人自发地留下来维持秩序，对自己的孩子、孙子说："你们先走，我们搭最后一批飞船离开。"其实大家都知道，最后一批飞船很可能永远没有机会起飞了。

轮到郑维韩登船了，站在他后面的是一个哭泣的女人，她的两个孩子已经搭前一批飞船离开了，她不巧被分到了下一批。这时，火舌已经蹿到飞船的发射井边上。"我能不能让她先走？"郑维韩问身边的警察。这名警察并不言语，只用黑洞洞的枪口指向他的脑袋，郑维韩赶紧低头登船。

韩丹排在他前一个登船，现在就坐在他旁边的座位上。她熟练地用手臂般粗的金属安全带把自己固定在椅子上："系好安全带！这种旧飞船不像客运公司经营的那些飞船一样有人造重力场和宜人的舱内环境！"

飞船突然发动了，沉重的加速度压得人全身发痛，船舱也吱呀作响，好像随时都会解体一般。逃生飞船发射口位于街区广场正下方，它根本没有发射井盖，而是用定向爆破直接炸掉地面上的建筑物让飞船钻出来。

城市在火焰中坍塌了，流星雨仍然不停地撞击着大地。从飞船望下去，城市被撕裂出几个火山口一样的飞船发射井，繁华的大街、古色古香的楼宇、像卫兵一样整齐矗立的绿化带乔木……正一点点被炽热的气浪扫倒，化为灰烬……

四　星舰

这是一艘飞船，也是一颗星球。说它是星球，是因为它的体积和质量都和老地球相近，它有大气层，有蔚蓝色的海洋和广袤的陆地，有完整的生物圈；说它是飞船，则是因为它有推进器，能在宇宙中缓慢移动，不像真正的行星那样围绕着某颗恒星打转，所以人们都称它为"星舰"。

很久以前，人们的祖先驾驶着飞船在宇宙中流浪，后来，飞船越造越大，这些体积足有地球大小的星舰也就顺理成章地被制造出来了。

这种有史以来最大的飞船——星舰，大到它本身就足以产生相当大的引力束缚住足够多的空气形成大气层，所以不像传统的飞船那样非得有外壳不可。它的南极有着永恒的华光，在那里，矗立着一大片森林般的巨型推进器，那些推进器抛射出的高能粒子在太空中留下一条彩带般的轨迹，推动着整艘星舰前进。

星舰非常大，薄薄的大气层下是白云、海洋和陆地，它显得非常漂亮，却又非常脆弱——在广袤无边的宇宙背景衬托下，薄薄的大气圈就像肥皂泡一样脆弱。因此，不难理解星舰联盟为什么组建了那么庞大的军队、设置了那么多道防线来保护它。

可惜庞大的军队和多重的防线还是没能抵挡住这次袭击。这次的损失太大了，据新闻报道，一个体积很大的星体以非常快的速度一头扎进星舰联盟的领空，政府出动了大批的作战力量拦截那个星体，他们原本想把星体拖离轨道，但它的速度太快了，他们只能把它打碎。从新闻公布的数据来看，这是连太阳系的老地球也会被整个撞离轨道的撞击！同等质量的大东西，如果它直接撞在星舰上，会把星舰彻底摧毁；但如果把它炸成足够小的碎块，让这些小碎块在坠入大气层的途中燃烧殆尽，造成的损失则会小得多。

军方已经尽力了。韩丹看着飞船舷窗外飘浮着的碎片，一些军舰残骸也夹杂在里面，她甚至看见几名士兵残缺不全的遗体从舷窗外飘过……星舰本来有自己的一套防陨石系统，如果碰上特别大的灾害，系统顶不住，唯一的选择就是出动军队。

人们对这样的牺牲早已习以为常，记得当初人们摸索着建造第一艘星舰的时候，数以亿计的流放犯后裔中，有近三分之一的人献出了自己的生命。

星舰远远不止一艘。欧罗巴星舰完工后，人们又建造了两艘星舰——亚细亚星舰和亚美利加星舰，慢慢地就轻车熟路了。地球上只有七大洲，当建造第八艘星舰的时候，他们发现七大洲的名字不够用了，就开始用地球各国的神话人物名字命名，所以就有了盖亚、法厄同、帕耳修斯、克罗纳斯之类的星舰，反正地球上的大洲一开始也是用神话人物命名的，还算凑合吧。

在拓荒年代，地球联盟太空开发署可是一个响当当的名字。它旗下的第一艘外太空移民飞船缓缓离开太阳系时，全球万人空巷，那崭新的大飞船上的太阳帆像鲜花盛开一样缓缓打开，漂亮的女解说员激动得热泪盈眶、语无伦次，搜肠刮肚地寻找赞美的词汇，将那些拓荒者称为"英雄"，就好像整个银河系变成人类的殖民地已经指日可待——没人看见那些"英雄"在航天服下面的累累伤痕。

"祝你们在外太空找到一块新的美洲大陆！"据说在地球时代，每个狱卒把被揍得鼻青脸肿的犯人丢进飞船送往外太空拓荒之前，都会送上这样一句"祝福"。有人问："如果他们无法找到可以殖民的星球怎么办？"地球联盟太空开发署的官僚回答说："这不成问题。每艘飞船上都有男女宇航员各一万名，就算找不到合适的星球，也可以一代代在飞船上繁衍下去。"地球古代流放犯人最起码还有个目的地，而这些"英雄"则连流放地都得自己去找。

失去人造太阳之后，法厄同星舰大气层的温度骤然下降！强烈的温差掀起狂风，暴雨挟着冰雹倾盆而下，恶劣的天气逼得那些救生飞船不得不强行起飞，大批的人因此被遗弃在地面上。滔天的洪水很快结了冰，法厄同星舰上的城市连同来不及逃走的人一起被冻结了，有些来不及飞走的飞船也一同被冻结在大地上。

冰是一种不良导体，随着温度继续下降，冰面上的温度远低于冰面下方，在内外温差的作用下，上百米厚的冰面噼里啪啦地破裂了，长长的冰裂缝从星舰的一端蔓延到另一端。在巨大的应力扭曲下，庞大的冰盖形成深深的裂谷和高高的山脉，将被冻僵的城市、草原、森林，甚至海洋无情地撕裂。然后，絮状的雪花飞扬着飘了下来——那是被冻成干冰的二氧化碳雪花。再过些日子，这里会下起蓝色的雪——氧气和氮气凝结成的雪花是蓝色的，失去人造太阳之后，整个大气层都会被冻成固体。

逃难的飞船里有人在哭，船舱里的屏幕上不停地播放着老地球的湖光山色，似乎在提醒人们这并不是第一次失去故乡，好像这样就能稍微减轻一点儿失去法厄同星舰的伤痛。

韩丹打开日记，随手写下一些字：在这一刻，全船的灾民好像忘记了平时悠闲的生活，都回归到了祖辈的生活方式——逃难、逃难、再逃难，从大家赌进飞船的那一刻起，就把性命交给了这艘飞船，能否逃出灾难已经不是自己能控制的了。就在我身后，两艘飞船被流星击中，爆炸了，很多父母将永远也找不到自己的孩子，而很多孩子则永远地失去了父母……

五 "欧洲"，长安

欧罗巴星舰，老辈人习惯于称呼它为"欧洲"。这是人们建造的第一艘星舰。长安，所有星舰上最大的城市，星舰联盟政府最高中枢所在地。长安位于欧罗巴星舰上，熟悉历史的人一定觉得有点儿纳闷儿。

当年，第一艘星舰还没制造完毕，人们就为了怎样给它命名而吵得不可开交。原则上，人们打算以地球时代的洲名来命名，但具体用哪个洲却一直定不下来，最后人们就把七大洲的名字写在纸片上，抓阄儿决定，一不小心抓到了"欧洲"，所以就将它命名为"欧罗巴星舰"。

星舰建造完毕之后，人们在最漂亮的一条大河的入海口处建立了第一座城市。给这座城市起什么名字呢？大家把自己心目中最看重的地球时代的城市名字写在纸片上，再次开始抽签，在华盛顿、巴黎、耶路撒冷、巴比伦城、德里、马丘比丘等上万个古今城市名字当中，竟然鬼使神差地抽到了长安，于是，"长安"就这样跑到"欧洲"去了。

长安市中心，大批救护车和医护人员翘首仰望通天塔，警察在广场周围拉起黄色的警戒线，把普通民众和各路记者拦在外头，一批又一批的灾民被从塔上送下来。

　　通天塔的作用类似于地球时代的港口，只不过它停泊的是飞船而不是轮船。它的原理很简单：用缆绳把大气层外的同步轨道空间站和地面连接起来，在缆绳上挂载电梯运送旅客到空间站，他们在那儿换乘来往于星舰之间的飞船。

　　郑维韩一下飞船，就被带到医护人员面前检查是否在逃难过程中受了伤。一名官员在民政部门的数据库中查找到他的身份档案，给他开了一张卡作为临时身份证兼信用卡兼驾驶执照，说："你父母的家就在这艘星舰上？看来没必要在灾民安置所替你准备住处了，抱歉，那儿的床位很紧张。"

　　那名官员核查韩丹的身份时却惊呆了，嘴张得好像能塞进一颗鸵鸟蛋。

　　出了通天塔就是市中心广场，很多灾民不顾工作人员的劝阻，在这儿发疯一样寻找着自己的亲人。等到事情过去一段时间之后，有些失去孩子的父母会到孤儿院认领孤儿，他们总偏向于认领那些在同一场灾难中失去父母的孩子。郑维韩看见老赵的妻子带着两个孩子，正望眼欲穿地看着通天塔的出口。谁都知道，警察肯定是最后一批撤离的，老赵很可能回不来了。

六　乡下

　　长安乡下有一条小路，路的左边是一个小村庄，路的右边是一片西瓜田，现在田里的瓜苗刚挂上拳头大小的西瓜，离成熟还远得很。年轻人大多进城找工作了，乡下的人越来越少。为了在农闲时多赚几个钱，一位老人在自家门前开了一间小小的饮食店，他是一位极其普通的老人，清瘦、佝偻。

　　老人是郑维韩的爷爷，韩丹正在老人的店里帮忙。老人家很疼爱孙子，但韩丹知道最好别在老人面前提起那个不孝子——郑维韩的爸爸郑冬。二十多年前，老人极力反对独生子去读军校，那是高危行业，说不准哪天就死在前线了，他更乐意让儿子守着几分薄田，安安稳稳过日子。

　　乡下有良田千顷，这些庄稼是在天上那轮人造太阳的照耀下成长起来的，用尽可能接近自然状态的风霜雨雪来灌溉，造价比工厂里人工合成的东西贵得多，但味道却不见得比合成食品好到哪儿去。

　　"我从来不要他的钱，我还能养活自己，"老人主动提起儿子，"我很敬重当兵的人，但不想看到我儿子去冒这个险。"

　　一辆仿地球时代挂军方牌照的全地形越野车停在小店门口。老人远远地看见那车开来，眉头一皱，从柜台底下翻出写着"打烊"两个字的牌子挂上，生意也不做了，转身往屋里走去。

一个军人走下车，他年近五十岁，两鬓华发早生，韩丹知道他就是郑维韩的爸爸，郑冬。

郑冬走到门前，笔挺地站着，却没有踏进家门，韩丹也不敢招呼他进来坐。她听郑维韩说过，爷爷二十五年前一怒之下叫爸爸永远滚出家门，事情过去那么多年，爷爷早就原谅他了，只是一直拉不下脸亲口说出来。

很显然，这是两个倔脾气在顶牛。听说每年的除夕夜，郑冬都让老婆孩子进来和父母共享天伦之乐，自己却在门外，宁愿顶着风雪站上一夜，就为了等父亲说出那句原谅他的话。

韩丹放下手上的工作，郑冬问她："我们也有几十年没见面了吧？"

"是很多年了，那时维韩还不满周岁。"韩丹说。

他们一前一后出了门，走在乡间的小路上。郑冬问韩丹："这些年你还是在四处流浪？"

韩丹说："习惯了。"

郑冬问："你很少碰见熟人？"

韩丹说："有时候会遇上。记得十年前，也许是二十年前，甚至五十年前吧，一位老人硬拉着我的手说我是他八十年前的初恋情人，老人的曾孙却一个劲儿向我道歉，说他的曾祖父老糊涂了。""你还想让这类故事在我儿子身上重演？"郑冬很担心。

韩丹在田垄边摘了一朵野菊花别在长发上："你儿子很像我死去的弟弟。"

郑冬说："这我倒不乐见。"韩丹的弟弟是被持不同政见者刺杀的。

"我弟弟是独一无二的。"韩丹微笑，弟弟是她永远的骄傲，"你有没有想过当将军？"郑冬说："随缘吧，这种事没法强求，很多人到退休都挂不上一颗将星呢。"从军的人有两级军衔最难升迁，一是上校升迁准将，二是少将升迁中将，至于最高的元帅军衔就别指望了，那通常是死后才给追授的。

"不想当将军的士兵不是好士兵。"韩丹说。"先不谈这个。"郑冬决定先跟她说说法厄同星舰上的事儿，"法厄同星舰是我负责派兵去救援的，我派了精锐部队上去，打算先把星舰的行政首脑救出来。"他紧握拳头，"我听回来的士兵说，行政总长大人点了一支烟，看着窗外飘落的二氧化碳雪花对士兵说：'你们先去救平民，在所有的平民安全撤离之前，我一步也不会离开。'然后就冻死在星舰上了。"

"他就算活下来也只能等着蹲大牢。"韩丹说，"星舰原本是有陨石拦截系统的，但是当时拦截系统没能正常启动。一开始没人意识到事情会严重到这种地步，你儿子还抱着看一场特大流星雨的兴头，躲在地下室里满不在乎地看电视直播。"郑冬说："又一个贪官，听说他贪污了拦截系统的维护专款。"

"现在是非常时期，看来得动用重刑对付这些王八蛋。天灾不可怕，人祸才是心腹大患！"提到这个，韩丹只觉得一股无名怒火直冲脑门，"军方的内部文件你应该也看了吧？在未来的一段时间，这样的流星雨只会越来越多，我们一点儿纰漏都出不得！"

那份内部文件传达到相当于营一级的指挥官为止，郑冬是战列巡洋舰的舰长，当然也看了。郑冬说："身为军人，我无条件服从命令；但作为一个普通人，我想知道我们为什么选了一条最难走的路。"

韩丹蹲在田垄上，灌溉渠的水清澈见底，渠底的淤泥长了水草，一些小鱼在水草间游弋，这些田园风光很难让人相信他们是身处流浪在宇宙中的星舰上。

"你还记得老地球吗？"韩丹说，"在太阳系，太阳占了整个太阳系质量的90%以上，它庞大的体积和巨大的引力像一顶巨大的保护伞，替地球挡住了无数危险的小天体。太阳系外围，是范围非常广的柯伊伯小行星带，在海王星、天王星后面，还有木星、土星这两颗巨星，它们组成的防线保护着身后那颗小小的地球，让它有足够安全的环境诞生生命，孕育出我们人类文明。但地球也不是百分之百安全……"

在长达千余年的宇宙流浪生涯中，人们曾经无数次举例说过困守在一颗星球上的危险性，被引用得最多的就是恐龙时代的小行星撞击地球事件。人类在漫长的发展历史中，能平安进化到太空时代只能说是侥幸，在冷酷的宇宙面前，如果没有足够高的科技和足够好的运气——哪怕一路前行好不容易走到了工业革命时代——在一颗迎面撞来的小行星面前，下场也和恐龙无异。

韩丹说："你们这些年轻人没经历过在旧飞船中流浪的岁月，那时候我们是货真价实的宇宙流浪汉，别说小行星，就算是一块足球大小的陨石，只要迎面撞穿那些破飞船脆弱的外壳，我们都会把命送了。幸好天可怜见，让我们活了下来。当我们建成第一艘星舰的时候；当我们第一次有足够高的科技从宇宙空间中抽取无处不在的游离态氢作为能源，不必再为能源的匮乏而焦虑的时候；当我们的防御系统第一次承受住超大规模的陨石雨撞击的时候，我们激动得痛哭流涕的场面，你能理解吗？"

"茫茫宇宙中，只有科技可以防身。"郑冬想起了从前那位韩烈将军经常挂在嘴边的话，他的话在军中已经流传上千年了。

"就是这样。"韩丹说，"宇宙太大了，我们不知道以后还会碰上怎样的危险，我们宁愿投入高昂的代价钻研出过硬的科技，也不愿意在灾难来临的时候没法自救。"

郑维韩骑着从跳蚤市场买来的摩托车去送外卖，由于他给摩托车换了个电池，所以回来得晚了。星舰上大多数的车辆都是靠反物质能源作为动力的，飞船则靠核聚变反应堆。最近电池涨价了，那些电池不过是巴掌大的一个小圆筒，用强磁场把一粒粉尘大小的反物质晶体禁锢在抽成真空的电池空腔中，这玩意儿居然能卖到八块钱一节，都抵得上一顿饭钱了。

回来的时候，郑维韩看见爸爸和韩丹站在田垄边，他问："你们认识？"

"刚认识。"郑冬撒谎，"她是你女朋友？"

"比普通朋友好一点儿，但到不了那关系。"郑维韩说的是实话，韩丹性格比较沉闷，郑维韩更喜欢活泼的女生。

"那样最好。"郑冬又问他另一个问题，"你有没有兴趣考研？考军校怎样？"

郑维韩生气了："就算你拿枪顶着我的脑袋，我也不去！"

韩丹心想：这大概就是所谓的"遗传性倔强"了。

七　第七大道的广场

长安市最繁华的街道是第七大道，它横贯全城南北。北段是最高政府所在地，最高执政官府邸、总参谋部、议会大楼，包括那个神秘莫测的"全星舰最高控制总部"都分布在那儿。南段是繁华的黄金路段，车水马龙，熙来攘往，两者的交接处是一个号称全世界最大的广场，那儿矗立着韩烈将军的雕像，有人说他是残暴的独裁者，也有人说他是雄才大略的首领，总之在他死后一千多年，仍难盖棺论定。

广场南面是长安大剧院，因为外形像个大馒头，所以大家都叫它"馒头剧院"。今天上演的节目是歌剧《流浪地球》。也许由于这里的人们走过的路和剧中的故事有着不少相似性，这部由古代著名科幻小说改编的歌剧千年来一直盛演不衰。

夜幕降临，郑维韩和韩丹从剧院出来，走在广场上。因为法厄同星舰的事儿，广场上少了很多娱乐活动，多了不少哀悼死难者的花环和救济灾民的募捐点，但周围商店的正常营业并没被打乱，灾难和死亡已经成了宇宙流浪的一部分，人们早已习惯了。

韩丹好像被歌剧感动得不得了，出剧场之后还不停地用手帕擦拭泪水。郑维韩给她买了一支雪糕："好了，别哭了。"

韩丹一下觉得不好意思再流眼泪了，她轻轻咬了一口雪糕："这东西真好吃，小时候做梦都不敢想呢！"

"做梦都不敢想？"郑维韩觉得很奇怪，"你爸妈从来不许你吃零食？"

韩丹小声说："以前，在飞船上没有这种东西……"

郑维韩看着广场上的雕像："我倒是听说，在我们建造星舰之前，所有的人都住在飞船上。我见过那些作为文物古迹保存下来的流放时代的旧飞船，一千多米长的破飞船里硬是挤进了两万多人，飞船成员生活的房间窄小得像鸽子笼，一家几口就挤在一个不足二十平方米的小套间里，据说韩烈将军的童年就是在那样的飞船上度过的……"上千年前，欧罗巴星舰已经完工，另外两艘星舰也初具雏形。那时的星舰只是被视为超巨型飞船，没人想过要在上头永久定居，就在这时，人们发现了一颗勉强适合人类移居的星球，于是，人们急着要到那星球上定居，还打算把欧罗巴星舰给拆了，作为定居所需的各种材料来源。

当时的总参谋长韩烈将军强烈反对定居计划。后来见无法阻止议会通过定居的决议，他干脆发动军事政变，自任执政官。为断绝人们在星球上定居的念头，他不惜动用大批核弹把整颗星球炸成不毛之地，并派军队镇压了无数反对者，率众继续流浪。事实证明他是很有远见的，不过一个世纪，一个离那颗星球只有区区一千多光年的特大超新星爆发，迸发出异常强烈的伽马射线，杀死了那颗星球上所有的生命——包括大批一意孤行要在上面定居生活的人。但是，韩烈将军却早在超新星爆发之前就被人刺杀了。

将军雕像的底座上刻着一句话：地球是人类的摇篮，但人类不能永远被束缚在摇篮里。这是运载火箭之父康斯坦丁·齐奥尔科夫斯基的名言，也是将军最喜爱的座右铭。经过那件事之后，人们就再也没兴趣寻找别的"摇篮"了，再说，四十几艘星舰、近三百亿人口也不是哪一颗星球能够容纳得下的，大家也就慢慢习惯了这种"宇宙游牧民族"式的生活。

郑维韩从停车场取出摩托车，对韩丹说："上车，我们该回去了。"

摩托车在街道上飞驰，两边的路灯不住地倒退，长安的夜景灯火璀璨，无数灯光在身边飞速流转，如同火舞银蛇，又好像无数流星在身边掠过，和头顶的星空相映成趣。

天上不时有流星划过。听气象部门说，星舰群正在穿越一个非常密集的小行星带，所以经常会有流星雨。这里的小行星非常密集，绕着一颗中子星飞速旋转，速度惊人，一般的宇宙文明根本不敢接近这种危险的地方，但人类不一样。

在很久以前，人类也同样害怕接近这种危险区域，但在宇宙中，各种重元素的含量是很少的，小行星是制造飞船和星舰所需的珍贵材料来源。一开始，他们派工程飞船小心翼翼地接近小行星带，冒着飞船被撞毁的危险把小行星"捕获"回来作为原料。后来，随着科技的进步和力量的壮大，区区一个小行星带他们已经不放在眼里了，通常是整个星舰群直接飞过去，要么用军舰把小行星炸成粉末，要么顺手牵羊拖回作为工厂的巨型飞船里去，所经之处就像虫子吃苹果一样——在小行星带上留下一个个大洞。

另外一个驱使他们主动接近这种危险地带的原因是，他们担心过于安全的环境会让人丧失面对各种危险的勇气。对于在充斥着无数危险的宇宙中流浪的他们而言，缺乏勇气是非常致命的。也正因为习惯了冒险，现在的他们在内心深处是无法接受到某一颗星球上定居的想法的——就好像没有哪个成年人愿意回去睡摇篮一样。

韩丹搂着郑维韩的腰，靠在他壮实的脊背上，轻轻闭上了眼睛。她已经记不起有多久没依偎过如此让人安心的脊背了，她用轻如梦呓的声音说："小时候，我最喜欢这样靠在爸爸背上……爸爸是一名矿工。每天，我都趴在飞船的舷窗边，看着采矿飞船拖着小行星和核聚变堆里倾倒出来的反应物残渣飞来飞去，作为建造星舰和维修飞船的材料……在我十岁那年，不幸发生了，爸爸的飞船拖着一块大陨石整个儿栽进了初具雏形、地壳运动非常剧烈的亚细亚星舰表面的岩浆河流中……妈妈后来给我找了个继父，我对继父没什么印象，他是一名工程师，每天我还没起床他就去上班，深夜我睡熟了他才下班。这样的生活持续了几年，妈妈病死了，继父后来又找了个继母，生了个弟弟，继父给我找了份工作，让我在研究中心做些杂活……当我离开家的时候，弟弟才出生五个月……"

韩丹以为郑维韩没听见她的低声自语，却没想到他全都听在耳里，也许她把这些秘密憋在心里太久了吧，总想找个机会说一说："当我再遇见弟弟时，他已经两鬓如霜，挂着上将肩章，他不知道我是他姐姐……也许他知道吧？我不太清楚……我问他当初为什么要当兵，他说这世上有些东西必须用生命来守护……"

有些东西必须用生命来守护……郑维韩心底某处被莫名地触动了。

郑维韩的妈妈秦薇月是长安某大学历史系的老师，偶尔也会给时评网站写一些豆腐块文章，这是她的业余爱好。

今天是星期五，夜已经很深了，明天不用上班，她坐在电脑前琢磨着该写些什么。

郑维韩回来了，喝得醉醺醺的，是韩丹扶他回来的。他本来想把她灌醉，从她嘴里套出一些有关她身世的秘密——郑维韩一直觉得这个女人不是那么简单的，结果没料到韩丹是个酒中仙，反把他给放倒了。

秦薇月很震惊，当她看清韩丹的脸时，她更震惊了："是你？"

八　家

郑维韩醒来的时候，发现自己睡在客厅沙发上，宿醉的结果是头痛欲裂。

窗外的夜空挂着一轮红月，就像一块将要熄灭的煤渣一样燃着暗红的火光，但客厅的挂钟却显示现在是早上九点半。

"醒来了？这是解酒药。"秦薇月把药放到儿子手上。

郑维韩这才想起天上那轮东西不是月亮，而是熄灭的人造太阳，工程人员正在停机检修太阳，每隔两三年，这些人造太阳都得来这么一次维护。郑维韩很久没回来了，客厅里，那个仿康熙年间的陶瓷花瓶里仍然插着他去年送给妈妈的康乃馨，花是经过特殊处理的，永远不会凋谢。"妈妈，地球上的太阳是永不熄灭的吧？唉……不知现在地球变成什么样儿了……"郑维韩读的是理工科，对历史所知不多。

秦薇月沉默了很久，才说："很多年前，地球上的企业主大规模雇用机器人，把大批员工扫地出门，居高不下的失业率直接引发了居高不下的犯罪率，当所有的'罪犯'都被流放到外太空之后，地球上就只剩下了两种'人'：有钱人和机器人。我就只能说这么多了。"

郑维韩说："后来，地球上的机器人爆发了一场斯巴达克奴隶起义式的暴动，当我们的军队赶回地球'勤王'的时候，已经没什么东西好拯救了，是这样吧？"

秦薇月脸色微变："你怎么知道的？"郑维韩说："这世上没有不透风的墙，看看我们的星舰世界就知道了。明明拥有极先进的人工智能科技，却很少采用，不管多复杂的机器，在最关键的部门都是采用人工控制，即使是复杂到极点的星舰也同样如此。"

昨晚郑维韩没能从韩丹口中套出些什么，但今天晚上却弄到了她的日记。他轻轻走进虚掩着门的房间，看见她在上网。

很多女孩都喜欢类似地球时代"谷歌地球"的网站，她们往往不断放大画面，寻找各艘星舰上哪个专卖店的毛绒玩具最可爱、哪条小吃街的零食最好吃，确定目标之后再出门逛街。但韩丹却在寻找乐器店，她的二胡丢在法厄同星舰上了，得重新买一把。

人离故乡越远就越思念故乡，地球时代的古文明已经渗透到每个人的骨髓里了。韩丹选了一把她喜欢的二胡，通过网络付了款，写清楚送货地址，退出邮购画面，然后不停地缩小画面。繁华的街道很快缩小成蜘蛛网般粗细，扁平的地图渐渐变成弧形，最后缩成球形，城市早已看不见了，圆球上只有蓝色的海洋、绿色的大地、覆盖着白色冰盖的北极和矗立着无数巨型推进器的永远炽热的南极。

地图再缩小，星舰变成一颗巴掌大小的圆球，屁股后面拖着长长的离子喷射束，一些带电粒子落在南极的大气层上，形成壮丽的极光。地图继续缩小，星舰变成黄豆大小，屏幕上出现了别的星舰，多达几十艘的星舰朝着宇宙的同一方向飞去，数不清的飞船看起来只有芝麻大小，像一群在广袤的宇宙空间中游弋的小鱼儿。

韩丹熟练地操作着地图，她是那么专注，甚至没发现郑维韩就站在身后。

在星舰群的中心地带，有一团像是云雾的东西，那就是著名的"星舰船坞"了，船坞本身也有动力，能随着星舰群缓慢地在宇宙中迁徙——他们没有什么东西是固定在宇宙某处不能移动的。

韩丹放大画面，云雾渐渐变得清晰，它由无数的冰屑、陨石、太空站和工程飞船组成。一些飞船正在把大批核聚变的产物、生活垃圾和陨石碎片倾倒在一个特定区域，堆成一颗直径几十公里的小行星。这不是船坞中唯一的星舰，在它不远处还有几艘完成度接近 50% 的星舰，它在自身质量产生的引力下被压紧，散发出极高的温度，形成火红的岩浆河流、乌黑的岩石陆地、充斥着硫化物和二氧化碳的原始大气层。

而另一艘完成度更高的星舰上，人造太阳已经安装完毕，星舰上出现了蔚蓝的海洋，尽管它的表面依然滚烫，但满天的乌云正酝酿着暴雨以便让星球快速冷却，很多工程飞船正绕着它打转，看样子是要将蓝藻投进原始的海洋中，巨大的推进器正在紧张而有序地进行着组装。远处，严重受损的法厄同星舰正依靠自身残存的动力挣扎着驶回星舰船坞，它将在那儿被修复。

韩丹把图像换了一个角度，变成直面星舰群面前的障碍，星舰群正在穿越小行星带，在小行星带的后面还有另外几条小行星带和几颗行星。一颗恒星通常拥有不止一条小行星带，故乡的太阳系就有三条小行星带。那些小行星带是如此宽、如此广，就好像一堵横亘在宇宙中的墙壁，上不见顶，下不见底，大批军舰严阵以待，随时准备摧毁任何有可能威胁到星舰群的小行星。

这无疑是一颗超新星爆炸后的残骸，在那团冰冷的星际尘埃正中心，孤零零地悬着一颗超新星残骸坍塌成的中子星。有时候，他们甚至能在这种地方发现外星文明的遗骸。看样子，前些日子法厄同星舰遭遇的那场流星雨只是暴风雨来临前的毛毛细雨了。韩丹打开电子邮箱，邮箱里躺着一封信，发信地址是："全星舰最高控制总部"，韩丹正要打开邮件，却突然发觉郑维韩站在身后，不由得全身一颤，指尖冰凉。

郑维韩也同样像是被钉在地上一样，震惊得动弹不得。

九　苏醒的星舰群

经过了那件事情，两人心里都清楚，在一起的日子已经不多了。在长安城著名的地摊一条街，郑维韩用攒了一个星期的零用钱买了一串漂亮的廉价项链。

星空下的滨江公园，河水静静流淌。郑维韩说："闭上眼睛。"韩丹依言闭上眼睛，郑维韩给她戴上项链，她的肌肤很冷，冷得就像死人一样。

郑维韩说："我想知道你是什么人。"

"这得从星舰的建造说起。"韩丹说，"当初人们开始建造星舰时，发现星舰的复杂度太大了，只有非常复杂的人工智能系统才能控制它的运行，但地球上那些梦魇般的历史让人们对机器人的抵触心理非常强，于是最后拿出了一个折中方案：设计一个足够先进的人机合一操作系统，让人直接成为星舰的'大脑'。这个实验非常危险，在我之前，有一百多名志愿者死于这个实验。后来，实验室的负责人找到了我，问我愿不愿意当志愿者。我说，好吧，反正我孑然一身，就算死了也没人会伤心。"

郑维韩明白了，她就是"引路者"，对她而言，实验失败或许还算比较好的结局，偏偏她却成功了……一个女孩孤零零地活了一千多年，这是幸还是不幸？

沉默了一会儿，郑维韩说："我们在穿越小行星带，前方是一颗中子星，但我们却没有改变航向。"中子星的自转是非常快的，它散发着非常强烈的辐射，拥有强大的电磁场，巨大的引力潮汐虽然比不上黑洞，但也足以撕碎任何靠近它的飞船，如此靠近一颗中子星是非常危险的。

韩丹说："我们在实验室里研究中子星已经很久了，但很多科学研究在实验室里是无法进行的，这次，我们决定俘获一颗中子星，研究它、利用它，就好像我们千百年前开发月球、登陆火星、实地研究木星一样，这能大幅度地提高我们的科技水平。"

"可是我们的科技已经高到足以在宇宙中自保了。这种为了钻研没必要的高科技而冒险的行为太愚蠢了！"郑维韩克制不住地大声嚷了起来。

"如果人类愿意永远都活在茹毛饮血的时代，钻木取火也是没必要的高科技。"韩丹好像早就料到他会大声咆哮，"我听说在十八世纪之前，法国科学院还死活不承认有陨石这类东西存在。按照当时的科学水平，他们认为包括太阳在内所有的星球都是由气体组成的，比空气重的固态物质是无法飘浮在空中的。后来随着科技的进步，人们不但知道陨石、小行星一类固态物质在宇宙中是很常见的，还非常吃惊地发现，原来看似安全的地球也曾经遭遇过固态小行星毁灭性的撞击……试想一下，如果没有在当时看来'高得没有必要'的天文学，当这种灾难迫在眉睫的时候，人们也许还对它茫然无知呢，更别说采取什么措施了。"

郑维韩吼不起来了。不知是谁说过，科技多高都不算高，人在宇宙，最危险的就是没有足够高的科技，看不到一些你做梦都想不到的危险——就好像地球时代中世纪的骑士做梦也梦不到小行星撞地球的可能性一样，而且，即使梦到了，他们又能拿小行星怎么样？骑着战马挥舞着大刀去砍吗？

"我可以当你是我的妹妹吗？"郑维韩试探地问她。

"不可以。"韩丹拒绝了，月光下，郑维韩看见她眼角噙着泪花。

郑维韩送她到公车站，目送她走上前往第七大道北段的公车。

送走韩丹之后，郑维韩回到家收拾行囊，他走过父母的卧室门前，看见门紧关着，他从笔记本上撕下一页纸，沙沙沙写下几个字，贴在了门上："爸，我去考军校了。"

星舰好像活过来了，几十艘星舰原本只是像梦游一样笨拙地在太空中飘荡，现在庞大的身躯却变得像鱼儿一样灵活，那些巨大的推进器不时加速，不时变换方向，灵活地穿梭在中子星外围的小行星带中。

十　中子星

军校毕业之后，郑维韩成了一名飞行员，每次他坐在战斗机的驾驶舱里，看着弹射跑道上忙碌的后勤人员时，都会觉得自己是星舰群的一部分，依附星舰生存，同时也保护着星舰。

星舰群老早就穿过了小行星带，中子星就在眼前。恒星的生命历程大家都清楚：先是一团星云慢慢地聚拢，形成由氢组成的恒星，恒星不断地发生核聚变，散发光和热，直到氢元素耗尽，膨胀成红巨星，在一场超新星爆发之后，视质量的不同和爆发的强弱，演化为中子星或黑洞，质量太小的恒星甚至不经过超新星阶段就直接坍塌成白矮星。照理来说，恒星在膨胀成红巨星的时候会吞噬掉离它比较近的行星，但这颗中子星周围充斥着不少被它的引力俘获的星体，证明它已经有很长的年头了。

一群科研飞船绕着中子星飞行，它们不断地往中子星投放探测器，紧张地分析着探测器在彻底报废之前传送回来的数据。中子星的引力是非常可怕的，它的引力足以破坏任何物质的原子结构，把质子和电子紧密地压成一团，变成一堆致密的中子。

前些时候有一艘科研飞船失事了，一头扎进中子星里，尸骨无存。那些科学家竟然从军方那儿调来战列巡洋舰，用它那足以摧毁一颗类地行星的火力轰开中子星的表面，用以研究中子星的内部结构。

中子星只被轰出一个浅浅的坑，但星体结构被破坏后，随之而来的恶果就是整个中子星系的引力平衡被严重破坏，那毕竟是一颗恒星呀！就算是一片小小的碎屑，引力的大小也与地球相当！紧接着，原本围着它打转的各种天体就炸了窝，有的像断线风筝一样飞走了，有的一股脑儿朝中子星撞过去；最可怕的是一颗木星大小的行星轨道突然畸变，朝着星舰群的最高指挥中枢所在地——欧罗巴星舰撞去！军方付出了很大代价才把它炸飞到安全地带。

"老子宁愿和外星人拼命！"事后有新兵哭着说。

航天母舰上，后勤人员检修完毕，示意可以起飞，战斗机点火离开航母，在太空中画出一条漂亮的轨迹，盘旋着等待它的僚机起飞。郑维韩看着座舱外整个舰队的核心——奥丁级航天母舰，它的体积简直可与月球媲美，其中容纳着大大小小的舰载作战飞船多达上万艘，像个恐怖的大蜂巢，但就算这样，也无法保证它能百分之百保护星舰的安全。

郑维韩每天的工作就是狙击四处乱飞的小天体，为星舰群开出一条安全的航道。僚机驾驶员埃里克是一个脾气很好的大个子："郑，你觉得那些科学狂人研究中子星能派上什么用场？"

"我敢说他们自己也不知道。"郑维韩说，"当年伦琴博士研究 X 射线的时候，也不知道它能派上什么用场……科技这种东西，当你知道它能派上什么用场时再去研究，那就太迟了！"

有些话郑维韩没法说出口：地球纪元 1840 年，当清政府知道科技有什么用的时候，一切都已经无法挽回了，大明海军曾经领先世界数百年的福船巨炮早已化为一堆烂木锈铁，每个流着龙的血液的人都应该谨记这段历史。

埃里克问他："你为什么放着安全的文职军人不当，偏偏选择当飞行员？"

郑维韩按下开火按钮，一道高能射束把一块小行星炸成粉末："当飞行员升迁得快，拿破仑说过，不想当将军的士兵不是好士兵。"他看着小行星碎片溅落在一艘星舰的大气层中，顷刻间燃烧成灰烬。

"但也死得快，"埃里克说，"你知道我们这行的阵亡率是……"一阵沙沙声从耳塞中传来，郑维韩扭头一看，只见埃里克的座机被一块乱飞的陨石拦腰击中，炸成一团火球……

十一　外星人的酒馆

从那以后，宇宙中就没有了他们的消息，但即使是几十年之后，仍然有一些外星智慧生物在茶余饭后会聊起那些疯狂的地球人。

"这么多年没有他们的消息，可能都死了吧……他们把那颗中子星附近的小天体弄得四处乱飞，星体坍塌迸发出来的射线很强，危险得很，咱们也没办法发射探测器进去看看那儿到底发生了些什么事。"一家小酒馆里，外星人 A 对外星人 B 说。

这些外星人所居住的星球的恒星是一颗暗淡的褐矮星，现在很不稳定，不知道什么时候就会熄灭，但他们喜欢平静的生活，讨厌一切可能改变这种平静生活的东西，只要环境还将就，他们怎么也不会离开家乡。让人担忧的是，当他们的恒星熄灭之后，他们可能还没有做好离开家园的准备。"真不敢想象，一个那么强大的文明就这样消失了……"外星人B很感慨。

所有的外星文明都知道地球人的厉害，你可以和他们做生意、交朋友，但千万别把他们当作连家都没有的宇宙难民横加欺负，否则，第二天你就会发现至少有十个航天母舰战斗群列队在你的星球附近，每一个战斗群都能轻易毁灭一个中等发达程度的宇宙文明。

外星人A的复眼紧紧盯着酒馆里的视频接收机，不少外星文明都注意到那颗中子星的引力发生了不同寻常的变化，就好像有人把它割成碎块，均匀地拆开了。

不是每一种外星人都拥有足够高的科技，也不是每一个地球人都让外星人心生敬畏，外星人B看着酒馆门外的一个乞丐。听说那乞丐的祖先是地球人当中的巨富，地球出事的时候，这些富翁驾驶超豪华私家飞船从地球逃难到了这里，从此一直过着寄人篱下的生活。

外星人B问外星人A："你觉得那些地球人把中子星拆掉做什么？我是说如果他们还活着的话。"

"天知道，大概是闲得无聊吧？"外星人A说，"在已知的宇宙文明当中，有能力开采中子星作为资源的文明不超过五个，如果他们做到了，至少在地位上可以跻身超级文明的行列。"

在文明的进化史上，能够使用火是第一道门槛，发明文字又是一道门槛，冶炼金属、发明蒸汽机、核能的应用、发射太空飞行器……每一次技术进步都是一道事关文明等级的门槛。不是每个文明都能迈过这些门槛的。有些文明在有了核能之后就用核武器把自己给消灭了；有些文明拥有火焰几十万年了，还照样是朝着火堆膜拜的原始人；有些文明把一心钻研自然科学的同胞视为异端，却醉心于夸夸其谈地讨论一些虚无缥缈的东西……

外星人A紧紧盯着视频接收机的画面，他的复眼惊讶得差点儿爆裂：画面上，一团团光芒不断炸裂，一颗颗小行星相继变成碎片，伴随着恒星毁灭般的大爆炸，一个庞大的东西缓缓出现在屏幕上！

门外的乞丐瞪大了双眼，看着屏幕上那条由数十艘星舰、两百多艘战列舰夹带着几团类似星体的云状物质，以及成千上万的飞船汇成的"长龙"慢慢变得清晰，飞船的推进器散发着暗幽幽的光，星体残渣飞快消释，化为一阵强烈的高能射线风暴。

"同样是地球人，怎么就相差这么大？"外星人B扫了一眼门外的乞丐，小声嘀咕。

一个不容忽视的强者归来了，很多外星文明在第一时间派出使者飞往星舰群。那是一条由无数人造星体和飞船组成的"巨龙"，越是接近星舰群，就越发现它大得惊人。无数人造星体和飞船有条不紊地穿梭在星舰群的范围内，就像血管中飞速流动的血液细胞，但最让"老外"们吃惊的，是他们竟然用一些神秘的设备抵消掉了中子星碎片的庞大引力，把碎片禁锢在"宇宙船坞"的范围内。

一位外星使者问他的副手："你觉得地球人为什么要这样处理中子星？"他们六百多年前就掌握了利用中子星的科技，只是觉得宇宙中唾手可得的能源——氢——实在是太充足了，也就没想把它派上用场。

副手说："按照地球人的想法，有了新科技就该用上，这样才能促进科技进步。"

使者又问："你觉得这种新科技有什么用处？"副手说："上百万年前，我们也觉得宇宙飞船没什么用处。"

他们这个种族是宇宙中最著名的慢性子，发明宇宙飞船之后过了几万年，才愿意慢腾腾地离开温暖的"摇篮"，到危险、寒冷、贫瘠而且毫无吸引力的宇宙中探险。

使者说："一万年前，我们考察过地球，对地球人的评价是'可以忽略的原始人'。我们当中本来有人打算在地球上建立殖民政府，但我们不知道在那穷乡僻壤建立殖民政府能有什么用。"按照他们的性子，就算一切顺利，建立殖民政府大概也是十万年后的事了。

副手说："一亿年前我们发明文字的时候，也觉得文字没什么用，我们觉得结绳记事也很管用。"换言之，他们的文明已有一亿年的漫长历史了。

十二　平静的生活

欧罗巴星舰上，一道狭长的伤疤把长安市劈成两半。几十年前，一块中子星的碎片擦着星舰的地壳飞过，强大的动能在大地上留下了一道几乎撕裂整艘星舰的伤口。现在，伤口痊愈了，但疤痕还在，它变成了横贯长安城的河道，一直通向大海，人们在上面架起桥梁，在河边种了树木、铺了草坪。不少星舰上都有类似的伤疤，那些雄伟的皑皑雪山、峻岭峡谷，如果剥去茂密的森林植被，完全就是星舰被各种天体撞击之后凹凸不平的伤疤。

长安市海边的一套四合院里，白发苍苍的郑维韩躺在梧桐树下的摇椅里闭目养神。他穿着军装，肩章上嵌着几颗金色的将星，一个女孩从海边走回来，手里提着一个装满海水的玻璃罐，撒娇说："爷爷，给我说说你当年的事嘛……"

郑维韩说："没什么好说的，一个普通的士兵只要一直经历战斗，军衔通常都升得很快；而如果每一场战斗都能活下来，那么到头来挂个将级军衔是很正常的。比如拿破仑创建的圣西尔军校首批四百名毕业生，只要是没倒在战场上的，后来几乎个个都成了将军。"话是这样说没错，但和他一同从军校里出来的同学，活着回来的只有三四个。

女孩俏皮地眨眨眼睛："听奶奶说，你当年拼了老命，只是为了能挂上一个够资格走进全星舰最高控制总部的军衔？"

郑维韩想起第一次走进全星舰最高控制总部时的情形：当时他完全吓傻了，愣愣地看着那个被称为"星舰脑腔"的地下室里那些蜘蛛网般复杂的通信缆，以及和通信缆联结在一起的数百人——那些人被尊称为"引路者"。

如果说星舰是一个庞大的活物，他们就是这个活物的大脑，一个由上百人的大脑并联而成的超级大脑。他很容易就在里面找到了沉睡的韩丹，在庞大的"星舰脑腔"衬托下，她显得更瘦小了。郑维韩不是医学专家，不知道当年的设计者采用了什么手段，让她能一直活到一千年后的现在。

这里的人们更倾向于把星舰视为异化的人类而不是飞船。为了生存，一部分同胞不得不化身为星舰群的指挥中枢，数不清的光缆和信号发射塔像神经纤维一样把他们和星舰群的每一艘飞船联系起来。他们和飞船的关系，就好像人的大脑和手指之间的关系，整个星舰群就是一个浑然一体的巨大生物。

记得在远古时代，人们把大地视为神灵的化身，不管是西方传说中的盖亚女神还是东方传说中的盘古巨神，莫不如此。历史在这儿诡异地打了一个转，他们脚下的这片"大地"——星舰，俨然也是用科技武装起来的人的化身。

拆解了中子星以后，星舰恢复了以前梦游似的巡航状态，"星舰脑腔"里只留下少数"引路者"值班。韩丹于是得以背着一把旧二胡继续流浪——用某些人的话来说，她是在"考察民情"。前两个月她从阿非利克星舰回来，到这儿暂住几天，结果就和郑维韩的小孙女混熟了。

今天是端午节，几千年前的楚国"教育部部长"屈原（三闾大夫主管教育）的忌日，郑家做了不少粽子。韩丹拿了几个粽子丢到海里："有时候我总觉得很可惜，当年屈部长作了《天问》，问了很多很有科学探索意义的问题，可惜后人听完，没去认真钻研，否则我们今天的科技应当不止这水平。"

郑维韩说："粽子应该丢到江里，不是丢到海里。"

韩丹说："我知道，但今天江里赛龙舟，人山人海的挤不进去。"

郑维韩问韩丹："你就这样一直流浪，没想过找个家安顿下来？"

"在这星舰上，哪儿不是家？"韩丹微笑，"星舰就是我的家，我们的家。"

郑维韩的孙女把一整瓶海水放在他面前："爷爷，韩姐姐，你们说这海水里有什么？"

"现在还什么都没有。"郑维韩说。

"不对，有蓝藻，地球生命的老祖宗之一。"韩丹说。

"还是韩姐姐聪明！"孙女说，"等我长大了，我打算去读生物专业。"

"为什么？"郑维韩问孙女。

孙女趴在摇椅扶手边上，托着腮帮子："这些天呀，我总是在想，咱们传说中的老地球，就好像是飘荡在宇宙海洋中的一个孤零零的单细胞生物，我们每个人，甚至整个生物圈，都只是这个细胞的一部分。现在呀，我们进化成了自由遨游在宇宙海洋中、以星际物质为食物的庞然大物，我很想看看这条进化之路将来会变成什么样子呢！"

独在异乡为异客

罗隆翔

小说来源于生活，科幻小说也不例外。

突然收到程婧波老师的邀请，想让我说说《在他乡》背后的写作故事，才突然想起那是很久以前的小说了，但是当时的写作心路，至今还记得。

那时我大学毕业没几年，独自在外地工作，工资不高，离家很远，工作生活两不顺。每天下班之后，已经是华灯初上，随便应付一下晚餐，繁华的大城市，热闹的街道人来人往，却跟自己没多大关系。回到窄小逼仄的出租房里，剩下的时间要么看书，要么胡乱写点儿东西。

人在这种状态下，总是特别容易想家。尤其是晚上，城里的一切喧嚣热闹，都与我无关，只有夜空中的孤月，还是童年时那样如溪水般温和。

大城市里的月亮，是最孤独的月亮。城市里光污染太严重，看不到星光伴着明月的夜空。没有月亮时，更看不到满天繁星，只有明亮的路灯把夜空衬托得更漆黑。这种时候构思小说，特别容易想到无限深邃的太空和孤独的游子。现实中的工作压力和远离家乡的孤独感，总是倾向于在自己的键盘下得到补偿，于是顺理成章，有了《在他乡》在最初基调。

每个人的故乡都不一样。故乡的环境，很容易映射到故事中。我记得曾经有人问过我，为什么我的科幻小说，写的明明是未来的事，为什么还有那么多的原始森林和农村景色？因为我的童年，就生活在那样的环境里。

我出生在广西，家乡不算是完全的农村，也不算是城市，准确来说是城乡接合部。童年时，站在家门口，往东望去，是城里的楼房；往西望去，是一望无际的稻田，绵延到远方带着淡淡云霭水汽的山脚下。

在我很小的时候，乡下的道路，路两边长满杂草，路中间是人行车碾压出来的黑土。农村放养的鸡鸭经常嘎嘎叫着摇摇摆摆横穿在乡间小路上。乡下孩子经常是放养状态，爬树、到水渠里游泳、捉鱼，弄得全身都是泥巴，回到家里免不了被父母一顿揍。

那时的乡下，还没通电。村里稀稀拉拉的十几户人家，黑灯瞎火，于是人们都习惯坐在村头晒谷场里聊天。那时的夜空特别璀璨，满天星星多到数不清。如果是农历十五前后，月亮如盘高挂天空，那时的夜晚就不是黑色，而是淡淡的灰色，描绘着远方嶙峋的群山。那时的乡村小院被月光照得有一种梦境般不真实的美。

那时候的夜晚，外婆经常摇着蒲扇，给我讲各种天上星宿的故事。从牛郎织女到北斗七星，从嫦娥奔月到吴刚伐桂。童年的我，在接触科学之前，就已经在外婆讲述的神话故事中，先接触了幻想。

我们这代人，刚好出生在时代的交接点，感受过时代的大潮到来时，那扑面而来的变化。初中时，老家的原始田园风光，已经蜕变成现代小镇。童年的泥土路变成了水泥机耕路，拖拉机取代了耕牛，再也没有放牛的孩子了。只剩下故乡的山仍然嶙峋地站立在远方。

广西的月亮，从怪石嶙峋的山上升起，曾经是煤油灯照明的村庄里最亮的存在，但是遍布乡村的太阳能路灯让它失去了过去的地位，就连夜归的村民也很少再看月亮一眼。到了外地工作之后，才发现，原来在他乡，只有月亮是我从小熟悉的东西。

我有时候挺矛盾，一边念旧，一边憧憬未来。正如我当时一边在外地工作，一边想家。《在他乡》这篇小说，就是在这种矛盾的心情中写出来的。独在异乡为异客，每一天的拼搏都是想着未来能过得更好。

那段时间，屡屡梦回故乡，梦见自己奔跑在科技感十足的未来城市里，只有天上的明月亘古不变。夜色下的我拐过陌生的街头，出现在眼前的就是故乡小镇老旧的小茶馆、透着泥土芬芳的乡间小路和满天繁星。

科学和传统、技术和文化，应该是兼容并蓄。科幻不排斥怀旧，也不排斥故乡的山水田园，当然也抹不去对故乡的思念。每一个在外拼搏的游子，或许都有两个口袋，一个装着思乡之情，另一个装着对未来的憧憬。

谨以此文，纪念那些在外地漂泊的日子。

罗隆翔，广西作家协会会员。2003 年起开始写科幻小说，至今已发表科幻小说数十篇，出版有短篇科幻小说合集《寄生之魔》，多次获得银河奖、华语科幻星云奖、冷湖奖，并有数篇小说被翻译成藏文、英文等语言。

月
|

广

西

播

种

万象峰年

上　幽灵列车

"我要一个故事！给我一个故事，马上！"我拽着涛哥的袖子说。

三个小时前我也是这样拽着《柳州生活报》主编的袖子，可怜兮兮地央求："别把我的栏目撤下，我保证三天内交稿！"

我是一个靠给小报写灵异故事糊口的无业者，对外声称是自由职业者，30岁了还在混日子，房子没着，老婆没望，孔子说"三十而立"这句话的时候一定没有考虑到我的心理承受能力。靠几份地方报纸的故事专栏和一些网上的收益，我每个月刚刚可以供养一套出租房，碰到人品爆发灵感喷薄的时候还能有些余钱。但是吃这口饭就像打鱼，总有旺季和淡季，如今碰上经济危机，人们的目光紧盯着财经版面，灵异小说成了可有可无的栏目，有些评论家说经济危机会使人们去远离现实的小说里寻找心灵慰藉，全是扯淡。偏偏我又连着一个月憋不出一个故事来，灵感像一座死火山一样，现在我急需一个小小的火星，哪怕能写出一个不怎么样的故事，让我先混口饭吃。

涛哥努力想把袖子抽回去，但是我一点儿也不动摇。终于，他朝桌子努努嘴。我说："老规矩，你讲故事我请客。"

晚上的青云市场热闹非凡，来吃消夜的食客络绎不绝，各个摊位上蒸汽腾腾，各种小吃的味道杂陈在一起，变成本地人最熟悉的夜生活的味道。我点了一壶罗汉果茶给涛哥倒上。

涛哥一边喝茶一边整理被扯长了的袖子，"你知道吗？"他说，"春节反扒的时候我们捉过一些老油条，也没碰到过你这么难缠的。"

"都为找口饭吃，不容易啊。"我说，又叫了两碗螺蛳粉，给涛哥的那碗加了卤蛋和鸭脚。

"你还住那个烂房子？"涛哥低头嗍着粉，辣得直吹气，用稀里哗啦的声音问我。

我说："没换，没钱。"

涛哥没说什么，继续低头吃粉。

我说："我是我们那帮同学里面最没出息的了吧？"

涛哥摇摇头："你是最自在的。"

"自在个毛，坐吃等死，同学通讯录里面唯一写着'自由职业'的，就和无业一个意思。"

"别说，我就佩服你的脑袋，你写的那些神神道道的故事别人还写不来咧。"涛哥抬起头来抹了一把汗，伸手想要纸巾。我赶紧拦住他说："我带了。"

我掏出纸巾递给涛哥,说:"上次你讲那故事我没用上,但是你讲那人物我用上了,就是那个公务员杀手。"

涛哥心不在焉地"嗯"了一声:"你让我到哪找那么多故事给你?我们警察又不是天天办大案。"

"你——"我没好气地说,"你编啊!"

"编?那倒是有一个!"涛哥被我提醒了,"我听说昨天接到一个捡破烂的人报案,那老家伙特能编,硬说他看见了一列火车,没有人的那种,凭空冒出来,开着开着又不见了,国外也有过这样的故事,叫什么来着?"

"幽灵列车。"我提醒道。

"对!幽灵列车。"他说完看着我半天,最后冒出两个字:"完了。"

我意识到与其等涛哥说出个名堂来还不如亲自去看看那个人:"知道他在哪里吗?"

"听说送去龙泉山医院了,还能去哪里?"涛哥"嘿嘿"笑着说。

第二天在龙泉山医院里我见到了那个捡破烂的阿伯。医生听说我来找他像见了亲人一样:"你认识他?快快快把他接走吧!他正常得很呢!"

阿伯把故事对我说了一遍,给我的感觉是:这个故事条理清晰,细节逼真。这个人虽然情绪激动,但是没有很强的表演欲望,他所描述的东西不会受到暗示而动摇。

他提到火车不是在铁轨上行驶,而是脱了轨,擦着地皮走,声音很大,碎石块打在他的大腿上和背上,他给我看他大腿上的淤青,我检查了他的背上,发现背上也有他不知道的淤青。

我有一种很奇怪的感觉,决定去现场看一下。

涛哥一定以为我被疯子传染了,为了一个故事打电话叫他来。他一下车就对我嚷道:"我这可是执行公务的!你要是给不出个解释你的罪名就是调戏警察!"

"你的痕迹鉴定水平怎么样?"我指着地上说。这里是铁路沿线的郊外,周围是成片的甘蔗地。

地上有一排像是被犁过的痕迹,草根和泥土被翻起来了,白花花露在外面。

涛哥摸着下巴说:"嗯,看起来像是一辆重型货车侧翻着向前滑出去造成的,时间不超过三天。"

"这里没有公路。"我提醒他。

涛哥在地上寻找撞击物的碎片,但是一无所获。"痕迹的起始点是这里。"涛哥拿起相机拍照,顺着痕迹用步幅丈量长度,在大约75米远的地方,痕迹撞开一道田坎延伸进甘蔗地里,形成一道宽约4米长约23米的压辙,在压辙的尽头连接着一个直径达18米的圆圈,圆圈里的甘蔗被连根拔走了,更外围的一圈甘蔗被某种力扭成顺时针。"蔗田怪圈?"涛哥迷惑地望向我。

"现在可以推断的基本事实是……"

"有一个大东西被放到这里来,拖行了一段距离,然后被转移走了,然后制造了一些假象。"涛哥接过我的话说。他目测了一下泥土溅出的距离,又补充道:"不,不是拖行,这个东西有很大的初速度。"

我点点头:"别忘了我们有一个目击者。"

"你真相信那幽灵列车?!"涛哥叫道,"什么鬼东西!"

职业本能使他望向四周拼命寻找可以解释的东西。最近的铁路线离这里也有200米,铁道旁的速生桉完好无损。一列火车开过去,汽笛声尖啸着传开来,仿佛这是这个世界里唯一的声音,周围的植物被风吹动,仿佛也和汽笛共鸣发出细小的颤音。

涛哥转过头来惊恐地望着我,我和他面面相望,这真像一个让人脊背发冷的冷笑话。

晚上我们在青云市场吃消夜,涛哥一脸沮丧地灌着啤酒。

"我写了份现场勘察记录交给领导,被臭骂了一顿。"他哭丧着脸说,"你说我没事去管这些和人民生命财产安全没有关系的事做什么?"

我碰碰他的杯子安慰他:"没事,领导当到这年纪早已成佛了,哪还像我们这些老妖精?"

我叫了4串炸鱿鱼,涛哥自己要了一碗绿豆沙,他说:"吃不了这些,这几天火气大。"

"对了,"涛哥说,"我照你说的查了,这里历史上没有发生过火车失踪的案件,在全国也没有。另外前几天也没有发生过火车出轨的事故。"

我"嗯"了一声,摇摇头说:"我原以为可以用时空虫洞来解释,比如某时某处的一列火车恰巧通过虫洞出现在我们这里,不过,现在也不能排除这种可能。"

"你玩得太玄,对我们警察办案没什么指导作用。"

"废话!"我"咣"地和他碰了一下杯,"我们就不是一条道上的,我跟你讲就是鸡同鸭讲。"

"不,挺有启发的。"涛哥连忙说,生怕我把他扔在这个光怪陆离的世界上,"我们这行嘛,也像你写东西那样,有时就走到死道上了,需要一个外行人从不同的角度打开思路。"

我知道,涛哥这人最怕的是某件事解释不了,比如他怕看魔术,以前班里有人学了一手魔术来显摆,他硬是缠着人家要问清原理,缠了一个月,最后人家不得不教给他。什么事你只要能给他一个蹩脚的解释,他就能乐呵呵地落得个心里踏实。

这件事情到这里就算到一个段落了，往后几天也没有再听见什么消息，我用所见的事实作开头编了个东方快车穿越时空来到现代的推理爱情故事，并且决定把它写得啰唆点儿，估计可以连载十五六期。

一天晚上，涛哥急急地打电话给我："喂！老万！你快来，出大事了，我们逮到了一个活的！"

"什么活的？"我一下蒙了，以为自己掉到了皮卡丘的世界里。

"就是铁的！真的！火车！"

我哧溜一下弹起来，绊到网线把笔记本电脑甩出三米远，我顾不得这么多，乒吟乓啷奔出门。

我打车到涛哥说的地方，在一个路口外就封路了，涛哥来把我领进去。那火车一头扎在龙潭公园附近的一片树林里，几乎打了个对折，周围围着五六辆警车，车头大灯照着火车中部撕裂出的一个大口子。

火车铁皮被烧得焦黑，但还可以看出蓝白两种颜色。

"火车外壳被高温烧灼过，里面没有太大损坏。"我听见有人说。

我问涛哥："查出车的身份了吗？有没有幸存者？"

"没有，啥都没有。"涛哥一个劲推我往里走，一边递给我一个手电筒。

我们从撕裂的大口爬进去，一瞬间像进到了另一个世界，光亮和声音都被隔离在外面。

"为什么是我和你？"我这才想起这个问题。

"因为我是第一个上报幽灵列车事件的，我跟领导说你是第一个调查幽灵列车事件的人，你手里有第一手资料。"涛哥"嘿嘿"一笑。

我向涛哥投去一个感激的目光，可惜光线太暗，他没有看见我火热的眼神。

我们往车头方向走，车厢以 15 度倾斜，扭曲严重，车厢里一片狼藉，脱落的座椅和碎玻璃挤在一侧，没有看见尸体什么的。

"好像整车的人都消失了。"涛哥说。

涛哥的话提醒了我，我猛地站住，他不解地望着我，我说："还记得上一列火车吗？如果这列火车突然消失……"

"我们也可能跟着消失！"涛哥惊叫，"那我们出去？"

我望望窗外树林的影子说："不，既然来了，就赌一把。"我继续朝着黑洞洞的车厢摸去。

爬过几节车厢，我想辨认车厢号，竟然一个都辨认不出来。进火车以来一直有一种奇怪的感觉萦绕着我，我想涛哥也有这样的感觉。

我们走到应该是乘务员车厢的地方，这里也没有人，四壁上黏着类似炭化的粉末。我挤开已经有些变形的厕所门，厕所里湿漉漉的，脚下散落着一些白色的碎片，我捡起来查看，好像是花盆的瓷片，这里也没有任何生命的迹象。角落里一个鼓鼓的小包引起了我的注意，我捡起来打开，小包里塞满了手纸，显然是用来保护什么的。果然，我在里面掏出一个手机。

我按了一个按键，手机屏幕竟然亮了起来！我吓了一跳。手机屏幕上显示着一条信息，这时我明白过来那个奇怪的感觉是什么了——我们的文字认知能力被大大降低了。我竟然看不懂手机上的方块字，还有一路走来的那些标识文字。

我把手机递给涛哥，他也摇摇头。我想了想，把自己的手机递给他，这回他能看懂了，我也能看懂了。我明白过来了，我们的文字认知能力没有被降低，而是这列火车上使用了另一种文字。

"外星人？！"我和涛哥几乎同时叫起来。我开始后悔怎么没有借一套体面的西服来参加这场载入史册的"约会"。

但是我很快又把自己的猜测推翻了，自从我打开手机滑盖看到键盘布局的那一刻起，我就有一个感觉：对方是和我们一样的人。

"我有了另一个想法。"我说，"从所有物体的外形设计到功能设计，都遵循着和我们一样的人本设计理念，可以推断他们是和我们差不多的人……"

手机当时就被封装好，送到北京请语言学、符号学专家破解，在火车残骸里找到一些印刷文字也一并送过去作为参照。火车头被整体运走，送到哪就不知道了。我被叫去警局录了一通笔录才被放出来。

"优先破译符号，这是对的，这个文明和我们有着极大的相似性，符号是一个容易的突破口，它传达的信息最直接最准确，相信过不了多久就会有结果。"

无论我说什么，涛哥都呆呆地望着面前一盘吱吱作响的烤鱼，他的眼窝深陷，好像一个沉思了一千年的思考者。

"老兄，"他终于发出声音来，"如果你今天不给我个解释，我今晚会睡不着的。"

我笑了笑："还是老规矩，我给你解释，你请客。"

"你还记得平行世界理论吗？"我剔着牙问。

涛哥点点头，又摇摇头："是哪个？"

"幽灵列车就是通过虫洞，从平行世界掉过来的。"

涛哥好半天才反应过来："为什么光是火车？"

"因为虫洞刚好出现在火车道上。"

"两次都刚好出现在火车道上？"

这个概率太低了，这下我也蒙了，我骂道："这鬼名堂搞的！今晚我也睡不着觉了。"

那天晚上一堆火车在我脑子里撞，撞了一个晚上也没撞出条路来，第二天它们都散去了，我也就昏昏沉沉地睡了，无业者的好处就是没有人会拖你起来干活。

中午时被叫去公安局开一个电视电话会议，据说是通报破译的结果，参加的有一堆领导还有眼睛熬得通红的涛哥。

我悄悄问涛哥："你用了什么方法让我有如此待遇？"

涛哥神秘兮兮地说："我跟领导说你是研究超自然现象的民间科学家。"

我差点儿把一口茶喷出来，我强忍住掐住涛哥脖子的冲动，恶狠狠地说："下次的消夜还是你请！"

北京的专家在电话里说："这条信息破解出来了，组成信息的符号和我们的汉字大体相同，只是把一些指形会意的部分在写法上做了改动。另外，手机上的时间也和我们的时间是同步的。"专家说完像是看恶作剧的孩子一样看着我们。

"那句话是什么意思？"公安局的领导迫不及待地问。

"意思是……"专家有点儿窘迫地说，"到播种的季节了。"

"什么？"几乎所有人不约而同地发出疑问。

"这是比较文学的说法，'播种'可以解释成'播撒''弹射''释放'，整句话可以解释成'到弹射的时候了''到释放的时候了'。"

"列车组成员接到命令被弹射出去了？"有人说。

底下鸦雀无声。

"万老师，你发表一下高见。"坐在首位的领导严肃地说，听起来又像是命令。

我惊出一身冷汗，只好硬着头皮说道："我找到那个手机的时候，它显然受到了很好的保护，像是在紧急时刻要传达什么信息。可以想象，在危急时刻，一个列车员躲进厕所里，这个狭小的空间可以更大地抵抗车体的变形，他没有笔，只能在手机上写下一段话，装进随身的腰包，用手纸作缓冲保护，这段话是他冒着生命危险也要传达给后来的人的。"说到这里我对那个不知名的列车员油然升起敬佩之情。

会场一阵沉默，北京的专家说："发言的同志是谁？"

又是一阵沉默，还是涛哥打圆场说："他是我们的顾问。"

"很好，就请你们好好调查这段话的内容，我们符号学的分析到此为止，手机我们将移交电子专家做电子工程学方面的分析。"在专家挂掉电话之前，我听见一声如释重负的吐气声。

回到家里我洗了一个澡，准备把脏裤子扔进洗衣机的时候，从裤褶里掉出来几粒黑色的颗粒。我把黑色颗粒捧在手里仔细看，它们的表面上有些皱褶，像是某种植物的种子，好像是在火车里沾上的。我仔细回忆，想起来我翻开装手机的腰包的时候，曾有一些黑色的碎片散落出来，它们就是这些黑色的小东西？

我的潜意识里立即蹦出一个地方，但我搞不清楚它们究竟有什么联系，我决定跟着感觉走一次。

出租车司机载着我在市区里转了好几圈，他以为我是离乡很久的归人。"想起来了吗？"他热心地问。

"没，还差点儿，等等，"我努力使头脑中的画面变得清晰，"好像在一个大立交桥下。"

"好，我拉你去几个大立交桥。"他说完一踩油门。

车子开到潭中立交桥下时，我叫司机停下，我走出车门，抬头看交叉的桥面，又转头看四周的环境，感觉告诉我应该就是这个地方，但它想让我找到什么？我小时候曾在这里玩耍过，那时这儿还是一片荒草地，现在已经面目全非了。小时候的世界是简单而平面的，后来世界被压缩得更加立体、更加复杂，人们向有限的空间无限挖掘，纵向发展的居住区，空中的交通线……

花坛里一种微微摇摆的小花打断了我的思绪，紫色和红色的小花已经到了花期的末尾，只剩下孤零零的几朵。枝头上已经结了好些像紧收的鸟爪一样的果实，我刚一碰上去，"鸟爪"噗地弹开了，黑色的小种子弹出来落到泥土里。

我捡起一颗种子，和裤子上找到的做对比，是一样的。我的记忆里有这种东西的影子，它带我来了这里。

"这是什么花？"我问司机师傅。

司机师傅说："这？这叫指甲花！挺常见的。"

说到指甲花，我记忆里的另一根线被接通了，我小时候常爱玩指甲花，它们的籽荚成熟后，用手轻轻一捏，就会弹射出花籽来，指甲花的花瓣还可以用来涂指甲。甚至这种花的学名我也想起来了，叫凤仙花。

指甲花的种子暗示着什么？我却一点儿头绪也没有。司机以为我在回忆什么，就没有打扰我，他独自点起一根烟坐在车盖上。我也坐在车盖上抬起头，桥面像层叠交错的枝条遮挡在天空，汽车像飞鸟一样穿梭而过，不同时代的背景在这幅画面上迭代变换着，达达的马匹，中世纪的战车，铁皮的轿车，未来的飞棱……然后建筑也跟着演变起来，高楼长向天空，通过管道对接，空中公路连通南北，密集的灯光像繁星点点……

一个感觉闪了一下，我对司机喊了声："别理我！"一头钻到路中间。两辆汽车打着喇叭从我身边擦过，我闭上眼睛，汽车喇叭的声音在四周围飞过，左，右，左上，左，右上，到远处就辨不出方位了。声音连成线条，汇聚成束，旋转缠绕，越绷越紧……这个线条世界的势能变得越来越大……释放！弹射！播种！一辆车尖啸着从我身边擦过，车带起的风吹在我脸上，我慢慢睁开眼睛，看着这个世界。

司机惊讶地望着我，我塞给他一百块钱，少有地大方了一次。

涛哥很快开了警车来，车上下来的都是些有头有脸的领导，我不知道"民间科学家"什么时候变得这么风光了。

涛哥小声问我："你真的找到答案了？这次可不是闹着玩的。"

我点点头。这时候心虚已经来不及了，索性硬着脑壳充"砖家"，我望了望众人，清了清嗓子说道："为了便于理解，先从我们的世界讲起，纵观我们社会的发展历程，随着人口膨胀，对空间的需求越来越大，解决的途径无非就是多占地和起高楼，也就是扩张和空间的深挖掘。而交通的密度只能通过空间的深挖掘解决，比如这座立交桥。"我指指头上，领导们望望上面，点点头。

我继续说："以下的完全是假设，我们假设另一个平行于我们的世界，它和我们的世界几乎一样，空中交通技术还未发达，而他们先突破了对空间进行小规模卷曲的技术，自然而然会尝试把这种技术应用在交通上，最理想的是大型交通——铁路，于是出现了空间卷折调度技术。一张纸上的一群蚂蚁，通过卷折纸张就可以不经过纸平面而进行调度，正如现代航空调度系统大幅提高了航班密度一样，这种技术一旦系统应用，就可以大大提高铁路的交通密度，降低空轨时间……"

一个领导抬手示意我停一下，他用手摁着太阳穴沉思，另几个人的额头上也渗出了汗珠。过了一会儿，领导示意我继续。

"如果要选择一个城市作为试点，柳州无疑是最合适的地方，它是南方的铁路枢纽，又不是省和国家的政治经济中心，可以承担意外风险。现在，平行世界和我们的世界是重叠的，就像两张叠放的纸，在纸上的一个重叠点——柳州上，空间卷折调度技术出现了意外，空间承受的力场超过了临界点，就像这个指甲花的种子。"我走到花坛边，轻弹一个指甲花的籽荚，籽荚噗地挣裂开来，黑色的种子弹射出来，"于是，砰，卷曲空间中的火车被弹射出来，击穿了纸面，掉到另一张纸上。"

领导们纷纷围到花坛边捏指甲花的种子，他们猫着腰，把头凑在花丛里，解决掉一个又一个籽荚。我咳嗽两声，他们从童年的回忆中惊醒过来，严肃地挺直腰板，变回了领导的身份。

"怎么证明这个假设？"一个领头的领导问。

"我不能证明，我只能通过线索来还原一个可以解释的模型。我从火车回来后，身上沾了一些指甲花的种子，是从那个小包里掉出来的，我之前忽略了这个线索，后来它引导我来这里，得出了这个结论。我想是那个列车员察觉到灾难已经不可避免，用这种方式作为他最后的列车日志。"我忍不住插一句问道，"后来在手机里面找到列车员的名字了吗？"

领导摇摇头，我心里有点儿失落。他想了想，说道："有必要用这种隐晦的提示吗？"

"别忘了，这种隐晦是对于我们来说的，也许在他们的世界里，关于空间卷折技术安全性的争论早已是个公众话题，'播种'这个词语已经成为一个热点词语，那个列车员在情急之下就用了他习以为常的表达方法。"

众人沉默下来，过了许久，领头的领导问道："那，这个假设有可能成立吗？"

"从常识上来讲，几乎不可能。"我坦诚地说。

"局长，从常识上讲，火车凭空飞出来的事情也不可能。"涛哥凑在那个领导耳边说道，我这才知道他是局长。

另一个人白了涛哥一眼，凑在局长耳边说："局长，那小子是个写鬼故事的。"

涛哥的脸"唰"的一下白了，这时我心里反而踏实了。

局长叉着手，面无表情地说："根据线索来编故事，到底还是个命题作文。"

我说道："那是我的工作，不代表我对所有事的态度。"我第一次理直气壮地说出"工作"这个词，这让我自己都感到吃惊。

局长点点头说："我了解，感谢你给我们一个新的思路。"他转身对手下说："我看可以了。"说完甩手上了车，涛哥灰溜溜地跟了上去。

晚上，涛哥一肚子郁闷地约我在青云市场吃消夜。

我们点了一盘螺蛳坐下来，涛哥不吃东西只喝啤酒。小吃摊上的人都在议论神秘火车事件，各种版本的说法都有。有人说晚上听到了火车的汽笛声，这个说法引出了一片赞同声。其实夜深人静的时候汽笛声可以传很远，在整个城市几乎都可以听到隐隐约约的汽笛声，只是平时谁也没注意。摊子上挂着一个油腻腻的收音机，用油腻腻的声音滚动播报着火车事件的最新进展。专家组已经对火车和火车上的物品进行了分析，这是与我们的技术高度相似的产品，越来越多的声音质疑这是一场炒作。

"你被领导骂惨了吧？"我问涛哥。

"没有，局长倒没说什么……只是你以后可能不能参与调查了。"他咧嘴一笑。

"没什么，恐怕到时由不得谁了。"

"什么？"他惊讶地问。

我凑过去小声地说："我担心，正剧要上演了。"

涛哥伸长脖子等我往下说，我用牙签挑着螺蛳，一副天机不可泄露的表情。涛哥说："今天我请！"

"今天本来就你请好吧，下次也是你请，谁让你是公务员呢？"

涛哥咬咬牙说："行！"

"我今天跟你们说的是简化的解释，按照平行世界的理论，平行世界很可能远远不止一个。每个平行世界中的空间卷折设计都是小于最大承载量的，但是多个平行世界在同一点上对空间进行挖掘，就引起了崩塌。如果是由多世界引起的崩塌，那么真正的总崩塌还没有到来，那将是超大规模的连锁反应。"

涛哥被啤酒呛了一口："我靠！幸亏你只是个编故事的。有一点你说不通，为什么恰巧每个世界都发明了火车？每个世界都发明了空间卷折调度技术？每个世界都选择柳州作为试点？"

"平行世界理论中有一个'世界相似原理'，平行世界的熵流动总是趋于一致的，所以平行世界的宏观状态总是趋于一致的。科技发明、政策的决策这些都属于宏观决策，在这个尺度上它们是趋同的。"

"可我们的世界没有空间卷折技术！这不是宏观差距吗？"

我想了想，说："在这个技术爆炸的时代，一个原理从发现到应用可能只有几十年的时间，几十年的差距其实很小。"

"会不会这次事故就是平行世界为弥补这种差距而做的调整？"

我愣了一下，拍桌子惊叫道："涛哥你太有才了！我怎么没想到！"

"算了吧，"涛哥有些醉了，摆摆手说，"我自己都不信。"

"别……别啊，你想想看，这次事故证明了，在任何地点应用空间卷折技术都是不可行的，因为一旦做出决策，别的世界也会做出相同的决策，就算用随机决策也不能确保安全。这样一来，所有世界都不能再使用这项技术，所有的筷子被截到一样长短——世界相似原理。"

涛哥愣愣地呆了一会儿，说道："好吧，我只能暂且相信这个了。要是什么时候世界末日了，我还真想看看呢。"

"等着吧，我们这是重灾区，火车会有更大的概率从空间卷曲的世界弹向空间平滑的世界。"

这时旁边的摊子上两个人因为各执一词争吵起来，吵着吵着就有凳子飞起来，一张凳子"哐"的一声掉在我们的桌子上，把螺蛳砸散了一地。

"争争争，争你大爷！"，涛哥噌地站起来，上去一脚把那个人扫了个嘴啃地，然后顺势把另一个人叉起来扔了出去。

我看得目瞪口呆，趁那两个人还在地上哼哼唧唧的时候赶紧把涛哥拉走了，临走时还是我把钱偷偷塞给老板。

没想到第二天公安局局长又把我叫去了，在科学家不顶用的时候，人们总会回到神棍那里寻求寄托。

局长很客气地请我坐到沙发上，给我倒了一杯茶。他的眼皮肿胀眼睛发红，看得出这几天没少费神。他望着我一时尴尬地不知道怎么开口。

我很理解他害怕什么，这是关于职业自尊心的问题。

我说："你可以不相信我，这很正常，我不会介意。"

"不，不是相不相信的问题……现在连科学界也在质疑我们炒作。"他苦笑了一下，"可是我们有什么能力在没有人知晓的情况下，把一列火车加速到时速160公里？"

我说道："我在这里只是一个说书匠，如果你愿意听故事，我可以说说。"

局长连忙点头，问道："你觉得这事会恶化？"

我知道涛哥已经对他说了，我笑了笑说："如果我编故事，我巴不得它恶化。"

"有什么办法阻止吗？"

我摇摇头："没有办法，因为原因不在我们的世界。"

"你有什么建议？"

"制定预案，发布预警，强制撤离。"

"这不可能，制定预案需要市委、市政府操作，强制撤离需要上报国务院批准，经济损失会是天文数字，这太离谱了。"

"是不可能，所以只有见机行事。所有猜想都还只是故事里的情节，没发生是正常的，如果发生了也不是谁的责任。"

局长低头不语，过了一会儿他语气坚定地说："我还是第一次跟一个连是否存在都不知道的对手作战，如果他要来，我奉陪到底。"

"你觉得它真的会来吗？"涛哥坐在车盖上，抽着一支烟，凝望着头上的立交桥。这家伙以前不抽烟的。

立交桥稳定地站立着，桥面呈现出怪异的空间感，车流像平常一样拖着空旷的嗡嗡声飞驰而过。

此刻我在想着那个不知名的列车员，他的名字到现在还没有找到，我感觉我和他之间有一种奇妙的感应和缘分。如果我知道他的名字，说不定我会像见到老朋友一样说道："嗨！原来是你！"

我问涛哥要过烟来抽了一口。"我相信他说的话。"我说。烟在空中化成迷雾，我拿起一个指甲花的籽荚，在迷雾中挤开，小小的黑色种子争先恐后地弹出来。

迷雾渐渐被风吹散，我裹紧了外衣说："到播种的时候了。"

下　大播种

车厢里的红色警报闪烁着，烟雾弥漫在空气中，震动已经使人不能站立。列车长还在试图用无线电和调度室联系，他叫我们待在各自的铺位上用被子捂住口鼻。

外面不断传来尖啸声，车窗被映成橘红色。我向窗外看去，环绕着列车的巨大轴线圈被暗红色的气流包裹着，线圈周围产生的激波挟着滚烫的空气吹过，火车就像在一个巨大的充满火焰的风洞里，非常不巧这个风洞还是一只掉入大气层的烧鹅。火车里的杂物被吸出去，形成一条披着白磷的长龙，长龙在靠近线圈的地方燃烧起来，瞬间化成灰烬。

激波产生的电离层在线圈周围造成了黑障，无线电联系被切断了。列车长放弃了努力，他放下电话，逐一扫视了我们一遍，说了一声"晚安"，然后回到了他的房间。

我放在桌子上的那盆指甲花一下一下敲打着车窗，籽荚被撞开，把种子弹射出来，这一幕幕像闪电打入我的眼中。我竟然有些解气，那帮不相信忠告的人终于得到了教训，但更多的还是悲哀，因为我们成了无辜的牺牲品。播种理论是对的，播种到来了。

我从铺位上跳起来一头冲进厕所，同事惊讶地望着我，他们准在想这家伙死到临头了还有心情上厕所。我把指甲花抱在怀里，思考着，如果我就这样挂了，我得留下点儿什么信息，从我知道死亡的那天起，我就认为死也是一种艺术，如果我哪天还没来得及反应就被车撞没了那将是最大的悲剧。好在老天还没把坏事做绝，它给我安排了一个前无古人的死法。

手机的屏幕蓝幽幽地照着我，也反射着窗外橘红色的光芒，我呆了片刻，打开录像功能，伸到窗外拍了一圈，然后尽量稳定下声音说道："列车没有到达调度接口，空间位置出错了！这里像一个风洞，气流很强！没有信号！"这时火车像被一根橡皮筋弹了一下，向前猛蹿了一段距离，旁边的墙向我迎头撞来。我昏昏沉沉爬起来，左边肩膀失去了知觉。我捡起手机，无力地补上最后一句："我是 N6670 次列车员万象，如果我死了，请记住我曾经活过。"

做完这些我靠着墙壁，火车又晃动了几下。地上散落着白色的碎片，这是指甲花花盆的碎片，这些碎片提醒了我，得保护手机的存储卡。我把腰包解下来掏空，用手纸把它塞得满满的，这道工序让我想到了岁末小巷子里家家户户都会挂的腊肠，可惜我再也尝不到那种味道了。

然后我做了个小彩头，把指甲花的种子放到腰包里，把手机放进去时我在屏幕上打了一条短信："到播种的时候了。"

"到播种的时候了。"我望着窗外说道，这时候火车正穿过一个水面一样的界面，一道光线刺进我的眼睛然后扩散开来，把我拉向永恒的白昼。

我从梦中惊醒过来，已经日上三竿了，太阳从挂着一半的窗帘照进来晒在我的身上。我坐起来喘着气，空气中仿佛还飘着刺鼻的烟雾，仿佛在那个世界真有一个列车员，他的命运和我的命运冥冥呼应着。要是在平常这会是一个好素材，可以写成一个好故事够我吃一阵子了，然而现在我担心现实比故事走得更远，这些天发生的事情已经让我有点儿跟不上节奏了。

我推开堆满方便面空碗的桌子，走到洗脸池前准备洗把脸，镜子中的自己胡子拉碴，眼神疲惫，好像灾难片里幸存下来的一个小角色，而且这个电影还远远没有结束，你不知道后面还会有什么东西冒出来。

见鬼，我喜欢这样的生活，对于一个胡思乱想混吃等死的人来说，这就是他的世界。

这时门外传来敲门声，我已经来不及洗漱了，只好擦擦眼屎厚着脸皮去开门，听声音我知道这不是涛哥，这是……我从门孔望见外面站着一挂腊肠。见鬼！我打开门，包租婆笑嘻嘻地从腊肠后面伸出脸来，这个肥婆从来都提防着我，这次不知又安了什么心。

她把腊肠凑到我脸前说："万老弟，给你。"见我不说话，她说："怎的，不爱吃？"

我忙说："不，不，我做梦都想着这东西。"

她堆着笑说："嘿嘿，这就好，我在楼下晾着腊肠，你闲着没事帮我看着点儿。"

我明白这个女人的心思，她是怕我偷她的腊肠，先用一点儿好处来收买我，还可以得到一个义务看守员。我心安理得地收下了，如果我不收下她会心不安的。

我把腊肠挂到阳台上，又想起了那个小包和手机，很可能手机里会存着更多的信息，现在也应该破解出来了。我正想打电话给涛哥，涛哥的电话打来了："你小子还在睡觉！快来三中路！"

我冲出门拦出租车，过往出租车的电台叽叽喳喳地叫着，司机一听我要去三中路都直接开走了。好不容易拦下一辆愿意去的，因为那司机也想去看看。

一路上有救护车从文昌桥方向源源不断地开来，车子开进三中路没多远就停下来了，前面挤满了人。

还好我比较瘦，几经努力钻进人群，终于看见了前面的情况。一列火车歪七扭八地塞在路中间，路旁的路灯和树全部被连根扫断了，地上落满了碎玻璃和碎砖。装机青年的集散地——好机汇电脑广场的当街一排门面也被铲掉了，一群人正在那里哄抢商品，一队消防队员在旁边抢救被压的人。火车这边的路面被铲得干干净净，火车那边一定堆满了大大小小的车子。一辆公交车横停在路中间充当着路障，警车闪烁着警灯。这才像发生大事的阵仗嘛，我吹了声口哨。

前面站了一圈领导，旁边就是市委、市政府，大大小小的领导全都跑出来了。我找到涛哥说："怎么不疏散人群？再来个火车就好看了。"

涛哥沙哑着嗓子说："已经在疏散了，这帮人都不知道大难临头了。你来看。"他把我扯过一边："这次的火车和上次的样子不同了，这是从火车里找到的一片报纸。"他递给我一张塑料薄膜袋装着的纸片，又拿出一张表格说："这是根据 1 号火车破译出来的文字对照表。"

我找到对照表上"的"字的写法，和纸片上的文字对照，没有相同的。根据纸片上的符号频率，我在手上写下两个符号，对涛哥说："这两个符号有一个是'的'字，另一个也是常用字，都没有在对照表里出现。"

涛哥和我面面相觑，他说："这么说……它们……不是同一个世界。"我点点头。涛哥说："你的猜测是对的，平行世界发生了连锁反应。"

"播种开始了。"我说。

"还真像播种，前次是西南郊外，上次是城南，这次是城中，下次不知道又会是哪里……"

涛哥车上的对讲机响了，过了片刻他脸色沉重地对我说："这次是谷埠街。"

我们驱车往河南方向狂奔，车子开上柳江大桥开不动了，逆行的车辆已经占领了顺行的车道，从那边过来的人一个个都像从地狱里逃出来的，不要命地往前钻。

涛哥把车门踹开对我说："走，下车。"刚打开的车门马上被对面过来的一辆车别上了，涛哥打开警笛朝对方大骂了一通，然后在怀里揣上警戒带，从窗子爬出去，叫我跟上。

我们爬到车顶上，从一辆辆车上面跨过去，下面的司机纷纷按喇叭抗议，但是他们也只能抗议而已。我们走到前面看见几辆车的车主已经弃车，还有几辆车已经被撞坏了，车阵被卡死在桥上，还好我们及时做出了弃车的决定。

涛哥一路撞开人群，奔到出事地点拉警戒线。我在后面跟得上气不接下气，让一文青追一警察，真是要命了。

跑到谷埠街我倒吸了一口冷气，一列火车一头撞进了国际商城的门脸里，把一层楼撞塌了一半，玻璃外墙垮了一大半，残墙上摇摇欲坠的玻璃还在往下掉。

涛哥望望这个大摊子，又望望手上的那卷警戒带，大骂了一声把警戒带扔在地上。

柳南派出所和市政公司的人先后赶到了，他们把现场隔离起来，就要到大楼里面去找人。涛哥把他们拦住了："没看见天上正在下刀子吗？切你们的脑袋就像切西瓜一样容易！等消防队来。"他转过身来小声地嘀咕："我还有这儿的购物卡没花呢。"

我指着河北方向对涛哥说："警察同志，我要报案……"

河对岸升起滚滚的浓烟，夹杂着火光。涛哥对着对讲机说了几句，对我说："走吧，局长叫你跟我回去。"

他对围观的群众挥手说："都散开都散开！每个人都回家收拾好东西等消息，不要乱走动。"

往回走时桥上的车辆已经全部变成了空壳。回到公安局，很多人正在会议室开会，我看见市长也在，涛哥带我悄悄溜了进去。

公安局局长说道："我建议，应急方案的主体参照重大突发灾难应急预案，我还有一份补充方案……今晚就组织一部分人先撤离，剩下的全部要进入地下躲避，24小时内全城撤离完毕。现在要立刻疏通道路，确保最大运量……"

市长说："立即启动Ⅰ级预案，正常情况24小时内撤离完没有问题，只是不知道一天之内事情会恶化到什么程度。"

局长说："尽人事，听天命。"

市长阴沉地望着局长，过了一会儿才缓缓点点头。我这才注意到这个临时会场的特别之处：地点在公安局，而不是在市政府。

局长说完小声叫我过去："你还有什么建议？"

我说："没有了，这么迅速做出的方案已经很完美了。"

局长一笑说："谢了，这是事先做好的预案，算是你的提醒，对付摸不透的敌人，既不能乱动，又要抢占先机。"

我突然想起了什么，对局长说："最好协调下游水坝开闸泄流，要是火车积塞在河道就可能抬高水位。"

"有那么多吗？"

"难说。"

局长点点头说："好，我跟市长说，但那只是提议，最终决策是由市领导来做。现在做出的每个决策都是决定命运的……你说，会不会每个平行世界里都有一个不知死活的公安局局长在指手画脚？"局长一扫多天的疲惫，露出一个洒脱的笑容。

我笑笑，我相信每个世界里都有一群这样的人。我想起了手机的事，问局长："有没有从手机里破译出新的信息？"

局长一拍脑袋说："我差点儿忘了这事。"他凑到我的耳朵旁小声说："现在这事保密了不让说，我就违反一次纪律告诉你吧，在手机里破解出一段七秒钟的视频，视频太晃，看不到东西，但是录到一句话，是你一直想知道的列车员的名字。"

我的心扑扑狂跳起来，梦境真的和现实重合了？这个无数次在我脑海中出现的老朋友，我们终于要说"你好"了，也许不是"你好"……

"他叫什么？"我激动地催问。

局长嘴唇动了动，望望我，终于说道："陈晓昆。"

"什么？"我愣愣地说，这三个字没有触动我的任何一根神经，我本以为会是个很熟悉的字眼。

局长把名字的同音字写给我，"光是这三个字我们市就有 73 个同名的，如果加上其他同音字组合不知道有多少。"

我努力回想了一下，没有什么印象。我随即释然地一笑：一个名字本来就没有什么联系，两个世界连文字的写法都不同，那只不过是我的想象罢了。

我回到出租房里收拾东西，收拾了几件实在想不起有什么非带走不可的了，我几乎是个一无所有的人，连一张和女孩子的合照都没有。一堆发表过文章的报纸和杂志我忍痛不要了，我把 U 盘、光碟收罗起来，又把电脑的硬盘拆下来揣上，这些里面有我的小说、资料。

全市已经进入紧急状态，电视里、广播里都在播送紧急通知和最新情况，手机接连不断地收到短信通知。好在除了上午的三起撞击，到现在还没有发生新情况。没过多久街道办的人就来动员撤离了，过了一会儿又有政府的动员小组来用喇叭喊话。

临近傍晚的时候，撤离开始了。楼道里响起零乱的脚步声，包租婆抱着她的卷毛狗挤进来半个身子说："万老弟我先走了，楼下的腊肠你拿去吃吧，不过空出去的这几天房租可是照交的啊，我有什么办法，这又不是我的决定。"

我没理她，我心想到时候你的房子还指不定在不在呢。我装了几瓶水，几袋饼干，还想下去买些干粮，撩开窗帘一看，每个小卖部门前都排了几十米的长队。

我走到楼下，把挂着腊肠的竹竿挑起来扛在肩上，像个剑侠一样大摇大摆地走出去了。

我看见包租婆开着车被拦了下来，她不得不下车，抱着一堆东西骂骂咧咧地走到人群里。人们从院子和巷弄里走出来会合到一起，因为不知道"播种"什么时候会大爆发，所有人必须尽快赶到撤离点或避难所。人们推推搡搡，有些脸上带着恐慌，有些脸上带着好奇，有些脸上不知道该带着什么表情，毕竟好几代人都没有经历过逃难的感觉了。小孩子们却兴奋地到处乱窜，我向一个抱着奥特曼的小孩子挤挤眼，教他哼《共青团员之歌》。一路上都有疏导员把人群引到空余的避难所。那些小时候跑进去探险的防空洞，我以为永远见不到了，这时候它们又纷纷被挖掘出来，幸运的人会找到我藏在里面的弹珠。

这时候我才突然伤感起来，这个城市带着我的全部记忆，我骑单车走过的小巷，巷口的麦芽糖，父母搬走前我度过了童年的职工宿舍，被我砍下树杈做弹弓的桃树，砖墙上长出白毛，刮下来可以配成火药，我被火药烧了眉毛，就偷偷用黑笔画上，还有青云夜市、指甲花……太多太多了，在必须离开的时候才想起来。

后面的人催促起来，又有人抱怨我的长竹竿，我故意把竹竿挥扫了几下，得意扬扬地大步走上前去。

涛哥的电话打过来了，他在电话里嚷道："终于打通了！你快来中心广场和我会合，不知道手机信号还能维持到什么时候。"

我一路拍照一路遛达到广场，广场上集中了几万人，首尾衔接的车队正在把成批的市民撤往市外。工程队在广场的周围建筑起防护工事——一根根钢柱组成的宽 20 米的隔离带，钢柱都是从柳钢赶运过来的特种钢梁。这个城市在最短的时间内接受了这个离奇的事实，并且快速做出了反应，这是我没有想到的，也许科幻大片让人民的神经变得像小强一样强悍了。灵异小说也有一些功劳吧，我厚脸皮地想。

广场下面的大型地下停车场成了最大的避难所，我走进去看见这里已经安置了七八千人。涛哥他们设置了一个临时岗亭维持秩序。所有的易燃易爆物都不允许带到避难所，涛哥正在把一堆野炊的炉子、气罐拖出去，我不由得感叹这些人的心态真是太好了。

我拒绝了涛哥先送我出城的提议，这是一次绝佳的体验，想想看，你终于看到现实追上了你的想象，在想象的屁股后面狠狠地踹一脚，简直让人激动得要大喊一声。这是那些一年写 N 本悬疑小说在畅销榜上久挂不下的作家也没有经历过的，以后他们只能生活在想象中，而你可以用冷酷的语气说："I had fucked the life！"

于是我和所有抱怨不能先走的人一起留下来了，也许正是这个决定救了我一命，晚上听说有一列火车落在路上，十几辆公共汽车撞在了一起。此外一切都平安无事。

在临时避难所里恐慌的情绪似乎远去了，人们咒骂着一切不靠谱的事情，柳州方言的粗口带着睥睨一切的气势，让我感到无比踏实。在远方读大学的老乡们会说起一个共同的体验，当踏上开往家乡方向的火车，一句地地道道的"乡骂"传来，一种回家的亲切感便油然而生。

有人眉飞色舞地讲起各种传言，大家提心吊胆地耷着脑袋听，添油加醋地说，这时恐慌变成了一种酒精饮料，滋长蔓延，却让人沉醉其中。大家很快熟识起来，客气地分吃东西，入夜便有三三两两的扑克摊摆起。甚至广场上有人推车卖起小吃来，青云市场的一个小吃摊老板也在其中，他瞪大眼望着我说："怎么每天都能见到你？"

我拍了好些照片，然后坐在广场北边的草地上，把经历的一切记在手机上。高压钠灯把广场照得一片通明，一整夜车队都在把一批批的市民运往市外。城市的街灯依然流光溢彩，高楼像灯火上飘浮的云山。这个我曾经无数次想逃离的城市，在每个人都逃离的时候我又想留下来了。这天晚上我像个流浪汉一样在这个城市的灯火中睡着了。

到了第二天中午，大部分人已经撤离完毕，停车场里还剩下大约两千个年轻人。撤离行动进行得很顺利，正是因为太顺利了，使大家产生了动摇：到底还有没有必要继续撤离？也许"播种"已经结束了。

最后两千人的撤离就在一片怀疑和反对声中开始了。人们走出地下停车场，看着空荡荡的城市。空荡荡的城市使他们产生了这样一种感觉：我们是这座城市最后的守护者了，我们不能抛弃这座城市。热血沸腾的年轻人纷纷要求回家去，人群里起了不小的骚动。

突然有人喊："听！什么声音？"人群安静下来，一串轰隆隆的雷声贴着地面传来，在这寂静无声的城市中显得特别清晰，接着是一声刺耳的长啸，如同一只巨大怪鸟的叫声。我明白过来，这怪鸟的叫声是钢铁撕裂的声音。更多的隆隆声和尖啸声从四面八方传来，有远有近，如同一场合奏。

"我×！"一部分人惊恐地叫起来，其他人抬头朝他们望的方向望去。龙城路方向，一个庞然大物一头撞穿前面的一栋写字大楼，在十几层的高度，它后面的部分像一根钢鞭继续向前甩去，发着尖啸声扭曲缠绕在大楼上。大楼像被剥皮器削了一圈，玻璃幕墙全部被打成粉碎，哗啦啦地掉下来。这条"钢铁巨蟒"在空中跳着诡异的舞蹈，甩出银光闪闪的"鳞片"。我的脑海里闪过一句诗："战罢玉龙三百万，败鳞残甲满天飞。""巨蟒"被自身的重量扯成几截嘎吱响着坠了下来，轰然落地，剩下的几节车厢悬在大楼上。

正当人们惊魂未定的时候，另一列火车向广场抛来。这次我看清楚了它出现的过程：十几米高的空中出现一个水面一样的界面，就像我梦中看到的那样，界面后面的景物像气浪一样扭曲。突然一片涟漪扩散开来，一列火车在涟漪中横着被抛甩出来。

火车翻滚着直奔向我们，人群呆若木鸡。涛哥一把把我扑倒在地，大喊："趴下！"反应敏捷的人迅速趴下了，有些吓得瘫软下去。广场周围的隔离带发挥了作用，火车撞在隔离带上被猝然阻挡下来，强大的动能把火车撕成碎片，撕裂的铁皮在钢柱间翻卷撕扯，发出刺耳的尖叫，像地狱的刀山里挣扎的鬼魅。火车上的玻璃撞得粉碎，像子弹一样射过来。

涛哥紧紧护在我身上。听着头上的嗖嗖声过去后，人们才纷纷爬起来，有的人满脸是血，有的人躺在地上呻吟。看到涛哥没事，我松了一口气。

"大播种。"涛哥怔怔地说，然后他扯着嘶哑的嗓子大喊："大家回停车场！"

几分钟后接应撤退的车队赶到了，有几辆车的车窗玻璃已经没了，车队里混杂着公共汽车、大巴、军用卡车，还有一辆轻型装甲车。装甲车上下来几个指挥员，催着人们上车。刚刚还闹着要留下的人群现在都哭着抢着往车上挤。

涛哥拍拍我的肩膀说："走吧。"

我抱歉地摇摇头说："我不走了，对于一个写灵异小说的人来说，见证这样一件事是他的无上光荣。"

涛哥恨得抓了一把头发，他已经没有力气和我争辩了，他叹了口气说："我不管你了，但是我们不允许任何一个人留在这里，你跟我来。"

他让我藏在一根柱子后面。所有人走完后，指挥员进来检查，涛哥朝他们挥挥手说："我这边干净了！"

涛哥把他的枪扔在我的脚边，小声说："保重。"

涛哥的脚步声消失后，我轻轻说："你个死鬼也要保重，你不知欠我多少次消夜。"

最后一批人也走了，我在空旷的停车场里坐下来，外面仍然传来巨大的响声，仿佛这个城市被一头犀牛放在嘴里使劲咀嚼着。我感到无能为力的孤独，这感觉我曾感受过两次，第一次是十六岁时父母搬离这个城市，我一意孤行要一个人留下来，坐在空荡荡的家里感觉仿佛亲人都离我而去了，我哭了一整天。第二次是大学毕业，我是最后离开的，在空荡荡的宿舍里想到哥们儿都再不能相聚了，我哭了一个小时。这次是整个城市的人离开了，我坐在空荡荡的城市中心，没有哭。

手机信号没有了，过了一阵子，停车场的灯光闪烁了一下也熄灭了。我找来一堆废材料生了一堆火，点燃这个城市唯一的文明信号。然后我拆下几根腊肠烤来吃，我就像一个在山洞里烤食生肉的原始人，任外面霸王龙横冲直撞，翼手龙破空长鸣，我自吃我的烤肉。

兴许是自我感觉越来越好，我决定到外面去录一段录像，这将是珍贵的历史资料。

我观察了一下路线，然后以百米冲刺的速度冲到旁边的五一路上。路边停了十来辆车子，我找到一架插着钥匙的摩托车，插着钥匙的不会是什么好车，事实上坐上去以后我发现这是一辆电动车。

电动车响着安静的嗡嗡声载着我驶出街口，这场景的名字应该叫"一个街道巡视员的一天"，但是市区内四处冒起的烟尘提示着这一天并不寻常。

沿龙城路往南驶去，首先和我遭遇的是那列一半撞进大楼的火车，掉下来的一截砸在地上，铁皮车厢被挤成一堆烂铁，像一筐砸破的鸡蛋。大楼上残留着另一截。我想起了"9·11"，不敢靠近楼下。

我打开数码相机的摄像模式录了一段视频。这时后面传来一声巨响，我把画面猛转过去，这次没有看见车身，因为火车是从临街门面的后方撞过来的。三层楼的门面被撞开了一个大口，碎石像一道弹幕飞过对街，把对面的卷帘门也撕开了几个大口。被撞开的缺口上露出一个子弹头样的车头，车鼻子瘪进去了一块。

继续往前开，四面八方的响声越来越密集，好像一群愤怒的兽群要冲过来，要把这座城市撞得粉碎、踩成齑粉。突然间一列火车从一幢建筑里破壳而出，我猛地刹车，火车从我前面十几米处扫过马路，撞到对面的商店里，商店的外墙整个倒塌下来。

惊魂未定，紧接着另一列火车从后面冒出来，追着我的屁股冲过来。我也顾不上录像了，赶紧加速冲出去，一块石头把车轮绊了一下，车子摇摇晃晃几乎要摔倒，我终于还是稳住了车子。火车在后面紧逼不舍，我冲过有碎石的地面，把速度加到最大，如果这时前面再冲出一列火车我只能认命了。火车在往前冲的过程中斜了过来，连续扫断了五六棵树，终于慢下来，在后视镜中离远了。

我压低前身以50码的速度往前飞驰，柳江大桥头有一条防空洞改造的地下街，可以作为暂时躲避的地方。

驶出龙城路口，视野一下子开阔起来。地上掠过几个巨大的影子，我猛地抬头望去，仿佛进入了太空舰队空间跃迁的集结点，钢铁的"飞舰"源源不断地从空中飞出，轰击着这座城市的身躯。大楼被"飞舰"击中，飞散开大片的碎石，夹杂着亮闪闪的玻璃，纷纷扬扬地落下来。有些火车在地面冲行，像除草机一样铲掉地面上的花坛、行道树、灯杆，以及所有遇到的东西，一个电话亭翻滚着停在我的不远处。有两列火车在空中撞在一起，车厢被巨大的冲击能量折叠起来，发出惊心动魄的响声，然后轰然坠地变成了一堆废铁。

这仿佛一场惨烈的自杀式袭击。我一只手举着相机，捕捉着镜头，像一个责任重大的摄影师。驶到柳江大桥桥头，便见滔天的巨浪此起彼伏。一列火车一头撞入江水，如摩西投鞭一样把江水劈开，掀起十几米高、上百米远的巨浪，细小的水花甚至溅到我的身上。劈开的江水又轰然合拢，涌起巨大的波峰，波峰如黑色的兽脊涌到江岸上，打出白花花的浪花。

一些火车被桥墩截住，桥墩下堆积的火车形成了一个水坝，堵塞了河道。不过还好上游已经提前泄水，一定程度上抵消了抬高的水位。

大桥已经伤痕累累，随时都可能倒塌，我没有冒险往桥上走。

这时一块碎石砸在我的头上，我抬头望去，一个巨大的影子正朝我的头上压来！我向前跑了几步扑身滚倒在地，一列火车轰地砸在电动车所在的地方。只差一点儿我就变成肉酱了。

我爬起来后不敢发呆，立刻向地下街跑去。几幢大楼在我奔跑的同时倒下来，我刚跳进入口，一幢大楼轰地压过来，气浪把我冲到了台阶底下，碎砖石和烟尘跟着涌进来。

我咳嗽着从砖头堆里爬出来，躺在地上长吐了一口气。好在防空洞有着足够的抗击力，我暂时安全了。

一直躲到下午 4 点，外面的声音暂时消停了一些。我冒险出去看，好家伙，就算是煮一锅粥也该开锅了。我一辈子没见过这么多火车，它们用各种新奇的姿势翻在路上，卡在楼房里，挤作一团，这些火车埋葬了我记忆的城市。柳江大桥只剩下几截桥墩，水位又抬高了一些。如果不是有柳江作参照物，我差点儿认不出方向来。我想了个问题，这些火车捡了当废铁卖能卖多少钱？看着远处还在倒塌的建筑物，我没有继续想下去，因为这肯定不够重建这座城市的。

我又返回广场方向，因为食物和水还在那里，更重要的是，那里是中心地带，灾后容易得到救援。这些火车残骸让最近的距离也如隔崇山峻岭，我费了好大劲才钻过几节车厢。两个小时后我回到了停车场，太阳正落下，照在火车的残躯上仿佛是铜铸的工业雕塑。有几列火车掉到了防护栏里面，最近的一节车厢离停车场入口只有几米远。

我补充了食物和水，晚餐是腊肠。夜幕降临，我像一只鼹鼠从"地洞"里钻出来，停车场里黑漆漆的一片，让我觉得毛骨悚然。好在地面上月光还不错，城市没有了灯光污染，星星变得明朗起来，即使在明月的照耀下，星星也比平时多得多。

我打开手电筒走进废墟中，这片诡异的废墟如同一个远古战场，那些躺在夜色中的黢黢黑影，如同上古的大战后留下来的神兽尸体，那些逝去的灵魂就在废墟中逡巡。这些钢铁骨架时不时发出嘎吱嘎吱的声音，伴着远方传来的钢铁挤压和撕裂的声音，让人直打哆嗦。

我爬上一栋损坏不算严重的大楼的楼顶。月光还是不足以让我看清地面上的景象。我想了个办法，架起相机长时间曝光。在照片上终于可以看到城市的面貌，没有一个方向是受灾较轻的，如果"播种"是正态分布的，那么空间卷折的中心其实就是城市的中心。

　　一张照片引起了我的注意，照片上有一束绿色的光线射向远处，或者从远处射过来，我又拍了几张，同样的光线还是出现在照片里。那里有什么情况，可能是一个幸存者，可能是随着火车发射过来的一个信号装置。

　　我借着月色向那个方向行进，那束绿莹莹的光在天上越来越清晰，它以某种频率的脉冲闪烁着，像在传递什么信息。快要接近目标时我关掉了手电筒，当我走到和那道绿光只隔着一排车厢的地方，绿光突然消失了。

　　他发现了我？我躲在车厢后面听那边的动静，过了许久也没有听见响声。我知道深海里有一种鮟鱇鱼，用光源吸引猎物上钩，还有一种捕鸟的方法，是用亮光诱骗鸟群飞下来。也许我已经游到猎人的眼底，他正在暗处欣赏猎物最后的舞蹈？我不由得暗暗地摸住怀里的枪。

　　这时不远处传来一声巨响，又一列火车被抛甩出来，它与其他火车撞在一起迸发出大朵的火花。绿光又出现了！这次它射向火车抛出的方向。我猫腰摸到车厢连接处看去，只看到那束光的源头，其他什么也看不见。

　　过了一阵子绿光又消失了，我静静等待着。终于，月光下一个身影跃上车厢，像一个少年，他背着一个背包，脚步如飞，矫捷地腾挪跳跃着，不一会儿就消失在黑夜中了。

　　我没有追上去，因为我肯定追不上，那家伙就像在这个环境里面进化了几万年的新人类。

　　就在我站着发愣的时候，又一幢大楼轰响着倒下来，巨大的响声和碎石打在火车上如弹雨倾泻的声音在夜色中传得很远。听着这座城市倒下我有一种说不出的心酸。

　　又一阵"播种"潮来临了，我躲回地下停车场。我想摸出几根腊肠来烤，但是我放在一根柱子下的腊肠已经不见了，我记得清清楚楚是放在这里的。我打着手电筒到处找了一遍，然后确定确实是不见了，连同挂腊肠的竹竿一起不见了。这里顿觉充满了危险，我挥动手电筒四处乱扫，时不时有白色的柱子闯到视线里来，把我吓个半死。

　　这时我多希望涛哥在我身边，我虽然是个写灵异小说的，但是不经吓，平时只有我吓别人的分儿，哪想过还有别人吓我的分儿。我把涛哥的枪揣在怀里，在周围摆了一圈空易拉罐，辗转了半夜才提心吊胆地睡着了。在我的梦中不时浮现洞外怪兽的破坏声和洞中狼的窥视。

　　第二天 10 点半的时候"播种"开始消停了一些，我走出停车场。近半数的大楼在多次撞击下都倒塌了，整个城市就像被地毯式轰炸了一遍，而且那些炸弹全是从万米高空扔下来的火车。我望望天上，一只鸟也没有，一个塑料袋孤零零地飞过天空。

我背上背包向柳侯公园一带转移，那边离我住的地方近，我对那里的情况比较熟悉。走过柳侯公园的柳侯祠，已经看不见原先的建筑了，那些没有钢筋的仿古建筑早已经被扫平了，连上百年的老柏也只留下白森森的断口，不知道荔子碑有没有幸存下来。

柳侯公园门口，一列火车从公园路方向冲过来，冲上台阶，撞进公园的大门，在柳宗元瘦削的塑像前停下来。柳宗元依旧背着长袖，眼睛微眯，胡须微翘，和这个钢铁巨兽的头颅对视着。

我穿过公园，几列火车泡在湖里，像探头进去饮水的梁龙。湖边有一缕轻烟升起来，我走过去看，只见湖边的一块空地上摆着几张靠椅、几把钓竿，地上有一堆还没熄灭的火堆，旁边扔着几十罐啤酒，我的那一架腊肠也被扔在旁边。

我不禁骂道："谁这么缺德偷老子的腊肠来这休闲？"

这时我看见地上还堆着另一堆东西，有十几台笔记本电脑，几十个手机，还有数码相机、古玩、字画等五花八门的东西。我立刻明白过来，这是一伙发灾难财的贼！

我刚要转身，一把冷飕飕的刀已经架到我的脖子上。怀里有枪，心里不慌，我没有轻举妄动，他们还有同伙没回巢，等情况明朗了再说。

我举起手，笑嘻嘻地说："没事，我路过，你们忙你们的。"

"少啰唆！"后面那人一脚把我踹趴在地上。

树后面又走出来三个人，现在是四个了，四人很有经验地把我堵在中间，封锁了我的逃跑路线，看样子是准备动手了。我思考是要鸣枪警告还是要乘其不备开枪射击，也就是威慑还是突袭。威慑是达到压制效果和最小伤亡的理想战术，但是我听涛哥说过，制止一名移动中的歹徒一般需要 2~3 发子弹，手枪有 7 发子弹，如果直接与歹徒交火有把握放倒 3 个，突袭的话效果还会更理想，反之如果鸣枪警告无效，就只剩下制服 2 人的弹药量了，在对方穷凶极恶的情况下风险将大大增加。

我还在思考的时候，有一个贼问同伴道："怎么弄？"

另一个说："你去，放了他。"

我松了一口气，大家都和气一点儿事情不就好解决了吗？却见那人在牛仔裤上擦着匕首走过来，面露凶相。

我说道："哎哎，你干吗？不是说要放我……等等，是放人还是放血？"

来人冷笑道："废话，我们从来就没有放人这一说！"

"早说啊……"我慌忙去怀里摸枪，枪却被衣服绞住了拔不出来，而我掏东西的动作激怒了歹徒，他举刀朝我刺过来。我眼前一黑，心想今天就死在这个低级失误上了。

这时只见歹徒把匕首一扔，跪在我面前。这个转变把我惊呆了，我叫道："大哥，不必吧？"然后我看见一支箭尾插在他的肩窝上。

我抬头望去，一个骑在马上的年轻人正拉弓搭箭，英姿矫健。要不是他拿的那把现代反曲弓，我还真以为我穿越了。剩下的三个歹徒愣了一下，现代人对冷兵器的畏惧感已经大大降低了，他们立刻又叫骂着冲上去。追了几步他们怕是调虎离开之计，又折回来找我算账。

这时我总算掏出了枪，朝天开了一枪。枪声突然在这个寂静的世界炸响，三个歹徒被震住了，黑洞洞的枪口总算唤起了他们的恐惧感，他们一下子就软下来没了气焰。

年轻人好像意犹未尽，他把箭射在树上，收起弓，悻悻地走过来。我向他道谢，他把头歪着，不屑地看了我的枪一眼。我很理解，他一定是个冷兵器爱好者，平时窝在家练习，在做梦中驰骋沙场，好不容易有次机会拿弓箭出来玩，还骑着马，还赶上了实战，还不犯法，没想到被我用一把枪给搅了局。

然后我意识到这样想有点儿不厚道，无论如何他救了我一命。

我们商量以后最终还是把四个歹徒放了，我们没有精力照顾四个人，把他们绑起来他们会饿死的。我跟他们说我是留守这里维持治安的便衣巡警，这件事既往不咎，如有再犯，数罪并罚，然后给他们照了张相。他们没想到警察和贼一样敬业，垂头丧气地走了。

我拖过一张靠椅，捡起地上的腊肠放在火堆上烤，对年轻人说："来一根？"

年轻人摇摇头说："这是偷来的。"

我没好气地说："这是我的！要是我今天不找到它我就没午饭吃了。"

年轻人望了我一眼，将信将疑地接过一根放在火堆上。他从马背上解下一个背包，拿出工具，熟练地把笔记本电脑的电池拆下来，拆出里面的圆柱形电芯。

"这些是赃物。"我提醒他。

"我有重要用途。"他头也不抬地说。

我耸耸肩，说："我叫万象，怎么称呼你？"

"写灵异小说那个万象？"

"对，"我惊讶地说，"你看过我的小说？"

他终于抬头："看过一些——我看过你的帖子，是你最先提出'播种'的解释。"

那个帖子我只在科幻论坛发过，我问："你也去科幻论坛？"

"去。"

我愈发吃惊："你叫什么名？"

"Adenine。"

"我没有印象。"

"因为我平时都潜水。"

我嘿嘿笑起来，"你的真名呢？"

"陈小坤。"

"陈晓昆！"这三个字像一道闪电划过我的脑海。

他很奇怪："你认识我？"

"没……没有……"我想，可能是个巧合，"哪三个字？"

"就是唱歌的那个陈坤，中间加一个大小的小。"

我"哦"了一声。"你为什么留在这里？"

"对于一个生存主义者来说，能面对这样的环境是他的光荣。你呢？"

我一时哑口，我的台词被他抢了，有点儿不爽："我……积累素材。"

他点点头说："现实比故事更精彩。"

他把马牵到一个地下游乐场里去，把弓箭留在马上。这里以前是一个防空洞，后来被改造成地下游乐场，几经改头换面，现在是一个恐龙乐园。那匹马从一堆霸王龙、三角龙中间伸出头来，像一个不安分进化的异类。

"它叫小灰，它是'播种'爆发前和我过来的，现在回不去了。"陈小坤怜爱地蹭了蹭马的脖子。

"好难听的名字。"我说。

陈小坤生气地看我一眼："聪明人知道对一匹马好，它说不定什么时候会救你一命。"

我注意到他的腰上插着一支手电筒和一支激光电筒，昨天月光下的少年浮现在我眼前。我问："昨天晚上在广场附近的人是你？"

"是的，你看见了？你的观察力很敏锐。"

"你的身手更敏捷，你在做什么？"我终于可以解开这个谜团。

"打招呼。"他打开激光电筒，一束绿光射出来。他切换了一下，绿光闪烁起来，像一个不断眨眼睛的绿色精灵。

"你有没有注意到，每次火车抛出之前，空间都会出现一个扰动区，抛出之后这个扰动区还会存在一段时间。"陈小坤对我说。我们回到了广场，坐在停车场旁边的一节火车上等待夜幕降临。"我发现，激光通过扰动区，亮度会衰减三分之二以上，这个过程中没有增加散射，这说明激光大部分被吸收了，至于以什么形式，不知道。可以想象一种可能，空间打开了一扇门，一部分光子通过这扇门到了另一边的世界。"

"于是你试图通过激光来跟那边的世界打招呼？它的信息是什么？"

"我们世界的日期的二进制编码，因为不知道我们世界的平行坐标系坐标，只能传递时间信息了。"

"时间是同步的，这个已经证实了，在第一列火车里面找到了一个手机。"我忍不住觉得好笑，"他们还以为那个手机是一个恶作剧，以后它将摆在博物馆里。"

"但是对方不一定知道嘛。其实传递的内容不重要，我不指望有人能收到一整列编码，重要的是形式，自然界是没有单色光的，再加上信号呈现出来的规律性，就可以确定是来自另一个文明世界的问候。"他说得有些激动。

"典型的科幻思维。"我说。

太阳向西边落下去，给这个广大无边的火车坟场镀上了一层金色。不远处的一幢高楼倒了，掀起一大片尘埃，尘埃慢慢散开来飘在空中，把太阳变成灰蒙蒙的一个边界模糊的气球，像一幅抽象的画。

陈小坤钻到火车里去找可以利用的东西，他的声音从火车里传来，闷闷的："其实你不像写灵异小说的。"

我说："哦？是吗？"

"科幻才是你的梦想，对吗？"

我愣了一下，没有说话，心里的一个地方被击中了，好像我小时候站在那片草地中间，死党突然跑来我身后对我说："你暗恋她，对吗？"可眼下这个人和我素不相识。

一个蓄电池从车窗扔出来："我没见过哪个写鬼故事还要扯上量子论的，你知道那样并不能使故事更吸引人，因为你骨子里流淌着科幻的血液。"

"谢谢。"我说，泪水要在我的眼眶中溢出，但是我很快冷静下来。《城市晚报》主编的话又在我的耳旁响起："你是要写你的东西还是要你的专栏！"从那以后我再也不是一个理想主义者。

夜幕降临后我们开始行动。陈小坤把激光电筒换了一块电路板，"这是今天的日期。"他说，然后把从笔记本电脑上取下来的电芯换上去。"激光电筒和笔记本电脑用的 18650 电池是一样的，但是电筒没有过放保护，这些充电电池一不小心就会变成一次性电池。800nW 的激光电筒，一节电池用 20 分钟就报废了。"我听不懂他说的，只能傻傻地看着他。他把激光调整成平行光，说道："OK。"

我们坐在路口的一节车厢上等着"播种"的到来。过了一会儿远处蹿起一片火花，然后传来几声轰响，陈小坤迅速点亮激光追射过去。

"太远了。"他放弃了这次机会。

过了半个小时，一次"播种"出现在大约 100 米远的地方。陈小坤迅速打出激光，虽然晚上看不见空间的扰动，但是在激光的扫描下很快就能发现目标，激光在一个地方改变了路线，而且亮度锐减了一半以上。陈小坤切换到信号档，绿色的光束闪烁着传递出一列列编码，过了几十秒，扰动的区域渐渐恢复了正常。

发射信号之余，陈小坤的眼睛像猫一样搜索着火车的残骸，同时他拿出一个小收音机不断调整波段。

我问："你在找'回信'？"

他说："对，如果对方'回信'，应该会发回来一个信号发射器，用电波、声、光同时发出信号，如果对方发回一张纸条，我们就没办法了。"

可是夜色下什么也没有，除了火车电线短路偶尔迸出的火花。我们坐在一圈车厢中间生了一堆火，我拿出腊肠来烤。在这个彻底黑暗的城市里，一处火光就成了稀有资源，无数飞虫都往这里撞。

我说："这些飞虫让我想起一个惨烈的画面。你吃过雪鸟吧？"陈小坤摇摇头。雪鸟是我们这里的大山里出产的一种珍稀野味，通常要托人才买得到。"我看过捕捉雪鸟的情景，有一年我在元宝山，跟山民进山去参加季节性的捕鸟。入冬的时候，鸟群会迁徙过境，山民们在世代相传的几个山坳口布下捕鸟网，晚上用氙气灯照亮，鸟群看见亮光就会往那里飞去。"我深吸了一口气，回忆着那个景象，"上千只鸟，像箭雨一样射过来，撞在地上、岩石上、树上，大多数立即毙命了，更多的撞在捕鸟网上，跳着白色的死亡之舞。鸟群过后，现场像被金属风暴扫过一样，到处都留下斑斑的血迹。从西伯利亚到日本岛，它们是伟大的飞行家，却死于这个卑劣的骗术。有些鸟的脚上还带着鸟类研究的脚环，上面写着日文。后来我把脚环拿给懂日文的朋友看，他说脚环的一面写着编号、采样地，另一面写着'祝你平安'。都说鸟为食亡，其实鸟也会为了追寻光明而死。"

陈小坤在火光中低头不语。

我自嘲道："好吧，这是文青的坏毛病，其实没那么复杂，那只是雪鸟的本能，人赋予了想象的意义。"

"人的天赋就是能赋予世界意义，赋予自己力量。"陈小坤说。我心想，这人比我还文青？

我说："昨天夜里我被你的激光吸引过去的时候，就想到了这个情景。"

"但你还是过去了。"

"好奇心害死猫。"

"什么让猫宁愿留在危险的森林里？不仅仅是好奇心吧？"陈小坤微微一笑，表情又有几分认真，"猫在创造自己的故事，它就是故事的主角。在我看来，这是一个写作者最大的骄傲。"

我说："别寒碜我了，混口饭都难。"

"不，不。"陈小坤高深地摇摇头，"你知道这样的生活很艰难，你还是选择了这种生活方式。一个写作者的骄傲，不在于他的文字有多高明，而在于他怎样对待现实，他像他的文字所具有的灵魂那样去生活，他为文字创造的命运，也是他为自己创造的命运，这就是他最高的荣耀。"

如果不是这个人活生生地摆在我面前，我真以为他是我故事里的一个人物，他把我的文字后面潜伏的自尊和自负一一释放出来，像魔术师甩扑克牌一样甩在我面前。有一瞬间我把他当成了另一个世界的我。

腊肠烤好了，我用小刀分成两人份。这就像是一次穿梭异世界的郊游，仿佛回去后一切又会恢复正常。但我知道再也不会了，世界将从此进入一个新的时代，"世界"从此是复数。

陈小坤在车厢上手舞足蹈起来，但是他嘴里塞着一截腊肠，只能发出呜呜的声音。我爬上去看，他一把抓住我的手，像个发现了宝藏的大盗贼指着前面喊道："信号！信号！"

前面的车厢残骸里有一个东西闪着白光，像一只萤火虫。

我说："你看像什么编码？"

陈小坤说："不像二进制。"

"莫尔斯电码？"我观察了一下，说，"也不像，这种编码模式要复杂得多，有点儿像古罗马传递情报的一种字母分解法。"

最简单的方法是过去把那东西捡起来。我们花了 20 分钟走到那里，我真想对全世界宣称这件事没有发生过，到了那里发现，我们所以为的信号发射器，只是火车上一个没断电的灯管在闪。

一整个晚上也没有发现回信，陈小坤很失望。晚上他在停车场里架起一套照明设备，这是用火车上的灯管和蓄电池组成的。在他来之前我还处在史前时代，他的到来把我的生活水平提高到了现代社会，这让我对自己的生存能力感到羞愧。

这是我睡得最安稳的一夜，虽然夜里风大得有点儿出奇。第二天清晨我走出停车场，太阳从身后照过来，把我的影子长长地投在金色的地面上。我看着前面好像有什么不对劲，突然我大叫起来。

"有几列火车不见了！"我对陈小坤说，"昨天外面明明有几列火车，现在不见了。"

陈小坤摸摸下巴说："唔，的确。"

我说："不会有贼连火车都偷吧？"

他耸耸肩。我走到空地上查看，那里干净得出奇，连碎玻璃和碎屑都没有，像被人用考古刷仔细扫过一样。

我问陈小坤："你有没有感觉到昨晚的风很大？"

陈小坤说："是的，可能是龙卷风，局部气压变化造成的超强龙卷风。"

我说："好吧，我们又要多一份小心了。"

一个上午都没有看见"播种"，也许"播种"已经接近尾声了。

中午陈小坤把水从一节车厢顶上的水箱引下来，我们终于洗了这些天来的第一次澡。洗完澡陈小坤躺在车厢顶上晒干，他对我说："你也来晒吧，难得的好太阳。"

我犹豫了一下，要是被人看到两个男人光着身子躺在一起就是有嘴也说不清了。我四下看了一下，没什么人烟。我爬上车顶，看到陈小坤结实硬朗的肌肉在太阳下闪着铜光，他朝我眨巴一下眼睛。我纠结地躺下，摊开小胳膊小腿开始晒太阳。

我眯着眼睛，太阳照在睫毛上，像闪亮摇曳的野草，草地铺展开来，猫在草丛里潜行，沉默的巨大石像驻守在荒草里。

陈小坤说："我在想，有一天擎天柱会降落在这里，对火车们说：'兄弟们，出发！'"

我的眼前出现那个钢铁大哥的身影，阳光从他的肩膀上照下来，他的右膝上还打着补丁，那是我在学校门口和小流氓争夺它时留下的伤痕，但那一点儿没有影响他的身手。他把宽大的手掌伸到我面前，用记忆中一点儿没变的声音说："我没有忘记，我们回来了。"

我两眼含着泪花，躺在他的手掌上，他在大地上奔跑起来，风声在我耳边呼啸，吹得我脸上一阵凉意。

凉意越来越明显，风声也越来越大，我转头对陈小坤说："你有没有觉得……"我愣住了，大喊一声："快跑！"

一条龙卷风扭动着吞噬过来，大概有五六十米的直径，几百米高。但是这不是一般的龙卷风，它的上头连接着一个"黑洞"，吞没的一切都被吸到"黑洞"里没了踪影，就像倒悬在天空的游泳池底的一个泄水口。

我和陈小坤跳下车顶，车厢已经被吹得"哐哐"响起来。我想去拿衣服，衣服瞬间被卷走了，我感觉脚下一轻，也被吹离了地面。我心想这次完了。

陈小坤一把抓住了我，把我拉进车厢，他在我去拿衣服的时候已经钻进了车厢，一个生存主义者和一个文艺青年的思维是完全不同的。

我说："你又救我一命。"

他说："还没，跑！"

我们向车尾跑去，尖厉的气流声像一个老巫婆的尖叫，火车像一个感染了重伤寒的病人，剧烈地抖动着。

突然车厢被拖着横倒下来，我们被甩在角落里，一块玻璃刺在我的膝盖上，钻心地疼。陈小坤果断地说:"出去!"他起身跃起抓住窗沿,一个反身翻上去,然后递下手来把我拉了上去。

我们刚离开火车,火车就被龙卷风吸进去了,像吸一根面条那样利索。我们用尽吃奶的力气往停车场跑,顾不得碎石刺脚,就像两个光屁股的原始人在森林里穿行。

我们离停车场有 200 多米,龙卷风刚好直追着我们逃跑的方向而来,更严重的是前面还有几列火车挡着。我膝盖作痛跑得稍慢,风已经追到我的屁股后面,凉飕飕的。

按照这个速度我们不可能跑回停车场,我在大风中上气不接下气地说:"风太快了,我跑不过……"

陈小坤一把把我拽到岔路上,向另一个方向跑去。那里有一幢还剩下半个三层楼的商场。

这时我看见了魔鬼降临般的景象:天上悬浮着几个小黑点,像一颗颗种子。"种子"渐渐扩大,吸聚着周围的气流,发出尖啸声。地上的尘土舞动起来,像被惊醒的魔鬼猛然蹿上天空,描绘出龙卷风的形貌。

我看得发愣,一阵狂风吹得我猛地一惊,陈小坤大声催促,我这才醒过来跑进商场。跑过满是碎砖石和碎玻璃的地面,陈小坤说:"去地下。"我们这才发现通往地下一层的通道在坍塌的那边,全都被堵住了。

我们找到一个厕所作为暂时的藏身之地。生存主义者最大的优势在于装备,现在陈小坤和我一样一无所有了,我想看他是怎么应对这种局面的。

在我抓紧时间休息的时候,陈小坤没有闲着,他到各个柜台去寻找可能用作工具的东西。我也想找一套衣服,最不济也该有条裤子,可是没有,卖服装的在三楼,竟然一件也没掉下来。

过了一会儿陈小坤抱回来一堆五花八门的东西:钢管、剪刀、菜刀、手电筒、打火机、几卷尼龙绳,还有两个头盔,陈小坤分给我一个叫我戴上。这一大堆东西让我有了不切实际的安全感。

窗外的风声咆哮着,我爬到窗口往外看,外面的景象把我震惊了:天地间矗立着几十个巨大的龙卷风,吞噬着捕捉到的一切物质。这些龙卷风不知缘何而来,和以往见过的不同,这些龙卷风下宽上窄,像被拉长的倒置的漏斗,又像一个疯狂的舞者的长裙。几十吨重的火车在强风里就像印度舞蛇人手里的长蛇,被乖乖地驯服,随意舞动,然后忽地收进袋中。袋口就是黑洞洞的"黑洞",它们像更大的蛇的大口,饥不择食地吞入到口的一切。我想拿起相机拍照,才想起我现在一穷二白。

"龙卷风是由那些'黑洞'引发的。"我对陈小坤说。

陈小坤正在把绳子编成绳套，他说："像一个出水口。"

"什么？"我好像有了一点儿灵感，"你说那些'黑洞'会不会一直扩大，直到把整个世界吞食掉？"

陈小坤摇摇头："它们似乎只是为了恢复平衡。"

我的脑袋还没转过弯来，我的注意力被另一样东西打断了。外面的一列火车被龙卷风甩起来，在一个连接处突然断开，断的火车像甩出的链球，向我们这边飞来。

我从窗户上摔下来，大惊失色地对陈小坤喊："小心火车！"

陈小坤立刻明白了，迅速滚到墙边。我刚照着他做，就感觉地面一震，前面的墙冒起一片白灰，一节车身从墙里面冒出来，像跃出水面的虎鲸。我紧紧贴在墙脚，紧接着一声巨响，旁边的墙和天花板塌了下来。

我醒过来后花了几秒钟时间来确定自己死没死，结论是我还活着，而且没晕过去多久，因为我看见陈小坤刚刚从地上爬起来。他一点儿事没有，而我被一块水泥板压得动弹不得。

我的下半个身子都被压住了，受力的是我的右腿，我的大脑向右腿发送了一个评估伤情的指令，神经没传回来任何反馈。

陈小坤跑过来和我努力了一番，水泥板根本纹丝不动。这时候风声越来越近，两个龙卷风闯进了商场上空。它们像两只巨大的汽轮机在废墟里翻搅着，任何东西经它们一触碰，立刻像被施了咒语一样失去重力，滑向天空。我眼巴巴地看着一群衣服飞上去了。天空中的砖石像一堆麻将一样被搓得哗哗作响，风声尖厉像切割锯的声音，我想起了某个音乐人制造的噪声音乐也是这样的，心想被压在石头下的应该是那些音乐家。

龙卷风像个高效的拆迁机器，毫不费力地掀开楼板，将其拧得粉碎。其中一个一点点朝我们这边压过来。

我对还在使劲顶水泥板的陈小坤说："来不及了，你走吧。"

陈小坤说："我有数，风一进危险距离我就走。"

我慌忙改口说："别别，别丢下我！"

陈小坤没好气地说："你能不能不搞笑？等等，我有个办法。"

他把所有绳子都用上，一头缠在水泥板上，一头绑在好几个不锈钢的货架上，把那些货架都推到龙卷风过来的路上。利用风力把水泥板拉开是一个好办法，但是绳子不够长，这就像个手艺不好的魔术师在玩逃生魔术，刚解好锁火焰已经烧过来了。

陈小坤拍拍我的肩膀说："能做的都做了，看你的人品了，石板一松开你立刻爬出来，我在后面接应你。"

陈小坤退到了墙外面，我的安全感顿时消失了一大半。

龙卷风渐渐逼近过来，堆在前面的货架哐啷哐啷地摇动起来。虽然有十几米的距离，但是龙卷风的巨大显得它就像是在眼前一样。它像一只从地下冒出来的，头上点着一盏黑灯的蛇颈龙，咆哮着喷着鼻息。我看见断墙上的砖石被一块块拔掉，扔进一个倒悬的巨大深潭。

货架进入了风力强劲的范围，像纸制品一样被瞬间吸入风里，绳子被猛地绷直了。

我试了一下，还抽不动身子。龙卷风继续靠近，紧绷的绳子和地面之间的夹角越来越大，终于，水泥板抬起了一条缝，我手脚并用地爬了出来。

看电影的时候我总是对那些一到紧急关头就患上四肢官能失调症的角色恨之入骨，现在轮到我了，我发现自己并不比他们好多少。我拖着一条没有知觉的腿，在乱石堆中拼命往外爬，没爬几米后面的水泥板就被卷到风里了。

我感觉身子一轻，手脚都使不上力了。地上的砂石噼里啪啦往上蹿，打得我睁不开眼睛，眼泪趁机稀里哗啦涌出来。我抬头看了一眼前面，发现陈小坤已经不在了。

"不讲义气！"我在心里暗骂。绝望和无助像根细钢丝把我悬吊在空中，晃悠，晃悠，然后拽离了地面。

我像一只被扔到太空中的大闸蟹，四肢乱舞，无计可施，眼泪顺着额头往上飞去，眼看我就要被吸到强风圈里去了。

这时我听见陈小坤喊："抓住！"

我抬头看，他正骑着马飞奔过来。这个桥段很熟悉，这是标准的千钧一发的情节，接下来我只要等待被救的情节发生就可以了，我放心地闭上眼睛。狂风把我吹醒了，吹走不切实际的幻想，上帝不是地摊小说作者，我必须靠自己！陈小坤射出一支箭，箭尾上连着一根绳子，正从我的腋下穿过去。我像抓住了一根救命稻草，死命抓住绳子，在手臂上缠了几圈，恨不得往脖子上再缠几圈。

我被拉出了风圈，地心引力突然恢复，我在地上翻滚起来。我拼命蜷着身子，我看过某个类似的新闻，知道第一要紧的是护住下身，身上的伤都可以置之度外。

终于我停了下来，陈小坤一把把我拉上马，向停车场跑去。

小灰的马蹄疾疾敲打着地面，我浑身像散了架一样，死人一样趴在马背上。我无力地说："你再晚一步我就死了。"

陈小坤说："你得感谢小灰，我说过它会救你一命的。"

不知道它是怎么找来这里的，我感激地拍拍小灰的背，它毫不谦虚地喷了个响鼻。我全身伤痕累累，血沾在小灰的毛上，我看到它也浑身是伤，伤痛让我们有了共同的感觉。

小灰背着我们穿过龙卷风交织成的通天森林，沿着被风扫干净的路面一路跑回了停车场。

回到停车场，我们都累趴在地上，我的右腿恢复了一下竟然可以走路了。现在终于有时间思考眼下的情况。

我说："搞什么飞机，扔出来的火车还要回收？"

陈小坤正掬一捧水给小灰喝，他说："你还记得你说过的平行世界的熵流动一致猜想吗？"

我很快也想到了："平行世界的熵流动总是趋于一致的，'播种'打破了平衡，这就形成了一个'水位差'，为了回复熵平衡，就会产生回吸！"

"对，现在是回收的时候了。"

"抠门！"我狠狠骂了一句。

外面的风声震耳欲聋，像上帝在卧室里打开了几百台吸尘器，接近傍晚的时候才渐渐消歇。可以吸卷的物体越来越少，因摩擦产生的声音渐渐减少，只留下气流的空啸，如旷野上的风声。

陈小坤坐在一面墙前，直直地望着前方，心事重重。世界正在凝固，我感觉得到他的内心躁动不安，他是一个不愿停止奔跑的人。

傍晚的时候，陈小坤对我说："我想好了，我要到风里去。"

我大吃一惊："你没看老天爷开着吸尘器猛吸？你想变成垃圾？"

"对，不，你才垃圾，我要进入风洞。"

"你开什么玩笑！"

"没开玩笑。"

"为什么？"

"机会难得，这可能是人类历史上第一次跨世界接触。"

"你傻啊？你又不是不知道，生命体是不能穿过屏障的！火车过来的时候人都被分解了，我们至今没见过幸存者吧？连一个尸体都没有。"

"你忘了，生命体不能穿越过来是因为生命体是高度负熵，这将使熵平衡产生突变，而现在是回复熵平衡，物理定律应该更欢迎我过去才对。"

我愣住了，他说的没错，这个可能性是存在的，但是可能和事实不是一回事。我只好尽力劝道："就算你通过风洞你能活下来？你不知道会从什么地方抛出去，有可能是十字路口上的百米高空。"

"不管怎么样，值得试一试，最后的门就要关闭了，以后可能再也不会有机会。"他笑一笑，"如果你还记得我，以后在你的小说里给我留一个角色吧。"

我很伤心，又有点儿恨他，他那么固执地不听我的劝告，一种荣耀感已经填满了他的内心，这种荣耀感创造奇迹，也使人疯狂，我不知是对还是错。

终于我陪他走出停车场，外面接近尾声的景象还是给我无与伦比的震撼。被龙卷风扫过的建筑只残留扭曲的钢筋，天地间还余留着十几个龙卷风，一条龙卷风正席卷过一幢大楼的残体。这幢大楼还有十多层幸运地立在地面，龙卷风卷过时大楼就像拆散的积木一样，散开的砖石像鸦群盘旋飞上天空，那些乌鸦的羽翼摩擦着发出尖厉的啸鸣声。鸦群汇聚成巨龙，巨龙汇聚成森林，森林的树冠上悬浮着十几个，在视野之外还悬浮着几百个黑幽幽的"黑洞"，在残阳的照射下闪着幽深而诡异的光。

陈小坤望了我一眼，跟我说："再见了，兄弟，替我照顾小灰。"然后他迈步走向最近的一个龙卷风。他赤条条的样子让我想起终结者T800，他们的使命感让他们即使粉身碎骨也要一往无前。他在演绎着自己的传奇，他才是最好的作者。我意识到我终究是一个俗人，没有把生命变成标枪投向狂风的勇气。

我看着他的背影投向龙卷风里，撞向灯光的雪鸟群又一次在我的脑海里闪过，他像一片影子一样立刻被卷走了。我愣了好一阵子，不知道这个人是不是真实存在的，或者他就像火车里的陈晓昆一样，是我梦里的一个幻影。

我默默说道："兄弟，保重。"

我坐在停车场出口望着外面，小灰沉默地站在我旁边。天空的云霞渐渐被黑暗笼罩了，一道绿光从天空中射出来，像一架绿色的马车通过天河。

我站起来激动地喊道："回信！回信！陈小坤，有回信了！你……"我想起来他已经走了，我靠在小灰身上，安静地望着那道光，它没有闪烁，而是坚定地、笔直地射向前方，在这个黑暗的森林里就像连通神经元的一道电光。我忽然微笑起来："是你吗？"不管是不是你，你都成功了。

我走下漆黑的停车场时心想，人类将从此进入一个跨世界交流的新纪元。我打开陈小坤做的灯，一根根柱子像一个个世界在黑暗中显现出来。

第二天早上，龙卷风全部消失了，想必熵已经恢复了平衡，整个城市被清扫得干干净净。中午，一架直升机降落在广场上。

涛哥走下来对我说："你小子还活着！你可真牛逼。"

我披着一身编织袋，被冻了一夜，哆哆嗦嗦地对涛哥说："快，借我几件衣服穿。"

我坐在直升机上最后看了一眼这个城市，然而我不想用任何词语来形容它。我靠在涛哥的肩头说："以后我要写科幻。"

"什么这幻那幻的，不都一样？"

"不一样，它是这个世界的未来。"

涛哥说："你去写回忆录吧！你现在是名人了。"

"什么？"

涛哥拿出一张打印的新闻网页，说："'播种'发生后美国就向我们提供了灾区的卫星图片，你们在网上称为'火车侠'。"

那是 CNN 的首页，一幅大大的卫星照片上，我举着枪、陈小坤举着弓箭指着一伙歹徒。新闻标题是"火车双侠制服飞天大盗"。

"天哪……"我捂着脸叹道。

"还有更劲爆的……"涛哥拿出另一张纸，但是他不马上给我看，而是神秘兮兮地说："这是今天的新闻，你要挺住，不过你放心，加了码的。"

他把正面翻过来，一个大标题首先映入我的眼中："灾难中的友谊"。

"不！！"我真真正正地惨叫起来。

故乡的近与远

万象峰年

    这篇小说是很多年前的一篇约稿，限定在我的故乡城市。对于我来说，写科幻小说难得落笔到故乡，太多感情使我不能轻易下笔。这是一个装满了真实的地方，现在我要去把它填满幻想，却不愿意丢掉那些最真实的、使故乡成为故乡的东西。我不愿意这个故事只是恰巧发生在那里，我不愿意这些人只是恰巧生活在那里。

    于是我就在这样的艰难中动笔了。那时候，我还不会在文章中事先建造精妙的主题结构，这一切更多是感觉的驱动和我与困难的碰撞。当这个作品最终完成，我发现它在我和故乡之间建立了一种张力。我要为故乡赋予的，恰恰是故乡赋予我的。

    故乡离我是那么近。

    这座叫柳州的不大不小不起眼的城市，我说的是在它凭借螺蛳粉、五菱汽车成为网红城市之前，它是一座典型的工业城市，鼓起一口气也可以称为文化古城，是柳宗元的最后归宿。它有着米粉，小吃摊，拆迁的工厂，自成生态的大院，永远不变的奇石城，被技术不断迭代着的电脑城，抓过青蛙的河堤，留下每个人记忆的公园，从混杂着老房屋的自然地貌到筒子楼再到高层建筑的变迁，越来越亮的灯光，勤快、懒散、小聪明、时刻在调侃生活的人们。

    发生在这里的故事让我可以使用市井的语言风格，写"我"是一个什么样的小市民，写"我"被生活跌打也从来没有怀疑过，自己也是这座城市的一分子。

    这里通向远方。

    我是伴着铁路的记忆长大的，那时还没有高铁。柳州是南方的铁路枢纽，柳州铁路局管辖的列车曾经辐射四面八方的城市，承载着最普通的人。我上大学时也是乘火车穿越几乎整个中国，赶火车总是一件需要做好充分准备的大事。这是中国工业化背景中的一个印记。

    火车一直是这座城市的标志，只要你身处在这座城市里，深夜总能听见隐隐约约的火车汽笛声，你没注意到时，它就是城市的风声，你注意到的时候，它就像夜晚雾气中远古怪兽的鸣叫，带着神秘，仿佛火车无处不在。我在很长的时间里都以为汽笛声是城市里平常的事物，当我发现不总是这样时，神秘感更甚了。

地摊杂志上的外来都市传说里，描写幽灵列车载着敢于好奇跳上车的人消失了，人有名有姓，带着他们的人生消失了；幽灵列车不行驶在铁轨上，可能出现在世界上任何地方，诱惑任何人。这是一种强烈的恐惧混合着强烈的好奇诱惑。在无数个夜晚，我躺在床上，听着窗外的汽笛声，担忧着那个时刻——如果不能抓住这个机会，我要如何面对这个神秘的世界呢？于是我在小说里解放了它们的神秘感。

我只经历过一次，在铁轨上边走边出神时，火车头在我身后急刹车，发出刺耳的鸣叫，那是火车仅有的一次暴烈时刻，却足以致命。于是我在小说里解放了它们的暴烈。

这里是我们心中别人的远处。

我们本地人知道，柳州只是中国西南的一隅，古时这里是流放之地、文化荒漠，在那些留下来的文字里形容这里瘴气弥漫，虫兽遍地，但是不知道为什么总有人去公园的石壁上留下笔迹，成为后来的本地人观看故乡的地方。对于大多数同胞只是一个偏远的小小角落，去外地旅游时总要向人解释这座城市在哪里。这是一种细想很奇怪的感觉，很自然地站在别人的远处。返程的火车上传来柳州话时，我们知道家近了。

柳州话是一种我们不会在外地人面前轻易说出的粗鄙之语，即使在我们自己的世界里，它也从不会出现在任何跟艺术有关的事情中。只是有一次，我的小嬢去地方台电视上表演了一个小品，飙了一句柳州话，让我感觉世界变得不真实。上了大学，老乡相遇会自然切换成柳州口音的普通话，不显得生疏，分别后又切换成一本正经的普通话，不显得奇怪。后来定居他乡，总有人好奇让我说一句柳州话，总会让我陷入瞬间的尴尬。家乡话就像一个咒语，划分出了我们自己的亲近，别人的远方。到了网络和移动互联网时代，全国各地的方言纷纷突围，柳州甚至成了网红旅游地，柳州话也没有算得上广为传播，反倒是柳州周边的带着壮腔的普通话一炮而红。

这篇小说里的人物说的每一句话，我都在脑海里用柳州话讲过一遍，它们要照顾到书面表达，不是完全符合柳州话，但是它们是可以用柳州话讲出来的。

这里生长幻想。

从我上学到写作这篇小说的年代里，故乡还是科幻不容易生长的地方。我们是石缝中的野草，幻想因为幻想的贫瘠而骄傲。《科幻世界》杂志我在街口的一个固定报刊亭才能买到。它像一个徽章，放在课桌抽屉里，吸引着从未出现的潜在的同类；不能放在课桌上面，因为一旦招摇炫耀，吸引来的就不再是珍贵的东西。报刊亭仿佛我的一个秘密据点，听说是政府为了照顾一个困难户而设的，去照顾的人也多，久而久之，回归日常，有人偷走杂志，有人因为老老实实站在原处翻看而被骂。

在这里成长起来的幻迷，他们仿佛是遥远星球上相遇的同类，他们的身上总有一些可以称之为理想主义的东西。小说里写到的科幻迷朋友，我们是许多年以后才在网上认识的老乡，我们现在仍然会在同一个科幻群聊天，虽然我们已经不生活在同一个城市。他仍然会把中年生活过成一种充满趣味的方式。对于爱幻想的人来说，时间会在生活的某个缝隙里悄悄停留。扒开这条缝隙，我们可以从时间的这头抵达昨日。

那时候，我们还不知道好奇的代价。

万象峰年，混合现实、奇观、情感的科幻作者，擅长世界构建。代表作有《后冰川时代纪事》《三界》《一座尘埃》《点亮时间的人》《飞裂苍穹》《赛什腾之眼》等，其作品获得银河奖、华语科幻星云奖、引力奖、冷湖奖等奖项。出版个人选集《一座尘埃》《点亮时间的人》。作品多次入选科幻年选，作品被翻译成多种语言。

破
壁
白
水
洋

苏
莞
雯

1

天下绝景，如果涌现在一片空间里，那岂不是美不胜收？

天下好事，如果集中在一个时段里，那不就是幸福最大化？

把这两种好事凑齐的，就是"白水洋之冬"。

开幕式结束后，陆远和阿妍走散了。他打算去找她，但行动不会太快。白水洋是个天然的浅水广场，人们踩在整块平坦巨石上，有浅水淌过脚背。为免滑倒，所有人都只能一步步挪动。

自从被评选为地球最不可思议的美景之一，白水洋就有了底气建造"白水洋之冬"这一观光工程。开发商在水上罩起巨大的人工外壳，把冷空气挡在外头。内部，则有全方位的光效系统横生蔓长，点亮一幕幕分隔又交融的景观。

"领先于世的感应型光幕，能让您在不同情绪下欣赏到不同的季节景象……"广播流淌出的介绍让游客们兴奋不已。

陆远走过一片高低错落的水上小屋时，阿妍的抱怨从手机中传来："你又光顾着听伴奏了？都没跟上我。"

陆远向四处张望："要不在那座水帘洞下面汇合吧。"

"没看到水帘洞啊，只有一个隧洞口……要不你来民俗体验区找我？我想多看看你们家乡的特产。"

挂掉电话后，陆远才想起季节的问题。阿妍看到的大概是冬季，水帘洞干枯以后宛若隧洞，而他眼中的则是夏季，丰沛的水流正从高处洒下。

近处一面覆盖藤蔓的墙上，闪耀着四个字：快乐入口。

里头大概就是开幕式上被夸耀了很多次的地方，据说汇集了天下好事。

"太蠢了，用这种噱头搞宣传，连我这个本地人都觉得丢脸。"陆远从入口下方走过。

墙角还有一个小门，门上方有字：悲伤入口。

"这是什么？"

"要试试吗？"蹲在门口的一只小黄狗吐出了话，"这是更高级的治愈，能让你一次性穿越人生的悲伤。"

"白水洋之冬"里头，稠密的光效与实物交织，如果不用手触摸，很难区别它们。陆远一点点将手伸向小黄狗，手指从光效中穿过了。

"你是本地人？"小黄狗立马改用方言，"进来看看吧，出去以后你就快乐了。"

"穿越了悲伤就能快乐？我怎么没听说过这个道理。"

"快乐是个宇宙之谜，是可以无限分裂、滋生、膨胀、闪耀再反射的，而悲伤有限，悲伤的本质总是相同的，不是吗？我们是治愈系景区，特别开发出了一种包裹式的技术：就像用悲伤做馅料包饺子一样，让你把人生的悲伤一口吃掉，出来以后，你就只剩下快乐了。"

白水洋属于福建省屏南县，小黄狗说的自然是屏南话，属腔调扁平的闽东话的一支。不过，任何一种方言若是将这么多钻石一样的词汇揉在一起，都会溢出一种非同一般的魔力。

陆远大概就是被这种魔力给撂倒了，一时忘了要去找阿妍。

"来，念出这句表明心意的咒语：请把我包裹。"小黄狗摇动尾巴。

"请把我包裹。"

"请扫码支付五十元。"

2

陆远付了钱，得到了一只蓝牙耳机，一支手柄。

手柄看起来就像手电筒，只不过打出来的光汇聚成了刚才的小黄狗——或者说是它的分身。

"跟我来！"小黄狗的声音从蓝牙耳机中传出。

陆远跟着它走进门后，在一间大厅逗留片刻。那里还有不少人，他们面前的墙壁被分割成几个部分，分别跳动着不同的关键词，诸如"长水痘""拔牙""被鹅咬伤"。距离陆远最近的墙上写着"宠物去世"，但小黄狗带他往另一面墙走去。

"有点儿厉害啊，还知道我没养过宠物。"

"我们匹配了你的情绪、记忆、血型、汗臭味等私人元素，进行命运大数据分析，会让你看到专属于你的悲伤。"小黄狗晃着尾巴走在前头，时不时回头看看陆远。

陆远跟着它，走进一间在光效中浮现、生长、封顶的教室。讲台边上琴声响起，背着手风琴的老师冲他使了个眼色。伴奏过半，没有歌声，台下哄笑一片。

默默穿过教室后，陆远问："难道悲伤的出现是按年龄来排序的？还好，这么早的回忆已经不让人那么难受了。"

"那你可要好好感受后头的了。"小黄狗继续带着他弯弯绕绕，在新的房间让他体验了被琴弦划伤却仍弹不出曲子的痛感。

第三间屋子里，被揉成团的乐谱丢得到处都是。他想要快点穿过这片狼藉，无奈脚下太滑，他只能在缓缓移动中品尝酸苦的心情。

再之后的悲伤，仿佛连成了串。他走过一场音乐比赛，看到自己因为冒险的选曲一败涂地。他走过一场和他无关的演出，看到昔日同伴在台上赚足眼球，而自己躲在人堆后羞于开口。

"够了够了……怎么还不结束……"陆远有了怨言，"而且外头那些人开心游玩的声音还清清楚楚听得到，这不是让我更觉得自己悲凉了嘛。"

小黄狗的脚步依然匆忙："这里是非隔音区，只有贵宾区才能隔音咧。"

起初小黄狗还带着他在不同的屋子前选择，后来几乎是直线向前冲。陆远感受到心跳频率的变化，他害怕了，害怕接下来遇见的悲伤会变成人生的必然。

"喂，可以暂停吗？"陆远停在骤然湍急的水流前。

"如果把悲伤一次性用完，你的大脑就会开始使用快乐哦。"小黄狗天真地说。

陆远握了握拳，跟上小黄狗的同时，眼前映现出一张病床，一个女人瘦小的身子被鼓起的棉被包裹着。陆远紧张地挪到床前："妈？妈！"

一串训斥从他身后卷起风暴："一把年纪了，能不能有点儿责任心！成天活在自己的世界里，一份正经工作都没有。你妈病成这样了，你连这点儿钱都拿不出来？"

"我……"陆远什么都还没说，两眼就湿了。他头顶上方，纷纷扬扬飘下被撕碎的乐谱。

"走吧。"小黄狗踩着水，对他说。

陆远强撑着站起身，他想出去，想逃离这没完没了的痛苦。

前头的那面墙比之前见过的都要明亮，或许那就是出口。他穿墙而过，站在一片白光当中，鼻尖几厘米外就是麦克风。

他长舒一口气。虽然无数次悲痛和怀疑，但内心还是不断悸动，终于等到了希望闪耀的这一刻。然而他定睛一看，又有些迷茫了。台下坐着的一大群人，竟没有一张热情的脸孔。

"这老头子谁啊？婚礼表演怎么会请这种人来？"是冷漠的大妈大婶在交谈。

"哎呀，不要钱的演出。听说他年轻的时候就想当歌手，我们就当助助兴，随便听听。"

指尖凝固，弦音颤抖。陆远扬起脸，竟然一边哽咽，一边自嘲地撑开笑容。

整个世界燃起了白光，场面变得圣洁又灼热。

陆远踉踉跄跄跟上小黄狗，心想：终于到尽头了吗？

等等，似乎出问题了。

陆远使劲揉了揉眼睛。小黄狗的轮廓隐约可见，但色彩却迅速枯萎，成了一团白光。此外的世界也在急剧混杂成糊状，融入光中。

"哎呀，恭喜恭喜！"有路人从光中出来，表情欣喜地拍了拍陆远的肩膀。

"总算出来了，大家都不容易。"又有人这样说着抹掉眼泪，消融在光里。

陆远认出他们是刚才一同在大厅等候的人，他等了三秒，希望听到有人喊"不对劲啊"或者"看不见了"，但没有。他摘下耳机，周围的声音充满了欢乐、惊叹和兴奋的尖叫。

声音向他证明了一件事，只有他自己的世界退化成为没有深浅明暗的白色。

3

"那些人是怎么回事？"陆远站在原地，表情茫然。

"他们感受到了快乐。"

"也就是说……他们已经穿越所有悲伤了？"

"你也穿越了呀。"小黄狗的声音在耳机中仍然清晰，"你的身体已经出来了，我没法带你去更多地方了。"

"不，不不不……"陆远开始摇头，"我什么都看不到了。这是什么新的付费套餐吗？把二维码拿出来，我扫就是了。还有，你在哪里？"

"连我都看不见？那就没办法了。"小黄狗搪塞着。

"你不是说悲伤有限吗！"

"是呀，但它也可以逆流。要不，你原路往回走，从入口出去？"

"那不是要我再穿越一次悲伤？谁心脏受得了！"陆远开始掏手机，"什么破玩意，我要投诉你们。"

"别……别着急……"小黄狗猛甩尾巴，"你可能是某种光效过敏者……可以在医务室得到治疗，跟我来……"

"我说过了我看不到你！"陆远话刚出口便愣住了，有人的身影在眼前闪现，这让他发现了光幕与光幕的缝隙。

小黄狗还想解释什么，但陆远又瞥见了一人，脚步也随之移动，穿透一道光构筑的墙壁。只是这么走动起来，他免不了要与光幕另一头的人相撞。

"哎呀，不好意思……"他一边道歉一边揉着肩膀，再往四周一看，刚才跟随的人也在光的迷宫中消失无踪了。

"难道是……你心中的悲伤还没有结束？"小黄狗的声音又响起了，"开幕式之后，你为什么和女朋友走散了？"

对了，阿妍！

陆远急急忙忙拨通电话："阿妍？我有麻烦了，你来接我吧。"

"怎么了？找不到路了？"

听着阿妍带笑意的回答，陆远眉头紧皱："你不懂我的处境……"

"我在参加水上酒会呢，马上就轮到我喝了。"阿妍爽朗地说，"要不我们先各玩各的吧！"

"喝黄酒吗？外地人可能喝不了……"

"啊，轮到我了……"阿妍在道歉声中挂了电话。

陆远收起手机，周身回归嘈杂。

"开幕式之后，你为什么和女朋友走散了？"小黄狗又问了一遍。

"烦死了，我那时在听伴奏带。"陆远垂下头，看着没过脚背的清透水流，"对了，只要顺着水流的方向走，总能出去吧。"

广播有了新提醒："接下来，请欣赏我们带来的惊喜表演。"

陆远脚下的水流一瞬间改变方向，呈螺旋状流动起来。虽然他不知道整个白水洋如何摇曳生姿，但周围游客的欢腾雀跃已足够形容那盛景。

只有陆远脸色不对。

这下子，水流的方向也靠不住了。

4

陆远上个月向一个歌手选拔活动递交了录音，合格者会在今晚之前得到通知。陆远做了个决定，如果这次再不行，他就去找一份新工作。

脚下的白水洋像一颗巨大的眼球，它盯着陆远，陆远也面向它，迈不开脚。水流很浅，前一股白浪刚爬上脚背，后一股就赶了过来。

音乐圈里，新人涌现的速度也是这样。陆远还记得自己五年前第一次通过选拔，发行了一首单曲时的兴奋。但很快，接连的落选不断给他浇冷水。只有一首歌便永远称不上是职业歌手，许多更年轻的人已经站在他仰头才能勉强望见的位置。

"算了。"他主动切断回忆。

从耳边嗡嗡响的杂音中，他注意到了流水声。流水当中，有细微的层次。

有个想法在他脑中迅速生长。他打开手机，找到了一个针对声音的智能分析程序。他让程序进入实时运行状态，屏幕弹出一幕多维坐标空间，看上去就像一条不断收缩又膨胀的隧道。

水声、人声、不同区域背景音乐的激烈柔缓，一一涌入隧道，化为躁动的线条与数据——陆远移动时，它们也随之变幻。

这下子，他算是有了一个以声音为参照物的探路器。靠着它，他就能在"白水洋之冬"里走动起来，不至于与人直接撞个满怀。

"我真是个天才！"陆远激动地晃晃拳头，视线完全放在手机屏幕上。他瞪着，走着，瞪着，走着，笑容忽然消失。

程序弹出一个新窗口：试用已结束，是否立即购买？

不菲的价格以猩红色大字呈现，陆远啧了啧嘴。

只能自己来了。

听声行走，有何不可？虽然他不能像程序般在脑中建立有高度、宽度、深度与时间的多维空间，但他那里也有一个好用的东西——节奏感。

在恒定的节奏线条上，激烈的声音如山川起伏，柔和的调子如秋千荡漾。成人的声音里有日出日落，小孩的尖叫中藏着一首诗的高潮结尾。回荡在整个白水洋上空的舞曲音效，不过像是动植物的生老病死，任其自然吧。而他压抑在喉咙里的歌声，将是一幅彩色壁画上令人在意的韵律。

归结起来，全靠直觉。

他靠着直觉，穿过一道新的光幕，看到四五人正对着空气手舞足蹈。从声音的讯息里，他知道他们沉浸在一场全息演唱会当中。虽然那场面看着荒唐，但他们投入的模样真叫人有些嫉妒。

陆远正要向前，脚尖却碰到了一根树枝。他小心翼翼地跨过去，踩上前头一个安全的浅坑。但他没有立马往前走，而是犹豫几秒，又转身回头，捡起树枝。

树枝正好可以作为一根拐杖，有了它走起来能省点儿力气。更重要的是，路人见他拄着拐杖，总会少些埋怨，多些礼让吧。

陆远的右手心包裹着树枝顶端，又将树枝末端伸向前方，在白色的水面轻轻敲击，然后沉默地向前跟了一步。确实有人主动让开了道，但也在他身后留下了令人在意的声音。就连小孩子开心的笑脸，也像是在挖苦他。

树枝在被水浸润的巨石上发出敲击声，他的心烦躁地跳动着。如果干脆在这里一脚滑倒——最好伤得重一点儿，是不是就可以什么事也不用管了？

不行，陆远在心里嘀咕起来。他向来珍惜自尊，哪怕是在家人面前，他也从不祖露自己这些年来的煎熬。

树枝"嘎吱"一响折断了——在折断的瞬间，陆远发泄似的将它抛了出去。

早该丢了它。

他生着气盲目地走了一阵，才让自己停下。

那树枝……是哪里来的？他不禁想。

陆远只在开幕式附近的那个火把台装饰上见到过树枝，同样的长短，同样的粗细。这一刻，他相信，自己已经接近出口了。

5

"陆远！"阿妍从陆远身后叫住他。

陆远回头望见阿妍一步步走近，并没有如释重负，反而有点儿生气："你喝了多少酒，脸红成这样？"

"你看！"阿妍举起一对手环，"我拼酒赢来的，第三名的奖品哦。"

"你一个外地女孩竟然去拼酒，出事了怎么办……"

阿妍红着脸，眼睛忽闪："这叫芋头面手环，其实就是贵宾通行证，我们可以走贵宾通道了，还能用手机查看立体地图……"

"芋头面手环？这么蠢的设计，我这个本地人都觉得丢脸……"

阿妍笑盈盈地给陆远戴上手环。

"你好像还很开心？"

"开心啊，我就想多了解你家乡嘛。你这是怎么了？"

陆远叹一口气，平复了情绪，把眼前包裹着自己的可憎白光形容给阿妍听。

"我拉着你往外走不就行了？你看地图，医务室就在出口外头左转。"阿妍牵住陆远的手。

一开始陆远走得有点儿慢，大概是过于谨慎，以至于有些僵硬。几步之后他适应了阿妍的节奏，算好了步幅，开始像稳住气息的老头子，倔强地不想让人看出一点儿蹒跚。

然后他哭了。

在前头的阿妍没有注意到。他不打算让她发觉，便抬起头，望着本来被光效模拟成天空的穹顶。如果要问，他这样的人在什么时候会感到难以自拔的悲伤，那就是现在——无能为力的当下。

他想再拼搏一次。

"等下。"陆远叫住阿妍，"你刚喝了黄酒，还是不要出去吹风了。留在里头等酒劲过去，我自己出去就行。"

阿妍还是握紧陆远的手。

"放心，我已经有贵宾专用的地图了。"陆远晃了晃手环，又挤出笑脸，然后踩着浅水慢慢走开。

但他平稳的节奏只坚持了几步。

有人大叫一声，陆远身后霎时水花四溅。

6

就像惊慌的鸟群一头扑向水面，又激起数倍的惊慌。

莽撞的孩童在人群中以捣蛋为乐，他们快速穿破光效的墙壁，撞在小心行走的陌生人身上。人们滑倒，跌坐，擦伤了腿脚，湿透了衣裳，捶打着水面。在现场被控制住之前，有二三十人都遭到了连累。

陆远赶回阿妍身边。

"这事怪我……"他喉咙紧绷，声音里有愧疚。

阿妍神情疑惑："不是那些小孩干的吗……"

"我刚才丢掉树枝后就闭着眼睛走了一阵，撞倒了几个人……那些孩子是跟我学的。"

那时的陆远，全身被一种情绪贯穿——它如同火舌狂舞，自喉咙咽下后灼烧起全身血液。那是什么？他不知道答案，只是像盲人一样跌跌撞撞，一而再再而三地撞开肩膀，撞开后背，撞开胸膛。

此刻，他被烟熏火燎的眼睛流出热泪，却还是未能洗掉眼中的白翳。

阿妍按住陆远的手腕："你在原地别动，我带那些受牵连的人去医务室。"

她钻入光幕，但仍在近处。他听得到她和别人的对话，但麻烦就在其中。

"您说什么？可以说普通话吗……"

回应阿妍的听起来是个老人，用扁平的发音切换着方言和外地人听不懂的普通话。

陆远走动起来，从割裂的人影中，追上了一个刚才在水上惹祸的小孩。

"喂！"陆远凑近他，"你知道自己闯祸了？"

小孩被他吓到，躲到一道光幕之后。

他知道小孩就在附近，于是站在原地，摘下手环："我有个东西送给你。"

小孩探头看他。

"这手环可是贵宾通行证啊，你可以和你爸妈一起走贵宾通道去中心的温泉区玩。"

"给我！"小孩冲他伸手。

"有条件。"陆远做了个收手的动作，"不能只是你们自己去。把刚才被你弄湿衣服的人一起带过去，让他们在那里好好休息。同意的话，它就是你的。"

小孩的表情有些迷糊，但他的父母很快赶到了，他们带着孩子道歉又道谢，接着一起组织起去温泉区的队伍。

"他们带走了不少人，这下不至于所有人都冲医务室去了。"阿妍回到陆远身边,"只是你,一时半会也挤不进医务室了。"

陆远仰起头,望着高处:"阿妍,你不是说你很开心吗?为什么你看到的白水洋还是冬季,而不是春天或者夏天……"

"我嘛?我不在乎季节,我只是想看看你老家真实的样子。你开幕式上没注意听吧,在这里,人看到的景色会与自身情绪关联,你想看到什么,就越容易看到什么。"

"我总算知道我身上的情绪是什么了。"

阿妍担忧地看着陆远。

"不甘心。我不甘心就那样窝囊结束所有的悲伤,不想就这样走出去,所以我才寸步难行。"

一旦认出了包裹周身的那团火焰,人便不会再轻易被灼伤。

"我不去医务室了,用你的手环带我去贵宾休息室吧,那边好像比较安静。"陆远继续仰着头,视野中有了内容。

"可是,你要过去干吗呢?"

陆远头顶的天空坠下了一些白色的颗粒。那些白色与远处的白色有了一些深浅区别,那大概是冬日的雪。

雪花之下,一个人正向之前未见的风景出发。

"我可以在那里录一首新歌。"他说。

行路难与奇山水

苏莞雯

我出生在一个阳光充裕的小镇上，小镇是以当地一座始建于宋代的木拱廊桥命名的。我童年住在妈妈的单位里，门前便是池塘和菜园子，抬头就见满山油柰树。我有很多邻居和要好的小伙伴，整个院子都被我们用来捉迷藏。

小学五年级时，为了入读更理想的初中，也为了一家人团聚，我转学到了爸爸单位所在的县城。我的世界版图从长桥镇扩大到了屏南县，内心多少受到了冲击：新同学们掌握着我没听过的课外知识，能用老成的口吻评价国际时事，皮肤很白，自信的样子各不相同。

转学后的第一个学期，班主任在课堂上语重心长地说："屏南屏南，又贫又难，你们以后一定要走出去。"他举了一个例子：过去有外国商人看中了县里的菌菇想采购，从福州一路过来还没坚持到目的地就被山路十八弯的交通吓得掉头跑了。我又受到了冲击，没想到县城人都已经那么洋气了，还要被说"又贫又难"。后来我越来越能感受到，"走出去"在这里是一种普遍的观点。并不是说大家不爱家乡，而是想发展就要向外探索，而那些重要的反哺也大多来自走出去的人：我小学时起每年能拿到的奖学金来源于华侨捐赠；我初中的学校名叫华侨中学，教学楼直接以捐赠者之名命名；到了高中，学校的操场等设施也有大量来源于校友捐赠。

上中学那几年我和同学们忙着学习，考试，走出去。我们县也为了让自己的名字走出去，开始开发旅游业。行路难的地方容易出现奇山异水，白水洋成了县里的招牌景点。白水洋是一块完整、平坦的巨石，石上有漫过脚踝的浅浅溪水不间断流淌，构成一个天然的水上广场，打出了"天下绝景，宇宙之谜"的宣传语。

在白水洋游玩，需要接受一套新的逻辑：你要穿上防滑袜或者草鞋，行走在水上；你要和家人朋友手牵手前进，一个人并不容易移动；你会迅速湿透也会迅速被不受阻挡的阳光晒干，跌倒是不必在意的小事。

新的场景会影响人的行为模式，启发思路，甚至改变一个人。在白水洋，人就好像变成了另一种亲水生物。

《破壁白水洋》就以白水洋为舞台——故事中它依然是一个景区，但贩卖的景点可能是游客自己的人生。身处其中，每个人眼中有不同的风景。主人公在"走出去"后并不顺利，理想几成泡影。回到故乡站在白水洋上，他浏览着自己曾经的跌倒和努力，想要重拾少年志气。

福建是一片神奇的土地，平原、丘陵、山地与盆地互相交错，不同村有不同音调，不同县便是不同方言。近些年交通有极大改善，其背后是凿开了无数座山，建起长长的隧道。闯一闯、拼一拼的精神就像福建人身上的一种基因烙印，在经济改善后的今天依然起着作用，只不过现在拼闯的目标不再只有去外地，也有很多人将热情带回故乡探索另一种走出去。

如果你想来我的故乡——福建屏南，我会向你推荐白水洋、鸳鸯溪、木拱廊桥和富有特色的村落，以及品质绝佳的空气。友情提示：冬天太冷了，在夏天来吧！

苏莞雯，科幻作家、独立音乐人，北京大学艺术学硕士。曾获华语科幻星云奖、少儿科幻星云奖。代表作《三千世界》《龙盒子》《我的恋人是猿人》《九月十二岛》。《九月十二岛》获豆瓣阅读小雅奖最佳连载。《三千世界》获第四届广州青年文学奖并入选《2021年度中国少儿科幻选本》。科幻短篇小说《奔跑的红》日文版收录于《奔跑的红 – 中国女性科幻作家选集》，2023 年入围第 54 届日本星云奖。

福建

海洋女神妈祖

［加］江 艾／著

耿 辉／译

海　宇

你在凌晨一点召唤我的身体，我自然会做出回应。尽管妻子抱怨我睡过白天大部分时间——深夜我都跟你度过，只有一起看过日出我们才分别——但她更喜欢我躺在她身旁，跟她同床异梦，不论她是睡是醒。

工作日我跟其他渔民为福州海鲜市场供货，今天我休息，所以没有登上大型动力捕捞船，而是奔向了划桨的小船——为了你，我存私房钱购买的那一艘，我一直藏起来不让妻子知道的那一艘。她以为我一周工作七天，不过在周日，我把那些午夜之后的时光留给你。

我用颤抖激动的手指解开码头上固定船只的绳索。我羡慕我们的船先接受你的抚摸，它一直漂浮的样子仿佛在嘲笑我的无能——我脆弱易损的肉体凡胎。不过每次踏入你，轻推小船入浪，你都毫无例外会冰得我一激灵，令我腿上汗毛倒竖。

我把腿收进你我之间的木制间隔，与你脱离时我低声叹息。不过把桨压低，感受你的阻力，感受你抵抗刷漆桨面的欢迎仪式，感受抵在手掌的震颤，都会令我平静。我不断推桨，越来越深入你的核心区域，最后勉强看见码头，远离我的家庭，直到几乎迷失方向，但我也没有特别晕头转向，只是彻底被你包围，咸腥的气味跟我妻子的化合物玫瑰香波差异明显——这里的气味更加……诱人。

妈　祖

从一朵云的背后，你注视着孤单的渔人返回海中央的同一位置，这是他周日的惯例。他远谈不上危险，但是你能感受到他的想法，远谈不上安全。

那周早些时候，你引导他的朋友爬上一块浮木，风浪太猛，无法航行时，你又引导另一位渔人伙伴爬上他倾覆的船只。可是这个男人……你知道的，如果不是心之所向，没有任何指引会帮他返回陆地。因为这个男人似乎相信，他过的日子令他生不如死。

海　宇

我感受到你的波浪在我周围平息，听见的只有你挤撞船体时溅水的声音。你差点儿淹死我的一个同事，不过有时候，我希望出危险的是我。

在这里，我试着排遣脑海中妻子厌恶的怒视带给我的沮丧——她把饭菜放在我面前时，看都不看我一眼；她把筷子微微斜插入我的米饭，而不是直上直下，似乎表明她想我死，但又承受不了。

孩子们有样学样，承袭了他们母亲对我的鄙夷。我对此无力补救，因为他们跑去学校，跟朋友玩耍时，我还没睡醒，他们白天玩到筋疲力尽，晚上已经无法跟我交流。我试过劝孩子们像我一样爱你，以后有机会跟我一起上船，一次、两次，多到我记不清几次，可尝试太过久远，以至于我开始忘记。然而我妻子只会嗤之以鼻，怒斥我说，她不希望孩子们变得跟我一样。

我把手浸入你的水里，感到你把我的手指拉得更深，抚摸着它们，仿佛在说："没关系，你做得够多了。"——我极其渴望妻子也这样对我说，然而从来没有听到过。

她不允许我哭，但是你容忍我的眼泪——没有责难——容许我脆弱地痛哭个够，任我筋疲力尽，你再鼓励我，拥抱我——但不像是孩子，从来不像孩子。你也从来不会像她那样把我当个孩子，我都怀疑那个邪恶女巫是否对我还有爱意——如果说她曾经爱过的话。

我愿意让你把我拉下船，投入你的怀抱。

妈　祖

你应该去帮助他，助人是你的职责。可是假如渔人想要这个结果呢，你凭什么从爱中拯救他？不过你比其他任何人都了解大海的贪婪，你很了解大海过去的爱人——你救下的那些，和不想被救的那些，很像这个人。

海　宇

在你的怀抱里，我找到平和；在你的怀抱里，我找到爱；在你的怀抱里，我找到我自己。

我想知道需要卖多少鱼才能满足我的追求，我渴望躺在你身上漂流，感受你手指抓握，渗入我的衣服，探寻我的皮肤，接触的感觉并非变冷而是炽热，令我热血沸腾而不是陷入沉寂。

我知道日出时你会送我回家，可我常常希望，你不要那样。

妈　祖

你非常怜悯地看着那个男人完全被他自己的爱吞没，他如此强烈和本能地渴望一种难以企及的自然存在，甚至要抛弃自己的妻子和孩子。他追求着那翻腾的滚滚巨浪，非常残暴，可他却觉得很温柔，暗沉的水流冲击他的身体，抚摸他皱缩的皮肤，几乎预示出残酷的结局，可他怀着顺从的欲望接受，挣扎着希望收到一个爱的拥抱作为回报，却只得到失望，他的手指下沉，一直下沉，再没有浮上水面。

目睹这一切令你痛苦，因为救人是你的天性，可是那个男人看上去平静安详，你以前从没见过这种神态。

当那个男人的身体在大海的深情拥抱中消失——下沉……下沉……下沉——当大海摆脱掉刚刚这个爱人的一切痕迹，你注视着蜷曲的海浪颤抖、落下、安息。然后大海开始渴望下一位渔人，波涛汹涌，暂时的平静被打破，仿佛它从未存在过。

如果一艘船没有航向毁灭，你就无法阻止它毁灭。如果一位渔人像这样自己选择死亡，你就无法阻止他死亡。

海　宇

我的肺因为收获你的爱而痛苦地呼叫，我的四肢乱舞，挣扎着游向空气。再次浮出水面令我感到失望，但我知道自己必须这样。

你也许好奇我在你的怀抱里是否感到内疚，好奇我离开你时是否感到内疚。有时候会，可我不确定是对谁，不确定我可怜的是我妻子还是我自己？

海　宇

我浑身湿透地回到家，没有脱掉里衣，身上还滴落着你的一部分，就躺倒在我跟妻子共同的床上。当你残留的水渗入床单，蔓延且冰到对着我的后背，她浑身一颤。

不过还没等她反应，我就问："你爱我吗？"

我的喉咙紧闭，充满了你的水，直到我能放下那段记忆。

"你去打鱼吧。"

在我旁边，妻子的重量从床上抬升，她没有提起你，反而去了孩子的房间。

我深深吸入你的气息，不知道自己还能不能像爱你那样爱另一个房间的女人。

不过我听见你从打开的窗户召唤我，以及孩子卧室的门锁发出"咔嗒"一声，我便有了答案。

妈　祖

　　渔人第二天随别人一起，乘一艘更大的船返回，你开始好奇，那头金属巨兽上有多少人，跟这个爱上大海的男人一样，有着同样的想法。

在深邃广阔得超出我想象的
大海中寻找意义

[加] 江 艾/著 耿 辉/译

我发现，我所有故事的核心只有在写完并发表之后才浮现出来。我开始摘出自觉和不自觉引入的点滴灵感，而且我猜，跟人类特别相似，故事也有层次、很复杂。哪怕我们本身就是作者，也有可能在一次又一次重读自己的作品之后，发现惊人的启示。

我认为在这个故事的核心层面，我是写给父亲，以及我在生命中听说和遇见的一些男人，他们相信自己必须充当家庭的基石，绝不可以失败，对他们而言，自己唯一的目标就是沿袭流传下来的历史传统，养家糊口。根据我在多伦多和家乡福州的见闻，性别角色一直在变迁，然而像我父亲（以及把那些传统传授给独子的奶奶）一样坚守传统的人，感受到不可松懈的责任，得为其他所有人提供力量，必须为其他每个人的成长牺牲。有时候，我只想告诉父亲："别担心，我们现在能自己前进了。"可是我被背负着，长久地坐在他疲惫的肩头，安居在能够遮风避雨、保证安全的车里，由他像牛一样拉着经历岁月，我很难释怀的一件事就是，我们早晚有一天得下车，让我父亲认识到他的车总有一天会变空，他的重担终将被解除。

我父亲不是字面意义上的渔人，可我总感觉他就是——不停出海为家庭收获最好的机会，对召唤他自己的那些东西置之不理。我见过他一心想追求自身欲望的那部分自我，可是他却被深入骨髓的家庭责任长年累月地束缚着，这种责任结合了每一种本能，成为每个想法和行为背后的指导性观念。

在某种意义上，我感觉自己好像也变成了同一个渔人，总是在深邃广阔得超出我想象的大海中寻找意义。步入如此湍急的水中，溺水的恐惧扰动着我的内心。不过，我猜这就是生活：依靠不停地辛勤劳动一头扎进未知，不保证得到回报。

至于妈祖本身，福建沿海居民都知道拜祭这位女神，她过去拯救自己的家庭却没能救下所有人，她能预见天气和迫近的海难，她作为守护天使把所有渔人安全送回家。这个故事探索的是，那些不打算从途中返回、屈服于大海的召唤并抛下家庭的人有哪些可能。我觉得跟我的许多作品一样，这篇故事也涉及移民、离家、情愿与不情愿，讲的是他们出海就不打算返回时，会发生些什么。接下来的情形是他需要拯救吗？妈祖需要插手指引吗？还是说她会任凭这些已经成年的孩子选择自己的道路，踏入那片海？

看似别人眼中所谓的溺水者需要拯救吗？或许此时他们已经明白，如果事先不了解溺水意味着什么，你就无法期待上浮。

江艾，祖籍福建，加籍华裔作者，恐怖小说协会和科幻奇幻小说协会会成员，如今定居加拿大。著有《灵魂》和《我是 AI》，其作品散见于《奇幻与科幻小说》《暗黑》《离奇杂志》。曾获得奥德赛写作班 2022 年度新声奖学金，入围星云奖、轨迹奖和点燃奖。

拍摄者：张逸之

海南

织
梦

廖舒波

零

捧一个冰椰子坐在海滩，一道清晰的分野在我面前。左手边，海滩游人如织，微腥的海风中满是捡到贝壳的喊叫，右手边却是空无一人，遍布的嶙峋礁石旁是冰冷的铁栅栏，"游客止步"的 LED 屏和虹膜验证系统不停地闪烁。高高仰起头，可以看见极远处白色的高大建筑——疍楼的轮廓，像是一朵落于碧海的云，好似存在，却又虚无缥缈，不可捉摸。

嘴里的吸管发出"噗噗"声，清甜的椰子水快要见底。接我的船就在这时来了，唯一的"船长"是个穿着 T 恤、脚踩人字拖的年轻人。刚把我引上船，他就用带着口音的话问道："你去那里，系干什么腻？"

我告诉他我受到了疍楼负责人的邀请，前去取材采访——这漂浮在海南海岸线外数里的神秘地方差不多已经有二十余年没对外开放，我不过是个名不见经传的历史研究者，发布的几篇作品读者寥寥，说实话，为什么选中我，我也不知道。

好在年轻人的心思也不在这里，他很快地聊起了其他的事，他所在的渔村，即将发射的火箭，送完我后就要去饮的"老爸茶"，友人在海口找到了充满高科技的工作，作为晚餐和消夜的糟粕醋和清补凉，即将到来的一场使用赛博"公期"……

他热情的讲述很好地缓解了我心中的不安，毕竟同在岛上长大，我与他开始交换诸多岛上的见闻，不过这样的平静转瞬即逝。船靠岸，我登上了疍楼所在的鱼排，那股可怕的焦虑又涌起来，几乎可以说是，挥之不去。

一

"疍楼"取自"疍家"，这是被称为"海上吉卜赛"的民族。他们以海为家，在海上以木板和渔网搭建起漂浮的居所，以养鱼和捕鱼为生，不属于任何地方，也终生不踏上陆地。虽说随着时代的发展，不少疍家人选择上岸定居，但近年建筑和材料技术突飞猛进，在海面上搭建漂浮高楼也成为可能，不仅疍家人，也吸引了更多人定居于海上，在广阔无垠的海面尝试四处航行，做着陆地上难以做到的事情。

——可是，她是这样的人吗？

一路沿着贴满介绍的长廊行走，我的心中充满疑问。吴琼花，邀约我的人，也是这神秘疍楼的负责人。现在，我终于知道了她的头衔："纺织专家、非遗技术传承人", 无人的大厅里播放着她的影像, 除去少数在接受采访, 其余都是维持着织布的模样。

她的职业似乎不需在海上施展, 为何刻意地守着这座海上矗楼?

这与我突然被邀约有没有关系呢?

带着满腹的疑问, 我沿着临时的光柱指示来到预定的房间。出乎我预料的, 那里既不是会客室也不是会议间, 而是一间狭小的房间。抱着十分的忐忑, 我轻轻敲响了门。

门开了, 里面有人站起来, 是个皮肤略微黝黑、身着深蓝衣服的女子, 她的耳边, 戴着甚至有些累赘的银饰——想来就是邀我前来的琼花女士了。低着头, 我稍微收拾了一下心情, 准备向她郑重地打招呼, 可在抬头的瞬间, 我整个人都呆住了。

因为我看清了琼花女士的背后, 那里的东西足以让我把所有的礼仪都忘到九霄云外。

在她的身后是巨大的玻璃橱, 里面展示的是足有两平方米大小的蓝绿色织物, 由三幅织锦构成, 正中是张牙舞爪的五龙, 上方堆叠着"卍"字纹和祥云, 下方绣有灵芝与仙草, 而在边缘, 则是几何形状颇有规律的花纹。整个织物织法粗糙, 就连染色都是用植物色素染成, 但依旧可以看清它经纬分明, 可以想象, 当时位于海岛的织娘是花费了多少日夜, 才制作出这件气势磅礴的贡品, 呈给远在都城的皇室。

我眯起了眼睛, 细细地查看, 我的眼神在边缘那些微妙而细密的花纹上久久停留。从很久以前开始, 我就深深地沉迷于这些被他人所忽略的纹路。此前为了研究, 我在膜式电脑上将它展开了无数次也细查了无数次, 但直到今日, 我才终于得见实物。考据的癖好和视线的贪婪让我忘乎所以, 我不顾一切地看着, 意图探究它所有的秘密。也不知时间过了多久, 我才终于回过神来, 发现在这狭小的藏室里, 我已许久没有说话, 而琼花女士, 这位盛情邀请我的人, 一直站在原处, 静静地等待着。

这实在太过于失礼, 我低声惊呼, 连声致歉。看着我发红的脸, 这位邀请人却温和地笑了, 她摇摇头, 用很轻、很轻的声音说道:"你认识它。"

她的声音与送我前来的船上青年不同, 更夹杂着一种低哑略带古怪的音调, 这是海岛的原住民黎族的口音。我再度慌忙地致歉, 紧张和愧疚让我忽略了她说出的是陈述句而不是疑问句。片刻后, 我挺起胸膛, 郑重地告诉她:"我研究这条龙被已经很多年了, 也在小说里写下过它的故事。"

在我的小说和研究里, 这条龙被织就于公元1621年, 在历史上属于大明王朝。在这一年, 一条被植物染过的丝线, 被装在了仅用一根木头削成的原始织机上，与此同时，一位少女开始了自己漫长的旅程。

这一年，明朝的第十五位统治者登上了帝位。为了这日后被称为"天启"帝王的登基仪式，距离都城将近两千里远的南方小岛之上，一大队船队启程出发。船上装着黄花梨、沉香木、珍珠、砗磲与玳瑁，同时还有岛上专有的吉贝布，千万条染色的丝线，另外还有几名肤色黝黑，脸上和身上刺着纹路的十来岁女孩。他们是崖州和琼州的酋长和县令选出的、极其擅绣的绣娘。这些女孩们将随着诸多南国珍奇，花上一年多的时间从岛屿去往大陆，她们将在船上不停地织绣，以保证最后能将华丽的龙被、黎锦和自己一起，共同作为皇帝盛典上的礼物——在这其中，就有织就龙被的那位织娘。

碧蓝的海无边无际，扬起的帆从远处看渺小如豆，在桅杆下看着却巨大而饱满。少女坐在甲板之上，在监工的监视和催促下不停地织着。织就黎锦需要将木制的织器放在膝上，腰背挺直，浑身使劲。海上时常会遇到风浪，织娘被颠簸得东倒西歪却还需勉强维持织机的位置。这样的生活原本将要持续忍耐一年，但在船行两个月后，一件突发的意外让困苦的航行有了些微的改变。

那一日，船又在颠簸，织娘本放在膝上的木器也被甩了出去，滚动到了甲板上另一个人的脚下，那双脚套着皮靴，上面是积攒多年的白色风尘。脚的主人却弯下腰，拾起木器。顺着这仿佛从亘古的密林中生长出来的古怪器物，他蓝紫色的眼睛看见了对面的人，她有着不同于船上其他人的黝黑皮肤，脸上布满深青和灰色交杂的刺青，她耳边和颈上的银饰在日光之下闪闪发亮，映出了他自己的身影——

一个身材高大却瘦如长干的年轻人，须与发都是红色，苍白的肤色宛如病中人略显虚弱的一呼一吸。这个年轻的人来自比帝国都城还要远的北方，他的故乡在往后的岁月里被称为威尼斯和意大利，而在那个时代，他被称为"夷鬼"，就像他对面的织娘被称为"黎番"一样，这是略带轻蔑的称呼。

船仍旧摇晃，"夷鬼"青年却稳稳地向前一步。

他把拾起的木器交给对面的织娘，眼睛里泛出了海面的粼粼波光。

……

越往深处行，海面越发显出深邃的蓝。除去呼呼的海风便寂静无声。"夷鬼"青年和"黎番"织娘用彼此半生不熟的官话交流着。她告诉他南海岛屿上的珍宝、部族的传说，他说着他遥远的国度，还有苍穹之上自己所信仰的神祇。天长日久，两人逐渐熟络，在把所有已经知道的东西说完之后，旅程的半途，"夷鬼"青年一时兴起，在一次的对话之中取出了自己随身携带的算筹，它们由象牙制成，洁白而光洁。

"我来教你算学吧。"青年说，"还有天文学，这样一来，你就能观察星象，推算潮汐。"

织娘露出不易觉察的苦笑。她的一生，从今往后，所要面对的都是无穷无尽的织与绣，青年所说的东西，可能在往后用不上分毫。不过，她还是答应了朋友的要求，一来因为海上实在太过于无聊，二来……青年细微的眼神中带着几分狂热，还有淡淡的忧伤。

织娘知道，朋友的话语中，带着"托孤"的意味。

二

说完这一切我忐忑不安，我生怕眼前的琼花女士和其他人一样，露出略带讽刺的嗤笑，说上一句"你编得不错"。其实，这不是故事，而是……真实的记录。这样想着，我回过神来，才发现自己已被琼花女士引着走出了那间放置龙被的房间，沿着又一条长廊，前往置楼的深处。长廊两侧，放置着各式各样的织品，确切地说，是一些最原始的树皮和大片草叶，沿着植物的脉络遍布最简单的横条、竖条，以及孩子涂鸦似的稚嫩痕迹。更多的则是绳、麻绳、草绳、牛皮绳，上面绑出各式花样的绳结，既是艺术品，也是记录。

我不由得低吟出声："……结绳记事。"

"我想你应该听过这种说法，很多学者认为，最初的织娘不仅仅是劳动者，还等同于部落中的书记和女巫，负责把现在和过去的事情记录下来，也负责占卜和推测。"

这本是普通的一句话，却让我心中一动："您也这么认为？"

"是的。在当时，织娘们看来是化外之民，语言不通，除去会织锦几乎一无是处，可是实际上，这些令人看不透的女子们正用外人不可见的独特技术编制经纬，偷偷书写着外人不知的历史，记录着她们所见、所感、所经历的所有大事。"

琼花女士话语平淡，还带着几分介绍的味道，但在我听来，却不亚于高山流水的知音之声。跟在她一步远的地方，我走走停停，走走停停，在踟蹰了十来分钟后，我终于鼓起勇气，打断她的说话："近年来，考古发现了不少小片的织物，它们的织法，跟刚才那张保存的龙被颇有相似之处。"

"我知道，业界认为，它们出于一人之手——或许就是你刚才说的那位织娘。"

"这是真的。"我深吸一口气，"这是真的。"

然后我开始了我的讲述。大约七八年前，机缘巧合，我在网上博物馆看到了那张龙被，某种强烈的兴趣驱使我开始对它仔细地查看详尽地探索。我像只浸没在土中的蚯蚓，在网上与现实中贪婪地寻觅着有关的织物，头帕、手巾、锦缎，甚至只是薄薄的一小块碎片。在这探寻的过程中，我发挥大学时代所学的密码学知识和积累下的人脉，在这些同一人织就的织物的纹路与图案之中发现了规律，并且将它们破译。经纬的线条仿佛隐秘的文字，令我可以阅读、感受，甚至重述在木船上黎家织娘经历的事情。

"大约便是如此，您不相信，也没有关系。"

我如此对琼花女士说道。在此之前，我也曾整理破译过程，连同故事一起意图发表。然而网络浩瀚，不仅学术界根本不承认，甚至连"围观"的人都寥寥无几。有那么几个人对我的结论提出了质疑，他们认为我是已有先入为主的结论，所谓的"破译"不过是围绕结果倒推的游戏。而剩下的几人则是给予了更直接的反驳，就算遥远的明朝有一名女子通过织物制造出一套文字系统，可那不过是她个人的记录，就算得知，又有什么意义呢？

无奈之下，我只能假托"小说"，把推算的结果记录下来，侥幸遇到了某协会的资助，终于得以出版，不过如今书本式微，到底有没有读者认真读完这本书，都让人有些起疑。

"所以，您不必出于礼貌表示相信……说实话，其实有些时候，我自己也觉得，自己是在虚无的海面之上，建了一座无人发觉的孤岛。"

我如此剖白，带着些许自暴自弃，可说话时我窥见，身边的琼花女士频频点头，不时用极轻的声音说道"怎么会呢？""不是的"，她脸上是十分理解的神情，以至于我觉得她说出的那句"我相信你"并无虚假。我们又并肩走了一阵，一股不能抑制的冲动在我的喉咙哽住，犹豫许久，我才轻声问道："既然您相信，那我可以……"

"是的。"琼花女士说道，"我想继续听你的研究，继续听这位织娘的故事。"

旅程终有结束的时分。

一年的旅程后，"黎番"织娘与"夷鬼"青年迎来了分别。路途遥远，他们都很清楚，彼此终生不会再相见。不知道是过于悲伤还是某种忌讳，织娘的织物中并没有记载他们的别离。她只是记下了，自己在下船后随着监工和官员，走进了皇宫，在漫长的等待后，她终于得以在后宫的花园之中面见当朝的皇帝。陌生的花草香中宦官展开三幅的龙被，绚烂的色彩、精致的线条与宏大的幅面令在场的帝王、嫔妃和后宫诸人都啧啧称奇，甚至连极难讨好的客奶奶都流露出一丝破天荒的赞美。可是，对织物的赞美不会波及人，在宦官把龙被的制造者、来自海岛的织娘带上来时，花园里顿时充满了毫不掩饰的嘲笑。

这笑声起初还是暗暗的，但是随着客奶奶也发出嗤笑而逐渐变大。后宫的人们放肆地嘲笑着织娘黝黑的皮肤、面上古怪的纹路，还有与织物不同的土气穿着，以及那几乎是鸟兽鸣叫般的官话发音。花园里所有人，都像观看一只奇

月

怪的动物般观看这位远方海岛的来人，全不顾她也即将成为最低等的嫔妃，也是后宫的一员。

嘲笑归嘲笑，早已与海岛官员与酋长约好的册封还是按时举行。织娘在空无一人的情况下接了圣旨，她被封为最低品阶的妃子，称号"黎妃"，她被分配了房室，但极其狭小，所处的地方几乎与冷宫无异。她的到来引起的风波很快平息下来，继续在宫中流传的，只有一句客奶奶的评价，她说："什么黎妃，我看是黑妃。"

时至今日，或许有人会为织娘的遭遇打抱不平。但从当时的状况来说，这已是一个"黎番"女子最好的结局。而织娘本人的记载里，她也对这突如其来的后宫生活还是十分满意。天启皇帝身受"九千岁"魏忠贤和乳母客奶奶的钳制，而他本人不擅长也不喜欢在"花丛"中流连，后宫排位在前的妃子们可怜巴巴地等待着他的临幸，更不用说这容貌古怪的南蛮妃子了。窄小的大门久久没人敲响，黎妃就在其中重操旧业，她拿起自己的木织机，重新织起锦缎。后宫里分发描眉的墨炭和螺黛，她从不用在脸上，而是在地上写写画画。

百无聊赖的日子里，她演算着"夷鬼"青年教导她的算学公示，旁边摆着他赠送的象牙算筹。

谣言也不知是什么时候传起来的。宫中的人们说，黎妃在紧闭的门后对月跳舞，执行那些南蛮之地的诡异仪式，然后她会像水獭那样在夜月间潜入宫中的鱼池，叼起生鱼然后咔吧咔吧地把它吞下去。不知是这话引起了帝王的注意，还是后宫执礼的宦官觉得有必要煞一煞谣言的风气，在一个夜晚，黎妃被宣入了帝王的寝室，即将进行她的第一次侍寝。

虽然从未经历过这样的事，但黎妃在到来之前已经经历了足够的教导，她按要求洗干净自己的身体，在帝王的床榻上等待。但天启皇帝似乎并不急于与她燕好，而是在旁侧的房间里忙碌着什么。黎妃昏昏沉沉地等待着，漫长的无聊令她十分想念她织到一半的布和木制的织机，很长时间过去，天明时分，她终于忍耐不住，从床上站起，蹑手蹑脚、小心翼翼地走向旁边的房间。她尽量无声地揭开帘子，然后，她看见了——

一个白胖的男人站在一地刨花之中，身上蒸腾起汗水的水雾，刨子、凿子、锤子和钉子在他的指缝间、桌上、地上，一块木头横在他面前，上面已有龙凤的雏形。谁也没想到，大明帝国的皇帝，竟在这样一个夜晚，忙碌着工人的木匠活。

如此景象出现在面前，黎妃关注的却是另一件事。她自地上捡起了一张画得错综复杂的纸，认真地读着，她的眉头深深地皱了起来，浅浅的眉毛汇成一个"川"字。帝王回过头，用犹疑的眼神望向她，黎妃则是伸出手来，在图上某处圈了一圈。

眯着眼睛，大明王朝的帝王突然发觉了什么，脱口说道："你竟懂得？"

"懂的。"

曾经还是织娘的黎家少女抬起头，反手自厚重的头发和钗环之中，拔下了那根算筹。时日已过去不短，象牙做成的算筹已被磨出了光滑的玉色。

对面的人又一次眯起眼睛，这位封号为"天启"的帝王，将是故事中另一个重要的角色。

三

说到这里我咽下一口唾沫，长久的讲述让我浑身是汗，但心头却涌动着从未有过的激动之情。作为织造专家的琼花女士始终只是静静地听着，直到此时才用她惯用的平静语调对我说道："喝口水，稍微休息一下吧。"

我又一次回过神来，发现自己又身在新的展馆，新的长廊。回过头，我发觉自己已在讲述中随着她走上一条极长极长的楼梯，透过仅有的窗向外看，可以看见蓝色的海面变成了天空，我知道，自己已是走到了苴楼的上半部分，大约是八到十层的高度。

深吸一口气，海面上空冰冷的气息让我有些微的眩晕。扭过头，我看向旁边的琼花女士，昏暗的灯下，有那么一时半刻她露出欲言又止的神情。这份微妙的情感因我的注视而消逝，她微微抬起头，对我笑了笑，旋即拍了拍手。

眼前白光一闪，面前黑暗长廊按照次序逐步亮起，那是展品的灯盏一盏一盏地点亮。我的视野从昏暗到清晰，渐渐地看清了此处所有的展品，一路排开的十字木架和人台撑起一件件层层叠叠的华丽服饰。

西式礼服。中式旗袍。复原古代的马面裙与摄政时期大裙摆同台摆放，未系腰带撑开一大片布料的无垢白和服……这些仅仅是我懂得的，还有许多我从未见过、从未听闻的服饰。几番探索，我已觉察这苴楼或许是个织物博物馆，本不该惊奇，可眼前景象的某些特质还是令我瞪大了眼睛，惊讶得许久才吐露出几个字："……全都是白色？"

是的，白色，眼前所有的衣物都用如雪如棉的白色，花边、皱褶、饰品统统没有，纯净得没有一丝杂色，甚至连皱褶都是最简。这令我怀疑此处放置的只是服装的草稿和毛坯。但我很快否认了自己的看法，这些衣服在细节处有着极其完善的修饰，显然是已经完成了制作。

虽然对琼花女士尚不熟悉，但从几句简单的对话，以及进门时所见的视频，我觉得她的审美应该与织娘的黎锦一脉相承，她所喜爱的应该是斑斓的色彩和细密的纹路，不会让布上留下空隙。专门辟出一处如此素淡的安排，似乎与她的风格不太相符。

这事让我满心疑问，但支吾几声，我还是勉强压住心中的话语不让它说出。而在我的静默中，琼花女士看我一眼。似乎也觉察了我的心思，她突然往前一步，又轻轻拍起手。

啪，啪啪，啪啪啪。

随着清脆的声音，一道刺眼的光芒闪过。瞬间，光线的纹路沿着衣裙蜿蜒而上，交错纵横，形成抽象的纹路，蛙与鸟，鲜花与草木，山水与高楼，更多的是以几何的方圆菱形呈现于白布，像一位虚空中的织娘，以极快的速度织就花纹，描绘景致。

我惊叹于眼前景象的壮丽，同时不由自主地向四下看去。果不其然，在灯光边缘的阴暗角落，我看见了无数的黑色装置，有些巨大，有些低矮，都在发出不低的热度。看到它们的瞬间我骤然明白了此处白衣的目的。现如今，灯光与阴影营造出的技术已非常发达，只需穿着白如幕布的制式服装站在装置附近，就能获得一条拥有绚丽色彩的衣裙。如果穿着者愿意，灯光随着音乐、表情、动作不断变化，随时改变颜色、线条与图案。

"很棒，真是视觉上的享受呢。"

"不止如此，你仔细看。"相遇以来，琼花女士第一次露出得意的表情。既然如此，我自然顺着她的要求看去，这一回我看得更加明晰，这里的"灯光"衣饰并不仅仅展现出花纹与颜色的变化，每条细微的线都有高光也有阴影，还能清晰地看见织绣的痕迹，仿若绘画的笔触般，一丝一丝地将刺、绣、织、染的诸多痕迹一一还原。如果说刚才我还是感慨，如今则是惊叹了："这是以光代线，做出的新型织绣。"

这话当然是让琼花女士面露笑容，可她还似不满足般地，再一次拍了拍手。这一回，白衣上的光影变化，现出了茂密的绿色，旋即是荔枝、龙眼、木瓜、杧果等诸多果树，光影一闪，渐渐地变成了海南岛上的火山，巨大的南海观音，诸多闪着灯火的高楼与各朝代融合热带风格的建筑交相辉映，可以看见高耸的飞檐、鸡油黄的琉璃瓦，碧绿的枝叶映着黄花梨深褐色的纹路。寄托于此处高端的技术，这些景象并不仅仅是呈现于衣服，而是与服装的起伏完美融合，仿佛将岛屿特有的热带风情和古制建筑穿于身上。

前面的惊讶在此时达到了最高潮，如果之前我还能发出赞美，如今只能张开嘴睁大眼睛发不出任何声音。琼花女士似乎对我的惊讶很是满意，只不过她的话语里并没有表现出来。片刻的沉默后，她说道："我一直觉得，服饰与建筑、木工，还有数学，都颇有相通之处。"

"是啊、是啊，这正是我接下来要说的关键。"

在我欢快的声音中，琼花女士露出如释重负的神情，似乎前面一长串表演般的"休息"，就是为了等待我的这句话，也是等待我接下来的讲述——

有些事会在历史上记载，有些不会。

天启皇帝贵为帝王，最喜欢的事情却是木匠活，其次是建筑与机巧，再次则是傀儡戏。宫中的每个妃子都被赠送过礼物，小到指甲大的佛像，大到一整张床——彼时他亲自描绘图纸与花纹，亲手挑选每一块木板，花费了整年的时间制作了一张大床。不得不说，这架木床哪怕是细微之处都雕镂有花纹，美观又大方，而且每块床板都可以折叠移动，装卸方便，比起当时普遍使用的需要十余人移动的木床，可说是十分方便了。

如果这些是出自能工巧匠之手，那么或许会是留名千古的美谈，但出于一个帝王之手，只会让人觉得他昏庸奢靡，不理朝政。而事实也确实如此，无论是面对后宫的妃子，还是朝廷的大臣，无论是最亲近的乳母客氏，还是被大加重用、权倾朝野的宦官魏忠贤，天启帝对任何话题都会感到厌倦，除非……除非与他说到木工活，以及他构想中的房屋和园林。

在他的构想中，宫殿内自然有亭子、台阁，也有高楼——至少有十层高的高楼。每个楼层之间有木制的梯子，梯子两边的壁上自上而下满满地镶嵌着玉片。玉片大小不同，厚薄不一，有粗糙的璞玉，也有精致的美玉，每一片玉片都叠在另一片玉上。人通过在其中滑行，前往宫殿和庭院的任何一处，每当他们滑行，玉片被碰撞，发出弹拨筝弦般的声音。若不想滑行，还有专门的代步滑车，还有巨大的木制"蜻蜓"，只要旋转起来，就能把人带离地面，就像是洪武年间凭借风筝与火药飞天的万户……

没有人愿意把他的构想听完，碍于面子或职务倾听的人在这时便开始走神，高阶的大臣、嫔妃或者是他的正妻张皇后，便会开始谈起王朝内外，黎妃或许是近千人中唯一的例外，在天启帝如同志怪般的夸夸其谈之中，她把算筹摆在宽大的床上。当天启帝终于能把自己想象中的亭台楼阁说完，低头一看，露出了然的神情，笑着说道："你计算得还不赖。"

是的。自从初次侍寝之后皇帝就经常召见黎妃。出乎意料地，这频繁的召唤并没有引起客奶奶的警惕也没有引起嫔妃们的嫉妒，遍布宫室的眼线和心腹彻夜睁大眼睛，也只是见到黎妃在至尊身边坐着，在他挥汗如雨的木工活中静静地织布。每当至尊呼唤，她才会站起来，拿起算筹，在纸上写写画画，然后两人会在彼此之间说些他人听不懂的话。

这话被暗中传出去破译才被证明是远方蛮夷的"数学"和"公式"，到了这里就没人打算进一步研究了，东林党人和"九千岁"魏宗贤正在党争，客奶奶暗中谋害有孕的嫔妃又把怀有身孕的人送入天启帝的床上。一层又一层的混乱之中，这帝王和黎妃之间的争论反而显得微不足道，没人注意。

炎热的夏夜和寒冷的冬夜，尚不知事的小黄门提着灯，带着黝黑的黎妃孤身一人走过漫长的道路，她时而抬起头来，能看见笼罩在大明王朝上空的绚烂天空。每当这时，她的眼中会出现一种深沉的情绪，恰似昔年航船上教授她公式的、蓝紫色眼睛的"夷鬼"青年。

这样的平静，在某一个夜晚被打破了。

天启二年，五月十六日。那一夜，黎妃如往日般低头快步走着，手中捻着算筹，突然间她听见引路的小黄门发出一声惊叫，再抬起眼，他看见数个持刀的侍卫簇拥着一个十一二岁的少年前来。黎妃低声惊呼，能带着侍卫出现在此处的人，自然只有信王，也是天启皇帝同父异母的弟弟，尚在少年的小亲王。在目光相对的瞬间，黎妃看到年轻有为的皇帝眼中有热烈的火光在熊熊燃烧，她后退一步，轻轻地叹了口气。

然后她说出了一句令人不解的话："赐我一台提花机吧，江南的提花织机。"

这句话把皇弟早已准备好的一番言论堵在了胸口，他本想好好告诉她，狠毒的客氏正祸乱后宫，阉臣魏忠贤意图夺权，大明的疆土之外，外族正虎视眈眈地准备进攻，即使黎妃不谙世事，也不应该在这时候由着天启帝玩闹。

黎妃琥珀色的眼睛望着他，好像看透了他的心思，在一声重过一声的叹息后，她又一次开口了："我答应你，大王唤我，我不会再去。不过你要明白，这没什么用。"

皇弟尚带稚气的脸憋得通红，他不由自主地赌咒发誓，说自己并没有恶意。在些微的灯光和星光之间他看见这从开始就与宫廷格格不入的女子对他露出柔和的微笑，眼角微弯，里面都是怜悯，深深地如同南京城冬日里亘古不散的雾气。

皇弟愣住了，他停下说话，反复地想着到底是什么事情令眼前的女子对他流露出怜悯，是因为他五岁时亲母就去世？还是因为养母康妃生下亲女便不再管教他？抑或是就连身份低微的她都觉得自己现在的做法太过僭越不自量力？无数关于过去的事情从少年脑海中滑过，他无法确定，也不敢挑明，但他毫不怀疑她感情的真实与深切，眼前的黎妃，是当真觉得他很可怜……也可能是，他即将变得更可怜。

出于某种矜持，或许还夹杂着些许恐惧，隐忍蛰伏的小亲王没有问出内心最深处的疑问，而黎妃也趁他不注意飞快地回到了自己位于西二所边缘的房室之中。自那日起，黎妃的大门日夜紧闭，每当帝王再有召唤，她不是推说生病，就是找一眼便能拆穿的借口。这样的行为一度令传令的宦官和侍奉的宫女战战兢兢，生怕好玩的天启皇帝大怒或是突然怪罪，然而多次被拒绝的皇帝只是在某个清晨问了一句"黎妃还在织锦吗"，得到肯定的答复后，就重又低头迷醉于自己繁复层叠的木工活里去。

据说，他的脸上露出了意料之中的神情。

既然天启帝都不去计较，那么自然没人再去在乎黎妃的行踪。在小亲王答应的提花机从江南运来、送进黎妃房室后，她就鲜少露面，只有领取食物、用品，或是逃避不掉的重大节庆与必须觐见的场合才能看见她黝黑的身影。平日里，她就像消失了一样，只有她的贴身侍女，每隔一段时间才出现在宫中，依着顺序给后宫诸人送上花纹繁复的黎锦，同时也给天启帝赠上一幅不亚于当初龙被的大幅织锦，上面是叠加几层的刺绣图案，线脚密密匝匝，填得极满，没有一丝空隙。嫔妃们觉得，黎妃的织锦太过花哨，又厚重，远不及内制的织物好用。但天启帝倒是分外欢喜，据贴身的太监说，每当收到黎妃的织锦，他会把它放在自己未完成的作品上，停下手中的活计，整夜地看着……

天启的年号应用了七年，这七年里发生了诸多的事情。除去魏忠贤专权与客奶奶掌控后宫，还有秦良玉制乱，白莲教起义，东林党与阉党在朝堂上争斗，荷兰的夷鬼舰队与大明海军发生激烈海战，原因不明的天启大爆炸造成了足有万人的伤亡，而天启皇帝用自己精湛的木工活花半年建起了一座花园，又在第二日因厌倦而毁去……

这些事情仿佛都与黎妃无关，七年的大部分时间里，黎妃只待在自己的木织机与提花机前，反复地织、绣，摆弄着线，制造着经与纬，即使在第七年的八月二十二日也不例外。

天启七年，八月二十二日。

多日饮下"仙药"的天启帝全身浮肿，眼看大限将至。他派人把自己五弟信王，也就是昔年拦住黎妃的皇弟召入卧室。在看到越发意气风发的小亲王时，天启帝露出愉悦的神情："我的弟弟会成为尧舜一样的明君。来，这个皇帝，你替我当了吧。"

信王立刻低头下拜，连称不敢。但在卧床的皇帝身旁，贴身内侍已走出来，手持着一卷准备宣读的圣旨。兄长心意已决，信王也只能沉沉地叹了声。抬起头，他准备接旨，仰头的瞬间他看见兄长亲手打造的木床上方，挂着的都是黎妃织就的七彩锦缎。天启帝仰卧着，因耽溺于玩乐而模糊的眼睛注视着纹路，却好似看向很远的地方。某一刻，信王自他的眼中看到了多年前黎妃眼中曾有的东西，亘古的雾气，还有满溢的怜悯。

远处的西二所宫室，不曾停止的、来自南岛的织机声又响了起来。

四

又来到了新的楼层，高处不胜寒，我不由得打了个哆嗦，因此也停止了讲述。外面的天阴沉下来，冰冷的海风顺着窗缝吹进来，即使现在是盛夏，我也觉得有些寒冷。不过，比起身体的感觉，更让我难受的是内心。

能够公之于众的研究已讲完，再往前说，就会是……

"秘密，从没说过的秘密。"

琼花女士说出了我心中的词汇，这让我从头顶到肩膀都剧烈地颤抖，正准备开口，艰难地吐出个"什么？"，但就在这时，我意识到琼花女士说的是她自己。看着半截话卡得不上不下的我，她轻轻地摇了摇头："这栋楼本来就很少对外开放，这条长廊的研究更是从未对人公开过。我花了好长时间，才征得其他人同意，把这里的秘密告诉你。"

我苦笑一声，心道自己何德何能，但在表面上，我只是客气地表示感谢。琼花女士似乎看穿了我的口是心非，但她没有说破，只是在前引路，带我跨过一道门扉，走入一条长廊。这里再也没有海风，干燥而气温略高，不断的"沙沙"声充斥着耳膜，仿佛突然而至的骤雨。

"这是……"我脱口而出，"桑叶？养蚕？"

看来我答对了。琼花女士的拍手声在雨声中响起，这一层的灯火应声而亮，我的面前出现层叠的木架，藤条编织的古老圆盘中，雪白的虫子正大口咀嚼着绿叶，有些在吐丝，有些在结茧。更远处，有全自动的机器在将茧浸入滚烫的水中，同样有手臂把它们吐出的丝一根一根地抽出、挂起，同样一根一根地放入特制的玻璃箱柜之中。

"这些蚕丝，是要做成丝绸的吧？"我问。

琼花女士摇了摇头。在她的动作中，金属的机械手臂关闭了玻璃箱柜的门，两道极细的红色光柱一上一下照射细细的蚕丝，接着开始缓慢扫描。旁边的机器屏幕，灯光时明时暗，一长串绿色的数据开始流动，数不清的数据开始读写。

"不是丝绸。"琼花女士说道，"是蚕丝硬盘——你知道二进制吧？"

我回答说当然知道，就是用"1"和"0"记录数据嘛。这说法有些戏谑，话音还没落下，琼花女士已把我打断，又问我知不知道传统硬盘如何存储数据。这我未曾涉猎，自然无法回答。琼花女士便开始向我解释，用比最初更加冷静、更加理性的声音。

"用的是磁性——无论是 U 盘还是移动硬盘，这些统称为机械硬盘的设备，都是利用电磁铁，改变磁性材料的极性，由此转换为二进制。比如说，正极等同于 1，负极等同于 0，由此达到记录数据的目的。"琼花女士顿了顿，"这是技术的进步，但也天然拥有瓶颈。磁性，太容易改变了，条件稍微苛刻，数据就会消失不见。"

我在旁听得瞠目结舌。仿佛是这一刻，琼花女士褪去了她那腼腆织娘的外衣，露出了知识丰富又老练至极的科学家的一面。现在，她不再为我引路，而是兀自向前走去，我也顾不得许多，赶紧迈步跟上，听她继续诉说。

"所以，我们开始了'蚕丝硬盘'的研究。"

她把我引导刚才只能远看的机器前，示意那红光，告诉我这是纳米针尖。研究者们利用预先编好的程序，引导机器人在纳米尺度上，对蚕丝中的蛋白质进行局部微观操纵。红外光使蚕丝蛋白变性，纳米探针牵引蚕丝蛋白形成凸起的纳米柱，便可对应数字"1"。而未被牵引未凸起的部分即可对应数字"0"，从而达到数字信息写入、存储的目的。

"蚕丝蛋白拥有极高的容量。换句话说，只需一根丝线，就能涵盖大量极其复杂的数据。技术继续发展的情况下，多根蚕丝相互配合，能存储的数据是惊人的。我甚至相信，最终，蚕丝硬盘能将整个世界以及整个人类的历史囊括其中，并永久流传。"

"永久流传？"如今的我，只剩下学舌的份儿。

"是的。这是蚕丝硬盘和磁性机械硬盘最大的不同，它不会受强磁场、强辐射、微波辐照的干扰，也自带防水、防高压的优点。"琼花女士的声音低了下来，"还能更方便地存储人类的遗传因子——只需一根长蚕丝，就能把整个 DNA 序列存储其中。"

"遗传因子……存这个是要做什么？"

"复活。"琼花女士吐出两个字，"拥有全套遗传因子，配合可能的生物技术，那么只需一根蚕丝，就可以随时随地'造'出一个人来。不要误会，这个不涉及伦理，在我们的设想中，蚕丝硬盘将应用于宇宙开拓。在未来，只需将蚕丝送入宇宙深处，再在外太空将人复制出来，由此人类便能克服自身肉体的限制，前往更遥远的地方！"

……

冷风又一次吹过来，片刻后，我们走出了长廊。无论是我，还是琼花女士都没有马上说话，刚才所见的技术虽还没有到达实际应用的领域，但对于我这样的普通人来说，已足够震撼，我僵硬地走着，思绪却是复杂。一面，我越发怀疑琼花女士把我邀请到此处的目的，另一面，我对她刚才的一句话十分地在意。犹疑许久，咬紧牙关，在长时间的沉默后，我还是把问题问了出来："琼花女士，你刚才说了……"

"什么？"

"你说，'这个不涉及伦理'。"我吞吞吐吐，"恕我冒昧，或者说，是我瞎猜，但我总觉得，这个意思是你这里有些涉及伦理的东西。"

说完这话，我做好了一切准备，包括她会勃然大怒把我立刻赶出去。然而这位腼腆的织娘和冷酷的科学家却低下头，轻叹了一声，没有说出任何的否认。她的态度让我在风中瞬间起了一身的鸡皮疙瘩，这样的场面已超出了我能应对的范畴，除了僵立原地、动弹不得，我做不出任何其他的动作。

琼花女士抬起头，她重新望向我，其中并没有威胁，但也没有安慰。我听见她轻轻地说道："把剩下的说完吧。"

她的声音依旧沉静，其中带着几分命令，也像是有几分提前预知的了然。

"你的研究结果还有没说的地方，告诉我吧，无论多离奇，我都会相信。"

早在天启皇帝之前的约莫百年，他的先祖下旨取消了嫔妃殉葬的制度，所以黎妃不必陪着赴死，只是被禁足在深宫之中，再不许与外界多通消息。

这对其他嫔妃来说或许是比死亡更难以忍受的事，但对黎妃来说却与她之前的生活没有两样。在崇祯年初期，西二所的织机和提花机声自早到晚，从未有停歇的时候，只是再没有秀丽的黎锦从里面被送出。新一茬的小黄门和小宫女们传出新的谣言，说黎妃和古代守寡的女子一般，将锦缎早上织，晚上拆，借此打发寂寞的漫漫时光。

——可是，事实并非如此。

据进入西二所那间宫室的侍女们说，黎妃确实还在织锦，而且似乎在织一幅比龙被还大的锦，锦的尾端在这些年从没离开过提花机和织机。这幅锦的花纹和图案比天启皇帝在世时看到的任何一幅都要复杂，几乎到了令人眼花缭乱的程度。宫中的人们对黎妃的所作所为十分不解，她已是前朝的妃子，对她所织黎锦颇有兴味的天启皇帝已不在世，她费力织出再好的锦缎，也如同传言中的朝做夜拆般，毫无前程，也毫无意义。

当然，不解归不解，并没有人去阻止黎妃，毕竟朝廷和后宫之中还有许多事情要做。天启年间把持朝政的魏忠贤自杀，客奶奶被笞死于浣衣局，朝政更替，饥荒、争斗，一件接着一件，区区前朝妃子所做之事，不过是人们口中一两句话的谈资，构不成任何的意味。

按照记载，黎妃死于崇祯九年，也是公元记载的 1636 年。在她临终前，应该是把巨幅织锦完成了大半。而在她死去的八年后，1644 年，明王朝的都城被攻陷，崇祯皇帝令后宫嫔妃全部自尽，他自己则在杀死两个女儿后，在煤山自缢而亡。

后半段历史，在现如今的小说、影视之中有诸多演绎，我之前有所听闻，但并未深挖。诚如之前所说，我所沉迷的，是寻找织锦的蛛丝马迹，是破译黎妃在经纬间留下的各种记录，在这一过程中，我立下了一个有些不切实际的宏愿，我想还原传说中黎妃的巨幅织锦。它因战乱而四分五裂，碎片也因时间流逝而散落。我耗费诸多心血，遍寻可以找到的线索，整理，推断，做一切能做的事。天长日久，在我终于能将织锦一角还原出来时，我却惊讶地发现了一番事实——

黎妃的织锦上，"记载"了明王朝的灭亡。

在经线与纬线间，在我的破译中，她以陈述的语气，就同记载船上与"夷鬼"青年的相遇、宫中与天启皇帝的对谈一样，在织锦上记录下了她死后才发生的事情。

可以想象，这结果几乎让我当场就昏厥过去。在我的设想中，我的研究是探寻和复原，如此神奇，甚至可说是奇幻的结果完全超出了我的认知。我一度认为，自己是找到了后人伪造或是假冒黎妃的名义织就的织锦，但理智又告诉我，这不可能，如此精妙的纺织技术和自创的密码规律几乎不可复制，而一位没有子嗣、地位低微的冷宫妃子，想来也没有机会找到一位愿意学习自己技术的继承人。

我陷入不解和迷茫，同样也陷入了恐惧。我加快了自己的速度，几乎用了全部的时间和金钱继续寻找黎妃织锦的残片与下落。随着进度的推进，事情往我最害怕的方向发展……的确如此，黎妃的织锦详细"记叙"了明王朝的灭亡，包括皇室子弟的流亡与自戮，同样，她也"记叙"了新朝代的到来，写下了当时外族的战争、夺权，以及进入中原后改变的风俗。前者还能说是黎妃通过宫中所见所闻产生的想象和推测，那么后续诸事，我觉得完全超越了一个妃子，甚至说一个人能推断的范畴，神奇得宛如神话与童话中的预言——

但黎妃不是传说，她是真实存在过的人物。

研究的最后几年我仿佛陷入魔怔，我不再执着于收集织锦，也不再沉迷破译，就连发表和交流都少了，我一心查找着各种资料，要为黎妃能够以织锦记录下她不知晓的事情给出一个合理的解释。在这个过程中我疯狂查阅各类资料，不断地辨识着虚构中的真实与真相中的谎言，最终，一个勉强可以说得过去的结论，终于浮出了水面。

从古至今，无论是数学家、天文学家、计算机研究者，乃至于哲学家和文学家，都在意图把整个复杂的混沌世界收束成可以预测未来的公式，就像《基地》里虚构的哈里·谢顿与他的"心理史学"，都是通过分析、计算，试图得出普遍的规律，用此规律来预测人类社会的发展。这样的公式到底是否存在，科学界至今还有所疑问，但有些现代的研究已经证明，世界上存在着这样一类大

月
|

脑发生变异或是进化的"奇人"，天生对数字具有极强的敏感性。计算机需要迭代尝试千百万乃至上亿次的结果，他们只需一眼，就能在脑海中浮现正确的数字。这样的人，如果搭配上预测学公式，哪怕只有一小部分，那么预言未来，就成为可能。

在我看来，黎妃的预言就是如此。除去织锦的本领，她天生就是那样一个能够凭借直觉估算出数字的"奇人"。而昔年在船上的威尼斯"夷鬼"青年，教导她的不仅仅只是算学的基础，还有脱胎于天文学和潮汐推算的公式——也就是现代期望的推测公式的粗糙雏形。深宫冷寂，对异邦人的排挤和身份的低微反而让黎妃有了足够的时间，凭借象牙算筹，把公式向前推算，不断地完善。从未受过完整教育的天启帝，又通过他所能理解的木工和建筑，给予了黎妃新的灵感，从而使这公式更大地延伸和拓展，而在最后，黎妃还获得了一台来自江南的最先进的提花机。

在纺织史和计算机史上，很多人把提花机列为在差分机之前最早的"编程"雏形，纺织工人提前把要编织的图案设计在"花本"里，接着驱动机器织出不同颜色的"经"与"纬"。这个过程与现代程序员编程完全类似，类比一下的话，织布用的线就是现在的编程语言，花本就是编写出来的程序，而织工就是程序员。

天时，地利，人和，缺一不可。

当时的人们自然无法理解得如此深入，但小亲王出于愧疚赠送给黎妃的提花织机，为她的运算添上了加速的车轮和翅膀。黎妃在自己的天赋、推演的公式、黎锦的织法和提花机的帮助下不断地运算，不断地预测，也不断地得出关于历史和未来的结果。如果她是一个官员、一个学者，甚至只是个男子，她所得到的结果或许会变成理论，变成书籍，再不济，像我一样假借小说，也能流传百世。

但她并不是，她是女子，是低等如婢女的嫔妃，是南方岛屿来的蛮夷。

她所能做的，就是在闭门后的岁月里，用自己最熟悉的手法织与绣，用这专属于自己、别人无法窥探的语言和文字，将自己推测出的结果，凝固在黎锦之中，然后放任这锦缎破裂、离散，消失于历史长河中，仿佛从没有出现过……

五

关于黎妃，也是关于我的大半生的叙述就此终止，抬起头，我看见缓缓下落的落日，带着喷薄而出的红光，我明白自己已是身在蛊楼最顶层，或许已经接近此处最深的秘密。

在我的面前，琼花女士举起手，站在严密防守的铁栅栏前，一道光在她脸上划过，细细地扫描着她的脸庞、虹膜和手指的纹路，然后极其厚重的大门缓缓开启，一股略微夹杂着腥味的味道扑面而来，像是药物的甜香，又像是复印后没来得及散去的臭氧。

门后面的房间呈圆筒状，与下方的织物博物馆，以及还带着古老织绣痕迹的地方不同，这里封闭而冷峻，自下而上满是银白色金属仪器和幽蓝数字的屏幕。一个巨大的眼睛型的下场屏幕立在正中，其后无数条线连接至周围。房间的墙壁，被划分为一个一个格子，都上着密码锁，应该是存储有相应数据的数据箱。至于屏幕下方则是一台医用 CT 般的仪器，一条供人平躺的通道伸出来，旁边是能够进行极其精密的手术、仿佛随时会动起来的机械手臂。

在看到它的一刻，我的心脏怦怦直跳。没有琼花女士的解说，我完全不知道这些东西是准备做什么用的，可近乎本能地，我感觉到它们与我最后没有说出口的内心隐秘有很深的关系。

身后的大门缓缓关闭，隔绝了外界的声音。琼花女士站在我的身后，仍旧是微微低头、声音冷静，可话语却是开门见山："你还是在疑惑吧？"

我感到背上冒出冷汗："什么？"

"黎妃并没有一直计算下去，我不相信你没有发现。"

她说得对。是的，自从开始研究起，这个疑问就占据了我的脑海——从开始织就推测未来的巨幅织锦到去世，黎妃在深宫中大约度过了八九年的光阴。她推算了明王朝的灭亡、清王朝的兴起，但仅此而已。依据她对公式的掌握，她完全可以继续推算下去，直至推算到如今这个时代也绰绰有余，纵使我拼了老命寻找，也没有找到她关于清朝中后期、现代或是当代的任何内容。我一度以为，她是因为触及了自己的信仰而选择暂停，但是并没有任何证据证明。黎妃并不笃信佛教，也并不敬畏基督教的神明，甚至可能连出身海岛之上的那些虚无的山神海神都不相信，那么，会是因为什么呢？

是因为一个我不敢尽信的事实，一个比掌握推测公式更加奇幻的可能。

我当然也曾寻找过巨幅织锦更后期的部分，很幸运，我也找到了些许。在记录了新王朝建立后的织锦，变得更加细密，不过方寸之间，就能层叠上五六层的丝线，这本是织绣中常用的手法，不断地层叠，以至于出现渐变的颜色。但在黎妃手里，却变成了信息的重叠。我四下恳求、花钱，用机械扫描，层层地分析，很快我发现这些多层织锦之中的数据和公式更简洁，关联也变得更多，不止经纬之间，甚至层与层、块与块之间都能产生联系。这过于复杂的情况让我一度打了退堂鼓，只是我也无事，只能抱着"死马当活马医"的态度尝试破译。而令我更加惊讶的是，在破译完小小的一层后，我的破译本上出现了一个完全崭新的世界，虽然只是其中一角。

这个"世界一角"有着迥异于现实的物理法则，同样也有着迥异于现实的哲学定律，通过只言片语，能够推测出它们拥有与现实完全不同的历史，仿佛是与我身处的世界完全平行的新世界。初见此的感觉很难描述，它有些像沉浸式游戏，却不似有让人飞天遁地的感觉，也不会让人觉得是对现实世界不完全的模拟，它无比真实，每一个细节都严丝合缝，扎实真切如同触手可及的东西，让人无法自拔，异常沉迷。

古代有一位妃子在机缘巧合下掌握了预测公式，这还是在要求下可以说出的内容，但一个人制造出逻辑自成一体且与现实完全不同的平行世界……我想，就算是眼前略有所知的琼花女士，恐怕也不会完全相信。当然，她也不会理解那种不甘却安心的情绪，在经年累月的孤独研究走到尽头时，我是怎样渴望进入这个完全不同的世界又求而不得，只能默默退却也庆幸只能退却。

思绪纷杂，我忘记自己正在谈话。而对面的琼花女士显然没有忘记，她又一次问我："你发现了，是吗？黎锦中的另一个世界。"

她描述得如此精确，我知道我们说的是同一件事。咬紧嘴唇，我轻轻地"嗯"了一声。琼花女士挑了挑眉，再次开口却突然转向，问出了一个近乎不相干的问题。

"织布，织的只能是布吗？"

这话题太过于突兀，我只能茫然地答道，说还能织线、织丝，或许如同此处置楼般，织就一些更新的纳米材料、新型高分子线什么的。琼花女士却不理我的回答，她直直地看向我，问道："你有没有想过，我们可以……织梦？"

——织梦？什么意思？在这参观的尾声我又一次陷入茫然。外间的市场上确实有销售一种"造梦仪"，但它的原理无非是用气味、声音和光线影响人的潜意识，让使用者可能在梦中隐约梦见相关的商品，以至于增加对商品的好感度。这种仪器的原理简单又粗暴，是否成功也要靠碰运气，绝对不是值得如此郑重地对我说起的东西。

"让我开诚布公吧。"琼花女士深深地吸了口气，"关于黎妃的织锦，早在十几年前，我就到达了你现在的深度——你刚才一路说的，都是我曾走过的路。"

今日我已无数次惊叹，但没有一次如此击中我的心扉。有那么一瞬间，我甚至想上去抓住她的手使劲摇晃，高山流水遇知音，说的或许是这种情况。但我忍住了，如今互联网四通八达可以问到几乎所有人的我，都遇到了无人问津的窘境，更不要说十几年的琼花女士，她一定遭遇了更多的困境、不解，以及长久的孤独。

"你猜得对，没人理会我，我也没有把研究公开。我只是换了个方向，我把织物纹路破译、推测公式，以及全新世界的内容全部融合在一起，提出了目标，又招募了全世界的专家、能人和巧匠。我们利用生物学原理、计算机技术还有编码破译功能，制成了这里的一整套设备——我们叫它'织梦机'。"

琼花女士说着，走过我的身边，走进那一间充满科幻风格的房间中。她大约很久没有说话了，声音撞在四下墙壁，发出久远的回音。

"织梦机……对外的说法，甚至我在对其他参与的人都说，这个机器的目的是通过编码，将一段不存在的场面、不存在的经历编成程序，再利用这套设备给予人在细胞层面的刺激，导致人的神经系统在极短的时间内形成神经节和新突触，由此凭空产生全新的记忆、全新的感受。"她顿了顿，"换句话说，就是完全没经历过的事情，也像经历了一样。"

我咽下一口唾沫："但是，没那么简单吧？"

"这是当然。"琼花女士答道，"你或许清楚，市面上有很多技术能够达到部分这样的效果，比如在脑中植入芯片，比如说长期反复的潜意识暗示。但这些技术最多只能是增加、固定几分钟乃至小段时间的感受和记忆，我们的织梦机不一样……我们能够编织整个神经，也可以把旧的此前形成的神经节拆掉，待人失去记忆反应后再织入新的。"

她的话我已经越发听不懂了。一股寒意，沿着脊髓一节一节地往上涌，让我浑身颤抖。琼花女士的声音不清晰地飘进我的耳朵："这就是它为什么称为'织梦'的原因，可以说，我们是以虚构的事实、记忆、感受为经，以人的神经系统为纬，凭空'织'出一个人的经历，也可以说，是凭空'塑造'一个人……"

"——女士！"

控制不住，我大喊一声，这声音截断了漫长的谈话，令小小的房间震得嗡嗡发声。我顾不得许多，用断断续续的声音近乎急切地发问："你是不是……是不是想说，我……我其实是这里的实验者？所谓的……我所谓的五六年的研究，全是……全是你用这个织梦机在我身上织就的经历？是不是，你回答我，是不是？"

"是的。"琼花女士的眼中也出现了几分怜悯，"我会给你看当时你签下的合同、视频，还有其他的证据——如果你需要的话。"

她顿了顿："但，这不是今天邀请你来的最终目的。"

归 零

捧一个椰子坐在叠楼底层，沙发柔软，面前是一张小床般宽大的黄花梨桌子，看起来价格不菲，上面堆满了纸质材料，以及播放着各类视频的电子设备。证据是那么多，又那么确凿。事已至此，已毋庸置疑。我曾是"织梦机"的保密参与者，我被那台机器解除了部分旧日记忆又加入了关于黎妃的研究记忆。

我斜斜地靠在沙发上，只觉得一切虚无。琼花女士是不是还有没说的呢？我其他的记忆是否真实？吸一口椰子水，我感受着仿佛自出生起就开始品味的清甜，我的脑海里浮现出岛上一家著名椰汁企业的广告，那种已经有些荒诞的夸张在我看来却因熟悉而分外正常。

但如今这一切都让我怀疑，我真的是生活在岛上的普通人吗？这会不会也是植入的某种记忆呢？

"这不重要。"琼花女士说，"重要的是你接下来的选择。"

这便是她交给我的资料的另一部分。在我茫然失措地"进行"着研究的几年间，琼花女士在这神秘的昼楼中继续推进着织梦机的研究。我所发现的黎妃"制造"出的平行世界一角，已经过机器的推算，规模逐步扩大。

"只要你愿意，可以继续参加实验。织梦机会按照你'发现'的织锦世界改造你的系统，让你真正成为那个神奇世界的居民，可以说，仿佛是一开始就活在其中。"

在这样说着的时候，琼花女士打开了窗子，窗外是无垠的大海，远处长满椰树的沙滩看得清楚，却又在波浪的漂浮中遥不可及。

"相应的代价，自然是你不能再回到正常的人类社会。因为你的所有认知都与现实不同，你会被当作狂人、疯子，也可能受到伤害。当然了，既然是我们做的实验，昼楼当然会收容你，它本来就是因这样的原因而制造的——"

说到这里她顿了一下，再度接上时声音充满怜悯："我大半生都在研究，所以心意已决，要前往那个世界。你还可以考虑一下，前往一个完全未知的世界固然新奇，但终身不能再踏上陆地，回归故乡……如何决断，由你自己决定吧。"

我仍旧坐着，坐了很久，许多画面在我脑海中交织，有我所经历的，有我所想象的，也有我从黎妃的织锦中读取破译的，或许，也有织梦机赋予我的记忆——

我忆起十几年前，我还是一个半大的少年，与当时的朋友们一同前往火山地质公园登山。沉睡的死火山不高，只需十余分钟就登上了顶。但站在山顶，可以看见海另一边的岸上灯火渐次亮起，仿若另一个遥远的世界。我看着看着，突然惊觉整个世界远比脚下所在的岛要大，要广阔，纵然耗费一生，我也不能探索全部。而此时旁边导游的解说也雪上加霜，他说，我们脚下的火山喷发于50亿年前，如今仍然有活跃喷发的可能。

这是我第一次感到人的局限。时间和地理的广阔令我浑身战栗，本来应该是纵享年少欢乐的活动，却变得令我闷闷不乐。这样的事情或许同样会发生在千万年后，数不尽的年岁过去，辽远的贫瘠的星球土地，一个与我酷似的人仰起头，看着这个星球的恒星缓慢地升起来，金黄澄澈的光照耀着他手中记录了他关于血液、DNA以及所有遗传因子的细细蚕丝，他不知道自己是第一次活下来，还是经由蚕丝死而复生，他只能面对空旷无人的天空和世界，一句一句地问着：在这个世界里，我是谁？

明王朝的最后时刻风雨飘摇，孤独的帝王拖着带血的剑和沉重的脚步在宫中穿行，他突然想起了什么，顺着道路走入了西二所，一路向里，推开了这间近乎角落的宫室的门。兵士们烧杀抢掠的声音还没能传到这里，这里始终保持着最初的模样——满是灰尘的提花机，到处散落的破碎锦缎。崇祯帝低头拾起一片，看见了层层叠叠的刺绣。

有那么一瞬间，他想起了他兄长曾向他许诺过的，高大的建筑、镶玉片的滑梯、飞舞而不停歇的竹蜻蜓。崇祯皇帝抬起头来，看见了无垠的星空。星空如此浩瀚，衬得人渺小如蜉蝣，而皇朝短暂如须臾，他骤然明白过来，如他、如兄长、如黎妃，不过是无限时间与空间的织锦中一条经线或纬线，微不足道，却又无法或缺。

他大笑起来，然后迈步向后面的煤山走去。

而现如今的我也同样笑起来。执起笔，在蚕楼的合同上，我签下了自己的名字。

有所思，乃在大海南

廖舒波

非到必要，我不会跟别人说，我从海南来。

一面是要应付人们的好奇，另一面，则是暴露自己身为"热带生物"的脆弱。

写在小说里，写在故事里，也是为难的。有太多的东西没法用读者熟悉的语言去描述，要耗费冗长的词语和句子去解释，要翻来覆去地使用比喻和类比，如此多次，反而失去了最原始的风味，像经过了长时间冷冻和运输的鱼，仍然好吃，却失去了刚出海时最鲜活的腥味与甘美的香气。

这问题与矛盾，是一直以来书写的困境与"南墙"，在甫一开始写作的时候我就明确地意识到，终有一天我要与它头破血流地决战一场。想法如此，然而实际并没有，在真正开始书写之后，我发现虚构的世界足够广阔，特别是科幻，完全可以建立于一个众人皆知的定理或是彼此同意的假设，肆意展开，无须"译介"，也能让读者沉浸，也能彼此交流。我在此处书写，似乎忘了本该应对的隔阂的存在，似乎能一直如此下去。

但"南墙"总在那里，它不会消失。

写作十年，积攒了一些作品，蓦然回首，发现关于自己长期生活的故乡作品却十分的匮乏，想要写一个与海南有关的故事的念头出现在我脑海，我开始查阅和收集资料，虽说除去读大学的日子，我一直在海南生活，但这还是我第一次郑重地观察、审视、查阅关于海南的资料，也是我第一次意识到，海南其实是一个极其独特的地方，这里聚集了中华文化、南洋文化、西洋文化和当地少数民族文化的影响，多种文化在这里碰撞、融合，形成了一种与其他地方都不同的、自成一格的精神与特质，它丰富多彩，它难以概括，它与众不同，它遗世独立，它局限于小小一隅，还没有人来把它带出去。

《诗经》有云，有所思，乃在大海南。虽然原诗说的并不是海南岛，但岛屿之上的珍珠、珊瑚、黄花梨树确实是不亚于诗歌中后续描述的奇珍，当地民族祭天祭海的仪式、"公期"的信仰、传奇海盗的故事、海对岸人渡海的传说，以及日常生活中的文昌鸡、清补凉、后安粉等，我总觉得，他们不应该仅限于奇闻和段子，不能变成"岛屿"般与其他文化、过去未来不相连接的孤立记载和描述，它们应该连通更大更丰盛的世界。

因此我决定向着这个方向迈出一步。哪怕是不那么成功的一步。

"南墙"依然在，但我开始审视它、克服它，尝试着写下自己第一个关于海南的故事，而且是一篇历史科幻故事。

《织梦》的缘起是海南博物馆的珍贵馆藏之一，进贡皇室的黎族龙被。黎族是海南岛的原住民，虽说语言不通，但因为岛上盛产的吉贝树（木棉的一种）和各类热带植物，由此发展出出色的织绣技术，却是超前的奇迹。远在汉代，岛上的黎民就能织出面积令人震惊的布和锦缎，在历史上留名的黄道婆也是在海南岛的黎族部落中学会了超前的织绣技术并带回故乡。我也在琼中看见过黎族所用的织机，看似简陋，实则织起布来，就与织布人的动作合为一体，颇有些现代人体工学的味道。

故事由此展开，在小说中，我虚构了一个通过海路前往明王朝中心的黎族织娘，她在天启和崇祯年间独自以织锦的技术和偶然习得的算学，超越了时间与空间的限制。在创作的过程中我阅读了大量的历史文献和资料，了解了海南黎族的文化、习俗和信仰，也参考了一些古代妃子的历史记载和传说，在小说的现代部分，我描绘了几种前沿的、关于纺织的技术设想，尝试着将现代科幻元素与古代历史背景相结合，在尽力使这旧日故事显得真实，但也不失科幻文学的虚构之美。

回顾整个创作过程，我想我实现了一些突破和创新，因为在此之前我并未写过海南元素、现实元素如此丰满的作品。不出意外，"南墙"出现在我面前，在完成和修改过程中我发现我的描述仍然复杂和烦琐，甚至还要加上许多的注释，对于读者马上能领悟到这篇作品的细微处，我并不抱十分的信心，这是我的能力不足，也是了解不够。但是，若是此文能引起读者，特别是科幻读者们对海南历史文化的关注和思考，以此进一步拓宽至对人类、文明、历史等宏大观念的思考，我想也达到了此文最初的目的。

廖舒波，海南省文学院签约作家，《天下3》官方小说作者。在各大平台发表作品三百余万字，涵盖科幻、推理、悬疑多种类型，并入选多个类型小说选集，文风引人入胜，冷酷之中带有丝丝温情。科幻小说《您好，异星人陪聊》获得第23届银河奖提名。推理小说《游园惊梦》获中国原创推理星火奖"首奖"及"无限可能奖"。

香港

挖心术

吟光

"没有心，就会比较幸福吗？"

"我生来没心，怎么知道有心的感觉！你想知道，不如挖掉试试。"

他顿了顿，露出一个凄然的笑。

"挖心如此费事，还要动用巨型机械，不如我就地给你造颗心吧。"

她吓得瑟然一抖，摆手道："别别，我不要！那是人类进化未完全的低等器官，千万别来毒害我！况且你知道，无论做什么我都不会爱你的！"

满地尘土飞扬，翻滚不息，几要盖住天光。黄沙弥漫起来的时候，仿佛一个文明归回母体重塑。"我知道，很久之前就知道了。但我还是不死心。"他向她伸出手，掌中暗含一枚细小的基因修改仪器，说得又无力又坚定，"你看，这就是有心的苦楚：不生不息，也不死不灭。"

1

他的心里有个洞。

坐在地铁站问询台，如同整座城市的圆心，随时可以打开一块新的域界。

人流汇集，黑色闸口是分割线，进闸的神形匆忙，追逐着无谓的前方；出闸的面目茫然，已在月台挤光所有气力。十点钟以后，人流稀少下来，惨白的灯光直直打到地面。他这才敛起身后的一对透明羽翼，睁开眼看向城市。

那女孩又来了。两年之内，他曾眼见她在地铁站与人相遇、拥吻、争吵、甩手离去、背墙痛哭，然后擦干眼泪像什么没发生过，再没笑意地走来走去。

"嘟"一声刷卡，出闸。女孩低头边看手机边快速奔走，跟每个路人一样——接着果然"砰"地撞上柱子。她揉揉额头，换个方向继续走了出去。他暗中偷笑。在窥探的视角，多少遍都是这样重复，像每晚循环播放的碟片。

"帮忙找五块零钱。"

"洗手间在哪？"

"交通卡怎么充值？"

"附近有什么景点？"

每天人来人往的这些问题，他一一作答，尽着解惑者的职责。只是从没人问过解惑者真正的难题。除了她。然而她的问题，他至今无法作答。

为什么爱来的时候，恐惧也一同到来？

两点钟，结束营业的广播循环放了几遍，直至电闸拉下，地铁站陷入一片黑暗。他锁紧问询台的入口，看了眼腕上的表针。他是城市的交通轴，交通下班的时候他才会下班，但他下班了该搭乘什么交通呢？

走出地铁口，正对的楼宇外墙是一面反光玻璃，像镜子立在那里，让过路行人无法不正视自己。但他避开眼不看，习惯性地拉起风帽，四顾无人，便纵身跃起，如夜行侠踏着高楼穿行而过。俯视众生芸芸，那些疾步行走的人群，全都双眼失神、目空一切，蟑螂般远置于楼角。随着银色钢筋不断变幻，仿佛一节节跳格子，是他习惯的视角。他如今能飞了，真如乘风行云，像蜻蜓点水，但他得到自由了吗？

市中心的高楼虽多，实际排列得狭小而拥挤。他步子快，很快来到郊区的城中村。掏出记事簿对地图研究许久，歪歪扭扭地，终于叫他找到七楼顶的阁楼。站在掉漆的木门前，他吸了口气，伸手敲门。

2

开门的是个二十出头的小伙子。头发乱糟糟，眼睛要睁不睁，看样子刚从床上爬起来。倾斜而下的屋顶将房间分割成三角状，局促得只摆得下一张木板床，生存状况一目了然——他收回视线："是珀斯休曼吗？终于找到你了。"

"你谁啊，干什么？"对方显然没料到有访客，一脸诧异。

"你只要知道，我是你的客户代理人。"他放下风帽，扭了扭僵硬的脖子，"能进去说吗？"

由于不适应阁楼的高度，他一进去就撞到头——屋里乱七八糟堆满行李，连转身的余地都没有，只好直接坐床上。

"我不叫珀斯休曼，我叫劳伦斯。"

闻言他整个人一震，正眼打量对方一番，却不能从那张胖胖的脸上看到弟弟的任何痕迹。曾经，他的弟弟是那样文雅精致，穿得也总是一尘不染，但面前站的这位简直像个流浪汉。"你叫……劳伦斯？"他试探地问。找到这个地方，也是从小道买来的消息，他不确定有没有找对人。

"是啊，伶舟组长告诉我的名字。我不懂你说的什么意思，但我知道我叫劳伦斯。"年轻的珀斯休曼看着他，姿态冰冷。

伶舟组长是谁？如今挖心派不是林博士做主了吗？大概是个执行命令的小卒吧，阿雷向来不关心组织的架构，但看出面前这是一个有态度的珀斯休曼，那几乎是未来世界避免沉沦的唯一锁匙，而此刻他更需要的，是对方的能力。

"好，那就直话直说。我知道你掌握控制特种生物病毒的能力，可以加速去除心房的进程。我给你介绍任务对象，你可以要求付费或其他什么，以改善……"他望了一眼四周，"生活，或是其他。"

劳伦斯愣在那里，半晌才回话："介绍对象？我从来都听从安排，任何不按计划的行动都不被允许。更何况，谁愿意主动被'挖心'？"

"这你不用管，总有人需要放下。因为有心就会痛，有情比无情难。"他说着，暗叹了口气，"你其实可以不听从组织的安排，知道吗？你懂不懂自己不仅是个工具，活着只为完成任务，还是独立自主的个体？"

"什么？"劳伦斯眼里透出一股厌烦的茫然，显然，这是个尚未觉醒的珀斯休曼。

珀斯休曼没有心，只有一枚控制神经和全身系统的芯片。但他们总有——

"总有诉求吧？你的生存诉求是什么，想不想拥有实力，有些事可以自己决定。"他并没兴趣改造珀斯休曼，那是谢先生所做的事，但习惯总难免提及。

劳伦斯好像记起了什么，不安地搓手，看了看腕上的手表。

"你没有执行组织最近安排的一次任务，就要受到追杀了。现在听我的，教你不被发现的方法。"

劳伦斯猛然抬头，脸上全是不可思议："你怎么知道？"

他暗笑，就要成功了。刚想拉起对方出门，突然望见门外的背影。

是他！

3

"劳伦斯，在跟这个人废话三分钟以后，你现在只剩五十秒了。"谢先生面戴白色口罩，话语轻柔，声音里却有股可怖的寒意，"你可以立刻挖你朋友的心，也可以去帮这位男士，但结果一样都将被追杀。"

"不会的！我有一组代码能隐蔽任务值！"他急了，再被这人拖下去，即便用上瞬移也来不及了。

"那种暂时性插入的病毒，你以为组织早晚看不出吗？三十秒。"

"你——"他知道这家伙势必要搅黄自己的事了，气得转身就走，临走前又被门框狠狠撞了下头，边揉边朝屋内大吼，"你有本事，看你拿什么救他！"

好吧，毕竟在组织里混迹多年，老奸巨猾的谢先生手头拥有的信息自然比他多。想当年，自己的本事还是从对方那里学来，更一度被骗得团团转！他从楼顶一跃而下，顺势踢倒了途中半倾不斜的晾衣竿，气还没消。

珀斯休曼通过人际交往潜伏和传播，为了应对珀斯休曼，发觉这个机密的科研人员们组成一支秘密团队，谢先生曾是其中的领袖。然而前些年一场无声的革命之后，掌控核心技术的组织内部出现分化，芯片研究专家林博士带领的"挖心派"战胜了谢先生麾下的"造心派"。"挖心派"成立了"人类升级小组"，招揽一批珀斯休曼，提出情感是进化不完全的遗留，没有情感才更加高级，致力于将越来越多的生物人通过"挖心"技术改造成芯片人。

夜晚一切都是黑的了，黑的天，黑的地，黑的人影，黑的道路，除了通明的高楼和楼宇之间暗藏污垢的街巷。记忆中那女孩的脸仿佛就在眼前，一会儿清晰，一会儿模糊。

他甩了甩头，打消杂念，步履飞快，要赶在那人追来之前逃开。可是没走三刻，谢先生果然从前面的岔道出现。"我知道你肯定要试，你也知道我一定会拦。"谢先生看起来有点儿疲累，摘下口罩，动作迟缓。

"你如愿了。"他试图推开对方挤出一条路，"不管你怎么利用他，但别想打我的主意。"

"劳伦斯是'挖心派'豢养的挖心工具，叫这个名字是故意用来恶心你我。劳伦斯一直对命令服从无碍，直到这次发现任务对象是自己的朋友。话说回来，阿雷啊，你知道利用和合作的差别吗？就像承担和牺牲的差别。"

他紧皱眉头："滚开，都是我不想知道的词。"

"现在相信'心病'的人越来越多，组织发起'挖心'之祸也越来越频发，这世界出了多大的问题，你知道吗？"谢先生受到重创被驱逐出组织后，造心派被迫潜入地下。

"别说了，我也不想知道。"他转身要走。

"你让这位劳伦斯出任务，是因为一个女孩吧。"谢先生突然说道。

"你少跟我提劳伦斯这个名字！"他似乎终于被激怒了，情绪爆裂开来，"说来说去，那套所谓启蒙和造心的把戏，跟珀斯休曼的芯片其实一样，都是蒙蔽！这世上只有权力才是实实在在能握到的。"

谢先生轻叹了口气，垂下眼："阿雷，你曾经不是这样想的啊。"

"所以被骗得惨，从一张网落入另一张网！"他不耐烦再多言语，罩上风帽，发力跃于楼宇之间，快速离去。

"阿雷，现在连你也相信挖心的好处了？既然如此，你该做的第一件事为什么不是挖去自己的心？"那人的声音落进虚空渐远渐弱，却死死打入他脑海。

是啊，为什么不呢？

4

那些记忆错综复杂又黑暗无边，在每一个噩梦里反复纠缠。早逝的父亲，软弱的母亲，看不起他的女友，盛气凌人的弟弟，片刻温暖却又很快化为死尸的朋友，教会他一切能力却又从始至终都在欺骗他的谢先生……那些蔑视与嫌弃的眼神，热闹中凄清的泪光，至今未能言明的失去，哦对了，还有在期待中一次次被漠然被无视，更有亲眼看着爱人因自己而亡——他想造心，却碎了心；想得到爱，但失去很多爱。

直到他的心终于死去。

当年，谢先生跟他说：你生在都市，习惯了人情淡漠，深知"无心"造成的危害。如今组织已被邪恶力量占据，正在谋划将所有人类挖心而处，拉入这等境遇，更可悲的是，那些人甚至无法自明其境。而你，拥有阻止一切的能力——你愿意去阻止吗？

阿雷信了，以为这样心就可以活过来。无论如何，自以为投身某件辉煌的事业当中，总还算个人——这也是被谢先生洗脑过的想法。

他拥有了力量，还被推为这座浮城的救世主。仿佛身生双翼，就要守护城市与人群。那段记忆，在别人看来是光辉宏大的，但他在重压之下感到身心俱疲。世人值得他拯救吗？轮得到他拯救吗？有谁在意他拯救吗？

阿雷唤醒一个个珀斯休曼，给他们造心，将他们送给谢先生，也看着他们拥有七情六欲、懂了苦辣酸甜，从此踏上不归路，被胸腔内熊熊燃烧的情绪波动搅得时刻难以安眠。然后呢？然后不过沦为谢先生掌权的工具——被"理想"鞭策的奴隶和被"权力"诱惑的奴隶，本质上又有什么差别？谢先生所辖的"造心派"，只是另一场宏大的帝国，子民是渴望情感的难民。

但情感究竟何益？

当知道弟弟劳伦斯也是谢先生安插的珀斯休曼，甚至由生至死，从未有过个人意志——那时候阿雷就这样想了。无论爱过、恨过、争吵过、挑衅过，那毕竟是他的兄弟。

正如他无法放下曾经唯一的爱人艾米丽，那个表情冷漠的女子，只有他看得到她内里藏着的脆弱与无奈，是他灰暗生活的一丝寄托——终究也成了祭品，以一场盛大的死亡来刺激阿雷。

他学会了谢先生的本事，也学到了谢先生的为人。这是自己最愤恨的。

这些都能忍，为了生存，为了报复。直到后来，终于教他得知另一个更加可怕的真相——可怕到他甚至至今不愿再去回忆！他终于心如灰烬。从此以后，

月
|

他不会再有爱人，什么都不再重要，因为最重要的已经结束了。他不想再当一个救世主，只想坐回地铁站问询台。

于是他成为"0231号"，给每一个过路者解惑答疑，带去最直接的帮助：耐心，微笑，善意，诚信满满。好评很快写满了意见栏，他被称作最恳切的工作人员，对任何人不说谎，只对自己的内心说谎。直到望见她。

她为什么与艾米丽长得那样相似，也那样用力激荡地爱着、恨着、蹦着、闹着、笑着、哭着，宛如当年的自己。一定又是谁设下的局吧。这回他要藏好自己的心，不能再动了。

地铁站人不多的时候，阿雷有时趴在孤独的工作台上做梦，梦里当年的记忆历历在目——挖心术的血腥爆裂，造心术的天崩地灭，大片血肉模糊的纠缠，火焰升上天空，苍穹被照得如同染上红色的银布闪闪发光……然后突然一睁眼，在现实里看到了那女孩朝自己走来。他忽然觉得，这颗心抑制不住了。

心还能动，人好像还活着。原来十年饮冰，难凉热血。

他想拒绝的，但是无法拒绝，就像她一样。为什么爱来的时候，恐惧也一同到来？那天她来到咨询台前，提出问题，脸上挂着泪痕，眼神扑闪，花了妆，灯光下美得像希腊神话里弹竖琴的少女。那一刻他通电般很快懂得，她心碎了，像他之前那样。

这句问话，说的不就是阿雷自己吗？

他爱上一个心碎的女孩，不想拥有她，只想替她补心。

5

她走出地铁的时候，天色还没全黑。路口对面最高的建筑楼顶，某扇小窗正在打开。她确认一眼，扭头进了隔壁的咖啡厅，碰到门口悬挂的捕梦网叮当作响，她没有抬头，径直走向过道深处倒数第二排的包厢。推门，那位年过半百的政客正在那里等她。

闹市的街边门面总是狭小，即便包厢，两个人坐进去都挤得胳膊碰胳膊。空调倒足，虽然并不感到冷，但她保持习惯披上了外套。谢先生叹了口气，开口道："他爱上了你，但不愿靠近。计划失败了。"

"为什么？"女孩年轻的脸上满是不甘心，"我完全照你吩咐去做的啊！"

"是的，每一步都是精准按照程序设计好的来。"谢先生拿着勺子无意识地敲击咖啡杯，"阿雷果然会被你的生命力所打动，连心动都被我们算到了，这是没错的。但我没想到他内里脆弱，逃避信任，也逃避爱——爱上你，却不敢相信，不愿靠近。"

长久的沉默。她倒了杯咖啡，抿一口，超乎寻常的冷静："那么你们把我销毁吧，作为珀斯休曼，或者工具——管他什么的意义也不存在了。"

谢先生打量她一眼，颇为意外："我以为，你会去告诉阿雷。"

"告诉阿雷什么？因为父亲的原因，他天生遗传强大的造心能力，是唤醒珀斯休曼的利器，守护生物人的救世主。而我，则是造来唤醒他的编码，所有一切相逢都别有预谋？"她自嘲地笑了，"也许我现在能做的，就是永久消失，对他还有点儿冲击力。"

谢先生沉默许久，忽而发声："你——我只是问问——如果你是生物人，愿意被挖心吗？"

"那不是阿雷想为我做的吗，当他以为我是备受感情折磨的有心之人。你要圆他心愿？"

"所谓生物人，其实也是通过了过滤与集合的方式，调节、分配和接受那些对其产生影响的量子。但现在我们不谈阿雷，只说你——你想吗？"

她把头扭向一边，在冷气中裹紧自己的外套，像只受伤的小兽在思考："我……你们把我打造成她前女友的模样，输入你们想要的记忆和生存目的。如今我还有选择权吗？"

她想起自己在阿雷面前演过一幕幕戏：与人相遇、拥吻、争吵、甩手离去、背墙痛哭，然后擦干眼泪像什么没发生过，再没笑意地走来走去——虽然是戏，但身在其中，能真实地感受到刺痛。

也许，那就是真的？

珀斯休曼不能知道自己是珀斯休曼，他们相信的人生历程，都是芯片伪造的记忆。反之亦然。当有人告诉你，你就是珀斯休曼，你没有心、没有感情，那又是否能相信呢？如果没有心，为什么还会被触动，难道，珀斯休曼也有漏洞？她想起阿雷的眼神——饱含哀切和理解，里面仿佛有全世界。

谢先生发声打断她的失神，摇了摇头苦笑道："过去的记忆无可改变，不仅是你，就连我和阿雷这样的生物人也一样。谁能选呢？谁能决定自己在这世上的出场方式？但未来，可以选择。"

她以手撑头，学着人类发愁时候的样子揉着太阳穴，努力理解对方话中的含义，若有所思："这就是你们在做的事吗，生物人和珀斯休曼的不同？"

"你能感受他的痛苦，这芯片，已然体察如心。"

她终于回过头，直视中年男人，神情再次生动起来："我不愿，那是我唯一拥有的东西了。"

6

当组织找上会所，谢先生还沉浸在与"艾米丽"对话后的思索中。金碧辉煌的房门紧闭，隔开外界的嘈杂，是他难得放松警惕的地方。对于这位部下展现出的姿态，他不是没有触动。但他能给的，也就仅限于一秒的动容。作为造心派创始人之一，在他最重要的同盟也就是阿雷父亲放弃大业而去之后，谢先生只能狠心决断，派人将多年老友暗杀在街巷深处，这才拿回重要的造心术法。

此事虽然隐秘，但并非无迹可查。原本谢先生一向对阿雷那傻小伙戒备不高，谁料对方跟了他以后，本事越来越大，派了个黑客又以亡父的名义收买自己的部下，最后居然调查出来真相——还顺带查出，阿雷之所以有强大的造心能力，是因为父亲将他当作疫苗的培植活体。

"你知道为什么我们从来不说你父亲的名字吗？"

"为什么？"

"珀斯休曼就是以他命名的。"

"什么？"

"他其实就是世界上第一个异化的珀斯休曼！"

得知真相的阿雷自觉受到欺骗和利用，大怒叛离。结果此事被挖心派利用，连带谢先生自己也被组织迁怒开除，此后他只能更加如履薄冰，也更加不择手段。动用多年前的一层关系，他包下这个几十层高楼之上的会所，所有机密事件都藏在最隐蔽的深处，如今组织的人能够找到这里，明面上说是登门拜会，但实际上隐秘性已经不存在，如果想渗透也难以防范啊。谢先生这么想着，做好了心理准备，然而看到来人的时候还是颇感惊讶——不是"挖心派"的精神领袖、声名显赫的林博士，而是一位中年女子，脚踩高靴，一袭暗绿色皮衣。

"你来了？现在人类升级小组里，已是你做主了？"谢先生冷笑一声，"嫁给林博士以后，你爬得倒快。该称呼伶舟组长了吧。"

"谢先生，久仰大名，今日拜会不胜荣幸。"伶舟弯腰鞠了个躬，是对前辈的礼节。

谢先生不为所动，给自己掭了杯茶："不敢不敢，现在已经是你们年轻人的天下了。你们声称情感是一种病，为了更好地进化，应当剥除情感，从此再无痛苦，成为升级后的先进人类。这么高级的话术和手段，还用得着来找我们这些边缘人物什么事吗？"

直到现在谢先生都没有让座，伶舟也不在意，浅笑颔首，须臾又把那笑脸收起："话不能这么说。感谢你们对人类情感的珍视和研究，为进一步发展奠定基础，我们也是走在前人的路上啊！其实，谁没有经历过情感的折磨呢？正因为曾经柔弱善感，夜夜难眠，因此深恨自己的敏感脆弱。好在终于明白，负面情绪远远大于正面情绪，所爱越多，人越脆弱，做的蠢事就越多。所以最好谁也别爱。"

"哦，那么你跟林博士呢？如果不是爱，他会甘心被你利用，让出领袖位子，自己整日带队待在实验室里做芯片研究，为你铺路？"

"那是因为，他找到了他为之献身的事业，我找到了我的。"

"不愧是你。"接下来的话，谢先生自知过激，但也不得不说了，"出身卑微的私生女，曾经被人抛弃、为乞为妓，所以什么都能做得出。"

"自然比不上您，名门出身，天之骄子，能有资本谈些情啊爱啊风花雪月。不过如今你我平等对话，说明人生在世这命运还是可以扭转。"伶舟只微微皱眉，并不动怒，心平气和地回道，"废话说了不少，我们还是讲讲正题吧。你知道的，林博士一直在研究控制芯片的方式，现在已经初有成效，"劳伦斯"就是一个例子。你挖走了我们的人，不过怎么就知道，你托付的人也未必不是我们的人？"

"你说阿雷吗？他才不会。"谢先生哼了一声。

"我说的是，真正清楚什么才是未来的人。燕雀安知鸿鹄之志，烛火何挡皓月光辉？"

"你不会以为谁的修辞说得好，谁就掌握真理吧。"

"没有什么真理，不过是站在哪边罢了。"

谢先生沉默良久，轻声叹了口气，突然说了句："坐吧。"然后拿起空茶杯，为对方斟了新茶。伶舟自己拉开椅子坐下，不卑不亢地谢了。

挖心派的上位，加上阿雷离开，造心派很久招不着新人。他开始后悔，悉心培养多年的养子劳伦斯为阿雷而死，这年头找到忠诚好用的部下很难。对珀斯休曼向来抗拒的谢先生，也只好启用由艾米丽复制出的珀斯休曼，试图感化阿雷，又顺藤摸瓜找到新的"劳伦斯"——挖心派用来改造常人成为珀斯休曼的工具。虽然阿雷还是不听劝，但"劳伦斯"好歹被启蒙成功，也算有所收获。谢先生掏出一支雪茄，点上，恢复了从容："那你想来找什么？该不会认为，挖了我的心，我就会听你调遣？"

伶舟品了口茶："您说得对，最难对付的不是人，是人心。"

"一个劳伦斯对你们来说当然不足挂齿，我知道你为什么来。"谢先生吸一口雪茄，吐出漂亮的白雾烟圈，嘴角上扬，"听到消息了吧，我的实验室有了进展，芯片并非一丝不苟地执行步骤，而有一定程度的容错率。"

"实验室和研发团队是阿雷父亲的。你不会以为，只有你们看得到这个规律吧？"伶舟戳穿道。

谢先生咬了咬牙："现在就是我的了！我已将实验室交给不同团队的科研人员，他们隐藏在世界各个角落。随便杀了我，但等错码的规律被查验出来，证明芯片偏离轨道的规律，挖心派的言论就被推翻了！甚至，可以反向控制芯片人！"

伶舟面色一白，但不接话，换了个方向道："你猜错了，我不是为这个来的。这里即将发生大事，建议你尽快带领团队转移。我们虽然有观点不统一，但毕竟还是同一组织，因此特来发出预警。"

谢先生笑了："如果你今天是来打心理战的，那就可以回去了。林博士好歹在实验室里做些实事，你这点儿威逼利诱的小伎俩，在我这还嫩了点儿。做出点儿实际成绩再说吧！"

伶舟并不反驳，淡淡地说："只怕那时候已经晚了。"

谢先生放下雪茄站起："你们做了什么？"

伶舟也放下茶杯，抬眼望向对方："严格意义上来讲，我们只是顺应事情的发展，稍许推动，但根本原因是形势已经到了这一步。"

"哦？所以你们成了那个错码吗？"

"恕我直言，错码恐怕是您。"

"那我就继续当下去了！我们不会离开的，实验室在这里，研究会继续。混沌现象是物质世界的底层逻辑，值得探寻的是它的动力学特点和基于流动与不确定性的认知。"谢先生忍住还有一句话没说。或许那些偏离轨道的变幻时刻，恰是美妙所在。

7

空洞要用什么填？

午夜的地铁站空空荡荡，吊灯照得往来通亮，阿雷整理完手头的发票，放空盯住出闸口。已经过去三天，她都没有出现过，是搬家了吗？像只陀螺般来回转动着座椅，手指无意识交叉，不安感越发浓重，好像有谁扼住咽喉，几要令他窒息。拐杖拄地的声音响起，男人缓步走来，西装革履在惨白灯光的映照下，扬成一面旗帜。

谢先生来到咨询台前，从窗口递进去一张芯片。隔着玻璃阿雷都不愿看他："不管是什么，拿走。"

"三天没有出现的人，你不想知道为什么吗？"谢先生的声音越发沉着，听得人火气更大。

他拼命按捺，保持冷漠的态度："还用问，肯定你们做了手脚。"

谢先生叹了口气："阿雷，或许你说得对，我们这群人干的事，某种程度上跟组织想要消灭生物人也并无不同。看看吧，其实本不该让你知道，但虚构的安慰抵不上真实。要怎么选，是你的路。"

阿雷竭力让自己不为所动，一把将芯片推回。谢先生望着他，居然显露了出乎意料的哀伤："她是个珀斯休曼，我们设置在你身边的暗哨。"

"我不想知道。"阿雷像没听见一样从咨询台逃出，急得也撞上了柱子，他边揉鼻头边跟远处同事打招呼，"没什么人提前下班了。"

"她说如果自己是生物人，也会拒绝被挖心，因为那是她存在的意义。"谁料谢先生跟在后面紧追不放，在阿雷快出地铁口的时候呼喊一声，"拦住他！"

突然出现的"劳伦斯"换了身衣服，看起来精神多了，唯独头发还是乱蓬蓬的，伸手拦住阿雷。阿雷噎了半刻，冷哼一声："这么快就收归麾下了，谢首领，我祝您生意兴隆啊。"

谢先生走了过来，自顾自坚持说下去："阿雷你知道吗，情感是负累，是折磨，却也是构成我们的要素。芯片人只不过开场方式不同，就跟生物人的童年经验一样，你活了二十年所相信的，跟一条编码告诉你相信的，到底有什么不同？或许，我们都是被构造出来的样子。"

"换了一套说辞，嗯？"竖起透明的屏障，阿雷把自己包在里面，"我不会再相信你了。"

"可你没有忘记，对吗？"谢先生不再绕弯，直戳要害，"其实还藏在心底，所以闪避。"

"这是我最痛恨的地方！"他的耐心终于用尽，压抑的怒气泄溢出来，一拳打在地面，"我恨忘不掉！"

"你是因为太爱，所以太怕了呀！"谢先生长吁一口气，望向跪地的少年，神色悲悯，"坚如磐石，可又那么易碎。"

"你看，人都是这样愚蠢。所以记忆又有什么好？生物人和珀斯休曼有什么不一样？"

"但你还是可以说出这样的话。记得或忘掉，你可以选。而他，他们——"谢先生敛起哀色，指向"劳伦斯"，言辞义正，"不可以选。"

良久，阿雷的情绪稳定下来，从地上爬起，第一次正面问道："她怎么样了？"

"她出生时候被我们注入一股热烈投入的生命力，事实上也真长成了这副模样。这让我意识到，珀斯休曼只不过开场方式不同，跟生物人的童年经验一样，都是被构造出来的样子。就像人类，也是各种记忆的复合体。"

阿雷还是重复问："她怎么样了？"

谢先生顿了一顿。夜风卷来，把黑色西装外套高高吹起，发出瑟瑟的响声。"她死了。她说大概自己的生命力还不够强，所以用最后的壮烈去涂抹底色。"谢先生简短地说，"是她自己的决定，我没有改动任何编码。"

阿雷呆住，似在消化对方的话，又似在猜疑真伪。

谢先生再次递过芯片："这是她的记忆，被打造出来以后全部的记忆。我知道你想说，记忆可以伪造，芯片也可以伪造。但你知道，心不能伪造。要不要相信，听从你的心吧。"说完最后一句，谢先生转身离去，"劳伦斯"回头瞧了阿雷一眼，随后也跟上那位首领的步伐，走出地铁站。二人身影融在都市的喧嚣背景之中，车水马龙，高楼林立，很快便没了踪迹。

阿雷不自觉向前两步，刚好出地铁口，正对着那面镜子一样的玻璃墙。他愣住了，隐隐看到身后的透明羽翼，仿佛提醒自己身为城市守护者的身份。

以为是一时一地的沉沦，但其实何时何地，爱都存在——长在骨子里，就像恐惧一样。

阿雷又是独自一人了，手握芯片，茫然地站在夜色里。

可他为什么觉得，那块指甲盖大小的芯片，简直有一颗心那么重呢？

香港二十年

吟 光

2003 年起，香港特区政府陆续开启"自由行"和"优秀人才入境计划"，开放内地学生来港就学，如今已有二十年的时间。2010 年，我从内地考入香港的高校求学，如今也过去了十多年。个人经历与时代背景糅杂在一起，不免成了"情载兴衰"。1997 年出生的孩子都长大成人了，香港从飘摇中挣扎醒来，这个多元到爆炸式生长的大都会，充满赛博朋克味道的繁华闹市，传统性与未来感交织，金碧辉煌与市井污浊相融合，伤痕累累却又一路向前。

踏上港岛之初，我曾怀抱对繁华的无限向往与期待，却在置身其间的时候茫然四顾，每个人步履匆匆间都是无着无落的飘浮半空，好像被谁催赶得满头大汗，连带我这个置身其间的异乡客，也患上无从归属的症候。

那时我不想写东西。就算写，都不是关于此地，而是些虚无缥缈的云中幻想。也许还未跟这里有连接，也许始终是个局外者。直到几年后辗转离港，乃至后来去了更多地方，才发觉自己说话做事在路上，同样的步伐匆忙、目空一切，原来已然沾染了印迹。但待到再赴港，跟本地人仍是截然不同。就像在港时因为不适应开进右车道，过几年回内地，有时又不自觉开到左车道上。

在我还没有理解它的时候，就已经变成了它。从小镇到都市，从内地到海外，从东方到西方，深陷身份迷局的"漂"们，一旦进行地域移动，环境迁徙，观念冲击，而且这变化终不可逆，打上了价值观印记，哪怕有天再回故地，我不是原来那个我，故乡也不是原来的故乡了。所以成为本地人难，成为外地人简单。

有了情感的共悯，便想写些东西了。人总会对自己身处的地方不满，也迫使我去直面，在这座繁华的城，我们究竟是飞在空中的超级英雄，还是置于楼底的蟑螂群？

于是故事越写越多，成为形形色色的"港漂"拼图。理性与非理性交织，因为记忆的混乱，叙事线也错综复杂，弥漫的情绪倒是一致。像在大厦倾塌之前抓住几块砖瓦，坐在风暴眼中央守一方宁静，或像艾略特的诗那样，在海底女水妖的宫室里溺水而亡——假装记录下来至少能抵抗什么。

然而日子过得再久些，走的地方再多些，如同故事里的主人公，渐渐察觉，其实哪里都难寻心安。

高楼是森立的怪物，你想超越其间，飞起如御风般自由，却终究只能站在楼底，脖颈拧断也望不见顶。所有求而不得的苦楚，必须割舍的残酷，都在匆忙赶路中被忽略，甚至来不及舔伤，明天新的鞭子又打下来了。孤独源于都市的普遍低温，站在密密麻麻、千篇一律的人群里，怎么找到自己？如果我不知道我是谁，你不知道你是谁，为什么要相爱，又相恨？

城市里多的是心碎的人，被忽略的灵魂。互相伤害，互相霸凌，说不上谁更高尚，谁才是罪人。

"明日灯饰必须拆下／换到欢呼声不过一刹"许多个在港的夜晚，我独自趴在冷气十足的冰凉图书馆，耳机中循环着荒凉的声音，构成了很多年后对"港漂"日子的印象。

从个体孤寂开始，逐渐走向社会观察，系列小说结集成书，出版了《港漂记忆拼图》。书中成文顺序也跟作者的心智成熟和角色气质、文风变化等融合在一起，勾勒出不断流动的场域之中的群像。这一系列故事风格迥异，穿插有各色新移民，文艺青涩的、忙碌奋进的、悬浮游荡的，也有落于地上的港人港事，还有外来游客的猎奇旁观，甚至人造人的视角。

在不断反思中，每章都是对前一章的解构、重塑和不断反转，直到所有荒诞怪状用科幻设定所解释，但这设定也是被不断推翻中的，喻示着现代人处于被消解、被解构，乃至虚无的状态：情爱、身份、性别、审美、语言、地域、阶层乃至国族，一切都可以虚构。就像这篇《挖心记》试图讨论：芯片人只不过开场方式不同，跟生物人的童年经验一样，你活了二十年所相信的，与一条编码让你相信的，究竟有什么不同？或许，我们都是被构造出来的样子。

今日之世界，混沌、流动、复杂和共生是常态。就算我不知道我是谁，你不清楚你是谁，但任何人都有资格爱任何人，任何地方。真真假假、你你我我混杂在一起，也许是后现代的普遍感受，就连"心"也被去中心化了。

香港，这个勾起几代人无数回忆的大都会，孕育诞生的小说、音乐、影视剧乃至是服饰妆容、港菜美食等，塑造了时代的印记，揉搓成国人的集体想象和文化记忆，也是作品中始终萦绕的回声。从国际范围来看，许多科幻未来的想象也在这里出发，从《银翼杀手》到《攻壳机动队》皆以此地取景——混杂的建筑风格、狭窄拥挤的街道、多语种夹杂纷飞、花花绿绿的商场和摩天大楼上悬挂的密集灯牌……涂抹出赛博朋克的底色。

时代齿轮总是多情又无情，多情总会留下印记，无情依旧一往无前。这么久过去了，科幻美学是否创新？前路在何方？如何与自己言和，让身居其间的个体从容自处，仍在求索当中。或许人与人之间的完全理解几乎不可能，但这种尝试仍然有意义且必要。

而所谓身份认同，这是连本地人都有着双重迷茫的地方，个个本地人都有外地人的血脉，你中有我、我中有你。至于"港漂"，我是谁？我是哪里人？我属于哪个群体？不断的离开，每一个目的地都不是目的地，最终，这些问题要靠自己定义。

吟光，跨媒介作家，中国作家协会会员，香港作家联会及世界华人科幻协会常务理事，中国美术学院特聘导师。创作"艺术乌托邦"东方幻想系列，研究"分布式叙事"未来文学。出版长篇小说《港漂记忆拼图》《天海小卷》《上山》，参与主编科幻集《九座城市，万种未来》，原创音乐《科学之梦（中国科学技术馆"科学之夜"主题曲）》《伊莎贝拉》《无人》等，发起"东方幻想"元宇宙科幻大会。

澳

门

最后一只格力犬

邓晓炯

一

时间到了。

陈伯瞥了一眼墙上的电子钟，站起身，摘下挂在门边挂钩上的狗绳，推开休息室大门，向不远处的狗房走去。

这条路，每一步他都再熟悉不过，因为他已走了整整四十年——当年刚从大学毕业，面对一片萧条的就业市场，像他这种既无背景又没有关系的底层青年，人生几乎毫无出路，最后几经周折，总算在这家跑狗场里找到一份"狗夫"（领犬员）的差事，而他的工作其实很简单：每天在比赛前负责把赛狗带到指定格位，等到比赛结束，再将赛狗带回狗房就行了。四十年来，他从满头乌丝变成苍苍白发，就像那些赛犬一样，也早已习惯了自己这条循环不断的"赛道"。

推开狗房大门，老拍档认出了他，摇头摆尾地跑过来，亲热地蹭着他握着狗绳的手——就像他来这里的第一天，那时他对格力犬一无所知，后来翻查数据才知道：原来格力犬是陆地上速度仅次于猎豹的哺乳类动物之一，它的强健四肢、深厚胸肌和流线体形，令其奔跑速度可达每小时七十多公里，早年被人类用作猎犬，后来才成为赛犬。

格力犬容易亲近，忠心可靠，他和它也很快成了形影不离的伙伴（事实上，它也是他在这里唯一的伙伴）。在这家跑狗场里，主管、员工像走马灯一样换个不停，彼此生活鲜有交集，但他和它却不一样，在他人生每一次的重要时刻里，都有它的身影：他第一次拍拖的"节目"就是带那女孩偷偷溜进狗房，给她看这只灵巧可爱的赛狗——后来他还训练它学会如何出其不意地送上求婚戒指，最后成功追得美人归；婚后一年，儿子出生，却没料到，他八岁那年遇上一场车祸，失去了双腿也失去了生命的活力，直到那天他推着轮椅上的儿子来到这里，是那只活蹦乱跳的赛狗，令他重新在儿子眼里看见了欢乐和希望。

几年前，与他相依为命大半生的太太突遇急病离世，突如其来的打击，令他日渐衰老的躯体被抽走了灵魂，那段时间，如果不是每晚跑来狗房、在它的陪伴下度过那些漫漫长夜，他也许就挨不到现在了……

陈伯低下头，看着也同样望向自己的那双小黑眼珠，大半生五味杂陈的人生记忆闪回，仿佛都储存在那片深邃的黑色里。"老友！"他轻拍赛狗的小脑袋，响应对方的热情，"你今天很精神嘛！过来——"他招招手，将狗绳轻扣上它的项颈，"永恒生命"——那块写着它名字的金属牌子熠熠发光，"最后一次了，俾心机跑啊！再拿个冠军回来。"

那只格力犬好像听懂了他的鼓励，猛地甩了甩身子，全身立刻充满了战斗力。

二

今天的赛事，是这家跑狗场举办的最后一场——自1912年美国人欧文·帕特里克·史密斯在加州开设第一条圆形赛犬竞速赛道之后，"赛狗"也从此正式成为一项运动，后来加入"赌博"的金钱刺激，令它更快传遍了世界各地，但在全球动物保护团体，以及维权者此起彼伏的呼吁下，各地逐渐废除了将犬只用于比赛，尤其是赌博的做法，直至二十一世纪初，最后一家跑狗场关门结业后，"赛狗"这项运动也退出了历史舞台，连带用作"赛狗"的格力犬，也渐渐绝迹于世。

所幸（或不幸）的是，随着AI技术日趋成熟，仿生科技日新月异，拥有大把资金的赌场老板，绞尽脑汁去开发各种新奇玩意，希望给赌徒们带来源源不绝的新鲜感，重现消失了近半世纪的"赛狗赌博"，听起来似乎很有"卖点"。于是，在赌场支持下，一群喜欢挑战极限的生物科技学家，开始向这看似不可能的任务发起挑战："复制"一只与真狗无异的仿生格力犬。

当第一批人造格力犬重新出现在跑狗场的跑道上，几乎举世轰动，各路媒体蜂拥而至。大家觉得这划时代的科技突破，出现在赌场实在是理所当然——不是刚好象征了人类与造物主的这一场"赌局"：人类，究竟能否与自己的造物主平起平坐？

最后，人类赢了。

制造仿生犬的技术取得突破后，各地仿生科技研发百花齐放、各出奇谋，人类进入了"复制生命"的量产时代，那批最早的实验品，却逐渐被世人遗忘。

"永恒生命"跟随在陈伯身后，一起慢慢走向赛场，就像一对充满默契的多年老友，连系在他们之间的那条狗绳，可有可无地松垂着：四十年来，他们早已熟悉彼此的一举一动，成为一个不可分割的共同体。陈伯还记得：小时候，外公家里养了一只混种唐狗，每次见到自己，都会摇头摆尾地跑过来，缠着他玩耍不停。外公去世后，有一天，那只狗也突然不见了，家里大人们找了半天也找不到，担心是否被狗贩子抓走了，但他知道——他从那小唐狗的黑色眼睛里，其实早就看到了答案——它自己跑出去找外公了。

对它来说，外公其实并没有死，仍然还活在它的记忆里。

虽然陈伯从没见过"永恒生命"的设计者和制造者，也不知道这批突破科技瓶颈的格力犬究竟有何特别，但第一次看见"永恒生命"那双黑色眼睛的时候，却不由自主地回想起当年那只小狗。

陈伯刚入职那几年，经常要接受在职培训，他还记得，制造商派来给领犬员们上课的软件工程师，说话时总喜欢夸张地挥舞手臂："别看它们脑袋这么小，里面那枚量子微电脑，抵得上一艘宇宙飞船！"仿生体要有效运作，不能光靠预置的软件和程序，而必须拥有自己的"记忆"——不是预先灌输的那种"预制记忆"，而是让它与周遭环境、生物的一次次互动之后，自我生成的记忆。当这些大大小小的记忆碎片不断累积、叠加、整合，形成源源不断的数据流，才能让它那颗电子脑发挥能量，行为举止变得和真正的赛狗一样。

陈伯知道，"永恒生命"那颗小脑袋的内存里，也烙印着关于他的记忆，虽然自己日渐衰老，终有一日将离开这世界，但在它脑袋里的那些关于他的记忆，却会一直留存下去。

可惜，在现实世界里，电子生命的永恒，却敌不过人类记忆的短暂——经过当初突破科技瓶颈的短暂兴奋之后，世人很快转移了焦点，当初名噪一时、吸引大批赌徒和游客纷至沓来的跑狗场，也终于从喧嚣复归平静。因此，当几天前陈伯听到公司宣布跑狗场要关门，所有仿生狗将报废拆卸的消息，不禁为此失眠了好几个晚上——一想到要眼睁睁看着"永恒生命"变成一堆零件，他就揪心不已。

但不曾想，这批仿生犬的命运却因一通电话遽然扭转——有家主题乐园打来电话，说他们的动物园区想收购一只仿生犬，这则花边新闻很快登上了国际头条，那家主题乐园也因此声名大噪，相对于买狗的小小花费，简直是白送一次全球营销广告。随着新闻媒体的跟踪报道，也挖出了这批仿生犬以前的"威水史"，再次引发世人对当年这批"破冰者"的好奇与关注。一时之间，收购邀约从各地纷至沓来：有运动会开幕式希望买一只做吉祥物，有宠物品牌希望买一只做商品代言，还有电影公司希望买一只做道具，甚至还有学校希望买一只给学生当科普教具……五花八门的各种要求，让跑狗场老板突然发现了这批赛狗的剩余价值，于是改变了当初的决定——所有赛狗不再报废销毁，而改为拍卖出售。

为取得最佳的推销效果，公司特地安排了这次全球直播的"告别赛"——为期一周的赛事，每场比赛之后，当日的赛犬会被送上拍卖场，按照它们的制造年期、保养状况、赛场表现来标价，供现场和网络上的买家竞标，在狗场关门大吉之前，替老板贡献最后的价值。至于那些售出的赛犬下场如何，却无人关心，除了偶有的传闻，比如：有军事装备公司把买来的格力犬当成标靶，试验其最新武器的准确性和杀伤力；有人将买来的格力犬送进核污染区担当巡查犬……这些不知真假的小道消息，总是不免令陈伯感到忧心。

四十年来，"永恒生命"很少会有令他忧心的时候，也许，更多时候，是他令它"忧心"才对吧？当他每次想起"那个夜晚"，这念头就在他脑海萦绕不去：三十年前的那个夜晚，正是儿子出事当晚，他和妻子彻夜守在医院，就算值班医生劝他们先回去休息，妻子也怎么都不肯离开。

儿子躺在床上生死未明，妻子守在床边濒临崩溃……人生中第一次，他不知该如何是好。在医院对面有间小酒吧，他原本打算去喝杯酒就回来，事后回想，他的记忆在第一杯下肚之后，就只剩下一片空白。而他唯一记得的，是第二天醒来的时候，自己躺在医院的急诊室病床上——护士告诉他，他因饮酒过量而导致酒精中毒，凌晨被送进医院，而他被发现的地方，就是跑狗场的狗房。

究竟是谁报的警？事后去急救中心查问，也只得到模棱两可的答复：警方记录显示，当晚连续收到了几个来电，致电者身份不明，但因来自同一位置，一开始警方还以为是小孩子恶作剧，直到巡警上门查看，才在中门大开的狗房里，赫然看见倒地昏迷的他……

没人知道那晚到底发生了什么事，但陈伯确信：是"永恒生命"救了自己一命。

为期一个月的"告别赛"很快来到尾声，"永恒生命"的命运也即将揭晓。陈伯拉着它，穿过通向赛场的小门，送进分隔成一小格一小格的跑狗栏内，他蹲下身，解开狗绳末端的小钢扣，伸出手，轻轻抚摸了一下那熟悉的小脑袋，"接下来，就看你的了！"小狗的乌黑色眼珠闪了一闪，对他流露出依恋和信任的目光。虽是几十年前的古旧仿生技术，但当年的出色制作工艺，今天依然令人惊叹。

陈伯回转身，悄悄抹去眼角淌下的几滴眼泪。

"砰——"电枪声响起，起跑线的狗栏小门猛然打开，跑狗场的最后一群"格力犬"，争先恐后地向前狂奔而去。

三

按惯例，每场赛事的冠军，都会留待最后才进行拍卖。因此，等轮到拍卖"永恒生命"的时候，已来到这场拍卖会的最后一次竞投了。

陈伯拉着"永恒生命"走上拍卖台，关于它的数据，全部显示在身后的大屏幕上——虽然它的制造年期已逾半世纪之久，但状态却非常出色。而且，高达 98.9% 的累计胜出率，足以令任何赛犬相较失色。

电子报价板很快亮起："姓名：永恒生命；底价：50 万。"

买家们开始出价，电子板上的数字不断闪动，"51 万""55 万""60 万""65 万"……竞投者们展开一片混战，报价金额缓慢但稳定地向上爬升，途中，陆续有买家退出竞争，最后，只剩下两位竞争者。

"70万""75万""85万""99万""100万""101万"……

双方出价激烈，价码不断翻新。

"109万。"一方的出价速度明显慢了下来。

"110万。"另一方继续紧追不舍。

对手犹豫良久："112万。"

"116万。"

经过比上次耗时更久的停顿，报价板上数字又跳动了一下，"118万。"

"120万。"再次跳动的银码，如压垮骆驼的最后一根稻草，为最后一轮竞价画上句号。另一方没有再出价了，最后出价经过三次叫价，屏幕上显示出："确定成交"。

现场人群传出一片掌声。

把赛犬带回狗房后，已无事可做的陈伯，跟随在其他员工身后，一道前往人力资源经理的办公室，是时候去办理离职手续了。办公室的门打开，一位中年经理走出来，在他身后，几位职员抬着一个大箱子。

"各位工友，公司已按照劳工法规定，向大家支付遣散费和津贴补偿。现在开始派发——"个子矮小的经理，对着外面长长的队伍，声嘶力竭地喊着，"听到名字的，上前来领！"

几位职员开始依序点名，被喊到的员工走上前，从他们手中接过信封，有的一声不响转身就走，也有的抽出支票，核对银码无误才转身离去。

这支无声的队伍逐渐变短，最后只剩下陈伯一个。

"陈伯，这是你的——"小个子经理递上信封，脸上堆起例行公事的笑容，"你在这里工作时间最长，算是老臣子了，公司肯给120万，已是破格优待了……"

陈伯有些心不在焉，他接过信封，抽出里面的支票，看了一眼。

"陈伯，你还可以继续工作嘛！"经理又机械地重复着遣散通知，"公司已发过通告了，想去旗下其他赌场工作的员工，可以明天上午十点到总部去报名——"

突然，陈伯口袋里的电话响起，他掏出来，接听。

"爸！我们投到啦！它是我们的了……"电话里，传来儿子的声音。

陈伯笑了起来，身边那位经理还在说什么，此刻对他来说，一点儿也不重要了。

在容易遗忘的时代里学习记忆

邓晓炯

商业化的赛狗活动约于 20 世纪 20 年代在英美出现，随后传至地球另一端的"十里洋场"上海，但很快于 1931 年被禁止（赛狗运动及赌博在公共租界被禁办），想不到澳门从中渔人得利——1931 年，一班澳门、香港及英美商人合组"澳门赛狗俱乐部"，将几个上海赛狗园的设备与狗只通通买下，转于澳门复办赛狗。不过，澳门赛狗真正蓬勃的时期却是 20 世纪六七十年代——1963 年，由印度尼西亚与澳门商人合办的"逸园赛狗场"正式开业，伴随澳门逐渐稳定的社会形势，博彩业开始急速发展，据统计，1972 年，逸园赛狗场仅一个周末的收入便可高达 200 至 400 万港元，这在当时来讲，确是相当惊人的数字。

此后历经多次停办、易手、改革，来到 2016 年，澳门特区政府通知逸园赛狗股份有限公司必须于两年内迁离现址，为城市重建提供空间，其后该公司决定关闭赛狗场。2018 年 6 月 30 日，随着这个周六夜晚的最后一场跑狗赛事结束，赛狗活动正式消失于澳门，变成只留存于历史里的年代记忆。然而，就在这段历史的余波里，却发生了一段小插曲：赛狗场关闭既成定局，数百只退役赛狗最后能否得到合理安置？此事牵动了从政府相关机构到媒体、市民大众以及民间动物保护团体和人士的关心，而这场扰攘数年的风波，也激发了我创作的欲望、灵感和想象，科幻短篇小说《最后一只格力犬》由此而生。

历史总会以它自己的节奏和方式起始轮回。只是，不知是否因为自己年岁渐长，还是身处于一个激烈多变的时代，每次看见身边熟悉的事物，一件一件不断消失，总还是免不了心有戚戚焉。

我所生活的澳门，是个时间流淌得特别慢的地方，几百年的炮台、教堂、庙宇、街道，随便走几步就是，偶尔翻到几十或上百年的城市旧照片，拿出来比对一下，那片风景今天看起来似乎还是差不多；澳门是一个很小的地方，所以平日除非要跨海过桥，否则不管什么地方我都喜欢走着去，一来可以随心所欲，二来沿途常有机会发现街巷路边仍留存却渐被遗忘的有趣痕迹。

所以我想，再过几十甚至上百年，若有个未来的澳门写作人，偶然路过那片现被改建成市民运动公园（或日后又再被改建成别的什么建筑）的跑狗场遗址，是否还会想起那段曾经喧嚣的岁月，以及那群终其一生都在拼命奔跑的格力犬们的命运呢？

今天我们生活于一个高速飞奔的时代，一切事物都在以从前无法想象的速度前进，我们大脑的天然内存已无法应付如此庞大且不断增长的数据量，因此，选择以同样的速度遗忘，或许是人类得以轻装上阵的唯一选项。

但人类并不是一个容易适应遗忘的物种——我们对周遭世界万物的认知、与亲朋好友的感情维系，都基于大脑里的记忆：我们是谁？我们从哪里来、将要到哪里去，我们认知自身的存在以及所有一切，都离不开记忆。

于是我们慢慢发现，生活在一个不得不快速抛弃和遗忘才能跟得上前进步伐的世界里，并非如想象般美好，于是我们尝试重建一个不一样的世界——在一个容易遗忘的时代里，学习如何记忆；在一个充斥虚拟幻象的时代里，学习如何寻找真实；在一个价格不停变化的时代里，学习如何判断事物的真正价值……

大家都在找寻最适合自己的方式，而我选择了写作。

写作可以对抗遗忘，也能用来帮助记忆，所以，数百年前真实发生过的刀光剑影能在纸上重现，曾出现又消失的格力犬仍能在千年后继续奔跑……回想起来，或许正因为生活在这样的一个时代里，自己才选择一手写科幻，一手写历史——一边追忆大航海时代东西汇聚澳门城的风谲云诡，一边想象未来千万年的娱乐博彩科技狂欢，努力在"科幻"和"历史"之间，建立起某种量子纠缠式的神奇连接和感应。

我希望能用笔墨记录下像澳门这样一个充满了历史、文化以及人间烟火气息的地方：在这里，爵士乐和粤曲同时奏响，云吞面、干炒牛河、叉烧、火锅，还有葡国鸡、马介休共处一桌，围坐桌旁的食客们，喝着红酒、咖啡或普洱茶，各用粤语、闽南话、普通话、葡文、土生土语和英语聊天……在平行宇宙的同一维度下，既有西方式的现代生活，也有东方式的传统精神，二者互为补足，和谐共存。

文学令我们更加开放、包容和自由，在文字构筑的世界里，一切都充满可能。略萨说，"我的心略大于整个宇宙"，我也想说，文字镌刻的记忆略长于永久。

邓晓炯，澳门作家，曾创作科幻短篇小说《退休荷官》《最后一只格力犬》《秦桧复苏记》等，努力探索结合"科幻"与"历史"的多元书写的可能性，曾出版科幻小说《迷魂》《浮城》《最后一个人类的回忆录》，历史小说《刺客》《迷城咒》等。

神州大地

九章算术

飞氘

一 《我，机器人》

周穆王姬满在终北之国待了三年，忘了什么叫忧愁。

回到故地后，大臣们想尽各种办法，为他解闷。新鲜玩意儿倒是不少，却只有偃师进献的人偶能让天子眼前一亮。一堆木头、皮草和玉石，靠摩擦出来的电光石火，就会跳舞，真神奇。他把人偶拆了装，装了拆，反复研究，终于悟出了其中的奥妙：原来这是先王推演的《易》啊！生命这玩意儿，说穿了，也不过是阴阳之气演绎的玄妙算法罢了。

穆王改造了一番，把祖传的宝石"宇宙之心"安到人偶身上，使它有了不死之躯。太公虽英明神武，终究也只能保大周八百年，倘给长生人偶编写上圣贤的智慧，便可辅佐子孙，使王朝长存不绝，天下永世安康了吧。不过，究竟要写一套什么样的程序呢？这东西对美女眉飞色舞的，真有些不规矩，一定要开发一款完美无缺的软件才行。从哪些基本定律开始呢？穆王夜夜失眠，翻来覆去地拿不定主意。

二 《超人》

列御寇年轻时喜欢游历四方，看遍山川河谷，自以为对宇宙已经很了然了，却屡屡被老师们当头棒喝。一天，他想到一个重要的问题，便去求教。"天地也好，日月也好，你我也好，都是气，顺其自然就好了。天塌地陷啊，那都是瞎操心。"得道的高人们一脸平静。

他羞愧得很，就到补天峰下静坐，每天盯着头顶的天，训练自己的平常心，渐渐地达到无喜无忧的境界，身虽未动，心却能在万物中游走了。

正神游着，一个念头却忽然从混沌中蹦出来：我是谁呢？

他吓了一跳，睁开眼，但见天地氤氲，地上的气向天空中一块五色的洞中涌去。狂风吹烂了他的皮囊，只剩一副桃木骨架，他就乘着风梯，盘旋而上。"御风而行，也算是至境了吧。"但等他来到天的裂缝处，看见更辽远的宇宙，才知道从前是坐井观天，自己一人得道还远不够，未来的修行才刚开始。他的身体变成了一块石头。

三 《星球大战》

天行者赢政从小就相信，自己会是给原力带来平衡的那个人。因此，虽遭逢万千刺客，却总是化险为夷，他亲手打造的青铜机器人大军，更是横扫六合，这真是天命所归的明证了。

泰山封禅的一刻，那份心情，真是飘飘欲仙。大秦的荣光，要延绵万世才像话嘛……正想着，一团阴影就浮上了心头。

人固有一死，便是机器，也难逃残肢断臂乃至精神分裂的命运，虽能修修补补，可修补者终究还是人，而人固有一死……像自己这般手艺绝伦的机械师一旦死去，又有谁能继续修补大秦的命运呢？访寻不死之术的使者一去不返，绝地长老会对他研习黑暗原力又说三道四，一怒之下，他把有二心的绝地武士全部坑杀，那些前朝程序员编写的酸腐算法也统统焚毁。接着，长城筑起来了，为了在他归来前抵御野蛮人的入侵。隐秘的陵墓挖出来了，成千上万的机甲战士造出来了。有他们的守护，他便可以安心地闭上眼，到另一个世界里去继续修炼那最伟大的艺术了。

四 《时间旅行者的妻子》

在时间里旅行久了，项羽慢慢习惯了时差症。他在眼花缭乱的战斗中穿梭不已，虽力可拔山，攻无不克，战无不胜，灭强秦，封诸侯，却不能选择自己的战场，人就变得有点儿倦怠了。

从他懂事起，父亲项少龙就告诫他，日后定要防备那个背信弃义的小人。以前他嘲笑父亲是老糊涂，连宿命不可违都忘记了。论武功，那流氓岂是自己的对手？但听说刘邦进了关中，专为老百姓开发了简化版的操作系统，大受欢迎。谋士们总结说那厮赢在了软件上。其实，他就连鸿门宴都不当真，不过依照天命做做样子罢了。

如今风光至极过了，也该坦然接受最后的覆灭。可当垓下的楚歌惊破了他的美梦，眼见虞姬在月下黯然流泪，那绝代风华的面容满是憔悴时，一腔热血又涌上霸王的心头，他终究不肯甘心，为了爱妃，他头一回也最后一遭决意与命运一搏。

不等虞姬说出那命中注定的对白，霸王已抓起女人的手腕，跳上了乌骓，在清明的月色下，他们踏着一路的烽火，逃往时光的尽头。

五 《第五元素》

十进制纪元 2012 年将有末日降临的说法早在隋朝就开始流传了。天可汗李世民居安思危，知道偌大的帝国硬件，只用一套算法来运行是不够的，为了王朝的基业，皇帝派玄奘法师去西域求取真经。一路上风雨跋涉，好不坎坷，四位徒弟一面和妖怪斗法，一面听师傅讲经，学习普度众生的意义，一面各自想着心事。

好容易到了西天，却被阿傩、伽叶刁难，取了一个偌大的压缩文件，解压后却空无一字。齐天大圣孙悟空恼火不已，去质问如来。佛祖却说：经不可轻传，亦不可以空取，无字正是真经，若要读取，需有第五元素。

师徒五人面面相觑，孙行者方才醒悟。虽然妖精们都只爱师傅，没有一个爱他，可是，许多年前，在它还没有感沐到天真地秀的时候，那块花果山上的仙石，就已经注定了要大慈大悲，照顾这个不甚有趣的世界了。

六 《月球》

因为一肚皮的不合时宜，东坡居士被一贬再贬，最后贬到了月亮上。

那地方人迹罕至，除了冷硬生涩的山脉和彻骨寒凉的河流，几乎什么都没有。好在居士胸襟开阔，能苦中作乐。监督广寒珠的采集工作之余，他喜欢独自泛舟月海。悬在头顶上的硕大地球映出清冽的辉光，两岸荒凉的怪石投下斑驳的影子，水银般的海面微波荡漾。几杯酒下肚，居士有些意兴阑珊，觉得自己仿佛冯虚御风，快要羽化登仙了。

偶尔，远处的火山会突然喷射出一股岩浆，扑面送来一阵带着酸味的暖风，洒下漫天滚烫的火雨，机器侍从吓得惊慌失措，唯有居士吟啸徐行，仿佛无事人一般。自从"乌台诗案"以来，他早就有一种错觉，似乎自己已死过无数回了，却不知怎么又一次次复活，来领受人间的厚薄，他也就随遇而安、自得其乐。

看到地球上亮起的点点火光，居士猜测皇帝是又大赦天下了，如此，他可以回家了。可旅途委实遥远，想来不免有点儿气馁。这核桃般大小的月亮虽害他得了风湿病，但总算清净，而地上的宫阙，却为了用何种算法而闹个不休，自己轻快的身体怕也难再适应大地的重力了，何况又说不定马上就会再被贬到什么火星上去。真想变出几十个替身，便可随他们怎么流放好了。嗯？难不成，自己就是个替身？那真身又在何处呢？

正想着，水中猛然跃出一条大鱼，仔细看，却是一只鲜活的鱼头，拖着一副双螺旋的鱼骨，苏子一跃而起，不管怎么说，也该给亡故的人上上坟了。

苏子骑着神鱼，飞向黄河青山。

七 《黑衣人》

大明网络总管魏忠贤独揽朝纲，坏了先祖立下的机器人不得干政的规矩，无数义士冒死参劾。舌头割了不少，脑袋掉了不少，族也灭了不少，可还是有些程序员不听话，非议朝政，私设民间服务器，图谋不轨。九千岁亲自为东厂开发了"辨心镜""碎魂枪""万劫索"等高端装备，以便黑衣人们深入整肃反动分子。

黑衣人们身着黑色官服，戴着黑色墨镜，提着黑色长枪，面无表情地在大明的山河间奔驰，凡见到者无不头皮发麻手脚冰凉，既不敢怒，更不敢言。虽如此，天启六年，京城还是发生了惨烈的爆炸。黑衣人在全国展开大搜捕，下狱者无数，竟未能查明是天谴还是人祸。

饱受惊吓的皇帝次年驾崩，躲过一劫的九千岁察觉新帝有剿灭硅党之意，心头不胜烦忧，便命人连夜开发出名为"迷魂香"的游戏，试图令新帝沉迷。"书生空谈误国，大明江山，非明察秋毫的硅基生命不能辅佐啊。"虚拟的绝代美女如此暗示。

流放的路好不凄凉，当年为他修的生祠皆成瓦砾。未等黑衣人追上他，前总管早已自行了断。随行的人报告说，老家伙实在过分，死前还有几分轻慢，说什么总有一天皇帝会想念他的好处，此等大逆不道，真该碎尸万段。

八 《V字仇杀队》

大清高官的神经被频频爆出的暗杀事件绷紧到极致，很多人一想到刺客所戴的"窦娥"面具，吓得连觉都睡不着，所以浙江巡抚张曾扬一听说本省竟有徐锡麟的同党，大为震怒，急电绍兴知府贵福，派山阴县令李钟岳查封学堂。三堂会审时，贵福暴跳如雷，痛斥秋瑾人等辜负朝廷栽培之恩，谣言惑乱，图谋造反，十恶不赦，又威逼利诱，只要她肯说出真正的面具怪客V是何人，便可赦免。秋瑾一语不发，只是冷笑，两道寒光令人胆战。

李县令久仰秋瑾大名，接了抄家之令后草草了事，便将秋瑾带至花厅，听她静述生平。"驰驱戎马中原梦，破碎山河故国羞。"大清国的人民拖着他们的辫子浑浑噩噩，却不知那辫子里埋着机关，为他们造出飘飘然的幻想，使其如行尸走肉，不知所终。非革命不能重新启动华夏这台老迈的机器，不流血无以惊醒昏睡的世人。

县令慨然长叹，以他半生的经验，深知女侠所言多少有几分天真。所谓义士赴死，至多不过引来一群看杀头的人，观众不但未必觉悟，反而兴许会喝他的血，吃他的肉，也许将来还要盗他的墓……但他既知女侠必死无疑，也就不想再说什么丧气的话。

秋瑾交代完后事，两人便沉默了。午后下起来的迷蒙细雨纷纷洒洒，却化不开漫天的愁云，一阵狂风吹落了满地的纸张。"秋风秋雨愁煞人啊。"秋瑾取过笔墨，想写几句绝命诗，却迟迟不能落笔。

九 《终结者：救世主》

"你从此要改变你优柔的性情，用这剑报仇去！"

母亲毅然的神色又在脑海里浮现了，眉间尺挥剑而起，斩杀了最后一个终结者。两个种族间多年的恩怨就此了结。那晚，穿越时间的终结者粗暴蹂躏着少女的噩梦，却又一次将新时代的领袖惊醒了。他一拳砸烂墙壁，模糊的血肉里露出金属的骨骼。"人机杂交技术要尽快攻克！"领袖发布了新命令。

从不离身的玉佩最后一次回放起母亲的叮嘱，磁性的衰减令亲切的声音断断续续：

"几百年后，名为……的天行者一统……几千年后，盗墓者……释放出黑暗原力……起死回生……陷世界于毁灭边缘，救世主……派终结者……欲改变历史，拯救未来……"

往昔的回声消散在空荡的密室里，不管怎么挽留，都终于变成永久的沉默。眉间尺心头流过一股莫名伤感，随即又恼恨不已：母亲啊，你为什么要把我生出来呢？难道只为了将来能够制造出令你蒙羞的机器怪兽吗？几十代人之后的事情，又和我们有什么干系呢？那穿越千年时光的神秘来客，究竟妄想着要改变什么样的过去呢？一只蝴蝶的飞舞，真能引发狂风暴雨吗？人到底为什么活着啊？不管怎样，不都是个死吗？若能唤回从前，谁又能禁得起这种诱惑呢？如果能够在梦里重逢，又何必要醒来呢？在这混沌缥缈的红尘中，又有谁担负得起救世主的恶名呢？

故乡始终在我的灵魂里发酵着

飞 氘

　　为了写这篇感言，我重读了 102 年前鲁迅先生写下的《故乡》。在我的学生时代，鲁迅的文章总显得艰深，那些生僻的字词、曲折的句法和蜿蜒徘徊的逻辑，经过久远的时空隔膜，好像一座座迷宫，让人似懂非懂。《故乡》也不例外。不过，那字里行间的荒芜和悲哀，还是令人动容。

　　后来到北京读书，真正拉开距离后，我才对出生长大的小镇有了鲜明的"故乡"之感，对鲁迅先生的心境，也有了更多的体会。

　　那是一座煤矿。几十年前，周围的劳力们向这里汇集，形成了一个镇子。干燥的气候、单调的景象、贫瘠的物产、辛劳的生活……几乎毫无令人心旷神怡之处。当然，过惯了的人们并不感到特别难受，只是孩子们很小就会被教育：不努力读书，将来就只能沦落为矿工，去下井挖煤。也就是说，有志气的人理应逃离此地。

　　阅读科幻，成了学生时代的我定期"逃离"的方式。文字开启的无限广袤的时空和远离日常的宏大事件，成为矿山小孩的精神乐园。当然，也有《地火》那样关于采煤技术革命的悲壮诗篇，让我深深共鸣。

　　总之，读科幻也好，考大学也罢，故乡只是一个终将被我丢在身后的地方。用鲁迅的话说，就是"想走异路，逃异地，去寻求别样的人们"。

　　等到读了大学，有了些城市经验，明显地感到故乡多么让人难受：永远随意丢着垃圾的街道、大卡车轰鸣过后飞扬的尘土、隔三岔五毫无预告也不知何时能够恢复的停水停电……对不少人而言，故乡，可以是在大城市身心俱疲后退守的庇护地。对我来说，没有这回事。

　　但也正因为不再长住故乡，反而有了"乡愁"。每次回家，见到父母、亲戚、街坊，大家都比上次又老了半岁。如此二十多年。人们慢慢变老，故乡也缓慢地填了些新花样：附近冒出了化工厂，偶尔飘来一股臭味；街上竟有了出租车和红绿灯；宽带入户了，如果不是易腐坏的商品，快递也能送到了。逢年过节，当街依旧喧闹脏乱，似乎活力不减，可是整体上又给人没有什么大起色的样子，所以就算探亲回家，我大部分时间也只是待在屋里，毫无出门的欲望，因为几乎无处可去。只是随着年岁渐长，少年时光因为永远追不回，便添上一层温柔的滤镜。毕竟是故乡，那里的一切不管怎样不讨人喜欢，总还是量子纠缠一样在身体里作怪。其实，可怀恋的事情也有一些。比如中小学时代那几场漫天的大雪，是后来在北京的冬天再难体会到的快乐。

所以，故乡虽然一直没有出现在我的科幻小说中，却始终在灵魂里发酵着。

另外，我一度对古典中国没有什么兴趣，自己的第一批科幻小说不仅没写过故乡，就连时空背景也比较模糊。但忘了是什么缘故，大概是受了鲁迅的《故事新编》的影响吧，有一次居然把孔子变成了科幻小说的主人公了。后来又写出了以中国神话传说和历史人物为主角的系列，随便取了个名字叫作《蝴蝶效应》，意思是：假如初始条件稍微不同，也许这片土地就会上演一部部中国气派的科幻大片。通过这样的"变形记"，让我对神州大地、对古代的英雄贤达们也萌生了新的情感。原来，我正用着他们也曾用过的方块字，释放着在一笔一画中发酵了千年的"乡愁"。再加上鲁迅正好又是把科幻介绍到中国的先驱之一，那干脆就安排他也成为故事中的角色好了。

本篇《九章算术》正是这个系列的"下篇"。

以上就是要说的全部了。

飞氘，科幻作家，文学博士。清华大学中文系副教授。著有短篇小说集《中国科幻大片》《去死的漫漫旅途》等，出版学术专著《"现代"与"未知"——晚清科幻小说研究》。作品被译成英文、意大利文、日文等，荣获华语科幻星云奖、银河奖等奖项。

后　记

故园科幻五人谈

戴锦华　严　锋　三　丰　程婧波　石　以

石以：《故山松月：中国式科幻的故园新梦》终于在各位作家、学者、出版界朋友们的支持下成书了。以"中国式科幻的故园新梦"或者说"故园科幻"来定义科幻文学作品的，我觉得恐怕在中外都还是第一次。这样一个新概念的提出，有幸得到了科幻作家们的普遍认同，也得到中国科学技术出版社的认同。各位老师看了之后有什么感受？

戴锦华：这套书我挑着熟悉的作家的作品读了一些，真的觉得非常有趣。科幻，一直以来都是"他乡"，对吧，或者叫作"异托邦""远方"；而"故乡"正好是一个与之相对的概念。很少有人把这样两个相对的概念做结合。所以我觉得很有意思的一点就是，《故山松月》赋予了故乡一个我自己此前从来没有去选择过，或者想象过的一个参数。它抓住了一种非常奇特的视点和情感。而其中科幻的书写与故乡的书写，又是一个特别错落的组合和对照。

严锋：是的，故乡和科幻其实是有一种很深刻的关系的。而且对中国科幻尤其如此。故乡和科幻都是一种超越当下的时间和空间。因为"故乡"指的就是我们已经不在的一个地方，但是我们又跟它有一种非常深刻的关联。所以就像戴老师说的，正是因为科幻一直在书写"他乡"，所以从另一个层面来说，"故乡"本身自带一种非常新鲜、陌生，同时又怀旧、乡愁的科幻性，是不是可以这样来理解？

程婧波：对，其实在组稿之前，说实话，我和石以老师还挺忐忑的。我们也不知道中国的科幻作家们是不是能够从作品和自述这两条线上，支撑起这样一套书。真正开始组稿之后就很放心了，甚至随着组稿工作的展开，还不停地收获惊喜。最终我们得到了这样一套收录了中国56位"现役"科幻作家们关于"故乡"的作品的合集。

石以：《故山松月》从设定这个选题，向作家们约稿，到拿到稿子，再到与科学普及出版社的老师们一起拜读书稿，大家都有一个感觉，这套书太有价值了！首先是学术价值。对中国来说，"科幻"是舶来品，它发轫于英法，繁盛于美国。中国科幻诞生120年来，我们差不多一直是在模仿和追赶。而《故山松月》这套书的出版以及"故园科幻"这个概念的提出，似乎有可能开创科幻的一种新类型，给中国式科幻矩阵增添新的一员，给"新科幻出东方"献上一份特别的礼物，值得很好的研究和传播。

严锋：看到这套书从"故园科幻"这样的角度去编，我就觉得这真的是让人耳目一新。这可能在世界上都没有过吧。

石以：应该没有。

三丰：对。据我所知也应该是没有的。

严锋：是吧，这个是世界首创，我觉得一定要强调一下（笑声），这个就是中国科幻对世界科幻的一个新的贡献。

石以：另外，《故山松月》还有一个重要价值，是对于读者来说的。无论是科幻迷读者、文学爱好者，还是对于像戴老师、严老师、三丰这样的文化学者、研究者，这本书都很值得一读。从本书作家故乡地域分布来看，除大陆个别省份和台湾外，960多万平方公里东西南北中基本齐了。地域不同，山川风物不同，城市面貌不同，作品所呈现的景观各异，想象力的激荡飞扬更是五彩缤纷，魅力无限。有很高的阅读和鉴赏价值。本书56位科幻作家中包括了雨果奖、银河奖、华语科幻星云奖、茅盾文学奖、鲁迅文学奖等科幻文学和主流文学公认的重量级奖项的获得者，集成了中国科幻原生代、新生代、更新代、全新代重磅作家的作品，年龄最大的超过90岁，最小的20多岁，可谓新时代中国科幻作家的一次集体宣言。一册在手，中国科幻半壁江山尽收囊中，可读可藏，何乐而不为。

戴锦华：我在读这套书的时候，脑子里经常就会有电影性的联想。我觉得这56篇作品和56篇自述，就是一个一个回望，一个一个凝视的目光——错落的、变动的、眷恋的、不舍的目光。作家们在语言当中编织的那种情感基调，在我的阅读体验当中呈现出来的就是很有视觉感。

三丰：我也体会到了戴老师说的这种电影感。

戴锦华：我觉得在这个意义上说，《故山松月》既是很中国的，因为当这些具体的地名一个一个出现的时候，当那个回忆、怀念或者想象之中那种细节出现的时候，你可以说它就是很中国，或者说很本土；但是那个情绪基调相反又有一种很现代，或者是带有现代性反思意味的一种表达。这也是让我觉得非常有兴味的一个地方。

三丰：确实。这套书我首先注意到它分为三卷，《山》《松》《月》。这样一种古典的概念很吸引我。看了文本之后我感觉到，这套书是中国科幻作家的一个方阵的集体展示，有不同的地域、不同的性别、不同的年龄，作家们的丰富性和多样性给我留下了深刻印象。把这些作家们的作品和自述结合起来读，也非常有价值。

程婧波：刚才戴老师、严老师和三丰在聊阅读感受的时候，都提到了"科幻"与"故园"的结合是这套书的一个特色。"故园"是一个什么概念？在以往的文学类别中，它可能更倾向于一个空间概念。但在《故山松月》中，我们可以透过56位科幻作家的眼睛，重新审视和拥抱"故园"这个概念，它成了一个"时空"概念。就像爱因斯坦提出"时空一体论"是对经典物理学的继承和颠覆一样，科幻作家们围绕眼中的"故园"创作出的作品，也是一种对经典文学的继承和颠覆。

石以：就科幻文学的类型而言，我们耳熟能详的无非是什么乌托邦、未来世界、地外文明等，这些大都是西方式的科幻语境。那么《故山松月》属于什么类型呢，这之前有过类似的吗？以我有限的阅读、观察和认知，我认为以家乡为载体或视角的科幻作品早就有了，但是，之前的这类作品是散漫的，还没有上升到一个逻辑概念或一个主题类型。与《故山松月》承载的故园科幻故事最为接近的，我想应该是历史科幻。历史科幻大多是以时间维度展开的。《故山松月》则是以空间维度展开的。就时间而言，我们人类的祖先早就感知到日出日落、季节交替，甚至进入农业社会后，为了种植，人类不得不比较精准地记得每一种谷物播种的时间，中国人还为此发明了二十四节气。就空间而言，大自然中的人和动物也是很早就感知到了。但人类对空间的重新组织，始于陶器制作。烧制陶罐是古代史的一个里程碑，出现了用陶罐来储水、保存食物的小部落，他们以一种新的方式来安排周围的空间，黏土就这样创造了新的"空间"，从而世界有了"内""外"之分，"内"可容纳，由空变满。这大概就是容器、房屋、建筑、城池乃至家园的起源。

严锋：说到"家园"，我每次回到家乡都有一种时空旅行的这个感觉。我老家是江苏南通，我回去的时候就真的感觉我穿越回去了。把故乡跟科幻这两个结合在一起，这个真的是太好了。而且就像我刚才讲的，其实"故园"和"科幻"都不单纯是一种物理时空的结合，而是一种重建，是吧，它本身又是一种创造性的想象和建构。

程婧波：所以在《故山松月》中，"故乡"是科幻作家们创造出来的一种东西？

严锋：是的，你可以说这种创造是一种想象、一种记忆、一种情感的投射。

戴锦华：其实我们在《故山松月》中可以找寻的，或者可以去描述的东西，是非常丰富的。有些甚至是在我的想象之外的。从阅读体验上来说，有一种不期而遇的快乐。

程婧波：谢谢戴老师！我的阅读体验和戴老师说得很一致。作为一个科幻迷读者，我非常熟悉在一个特别大的时间、空间或者说客观、主观的尺度上，朝未来看会是什么样子；但是我没有这么广泛、深刻地见过科幻作家这么近距离地看，看他们出生的这个时代、看他们成长工作的这个地方，我没有这样去看过。所以反而从这一点来说，确实有一种阅读上的"不期而遇的快乐"。

戴锦华：所以对我来说，这个集子里面的那些虚构与真实，不断地变化和错落地出现本身，特别有意思。我们要是特别朴素地说，有一边它就是科幻小说中的故乡书写；而另一边是科幻小说作者们的故乡书写。这些不同的文本类型，在"故园科幻"这样的一个标题之下被编织在一起了。

严锋：是的，科幻把"故园"的意义大大地放大了。所以在科幻作家们笔下，这个"故园"它既是熟悉的，又是陌生的；既是个体的，又是群体的；既是客观的，又是主观的。在某种意义上，作家们书写故乡，也是一种保卫故乡。因为故乡正在远去，是吧，作家们是以一种科幻的方式来保卫正在远去的故乡。其实其他的文学家也是这样在虚构和非虚构之间保卫故乡的，比如莫言笔下的高密、福克纳笔下的约克纳帕托法。

程婧波：有个说法是"有的作家一生中只讲一个故事"。莫言一生都在讲山东高密乡的故事；福克纳一生都在讲约克纳帕托法的故事。

严锋：对，他们的伟大都在于把熟悉的故乡陌生化，再把陌生的世界故乡化。我觉得这个就是主流文学跟科幻文学相通的一面，只不过科幻文学是用故乡的眼睛看宇宙，用宇宙的眼睛看故乡。而且我们这种"故乡的眼睛"，"宇宙的眼睛"，又和中国文化是息息相关的。从中国科幻作家们笔下的作品里可以举出不少例子来佐证。

石以：确实，与古希腊海洋文明不一样，中国作为一个从农业社会走过来的古老国度，老百姓对故土对家园的概念是根深蒂固的。《故山松月》正是从"故园"的地理空间出发，在时空交错的故乡场景中恣肆徜徉。它把小说中的在地感、科幻感和未来感，建立在对故乡深深的眷顾之上，也就是说它把浓郁的乡情通过非凡的想象力，对故土家园做了一番重新审视、重新叙事。就像几位老师说的，这是基于故乡又超越故乡的一次重新构建，这就把过去、现在和未来连接起来了，把时间、空间和人连接起来了。故乡依在，繁花盛开，未来无限。

严锋：这套书还有一个特别有意义的地方，就是鲁迅在 20 世纪 20 年代编《中国新文学大系·小说二集》时，第一次提出了一个概念，就是"乡土文学"的概念。你们听了不要不好意思，鲁迅既是中国科幻文学的祖师爷，也是中国乡土文学的祖师爷。《故山松月》开创了把"故园"和"科幻"做结合的概念，这就形成了一种双向的观看。所以你看，你们这条线是不是可以说，又连到了鲁迅的这条线上？

程婧波：就是一百年之后还呼应上了鲁迅的这个"故乡"（笑声）。

严锋：正好一百年。

石以：对，严老师说到鲁迅既是中国科幻文学的祖师爷，也是中国乡土文学的祖师爷。再往后，到 1936 年，茅盾进一步完善了"乡土文学"的概念，他说在特殊的风土人情而外，应当还有普遍性的与我们共同的对于命运的挣扎，并且说"必须是一个具有一定的世界观与人生观的作者"来实现这种乡土文学的升维的表达。从这个角度来看，当代的科幻作家们对于故乡的书写，确实呼应到了 20 世纪新文化运动之后的文学。

严锋：所以我说不要不好意思（笑声）。

戴锦华：对，我觉得特别特别有趣的就是科幻作家们写故乡，或者说在科幻这样一个大的框架当中，去写故乡——把"故乡"作为一个母题，或者作为一个主题推出来的时候真的很奇特。

石以：如果我们再从比较文学的视角看，从《诗经》到唐诗再到宋词，无数思乡作品，对故乡和家园的吟诵是单向性的、回溯性的，甚至是思念性和甜蜜性的，当然也是歌颂性和赞美性的。而《故山松月》则是立体式的、前瞻性的、幻想性的、思考性的、忧虑性的，更是使命性的。它给中国式科幻，增添了一册诗情和幻意交织的故园新梦的美妙华章。

三丰：家乡、乡土、乡愁，这些都是在文学中亘古不变的主题。在文学艺术当中，"故园"有着持久的魅力。

戴锦华：刚才严老师讲到"乡土文学"，刚好和我的一个感触有很强的呼应。我记忆当中好像曾经有这样一个话题，就是说在中国的现当代文学当中，某种意义上说，我们始终没有能够获得一种成熟的故乡想象。就是"故乡"并不是家乡或者故土，故乡其实是一个现代主义的发明。当我们成为现代人，当我们进入了这个现代式的漂泊、流浪，旅行永无终点，也没有具体的目标。当我们在这样的旅行中成为永远的异乡人，永远不能再回家的时候，"故乡"才被创造出来。

程婧波：对，这个角度确实也是科幻小说作家们思考和看待世界的一种方式，比如阿瑟·克拉克说我们都是宇宙的过客。

戴锦华：说到"故乡"或者"故园"，我们往往联想到所谓怀旧和乡愁。乡愁是什么？就是对故乡的怀念。或者说它是一个现代生存当中的想象的发明。我记得曾经参与过一个讨论，就是说在我们的现当代中国文学当中，似乎始终在书写"疆土"。但是好像它始终没有能够成为关于家园、故乡、归属的一种表述。而近年来，与"乡愁"有关的"故乡"开始更多地被提到，更多地被讨论，我想这是跟中国崛起，或者说中国现代化的这种百年进程联系在一起的。在我们的文化当中那个作为心灵归属、作为想象的出发地的故乡才开始浮现。特别有意思的是，这套书似乎刚好是在这样一个时间点上呼应着这样的一个大的，一个整体的社会心态。

严锋：我觉得戴老师讲得很好，而且真的非常有启发性，所以刚才我就沿着您这个时间节点的问题，想到另外一个时间节点就是 20 世纪 80 年代。80 年代就是一个"向外走"的时期，比如说文化输出，改革开放，等等。但恰恰就在那个走向世界的时候，我们同时发生了另外一个运动，就是文学界的"寻根运动"。我觉得那个时间节点也是一个对"故园"的追寻。当然那一次的追寻跟这一次的追寻又不一样，但我觉得这个当中也是有一种关联。

石以："故园"情怀是中国人最熟悉、最不能舍弃的。

严锋：对，我们可以看到，在不同的时间节点上，这种向外的探寻都不可避免地带来了一种焦虑，一种虚无，一种碎片化的感觉。向外的动力又变成了一种回归传统的需求，彼此相辅相成。所以非常有意思，我们来看这些时间节点的话，就会发现"故园"可能真的是我们需要不断回去的一个时空。

三丰：这里面可能还涉及一些进化心理学上的因素，我一会儿可以做补充。

严锋：那么可能每次回去都是在一个危机的当下，比如说 20 世纪 80 年代就是一个危机的时候。那我们现在又是一个危机，这个危机甚至可以说是更大的危机。那这个时候我们怎么办？就像 20 世纪二三十年代，那些乡土文学作家在都市里遭遇了危机，他们也是想要回去，但是回去他们也发现很不容易，甚至是回不去，但还是一次一次地要回去。那么我是觉得这种回去真的每次可能有不同的含义，但是又有一种关联，而且还是一种生命在这样不断回环往复的追寻。这个前行与退行恰恰又是荣格心理学的一个核心概念。

三丰：严老师提到了"寻根"，其实对于所有人来说，都有这么一种想要寻根的冲动，比如说追问那些哲学家经常追问的问题，我是谁？我从哪里来？我为什么是我现在这个样子？所以"故园"确实超越了时空，已经是一种心理学上的概念。另一个层面在于，"故园"或者说"过去"，是我们获得安全感的一个来源，是我们用来对抗当下和未来的不确定性的一个锚点。

程婧波：从《故山松月》里的虚构作品和非虚构作品两条线来看，不难找到三丰发现的这种关于"过去的安全感"和"未来的不确定性"的碰撞。因为科幻约等于是反映未来的不确定性的文学。

三丰：此外我还有一个偏实用层面的观察就是，人们在不断地追寻过去，

月

或者说故乡的时候，其实也是希望能够从既有的经验当中寻找到面对新的问题的解决方案。所以用一个进化心理学的模式来加以总结的话就是：乡愁也好，怀旧也好，它其实是人类在和冒险、创新做一种天然的平衡。就是进化赋予我们既有这样一个求变求新、走出去追寻新鲜事物的冲动，又赋予我们一个能够回望过去，就像严老师说的"一次一次地要回去"的情怀。这两种本能是交织在一起的，这样才能够给我们人类增加一个生存优势。这是我从心理学角度能够找到的支持。

戴锦华：我觉得三丰说得特别具体、特别真切。然后我就在想，实际上从我最早看到这个选题，到我真正开始阅读内容的时候，它存在的那种错落，本身就是一个特别有意思的东西。说科幻是一种未来哲学，就是因为它是完全超出了或者跨越了人类生命可能有的那种时空经验的一种想象和书写。在这套书里面我们可以看到这种丰富的、多样性的表达，它可能是宇宙时间，可能是地质时间，可能是人类历史的时间，它也可能是个体生命的时间。

严锋：所以我们实际上是带着我们的"故园"，行走在我们永恒的宇宙之旅中。

戴锦华：对。所以我的阅读体验很愉快，但也很复杂。中国科幻作家群体的集聚和他们集聚在一起来进行一次故乡书写，我觉得这里面的文化意味特别丰满。

程婧波：谢谢严老师，谢谢戴老师。为《故山松月》做前期工作的过程很琐碎、辛苦，但在作家们和出版社老师们的支持下，现在看到它呈现出来的样子，真的是一个惊喜。不过任何选集的编撰过程，都难免有遗珠之憾。这套书是把"故园科幻"这个概念从种子播到土里，现在有了新鲜的嫩芽破土，变成有血有肉的56篇虚构作品和56篇非虚构作品。其实中国的科幻作家们对于"故园"的书写远没有结束，作为编者总是有一丝遗憾，过去、现在、将来，还有那么多关于故土的佳作没有能够"一网打尽"。如果有志之士沿着这颗嫩芽一路关注、培育下去，将来也许会在科幻的大花园里诞生出一个和各种"朋克""托邦"比肩的新门类。

戴锦华：不必遗憾，这是一套"生当逢时"的图书。我阅读这套书的体验非常的鲜明，又非常的微妙。对我来说，这套书的恰逢其时还在于我自己认为2023年人类跨过了一个重要的临界点。通用人工智能、人类基因编辑、火星移民、意识上传这些科幻的典型形态和想象路径正在逐渐变为现实。我觉得这是人类文明跨越临界点的一年。在这一年，你们开始创意和编辑这套书，在我看来，"故园"开始有了一个此前没有的意味。它不光是一个所谓中国科幻的主题了，在某种意义上说，它成了站在人类历史意义上的某一种回眸。我要夸张一点儿，我会说临渊回眸。

石以：确实，今天几位老师讲得比我们想得更深，更远。诸位的智慧和洞见丰富和拓展了我们这部书的定位。

严锋：今天聊得很开心。

程婧波：那我们今天就聊到这里，谢谢各位老师。意犹未尽，期待下次再会。

2024 年 1 月 30 日

戴锦华，北京大学中文系教授；严锋，复旦大学中文系教授；三丰，南方科技大学人文中心访问学者；程婧波，《故山松月：中国式科幻的故园新梦》主编；石以，《故山松月：中国式科幻的故园新梦》主编。